어니스트 헤밍웨이

01 **세계문학 단편선**

어니스트 헤밍웨이

하창수 옮김

현대문학

차례

프랜시스 매컴버의 짧았던 행복 · 007

세계의 수도 · 055

킬리만자로의 눈 · 073

다리에서 만난 노인 · 107

미시간으로 · 111

인디언 마을 · 119

의사와 의사의 아내 · 127

무언가의 끝 · 135

사흘 동안의 폭풍 · 141

싸우는 사람 · 157

아주 짧은 이야기 · 171

병사의 고향 · 175

혁명당원 · 187

엘리엇 부부 · 189

빗속의 고양이 · 195

철이 지난 · 201

세상을 덮은 눈 · 211

늙은 내 아버지 · 219

두 개의 넓은 마음을 지닌 강 1 · 237

두 개의 넓은 마음을 지닌 강 2 · 249

다른 나라에서 · 263

흰 코끼리들처럼 생긴 산들 · 271

살인자들 · 279

천 달러 지폐 오십 장 · 295

이제 나를 뉘다 · 331

청결하고 불빛 밝은 곳 · 343

스위스에 경의를 · 351

기다림의 하루 · 371

와이오밍 와인 · 377

노름꾼, 수녀, 라디오 · 401

아버지들과 아들들 · 429

노인과 바다 · 445

어니스트 헤밍웨이 노벨문학상 수상 연설 · 536

옮긴이의 말 역동적 삶의 순정, 순정한 삶의 역동 · 538

어니스트 헤밍웨이 연보 · 541

프랜시스 매컴버의 짧았던 행복
The Short Happy Life of Francis Macomber

점심시간, 사람들은 모두 아무 일 없었다는 듯 초록색 이중 덮개로 된 식당 막사 아래 앉아 있었다.

"라임 주스? 아니면 레몬스쿼시?" 매컴버가 물었다.

"김렛*으로 하겠습니다." 로버트 윌슨이 그에게 말했다.

"저도 김렛으로 할게요. 한잔 생각이 간절하네요." 매컴버의 아내가 말했다.

"그게 좋겠군." 매컴버가 동의했다. "김렛 석 잔 부탁해요."

식당 급사는 금방 칵테일 제조에 들어갔다. 급사는 막사에 그늘을 드리우고 있는 나무들 사이로 지나가는 바람을 맞으며, 물기를 머금은 냉

---

* 진이나 보드카에 라임 주스를 섞은 칵테일.

각용 주머니에서 병을 꺼내 들었다.

"저 사람들한테 얼마를 줘야 합니까?" 매컴버가 물었다.

"1파운드면 충분합니다." 윌슨이 그에게 말했다. "더 주면 버릇만 나빠지죠."

"우두머리가 배분을 하겠죠?"

"물론."

불과 30분 전, 프랜시스 매컴버는 요리사와 심부름꾼 소년들, 수레꾼과 짐꾼들의 목말에 태워져 야영지 경계로부터 막사로 의기양양하게 들어왔었다. 엽총을 운반하는 사람들은 행렬에 끼지 못했다. 원주민 소년들이 막사 입구에다 그를 내려놓자 그는 사람들과 일일이 악수를 하며 축하 인사를 받았다. 그러고는 막사로 들어가 아내가 들어올 때까지 침대에 앉아 있었다. 막사로 들어온 그녀는 아무 말도 하지 않았다. 그러자 그는 곧바로 막사에서 나와 휴대용 세숫대야에 담긴 물로 얼굴과 손을 씻고는 식당 막사로 건너가, 산들바람이 불어오는 곳에 놓인 안락한 천 의자에 앉았던 것이다.

"드디어 사자를 잡았어요." 로버트 윌슨이 그에게 말했다. "그것도 우라지게 멋진 놈으로."

매컴버 부인이 재빨리 윌슨을 훑었다. 그녀는 굉장한 미인으로, 5년 전 자신이 써보지도 못한 화장품의 사진 모델로 뽑혀 5천 달러를 받을 당시의 미모와 사회적 지위를 고스란히 유지하고 있었다. 그녀가 프랜시스 매컴버와 결혼한 건 11년 전이었다.

"멋진 사자야, 그렇지 않아?" 매컴버가 말했다. 그제야 그의 아내가 눈길을 들더니, 마치 처음 보는 사람인 듯 두 남자를 바라보았다.

우선 그녀는, 이곳에 와서 알게 된 백인 사냥꾼 윌슨을 쳐다보았다.

옅은 갈색 머리칼에 평균 키, 짧은 콧수염을 가진 그는 얼굴이 아주 붉었다. 푸른 눈은 몹시 차가워 보였지만 미소를 지을 때 잡히는 눈가 주름은 보기에 좋았다. 그가 미소를 지어 보이자, 그녀의 눈은 그의 얼굴을 떠나 네 개의 커다란 탄창이 가슴 주머니에 달려 있던 헐렁한 사냥용 조끼를 걸친 그의 어깨와 큼지막한 두 손, 흙투성이의 부츠를 지나 다시 그의 붉은 얼굴로 돌아왔다. 햇볕에 그을린 그의 이마에는 한 줄기 선명한 흰 자국이 나 있었는데, 지금은 막사 기둥 못에 걸려 있는 카우보이모자가 만든 것이리라.

"자, 사자를 위하여!" 로버트 윌슨이 건배를 제안하며 말했다. 그가 다시 그녀에게 미소를 보냈지만, 그녀는 거기에 답하지 않고 이번에는 자신의 남편을 호기심 어린 표정으로 바라보았다.

프랜시스 매컴버는 골격은 크지 않지만 키는 아주 컸고, 가무잡잡한 얼굴에 조정 선수처럼 짧은 머리, 얇은 입술을 가진 미남형이었다. 새것일 뿐 윌슨과 같은 종류의 사냥복을 입은 그는 서른다섯 살이었고 건강했다. 테니스를 잘 쳤고, 기록에 남을 만한 대어를 여러 차례 낚은 적도 있었다. 하지만 막사에 도착하기 전에 많은 사람들 앞에서 겁쟁이의 면모를 들켜 버렸다.

"사자를 위하여!" 그가 말했다. "당신에겐 뭐라 감사해야 할지 모르겠습니다."

그를 바라보고 있던 아내 마거릿의 눈길이 윌슨에게로 옮겨졌다.

"사자 얘기는 그만하죠." 그녀가 말했다.

윌슨이 미소 없이 그녀를 바라보자, 이번엔 그녀가 미소를 지어 보였다.

"아주 이상한 하루였어요." 그녀가 말했다. "한낮엔 막사 안에서도 모자를 벗어선 안 된다고 당신이 그랬었죠?"

"쓰고 있는 게 좋지요." 윌슨이 대답했다.

"얼굴이 아주 붉다는 거 아세요, 윌슨 씨?" 그녀가 다시 미소를 지으며 말했다.

"술 때문이겠죠." 윌슨이 대답했다.

"그 때문은 아닌 것 같은데요. 프랜시스도 많이 마셨지만 붉어지진 않았잖아요."

"오늘은 얼굴이 빨개진걸." 매컴버가 말했다.

"아니," 마거릿이 말했다. "오늘 얼굴이 빨개진 건 저예요. 하지만 윌슨 씨 얼굴은 늘 빨갛더군요."

"태어날 때부터 그랬습니다." 윌슨이 말했다. "그러니 내 생김새를 화제로 삼진 말아 줬으면 좋겠군요."

"이제 막 시작한걸요."

"그만하죠." 윌슨이 말했다.

"대화가 힘들 거 같네요." 마거릿이 말했다.

"왜 그래, 마고?" 여자의 남편이 말했다.

"힘들 거 없습니다." 윌슨이 말했다. "우라지게 멋진 사자를 잡았잖습니까."

마고가 두 사람을 바라보자, 두 사람은 그녀가 곧 울음을 터뜨릴 것임을 깨달았다. 사실 매컴버와는 달리 윌슨은 한참 전부터 그럴 것을 예상하고 걱정하고 있었다.

"그 일은 일어나지 않았어야 했어요. 정말이지, 일어나지 말았어야 했어요." 그 말을 남기고 그녀는 자신의 막사로 건너갔다. 울음소리가 들리지는 않았지만, 두 사람은 그녀가 입고 있는 장밋빛 햇볕 차단용 셔츠 아래에서 떨리는 어깨를 볼 수 있었다.

"여자들 속은 너무 쉽게 뒤집어져요." 윌슨이 키 큰 사내에게 말했다. "아무것도 아닌 일에요. 이래저래 신경이 좀 쓰이긴 했겠지만."

"좀이 아니죠." 매컴버가 말했다. "내 남은 인생 동안 계속 신경에 거슬릴 거요."

"쓸데없는 소리 그만하고 한잔합시다." 윌슨이 말했다. "모두 잊어버려요. 까짓 아무 일도 아닌 걸 갖고."

"잊어야겠죠." 매컴버가 말했다. "하지만 당신이 날 위해 한 일만은 잊지 않을 거요."

"무슨 소릴 하는 겁니까." 윌슨이 말했다. "별일 아니라니까요."

그런 얘기를 주고받으며 두 사람은 가지를 한껏 위로 뻗은 아카시아 나무들 아래 쳐놓은 그늘진 막사에 앉아 있었다. 뒤편에는 바위들로 이루어진 벼랑이 있었고, 앞쪽에는 자갈투성이의 강을 막아 놓은 둑까지 펼쳐진 풀밭이 있었다. 그 너머는 숲이었다. 소년들이 점심을 차리는 동안 둘은 서로 눈길을 마주치지 않은 채 알맞게 차가워진 술을 홀짝거렸다. 이젠 소년들까지 그 일을 알게 되었음을 윌슨은 직감할 수 있었다. 매컴버의 시중을 드는 소년이 식탁에 음식을 갖다 놓으며 핼끔핼끔 주인의 동정을 살피자, 윌슨은 스와힐리어로 호통을 쳤다. 소년이 뚱한 얼굴로 돌아서서 가버렸다.

"뭐라고 그랬습니까?" 매컴버가 물었다.

"별말 아니었습니다. 정신 똑바로 차리지 않으면 최소한 열다섯 대는 두들겨 맞을 거라고 말했습니다."

"무슨 소립니까? 매질이라뇨?"

"물론 불법입니다." 윌슨이 말했다. "벌금을 물 수도 있죠."

"아직 매질을 한단 말입니까?"

"아, 당연하죠. 불만을 가졌다면 들고일어났겠죠. 하지만 그들은 그러지 않아요. 우리한테 벌금을 물리는 것보다 매 맞는 걸 선택하죠."

"그럴 리가!" 매컴버가 말했다.

"전혀 이상할 게 없어요." 윌슨이 말했다. "당신이라면 어느 쪽을 택하겠습니까? 기꺼이 매를 맞겠습니까, 아니면 돈벌이를 포기하겠습니까?"

그렇게 물어 놓고는 좀 심했다고 생각했는지 그는 매컴버가 대답을 하기 전에 말을 이었다. "사실 따지고 보면 우리 모두가 매일 매질을 당하고 있는 셈이지요."

그것 역시 그다지 좋은 말은 아니었다. '빌어먹을.' 그는 속으로 중얼거렸다. '내가 무슨 외교관이라도 되는 거야 뭐야.'

"그래요, 우린 매질을 당하고 있죠." 매컴버가 여전히 그의 눈을 피하며 말했다. "사자 일로 저는 죽을 맛입니다. 더 이상 말이 퍼지지 않아야할 텐데. 그 일에 관한 이야기를 듣는 사람이 없으면 좋겠어요."

"내가 마사이가 클럽에 가서 떠들기라도 할 것 같은가요?" 윌슨이 그렇게 말하며 차가운 눈길로 매컴버를 보았다. 윌슨은 이런 대접을 받으리라곤 전혀 예상하지 못했었다. 겁쟁이에다가 끔찍하게 역겹기까지 하군. 방금까진 좋아했었는데. 이러니 미국 놈 속을 어찌 알겠어?

"입도 뻥긋하지 않을 거요." 윌슨이 말했다. "난 직업 사냥꾼이고, 고객에 관한 얘기는 절대 안 떠들어요. 그 점에 대해선 안심해요. 얘기하지 말라고 당부하는 것 자체가 우리 같은 사람에 대한 예의가 아닙니다."

그는 지금부터는 아예 신경도 안 쓰겠다고 결심했다. 식사도 혼자 해야지. 그럼 식사 때 책을 읽을 수도 있을 거야. 저들은 저들끼리 식사를 하겠지. 사파리 사냥을 하는 동안 극히 공식적인 일로만 마주치면 그만이야. 이런 걸 프랑스식으로 뭐라고 하더라? 품위 있는 배려? 그게 오히려 이따위 쓰레기 같은 감정에 휘말리는 것보단 백번 낫지. 수틀리면 단단히 창피를 주고 깨끗이 관계를 청산하면 그만이야. 저들에 대해 신경 끊어도 밥 먹고 책 읽고 그들의 위스키를 마시는 데는 지장 없어. 형편없는 사파리 사냥을 빗댄 얘기가 있지. 어떤 백인 사냥꾼에게 '잘돼 갑니까?'라고 물었을 때 그가 '나는 아직도 그들의 위스키를 마시고 있죠'라고 대답하면, 그건 모든 게 엉망이 되어 가고 있단 뜻이라는.

"죄송합니다." 매컴버가 말했다. 윌슨을 바라보는 미국인 매컴버는 중년임에도 얼굴에 젊음이 여전했다. 윌슨의 눈은 그의 짧게 자른 머리와 약간 주눅 든 잘생긴 눈, 멋진 코, 얇은 입술, 빨은 하관을 훑었다. "그렇게 들릴 수 있다는 걸 미처 몰랐습니다. 제가 아직 아는 게 별로 없어서요."

그래서 어쩌라고. 윌슨은 질질 끌지 않고 깔끔하게 관계를 청산할 준비를 하고 있었는데, 한껏 모욕을 주던 거지 같은 위인이 이젠 사과를 하고 있었다. 그러나 그는 관계를 청산하려는 시도를 해보았다. "내가 떠벌리고 다닐까 걱정하진 마십시오. 나도 먹고살아야죠. 그런데 말이죠, 아프리카에선 여자도 사자를 그냥 놔주진 않습니다. 하물며 백인 남자가 도망치는 일은 없죠."

"난 토끼처럼 놀라 달아났죠." 매컴버가 말했다.

이런 식으로 얘기하는 사람을 대체 어찌해야 하나, 윌슨은 당황스러웠다.

윌슨이 기관총 사수 같은 파란 눈으로 맥 빠진 듯 매컴버를 바라보자, 매컴버가 미소로 답했다. 기분이 상했을 때의 매컴버의 눈빛을 모르는 사람에겐, 그저 따뜻한 미소로만 보였으리라.

"물소 사냥 땐 만회할 겁니다." 그가 말했다. "다음이 물소 사냥 맞죠?"

"당신만 좋다면 내일 아침에라도 떠날 수 있소." 윌슨은 그렇게 말한 후 생각했다. 어쩌면 그동안 잘못 생각하고 있었는지도 몰라. 처음부터 이런 식으로 대했어야 했어. 정말이지 미국인은 종잡을 수가 없다니까. 그는 다시 매컴버의 편이 될 수 있을 것 같았다. 아침에 있었던 일만 잊을 수 있다면. 하지만 물론, 그럴 수는 없었다. 아침에는 그야말로 끔찍했다.

"부인께서 오시는군요." 윌슨이 말했다. 그녀는 원기를 회복한 듯 즐겁고 상냥한 얼굴로 막사에서 걸어 나왔다. 그녀의 얼굴은 너무도 완벽한 계란형이라, 머리는 그만큼 완벽하게 텅 비었을 거라 기대하게 만들 정도였다. 하지만 그녀는 바보가 아니었다. 절대로 멍청한 여자가 아니야, 하고 윌슨은 생각했다.

"윌슨 씨 붉은 얼굴은 어쩜 이렇게 멋지죠? 나의 진주 프랜시스, 기분 좀 좋아졌어요?"

"그래, 많이 좋아졌어." 매컴버가 말했다.

"전 이제 다 잊어버렸어요." 그녀가 탁자 위에 걸터앉으며 말했다. "프랜시스가 사자를 잘 잡든 못 잡든 그게 뭐 그리 대수겠어요? 사냥이 이 사람 직업도 아니잖아요. 그건 윌슨 씨 일이죠. 윌슨 씨는 뭐든 멋지게 때려잡겠죠? 뭐든 죽이지 않나요?"

"그래요, 뭐든." 윌슨이 말했다. "문자 그대로 뭐든지." 여자들이란 세상에서 가장 다루기 힘든 동물이라고 그는 생각했다. 가장 고약하고, 잔혹하고, 약탈적이며, 또한 매력적인 동물이지. 그들은 냉담함을 이용해 남자들을 약하게 만들거나 혼을 빼놓지. 아니면 손아귀에 쥐고 흔들 수 있을 만한 남자를 고르거나. 하지만 결혼 적령기가 될 때까지 스스로도 자신들이 그렇다는 걸 몰라. 그래도 이 여자는 무척이나 매력적이야. 미국 여자에 대해 미리 좀 알아 둔 게 다행이야.

"내일 아침에 우리는 물소 사냥을 떠날 겁니다." 그가 그녀에게 말했다.

"저도 가겠어요." 그녀가 말했다.

"아니, 부인은 안 됩니다."

"무슨 소리예요? 저도 갈 거예요. 가도 되죠, 프랜시스?"

"야영지에 그냥 계시죠."

"천만에요." 그녀가 말했다. "무슨 일이 있어도 오늘처럼 놓치진 않을 거예요."

좀 전에 그녀가 울기 위해 떠났을 때만 해도, 그는 그녀가 대단한 여자라고 생각했었다. 이해심 많고, 생각이 깊으며, 남편으로 인해 상처를 받긴 했지만 어떻게 처신해야 하는지 잘 알고 있는 것처럼 보였다. 그런데 20분쯤 떠났다 돌아온 지금의 그녀는 미국 여자 특유의 고약함으로 단단히 무장하고 있었다. 여자들이란 지독해. 정말이지 끔찍해.

"내일은 당신에게 전혀 다른 쇼를 보여 줄 거야." 프랜시스 매컴버가 말했다.

"부인은 안 됩니다." 윌슨이 말했다.

"크게 잘못 생각하고 계시군요." 그녀가 윌슨에게 말했다. "당신이 멋지게 해치우는 걸 꼭 다시 보고 싶어요. 오늘 아침에 정말 멋졌어요. 멋지게 머리를 날려 버린다는 게 뭔지 보여 주신 거죠."

"점심이 차려졌군요." 윌슨이 말했다. "기분이 무척 즐거우신가 봅니다."

"그러면 안 되나요? 무덤덤해지려고 이곳까지 온 게 아니잖아요."

"그야 그렇지만, 지금까진 무덤덤하셨죠." 윌슨이 말했다. 그는 돌들이 흩어져 있는 강과 그 너머 나무가 우거진 높다란 둑으로 눈길을 주며 아침의 일을 떠올렸다.

"아, 그렇긴 했었죠." 그녀가 말했다. "그래도 좋았어요. 내일도 그럴 거예요. 제가 내일을 얼마나 기대하고 있는지 모를 거예요."

"지금 나온 건 일런드* 고기입니다." 윌슨이 말했다.

"토끼처럼 뛰어다니는 덩치 큰 소 같은 거 맞죠?"

"비유가 그럴듯하군요." 윌슨이 말했다.

"고기 맛이 아주 좋아." 매컴버가 말했다.

"당신이 잡은 건가요, 프랜시스?" 그녀가 물었다.

"그럼."

"그다지 위험하진 않았나 보죠?"

"덤벼들지만 않으면, 그런 셈이죠." 윌슨이 그녀에게 말했다.

"천만다행이었네요."

"왜 이렇게 심술궂은 거야, 마고?" 일런드 스테이크를 썰어 포크로 뒤집고는 그 위에 으깬 감자와 육즙, 당근을 올려놓으며 매컴버가 말했다.

"당신이 곱게 나오면 나도 그렇게 할 수 있어요." 그녀가 말했다.

"오늘 밤엔 사자를 잡은 기념으로 샴페인이나 들죠." 윌슨이 말했다. "낮엔 술 마시기엔 더우니까."

"오, 사자." 마고가 말했다. "사자를 잊어 먹고 있었군요!"

이 여자가 남편을 제대로 엿 먹이는군, 하고 로버트 윌슨은 속으로 생각했다. 아니면 남편을 구경거리로 만들겠다는 속셈인가? 남편이 지독한 겁쟁이라는 사실을 알게 되면 여자들은 무슨 생각을 할까? 여자들이란 다 고약한 법이지만 이 여잔 정말 끔찍해. 물론 쥐고 흔들려면 때

*아프리카산 대형 영양.

론 고약해져야 하겠지. 여자들의 그런 빌어먹을 테러는 볼 만큼 봤어.

"일런드 고기 좀 더 드시겠습니까?" 그가 공손한 말투로 그녀에게 물었다.

그날 오후 늦게 윌슨과 매컴버는 총기 운반꾼 둘을 데리고 원주민 운전사가 모는 차를 타고 떠났다. 매컴버 부인은 야영지에 남았다. 그녀는 지금은 밖으로 나가기엔 너무 덥다고, 다음 날 아침 일찍 사람들과 함께 뒤따라가겠다고 했다. 야영지에서 멀어져 가는 차 속에서 윌슨은 커다란 나무 아래 서 있는 그녀를 바라봤다. 옅은 장밋빛이 도는 카키색 옷을 입고 머리를 뒤로 묶어 이마와 목덜미를 드러낸 그녀의 자태는, 아름답기보다는 귀여워 보였다. 참으로 생기 넘치는 얼굴이었다. 여기가 영국이라고 생각하는 걸까? 자동차가 높다란 풀들이 무성하게 자란 늪지를 통과해 숲을 끼고 길게 곡선을 그리며 과일나무가 빽빽한 작은 언덕 너머로 사라질 때까지, 그녀는 계속 손을 흔들었다.

과일나무 숲에서 그들은 한 떼의 임팔라를 발견하고는 차에서 내렸다. 길고 넓게 퍼진 뿔을 가진 나이 든 수놈의 뒤를 조용히 밟다가 매컴버가 기막힌 솜씨로 녀석을 단 한 방에 쓰러뜨렸다. 200야드는 족히 되는 거리였다. 혼비백산한 임팔라 떼가 흩어져 달아나기 시작했다. 다리를 힘껏 구부렸다 뛰어오르는 녀석들이 서로의 등을 밟아 대는 모습은, 실제로 보고도 믿기 어려운 광경이었다.

"잘 쐈습니다." 윌슨이 말했다. "표적이 작았는데도 잘하셨네요."

"머리를 겨냥했는데, 괜찮았어요?" 매컴버가 물었다.

"훌륭했습니다." 윌슨이 말했다. "그렇게만 쏜다면 아무 문제 없을 겁니다."

"내일 물소를 찾을 수 있을까요?"

"기회가 올 겁니다. 녀석들은 아침 일찍 먹이를 찾아 나설 거고, 운이 좋으면 개활지에서 녀석들을 잡을 수 있을 테죠."

"사자 사냥 때의 일을 말끔히 씻어 내고 싶어요." 매컴버가 말했다. "아내에게 그런 모습을 보여 주는 건 정말이지 끔찍해요."

나 같으면 아내가 보든 안 보든 그런 식으로 행동하지 않았을 테고, 그 일을 다시 입 밖에 낸다는 것 자체를 끔찍하게 여겼을 거야, 하고 윌슨은 생각했다. 하지만 그는 이렇게만 말했다. "난 그 일은 더 이상 생각하지 않아요. 누구든 처음 사자를 만나면 당황할 수밖에 없어요. 그리고 다 끝난 일입니다."

하지만 매컴버에겐 결코 끝난 일이 아니었다. 그날 밤 저녁 식사를 끝내고 잠자리에 들기 전 모닥불 곁에서 위스키소다 한 잔을 마시고 모기장이 쳐진 간이침대에 누워 밤벌레 소리를 듣고 있던 매컴버에겐, 끝나기는커녕 아직 시작된 것도 아니었다. 몇 가지 장면은 더욱 또렷하게 떠오르며 그의 수치심을 자극했다. 그러나 그를 휩싼 감정의 정체는 정확히 말하면 수치심이라기보다는 서늘하고 먹먹한 두려움이었다. 그 두려움으로 인해 자신감으로 가득 차 있던 그의 마음이 차갑고 끈적거리는 허방으로 변해 버린 것 같았다. 두려움은 좀체 그를 떠나지 않았다.

그 일의 시작은 전날 밤 그의 귓속으로 파고든, 강 위쪽 어딘가에서 들려온 사자의 포효였다. 깊은 울림을 가진 그 소리는 나중엔 가래 끓는 신음 소리가 되어 막사 바로 바깥까지 다가왔다. 그 소리에 잠에서 깬 매컴버는 겁에 질려 버렸다. 아내는 깊게 잠이 들어 평온한 숨소리를 내고 있었다. 무섭다는 얘기를 건넬 사람도 무서움을 진정시켜 줄 사람도 없이 혼자 침대에 누워 있던 그가 다음과 같은 소말리아 속담을 알 리는 없었다. '아무리 용감한 사람도 사자를 보면 세 번은 놀라게 마런이다. 맨 처음 사자의 발자국을 보았을 때, 맨 처음 사자의 포효를 들었을 때, 맨 처음 사자와 대면했을 때.' 해가 떠오르기 전 식당 막사에서 아침을 먹는데 다시 사자의 포효가 들려왔다. 프랜시스는 야영지 바로 경계에 사자가 있을 거라고 생각했다.

"나이 든 녀석의 소리군요." 로버트 윌슨이 훈제 청어와 커피에서 눈을 들며 말했다. "가래 끓는 소리가 나잖아요."

"저놈이 아주 가까이에 있는 거죠?"

"강 위쪽으로 1마일은 떨어져 있습니다."

"우리가 볼 수 있나요?"

"이제 보러 가야죠."

"그렇게 멀리 있는데 포효 소리가 여기까지 들린다고요? 마치 야영지 안에 있는 것처럼 들리는데."

"아주 멀리까지 퍼져 나가죠." 로버트 윌슨이 말했다. "신기하게도요. 쏘기에 좋은 녀석이 걸려야 할 텐데. 소년들 얘기로는 근처에 엄청나게 큰 놈이 있다고 하더군요."

"쏜다면 어디를 맞혀야 합니까?" 매컴버가 물었다. "꼼짝 못하게 하려면요."

"어깨나, 가능하면 목이 좋아요. 목뼈가 분질러지게요. 그러면 나가떨어지죠."

"제대로 명중시켜야 할 텐데." 매컴버가 말했다.

"당신 솜씨라면 충분합니다." 윌슨이 말했다. "여유를 가져요. 녀석을 정확히 포착해야 합니다. 첫 발이 무엇보다 중요합니다."

"거리는 어느 정도여야 합니까?"

"단언할 수는 없어요. 사자에게 달려 있죠. 하지만 확실하게 명중시킬 수 있을 만큼 가까이 올 때까지 쏴서는 안 됩니다."

"100야드 안쪽에서 쏴야 하나요?" 매컴버가 물었다.

윌슨이 그를 재빨리 일별하며 말했다.

"100야드면 괜찮죠. 좀 더 가까이 다가왔을 때 쏘면 더 좋고요. 그보다 먼 데서는 한 발도 쏘아선 안 됩니다. 100야드가 적절해요. 그 정도 거리면 맞히고 싶은 자리에 쏠 수 있을 겁니다. 부인께서 오시네요."

"잘 주무셨어요?" 그녀가 말했다. "사자를 잡으러 갈 거죠?"

"부인께서 식사를 마치시면 곧바로 떠날 겁니다." 윌슨이 말했다. "기분은 괜찮으신가요?"

"아주 좋아요." 그녀가 말했다. "얼마나 흥분되는지 몰라요."

"준비가 다 됐는지 살펴보러 가야겠습니다." 윌슨이 자리에서 일어났다. 그가 떠나려 하자 다시 사자가 울었다.

"엄청 시끄러운 녀석이군." 윌슨이 말했다. "이제 찍소리 못하게 만들어 주마."

"표정이 왜 그래요, 프랜시스?" 아내가 그에게 물었다.

"아무 일도 아니야." 매컴버가 말했다.

"무슨 일 있는 거 같은데요." 그녀가 말했다. "기분 상하는 일이라도 있었어요?"

"그런 거 없다니까." 그가 말했다.

"말해 봐요." 그녀가 그를 응시했다. "기분이 별로죠?"

"저놈의 소리." 그가 말했다. "밤새도록 저러더군."

"절 깨우지 그랬어요." 그녀가 말했다. "난 저 소리 좋은데."

"저 빌어먹을 놈을 꼭 잡고 말 테야." 매컴버가 비장하게 말했다.

"물론이죠. 그러자고 여기로 온 거잖아요."

"그렇긴 하지. 하지만 자꾸 신경이 쓰여. 저 가르랑거리는 소릴 듣고 있으면 신경이 곤두서는 것 같아."

"윌슨 씨가 말했잖아요. 놈을 죽여서 찍소리도 못 내게 할 거라고."

"알았어, 여보." 프랜시스 매컴버가 말했다. "말이야 쉽지."

"당신 겁먹은 건 아니죠? 그렇죠?"

"물론 아니지. 그냥 밤새도록 가르랑거리던 저 소리가 신경 쓰였다는 말이야."

"놈을 멋지게 잡을 거예요." 그녀가 말했다. "당신이 해낼 거란 걸 알아요. 그 모습이 너무너무 보고 싶어요."

"어서 식사 끝내고 출발하자구."

"날이 아직 밝지 않았는데요." 그녀가 말했다. "어중간한 시간이라고요."

바로 그때 다시 가슴 깊숙한 곳에서 울려 나오는 듯한 사자 울음소리가 들렸다. 그 대기를 흔드는 듯한 소리의 진동이 점점 높아지다가 종내는 무겁게 가라앉은 가래 끓는 소리로 변했다.

"바로 옆에서 우는 거 같네요." 아내가 말했다.

"우라질." 매컴버가 말했다. "정말이지 듣기 싫은 소리야."

"무척 인상적인걸요."

"인상적이지. 끔찍할 정도로."

그때 로버트 윌슨이 총신이 짧고 총구가 엄청나게 큰, 흉측하게 생긴 505깁스를 들고 씽긋 웃으며 다가왔다.

"가시죠." 그가 말했다. "총기 운반꾼이 당신의 스프링필드 소총과 장총을 챙겨 놨습니다. 총알은 갖고 계시죠?"

"예."

"저도 준비 완료예요." 매컴버 부인이 말했다.

"저놈 주둥이를 다물게 해줘야겠어요." 윌슨이 말했다. "당신은 앞에 타세요. 부인은 저와 함께 뒷자리에 타시죠."

그들은 차에 올라타, 희부연 아침의 첫 햇살을 받으며 숲을 지나 강 위쪽으로 이동했다. 매컴버는 소총의 약실을 열어 총알들을 확인한 후 다시 덮개를 닫고 안전장치를 걸었다. 손이 떨리고 있었다. 그는 주머니에 손을 넣어 여분의 탄창을 확인하고는 사냥 조끼 앞섶 고리에 걸린 탄창들을 더듬었다. 그러고는 뒤로 고개를 돌렸다. 문짝이 붙어 있지 않은 자동차 뒷좌석에 나란히 앉은 윌슨과 아내가 보였다. 두 사람 모두 흥분을 감추지 못한 채 싱글거리고 있었다. 윌슨이 앞으로 몸을 기울이며 낮게 속삭였다. "저기 아래로 떨어지는 새들을 보십시오. 그 늙은 녀석이 먹이를 내버려 두고 갔다는 뜻이죠."

강둑 멀리에 있는 나무들 위를 선회하던 독수리들이 곤두박질치듯 땅으로 낙하하는 것이 매컴버의 눈에도 보였다.

"녀석이 이곳으로 목을 축이러 올지도 모릅니다." 윌슨이 속삭였다. "드러눕기 전엔 꼭 물을 마시거든요. 잘 지켜보십시오."

차는 자갈투성이의 강바닥 깊은 곳에서부터 치솟은 높다란 강둑을 따라 천천히 달리다가 큰 나무들을 돌아 숲으로 들어갔다가 다시 빠져 나왔다. 반대편 강둑을 지켜보고 있던 매컴버의 팔을 윌슨이 잡아당겼다. 차가 멈추었다.

"저기 있군요." 윌슨이 속삭였다. "전방 우측입니다. 내려서 잡아 버립시다. 멋진 사자군요."

매컴버의 눈에도 사자가 들어왔다. 그들이 있는 쪽으로 돌아선 사자는 머리를 쳐들어 공격 태세를 갖추는 듯했다. 그들 쪽으로 불어오는 이른 아침의 미풍이 사자의 검은 갈기를 일으켜 세웠다. 희부연 아침 햇살 속에서 강둑 위로 솟은 놈의 거대한 실루엣이, 묵직한 어깨와 미끈하게 빠진 몸통이 드러났다.

"녀석과 얼마나 떨어져 있는 거죠?" 매컴버가 소총을 들어 올리며 물었다.

"75야드쯤. 차에서 내려 놈을 잡읍시다."

"여기서 쏘면 안 됩니까?"

"차 안에선 안 됩니다." 윌슨의 목소리가 그의 귓속을 파고들었다. "내려요. 놈이 하루 종일 저기 서 있는 건 아니니까."

매컴버는 앞좌석 쪽의 굽은 틈으로 빠져나와 발판을 밟고 땅에 내려섰다. 이쪽의 물체들이 그저 덩치 큰 물소의 실루엣으로 보이는지, 놈은 여전히 위풍당당하고 차분한 모습으로 서 있었다. 아직은 사람 냄새를 맡지 못한 듯했다. 놈은 커다란 머리를 좌우로 약간씩 흔들며 이쪽을 지켜보고 있었는데, 겁이 나서가 아니라 반대편에 뭔가가 있음을 느끼고 목을 축이러 둑 아래로 내려가는 걸 잠시 미룬 것뿐이었다. 그 물체에서 사람 형상 하나가 떨어져 나오자 사자는 커다란 머리를 돌리더니 나무들 사이로 몸을 날렸다. 그 순간 놈은 요란한 굉음을 들었고, 옆구리에 14그램짜리 30-06 탄알이 꽝 박히자 불에 덴 듯한 느낌과 함께 욕지기가 치밀어 올랐다. 놈은 총알이 박힌 몸통을 흔들며 육중한 발을 빠르게 움직여 풀들이 높다랗게 자란 숲 속으로 달아났다. 그때 굉음이 다시 일었고, 놈은 아래쪽 갈비뼈에 충격과 동시에 찢어지는 통증을 느꼈다. 놈의 입에서 뜨거운 거품이 이는 피가 솟구쳤다. 놈은 높다랗게 자란 풀숲을 향해 전속력으로 달려갔다. 굉음을 낸 그 물체를 피해 그곳에 몸을 웅크리고 있다가 그 물체를 든 인간이 충분히 가까워지면 공격할 요량이었다.

차에서 내린 매컴버는 그런 사자의 속셈을 알 리 없었다. 그가 아는 건 자신의 손이 떨리고 있다는 것, 다리가 제대로 옮겨지지 않는다는 것뿐이었다. 뻣뻣해진 넓적다리의 근육이 펄떡거리고 있었다. 그는 소총을 들어 올려 사자의 머리와 어깨가 연결된 부위를 겨냥하고는 방아쇠를 당겼다. 손가락이 부러질 만큼 힘껏 방아쇠를 당겼지만 어떤 일도 일어나지 않았다. 그제야 안전장치가 걸려 있음을 깨닫고는 소총을 내려 안전장치를 푼 뒤 발을 앞으로 옮겼다. 자동차의 실루엣으로부터 사람의 윤곽이 완전히 떨어져 나온 것을 확인한 사자는 몸을 돌려 빠르게 걸음을 옮기기 시작했다. 다시 매컴버의 총이 불을 뿜자 놈은 퍽, 하는 소리를 들었다. 총알이 제 몸에 박혔다는 의미였다. 하지만 놈은 멈추지 않았다. 매컴버는 다시 사격을 했고, 나머지 사람들은 그가 쏜 총알이 달려가는 사자를 비껴나 흙먼지를 일으키는 것을 보았다. 그는 목표물이 몸을 낮췄음을 상기하며 재차 방아쇠를 당겼고, 총알이 박히는 소리가 들렸다. 그래도 사자는 달리기를 멈추지 않았고, 그가 미처 총알을 재장전하기 전에 높다란 풀숲으로 들어가 버렸다.

매컴버는 욕지기를 느끼며 서 있었다. 총알이 장전된 스프링필드 소총을 여전히 쥐고 있는 그의 손은 부들부들 떨렸다. 아내와 로버트 윌슨이 그의 곁에 다가와 있었다. 총기 운반꾼 둘도 옆에서 와캄바 말로 뭔가 얘기를 나누고 있었다.

"놈을 맞혔어." 매컴버가 말했다. "두 발이나 맞혔다고."

"맞히긴 했는데 앞쪽으로 조금 빗나갔습니다." 윌슨이 덤덤하게 말했다. 총기 운반꾼들은 이제 얘기를 멈추고 침울한 표정으로 서 있었다.

"그래도 죽었을지 모릅니다." 윌슨이 말을 이었다. "확인하러 가기 전에 잠깐 쉬는 게 좋겠습니다."

"무슨 뜻입니까?"

"지치도록 놔뒀다가 쫓아가자는 거죠."

"아, 그렇군요." 매컴버가 말했다.

"정말 멋진 사자였어요." 윌슨이 유쾌하게 말했다. "그런데 녀석이 안 좋은 곳으로 들어가 버렸네요."

"왜 안 좋다는 겁니까?"

"마주칠 때까지는 녀석이 어디 있는지 볼 수 없는 곳으로 들어갔다는 겁니다."

"아, 그렇군요." 매컴버가 말했다.

"갑시다." 윌슨이 말했다. "부인께선 차에 계시는 게 좋겠어요. 우린 핏자국을 따라갈 겁니다."

"그래, 여기 있어, 마고." 매컴버가 아내에게 말했다. 입이 바짝 말라 말하기도 힘들 정도였다.

"왜요?" 그녀가 물었다.

"윌슨 씨가 그러라고 하잖아."

"우린 그냥 살펴보러 가는 겁니다." 윌슨이 말했다. "부인은 여기 계세요. 구경하기엔 여기가 더 나을 겁니다."

"좋아요."

윌슨이 운전사에게 스와힐리어로 뭐라고 말하자 그가 고개를 끄덕이며 "알았습니다, 나리" 하고 말했다.

가파른 둑길을 내려가 돌부리들을 헤치며 강을 건넌 뒤 밖으로 드러난 나무뿌리들을 붙잡고 반대편 둑 위로 기어 올라가자, 매컴버의 총알에 맞고 달아난 사자가 들어간 곳이 보였다. 총기 운반꾼들이 짧은 풀 더미 위에 떨어진 검은 피를 가리켰다. 강둑 뒤편은 숲으로 이어져 있었다.

"이제 어떻게 합니까?" 매컴버가 물었다.

"선택의 여지가 없어요." 윌슨이 말했다. "둑이 가팔라 차를 몰고 갈 수가 없으니, 녀석의 몸이 뻣뻣해질 때까지 기다렸다가 찾으러 들어가야죠."

"풀밭에 불을 놓는 건 안 되나요?" 매컴버가 물었다.

"이렇게 파란 풀에요?"

"몰이꾼을 보내는 건요?"

윌슨이 속셈을 가늠하는 듯한 눈으로 그를 보며 말했다. "물론 가능하긴 합니다만, 몰이꾼들이 아주 위험해집니다. 사자가 부상을 입은 걸 봤잖습니까. 부상을 당하지 않았다면 몰이꾼을 쓸 수가 있어요. 소리만 듣고도 달아날 테니까. 하지만 부상을 입은 사자는 덤벼들게 돼 있습니다. 또 눈앞에서 마주치기 전까지는 절대로 녀석이 있는 곳을 미리 알 수가 없어요. 녀석은 토끼 한 마리도 숨어 있을 것 같지 않은 곳에 납작 엎드려 있으니까요. 저런 곳에 몰이꾼을 들여보내는 건 할 일이 아닙니다. 욕을 바가지로 얻어먹을 일이죠."

"총기 운반꾼들은요?"

"아, 그 사람들은 같이 갈 겁니다. 그게 그 사람들 임무니까. 당신도 계약서를 봤잖습니까. 하지만 그다지 반기는 표정은 아니군요."

"저곳으로 들어가고 싶지 않네요." 매컴버가 말했다. 자기도 모르게 불쑥 튀어나온 말이었다.

"나도 마찬가집니다." 윌슨이 무척이나 유쾌하게 말했다. "하지만 다른 선택은 없어요." 그러고는 잠깐 생각에 잠겼다가 매컴버에게로 고개를 돌렸다. 매컴버는 죽상이 된 얼굴로 덜덜 떨고 있었다.

"당신이 꼭 들어갈 필요는 없습니다." 그가 말했다. "이런 일 대신하라고 날 고용한 거잖습니까? 그렇게 비싼 돈을 주고요."

"당신 말은 혼자 들어가겠다는 뜻인가요? 놈을 그냥 내버려 두지 그래요?"

그때까지 로버트 윌슨은 사자와 그놈이 일으킨 문제에만 몰두해 있어서 매컴버가 하는 말의 의미를 제대로 생각하지 못하고 있었는데, 갑자기 실수로 남의 호텔 방 문을 열었다가 보지 말아야 할 남의 부끄러운 꼴을 본 듯한 기분이 들었다.

"무슨 뜻입니까?"

"놈을 그냥 놔두면 되잖아요."

"총에 맞지 않은 걸로 해두자는 말이군요."

"아니, 그냥 내버려 두자는 겁니다."

"그건 안 되죠."

"왜 안 되는 겁니까?"

"첫 번째는 녀석이 고통스러워하고 있을 게 분명하기 때문이고, 그다음은 다른 누군가가 녀석과 마주칠 수 있기 때문입니다."

"알겠어요."

"하지만 당신은 이 일에 관여하지 않아도 됩니다."

"하고 싶습니다." 매컴버가 말했다. "겁은 나지만."

"들어가면 내가 앞장서겠습니다." 윌슨이 말했다. "콩고니가 자취를 쫓을 테니까, 당신은 내 뒤를 따라와요. 한쪽으로 조금 떨어져서. 으르렁거리는 소리가 들리면 기회를 잡은 겁니다. 녀석을 보게 되면 둘이 같이 쏩시다. 조금도 걱정하지 말아요. 내가 지켜 줄 테니까. 사실, 당신은 가지 않는 게 나을지도 모릅니다. 그게 더 낫겠어요. 내가 해치우는 동안 당신은 부인과 함께 있는 게 어때요?”

“아닙니다. 나도 가겠습니다.”

“좋아요.” 윌슨이 말했다. “하지만 내키지 않으면 들어가지 마십시오. 아시다시피, 이건 내 임무니까.”

“가고 싶어요.” 매컴버가 말했다.

그들은 나무 아래 앉아 담배를 피워 물었다.

“여기서 기다릴 테니, 차로 돌아가서 부인께 한 말씀 하고 오시죠.” 윌슨이 말했다.

“아닙니다.”

“그럼 내가 가서 좀 기다리시라고 전하죠.”

“좋을 대로.” 매컴버는 그렇게 말하고는 거기 그대로 앉아 있었다. 겨드랑이는 땀에 젖어 있었고, 입은 바짝 말라 있었으며, 배 속은 텅 빈 것 같았다. 윌슨에게 혼자 가서 사자를 끝장내라고 말할 용기가 있으면 얼마나 좋을까, 그 생각만 하고 있었다. 자신이 어떤 상황을 만들어 놓았는지, 윌슨이 자기가 부인에게 가게 된 것 때문에 얼마나 화가 났는지는 까맣게 모른 채. 잠시 후 윌슨이 돌아와서 말했다. “당신 장총을 갖고 왔습니다. 받아요. 녀석에게 충분한 시간을 준 것 같군요. 갑시다.”

매컴버가 장총을 받아 들자 윌슨이 말했다.

“내 뒤편 오른쪽으로 5야드쯤 떨어져서 따라와요. 반드시 내가 하라는 대로만 해요.” 그러고는 울상을 짓고 있는 총기 운반꾼 둘에게 스와힐리어로 뭐라고 말했다.

“갑시다.” 그가 말했다.

“물 한 모금 마셔도 될까요?” 매컴버가 물었다. 윌슨이 혁대에 수통을 찬 나이 많은 총기 운반꾼을 불렀다. 운반꾼은 혁대를 풀더니 마개를 연 다음 수통을 매컴버에게 건넸다. 매컴버는 꽤 무거워 보이는 수통을 받아 쥐었다. 양모 가죽 덮개의 털이 만져졌다. 그는 물을 마시려고 수통을 들어 올리면서도, 눈으로는 꼭대기가 납작한 나무들이 뒤편에 삐죽 솟아 있는 높다란 풀숲을 바라보았다. 산들바람이 그들을 향해 불어오자 풀들이 가볍게 일렁거렸다. 총기 운반꾼을 보니, 그 역시 겁에 잔뜩 질려 있음을 알 수 있었다.

덩치 큰 사자는 풀숲 안으로 35야드쯤 들어가서 납작 엎드려 있었다. 두 귀는 뒤쪽으로 젖혀져 있었다. 검은 뭉치털이 달린 긴 꼬리만 위아래로 흔들릴 뿐 몸의 다른 부위는 꿈쩍도 하지 않았다. 그 은신처에 다다르자 곧 지쳐 쓰러졌던 놈의 입에선 숨을 쉴 때마다 엷은 거품이 섞인 피가 흘렀는데, 폐를 관통당했기 때문이었다. 총알에 구멍이 뚫려 피에 젖은 옆구리엔 파리가 꾀고 있었다. 증오로 가늘어진 커다란 황색 눈은 숨을 쉴 때 통증이 일면 한 번씩 껌벅일 뿐, 계속 정면을 응시하고 있었다. 발톱은 햇볕에 달궈진 부드러운 흙 속에 파묻혀 있었다. 놈은 고통과 욕지기와 증오와 남은 힘을 모두 모아 단 한 번의 질주를 준비하고 있었다. 사람들의 말소리를 들으며, 그들이 풀숲으로 들어서면 당장 달려들려고 만반의 준비를 하고 있었다. 말소리가 가까워지자 위아래로 흔들리던 놈의 꼬리가 멈추었고, 그들이 풀숲 가장자리로 들어서자 놈은 가래 끓는 소리를 내며 달리기 시작했다.

늙은 총기 운반꾼 콩고니는 핏자국을 쫓으며 선두에 서 있었고, 윌슨은 언제든 발사할 수 있는 장총을 들고 모든 움직임을 살피고 있었으며, 또 다른 총기 운반꾼은 전방을 주시하며 소리에 귀를 기울이고 있었고, 매컴버는 장전된 소총을 들고 윌슨 뒤를 바짝 따르고 있었다. 막 풀숲으로 들어섰을 때, 매컴버는 가래 끓는 소리와 동시에 뭔가가 풀숲을 헤치며 휙휙 달려오는 소리를 들을 수 있었다. 다음 순간 그는 자신이 뛰고 있음을 깨달았다. 정신이 완전히 나간 상태로 강 쪽의 개활지를 미친 듯이 가로지르고 있었다.

그때 "쾅!" 하는 소리가 들렸다. 윌슨의 장총 소리였다. 그리고 두 번째 "쾅!" 소리가 났다. 돌아보니 머리 반쪽이 뭉개진 끔찍한 몰골로 윌슨을 향해 기어가고 있는 사자가 보였다. 붉은 얼굴의 사내는 짤막하고 추하게 생긴 소총에 총알을 채우고는 침착하게 다시 한 번 사자를 겨냥했고, 총구에서 또 "쾅!" 하는 소리가 났다. 윌슨에게로 기어가던 사자의 육중한 황색 몸통이 뻣뻣하게 굳더니 일그러진 거대한 머리가 앞으로 꺾였다. 매컴버는 장전된 소총을 든 채 홀로 달아난 곳에 서서, 모든 것이 끝난 장소를 바라다봤다. 두 명의 흑인과 한 명의 백인이 자신에게 경멸에 찬 시선을 보내는 순간, 그는 사자가 죽었음을 알 수 있었다. 자신의 멀쩡한 허우대가 노골적인 비난의 대상이 되고 있음을 느끼며 그는 윌슨에게로 다가갔다. 윌슨이 그를 보며 말했다.

"사진을 찍으시겠습니까?"

"아닙니다." 매컴버가 말했다.

자동차가 있는 곳까지 가는 동안 어느 누구도 말을 하지 않았다. 잠시 뒤에야 윌슨이 말했다.

"정말 멋진 사자더군요. 저 친구들이 가죽을 벗길 동안 여기 그늘에 있는 게 좋겠습니다."

여자는 남편에게 눈길을 주지 않았고, 그 역시 그녀를 보지 않았다. 그는 뒷좌석의 아내 곁에 앉았고, 앞좌석에는 윌슨이 앉았다. 그가 눈길은 주지 않은 채 슬그머니 아내의 손을 잡으려 하자, 그녀는 그의 손을 밀쳐 냈다. 총기 운반꾼들이 사자의 가죽을 벗기고 있는 강 건너편을 바라보고서야, 잠시 전의 상황을 아내도 차 안에서 자세히 다 보았겠다 싶었다. 아내가 손을 앞으로 뻗어 윌슨의 어깨를 두드렸다. 윌슨이 돌아 보자 그녀는 앞쪽 좌석으로 몸을 기울이더니 그의 입에 키스를 했다.

"어이쿠, 이런." 윌슨이 원래보다 더 붉어진 얼굴로 말했다.

"로버트 윌슨 씨." 그녀가 말했다. "멋진 붉은 얼굴의 로버트 윌슨 씨."

그러고는 다시 매컴버 곁으로 돌아온 그녀는 사자가 널브러져 있는 강 건너편을 바라보았다. 흑인들이 가죽을 벗겨 내자, 쳐들린 앞다리 근육의 힘줄이 선명하게 보였고, 퉁퉁하게 부풀어 오른 허연 복부도 보였다. 이윽고 총기 운반꾼들이 축축하게 젖은 무거운 가죽을 들고 와서 그것을 둘둘 말아 싣고 뒤편에 올라타자 자동차가 출발했다. 야영지에 도착할 때까지 누구 하나 입을 열지 않았다.

이것이 사자와 얽힌 사건의 전말이었다. 사람에게 달려들기 직전 그놈은 어떤 기분이었는지, 초속으로 환산하면 2톤의 무게에 해당하는 505 장총의 총구에서 뿜어져 나온 총알을 정통으로 맞고도 그놈은 어떻게 견딜 수 있었는지, 대체 무엇이 두 번째 총알에 하반신까지 으스러진 그놈을 총을 향해 기어가게 만들었는지, 매컴버로선 알 길이 없었다. 그에 대해 어느 정도 알고 있는 윌슨은 이렇게만 말했다. "정말이지 멋진 사자였어요." 하지만 매컴버는 그 일을 겪은 윌슨의 감정도 알 수 없었다. 아내의 기분 또한 알 수 없었다. 자신과 말도 하기 싫어한다는 것만 빼고는.

전에도 아내는 그에게 크게 실망한 적이 있었지만 그 감정이 오래가지는 않았고, 또한 그는 엄청난 부자에다 앞으로도 더 부유해질 테니 그녀가 그를 떠나지는 않을 것이다. 그는 오토바이, 자동차, 오리 사냥, 숭어와 연어 낚시, 큰 바다, 수많은 책에 등장하는 성적 묘사, 코트에서 하는 모든 종류의 스포츠, 개, 말, 돈에 대한 집착 등, 자신의 세계와 관련된 거의 모든 것들을 잘 알고 있었다. 또 아내가 자신을 결코 떠나지 않을 것임도 알고 있었다. 아내는 굉장한 미인이며 아프리카에서도 그 미모는 빛을 발했지만, 고국으로 돌아가 그를 버리고 더 잘 살 수 있을 정도의 미모까지는 아니었다. 그것은 그녀도 알고 그도 아는 사실이었고, 그는 그녀가 자신을 떠날 기회를 놓쳤다는 것도 알고 있었다. 그가 만약 여자를 잘 다루는 남자였다면, 그녀는 그가 미모의 새 아내를 얻을까 봐 노심초사했을 것이다. 하지만 그녀는 그를 너무나 잘 알고 있어서 그런 걱정은 하지 않았다. 또한 그가 아주 사악한 일만 아니라면 괜찮다고 여기는 엄청난 관용의 소유자라는 것도 알고 있었다.

대체적으로 그들은 꽤나 행복한 부부로 알려져 있었다. 가끔은 헤어질 거라는 소문이 돌곤 했지만 그런 일은 결코 일어나지 않았다. 두 사람은 어느 칼럼니스트가 신문 사교란에 썼듯이, 자연사박물관을 위해 표본을 수집했으며 사자 '올드 심바'와 코끼리 '템보'와 물소를 추적하는 수많은 영화를 만든 마틴 존슨 부부*가 등장하기 전에는 '암흑의 아프리카'로 불리던 곳으로 '사냥 여행'을 떠남으로써, 자신들의 영원한 '로맨스'에 선망해 왔던 얼마간의 '모험'까지 가미했다. 바로 그 칼럼니스트는 그들이 적어도 세 번은 헤어지기 '직전'까지 갔었다고 쓴 적도 있는데, 사실이 그랬다. 하지만 그들은 언제나 재결합했다. 그들에겐 결합을 가능하게 하는 토대가 있었다. 매컴버에게 마고는 이혼하기엔 너무도 아름다웠고, 마고에게 매컴버는 떠나기엔 너무도 아까운 엄청난 재력의 소유자였다.

*미국의 탐험가 마틴과 오사 존슨 부부. 1917년부터 1936년까지 세계의 오지를 탐험했으며 그 과정에서 많은 다큐멘터리 영화를 제작하기도 했다.

새벽 3시경 사자 생각에서 벗어나 잠이 들었던 매컴버는, 머리가 피범벅이 된 사자가 자신을 덮치는 꿈에 소스라치게 놀라 깨었다. 자신의 심장 뛰는 소리에 귀를 기울이던 그는, 문득 침대에 아내가 없다는 것을 깨달았다. 그는 그 사실을 생각하며 계속 누워 있었다.

두 시간쯤 뒤 아내가 막사로 들어와 모기장을 들어 올리더니 편안한 얼굴로 침대로 올라왔다.

"어딜 갔었어?" 매컴버가 어둠 속에서 물었다.

"어머," 그녀가 말했다. "깨어 있었어요?"

"어딜 갔었냐고 묻잖아."

"바깥바람 좀 쐬러 갔었죠."

"좀이 아닌 것 같은데."

"무슨 얘길 하고 싶은 거예요, 여보?"

"어딜 갔었어?"

"바깥바람 쐬러 갔었다고 했잖아요."

"그 짓에 새로운 이름이 붙었군. 개 같은 년."

"겁쟁이 주제에."

"그래." 그가 말했다. "그래서 뭐?"

"더 이상 관심 없어요. 그러니 여보, 얘기는 그만해요. 졸려요."

"내가 무슨 말이든 곧이곧대로 믿을 사람이라 생각하는군."

"그럴 거잖아요, 여보."

"아니, 그렇지 않아."

"제발 여보, 얘긴 그만하자구요. 졸려 죽겠어요."

"다시는 그런 짓 않기로 했잖아. 그러지 않겠다고 약속했잖아."

"하지만, 그렇게 돼버렸네요." 그녀가 거침없이 말했다.

"이번 여행을 계기로 더 이상 그런 짓 하지 않겠다고 당신 입으로 말했어. 약속까지 했었어."

"맞아요, 여보. 그러려고 했죠. 하지만 어제 일이 여행을 다 망쳐 놨어요. 거기에 대해선 얘기하지 않는 게 낫지 않겠어요?"

"기회만 생기면 당신이란 여잔 기다리는 법이 없어. 안 그래?"

"제발 얘기 좀 그만해요. 너무 졸려요, 여보."

"난 얘기해야겠어."

"그럼 마음대로 하세요. 난 잘 테니까." 그녀는 정말 잠이 들었다.

세 사람은 해가 뜨기 전에 아침 식사를 했다. 프랜시스 매컴버는 살면서 싫은 사람이 아주 많았지만 이제 그중에서도 로버트 윌슨이 가장 싫었다.

"잘 잤습니까?" 윌슨이 파이프 담배를 채우며 목이 잠긴 목소리로 물었다.

"당신은?"

"더할 나위 없이." 백인 사냥꾼이 말했다.

매컴버는 속으로 말했다. 나쁜 자식, 뻔뻔스러운 놈.

그녀가 막사로 들어갈 때 그가 깬 모양이군, 윌슨은 이렇게 추측하며 무심하고 냉랭한 시선으로 두 사람을 바라보았다. 제 여편네 하나 건사하지 못하는 저 인간은 날 도덕군자인 척하는 빌어먹을 놈으로 여기겠지? 자네 여편네나 잘 건사하셔. 이건 다 그대 잘못이니까.

"물소를 찾게 될까요?" 살구가 담긴 접시를 옆으로 밀며 마고가 물었다.

"기회가 올 겁니다." 윌슨이 그녀에게 미소를 보내며 말했다. "야영지에 그냥 계시지 그래요?"

"안 될 말이에요." 그녀가 그에게 말했다.

"야영지에 계시라고 명령이라도 내리시죠." 윌슨이 매컴버에게 말했다.

"당신이나 명령해 보시지." 매컴버가 차갑게 내뱉었다.

"명령 같은 건 집어치워요." 마고가 그렇게 말하며 매컴버에게로 몸을 돌리더니, 무척이나 명랑하게 덧붙였다. "실없는 짓 말아요, 프랜시스."

"떠날 준비가 된 거요?" 매컴버가 물었다.

"언제든." 윌슨이 말했다. "부인도 함께 가시길 바라는 겁니까?"

"내가 바라든 않든 뭐가 달라지겠소?"

젠장맞을, 하고 로버트 윌슨이 속으로 생각했다. 끔찍하다 끔찍해. 그러니 이 지경이 된 거지. 그래, 이 지경이 될 수밖에 없었어.

"달라질 건 없지요." 그가 말했다.

"당신은 저 여자와 야영지에 남고, 나 혼자 물소 사냥을 가기를 바라는 건 아니오?" 매컴버가 물었다.

"그럴 리가." 윌슨이 말했다. "내가 당신이라면 그런 헛소린 안 할 겁니다."

"헛소리가 아니오. 역겹군."

"역겹다니, 듣기 좋은 소리는 아니군요."

"프랜시스, 제발 분별 있게 말해요." 아내가 말했다.

"난 지금 엄청나게 분별 있게 말하고 있어." 매컴버가 말했다. "당신은 이런 형편없는 음식을 먹어 본 적 있어?"

"음식에 무슨 문제가 있습니까?" 윌슨이 나직하게 물었다.

"다 허접한 음식들뿐이잖소."

"내가 진정시켜 드려야겠군요, 신사 양반." 윌슨이 무척이나 조용히 말했다. "시중드는 아이가 영어를 잘 알아듣지 못합니다."

"빌어먹을 놈."

윌슨이 자리에서 일어나 파이프를 입에 문 채 걸음을 옮기더니 자신을 기다리며 서 있는 두 명의 총기 운반꾼 중 하나에게 스와힐리어로 몇 마디 던졌다. 매컴버와 그의 아내는 식탁 앞에 앉아 있었다. 매컴버가 자신의 커피 잔을 응시하기 시작했다.

"당신이 자꾸 문제를 일으킨다면, 당신을 떠날 거예요, 여보." 마고가 나직하게 말했다.

"아니, 당신은 그러지 못해."

"그런지 아닌지 지켜보세요."

"떠나지 못한다니까."

"그래요." 그녀가 말했다. "떠나지 않을게요. 그러니 당신도 예의를 좀 지키세요."

"예의를 지켜라? 말 한번 참하게 하는구먼. 예의를 지키란 말이지."

"그래요. 예의를 지켜요."

"당신은 왜 예의를 지키지 않지?"

"오랫동안 노력해 왔어요. 아주 오랫동안."

"난 저 얼굴 시뻘건 돼지가 싫어." 매컴버가 말했다. "꼴도 보기 싫다고."

"그는 정말이지 멋진 사람이에요."

"입 닥쳐." 매컴버가 고함치듯 말했다. 그때 자동차가 다가와 식당 막사 앞에 멈추었고, 운전사와 총기 운반꾼 둘이 내렸다. 윌슨이 뚜벅뚜벅 걸어와서 식탁 앞에 앉아 있는 부부를 보았다.

"사냥하러 갈까요?" 그가 물었다.

"그럽시다." 매컴버가 자리에서 일어나며 말했다. "그러자고."

"털옷을 가져와요. 차 안이 추울 겁니다." 윌슨이 말했다.

"난 가죽 재킷을 가져올게요." 마고가 말했다.

"아이가 갖고 있습니다." 윌슨이 그녀에게 말했다. 그는 운전사와 함께 앞자리에 올라탔고, 프랜시스 매컴버와 그의 아내는 아무 말 없이 뒷자리에 앉았다.

저 멍청한 자식이 뒤에서 내 머리를 날려 버리지 않기를 바라야겠군, 하고 윌슨은 속으로 생각했다. 여자들은 사파리엔 영 어울리지 않아.

차는 새벽의 여명 속에서 바닥에 깔린 자갈들을 으깨며 강을 건넌 뒤 가파른 둑길을 기어올랐다. 윌슨이 전날 삽질을 해놓으라고 지시한 덕분에, 저 멀리 공원처럼 보이는 우거진 숲까지의 울퉁불퉁한 길을 편하게 갈 수 있었다.

상쾌한 아침이군, 윌슨은 생각했다. 차바퀴에 밟히는 이슬 젖은 양치식물 잎사귀에서 향기가 올라왔다. 마치 버베나* 향기 같았다. 그는 이렇게 이른 아침에 길도 나지 않은 곳을 차로 달리며 이슬 냄새와 뭉개진 고사리 냄새를 맡고, 아침 안개 사이로 검게 드러난 나무줄기들을 보는 게 너무 좋았다. 이제 그는 뒷자리에 앉은 두 사람은 잊은 채 물소를 생각하고 있었다. 그가 쫓고 있는 물소는 낮 동안에는 사격이 불가능한 밀림 속 늪지에 머물지만, 밤이면 먹이를 찾아 넓게 펼쳐진 곳으로 나온다. 그러니 만약 놈들과 늪지 사이로 차를 몰아갈 수만 있다면, 매컴버는 개활지에서 놈들을 만날 기회를 갖게 되리라. 그는 매컴버와 깊은 숲까지 들어가 물소 사냥을 하고 싶지는 않았다. 물소가 아니라 무엇이든 매컴버와 사냥하기는 싫었지만, 그는 이미 별별 희한한 인간들과

---

*말의 채찍처럼 생긴 데서 이름 붙여진 마편초馬鞭草의 화초. 약재로 쓰인다.

사냥을 다녀 본 직업 사냥꾼이었다. 오늘 만약 물소를 잡게 되면 코뿔소 사냥만 남는데, 저 불쌍한 사내가 그 위험한 게임까지 다 통과하면 상황은 정리될 것이었다. 그도 더 이상 저 여자와 관계를 갖지 않을 테고, 매컴버도 그 일을 잊게 될 것이다. 보아하니 전에도 여러 번 이런 적이 있었던 것 같군, 불쌍한 친구. 나름대로 극복하는 방법이 있을 거야. 그리고 이게 다 네 녀석이 저지른 짓 때문에 일어난 일이야, 불쌍한 친구.

로버트 윌슨은 언제 떨어질지 모르는 횡재에 대비해 사냥 여행을 다니는 동안 더블 사이즈 침대를 갖고 다녔다. 그는 여러 나라 출신들로 구성된 날쌔고 모험적인 고객들과 사냥을 다닌 적이 있었는데, 여자들은 이 백인 사냥꾼과 잠자리를 하는 데서 자신들이 지닌 돈의 위력을 실감하는 듯했다. 그중 마음에 드는 여자도 몇 있었지만 떠나고 나면 그에게 남는 건 모멸감뿐이었다. 그러나 그는 그들로 인해 먹고살았기에, 그들에게 고용된 동안에는 그들의 기준을 자신의 기준으로 삼아야 했다.

모든 부분에서 고객의 기준이 그의 기준이 되었지만 사냥에서만큼은 예외였다. 그는 살상에 대한 자신만의 기준을 갖고 있었고, 고객들은 거기에 맞추어야만 사냥도 할 수 있고 목숨도 유지할 수 있었다. 바로 그 때문에 그들이 자신을 존중한다는 것을 그는 잘 알고 있었다. 그나저나 이 매컴버란 자는 정말 이상한 인간이야. 빌어먹을, 이 인간만 없다면! 그의 아내는, 글쎄, 그의 아내는, 흠, 그의 아내는…… 그는 모든 걸 내려놓고 싶었다. 그는 그들 부부를 돌아보았다. 매컴버는 화가 잔뜩 난 험상궂은 얼굴로 앉아 있었고, 마고는 그에게 미소를 보냈다. 그녀는 오늘따라 더 젊고 순수하고 신선해 보였다. 천박한 아름다움이 아니었다. 그녀의 가슴에 무엇이 담겨 있는지 신은 알 거야, 하고 윌슨은 생각했다.

지난밤 그녀는 말을 아꼈고, 그런 그녀를 보는 게 즐거웠다.

완만한 오르막을 기어올라 나무들 사이를 통과한 차는 대평원처럼 펼쳐진 초지로 들어섰다. 운전사가 초지의 가장자리를 따라 늘어서 있는 그늘진 나무들 아래로 천천히 차를 모는 동안 윌슨은 초지 멀리까지 유심히 살폈다. 그러고는 차를 멈추게 하더니 풀들이 뒤덮인 개활지를 망원경으로 탐색했다. 그가 운전사에게 손짓을 보내자 차가 다시 천천히 움직였다. 운전사는 흑멧돼지 굴과 개미들이 만들어 놓은 진흙 구릉을 피해 차를 몰았다. 그때 개활지를 살피던 윌슨이 갑자기 돌아보며 말했다.

"세상에, 놈들이 저기 있어요!"

그들이 윌슨이 가리킨 곳을 바라보는 동안 차는 계속 앞으로 달려 나갔고, 윌슨은 운전사에게 스와힐리어로 뭐라고 빠르게 말했다. 매컴버의 시야에 잡힌 길고 육중한 원통처럼 생긴 세 마리의 크고 시꺼먼 짐승들은, 마치 검은 빛깔의 거대한 유조차 같았다. 놈들은 드넓은 평원의 가장자리를 향해 내달리고 있었다. 목을 뻣뻣하게 세운 그 뻣뻣한 몸통들은 전속력으로 내달렸는데, 앞으로 쑥 나온 꿈쩍도 안 하는 머리 위쪽에는 휘어진 검은 뿔들이 달려 있었다.

"세 놈 다 나이 든 물소군요." 윌슨이 말했다. "놈들이 늪에 도착하기 전에 차단을 해야겠습니다."

차는 시속 45마일의 속력으로 거칠게 평원을 가로질렀다. 가까이 갈수록 물소는 점점 더 크게 보였고, 마침내 털이 없고 두툴두툴한 잿빛 몸통이 눈에 들어왔다. 매컴버는 다른 두 마리보다 약간 처져서 다리를 V자형으로 유지한 채 전속력으로 달리고 있는, 윤기가 흐르는 검정 뿔을 가진 녀석의 어깨의 일부인 목을 똑똑히 볼 수 있었다. 차가 길을 홀쩍 뛰어넘기라도 하듯 요동을 치며 놈들에게 바짝 다가갔다. 그는 물소가 만들어 낸 거대한 V자 모양과 드문드문 털이 난 가죽에 엉긴 흙덩이, 넓적하게 돋아난 뿔, 쭉 뻗은 콧등과 널따란 코를 볼 수 있었다. 그가 소총을 들어 올리자 윌슨이 소리를 질렀다. "차에선 안 된다고 했잖아요, 멍청하긴!" 하지만 그는 아무것도 두렵지 않았다. 오직 윌슨에 대한 증오만 있을 뿐이었다. 브레이크가 걸리자 차가 옆으로 미끄러져 깊게 흙을 파내며 멈추기 시작했다. 윌슨이 내리자 그도 반대편으로 뛰어내렸는데, 차가 완전히 멈추기 전에 뛰어내린 탓인지 발이 땅에 닿자 비틀거렸다. 그는 곧바로 달려가는 물소를 향해 총을 쏘았고, 총알이 놈의 몸에 박히는 소리가 들렸다. 총알이 다 떨어질 때까지 총을 쏘았지만 놈은 여전히 달리고 있었다. 놈의 어깨 정면을 쏘아야 한다는 걸 기억하고 더듬거리며 재장전을 하고 있을 때, 무릎을 꺾고 커다란 머리를 젖히며 쓰러지는 물소가 보였다. 그는 여전히 질주하고 있는 나머지 물소 두 마리 중 앞서 있는 놈을 향해 방아쇠를 당겼다. 첫 발은 맞았지만 두 번째 총알은 빗나갔다. 그리고 "크와앙" 하는 포효가 들렸다. 선두에 선 놈이 윌슨이 쏜 총에 맞아 코를 박으며 나뒹구는 것이 보였다.

"저기 나머지 녀석을 봐요." 윌슨이 말했다. "이번엔 당신이 쏴요!"

하지만 남은 한 놈은 지치지도 않고 여전히 전속력으로 내달렸다. 그가 쏜 총알은 흙먼지를 일으키며 빗나갔다. 윌슨 역시 맞히지 못한 채 먼지구름만 일으켰다. 윌슨이 "차에 탑시다, 너무 멀어요" 하고 고함을 지르며 그의 팔을 잡았다. 다시 차에 오른 매컴버와 윌슨은 차의 발판에 선 채 매달려 있었기에 울퉁불퉁한 땅을 지날 때면 심하게 요동쳤다. 물소는 여전히 V자를 유지하며 육중한 머리를 꼿꼿이 세운 채 전속력으로 내달리고 있었다.

그들은 놈의 뒤까지 따라붙었다. 매컴버가 장전을 하다가 총알을 땅바닥에 떨어뜨리기도 하고, 제대로 채우기도 하고, 잘못 들어간 걸 빼내기도 하는 사이 그들은 물소를 거의 따라잡았다. "멈춰." 윌슨이 고함을 지르자 차가 거의 뒤집어질 듯 미끄러졌다. 곤두박질치듯 뛰어내린 매컴버가 노리쇠를 힘껏 밀며 내달리는 물소의 둥그런 검은 등을 겨냥해 방아쇠를 당겼다. 그리고 또 한 번 겨냥해 쏘았다. 그리고 다시, 또다시 사격이 이어졌다. 총알들이 모두 물소에게 박혔지만 전혀 효과가 없는 것처럼 보였다. 그때 윌슨이 방아쇠를 당겼고, 귀가 먹먹해지는가 싶더니, 비틀거리며 쓰러지는 물소의 모습이 보였다. 매컴버는 다시 조심스럽게 겨냥하고 방아쇠를 당겼다. 놈이 무릎을 꺾으며 무너졌다.

"잘했어요." 윌슨이 말했다. "멋진 솜씨였습니다. 세 마리 다 잡았어요."

매컴버는 취한 듯 의기양양했다.

"당신은 몇 발이나 쐈어요?" 그가 물었다.

"딱 세 발." 윌슨이 말했다. "첫 번째 물소는 당신이 잡았어요. 가장 큰 놈을. 다른 두 녀석을 끝내는 건 내가 도왔습니다. 숨어 버릴까 봐 걱정이 돼서. 하지만 잡은 건 당신이었어요. 난 그냥 조금 거들었을 뿐입니다. 정말이지 멋지게 쐈어요."

"차로 가죠." 매컴버가 말했다. "한잔하고 싶어요."

"먼저 저 물소를 완전히 끝내야 합니다." 윌슨이 말했다. 무릎을 꺾은 채로 머리를 사납게 흔들어 대던 물소는 그들이 다가가자 분노로 가득 찬 돼지 같은 눈으로 으르렁거렸다.

"놈이 일어날지도 모르니 조심해요." 윌슨이 그렇게 말하더니 덧붙였다. "약간 옆으로 비켜나서 귀 뒤편 목을 겨냥해요."

매컴버는 화가 나서 쳐들려 있는 거대한 목덜미의 중앙을 조심스럽게 겨누고는 방아쇠를 당겼다. 그 한 방에 머리가 앞쪽으로 떨어졌다.

"제대로 했어요." 윌슨이 말했다. "척추에 박혔어요. 녀석들 참 끔찍하게 생기지 않았습니까?"

"한잔하러 갑시다." 매컴버가 말했다. 그의 인생에서 이보다 더 좋았던 때는 없었다.

매컴버의 아내가 하얗게 질린 얼굴로 차에 앉아 있었다. "정말 멋졌어요, 여보." 그녀가 매컴버에게 말했다. "차도 엄청 빨리 달렸고."

"차가 좀 거칠었죠?" 윌슨이 물었다.

"무서웠어요. 내 인생에 그렇게 무서웠던 적은 없었어요."

"모두 한잔합시다." 매컴버가 말했다.

"좋죠." 윌슨이 말했다. "부인께서 먼저." 그녀는 휴대용 술병에 든 아무것도 타지 않은 위스키를 들이켜고는 몸을 약간 떨었다. 그녀는 술병을 매컴버에게 넘겼고, 잠시 후 그 술병은 윌슨에게로 건너갔다.

"너무너무 흥분됐었어요." 그녀가 말했다. "머리가 지끈거릴 정도로요. 그런데 차에서는 사냥을 하면 안 된다고 알고 있었는데요."

"누구도 차에서 쏠 순 없습니다." 윌슨이 단호하게 말했다.

"제 말은, 차를 타고 추격했잖아요."

"정상적인 게 아니었죠." 윌슨이 말했다. "하지만 그렇게 하니 재밌던걸요. 걸어서 다니는 것보다 차를 타고 여기저기 굴이 뚫려 있는 들판을 가로지르면 훨씬 많은 기회가 찾아오죠. 물소 입장에서도 마음만 먹으면 우리한테 덤벼들 수 있으니 놈들에게도 공평하게 기회를 준 셈이고요. 하지만 이런 얘기는 아무에게도 하지 마십시오. 당신 말대로 불법이니까요."

"내 생각엔 전혀 공평하지 않은 것 같던데요." 마고가 말했다. "저렇게 덩치만 컸지 속수무책인 동물을 차로 추격한다는 게."

"그랬나요?" 윌슨이 말했다.

"나이로비 사람들이 들으면 무슨 일이 일어날까요?"

"우선 내 면허증이 날아가겠죠. 그 후로도 유쾌하지 않은 일들이 줄줄이 이어질 거고." 윌슨이 휴대용 술병을 기울여 한 모금 마시고는 말했다. "그러고는 실업자가 되겠죠."

"정말요?"

"그럼요, 정말이죠."

"그러니까," 매컴버가 그날 처음으로 미소를 지으며 말했다. "지금 내 아내가 당신 약점을 잡았군요."

"당신이 그런 재치 있는 말을 다 하네요, 프랜시스." 마고 매컴버가 말했다. 윌슨이 두 사람을 바라보았다. 그는 역겨운 남자와 그보다 더 역겨운 여자가 만나면 얼마나 역겨운 자식이 태어날까 생각했다. 그러고는 말했다. "총기 운반꾼 하나가 안 보이네요. 혹시 봤습니까?"

"난 못 봤소만." 매컴버가 말했다.

"아, 저기 오네요." 윌슨이 말했다. "무사하군요. 우리가 첫 번째 물소를 쏘고 떠났을 때 뒤처졌나 보군요."

다리를 절룩거리며 그들에게 다가온 중년의 총기 운반꾼은 실로 짠 모자에 카키색 사냥 조끼, 반바지에 고무 샌들을 신고 있었는데, 어두운 표정에 불쾌감이 어려 있었다. 그는 오자마자 윌슨에게 스와힐리어로 소리를 질렀다. 사람들은 모두 백인 사냥꾼의 표정이 변하는 것을 보았다.

"뭐라고 하는 거예요?" 마고가 물었다.

"우리가 첫 번째로 쓰러뜨렸던 물소가 일어나서 숲으로 들어갔답니다." 윌슨이 무미건조한 음성으로 말했다.

“그럴 수가.” 매컴버가 멍한 표정으로 말했다.

“사자 때랑 똑같잖아요.” 마고가 잔뜩 기대된다는 듯 말했다.

“사자 때처럼은 절대로 안 될 겁니다.” 윌슨이 그녀에게 말했다. “한 잔 더 할래요, 매컴버?”

“고맙소, 그러죠.” 매컴버가 말했다. 사자 때 느꼈던 기분으로 돌아가는 건 아닌가 싶었지만 그렇지는 않았다. 살면서 처음으로 그는 두려움이 전혀 느껴지지 않았다. 두려움은커녕 더할 수 없는 기쁨이 솟구쳤다.

“두 번째로 쓰러뜨렸던 물소를 살펴보러 가죠.” 윌슨이 말했다. “그늘에다 차를 대놓으라고 운전사에게 말해 두겠습니다.”

“뭘 하시려구요?” 마거릿 매컴버가 물었다.

“놈을 살펴보겠다고요.” 윌슨이 말했다.

“저도 갈게요.”

“좋으실 대로.”

세 사람은 개활지에 시꺼먼 덩어리가 되어 널브러져 있는 두 번째 물소에게로 걸어갔다. 머리는 풀밭에 처박혀 있었고, 엄청난 크기의 뿔들은 한쪽으로 심하게 돌아간 상태였다.

“머리가 아주 근사하군요.” 윌슨이 말했다. “폭이 거의 50인치는 되겠어요.”

매컴버는 기쁨에 겨운 얼굴로 놈을 내려다보았다.

“끔찍하게 생긴 머리네요.” 마고가 말했다. “우리 그늘로 들어가면 안 돼요?”

“물론이죠.” 윌슨이 그렇게 말하고는 매컴버를 불렀다. “이봐요.” 그는 손가락으로 어딘가를 가리키며 덧붙였다. “저기 덤불 보이죠?”

“예.”

"첫 번째 물소가 들어간 곳입니다. 총기 운반꾼이 우리를 놓쳤을 때 저기에 그 물소가 쓰러져 있는 걸 봤다고 했어요. 그러고는 우리가 나머지 두 마리를 뒤쫓는 걸 보다가 다시 고개를 돌렸더니 녀석이 자기를 보고 있더랍니다. 그래서 그는 냅다 달아났고, 물소는 느릿느릿 숲으로 들어갔답니다."

"지금이라도 놈이 있는 곳으로 들어가면 안 됩니까?" 매컴버가 들떠서 물었다.

윌슨은 기특하다는 눈길로 그를 바라보았다. 이것 참 희한한 장면이군, 그는 속으로 생각했다. 어제만 해도 겁에 잔뜩 질려 있더니 오늘은 불이라도 삼킬 듯 덤비는구먼.

"아닙니다. 녀석에게 시간을 좀 주죠."

"제발 그늘로 가요." 마고가 말했다. 그녀의 얼굴은 창백했다. 어디가 아픈 것 같았다.

그들은 가지가 넓게 뻗은 나무 아래 세워져 있는 차로 걸어가 올라탔다.

"녀석은 저기 죽어 있을 겁니다." 윌슨이 확신하듯 말했다. "조금 있다가 보러 가죠."

매컴버는 전에는 한 번도 느껴 보지 못한, 이유를 알 수 없는 무한한 행복에 젖어 있었다.

"너무도 멋진 사냥이었어." 그가 말했다. "이런 기분은 느껴 본 적이 없어. 멋지지 않아, 마고?"

"난 싫네요."

"왜?"

"싫어요." 그녀가 쓸쓸하게 말했다. "아주 싫어요."

"이제 다시는 어떤 것도 두려워하지 않을 겁니다." 매컴버가 월슨에게 말했다. "물소를 발견하고 뒤쫓았을 때 내 안에서 무슨 일이 일어났습니다. 마치 폭발 같은 일이. 순수한 흥분이라고나 할까."

"간이 엄청 커진 모양이군요." 윌슨이 말했다. "사람에겐 별 희한한 일이 다 일어나는 법이죠."

매컴버가 얼굴에 빛을 발하며 말했다. "내게 무슨 일이 분명 일어났어요. 완전히 달라진 느낌입니다."

아내는 입을 꾹 다문 채로 이상하다는 듯 그를 보았다. 그녀는 뒷자리에 앉아 있었고, 앞자리에 앉은 매컴버는 조수석에 등을 기대고 앉은 월슨과 얘기를 나누었다.

"그래서 말인데, 사자 사냥을 한 번 더 하고 싶습니다." 매컴버가 말했다. "이젠 놈들이 무섭지 않습니다. 놈들이 뭘 어쩌겠어요?"

"그럼요." 윌슨이 말했다. "'최악의 상황이라 해봐야 누군가 그대를 죽일 수 있다는 것뿐.' 그다음은 어떻게 되더라? 셰익스피어의 말입니다. 멋진 말이죠. 아, 기억날 것도 같은데. 아, 정말 멋진 말인데. 한때는 혼자 중얼거리곤 했었죠. 아, 생각났어요. '맹세코 난 걱정하지 않노라. 인간이란 오직 단 한 번만 죽는 것. 죽음이란 신의 손에 달려 있나니, 올해 죽는 자는 내년에는 죽을 수 없나니.'* 정말 멋진 말이지 않습니까?"

그는 자신이 인생의 지표로 삼는 말을 발설해 놓고는 몹시 당황하고 있었는데, 예전에도 진정한 성인이 된 남자들을 지켜볼 때면 언제나 마음이 뭉클했었다. 그건 스물한 살 생일날 저절로 어른이 되는 것과는 전혀 다른 문제였다.

---

*셰익스피어의 희곡 『헨리 4세』 제2부에 나오는 구절.

매컴버에게 그런 변화가 일어난 것은 사전에 걱정할 새도 없이 곧바로 행동하게 되는 사냥의 기이한 가능성과 관련이 있었다. 지금 저 사내를 봐. 어쩌다 그렇게 됐는진 몰라도 분명 저 사내에게 지금 그런 일이 일어났어, 하고 윌슨은 생각했다. 오래도록 소년으로 머물러 있는 남자들이 있지. 평생을 그렇게 사는 남자들도 있고. 쉰이 되어도 그런 자들은 소년에 지나지 않지. 위대한 미국 남자들, 그 빌어먹을 이상한 남자들이 바로 그런 소년 어른들이지. 하지만 이제 매컴버는 그런 인간이 아니니 맘에 들어. 정말 특이한 친구야. 여자의 서방질도 끝나겠지. 그래, 아주 잘된 일이야. 잘된 일이지. 저 친구, 틀림없이 인생을 온통 걱정 속에서 살아왔을 거야. 그런 걱정이 왜 시작됐는지는 모르겠지만 어쨌든 이제 끝났군. 저 친구, 물소에 겁을 먹을 틈이 없었어. 화가 난 것도, 자동차로 추격한 것도 한몫했을 테고. 이젠 정말이지 불이라도 삼킬 기세야. 그는 전쟁터에서도 같은 경우를 본 적이 있었다. 동정을 잃은 것 이상의 변화를, 수술로 공포를 제거해 버린 듯한 변화를 본 적이 있었다. 그 자리에 다른 무언가가, 남자가 되게 하는 주요한 무언가가 자라났다. 여자들도 그런 남자의 변화를, 끔찍한 공포로부터의 해방을 알아차리곤 했다.

마거릿 매컴버는 뒷자리의 한쪽 구석에 앉아 두 남자를 바라보았다. 윌슨은 변한 게 없었다. 전날 엄청난 능력의 소유자란 것이 밝혀졌을 때의 모습 그대로였다. 하지만 프랜시스 매컴버는 전날의 그가 아니었다.

"무슨 일이 일어날지 기대되지 않습니까?" 매컴버가 새로 얻은 소중한 감정을 여전히 끌어안은 채 물었다.

"섣불리 말하지 말아요." 윌슨이 그의 얼굴을 바라보며 말했다. "겁이 난다고 말하는 게 당신한텐 더 어울려요. 앞으로 여러 번, 당신은 다시 무서워질 겁니다. 명심해요."

"하지만 당신도 다가올 일에 행복해하고 있잖습니까?"

"그럼요." 윌슨이 말했다. "그렇긴 하죠. 하지만 그런 감정은 너무 떠들어 대는 게 아닙니다. 말이 되어 다 날아가 버리니까. 입에 올리는 만큼 즐거움도 사라져 버리죠."

"두 사람 다 쓸데없는 말만 지껄이는군요." 마고가 말했다. "아무런 도움도 받을 수 없는 짐승들을 자동차로 쫓아가면서 영웅이라도 된 듯 떠벌리고 있잖아요."

"죄송합니다." 윌슨이 말했다. "내가 너무 떠들어 댔군요." 이 여자는 벌써부터 걱정에 사로잡혔군, 하고 그는 생각했다.

"우리가 무슨 얘기를 하는지 알지도 못하면서 왜 끼어들어?" 매컴버가 자신의 아내에게 말했다.

"당신은 끔찍하게도 용감해졌군요. 너무도 갑자기." 여자가 비아냥거리듯 말했다. 하지만 그녀의 비아냥거림은 견고하지 못했다. 그녀는 알지 못할 무언가에 큰 두려움을 느끼고 있었다.

매컴버가 웃음을 터뜨렸다. 너무도 자연스러운, 가슴에서 터져 나오는 웃음이었다. "내가 용감해졌다는 걸 당신도 알아챘군." 그가 말했다. "정말 난 그렇게 됐어."

"너무 늦지 않았나요?" 마고가 씁쓸하게 말했다. 왜냐하면 지나간 세월 동안 그녀는 최선을 다했기 때문이었다. 그들이 이렇게 된 것은 한 사람의 잘못만은 아니었다.

"내겐 늦은 게 아니야." 매컴버가 말했다.

마고는 입을 다문 채 뒷좌석 구석에 등을 묻었다.

"이만하면 놈에게 시간을 충분히 준 거 아닙니까?" 매컴버가 윌슨에게 쾌활한 목소리로 물었다.

"가봐도 될 것 같군요." 윌슨이 말했다. "총알은 남았나요?"

"총기 운반꾼이 좀 갖고 있습니다."

윌슨이 스와힐리어로 부르자, 물소 머리의 가죽을 벗기고 있던 나이든 총기 운반꾼이 벌떡 일어나더니 주머니에서 총알이 든 상자를 꺼내 매컴버에게 건네주었다. 매컴버는 탄창에다 총알을 채우고는 나머지 총알은 주머니에 넣었다.

"스프링필드 소총을 사용하는 게 좋을 겁니다." 윌슨이 말했다. "그 총에 당신이 더 익숙해져 있으니까요. 만리허*는 부인과 함께 차에 두시고요. 당신 장총은 총기 운반꾼이 가지고 갈 겁니다. 난 이놈의 대포 같은 총을 갖고 가고요. 이제 물소에 대해 알려 드리겠습니다."

그는 매컴버가 당황해할까 봐 마지막까지 남겨 두었던 얘기를 꺼냈다. "물소는 돌진할 때 머리를 쳐들고 똑바로 달려옵니다. 그놈의 큰 뿔은 머리를 향해 날아오는 어떤 총알도 막아 냅니다. 유일하게 쏠 수 있는 곳은 콧잔등과 가슴이죠. 놈이 옆으로 돌아서 있다면 목이나 어깨를 쏴도 됩니다. 일단 총에 맞으면 물소들은 죽기 살기로 덤벼들죠. 그때 당황하면 안 됩니다. 가장 쏘기 좋은 데를 쏴야 해요. 이제 머리 가죽을 다 벗겼군요. 출발해도 되겠죠?"

그가 총기 운반꾼들을 부르자 그들이 손바닥을 문지르며 다가왔다. 나이 든 운반꾼이 차 뒷자석에 탔다.

"콩고니만 데려갈 겁니다." 윌슨이 말했다. "한 사람은 새들을 쫓아야 하니까요."

차가 널따랗게 펼쳐진 개활지를 가로질러 풀이 무성한 습지에 뚫린

---

*사냥용 소총.

마른 물길을 따라 이파리가 혓바닥처럼 생긴 나무들로 빽빽한 섬 모양의 숲을 향해 천천히 달려가는 동안, 매컴버는 가슴이 뛰고 다시금 입이 타들어 갔지만 그것은 두려움이 아니라 흥분 때문이었다.

"놈이 여기로 들어갔군요." 윌슨이 그렇게 말하며 총기 운반꾼에게 스와힐리어로 명령했다. "핏자국을 따라가."

차가 숲과 나란한 방향으로 세워졌고, 매컴버와 윌슨과 총기 운반꾼이 차에서 내렸다. 매컴버는 고개를 돌려 아내를 보았다. 그녀 옆에 소총이 놓여 있었다. 그녀는 그를 물끄러미 바라보았다. 그가 손을 흔들었지만 그녀는 가만히 있었다.

안으로 들어갈수록 숲은 울창해졌고 바닥은 건조했다. 중년의 총기 운반꾼은 비 오듯 땀을 쏟아 냈다. 눈까지 모자를 푹 눌러쓴 윌슨의 붉은 목덜미가 매컴버의 눈앞에 보였다. 갑자기 총기 운반꾼이 윌슨에게 스와힐리어로 뭐라고 말하고는 앞으로 달려갔다.

"놈이 저기 죽어 있답니다." 윌슨이 말했다. "다행이군요." 그러고는 돌아서서 매컴버의 손을 잡았다. 두 사람이 씽긋 웃으며 악수를 나누고 있을 때 총기 운반꾼이 다급하게 고함을 질렀다. 그들은 마치 빠르게 달리는 게처럼 옆걸음을 치며 숲가로 튀어나오는 그를 보았다. 뒤이어 물소가 나타났다. 뿔이 달린 코는 쳐들고 있었고, 피가 뚝뚝 떨어지는 입은 꽉 다문 채로 거대한 머리를 내밀며 달려왔다. 그들을 노려보는 그놈의 눈은 돼지 눈처럼 작고 시뻘겋게 충혈되어 있었다. 윌슨은 정면을 향해 무릎을 꿇은 자세로 방아쇠를 당겼다. 매컴버도 사격을 하고 있었지만 윌슨의 총성이 워낙 커서 그의 총성은 잘 들리지 않았다. 총에 맞은 놈의 뿔들이 마치 슬레이트 지붕처럼 뜯겨져 나갔고, 놈의 목이 획획 돌아갔다. 매컴버는 놈의 널적한 콧구멍을 겨냥해 다시 총을 쏘아 댔고, 놈의 뿔은 심하게 흔들리며 조각조각 깨지며 날아갔다. 더 이상 윌슨의 모습은 보이지 않았고, 그는 바짝 다가온 놈의 거대한 몸통을 주의 깊게 겨냥한 후 다시 방아쇠를 당겼다. 그의 소총은, 그를 향해 곧장 달려오고 있는 놈의 머리와 거의 일직선을 이루고 있었다. 악에 받친 놈의 작은 눈과 아래로 바짝 숙인 머리를 본 순간, 갑자기 머릿속에서 폭발이 일어난 듯 백색 섬광이 번쩍이더니 아무것도 보이지 않았다. 그것이 그가 느낀 전부였다.

방금 전, 윌슨은 물소의 어깨를 쏘기 위해 한쪽으로 비껴나 있었다. 그리고 매컴버는 견고하게 선 자세로 물소의 코를 겨냥해 방아쇠를 당겼지만 총알은 매번 코 위쪽의 육중한 뿔만 맞히는 바람에 슬레이트 지붕에다 쏜 것처럼 뿔에서 뜯겨 나온 파편들이 이리저리 흩날렸다. 차에 있던 매컴버 부인은 물소가 금방이라도 매컴버를 뿔로 받을 것 같아 6.5밀리 구경 만리허의 방아쇠를 당겼는데, 그만 총알이 남편의 두개골 아래쪽 2인치쯤에 박혀 버리고 말았다.

프랜시스 매컴버는 얼굴을 바닥에 처박은 채 엎어져 있었다. 물소가 쓰러져 있는 곳에서 채 2야드도 안 되는 곳에. 매컴버의 아내는 남편의 시체 곁에 무릎을 꿇고 앉아 있었고, 윌슨은 그녀 옆에 서 있었다.

"시체를 뒤집진 않을 겁니다." 윌슨이 말했다.

여자는 미친 듯 울부짖었다.

"저는 차에 가보겠습니다." 윌슨이 말했다. "총은 어디다 뒀죠?"

그녀는 얼굴을 일그러뜨리며 고개를 저었다. 총기 운반꾼이 그녀가 쏜 총을 집어 들자 윌슨이 말했다.

"있던 대로 둬." 그러고는 여자에게 말했다. "압둘라에게 이 사고의 증인이 되어 달라고 하세요."

그는 무릎을 꿇고 주머니에서 손수건을 꺼내 펼친 뒤 엎어져 있는 프랜시스 매컴버의 짧게 자른 머리를 덮었다. 마르고 푸석한 땅바닥에 피가 스며들고 있었다.

윌슨은 일어나서, 다리를 쭉 뻗은 채 성긴 털과 반점이 있는 배를 드러내고 누워 있는 물소를 바라보았다. "우라지게도 멋진 놈이군." 그의 머리가 자동적으로 놈의 길이를 쟀다. "50인치는 족히 되겠어. 더 될지도 모르겠군." 그는 운전사를 불러 시체를 담요로 덮고 지키고 있으라고 했다. 그러고는 그녀가 돌아가 있는 차로 걸어갔다. 그녀는 차 안에 앉아 울고 있었다.

"대단한 일을 해냈군요." 높낮이 없는 목소리로 그가 말했다. "하기야 그 사람도 당신을 떠나고 싶었을 테죠."

"그만해요." 그녀가 말했다.

"물론, 이건 사고였어요." 그가 말했다. "내가 알아요."

"그만하라고요."

"걱정하지 말아요. 내키진 않지만, 내가 현장 사진을 몇 장 찍을 겁니다. 당신이 심문을 받을 때 그 사진들이 크게 도움이 될 겁니다. 총기 운반꾼들과 운전사도 증언을 해줄 겁니다. 전혀 당신 잘못이 아니라고."

"그만 좀 하세요." 그녀가 말했다.

"할 일이 많아요." 그가 말했다. "우선 내가 트럭을 호수로 보낼 겁니다. 우리 세 사람을 나이로비까지 실어 갈 비행기를 보내 달라는 무전을 보내야 하니까. 차라리 독살을 하시지. 영국에선 그렇게들 하잖아요?"

"그만, 그만하라고, 그만하라니까!" 여자가 울부짖었다.

윌슨이 감정이 담기지 않은 푸른 눈으로 그녀를 바라보며 말했다.

"이제 그만할 겁니다. 좀 화가 나네요. 당신 남편이 막 좋아지기 시작했는데."

"아, 제발 좀 그만해요." 그녀가 말했다. "제발, 제발 그 입 좀 다물어
요."

"그게 낫군요." 윌슨이 말했다. "제발이란 말을 붙이니 훨씬 낫잖아요.
이제 입 다물죠."

세계의 수도

The Capital of the World

스페인의 수도 마드리드에는 프란시스코의 약칭인 '파코'라는 이름을 가진 소년들로 넘쳐 난다. 그에 관한 마드리드 농담도 있다. 마드리드로 온 한 아버지가 〈엘 리베랄〉 신문의 개인광고란에 '파코는 화요일 정오에 몬타나 호텔로 찾아오길. 모든 걸 용서하마. 아빠가'라는 광고를 내자 무려 800명이나 되는 소년들이 모여들어 그들을 해산시키기 위해 스페인 경찰 1개 중대가 동원됐다는 농담이다. 하지만 이 이야기에 등장하는 루아르카 펜션의 종업원 파코는, 아버지에게 용서를 빌 일이 없었다. 용서해 줄 아버지 자체가 없기 때문이었다. 대신 자신처럼 루아르카 펜션에서 일하는 누나 둘이 있었다. 누나들은 객실 청소부였다. 그들이 루아르카에서 일자리를 구할 수 있었던 건 전임 객실 청소부 덕분이었다. 그들과 고향이 같은 그녀가 성실하고 정직했던 덕분에, 그들도 그곳에 취직할 수 있었던 것이다. 처음에는 누나들이 루아르카에 취직했고, 다음에는 누나들이 대준 버스비로 마드리드까지 온 파코가 그곳의 견습 종업원이 되었다. 파코는 에스트레마두라 자치구에 속한, 믿기 힘들 정도로 원시적인 어느 마을 출신이었다. 그래서 어려서부터 늘 부족하게 먹었고 편리한 생활 도구 따위도 알지 못했으며 그저 고되게 일한 기억밖에 없었다.

그는 잘 다듬어진 검은 몸의 곱슬머리 소년으로, 치아도 고르고 피부도 누나들이 부러워할 만큼 고왔다. 사람의 마음을 녹이는 미소가 늘 준비되어 있었고, 잽싸게 일도 잘했다. 그는 예쁘고 교양 있는 누나들을 사랑했으며, 마드리드도 사랑했다. 자신이 마드리드에 있다는 사실이 여전히 믿기지 않을 때가 많았다. 그는 야회복 차림으로 밝은 불빛 아래서 깨끗한 리넨을 들고 일하는 것이 좋았으며, 먹을 것이 풍부한 루아르카의 부엌은 그의 눈엔 낭만적이리만치 아름다워 보였다.

제일 어린 파코를 포함한 식당 담당 종업원 세 명, 그리고 여덟 명에서 열두 명 사이를 왔다 갔다 하는 손님들이 그곳에서 숙식을 해결했는데, 그중 고정적으로 머무르는 손님은 투우사들뿐이었다.

그곳에 머무르는 투우사들은 2급 투우사들로, 그들이 그곳을 택한 이유는 산헤로니모 거리라는 위치도 좋을뿐더러 저렴한 숙식비에 비해 식사가 훌륭했기 때문이었다. 투우사는 외양을 잘 갖출 필요가 있었는데, 화려할 것까지는 없지만 적어도 존경받을 만큼은 되어야 했다. 스페인에서 용기보다 더 높이 평가하는 미덕은 예의와 위엄이기 때문이었다. 투우사들은 마지막 동전 한 닢이 떨어질 때까지 루아르카에 머물렀다. 루아르카를 떠나 더 좋고 비싼 호텔로 옮긴 투우사는 한 명도 없었다. 2급 투우사들은 결코 1급 투우사가 되지 못했기 때문이다. 반면 재빨리 루아르카 펜션으로 옮겨 오는 사람들은 많았다. 그곳은 일 없이 놀고 있는 사람도 받아 주는 데다가 그곳 여주인은 아주 끔찍한 손님만 아니라면, 손님이 요청하기 전에는 결코 계산서를 내밀지 않았기 때문이었다.

당시 루아르카 펜션에는 세 명의 전업 투우사뿐만 아니라 보통 때는 가족들과 세비야에서 살고 봄 시즌에만 마드리드에서 사는 두 명의 뛰어난 기마 투우사와 한 명의 솜씨 좋은 창 투우사가 머물고 있었다.* 보조 투우사인 기마 투우사와 창 투우사에게 루아르카 펜션은 사치스러운 곳이었으나, 당시 그들은 벌이가 좋았고 다음 시즌을 거액으로 계약한 투우사들로부터도 고용이 확정된 상태였다. 그래서 그들은 당시 루아르카에 같이 머물던 전업 투우사들보다 더 많이 벌었을 것이다. 전업 투우사 셋 중 한 사람은 병을 앓고 있었지만 그 사실을 감추려고 애썼다. 또 한 명은 투우계의 신동이라 일컬어지며 인기를 누렸지만 그 인기는 순식간에 식어 버렸다. 그리고 나머지 전업 투우사는 겁쟁이였다.

겁쟁이는 소뿔에 하복부가 받히는 심각한 부상을 입기 전까지는 유달리 용감하고 뛰어난 기술로 명성이 자자했던 투우사로, 아직도 잘나가던 시절의 타성에서 벗어나지 못하고 있었다. 그는 지나치다 싶게 유쾌하게 굴면서 화가 날 때나 안 날 때나 늘 웃고 다녔다. 하지만 성공 가도를 달리던 시절 툭하면 농담을 던지던 모습은 이제 보이지 않았다. 사람들은 그가 감정을 잃어버렸다고 확신했다. 그래도 영리한 그는 여전히 천진한 얼굴로 품격 있게 처신했다.

병을 앓는 전업 투우사는 아픈 모습은 절대 보이지 않는 조심스러운

---

*투우사는 보조 투우사인 기마 투우사picador와 창 투우사banderillero, 그리고 주역 투우사matador 로 나뉜다. 여기서는 주역 투우사는 그냥 투우사로 표현했고, 그중에서도 시즌 내내 활동하 는 주역 투우사full matador는 전업 투우사로 표현했다.

사람이었고, 식탁에 차려진 음식들을 모두 조금씩 맛볼 만큼 세심한 사람이기도 했다. 그는 굉장히 많은 손수건들을 갖고 다녔는데, 자신의 방에서 손수 빨았다. 최근에 그는 투우복을 팔아 치웠다. 크리스마스에 헐값으로 한 벌을 처분했고, 4월 첫 주에 또 한 벌을 팔았다. 투우복은 무척 비싼 물건이라 늘 간수를 잘해 왔는데, 아직 한 벌이 더 남아 있었다. 앓기 전에는 아주 전도유망한, 선풍적인 인기를 끌던 투우사였다. 글을 읽을 줄은 몰랐지만, 마드리드에서 데뷔했을 당시 그가 벨몬테*보다 나았다고 보도한 기사를 스크랩해 놓고 있었다. 그는 조그마한 식탁에서 거의 고개 한 번 들지 않고 혼자서 식사를 했다.

신동으로서 짧은 인기를 누렸던 전업 투우사는 키가 아주 작았고 구릿빛 얼굴에는 위엄이 넘쳤다. 그 역시 혼자 따로 식사를 했고, 아주 드물게만 미소를 지을 뿐 크게 웃는 일은 전혀 없었다. 그는 북서부의 바야돌리드 출신이었는데, 그쪽 사람들은 유난히 진지했다. 그는 용감하고 침착한 솜씨의 유능한 투우사였지만 투우 스타일이 구식이라 사람들을 오래 사로잡지 못했고, 그래서 포스터에 오른 그의 이름이 더 이상 사람들을 투우장으로 유인하지 못했다. 그가 한때 신동으로 불렸던 건 황소의 어깨에 가려 거의 보이지 않을 만큼 키가 작다는 점도 한몫했는데, 이제는 키 작은 투우사가 얼마든지 있어 그 점에서도 대중들의 환상을 자극하지 못했다.

두 명의 기마 투우사 중 한 명은 희끗희끗한 머리칼에 마르고 매처럼 생긴 얼굴을 가진 사람으로, 몸은 가벼웠지만 팔다리는 무쇠처럼 강했고 늘 목부들이 신는 부츠를 신고 다녔다. 저녁이면 엄청나게 술을 마셔

---

*Juan Belmonte(1893~1962). 근대 투우의 시조로 불리는 스페인의 투우사.

대며 펜션의 여자들을 음탕한 눈길로 쳐다보았다. 또 다른 기마 투우사는 덩치가 크고 거무튀튀한 얼굴의 미남자로, 인디언 같은 흑발에 엄청나게 큰 손을 가지고 있었다. 둘 다 뛰어난 기마 투우사였지만 첫 번째 투우사는 음주와 방탕한 생활로 재능을 까먹는다는 평판을 듣고 있었고, 두 번째 투우사는 고집이 너무 센 데다 툭하면 싸움질을 해서 어떤 전업 투우사와도 한 시즌 이상 함께하지 못한다는 소문이 돌았다.

창 투우사는 머리가 희끗한 중년임에도 불구하고 고양이처럼 잽쌌으며, 식탁에 앉아 있는 모습은 부유한 사업가처럼 보였다. 그의 다리는 이번 시즌에도 여전히 문제가 없었기에, 똑똑한 데다 경험도 풍부한 그는 충분히 장기 고용될 만했다. 하지만 그의 마음속에도 공포가 상존하고 있었다. 지금은 투우장 안팎에서 자신만만하고 침착한 모습을 보여 주지만, 언젠가는 발 놀리는 속도가 떨어질 때가 올 것이기 때문이었다.

그날 저녁 다른 사람들은 모두 식사를 마치고 식당을 나갔지만 엄청 퍼마신 매 얼굴의 기마 투우사와 스페인의 시장과 축제를 돌며 시계 경매를 하는 점박이 남자, 그리고 갈리시아에서 온 사제 둘은 계속 남아 있었다. 사제들도 과음까지는 아니지만 어지간히 마신 듯 보였다. 와인 값은 펜션 숙박비에 포함되어 있었다. 종업원이 새로 딴 발데페냐스산産 레드 와인 병을 경매인과 기마 투우사와 두 사제의 식탁에 각각 한 병씩 갖다 놓았다.

식당 끝에는 종업원 셋이 서 있었다. 식당 담당 종업원은 각자가 맡은 식탁들이 다 빌 때까지 식당에 남아 있어야 하는 것이 그 펜션의 원칙이었다. 하지만 그날은 그때까지 자리를 떠나지 않고 있던 두 사제의 식탁 담당 종업원이 노동조합 회의에 참석해야 하는 날이었고, 파코는 자기가 대신 그 식탁을 맡겠다고 했다.

그 시간 2층의 병든 투우사는 홀로 침대에 얼굴을 묻은 채 엎드려 있었다. 신동이라는 타이틀을 잃은 투우사는 창가에 앉아 밖을 내다보며 카페로 나가 볼까 생각 중이었다. 겁쟁이 투우사는 파코의 큰누나를 방으로 불러 뭔가를 요구했고 그녀는 웃으며 거절하고 있었다. 투우사가 말했다. "이리 와, 꼬마 아가씨."

"싫어요." 파코의 누나가 말했다. "제가 왜요?"

"부탁이라니까."

"식사를 하셨으니 제가 디저트가 돼줬으면 하는 거겠죠."

"한 번만이야. 해가 될 게 뭐 있어?"

"그만하세요. 그만하시라고 말했잖아요."

"아주 간단한 일이야."

"그만하시라고 했어요."

아래층에서는 노동조합 회의에 늦은 키 큰 종업원이 "저 시꺼먼 돼지들 좀 보게" 하고 빈정거렸다.

"그런 식으로 말하지 마." 나이 든 종업원이 말했다. "괜찮은 손님들이야. 그렇게 많이 마시지도 않았어."

"나는 그런 식으로 말할 거예요." 키 큰 종업원이 말했다. "스페인에는 두 개의 골칫거리가 있죠. 황소와 사제."

"황소든 사제든 하나씩 떼놓으면 그렇지도 않아." 나이 든 종업원이 말했다.

"그렇긴 해요." 키 큰 종업원이 말했다. "하지만 개인을 통해서만 그 계급을 공격할 수 있어요. 황소 한 마리씩, 사제 한 명씩, 그렇게 죽여야 해요. 그러면 언젠간 모조리 죽게 되겠죠. 씨가 마르겠죠."

"그런 말은 회의에 가서나 해." 나이 든 종업원이 말했다.

"지금 저들이 마드리드에서 저지르고 있는 만행을 봐요." 키 큰 종업원이 말했다. "벌써 10시 반인데, 여전히 퍼마시고 있잖아요."

"10시에야 마시기 시작했잖아." 나이 든 종업원이 말했다. "보다시피음식도 많이 남았고, 독한 와인을 마시는 것도 아니잖아. 술값도 지불한거나 마찬가지야. 숙박비에 포함돼 있는 거잖아."

"당신 같은 멍청이가 있으니 노동자들이 어떻게 단결할 수가 있겠어요?" 키 큰 종업원이 말했다.

"이봐." 나이가 쉰이 넘은 종업원이 말했다. "난 평생 동안 일했어. 남은인생도 그래야겠지. 하지만 난 일하는 것에 불만 없어. 일을 하는 게 정상인 거야."

"맞아요. 하지만 일자리가 부족하면 사람들이 죽게 되죠."

"난 항상 일자리를 구했어." 나이 든 종업원이 말했다. "회의에나 가. 여기 있을 필요 없어."

"당신은 좋은 동지예요." 키 큰 종업원이 말했다. "하지만 이념이라곤통 없어요."

"메호르 시 메 팔타 에소 쿠에 엘 오트로." 나이 든 종업원이 말했다. 일이 없는 것보다는 이념이 없는 게 낫다는 뜻이었다. "미틴(회의)에나어서 가."

파코는 아무 말도 하지 않았다. 그는 아직 정치를 이해할 수 없었지만사제들과 스페인 경찰들은 죽여 버려야 한다는 키 큰 종업원의 말을 들을 때면 늘 흥분이 되곤 했다. 키 큰 종업원이 그에게는 곧 혁명이었고, 혁명은 곧 낭만이었다. 파코는 선량한 가톨릭 신자도 되고 싶고 혁명가도 되고 싶었으며, 동시에 투우사도 되고 싶었다.

"회의에 다녀오세요, 이그나시오." 그가 말했다. "아저씨 일은 제가 대신 맡는다니까요.”

“나도 도와줄게.” 나이 든 종업원이 말했다.

“혼자서도 충분해요.” 파코가 말했다. “이그나시오 아저씨는 회의에 가세요.”

“푸에스, 메 보이(그래, 가볼게).” 키 큰 종업원이 말했다. “고맙구나.”

그러는 사이 위층에선, 겁쟁이 투우사가 껴안으려 들자 파코의 누나가 마치 레슬링 선수처럼 기술적으로 그를 피하며 화가 나서 말했다. “거지 같은 인간들. 실패한 투우사들. 천하의 겁쟁이들. 이럴 힘 있으면 투우장에서나 써요.”

“말하는 거 하고는, 창녀같이.”

“창녀도 여자예요. 하지만 난 창녀가 아니에요.”

“넌 창녀가 될 거야.”

“그래도 당신하고는 안 해.”

“나가.” 투우사는 거절까지 당한 데다 자신의 비겁함이 적나라하게 드러난 것 같아 화가 치밀었다.

“나가라고요? 그냥은 못 나가죠.” 파코의 누나가 말했다. “침대 정리는 해드려야죠. 그 일로 월급을 받으니까요.”

“나가.” 투우사가 말했다. 그의 넙적하고 잘생긴 얼굴은 곧 울음을 터뜨릴 듯 잔뜩 찡그려져 있었다. “창녀 같은 년, 더러운 창녀.”

“투우사님.” 그녀가 문을 닫으며 말했다. “나의 투우사님.”

투우사는 방 안 침대에 앉아 여전히 얼굴을 찡그리고 있었다. 투우장에서는 끊임없는 미소로 투우사와 황소의 움직임을 가장 잘 지켜볼 수 있는 첫째 줄의 관람객들을 시종일관 놀라게 한 장본인이었다. “그럼 이제,” 그가 큰 소리로 말했다. “그럼 이제, 그럼 이제!”

그는 호시절을 기억하고 있었다. 불과 3년 전만 해도 호시절이었다. 그러던 어느 날, 5월의 무덥던 오후에 일이 생겼다. 그날 자신의 어깨에 걸쳐져 있던 금실로 누빈 비단 투우 재킷의 무게를 그는 여전히 기억하고 있었다. 그날 자신의 목소리는, 마치 카페 안을 울리듯 투우장을 낭랑하게 울렸다. 소를 죽이러 달려가자 두드리면 나무 소리가 나는 넓적하고 끝이 갈라진 소뿔이 낮아지던 것도 기억하고 있었고, 짧은 털이 박힌 시꺼먼 소의 어깨 맨 위쪽을 뾰족한 검으로 어떻게 찔렀는지도 기억하고 있었다. 칼등이 손바닥으로 향하게 칼을 쥐고 칼날을 소의 어깨에 밀어 넣는 것은, 굳은 버터에 칼을 꽂는 것만큼이나 쉬웠다. 그는 왼쪽 팔로 소를 가로막으며 왼쪽 어깨와 왼쪽 다리를 완전히 앞으로 기울여 체중을 아랫배에 실었다. 하지만 다음 순간 그는 소뿔에 얹힌 채 요동쳤다. 사람들이 구해 주기 전까지 한 번 더 요동쳐야 했다. 이제 그는 소를 죽이러 다가갈 때면 좀처럼 소뿔을 볼 수 없었다. 내게 대들던 창녀들이 내가 전에 무슨 일을 겪었는지 어떻게 알겠어? 그리고 그년들이 무슨 대단한 일을 겪어 봤다고 날 비웃어? 창녀들이 겪은 일이라야 빤하지 않겠어?

아래층 식당에서는 기마 투우사가 사제들을 바라보며 앉아 있었다. 여자들이 있었다면 그들을 바라봤을 테고, 그들이 없다면 외국인을, 운 잉글레스(영국인)를 흥미롭게 바라봤을 테지만, 지금은 여자도 외국인도 없어 두 사제를 재미나다는 듯 거만하게 지켜보고 있었다. 그러는 사이 점박이 경매인이 일어나 냅킨을 접고는 자신이 시켰던 마지막 와인을 반 넘게 남겨 놓고 자리를 떴다. 외상 숙박비를 다 갚았더라면 그는 그 와인을 바닥냈을 것이다.

사제들은 기마 투우사 쪽은 보지 않았다. 사제 하나가 말했다. "그를 보려고 기다린 지가 열흘쨉니다. 하루 종일 대기실에 앉아 있지만, 그 사람은 날 만나 주지 않을 겁니다."

"뭘 하시려는 겁니까?"

"아무것도 할 수 없겠죠. 누가 뭘 할 수 있겠어요? 아무도 당국에 항의할 순 없죠."

"나도 2주 동안이나 여기 있었는데 아무것도 하지 못했습니다. 내가 아무리 기다려도 그들은 날 만나 주지 않겠죠."

"우린 버려진 마을 출신이니까요. 돈이 다 떨어지면 돌아갈 수밖에 없겠죠."

"다시 그 버려진 마을로요. 마드리드 당국이 갈라시아에 신경이나 쓰겠어요? 가난한 지방일 뿐인데."

"누군가는 바실리오 형제의 행동을 이해해 주겠죠."

"나는 바실리오 알바레스*의 신념을 아직 완전히 믿지는 못하겠어요."

"마드리드는 이해하는 법을 배워야 해요. 마드리드가 스페인을 죽이고 있어요."

"그들이 나를 보기라도 하고 거절하면 좋으련만."

"그럴 리 없어요. 이렇게 기다리다 지치게 되겠죠."

"좀 더 두고 봅시다. 나는 다른 사람들이 하는 만큼은 기다려 보겠습니다."

그때 희끗희끗한 머리칼에 매 얼굴을 한 기마 투우사가 일어나 사제들이 앉아 있는 식탁 앞으로 가서 멈추더니, 빙긋이 웃으며 그들을 응시

*Basilio Alvarez(1877~1943). 신부이자 갈라시아 농민 운동을 이끌었던 인물.

했다.

"투우사군요." 사제 하나가 다른 사제에게 말했다.

"좋은 놈이기도 하죠." 허리가 들어간 회색 재킷, 엉덩이에 딱 붙는 바지를 입은 기마 투우사는 그렇게 말하더니, 얼굴에 미소를 가득 담고 굽 높은 부츠로 바닥을 철컹철컹 울리며 식당을 나갔다. 지나치게 침착해서 거만하게 보이는 걸음으로. 그는 개인의 능력으로 평가되는 작고 갑갑한 프로의 세계 속에, 또한 밤이면 술로 얻는 승리감과 자만 속에 살고 있었다. 그는 펜션 복도에서 담배에 불을 붙이고 모자를 비스듬히 기울이고는, 바깥 카페를 향해 걸어 나갔다.

기마 투우사가 나가자 사제들은 자신들이 식당에 남은 마지막 손님이라는 걸 깨닫고 서둘러 빠져나갔다. 이제 파코와 중년 종업원을 빼고는 펜션 식당엔 아무도 없었다. 두 사람은 식탁을 정리하고 술병들을 주방으로 옮겼다.

주방에는 접시 닦이 소년이 있었다. 그는 파코보다 세 살 위였는데 무척 냉소적이고 말도 신랄했다.

"한잔해." 중년의 종업원이 발데페냐스산 와인을 잔에 따라 그 접시 닦이 소년에게 건넸다.

"뭐, 그러죠." 소년이 잔을 들었다.

"파코, 투(자네도)?" 나이 든 종업원이 물었다.

"고맙습니다." 파코가 말했다. 세 사람 다 와인을 마셨다.

"난 가볼게." 중년의 종업원이 말했다.

"안녕히 주무세요." 두 소년이 그에게 말했다.

그가 나가고 둘만 남았다. 파코가 사제들이 쓰던 냅킨 한 장을 집어서 발꿈치를 바닥에 붙이고 똑바로 선 채 냅킨을 아래로 내려뜨렸다. 그러고는 베로니카* 동작을 취하며 몸을 돌려 오른쪽 다리를 살짝 앞으로 내밀고는 상상의 황소를 두 번 통과시킨 다음, 약간의 사이를 두고 다시 세 번째로 통과시켰다. 느리지만 완벽한 타이밍, 부드러움이 조화를 이룬 동작이었다. 그러고는 허리에 냅킨을 대고는 엉덩이를 흔들며 황소에게서 빠져나왔다. 중간 베로니카 동작이었다.

엔리케라는 이름의 접시 닦이 소년이 그를 냉소적으로 지켜보다가 콧방귀를 뀌며 말했다.

"황소는 어때?"

"아주 용감한 상태지." 파코가 말했다. "봐."

날아갈 듯 똑바로 선 채 그는 소를 네 번째로 완벽하게 통과시켰다. 매끄럽고, 우아하고, 품위 있는 동작이었다.

"이젠 어때?" 엔리케가 개수대에 기댄 채 물었다. 앞치마를 두른 그는 와인이 담긴 잔을 들고 있었다.

"여전히 방귀를 뀌어 대고 있어." 파코가 말했다.

"어리석은 놈." 엔리케가 말했다.

"왜?"

"봐."

엔리케가 앞치마를 벗어 손에 들고는 상상의 황소를 유인하더니 네 번의 완벽하고 나긋나긋한 집시 풍의 베로니카 동작을 펼쳤다. 그러고는 비켜 걸으면서 망토를 돌려 황소의 콧잔등을 슬쩍 치는 레볼레라 동작으로 마무리를 지었다.

"봤지?" 엔리케가 말했다. "이제 난 계속 접시나 닦을래."

*망토를 흔들어 투우 소를 다루는 동작.

"무슨 얘기야?"

"겁에 질렸었잖아." 엔리케가 말했다. "미에도(공포). 황소를 마주할 때 너는 겁에 질렸었어."

"아니야." 파코가 말했다. "난 겁나지 않아."

"레체(젖이나 더 먹어)!" 엔리케가 말했다. "누구든 겁을 먹지. 하지만 투우사는 그 두려움을 조절하며 황소를 다루는 거야. 아마추어 투우 경기에 나간 적이 있었어. 내가 너무 겁을 먹어 도망가지도 못하니까, 사람들이 모두 재밌다고 난리를 쳤었지. 너도 두려울 거야. 두려움만 아니라면 스페인의 구두닦이들도 죄다 투우사가 될걸. 너 같은 촌놈은 나보다 더 질겁할 게 뻔해."

"그렇지 않아." 파코가 말했다.

그는 상상 속에서 숱하게 투우사가 됐었다. 그래서 황소의 뿔도, 젖은 인중도, 씰룩거리는 귀도, 앞으로 돌진하는 땅으로 기울어진 머리도, 지축을 울리는 발굽도, 마침내 자신의 붉은 망토를 스치는 열에 들뜬 황소의 모습도 수없이 봤었다. 돌아선 황소는 또 그를 향해 달려들었고 그는 다시, 또다시, 몇 번이고 붉은 망토를 흔들곤 했다. 그가 크게 중간 베로니카 동작을 취하면 그 몸짓에 유인된 황소는 그에게로 달려왔고, 그는 재킷 금장식과 망토 사이의 작은 틈으로 황소를 통과시켰다. 그러고 나면 황소는 최면에 걸린 듯 멍하니 서 있었고, 관중들은 박수를 쳐 댔다. 그래, 난 결코 두렵지 않아. 다른 사람이라면 그렇겠지만 나는 그렇지 않아. 그는 자신이 있었다. "난 두렵지 않아."

하지만 엔리케는 다시 같은 말을 반복했다. "레체."

그러고는 말했다. "한번 해볼래?"

"뭘 하자는 거야?"

"이봐." 엔리케가 말했다. "넌 황소만 생각하지 뿔은 생각하지 않아. 황소가 그렇게 강한 건 칼처럼 날카롭고 총검처럼 찌를 수 있고 곤봉처럼 때릴 수 있는 그 뿔이 있기 때문이야." 그는 서랍 하나를 열더니 고기 칼 두 개를 꺼냈다. "이 칼들을 의자 다리에다 묶은 다음, 황소처럼 움직이는 의자를 네 얼굴 앞에 들이댈 거야. 칼이 뿔인 셈이지. 네가 이걸 통과시킨다면 뭔가 알게 될 거야."

"앞치마 이리 줘." 파코가 말했다. "식당에 가서 제대로 해보자."

"안 돼." 엔리케가 갑자기 기죽은 어투로 말했다. "그건 안 돼, 파코."

"돼." 파코가 말했다. "난 두렵지 않아."

"그냥 여기서 칼이 어떻게 다가오는지 보기만 해."

"그러니까 제대로 해보자고." 파코가 말했다. "앞치마 이리 줘."

엔리케가 면도날처럼 날카롭게 갈린 두 개의 고기 칼을 두꺼운 냅킨으로 감싼 후 그것을 의자 다리에 끈으로 꽉 묶는 동안, 객실 청소 담당인 파코의 두 누나들은 그레타 가르보가 나오는 영화 〈안나 크리스티〉를 보러 극장으로 가는 길이었다. 두 사제 중 하나는 내의 차림으로 성무일도서를 읽고 있었고, 다른 하나는 잠옷 차림으로 묵주기도를 하고 있었다. 아프지 않은 두 명의 전업 투우사들은 여느 밤과 마찬가지로 덩치 큰 검은 머리칼의 기마 투우사가 당구를 치고 있는 포르노스 카페에 있었다. 키 작고 진지한 전업 투우사는 우유를 탄 커피를 앞에 놓고 혼잡한 테이블에 앉아 있었는데, 그 테이블에는 중년의 창 투우사와 진지한 표정의 노동자들도 있었다.

머리가 희끗한 기마 투우사는 세비야 산 카사야 브랜디가 담긴 잔을 앞에다 놓고는 겁쟁이 전업 투우사를 흥미로운 눈길로 응시하고 있었다. 겁쟁이가 앉은 테이블에는, 칼을 버리고 다시 창 투우사로 돌아가려는 또 한 명의 전업 투우사와 해진 옷 같은 창녀 둘도 있었다.

점박이 경매인은 거리 모퉁이에 서서 지인들과 얘기를 나누고 있었다. 키 큰 종업원은 노동조합 회의에서 발언 기회를 기다리고 있었다. 중년의 종업원은 알바레스 카페의 테라스에 앉아 조그만 맥주를 마시고 있었다. 루아르카 여주인은 이미 잠자리에 들었는데, 다리 사이에다 베개 받침을 낀 채 반듯하게 누워 있었다. 덩치가 크고 살이 찐, 정직하고 시원시원하며 느긋한 성격의 그녀는 죽은 지 20년이 지난 남편을 위해 여전히 하루도 거르지 않고 기도를 올리는 무척이나 신앙심 깊은 여자였다. 자신의 방에 홀로 있던 병든 투우사는 여전히 손수건을 입에 대고 침대에 얼굴을 묻은 채 엎드려 있었다.

그 시간 손님이 아무도 없는 식당에서는, 엔리케가 의자 다리에 냅킨으로 감싼 칼을 마지막으로 한 번 더 끈으로 묶고는 의자를 들어 올렸다. 그러자 두 개의 칼이 그의 머리 높이에서 앞쪽으로 향했다.

"아이고 무거워." 그가 말했다. "파코, 이건 너무 위험해. 하지 말자." 그는 땀을 흘렸다.

하지만 파코는 가장자리를 접은 앞치마를 넓게 펼쳐 든 채 서 있었다. 엄지는 세우고 검지는 아래로 내린 채, 황소의 눈을 유인하듯 엔리케를 정면으로 응시하면서.

"똑바로 돌진해." 파코가 말했다. "황소로 변했다고 생각하고, 원하는 만큼 몇 번이고 돌진해."

"언제 통과시키는지 알고 있는 거야?" 엔리케가 물었다. "세 번 하고, 한 번은 중간 돌기가 좋겠어."

"좋아." 파코가 말했다. "다가와 보시지, 토리토(검정 딱정벌레) 같은 녀석! 덤벼, 어린 황소야!"

머리를 숙인 채 엔리케가 그를 향해 달려들었고, 파코는 칼날 머리가 자신의 배 앞까지 오자 앞치마를 휙 들어 올렸다. 앞치마를 스치며 지나가는 칼은, 정말로 끝이 하얗게 갈라진 매끄러운 검은 소뿔 같았다. 다시 돌아서서 달려드는 엔리케도, 옆구리를 찔려 피를 흘리며 쿵쿵 다가오는 흥분한 황소 같았다. 황소는 고양이처럼 잽싸게 돌아서더니 다시 달려들었고, 파코의 붉은 망토는 천천히 펄럭였다. 그러고는 다시 황소가 몸을 돌려 달려들었다. 파코가 돌진하듯 다가오는 황소를 지켜보며 왼쪽 발을 2인치쯤 앞으로 내디뎠을 때, 칼은 그를 그냥 지나치지 않고 마치 와인 부대 속으로 들어오듯 그의 몸속으로 쑥 미끄러져 들어왔다. 그 견고한 쇳조각으로 인해 그의 몸속에서 뜨겁게 달궈진 무언가가 왈칵 쏟아졌고, 엔리케가 비명을 질렀다. "악! 악! 칼을 뺄게! 칼을 뺄게!" 파코가 여전히 앞치마 망토를 손에 쥔 채 의자 위로 고꾸라지자, 엔리케는 파코의 몸속 깊이 박힌 칼을 뽑아냈다.

칼이 빠지자, 파코는 따스한 웅덩이가 넓게 퍼져 가고 있는 바닥에 주저앉았다.

"냅킨을 대고 눌러!" 엔리케가 말했다. "꽉 누르고 있어. 내가 의사를 불러올 동안 어떻게든 출혈을 막아."

"고무 컵만 있으면 되는데." 파코가 말했다. 그는 투우장에서 그것이 사용되는 것을 본 적이 있었다.

"곧바로 돌아올게." 엔리케가 그렇게 말하며 울음을 터뜨렸다. "내가 원했던 건 그저 위험하다는 걸 보여 주는 거였어."

"걱정 마." 파코가 잦아드는 목소리로 말했다. "그래도 의사는 데려와."

투우장이었다면 사람들이 그를 들것에 실어 수술실로 달렸을 것이다. 그리고 거기 도착하기 전에 그의 대퇴부 동맥에서 피가 다 빠져나가 버렸다면, 사람들은 사제를 불렀을 것이다.

"신부님 한 분도 불러 줘." 아직도 자신에게 일어난 일을 믿을 수가 없었던 파코는, 냅킨으로 상처를 꽉 누르며 그렇게 말했다.

하지만 엔리케는 벌써 철야 응급 구호소를 향해 산헤로니모 거리를 달려가고 있었고, 파코는 거기 홀로 있었다. 처음엔 앉아 있었지만 점점 몸을 웅크리다가 바닥에 푹 쓰러졌다. 마개를 뽑은 목욕통에서 지저분한 물이 빠져나가듯이, 자신에게서 생명이 빠져나가는 것을 느낄 수 있었다. 무서웠다. 그리고 의식이 희미해졌다. 그는 겨우 회개 기도 시작 부분을 기억해 낼 수 있었다. "오, 나의 하느님, 제 모든 사랑을 받기에 족하신 당신을 능멸한 죄를 깊이 뉘우치나이다. 그리하여 저는 결연히 다짐하오니……" 하지만 그는 여기까지만 하고 현기증을 느끼며 바닥에 얼굴을 묻었다. 모든 것이 너무도 빨리 끝나 버렸다. 훼손된 대퇴부 동맥이 믿을 수 없을 정도로 빠르게 비어 버린 것이다.

응급 구호소 의사가 엔리케의 팔을 붙들고 있는 경찰관 한 명과 함께 계단을 오르고 있을 때, 파코의 누나 둘은 여전히 그란 비아 영화관에 있었는데, 영화에 완전히 실망한 상태였다. 비천한 하류 인생에서 위대한 스타로 거듭난 그레타 가르보의 화려함과 재능의 광채에도 불구하고. 다른 관객들도 그 영화에 실망한 듯 휘파람을 불고 발을 구르며 야유를 보냈다. 사고가 일어났을 때 두 사제만 기도를 끝내고 잠자리에 들 준비를 하고 있었고, 다른 펜션 손님들은 각자 하던 일을 계속하고 있었다. 머리가 희끗한 기마 투우사는 해진 옷 같은 창녀 둘이 있는 테이블로 자리를 옮겨 끝도 없이 술을 마신 후, 둘 중 하나와 카페를 나왔다. 겁쟁이가 돼버린 투우사가 술을 사주곤 하던 여자였다.

파코는 자신에게 이런 일이 생길 줄도 몰랐고 사람들이 내일은, 그다음 날은, 또 그다음 날은 무슨 일을 하고 있을지도 몰랐다. 사람들이 어떻게 살고 어떻게 죽는지, 그는 아무것도 알지 못했다. 심지어 사람들이 죽는다는 것 자체를 깨닫지 못했다. 그는 죽었다. 스페인 속담처럼, 모든 건 환상이었다. 그는 살아 있는 동안 그 환상에서 벗어날 시간도 없었고, 죽는 순간에는 회개의 기도도 끝마칠 수 없었다.

그에게는 일주일 동안 마드리드 사람들을 실망시킨 그레타 가르보의 영화에 실망할 시간조차 없었다.

킬리만자로의 눈
The Snows of Kilimanjaro

킬리만자로는 해발 5,895미터, 아프리카 최고봉으로 일컬어지는 설산이다. 서쪽 산정은 마사이어로 '신이 사는 집'이란 뜻의 '느가이 느가이'란 이름을 갖고 있다. 이 서쪽 산정 부근에 바싹 마른 표범의 사체 하나가 얼어붙어 있다. 녀석이 대체 무엇을 찾아 그 높은 곳까지 온 것인지, 그 이유를 설명할 수 있는 사람은 아무도 없다.

"통증이 전혀 느껴지지 않으니 신통하군." 그가 말했다. "썩기 시작한 거야."

"정말이에요?"

"물론이지. 냄새가 아주 지독해서 미안하군. 당신이 괴롭겠어."

"그만! 이제 그만해요."

"저놈들 좀 보게." 그가 말했다. "저놈들을 불러들인 게 뭘까? 내 꼬락서니일까, 냄새일까."

남자가 누워 있는 간이침대는 널따란 자귀나무 그늘 아래 놓여 있었다. 그늘 밖 햇살이 쏟아지는 평원에는 세 마리의 커다란 새가 음흉하게 웅크리고 앉아 있었다. 그 뒤편으로도 열 마리가 넘는 새들이 땅에 그림자를 드리우며 날아다니고 있었다.

"트럭이 고장 나던 날부터 저놈들이 나타났었어." 그가 말했다. "땅바닥으로 내려온 건 오늘이 처음이고. 글을 쓸 때 필요할까 싶어서 놈들이 날아다니는 모습을 세심하게 관찰했었지만, 이젠 다 소용없는 일이 돼버렸어."

"그런 식으로 말하지 말아요." 여자가 말했다.

"그냥 지껄이는 것뿐이야." 그가 말했다. "지껄이면 좀 편해지니까. 당신을 괴롭힐 마음은 없어."

"그런 게 절 괴롭히진 않아요." 그녀가 말했다. "괴로운 건 제가 아무것도 할 수 없다는 거죠. 미칠 것 같아요. 비행기가 올 때까지 마음 편히 있었으면 좋겠어요."

"혹은 비행기가 오지 않을 때까지."

"제가 뭘 하면 좋을지 말해 줘요. 할 수 있는 게 분명 있을 거예요."

"내 다릴 좀 잘라 줘. 그럼 모든 게 끝나겠지. 보장할 순 없지만. 아니면 날 쏴버리든가. 이젠 총도 제법 쏠 줄 알잖아. 내가 가르쳐 주지 않았나?"

"제발, 그런 식으로 말하지 말아요. 책이라도 읽어 드려요?"

"읽을 거 뭐?"

"아직 읽지 않은 책이 가방에 좀 있어요."

"내 귀엔 들어오지도 않을 거야." 그가 말했다. "지껄이는 게 더 편해. 말씨름을 하다 보면 시간도 지나갈 테고."

"말다툼은 싫어요. 그러고 싶지 않아요. 더 이상은 싸우지 말아요, 우리. 아무리 짜증이 나더라도. 비행기는 분명히 올 거예요."

"한 발짝도 움직이지 않겠어." 남자가 말했다. "가봐야 소용도 없을 테니까. 물론 당신에게야 유용하겠지만."

"겁쟁이 같은 소리 말아요."

"편히 죽도록 좀 내버려 둬. 핀잔 따위가 지금 무슨 소용이 있다고."

"당신은 죽지 않아요."

"멍청하긴. 난 지금 죽어 가고 있어. 저 녀석들에게 물어봐." 그는 깃털 속에 민머리를 처박고 있어서 곱사등이처럼 보이는 크고 흉측한 몰골의 새들을 바라보았다. 땅바닥으로 내려온 네 번째 놈이 잰걸음을 옮기다가 다른 놈들이 있는 곳으로 느릿느릿 걸어갔다.

"저것들은 야영지 주변이면 어디에나 있어요. 당신이 눈여겨보지 않았을 뿐이죠. 스스로 포기만 하지 않는다면, 당신은 절대 죽지 않아요."

"어느 책에서 그따위 소릴 읽은 거야? 바보 같으니."

"누구든 사람을 떠올려 봐요."

"우라질," 그가 말했다. "그건 내 전문이지."

그는 한동안 아무 말 없이 열기가 이글거리는 평원 너머 숲 가장자리로 눈길을 던졌다. 누런 벌판을 배경으로 자그맣고 흰 숫양 몇 마리가 서 있었다. 더 멀리에는 한 무리의 얼룩말들이 초록의 숲을 배경으로 서 있었다. 그가 머물고 있는 곳은 언덕을 등진 커다란 나무 아래인 데다 물도 좋아 야영지로는 그만이었다. 가까운 곳에 있는 거의 바닥을 드러낸 웅덩이에는 아침이면 사막꿩들이 날아들었다.

"책 읽어 주는 거 싫어요?" 그녀가 물었다. 그녀는 그의 간이침대 곁에 놓인 천 의자에 앉아 있었다. "바람을 느껴 봐요."

"싫어."

"트럭이 오고 있을 거예요."

"트럭이 오든 말든 관심 없어."

"전 관심 있어요."

"당신은 내가 관심 없어 하는 것들에 아주 관심이 많지, 빌어먹을."

"그렇게 많진 않아요, 해리."

"술이나 한잔하지."

"해로워요. 블랙이 쓴 가정의학서에도 알코올을 피하라고 쓰여 있잖아요. 마셔선 안 돼요."

"몰로!" 그가 외쳤다.

"예, 나리."

"위스키소다 한 잔 갖고 와."

"예, 나리."

"안 된다고 했잖아요." 그녀가 말했다. "이게 바로 제가 말한 포기라는 거예요. 술은 당신한테 이로울 게 없어요. 해롭다니까요."

"그렇지 않아." 그가 말했다. "나한테 유익한 거야."

이제 모든 것이 끝났다고 그는 생각했다. 어쩌면 제대로 끝낼 수 있는 기회조차 주어지지 않을지 몰랐다. 결국 술 한 잔 마시는 걸 가지고 말다툼이나 하면서 인생의 막을 내릴 것이다. 오른쪽 다리에 심각한 부패가 일어나기 시작하면서 통증이 사라졌고, 그러자 공포도 사라졌다. 이제 극심한 피로와 허무하게 막을 내리는 인생에 대한 분노만 느껴졌다. 다가오는 죽음에 관해서는 어떤 호기심도 없었다. 지난 여러 해 동안 그는 죽음에 사로잡혀 있었지만, 이제 그것은 그저 무의미에 불과하다는 생각이 들었다. 극심한 피로가 사람을 이 지경까지 만들 수 있다는 것이 신기했다.

충분히 무르익은 뒤에 쓰려고 고이 간직했던 이야기들은 결국 쓰지 못할 것이다. 그건 쓰다가 중도에 그만두는 일 따위를 겪지 않아도 된다는 뜻이기도 했다. 그의 글은 더 이상 아무도 읽을 수 없을 것이다. 미루고 미루다 시작도 하지 못한 탓이었다. 그는 이제 아무것도 알고 싶지 않았다.

"여기 오지 말았어야 했어요." 여자가 말했다. 그녀는 유리잔을 든 채 입술을 잘근잘근 씹으며 남자를 바라보았다. "파리에 있었더라면 이런 일은 없었겠죠. 당신은 늘 파리를 사랑한다고 했잖아요. 파리로 갈 수도, 다른 곳으로 갈 수도, 당신이 원하는 곳이라면 어디로든 갈 수 있었 어요. 사냥 때문이라면 헝가리로 갈 수도 있었잖아요"

"당신의 그 빌어먹을 돈을 써가면서 말이지." 그가 말했다.

"억지 부리지 말아요. 제 돈은 언제나 당신 돈이에요. 전 모든 걸 떠나왔어요. 그리고 당신이 가고 싶어 하면 어디든 갔어요. 당신이 원하는 것이면 뭐든 했고요. 하지만 이곳만큼은 오지 말았어야 했다는 생각엔 변함이 없어요."

"당신이 좋다고 말했을 텐데."

"당신이 온전할 땐 그랬었죠. 하지만 이젠 싫어요. 당신 다리가 왜 이 지경이 되었는지 이유를 모르겠어요. 대체 무엇이 우리를 이렇게 만든 거죠?"

"처음 상처가 났을 때 요오드 바르는 걸 깜빡했기 때문일 테지. 감염 같은 게 일어날 거라곤 꿈에도 생각하지 못해서 신경을 쓰지 않았지. 그 렇게 시간이 지나고 상태가 나빠진 뒤엔 방부제마저 떨어졌고 석탄수石 炭水론 효과도 없었고, 결국 모세혈관이 막히고 부패가 시작된 거지." 그 는 그녀를 바라보았다. "다른 게 뭐 또 있나?"

"제 말은 그런 뜻이 아니에요."

"경험이라곤 쥐뿔도 없는 키쿠유 족 운전수 말고 제대로 된 기사를 고 용했더라면 오일 점검을 했을 거고, 그랬으면 베어링이 눌어붙는 일도 없었을 테지."

"그런 뜻도 아니에요."

"그럼 뭐? 당신하고 어울리는 부류인 그 빌어먹을 올드 웨스트베리, 사라토가, 팜비치 사람들을 버리고 날 따라오지만 않았더라면……"

"왜 그래요? 전 당신을 사랑했어요. 너무하군요. 여전히 당신을 사랑해요. 앞으로도 늘 당신을 사랑할 거예요. 당신은 절 사랑하지 않아요?"

"물론." 남자가 말했다. "그렇게 생각하지 않아. 사랑한다고 생각해 본 적 없어."

"해리, 무슨 말을 하는 거예요? 제정신이 아니군요."

"그래, 아니야. 제정신인 적이 없었지."

"그만 좀 드세요." 그녀가 말했다. "자기, 제발 술 좀 그만 드시라고요. 할 수 있는 일은 뭐든 해봐야 하잖아요."

"당신이나 해." 그가 말했다. "난 지쳤어."

그의 머릿속에 카라가치*역이 떠올랐다. 그는 짐 꾸러미를 든 채로 서 있었고, 심플론-오리엔트 열차의 전조등이 어둠을 잘라 내고 있었다. 그는 군대가 퇴각해 버리자 트라케**를 떠나려던 참이었다. 그 장면은 그가 소설에다 써먹으려고 갈무리해 둔 것들 중 하나였다. 또 떠오르는 장면은, 아침 식사를 하던 중 창 너머로 눈이 덮인 듯 보이는 불가리아 산정을 바라보며 눈이 내린 거냐고, 비서가 난센***에게 묻는 장면이었다. 늙은 난센이 살펴보고는 아니라고, 눈이 온

*그리스와의 경계에 있는 터키 북서부 지역.
**발칸반도 동부에 걸쳐 있는 지방으로, 그리스령과 터키령으로 나뉜다.
***Fridtjof Nansen(1861~1930). 노르웨이의 북극 탐험가이며 동물학자이자 정치가로, 국제연맹의 노르웨이 대표로 제1차 세계대전 후 포로의 본국 송환과 난민 구제에 힘쓴 인도주의자.

건 아니라고 말한다. 눈이 오려면 아직 멀었어. 비서는 여자아이들에게 똑같이 말해 준다. 이제 아니란 걸 알겠지? 저건 눈이 아니야. 아이들이 입을 모아 말한다. 저건 눈이 아니야, 우리가 잘못 본 거였어. 하지만 그건 눈이 틀림없었다. 전쟁이 끝나고 흩어졌던 주민들의 이주가 시행되었을 때 그는 그들을 그 눈 속으로 떠나보냈다. 그해 겨울, 그들은 그 눈밭을 벗어나지 못한 채 죽어 갔다.

그해 가우에르탈에는 크리스마스 주간 내내 폭설이 내렸다. 그들은 방의 반이나 차지하는 커다란 도자기 난로가 놓인 벌목꾼의 집에서 기거했다. 그들이 깔고 잔 매트리스에는 너도밤나무 잎이 채워져 있었다. 피투성이가 된 발을 끌고 탈주병이 찾아든 것은 그 무렵이었다. 그는 헌병들이 쫓아오고 있다고 말했다. 그들은 그에게 털실로 짠 양말을 신겨 주고는, 그의 발자국이 내리는 눈발에 묻힐 때까지 주절주절 떠들어 대며 프랑스 헌병들을 붙들어 두었다.

슈룬츠에서 맞은 크리스마스 날, 술집 창밖을 내다보니 눈이 시릴 정도로 새하얀 설광雪光 너머로 사람들이 교회에서 집으로 돌아가는 모습이 보였다. 그곳은 평소엔 사람들이 무거운 스키를 어깨에 걸머지고 오르던, 썰매로 다져지고 오줌으로 노랗게 변한, 강기슭과 연해 있는 가파른 소나무 언덕길이었다. 마들레너 산장 너머의 빙하와 이어진 그 멋진 활강장을 달려 내려올 때면 케이크에 입혀진 설탕처럼 매끄러운 눈이 분가루처럼 가볍게 흩날리곤 했다. 그는 한 마리 새처럼 소리 없이 떨어져 내리던 때의 속도감을 기억하고 있었다.

사람들은 한 주 내내 눈보라에 갇힌 채 호롱불 연기 자욱한 마들레너 산장에서 카드놀이로 시간을 죽였다. 판돈이 커질수록 베팅을 멈추지 않던 렌트 씨는 결국 몽땅 털리고 말았다. 모든 것을 날린 것이다. 스키 강습으로 번 돈도, 그 시즌의 수익금도, 자본금까지. 렌트 씨의 기다란 코와 카드를 집어 들자마자 '패를 보지도 않고' 베팅하던 모습이, 그의 눈에 선했다. 당시에는 늘 노름을 했었다. 눈이 안 오면 안 온다고 하고, 눈이 오면 온다고 했다. 노름으로 흘려보낸 날들을 그는 기억하고 있었다.

하지만 그는 거기에 대해 단 한 줄도 쓰지 않았다. 바커의 분대가 전선을 넘어와서 오스트리아 장교들을 실은 휴가 열차에 폭탄을 투하하고, 뿔뿔이 달아나던 장교들까지 기관총으로 쏘아 대던 그 차갑고 화창한 크리스마스 날에 대해서도 쓰지 않았다. 그 일이 있은 뒤 어느 날 부대 식당으로 들어온 바커가 그 얘기를 하기 시작하던 모습을 그는 기억하고 있었다. 주변은 쥐 죽은 듯 고요해졌고, 누군가 "끔찍한 살인마 자식!"이라고 말했었다.

훗날 그는 그들이 총을 쏘아 댔던 오스트리아 사람들과 스키를 즐겼다. 물론 바로 그 사람들은 아니었다. 그해에 스키를 함께 탄 한스는 카이저 산악전투부대 소속이었고, 그는 한스와 제재소 너머 조그만 계곡으로 토끼 사냥을 하러 갔을 때 파수비오와 페르티카, 아살로네에서 벌어진 격전에 대해 얘기를 나누었다. 그런 얘기도 그는 결코 쓴 적이 없었다. 몬테 코르노 산악전에 대해서도, 시에테 코뮌이나 알시에도에 대해서도.

포랄베르크와 아를베르크에서 보낸 겨울이 몇 해였던가? 네 해쯤 될 것이다. 그는 블루덴츠로 스키를 타고 가다가 만난 여우 장수를 기억하고 있었다. 그는 사람들과 함께 선물을 사러 가던 중이었는데, 체리씨 풍미가 느껴지던 질 좋은 키르슈 주와 얼어붙은 눈밭 위를 미끄러질 때 날리던 눈가루, "하이, 호! 롤리가 외쳤다네!"라고 노래를 부르며 마지막 급경사를 내려가던 기분, 그러고는 곧장 내달려 과수원을 세 번이나 휘돌아 도랑을 건너 주막 뒤편의 얼어붙은 길에 닿았던 일도 기억에 생생했다. 신발에 얽어맨 줄을 풀고 스키를 걷어차 벗겨 낸 뒤 나무 벽에다 기대 놓았을 때 연기가 자욱이 깔린 주막 안의 풍경이 창문 너머로 보였다. 사람들은 새로 딴 술의 향기와 온기에 싸여 있었고 누군가 아코디언을 켜고 있었다.

"파리에 있을 때 우리가 어디서 묵었지?" 아프리카로 되돌아온 그는 자기 곁 천 의자에 앉은 여자에게 물었다.

"크리용 호텔요. 당신도 알잖아요."

"내가 어떻게 알아?"

"우리가 늘 묵었던 곳이니까요."

"아니, 늘 묵었던 건 아니지."

"그곳이랑 생제르맹의 파비용 앙리 4세관이 있었죠. 당신은 그곳을 사랑한다고 했었죠."

"사랑은 똥 더미에 지나지 않아." 해리가 말했다. "그리고 난 그 똥 더미 위에서 꼬꼬댁거리는 수탉일 뿐이고."

"당신이 죽는다고 쳐요." 그녀가 말했다. "죽기 전에 꼭 그렇게 모든 걸 절단 내버려야 속이 시원하겠어요? 그렇게 남김없이 다 없애 버려야겠냐고요. 당신이 타던 말도 죽이고 당신이 데리고 살던 마누라도 죽이고 안장과 갑옷도 몽땅 불살라 버려야겠어요?"

"말 잘했어." 그가 말했다. "당신의 그 빌어먹을 돈이 내 갑옷이었어. 내 이름이고 내 방패였어."

"그러지 말아요."

"알았어. 그만두지. 당신을 해치고 싶진 않아."

"이미 조금은 해친걸요."

"그렇담 계속 해쳐야겠군. 재밌거든. 당신하고 즐기던 유일하게 재미난 짓을 더 이상 할 수 없을 테니까."

"아뇨, 그렇지 않아요. 당신은 많은 걸 즐겼어요. 전 당신이 원하는 거면 뭐든 다 했고요."

"그놈의 빌어먹을 자랑질 좀 그만두지 못해?"

그는 그녀를 바라보았고 그녀는 울음을 터뜨렸다.

"들어 봐." 그가 말했다. "당신은 지금 내가 재밌자고 이러는 거 같아? 나도 내가 왜 이러는지 모르겠어. 당신을 살리려고 하는 짓이 오히려 당신을 죽이는 것 같단 말이야. 우리가 처음 얘기를 시작했을 땐 난 멀쩡했어. 이런 식으로 하려던 건 아니었어. 그런데 나는 완전히 미쳐 버렸어. 당신에게 너무도 잔혹하게 굴고 있잖아. 그러니 내가 뭐라고 하든 너무 예민하게 받아들이지는 마. 난 정말 당신을 사랑해. 당신도 알잖아. 다른 누구도 이렇게 사랑하진 않았어."

그는 다반사로 지껄이던 친숙한 거짓말을 술술 내뱉었다.

"다정하게 대해 주네요."

"개 같은 년." 그가 말했다. "넌 부잣집 암캐야. 오, 말하고 보니 멋진 시인걸? 내 머릿속이 시로 충만해 있어. 개소리와 시, 개 같은 시로."

"그만해요. 해리, 왜 갑자기 악마로 변해 버린 거죠?"

"뭐든 남겨 놓고 싶지가 않아." 남자가 말했다. "뒤에다 뭘 남겨 놓은 채로 떠나고 싶지 않다고."

벌써 저녁이었다. 그는 잠깐 잠이 들었던 모양이다. 산 너머로 해가 지고 그림자가 평원을 뒤덮고 있었다. 야영지 가까이에서 조그만 짐승들이 풀을 뜯어 먹고 있었다. 숲에서 제법 멀리 떨어진 곳까지 오가며 재빨리 머리를 숙이고 꼬리를 흔들어 대면서. 흉측한 몰골의 새들은 이제 땅바닥에 있지 않고 모두 나뭇가지 위에 육중한 몸을 얹고 있었는데, 숫자는 더 늘어나 있었다. 시중드는 소년이 그의 침대 곁에 앉아 있었다.

"마님은 사냥을 하러 가셨어요." 소년이 말했다. "필요하신 게 있습니까요, 나리?"

"없어."

그녀는 먹을 고깃덩어리를 구하려고 사냥을 하러 가고 없었다. 그가 사냥하는 장면을 보면 흥분한다는 걸 잘 알기에, 그를 불안정하게 만들고 싶지 않아 가능한 한 그의 시야가 닿지 않는 평원 먼 곳으로 갔을 것이다. 그는 생각했다. 늘 생각이 깊은 여자야. 자신이 알고 있거나 읽은, 혹은 주워들은 것들에 대해서만큼은.

그녀와 사귀기 시작했을 때 이미 그가 돌이킬 수 없는 지경이 되어 있었다는 건 그녀의 잘못이 아니었다. 남자의 말이란 의미 없는, 단지 듣기 좋으라고 하는 습관적인 지껄임일 뿐임을 간파할 여자가 얼마나 되겠는가? 그의 말이 의미 없는 지껄임이 된 후부터 오히려 그의 말이 여자들에게 더 잘 먹혀들었다.

그가 거짓말을 주절주절 늘어놓은 건 떠들어 댈 만한 진실이 별로 없기 때문이었다. 그가 나름대로 구가하던 근사한 인생이 끝장났을 때, 그를 다시 살게 한 것은 또 다른 사람들과 그들이 지닌 많은 돈이었다. 그에겐 최상의 조건을 갖춘, 새로운 인물들이 필요했다.

아무 생각 없이 바라본다면 그건 아주 근사한 일이었다. 마음만 단단히 먹으면 동요될 일도 없었다. 알아서 지레 포기해 버리는 삶의 방식에 더 이상 매몰될 필요도 없었다. 하지만 그는 내심 그 인간들에 대해, 엄청난 부자들에 대해 쓸 거라고 생각했다. 넌 그들의 일원이 아니라 그들의 나라에 침투한 스파이야. 넌 여기서 떠나 여기서의 일을 쓸 거고, 그러면 그 책은 그들을 속속들이 아는 자에 의해 쓰인 최초의 책이 될 거야. 그는 속으로 그렇게 중얼거렸지만, 그들에 대해 쓰지 못했다. 단 한 줄도 쓰지 않는 나날을 보내며 자신이 경멸해 마지않던 안락한 삶에 매몰되어 버렸기 때문이다. 재능도 일에 대한 의지도 물렁해져 버린, 무위

도식하는 인간이 되어 버린 것이다. 하기야 그들에게는 아무것도 하지 않는 그가 모든 면에서 더 편했을 것이다. 그 후 그는 다시 시작하려는 꿈을 안고 아프리카로 왔고, 아프리카는 그에게 절정의 행복을 선사해 주었다. 그녀와 함께 사냥을 즐기고 최소한의 안락함에 만족하며 살아 보니, 곤경에 빠질 일도 호사를 누릴 일도 없었다. 그런 식의 삶을 하나 씩 훈련해 나간다면 못할 것이 없겠다는 생각이 들었다. 마치 권투 선수 가 살을 빼기 위해 산으로 들어가 훈련하듯 살면, 영혼에 눌어붙은 기름기를 떼어 낼 수 있을 것 같았다.

그녀도 좋아했다. 새로운 풍경과 낯선 사람들과 유쾌한 일들이 있는, 마음을 달뜨게 하는 이곳을 사랑한다고 했다. 그 역시 다시 글을 쓰겠다는 의지가 생기리라는 환상에 빠졌었다. 하지만 이제 눈앞에 삶의 끝이 보였고, 이렇게 끝난다 하더라도 — 물론 끝이라는 것을 그는 알고 있었다 — 그건 그녀의 잘못은 아니었다. 그녀가 없었다면 다른 여자가 옆에 있었을 것이다. 거짓말로 연명된 삶은 거짓말로 종언을 고할 것이다. 산 뒤편에서 총소리가 들려왔다.

그녀는 뛰어난 명사수에, 선량하고 부유한 암캐이며, 그의 재능에 대한 친절한 보호자이자 파괴자였다. 아니, 말도 안 되는 소리! 그의 재능을 파괴한 것은 바로 그 자신이었다. 그를 끔찍이도 잘 지켜 주었다는 게 그녀를 비난할 이유라도 된단 말인가? 그는 자신의 재능을 사용하지 않음으로써 자신의 재능을 망가뜨렸다. 그 자신을, 그리고 자신이 믿는 바를 배신함으로써 스스로의 재능을 파괴했다. 통찰력이 뭉그러지도록 마시는 음주벽, 게으름과 태만, 속물근성, 오만과 편견, 어떻게든 변명을 끌어다 붙이는 습성으로 자신의 재능을 탕진했다. 지금의 이 상황은 무엇 때문일까? 예전의 목록들에서 찾아봐야 하나? 대체 내 재능은 뭐란 말인가? 멀쩡한 자신의 재능을, 그는 그냥 쓰지 않고 악용했다. 그에게 재능이란, 실행하는 무엇이 아니라 실행할 수 있는 무엇일 뿐이었다. 그는 글이 아니라 다른 뭔가로 살아갈 방도를 택했다. 그러니 그가 새로 사귄 여자가 매번 이전 여자보다 돈이 더 많았다는 건 전혀 이상한 일이 아니었다. 하지만 그가 진정으로 여자를 사랑하던 때보다 더 이상 그럴 수 없게 되었을 때, 거짓말만 늘어놓게 되었을 때 만났던 지금의 여자가, 그가 사귄 어떤 여자보다 돈이 많고 예전엔 남편과 아이들도 있었던, 애인들도 여럿 되었지만 그들에게 만족하지 못했던 지금의 여자가, 자신을 작가로 남자로 친구로 또한 자랑스러운 소유물로 애지중지하고 있다는 건 이상한 일이었다. 진정으로 여자를 사랑했던 시절보다 사랑하지도 않고 오직 거짓말만 늘어놓는 지금, 여자에게 그녀가 가진 돈보다 더 많은 걸 줄 수 있다니.

사람은 제각기 하는 일에 맞춰지는 법이라고, 그는 생각했다. 어떤 식으로 생계를 꾸려 가든 재능은 발휘되게 마련인 것이다. 그는 어떤 형태로든 목숨을 팔며 살아왔다. 삶 전체가 그랬다. 그다지 애정이 가는 일이 아니라면 돈이 우선이었다. 그런 사실을 익히 알면서도 그는 거기에 대해 여전히 쓰려 하지 않았다. 써야 할 가치가 충분함에도 불구하고, 쓰지 않을 게 뻔했다.

훤하게 트인 들녘을 가로질러 야영지를 향해 걸어오는 그녀의 모습이 보였다. 승마 바지 차림에 소총을 들고 있었다. 소년 둘이 숫양 한 마리를 어깨에 걸머메고 그녀 뒤를 따라오고 있었다. 그녀의 얼굴과 몸매는 여전히 보기 좋았다. 그녀는 침대에서도 감탄을 자아내는 능력을 발휘했다. 미인은 아니었지만 그는 그녀의 얼굴이 마음에 들었다. 그녀는 맹렬한 독서광에 승마와 사냥을 좋아했고, 전에는 엄청난 술꾼이었다. 남편은 그녀가 젊었을 때 세상을 떠났고, 한동안 그녀는 막 어린 티를 벗은 두 아이를 보살피는 데 전력을 다했다. 하지만 정작 아이들은 그녀를 필요로 하지 않았는지 그녀가 가까이 가면 어쩔 줄 몰라 했다. 그래서 그녀는 승마와 독서와 음주로 소일했다. 저녁 식사 전에 책을 읽으며 소다수를 탄 위스키를 즐겼다. 그래서 저녁 식사 때엔 꽤 취해 있었지만 와인 한 병을 더 마신 뒤에야 잠에 곯아떨어지곤 했다.

남자가 생기기 전까지는 그랬다. 남자들이 생기면서 그녀는 만취할 만큼 마시지는 않았다. 혼자 잠에 곯아떨어지는 일만은 피하고 싶었던 것이다. 하지만 남자들은 그녀를 권태에서 구해 주진 못했다. 그녀의 남편은 결코 그녀를 권태에 빠뜨리는 사람이 아니었는데, 그 후 그녀가 만난 남자들은 너무 뻔했다.

그러다 비행기 사고로 두 아이 중 하나를 잃었고, 그녀는 더 이상 남자를 원하지 않았다. 술도 더 이상 마취제 구실을 할 수 없게 되자 그녀는 새로운 삶이 절실했다. 갑자기 혼자라는 생각에 그녀는 소스라치게 놀라곤 했다. 그녀는 자신이 존경할 수 있는 사람을 원했다.

시작은 아주 단순했다. 그녀는 그의 작품을 좋아했고 그가 영위하는 삶을 동경했다. 그녀에게는 그가 자신이 살고 싶은 삶을 사는 사람처럼 보였다. 그녀가 그를 손아귀에 넣고 마침내 사랑에 빠지게 된 과정은, 그녀에겐 새로운 인생을 만들어 주는 과정이었으며, 그에게는 지나간 삶의 잔재들을 말끔히 청산하는 과정이었다.

그것이 자신의 안정과 안락을 위한 거래였음을 그는 부인할 수 없었다. 그 밖에 또 뭐가 있었던가? 그로선 대답할 수 없는 질문이었다. 그가 원하는 것이면 여자는 뭐든 갖다 바칠 태세였고, 그는 그 사실을 잘 알고 있었다. 그런 점에서 그녀는 우라지게도 멋진 여자였다. 그는 다른 어떤 여자보다 빨리 그녀를 침대로 끌어들이고 싶었다. 그녀를 원한 이유는 자명했다. 그녀는 부자에다 유쾌했으며, 감사할 줄 알았고, 추태도 부리지 않았기 때문이었다. 하지만 이제 그녀와 함께 재건한 이 삶도 끝을 향해 가고 있었다. 그는 어느 날 조그만 소리만 나도 잽싸게 숲 속으로 달아나려고 귀를 쫑긋 세운 채 콧구멍을 벌씬거리는 영양 떼를 사진으로 찍으려고 살금살금 다가가다가 나무 가시에 무릎을 찔렸다. 그 후 2주 동안 소독약을 바르지 않고 상처를 방치했다가 이런 일이 생긴 것이다! 게다가 영양 떼 사진을 찍지도 못했다. 놈들이 달아나 버렸기 때문이다. 그녀가 코앞에 와 있었다.

간이침대에 누워 있던 그는 고개를 들며 말했다. "반갑군."

"숫양을 잡았어요. 당신에게 좋은 국거리가 될 거예요. 감자도 으깨 넣고 우유 가루도 섞어서 만들어 드릴게요. 기분은 좀 어때요?"

"아주 좋아."

"정말요? 좋아질 줄 알았어요. 떠날 때 보니 잠들어 있더라고요."

"달콤한 잠이었어. 멀리까지 갔었어?"

"아뇨. 그냥 산모퉁이까지만요. 숫양을 한 방에 잡았어요."

"당신 사격 솜씨야 대단하지."

"사냥하는 게 좋아요. 아프리카는 정말이지 좋은 곳이에요. 당신만 멀쩡했다면 이보다 더 즐거운 때는 없었을 테죠. 당신과 함께 사냥을 다니는 게 얼마나 즐거웠는지 당신은 모를 거예요. 이곳이 좋아요."

"나도 여기가 좋아."

"당신 기분이 좋아진 걸 보니 저도 기뻐요. 다시는 아까처럼 얘기하지 말아요. 약속해 줘요."

"안 그럴게. 내가 아까 뭐라고 했는지 기억도 안 나."

“당신이 절 망가뜨릴 리가 있겠어요? 전 당신을 사랑하고 당신이 원하는 것만 하고픈 중년 여자일 뿐인데. 전 이미 두어 번 망가졌으니, 두 번 다시 그러지 말아요.”

“침대에선 몇 번이든 망가뜨리고 싶은걸.”

“거기서라면 좋아요. 망가지기 위해 존재하는 곳이니까요. 내일은 비행기가 올 거예요.”

“어떻게 알아?”

“틀림없어요. 오게 돼 있어요. 아이들한테 연기를 피울 나뭇가지와 풀을 준비하라고 했어요. 아까 내려가서 다시 한 번 확인도 했고요. 비행기가 내릴 만한 공간도 넉넉하고, 양쪽에서 연기도 피울 거예요.”

“그런 확신이 무엇 때문에 생겼는지 궁금하군.”

“분명히 올 거예요. 벌써 올 때가 지났으니까요. 마을로 내려가면 당신 다리도 치료할 수 있을 테니, 그땐 제대로 망가져 봐요. 무슨 뜻인지 알죠?”

“술이나 한잔하지. 해가 지는군.”

“꼭 마셔야겠어요?”

“이미 마시고 있는걸.”

“알았어요. 몰로, 위스키소다 두 잔 갖다 줄래?” 그녀가 외쳤다.

“모기에 물리지 않게 부츠를 신어.”

“씻고 난 뒤에 신을게요”

어둠이 내려앉는 동안 그들은 술을 마셨다. 완전히 어두워지기 바로 직전, 하이에나 한 마리가 산모퉁이를 돌아 개활지를 건너왔다. 총을 쏘기에는 어두웠다.

“저 녀석은 매일 밤 저러는군.” 그가 말했다. “2주 동안 한 번도 거른

적이 없어."

"밤중에 소리를 내는 게 저 녀석이었군요. 크게 신경 쓰진 않았지만, 왠지 께름칙한 녀석이긴 해요."

그녀와 술을 마시는 동안 그는 같은 자세로 누워 있어야 한다는 게 불편했을 뿐, 여전히 통증은 느끼지 않았다. 소년들이 불을 피웠고, 불길이 만들어 내는 그림자가 텐트 위로 일렁거렸다. 다시 그는, 여기에 와서 모든 걸 내려놓고 그저 현재의 삶을 즐기던 감정으로 돌아간 느낌이었다. 그녀는 나에게 더없이 좋은 여자야. 그런데도 난 오늘 내내 잔인하게 굴었어. 그녀는 정말이지 멋진 여자야. 바로 그 순간, 자신이 죽어 가고 있다는 생각이 다시 치밀었다.

그 생각은 돌풍처럼 일어났지만, 세찬 물길도 거친 바람도 존재하지 않았다. 다만 악취를 머금은 공허만 있었고, 기이하게도 하이에나가 그 공허의 가장자리로 부드럽게 미끄러져 들어왔다.

"왜 그래요, 해리?" 그녀가 물었다.

"아무것도 아냐." 그가 말했다. "당신은 자릴 옮기는 게 좋겠어. 바람 부는 쪽으로."

"몰로가 붕대를 갈아 줬나요?"

"응. 이제 쓸 수 있는 건 붕산뿐이야."

"어때요?"

"약간 어지러워."

"목욕 좀 해야겠어요." 그녀가 말했다. "금방 끝낼게요. 그러고는 저랑 식사를 해요. 그런 다음에 침대를 들여놓죠."

그래, 말다툼을 끝내길 잘했어, 하고 그는 속으로 말했다. 사실 지금의 여자와 다투는 경우는 그다지 많지 않았다. 예전에 사랑했던 여자들과는 싸움이 잦았고, 그 싸움은 언제나 서로 공유하던 것들을 파멸시켰다. 그는 너무 많이 사랑했고, 너무 많은 걸 요구했고, 결국 모든 것이 닳아 없어지도록 만들어 버렸다.

그는 파리에서 아내와 다툰 뒤 혼자 콘스탄티노플로 가서 지내던 일을 떠올렸다. 그곳에서 지내는 동안 줄곧 여자들이 있는 곳을 들락거렸고, 그 일에 진력이 난 뒤에도 고독을 끊어 내는 데는 실패했다. 그는 자신을 버리고 떠난 첫 번째 여자에게 고독을 끊어 낼 수 없었노라는 얘기를 주절주절 늘어놓는 편지를 썼다. 레장스 호텔 바깥에서 당신을 본 듯해 기절할 것 같았으며, 대로에서도 당신과 닮은 여자를 따라가려다가 아니면 어떻게 하나, 그러면 낭패감에서 벗어날 수 없을 텐데, 하는 걱정이 들었다는 얘기도. 같이 잔 여자들은 당신을 더욱 그립게 할 뿐이었으며 당신에 대한 사랑을 도저히 이겨 낼 수 없음을 알기에 당신이 어떻게 했든 지난날은 상관하지 않겠다고도 했다. 그는 그 편지를 클럽에서, 술을 마시지 않은 맨정신에 써 내려갔다. 그러고는 답장은 파리의 사무실로 하라고 쓴 뒤 뉴욕으로 부쳤다. 그게 안전할 것 같았다. 그리고 그날 밤, 그녀가 너무도 그리워 가슴이 텅 빈 것 같았던 그는 탁심의 유곽을 서성이다 한 여자를 붙들고는 저녁을 먹자고 데리고 나왔다. 그 뒤엔 그녀와 춤을 추러 갔는데, 그녀는 춤에는 젬병이었다. 그는 그녀를 떼어 놓고 화끈한 아르메니아 창녀와 춤을 추었다. 그 여자는 불을 일으킬 듯 그를 향해 아랫배를 흔들어 댔다. 그는 영국군 포병 장교와 결투를 벌인 끝에 그 여자를 차지할 수 있었다. 포병 장교는 그를 밖으로 나오라고 했고, 둘은 자갈이 깔린 어두운 길바닥에서 주먹다짐을 벌였다. 장교의 턱에 두 방을 강하게 먹였는데도 나가떨어지지 않자 그는 만만찮은 싸움에 휘말렸다는 걸 깨달았다. 포병 장교는 그의 몸통을 공격한 뒤 눈두덩에 펀치를 날렸다. 하지만 그의 왼 주먹이 허공을 가르며 꽂히자 포병 장교가 그의 코트 자락을 부여잡고 고꾸라지는 바람에 코트 소매가 찢어졌다. 왼 주먹으로 포병의 뒷머리에 두 방을 더 먹이고 오른 주먹까지 퍼붓자 포병은 마침내 나가떨어졌다. 포병이 땅바닥에 머리를 처박으며 고꾸라지자 헌병이 달려오는 소리가 들렸고, 그는 여자를 데리고 달아나기 시작했다. 두 사람은 택시를 잡아타고 보스포루스 해협을 따라 림밀리 히사로 내달렸다. 그 일대를 돌아다니다가 서늘한 밤공기를 뚫고 숙소로 들어가 침대에 드니, 여자는 생김 그대로 풍만하고 부드럽고 장미 꽃잎 같았으며, 시럽처럼 달콤했다. 매끈한 복부와 커다란 젖가슴, 베개를 고일 필요가 없는 풍만한 둔부. 하지만 아침이 되자 그는 그녀가 깨기 전에 그곳을 빠져나왔다. 햇살에 드러난 그녀의 몰골은 전혀 딴판이었던 것이다. 그는 시꺼먼 눈두덩을 한 채로 페라 팰리스 호텔로 돌아왔다. 한쪽 소매가 찢겨져 나간 코트를 손에 들고서.

같은 날 밤, 그는 아나톨리아*로 향했다. 여정의 마지막에 아편을 얻기 위해 말을 타고 온종일 양귀비밭을 달린 것이다. 뭔가 이상한 느낌이 들었을 땐 너무 먼 곳까지 와버린 뒤였다. 그곳은 막 도착해 쥐뿔도 아는 것이 없었던 그리스 장교들까지 합류한, 그가 속한 연합군이 전투를 벌였던 곳이었다. 포병대가 군대를 향해 포를 쏘자, 영국군 관측 장교는 어린애처럼 울부짖었었다.

그가 흰색 발레용 스커트에 앞쪽 끝이 올라간 술 달린 신발을 신은 사내들을 난생처음 본 것도 바로 그날이었다. 그런 차림의 터키군이 쉴 새 없이 몰려들자 그리스 장교들은 그들을 향해 총을 쏘아 댔고, 터키군은 스커트를 휘날리며 줄행랑을 쳤다. 뒤이어 그리스 장교들도 달아나기 시작했고, 그와 영국군 관측 장교도 숨이 막히고 입에서 동전 냄새가 나도록 줄행랑을 쳤다. 그들은 바위 뒤에 몸을 숨겼지만 터키 병사들은 계속 떼를 지어 쫓아왔고, 뒤이어 상상도 못한 장

*흑해와 지중해 사이에 있는 터키의 넓은 고원지대.

면을 목격하게 되었으며 시간이 흐를수록 더욱 끔찍한 장면과 마주쳤다. 그렇게 그때 일을 떠올리다가 그는 결국 파리로 돌아왔지만, 누구에게도 그때 얘기는 할 수 없었다. 그에 대해 말하는 것 자체가 불가능했다. 거리를 지나다가 들른 카페에선, 감자 같은 얼굴의 멍청해 보이는 한 미국 시인이, 늘 렌즈 하나짜리 안경을 끼고 다니며 만성두통에 시달리는 트리스탄 차라라는 루마니아인과 다다이즘에 대해 얘기하고 있었다. 아내와 함께 아파트로 돌아간 그는, 다시 사랑에 빠져 다툼 따위는 그만하고 가정생활을 즐겼다. 사무실로 오는 우편물은 아파트로 가져오도록 했다. 그러던 어느 날 아침, 예전에 편지를 보냈던 여자에게서 온 답장이 쟁반에 놓여 있는 걸 발견하고는 등골이 오싹해져서 황급히 다른 우편물 밑에 감추려는데 아내가 말했다. "누구한테서 온 편지에요, 여보?" 그것으로 새롭게 시작된 그의 생활은 막을 내렸다.

그는 자신이 사랑한 모든 여자들과 보낸 호시절을, 그리고 온갖 다툼들을 기억하고 있었다. 그들은 언제나 다투기에 안성맞춤인 장소들을 골라냈다. 그의 기분이 최고조에 있을 때 늘 다툼이 일어난 건 무슨 조화였을까? 거기에 대해서도 역시 단 한 줄 쓰지 않았다. 어떤 여자에 대해서도 험담을 늘어놓고 싶지 않았고, 여자들 얘기 말고도 쓸 것은 많아 보였기 때문이었다. 그는 늘 꼭 글을 쓰겠다는 생각을 버리지 않았었다. 쓸 것은 참으로 많았다. 그는 세상이 바뀌는 것을 보아 왔다. 단지 사건들만이 아니었다. 물론 수많은 사건들을 목격했고 수많은 사람들도 지켜봤지만, 그보다는 더욱 미묘한 변화들을 두 눈에 새겼으며 시대가 바뀜에 따라 인간들이 어떻게 처신하는지도 기억하고 있었다. 그는 그렇게 바뀌는 세계 안에 있었고 그 세계를 지켜보았으므로 거기에 대해 쓰는 것은 그의 의무였다. 그러나 이제 그는 그렇게 하지 못할 것이다.

"기분이 어때요?" 그녀가 물었다. 그녀는 막 목욕을 마치고 막사에서 나온 참이었다.

"아주 좋아."

"지금 식사를 해도 되겠어요?" 그녀의 뒤편에 접이식 테이블을 들고 있는 몰로와 요리가 담긴 접시를 든 다른 소년이 눈에 들어왔다.

"글을 쓰고 싶은데." 그가 말했다.

"체력을 올리려면 고기 수프라도 좀 드셔야죠."

"난 오늘 밤 저세상으로 갈 거야." 그가 말했다. "체력 따윈 올리지 않아도 돼."

"제발 신파극 좀 그만해요, 해리." 그녀가 말했다.

"당신 코는 장식이야? 내 허벅지가 반이나 썩었어. 이런 상황에서 꼭 수프 따윌 먹어야겠어? 몰로, 위스키소다 가져와."

"그러지 말고 수프 좀 드세요." 그녀가 부드럽게 말했다.

"알았어."

수프는 뜨거웠다. 그는 먹기 알맞을 정도로 식을 때까지 수프가 든 컵을 손에 들고 있다가, 아무 소리 않고 그것을 마셔 버렸다.

"당신은 좋은 여자야." 그가 말했다. "이제 나한테 신경 쓰지 마."

그녀는 《스퍼》나 《타운 앤드 컨트리》 같은 잡지에 흔히 등장하는 사랑을 듬뿍 받고 있다는 듯한 표정으로, 그가 아주 잘 아는 바로 그 표정으로 그를 바라보았다. 음주와 밤일에 시달린 얼굴이었지만 《타운 앤드 컨트리》에서도 그녀가 가진 멋진 젖가슴과 넓적다리, 애무를 유발하는 가느다란 허리는 발견하지 못할 것이다. 익숙한 애교 넘치는 미소를 바라보며, 그는 다시금 죽음이 밀려드는 걸 느꼈다. 이번엔 급격한 돌풍은 아니었다. 그저 촛불을 일렁여 불꽃을 키우는 정도의 한 줄기 바람이었다.

"아이들한테 좀 있다가 모기장을 나무에 걸어 두라고 해줘. 불도 피우고. 오늘 밤엔 막사에 들어가지 않을 거야. 움직이기가 쉽지 않아. 날씨도 쾌청하니 비가 오진 않을 거야."

그래, 넌 이렇게 죽어 가는 거야, 들리지 않는 목소리가 속삭였다. 그래, 더 이상 다툼도 없을 거야. 그는 약속할 수 있었다. 일생에서 처음으로 할 수 있었던 단 하나의 경험만큼은 망치고 싶지 않았다. 꼭 망치지 않을 것이다. 모든 걸 망쳐 왔었지만, 이번만은 그렇게 되게 내버려 두지 않을 것이다.

"내가 하는 말을 받아써 주겠어?"

"받아쓰는 건 해본 적이 없는걸요." 그녀가 말했다.

"잘할 거야."

시간이 없었다. 물론 재주 있는 사람이라면 단 한 문장에 모든 걸 집약할 수도 있겠지만.

호수 위 언덕에 흰 모르타르로 틈을 메운 통나무집 한 채가 서 있었다. 문가의 기둥에는 식사 시간을 알리는 종이 매달려 있었다. 집 뒤편엔 들판이 펼쳐져 있고, 들판 너머는 숲이었다. 집에서 부두까지는 양버들이 일렬로 죽 늘어서 있었다. 곶을 따라서는 포플러들이 늘어서 있었다. 숲 가장자리를 따라 언덕으로 길이 하나 놓여 있었는데, 그 길을 따라가며 그는 블랙베리를 따 먹곤 했었다. 후에 그 통나무집은 불에 타버렸다. 벽난로 위에 있던 사슴 발 총걸이와 거기 걸려 있던 총들까지. 탄창 속의 총알도 녹아 버렸고, 타다 남은 개머리판은 세탁용 잿물을 만들려고 커다란 철제 냄비에 넣던 재 위에 널브러져 있었다. 할아버지에게 그걸 갖고 놀아도 되냐고 물으면 언제나 안 된다는 대답만 돌아왔다. 못 쓰게 되긴 했지만 자신의 총이란 뜻이었다. 할아버지는 더 이상 총을 구입하지 않았고,

사냥을 다니지도 않았다. 같은 자리에 헌 목재로 집이 세워졌고, 하얗게 칠해졌다. 현관에서 보면 포플러들과 건너편의 호수가 보였다. 그러나 더 이상 총은 없었다. 통나무집 벽 사슴 발 총걸이에 걸려 있던 총들은 여전히 잿더미 위에 널브러져 있었고, 누구도 거기 손을 대지 않았다.

전쟁이 끝난 후 우리는 블랙포레스트*에서 송어 낚시용 개울을 세냈는데, 그곳으로 가는 길은 두 개였다. 하나는 트리베르크에서 골짜기로 내려가 계곡을 끼고 도는 짙은 나무 그늘에 묻힌 길이었다. 나무들이 하얀 길과 경계를 이루며 줄지어 서 있는 그 길에서 언덕 너머로 이어진 샛길로 접어들어 블랙포레스트 특유의 슈바르츠발트 풍 저택이 있는 소규모 농장들을 지나면 그 개울에 닿았고, 거기서 송어 낚시를 시작했다.

다른 하나는 그 숲 가장자리까지 올라가 언덕 꼭대기를 넘고 소나무들을 지나 목초지 가장자리로 나와 그 목초지로 내려가 다리를 건너는 길이었다. 폭이 좁고 맑은 개울을 따라 자작나무가 늘어서 있었고, 개울의 빠른 물살에 패여 자작나무 뿌리가 드러나 있었다. 때는 트리베르크 호텔 주인장이 주머니를 불리기에 딱 좋은 계절이었고, 그 주인장과 우리 모두는 좋은 친구가 됐다. 하지만 이듬해에 인플레이션이 닥치자 전해에 번 돈으로는 호텔 개장에 필요한 물품들도 구입할 수 없었던 주인장은, 결국 목을 맸다.

여기까지는 받아쓰게 할 수 있었지만 콩트레스카르프 광장** 이야기는 곤란했다. 그곳의 꽃 장수들은 길에서 꽃에다 물감을 발랐고, 그래서 버스가 다니는 도로 위에도 물감이 흥건했다. 그곳 노인들과 여자들은 늘 와인이나 와인을 만들고 남은 포도 찌꺼기로 만든 싸구려 화주에 취해 있었고, 추운 바깥을 돌아다니는 어린애들의 코에선 연신 콧물이 흘러내렸다. 카페 아마퇴르에선 지저분한

---

*독일 남서부의 삼림지대.
**파리 시테 섬 근처에 있는 광장.

땀내와 빈곤과 취기가 풍겨 나왔고, 댄스홀 발 뮈제트에는 그곳에 빌붙어 사는 매춘부들이 우글거렸다. 발 뮈제트의 문지기 여인은 자신의 방에서 공화국 근위대의 기병을 접대하고 있었는데, 말총으로 장식된 그의 헬멧이 의자 위에 놓여 있었다. 그 방 건너편 방에 세 들어 살던 여자는 남편이 자전거 선수였는데, 그 날 아침 우유 가게에 갔다가 남편이 파리-투르 경주에서 3등을 했다는 기사가 실린 《로토L'Auto》 지를 보았다. 그 경주는 그가 처음으로 출전한 큰 대회였다. 너무 기쁜 나머지 그녀는 벌겋게 상기된 얼굴로 그 저속한 스포츠 신문을 손에 든 채 소리를 지르며 위층으로 뛰어 올라갔다. 발 뮈제트를 운영하던 여자의 남편은 택시를 몰았다. 언젠가 해리가 아침 일찍 비행기를 타야 했던 날 그는 문을 두드려 해리를 깨웠고, 둘은 술집 함석지붕 아래에서 각각 화이트 와인 한 잔을 마신 후 출발했다. 그는 그 구역 이웃들과 다 알고 지냈고, 그들은 다 가난했다.

　광장 부근엔 두 종류의 인간들이 존재했다. 술꾼과 스포츠광. 두 부류 다 가난을 잊기 위해 술과 운동에 빠져든 것이었다. 그들은 파리 코뮌의 후손들이었다. 그들의 정치 성향을 알아내는 것은 쉬웠고, 그들은 누가 자신들의 아버지와 그의 친척, 형제, 친구들에게 총부리를 겨누었는지 잘 알고 있었다. 코뮌이 무너진 뒤 시내를 장악한 베르사유 군대는 손에 못이 박힌 자들이나 챙 없는 모자를 쓴 자들, 즉 노동자로 보이는 사람들은 모조리 끌고 가 처형했다. 그들의 후손들이 사는 그 빈곤의 현장에서, 말고기 푸줏간과 와인 협동조합 건너편 숙소에서, 그는 자신이 써야 할 글의 첫 대목을 시작했다. 파리에서 그곳만큼 마음에 드는 곳은 없었다. 가지를 위로 뻗은 나무들, 아래쪽이 갈색으로 칠해진 흰 회벽의 집들, 광장에 서 있던 기다란 녹색 버스, 꽃에서 포장도로로 흘러내린 자주색 물감, 카르디날 르무안 거리의 언덕에서 강 쪽으로 내려가는 가파른 비탈길, 그리고 무프타르 거리의 좁고 번잡한 세계로 연결되던 또 다른 길. 팡테옹 방향으로 올라가는 길과 그가 늘 자전거를 타고 가던 길은 그 구역에서 유일하게 포장이 되어 있어 타이어가 매끄럽게 굴러갔으며, 높고 좁은 집들과 시인 폴 베를렌이 마지막 숨을 거둔 싸구려 호텔이 높다랗게 서 있었다. 그가 아내와 살던 아파트에는 방이 둘밖에 없어서, 그는 그 호텔 맨 위층 방을 월세 60프랑에 얻어 거기서 원고를 썼다. 그 호텔 방에서는 주택들의 지붕과 굴뚝에 매달린 통풍관을 볼 수 있었으며, 파리의 모든 언덕이 시야에 들어왔다.

그와 그의 아내가 살던 아파트에서는 장작과 석탄을 파는 남자의 가게가 보였다. 그는 와인도 팔았는데, 품질이 좋지 않았다. 말고기 푸줏간 바깥에는 황금색 말 머리가 걸려 있었고, 열린 창문으로는 황적색 고삐가 보였다. 그리고 그들이 와인을 구입하던 녹색 페인트로 칠한 협동조합도 보였다. 그곳 와인은 품질이 좋고 값도 저렴했다. 그 밖에 보이는 거라곤 이웃한 집들의 회칠한 벽과 창문이 전부였다. 이웃 사람들은 밤에 누가 술에 취해 길바닥에 드러누워 끙끙 신음하며 전형적인 프랑스 식 주정을 부리면 — 다들 프랑스 식 주정이란 건 실제로는 존재하지 않는다는 소리를 믿고 있겠지만 — 창문을 열고 투덜대곤 했다.

"경찰은 어딜 간 거야? 필요 없을 땐 뻔질나게 나타나던 것들이. 어떤 문지기 여자랑 붙어먹고 있겠지. 경찰을 부르러 누굴 보내야겠어." 누군가가 창밖으로 양동이 물을 쏟아붓고 나서야 끙끙거리는 신음 소리가 그쳤다. "웬일이야? 물을 부었군. 잘했어." 그러고는 창문들이 닫혔다. 그의 집 하녀 마리는 여덟 시간 노동제가 문제라며 불평을 늘어놓았다. "남편들이 6시까지 일한다면 집으로 돌아오는 길에 한 잔 정도만 걸치겠죠. 돈을 마구 써대진 않을 거란 말예요. 그런데 5시까지만 일하니 밤이면 밤마다 술병을 빨아 대는 거예요. 그러니 주머니에 돈이 남아나겠어요? 노동시간이 줄어들어 노동자의 마누라들만 괴로워진 거라고요."

"수프 좀 더 드릴까요?" 여자가 물었다.

"아니, 충분해. 고마워. 딱 좋아."

"조금 더 들어요."

"위스키소다나 마셨으면 좋겠는데."

"당신한테 좋지 않아요."

"그래, 그건 내게 나쁘지. 콜 포터*가 작곡한 노래 중에 그런 가사가 들어 있는 게 있을걸. 당신이 나한테 얼마나 신경 쓰고 있는지 그 사람이 미리 알았나 봐."

"당신이 술 마시는 걸 제가 얼마나 좋아하는지 아시잖아요."

"그럼, 알고말고. 그저 내게 나쁘다는 거지."

그녀가 가버리면 마음껏 다 마셔 버릴 거라고, 그는 생각했다. 지금 있는 걸 다 마셔 봐야 성에 찰 리도 없지만. 그는 지쳐서 설핏 잠에 빠졌다. 여전히 누워 있었지만 죽음은 아직 오지 않았다. 죽음은 다른 거리로 건너가 버린 모양이었다. 그것은 그와 나란히 자전거를 타고 소리도 없이 포장도로 위를 지나고 있었다.

그랬다. 그는 결코 파리의 생활에 대해 쓰지 않았다. 가슴에 고이 간직하고만 있을 뿐 단 한 줄도 쓰지 않았다. 하지만 쓰지 않은 게 어디 그뿐인가?

드넓은 목장과 은회색의 산쑥, 용수로의 맑고 빠른 물살, 진초록의 자주개자리에 대해선 쓴 적이 있었나? 언덕을 향해 이어진 오솔길과 사슴처럼 수줍던 여름날의 소들, 가을이 되어 그놈들을 몰고 내려올 때의 외침과 끊이지 않던 온갖 소리들, 그놈들의 느릿한 움직임을 따라 자욱이 피어오르던 먼지, 산 뒤편의 석양을 배경으로 선명하게 드러나던 날카로운 봉우리, 오솔길을 따라 말을 타고

*Cole Porter(1891~1964). 미국의 작곡가. 그의 노래 중에 〈It's bad for me(그건 내게 나쁘지)〉라는 곡이 있다.

내려올 때면 계곡을 밝게 비추던 달빛. 말 꼬리를 잡은 채로 어둠에 싸인 숲을 헤쳐 나왔던 일. 쓰려고 했던 다른 얘기들도 연이어 떠올랐다.

가령, 건초를 아무도 가져가지 못하게 하라는 엄명을 받은 덜떨어진 일꾼 소년이 목장을 지키고 있을 때, 한때 그 소년을 고용해 심하게 매질한 적이 있던 포커 가의 고약한 노인네가 사료를 얻으려고 그 목장에 들렀다가 벌어진 얘기가 있었다. 소년이 사료를 가져가지 못하게 하자 노인은 다시 매를 맞아야겠냐고 말했다. 주방으로 들어간 소년은 소총을 들고 나와 창고로 들어가려 하는 노인에게 방아쇠를 당겼다. 그들이 목장으로 돌아온 것은 노인이 죽은 지 일주일이나 지난 뒤였고, 시체는 개들에게 뜯어 먹힌 상태로 우리 안에 얼어붙어 있었다. 소년은 훼손된 노인의 시체를 담요에 말아 썰매에다 묶는 일까지 태평하게 도왔다. 그들은 소년과 함께 그 썰매를 끌고 100킬로미터나 떨어진 시내까지 스키를 타고 내려와서는, 소년을 경찰에 넘겼다. 소년은 그렇게 되리라곤 꿈에도 생각하지 못했었다. 그들은 자신의 친구였고, 자신으로선 의무를 다한 것이었기에 오히려 보답을 받을 줄 알았던 것이다. 그들은 노인이 아주 못된 인간이고 자기들의 사료를 훔치려 했다는 것도 알고 있었다. 그런 그들을 도와 노인을 실어다 옮기는 일까지 도왔던 소년은, 보안관이 자신의 손에 수갑을 채우자 그런 현실이 믿기지가 않았다. 소년은 울음을 터뜨리기 시작했다. 그는 바로 이 이야기를 쓰고 싶었고, 이 이야기 말고도 그가 쓰지 못했던 그 마을과 관련된 기막힌 이야기는 적어도 스무 개는 되었다. 그들은 왜 그랬을까?

"그들이 왜 그랬는지 넌 써야 해." 그가 말했다.
"뭐라고요, 자기?"
"아니, 아무것도 아니야."
그와 함께 지내게 된 뒤로 그녀는 취하도록 마시진 않았다. 목숨을 부지하게 된다 하더라도 그녀에 대해서는 쓰지 않을 거라는 걸, 그는 이제 알고 있었다. 부자들에 대해서도 쓰지 않을 것이다. 부자들이란 멍청하고, 인사불성이 되도록 마시거나 지나치게 주사위 노름에 빠지는 인간들이었다. 그들의 멍청함은 똑같은 잘못을 반복하게 했다. 가난뱅이 줄리언이 부자들에 대한 자신의 경외심을 그린, '엄청난 부자들은 당신이나 나와는 달라'라는 문장으로 시작하는 소설을 썼다는 사실이 떠올랐다.* 그리고 누군가가 줄리언에게 이런 식으로 말했다는 사실도. "그래, 그들은 우리보다 돈이 많지." 하지만 그 농담은 줄리언에겐 통하지 않았다. 그는 부자란 특별한 매력을 지닌 부류라고 생각했던 것이다. 그들이 그렇지 않다는 사실을 깨달았을 때, 줄리언은 만신창이가 되었다.

그는 만신창이가 되는 사람들을 경멸했다. 그들을 이해한다고 좋아해야 하는 것은 아니다. 그는 그 어떤 것도 이길 수 있다고, 자신을 해칠 수 있는 건 아무것도 없다고, 자신만 신경 쓰지 않으면 그럴 수 있다고 생각했다.

그래, 이제 그는 죽음에도 신경 꺼버릴 것이다. 그가 늘 두려워한 것은 딱 하나, 고통뿐이었다. 고통이 너무 오래 지속되어 자신을 완전히 거덜 내지만 않는다면, 그는 그것도 어떤 사람보다 더 잘 견딜 수 있었다. 그러나 지금 여기에는 그에게 지독한 고통을 가해 오는 무언가가 있었고 그것이 자신을 부러뜨릴 거란 사실을 감지한 순간, 고통은 멈추었다.

그는 오래전 폭파 장교 윌리엄슨이 철조망을 뚫고 들어가다가 독일군 순찰병

*인용된 부분은 스콧 피츠제럴드의 단편 「부유한 집의 아이The rich boy」의 서두이며, 줄리언은 곧 작가 피츠제럴드를 가리킨다. 「킬리만자로의 눈」 초판에는 줄리언이 아니라 피츠제럴드의 이름인 스콧이 그대로 쓰였는데, 책이 출간된 뒤 피츠제럴드가 헤밍웨이에게 이름을 바꿔 줄 것을 제안하는 편지를 보내자 이후 판본부터 줄리언으로 바뀌었다.

으로부터 막대 수류탄 공격을 받았던 일을 기억하고 있었다. 윌리엄슨은 비명을 질러 대며 누구든 날 좀 죽여 달라고 통사정을 해댔다. 자신을 심하게 포장하는 버릇이 있긴 했지만 그는 덩치가 크고 아주 용감한, 괜찮은 장교였다. 그날 밤 그는 내장이 쏟아져 나온 상태로 철조망에 걸린 채 탐조등 빛을 계속 받고 있었다. 동료들이 그를 철조망에서 끌어내기 위해서는 내장을 끊어 낼 수밖에 없었다. 날 쏴줘, 해리. 주 예수 그리스도의 자비로움으로 제발 방아쇠를 당겨 달라고! 그들은 언젠가 주님은 결코 견딜 수 없는 고통은 주시지 않는다는 말을 놓고 논쟁을 벌인 적이 있었다. 누군가의 논리에 의하면 그것은 적당한 때가 되면 고통이 저절로 사라진다는 것을 의미했다. 하지만 그는 그날 밤의 윌리엄슨을 기억하고 있었다. 그는 자신이 먹으려고 챙겨 두었던 모르핀 정제를 윌리엄슨에게 몽땅 먹였지만, 약효가 듣지 않아 윌리엄슨의 고통은 전혀 사라지지 않았다.

지금 자신의 고통은, 윌리엄슨이 겪은 것에 비하면 아주 수월한 것이었다. 더 나빠지지만 않는다면 걱정할 건 없었다. 바라는 게 있다면 더 좋은 친구와 같이 있었으면 하는 것이었다.

그는 같이 있고 싶은 친구에 대해 잠깐 생각했다.

그러다가 생각했다. 무슨 일이든 너무 오래, 너무 늦게까지 계속했으면 남아 있는 사람을 기대해선 안 돼. 사람들은 다 가버렸어. 파티는 끝났고, 이제 너와 함께 있는 건 안주인뿐이야.

모든 일에서 그랬듯 난 죽어 가는 것에도 권태를 느끼고 있어, 하고 그는 생각했다.

"지루해." 그가 크게 말해 버렸다.

"뭐라고 그랬어요, 자기?"

"뭐든 끔찍하게 길어지면 지루해진다고."

　그는 자신과 모닥불 사이에 있는 그녀의 얼굴을 바라보았다. 그녀는 의자에 등을 기대고 앉아 있었다. 불빛에 드러난 그녀의 보기 좋게 주름진 얼굴에는 졸음이 가득했다. 모닥불이 비치는 범위 바로 바깥에서 하이에나 소리가 들려왔다.

　"난 줄곧 글을 쓰고 있었어." 그가 말했다. "하지만 이젠 지쳤어."

　"당신, 잠들 수 있겠어요?"

　"물론. 당신은 안 자?"

　"당신과 이렇게 있으니 좋아요."

　"뭔가 좀 이상하지 않아?" 그가 그녀에게 물었다.

　"아뇨. 좀 졸릴 뿐이에요."

　"난 좀 이상한걸." 그가 말했다.

　그는 다시 죽음이 다가오는 게 느껴졌다.

　"당신도 알다시피, 난 호기심만은 잃은 적이 없었어." 그가 그녀에게 말했다.

　"당신은 어떤 것도 잃은 적이 없어요. 제가 아는 한 당신은 가장 완벽한 남자예요."

　"오, 주여," 그가 말했다. "여자들이란 도대체가 아는 게 없어. 대체 무슨 소릴 하는 거야? 그게 당신의 직관이란 거야?"

　그 순간 그는 바짝 다가와 간이침대 발치에 머리를 기대고 있는 죽음의 입 냄새를 맡을 수 있었다.

　"낫과 해골* 따위는 믿지 마." 그가 그녀에게 말했다. "죽음이란 편안하게 자전거를 타고 다가오는 두 명의 경찰관이나, 새 같은 것일 거야.

*죽음의 신이 들고 있다는 물건.

하이에나처럼 넓은 주둥이를 가진 것이든가."

죽음은 이제 그에게로 슬금슬금 기어 올라왔다. 그러나 그것은 어떤 형체도 갖고 있지 않았다. 단지 한공간을 점유할 뿐이었다.

"저리 가."

갈 리가 없었다. 오히려 더 가까이 다가왔다.

"입 냄새가 아주 지독하군, 더러운 놈."

놈이 그에게로 더욱 바짝 다가오자 그는 입을 뗄 수조차 없었다. 그는 이제 벙어리가 되어 놈을 쫓아내 버리려고 버둥거렸다. 하지만 놈은 그의 안으로 비집고 들어오더니 온몸으로 그의 가슴을 짓눌렀다. 놈에게 단단히 결박된 그는 꼼짝할 수가 없었다. 아무런 말도 할 수 없는 그의 귓속으로 한 여자의 말소리만 들릴 뿐이었다. "이분이 이제 잠드셨으니, 침대를 조심조심 들어서 막사 안으로 옮겨 줘."

그는 그녀에게 놈을 쫓아내 달라고 말할 수도 없었다. 그를 단단히 옭아맨 놈이 더욱 무겁게 그를 짓눌러, 숨조차 쉴 수 없기 때문이었다. 그때 소년들이 침대를 들어 올렸고, 갑자기 모든 게 정상으로 돌아왔다. 가슴을 짓누르던 무거움이 사라진 것이다.

아침이었다. 날이 샌 건 한참 전이었다. 그는 비행기 소리를 들었다. 비행기는 처음엔 아주 희미하게 보이더니 얼마 뒤 커다란 원을 그렸다. 소년들이 뛰어나가 등유로 모닥불을 피우고 그 위에 풀 더미를 올리자 들판 양쪽 끝에서 두 줄기의 커다란 연기가 솟아올랐다. 아침의 미풍이 야영지 쪽으로 불어왔고, 비행기는 두 번을 더 선회한 다음 고도를 낮추더니 수평을 유지하며 사뿐히 내려앉았다. 그를 향해 걸어오는 사람은 헐렁한 운동복 바지에 두꺼운 모직 재킷, 갈색의 중절모를 쓴 오랜 친구 콤프턴이었다.

"어떻게 된 거야, 늙다리 양반?" 콤프턴이 말했다.

"다리가 엉망이야." 그가 친구에게 말했다. "아침 먹어야지?"

"고맙지만 차나 한 잔 줘. 보다시피 소형 경비행기라, 자네 애인까지 모셔 갈 순 없어. 한 사람 탈 자리밖엔 없거든. 하지만 트럭이 오고 있는 중이니 걱정 마."

헬렌이 콤프턴을 옆으로 데려가 무슨 말을 했고, 콤프턴은 아까보다 밝아진 표정으로 돌아왔다.

"당장 자넬 태우고 가야겠어." 그가 말했다. "그러고 나서 자네 애인을 태우러 다시 이곳으로 올 거야. 연료를 보충하러 아루샤에 기착해야 할지도 모르니 곧 출발하는 게 좋겠어."

"차도 안 마시고?"

"괜찮아. 정말이야."

소년들이 그가 누운 간이침대를 들고 녹색 막사를 돌아 바윗길을 내려가 평원으로 진입해 모닥불을 지나갔다. 풀을 다 태운 후에도 여전히 밝게 타오르고 있는 모닥불은 바람에 일렁이고 있었다. 비행기가 있는 곳까지는 그를 쉽게 옮길 수 있었지만 비행기 안으로 옮기는 일은 쉽지 않았다. 마침내 비행기 안으로 들어간 그는 가죽으로 된 뒷좌석에 눕듯이 기대앉았고, 아픈 다리는 쭉 뻗어 콤프턴이 앉을 앞좌석 한편에 올렸다. 콤프턴이 비행기 시동을 건 뒤 올라탔다. 엔진의 털커덕거리는 소리가 익숙한 굉음으로 바뀌는 동안 그는 헬렌과 소년들을 향해 손을 흔들었다. 비행기가 땅 위를 한 바퀴 도는 동안 콤프턴은 주위에 흑멧돼지 구멍 같은 게 있는지 살폈다. 굉음을 내는 비행기는 두 개의 모닥불 사이로 똑바로 덜커덩거리며 나아가더니, 마지막으로 한 번 더 덜커덩거리며 날아올랐다. 그는 손을 흔들며 서 있는 사람들을 내려다보았다. 언덕 옆의 야영지와 나무들과 납작하게 엎드린 숲도 보였다. 사냥을 다니던 길은 말라붙은 웅덩이까지 부드럽게 뻗어 있었고, 이제껏 본 적 없던 새로운 물길도 나타났다. 얼룩말들은 그저 조그맣고 동그란 등짝만 보였고, 영양들은 비행기 그림자가 다가가자 기다란 손가락 모양을 만들며 평원을 가로질렀다. 마치 잔뜩 부풀어 오른 점들이 일제히 어딘가로 기어오르는 듯했다. 그것들이 더욱 작아지자 달리는 움직임도 알아볼 수 없었다. 평원도 점점 멀어지며 녹황색으로 변해 갔다. 그의 눈앞에는 모직 재킷을 걸친 콤프턴의 등과 갈색 중절모가 있었다. 그들은 첫 번째 구릉지를 넘었다. 영양들이 그들 뒤를 따라왔다. 그러고 나서 그들은 진초록 숲이 우거진 산들을 넘었고, 대나무가 우거진 비탈을 지나자 다시 짙은 숲이 나타났다. 비행기는 산봉우리와 골짜기를 깎아 내듯 움직였다. 산의 경사면을 따라 내려가자 또 다른 평원이 나타났고, 후끈한 열기와 함께 보랏빛을 머금은 갈색이 밀려들었다. 뜨거워진 엔진이 쿨렁거리는 소리를 냈다. 콤프턴이 그를 확인하려고 고개를 돌렸다. 잠시 후 거무스름한 또 다른 산들이 그들 앞에 나타났다.

비행기는 아루샤로 향하지 않고 기수를 왼쪽으로 틀었다. 연료가 넉넉한 모양이었다. 그가 아래쪽으로 눈길을 돌리자 분홍빛 옅은 구름이 떠 있는 게 보였는데, 마치 어딘가에서 불어온 돌풍에 흩날리는 첫눈 같았다. 하지만 조금 있다 보니 그건 남쪽에서 몰려온 메뚜기 떼였다. 잠시 후 그들이 탄 비행기는 상승하기 시작했는데, 아마도 동쪽으로 가는 듯했다. 바깥이 어두워지는가 싶더니 어느새 폭풍우 속으로 들어와 있었다. 빗줄기가 얼마나 센지 마치 폭포 속을 비행하는 것 같았다. 그곳을 빠져나오자 콤프턴이 고개를 돌려 씽긋 웃었다. 그러고는 손가락으로 앞쪽을 가리켰다. 태양 빛을 받아 믿을 수 없을 정도로 하얗게 빛나는, 세상의 전부인 듯한 넓고 크고 높은 지대가 눈에 들어왔다. 사각형 모양을 한 킬리만자로 산정이었다. 그것을 본 순간, 그는 자신이 가려던 곳이 바로 저곳이었음을 깨달았다.

바로 그때, 하이에나가 밤마다 내는 낑낑거리는 소리를 멈추더니 괴이한, 마치 인간의 울음 같은 소리를 내기 시작했다. 그 소리를 듣고 여자는 알지 못할 불안에 휩싸였다. 그러나 잠에서 깨지는 않았다. 꿈속에서 그녀는 롱아일랜드의 집에 있었다. 그날은 그녀의 딸이 사교계에 첫발을 내딛는 밤이었다. 어쩐 일인지 딸의 아빠가 거기 있었다. 그는 무례하기 이를 데 없었다. 하이에나의 울음소리가 너무 커서 결국 그녀는 잠에서 깨어났다. 잠시 동안 그녀는 자신이 어디에 있는지 몰라서 무척이나 두려웠다. 그러고 나서 플래시를 켜 건너편에 놓인, 해리가 잠든 걸 확인하고 막사 안으로 옮긴 간이침대를 비추었다. 모기장 안에 있는 그의 몸이 보였다. 하지만 웬일인지 그의 다리는 침대 옆으로 축 늘어져 모기장 밖으로 나와 있었다. 붕대가 다 흘러내린 그의 다리를, 그녀는 차마 볼 수가 없었다.

"몰로," 그녀가 외쳤다. "몰로, 몰로!"

그러고 나서 그를 불렀다. "해리, 해리!" 그녀의 목소리가 높아졌다. "해리! 제발, 오, 해리!"

아무런 대답도 들리지 않았다. 그의 숨소리도 들을 수 없었다.

막사 밖에서는 하이에나가 그녀를 깨웠던 바로 그 기이한 울음소리를 내고 있었다. 그러나 거칠게 뛰는 자신의 심장 소리 때문에, 그녀의 귀에는 들리지 않았다.

다리에서 만난 노인
Old Man at the Bridge

길가에 쇠테 안경을 끼고 먼지투성이 옷을 입은 한 노인이 앉아 있었다. 우마차들과 트럭들과 남자들과 여자들과 어린아이들은 강을 가로지르는 부교浮橋를 건너고 있었다. 노새가 끄는 수레는 그 다리를 건너 가파른 둑길을 비틀거리며 올라가고 있었는데, 군인들이 뒤에서 바퀴를 밀어 주고 있었다. 트럭들은 길을 올라가 사라졌고, 농사꾼들은 발목까지 빠지는 그 진창길을 터덜터덜 걸었다. 하지만 노인은 미동도 없이 앉아 있었다. 그는 더 가기엔 너무도 지친 상태였다.

강 건너편에 교두보를 확보하고 적이 진군해 간 곳이 어디인지를 확인하는 것이 내게 주어진 임무였다. 나는 임무를 완수한 후 다리를 건너 돌아왔다. 다리를 건너는 사람들과 수레들의 수는 많이 줄어 있었지만, 노인은 여전히 같은 자리에 앉아 있었다.

"어디서 오셨어요?" 내가 그에게 물었다.

"산카를로스에서 왔다오." 그가 미소를 지으며 말했다.

자신의 고향을 말하면서 기분이 좋아졌는지 미소가 떠올랐다.

"난 동물들을 돌보고 있었다오." 그가 설명했다.

"아." 나는 그렇게 대답했지만 그의 말뜻을 잘 이해하지는 못했다.

"그렇다오." 그가 말했다. "거기 남아서 동물들을 돌봤다오. 내가 산카를로스 마을을 마지막으로 떠난 사람이오."

그는 양치기나 목부 같지는 않았다. 나는 거무튀튀한 먼지투성이의 옷과 회색 먼지가 덮인 얼굴, 그리고 쇠테 안경을 바라보며 말했다. "어떤 동물들이었나요?"

"다양했지." 그가 말했다. 그러고는 고개를 저었다. "그놈들은 그냥 놔두고 올 수밖에 없었다오."

나는 다리도 지켜보고 에브로* 삼각주의 시골 풍경을 바라보고 있는 그 아프리카 인도 지켜봤다. 얼마나 오래 기다려야 적군이 보일지 궁금해하면서 접촉이라 불리는 미묘한 신호를 포착하기 위해 소리에도 귀를 기울이고 있었다. 노인은 여전히 그 자리에 앉아 있었다.

"어떤 동물들이었나요?" 내가 물었다.

"세 가지였다오." 그가 설명했다. "염소 두 마리하고 고양이 한 마리, 그리고 비둘기 네 쌍."

"할아버지께선 그놈들을 놔둔 채로 떠나셔야 했고요?" 내가 물었다.

"그렇다오. 포격 때문이었다오. 포병대 대위가 대포를 쏴야 하니 나가라고 했다오."

*스페인의 대표적인 강.

"가족은 없으세요?" 나는 마지막 수레 몇 대가 경사진 둑길을 급히 내려오고 있는 다리 저편 끝을 주시하면서 말했다.

"없다오." 그가 말했다. "내가 말한 그 동물들이 전부라오. 고양이는 물론 잘 있을 거요. 제 몸을 잘 돌보니까. 하지만 다른 동물들은 어떻게 될지 모르겠소."

"할아버지는 어느 편이시죠?" 내가 물었다.

"난 편이 없다오." 그가 말했다. "내 나이 올해 일흔여섯이오. 지금까지 20킬로미터를 걸어왔는데, 더 멀리 갈 수는 없을 것 같소."

"이곳은 머무르실 만한 곳이 아니에요." 내가 말했다. "토르토사 방향 길 쪽에 트럭들이 있어요. 그걸 타세요."

"난 좀 더 있어야겠소." 그가 말했다. "그러고 나서 가야지. 그 트럭들은 어디로 가는데?"

"바르셀로나요." 내가 말했다.

"그쪽엔 아는 사람이 아무도 없는데." 그가 말했다. "하지만 고맙소, 고마워요."

그는 지친 눈으로 멍하니 나를 바라보았다. 그러고는 자신의 걱정거리를 누군가와 나누었으면 좋겠다고 말했다. "고양이는 괜찮을 거라는 걸 안다오. 고양이에 대해선 불안해 할 필요가 없지. 하지만 다른 놈들이 문제라오. 그놈들은 이제 어떻게 하지?"

"모두들 잘 이겨 낼 거예요."

"그렇게 생각하오?"

"물론이죠." 나는 그렇게 말하면서 눈으로는 더 이상 수레가 보이지 않는 저편 둑길을 주시했다.

"하지만 포격이 시작되면 그놈들은 어떻게 될까?"

“비둘기 집은 열어 두고 오신 거죠?” 내가 물었다.

“열어 뒀지.”

“그럼 날아갈 테죠.”

“그렇군. 그래. 그놈들이 날아갈 거야. 그런데 다른 놈들은…… 다른 놈들은 생각하지 않는 게 낫겠어.” 그가 말했다.

“다 쉬셨으면 저랑 가시죠.” 내가 재촉했다. “일어나세요. 그리고 이제 걸어 보세요.”

“고맙소.” 그가 말했다. 그러고는 좌우로 흔들거리며 걸음을 떼었다. 그러다가 흙바닥에 털썩 주저앉았다.

“난 동물들을 돌보고 있었어.” 그가 느릿하게 말했다. 하지만 더 이상 내게 하는 말은 아니었다. “그저 동물들을 돌보고 있었다고.”

그에게 해줄 것이 아무것도 없었다. 그날은 부활절인 일요일이었고, 파시스트들이 에브로를 향해 진군하고 있었다. 하지만 회색 구름이 낮게 깔려 있어서 그들의 비행기는 뜨지 못했다. 고양이들이 스스로를 돌볼 줄 안다는 사실은, 노인에겐 천만다행한 일이었다.

미시간으로
Up in Michigan

짐 길모어는 캐나다에서 미국 중북부의 미시간 주 호턴스베이로 이사를 왔다. 그는 호턴 노인으로부터 대장간을 인수했다. 짐은 작은 키에 구릿빛 피부, 기다란 콧수염과 큰 손을 가지고 있었다. 솜씨 좋은 편자공인 그는 가죽 앞치마를 두르고 있을 때조차 그다지 대장장이로 보이진 않았다. 그는 대장간 건물의 2층에 살았으며, D. J. 스미스 식당에서 식사를 해결했다.

리즈 코츠는 스미스 식당에서 일하고 있었다. 덩치가 아주 크고 깔끔한 스미스 부인은 이제껏 리즈 코츠만큼 참한 아가씨는 본 적이 없다고 틈만 나면 말했다. 리즈는 늘씬한 다리에 늘 깨끗한 체크무늬 면 앞치마를 두르고 있었다. 짐은 단정하게 뒤로 묶인 그녀의 머리를 눈여겨보았다. 그는 그녀의 얼굴을 보고 있으면 기분이 좋아졌지만, 그녀를 마음에 둔 건 아니었다.

리즈는 짐을 많이 좋아했다. 그가 대장간에서 식당으로 걸어오는 모습이 좋아서, 주방 문에 기대서서 길을 내려오는 그를 지켜보곤 했다. 그녀는 그의 콧수염이 좋았다. 웃을 때마다 드러나는 그의 하얀 치아도 좋았다. D. J. 스미스 씨와 스미스 부인이 그를 무척이나 좋아한다는 사실도 좋았다. 어느 날 그가 집 밖에 대야를 놓고 세수를 하고 있을 때, 그녀는 자신이 햇볕에 그을리지 않은 그의 팔 위쪽 새하얀 피부와 거기로 흘러내린 검은 머리카락도 좋아한다는 것을 깨달았다. 누군가를 좋아하는 감정이 그녀를 멋쩍게 만들었다.

호턴스베이는 보인시티와 샤를부아 중간에 놓여 있는, 딱 다섯 가구밖에 살지 않는 조그만 마을이었다. 잡화점과 우체국 외에는 스미스, 스트라우드, 딜워스, 호턴, 그리고 밴 후슨의 집밖에 없었고, 누구라도 그들 집 앞에서 왜건을 얻어 탈 수 있었다. 집들은 모두 커다란 느릅나무 숲 속에 있었고, 도로에는 모래가 많이 깔려 있었다. 그 도로 양편으로 각각 농촌과 삼림 풍경이 펼쳐졌다. 도로 위쪽에는 감리교 예배당이, 아래쪽에는 군립 학교가 있었다. 붉게 칠해진 대장간은 그 학교 맞은편에 있었다.

모래가 덮인 도로는 언덕을 내려가 삼림을 통과해 만灣까지 이어졌다. 스미스 식당 뒷문에서는 호수로 내려가는 숲과 만까지 훤히 내다볼 수 있었다. 봄과 여름엔 그 경치가 더없이 아름다웠다. 샤를부아와 미시간 호수로부터 곶을 넘어 불어온 미풍이 반짝이는 푸른 만과 흰 모자 같은 호수까지 닿곤 했다. 그 뒷문에서 리즈는 광석을 실은 보인 시티 행 바지선이 호수로 들어오는 것도 볼 수 있었다. 배는 움직이는 것처럼 보이지 않았으나, 안으로 들어가 접시의 물기를 닦고 다시 나오면 벌써 곶 너머로 사라져 있었다.

그즈음 리즈는 늘 짐 길모어 생각에 빠져 있었다. 그는 그다지 그녀를 눈여겨보는 것 같지 않았다. 그는 D. J. 스미스에게 대장간과 공화당에 대해, 그리고 국무장관 제임스 블레인에 대해 얘기했다. 저녁이 되면 그는 거실 등불 아래서 〈톨레도 블레이드〉와 〈그랜드 래피즈〉 신문을 읽거나, 집어등을 챙겨 D. J. 스미스 씨와 함께 작살 낚시를 하러 만으로 갔다. 가을이 되자 그와 스미스 씨는 찰리 와이먼과 함께 왜건에다 텐트와 음식, 도끼, 각자의 소총, 개 두 마리를 싣고 밴더빌트를 넘어 소나무로 뒤덮인 평원으로 사슴 사냥 여행을 떠났다. 그들이 떠나기 전 리즈와 스미스 부인은 나흘 동안이나 그들이 먹을 음식을 준비했다. 리즈는 짐을 위해 특별한 음식을 만들고 싶었지만, 끝내 그러지 못했다. 스미스 부인이 계란이랑 밀가루로 뭘 하냐고 물을까 봐 걱정되기도 했고, 사 온다고 해도 그걸로 스미스 부인이 요리를 할까 봐 걱정되기도 했기 때문이었다. 스미스 부인에겐 아무 일도 아닐 테지만, 리즈에겐 걱정이었다.

짐이 사슴 사냥 여행을 간 동안 리즈는 줄곧 그를 생각했다. 그가 없다는 건 끔찍한 일이었다. 그에 대한 생각으로 잠도 잘 못 잤다. 그러다가 그를 생각하는 것이 한편으론 재밌기도 하다는 걸 깨달았다. 그런 자신을 그대로 내버려 두는 게 더 나을 것 같았다. 그들이 돌아오기 전날 밤, 그녀는 한숨도 제대로 자지 못했다. 잠을 못 자는 꿈과 실제로 못 잔 현실이 섞여 도무지 잠을 잔 것 같지가 않았다. 마침내 도로를 따라 내려오는 왜건의 모습을 봤을 때, 그녀는 힘이 쭉 빠지며 뭔지 모르게 가슴이 아팠다. 짐의 얼굴이 보일 때까지 계속 그렇게 서 있을 수는 없었는데, 그가 오면 모든 게 다 아무렇지도 않은 상태로 돌아갈 것 같아서였다. 왜건이 커다란 느릅나무 아래 멈추자, 스미스 부인과 리즈가 밖으로 나갔다. 남자들은 모두 수염이 수북했고, 왜건 뒷자리에는 사슴 세 마리가 있었다. 그놈들의 딱딱하게 굳은 야윈 다리는 왜건 밖으로 나와 있었다. 스미스 부인이 D. J에게 키스를 했고, 그는 그녀를 포옹했다. 짐이 "안녕, 리즈," 하고 말하며 씽긋 웃어 보였다. 리즈는 짐이 돌아오면 무슨 일인지는 몰라도 분명 어떤 일이 일어날 거라고 확신했었지만, 아무 일도 일어나지 않았다. 남자들은 막 집으로 돌아왔고, 그게 다였다. 짐이 왜건에서 사슴이 담긴 마대 자루들을 꺼내 사슴 두 마리를 끌어 냈고, 리즈는 그놈들을 바라보았다. 덩치가 큰 수사슴 하나는 왜건에서 꺼내기가 쉽지 않았다.

"당신이 그걸 쐈어요, 짐?" 리즈가 물었다.

"예. 아름답지 않아요?" 짐이 등에다 사슴을 지고는 훈제실로 들어갔다.

찰리 와이먼은 밤에도 계속 스미스 씨 집에 머무르면서 식사를 기다리고 있었다. 샤를부아로 돌아가기엔 너무 늦어 버렸기 때문이었다. 다른 남자들도 씻고 나서 거실에서 식사를 기다리고 있었다.

"저 고물 차에 술 좀 남아 있지 않아, 짐?" D. J. 스미스가 물었다. 짐이 헛간에 세워 둔 왜건으로 갔다. 거기엔 사냥하면서 마셨던 위스키가 든 항아리가 있었다. 용량이 4갤런이나 되는 항아리였는데, 들어 보니 바닥에 남은 꽤 많은 양의 술이 찰랑거렸다. 짐은 집으로 들어가기 전에 한 모금 쭉 들이켰는데, 항아리가 너무 커서 들고 마시기도 쉽지 않았다. 셔츠에 위스키 몇 방울이 묻어 버렸다. 짐이 항아리를 들고 들어오자 두 남자는 빙그레 웃었다. D. J가 잔을 가져오라고 하자 리즈가 가져왔다. D. J가 잔 세 개에 술을 가득 따랐다.

"자, 자네를 위해 건배, D. J." 찰리 와이먼이 말했다.

"끔찍하게 큰 수사슴이었어, 지미." D. J가 말했다.

"우리가 놓친 모든 놈들을 위해 건배하자구, D. J." 짐이 그렇게 말하고는 술을 털어 넣었다.

"남자들에겐 끝내주는 맛이지."

"매년 이맘때면 자네는 이것 때문에 병들지."

"또 뭘 위해 건배할까, 친구들?"

"뭘 위해서든 건배하자구, D. J."

"내년엔 만으로 내려가 보자구, 친구들."

"내년을 위하여."

짐의 기분이 달뜨기 시작했다. 위스키의 맛과 느낌도 좋았고, 안락한 침대와 따뜻한 음식, 그리고 일터가 있는 곳으로 돌아온 것도 기뻤다. 그는 한 잔 더 들이켰다. 잠시 후 남자들은 유쾌한 기분으로 주방 쪽으로 식사를 하러 왔지만 무척 정중하게 행동했다. 리즈는 음식을 차린 뒤 자기도 식탁에 앉아 함께 먹었다. 훌륭한 만찬이었다. 남자들은 진지하게 식사를 한 후 다시 거실 쪽으로 갔고, 리즈는 스미스 부인과 함께 그릇들을 치웠다. 그러고 나서 스미스 부인은 위층으로 올라갔고, 얼마 있지 않아 스미스 씨도 자리에서 일어나 위층으로 갔다. 짐과 찰리는 거실에 남아 있었다. 리즈는 주방 화덕 곁에 앉아 책을 읽는 척하며 짐을 생각했다. 아직 자러 가고 싶진 않았다. 짐이 잠시 후 일어나서 나갈 것임을 알고 있었고, 떠나는 짐을 꼭 보고 싶었다. 그가 함께 자고 싶다고 하면 응하고 싶었다.

그녀가 계속 열심히 그를 생각하고 있을 때, 그가 자리에서 일어났다. 그의 두 눈은 반짝거렸고, 머리칼은 약간 헝클어져 있었다. 리즈는 책에서 눈을 떼지 않았다. 짐이 그녀의 의자 뒤로 다가와 섰고, 그녀는 그의 숨결을 느낄 수 있었다. 그의 팔이 그녀를 감쌌다. 그녀는 가슴이 철렁 내려앉으며 꼼짝할 수 없는 기분이었다. 젖꼭지가 그의 손바닥 안에서 딱딱하게 솟아 있었다. 리즈는 소스라치게 놀랐다. 이제껏 그녀의 몸을 만져 본 사람은 아무도 없었다. 그녀는 생각했다. 마침내 그가 왔어. 그가 진짜 왔어.

그녀는 당혹스럽기도 하고 어떻게 해야 할지 몰라 몸만 뻣뻣하게 세웠다. 짐은 의자 뒤에서 그녀를 힘껏 끌어안았다. 그러고는 그녀에게 키스를 했다. 참을 수 없다는 생각이 들 정도로 날카롭고, 쓰리고, 아픈 키스였다. 그녀는 의자 등을 통해 짐을 느낄 수 있었다. 더 이상은 참을 수 없다고 생각되는 순간 그녀의 몸 안에서 뭔가 찰칵하고 켜지는 느낌이 들었고, 그 느낌은 점점 따뜻하고 부드러워졌다. 짐이 의자 뒤에서 한 번 더 세게 끌어안고는 속삭였다. "좀 걸을래요?"

리즈는 주방 벽 못에 걸어 둔 외투를 챙겼고, 그들은 문을 나섰다. 짐이 팔로 그녀를 감쌌다. 그들은 몇 걸음 못 가 멈춰 서서 서로의 몸을 밀어붙이기도 하고, 짐이 그녀에게 키스를 하기도 했다. 달은 보이지 않았다. 그들은 모래가 발목까지 빠지는 도로를 건너 숲을 지나고 선착장을 지나 만 위에 떠 있는 창고에 이르렀다. 물결이 창고 말뚝에 찰싹찰싹 부딪쳤고, 만 건너로는 어두운 곳이 놓여 있었다. 날은 차가웠지만 짐의 팔에 감싸인 리즈는 오히려 더웠다. 둘은 창고로 들어가 앉았다. 짐이 그녀의 몸을 자신에게로 꽉 붙이자 그녀는 꼼짝도 할 수 없었다. 그의 한쪽 손이 그녀의 옷 안으로 들어와 가슴을 더듬었고, 다른 한쪽 손은 무릎 사이로 들어왔다. 그녀는 무서웠고, 그가 앞으로 뭘 할지도 몰랐다. 하지만 그녀는 그에게로 더 가까이 몸을 붙였다. 엄청나게 크게 느껴지는 그의 손이 그녀의 무릎을 떠나 다리 위로 움직이기 시작했다.

"안 돼요, 짐." 리즈가 말했다. 짐의 손이 더 위쪽으로 미끄러져 올라왔다.

"이러면 안 돼요, 짐. 이러면 안 돼요." 하지만 짐과 짐의 큰 손은 그녀의 말에 신경 쓰지 않았다.

판자를 이어 붙인 바닥은 딱딱했다. 짐은 그녀의 옷을 들어 올리고는 그녀에게 뭔가를 하려고 애썼다. 그녀는 무서웠지만, 그 뭔가를 원했다. 그것을 해야만 했다. 그러나 무서웠다.

"안 돼요, 짐. 안 돼요."

"난 할 거야. 나는 할 거라고. 우리가 할 거라는 걸 당신도 알잖아."

"아뇨. 우린 하지 말아야 해요. 짐, 하면 안 돼요. 아, 이건 옳지 않아요. 너무 큰 상처가 될 거예요. 하지 말아요. 아, 짐."

바닥의 솔송나무 판자는 차갑고, 딱딱하고, 쪼개진 부분 때문에 따갑기도 했다. 그녀의 몸 위에 있는 짐은 무거웠고, 그녀를 아프게 했다. 리즈는 그를 밀치려고 애썼고, 그녀의 몸은 무척이나 불편하고 경련까지 일었다. 그러고는 짐은 잠들어 버렸다. 꼼짝도 하지 않았다. 그녀는 그의 밑에서 빠져나와 스커트와 외투를 가다듬고 머리칼도 매만졌다. 짐은 입을 약간 벌린 채 잠에 빠져 있었다. 리즈는 그에게로 몸을 숙여 뺨에 키스를 했다. 그래도 그는 깨지 않았다. 그녀는 그의 머리를 조금 들어 올려 흔들었다. 그래도 그는 침만 삼켰다. 리즈는 울음을 터뜨리기 시작했다. 그녀는 선착장 어귀까지 걸어가 물을 굽어보았다. 안개가 만으로부터 올라오고 있었다. 그녀는 추웠고, 비참했으며, 모든 것이 떠나가 버린 것 같았다. 그녀는 짐이 잠들어 있는 곳으로 돌아가 확인하듯 다시 한 번 그의 머리를 흔들었다. 그녀는 여전히 울고 있었다.

"짐." 그녀가 말했다. "짐. 제발, 짐."

짐이 움찔하더니 조금 더 몸을 웅크렸다. 리즈는 외투를 벗어 몸을 숙여 그에게 자기 외투를 덮어 주었다. 조심스럽고 깔끔하게, 단단히 덮어 주었다. 그러고는 자기 침대로 돌아가기 위해 선착장을 지나 모래가 깔린 도로로 올라갔다. 만으로부터 숲을 뚫고 차가운 안개가 올라오고 있었다.

인디언 마을
Indian Camp

호숫가에는 또 한 척의 노로 젓는 배가 도착해 있었다. 인디언 둘이 그들을 기다리며 서 있었다.

닉과 그의 아버지가 배 뒤편에 자리를 잡자 인디언들이 배를 물로 떠밀더니 그중 하나가 노를 젓기 위해 올라탔다. 조지 아저씨는 인디언 마을 소유의 나머지 배 고물에 앉아 있었다. 젊은 인디언이 그 배를 물 위에 띄우고는 올라탔다.

두 척의 배는 어둠 속을 움직이기 시작했다. 닉은 안개 속에서 자신이 탄 배보다 앞서 가는 배의 노 젓는 소리를 들었다. 인디언들은 파도가 일어날 정도로 빠르게 노를 저었다. 닉은 아버지의 팔에 안겨 누워 있었다. 물 위는 추웠다. 그들이 탄 배의 인디언은 무척이나 열심히 노를 젓고 있었지만 앞서 가는 배는 안개 속으로 더 멀리 달아날 뿐이었다.

"어디로 가는 거예요, 아빠?" 닉이 물었다.

"저 너머 인디언 마을. 거기 인디언 여자가 몹시 아프다는구나."

"아, 예." 닉이 말했다.

물굽이를 건넜을 때 그들은 앞서 가던 배가 정박해 있는 것을 보았다. 조지 아저씨는 어둠 속에서 시가를 피우고 있었다. 젊은 인디언이 그들이 타고 온 배를 뭍으로 끌어 올렸다. 조지 아저씨는 두 인디언에게 시가를 주었다.

물가를 벗어나 그들은 등불을 든 젊은 인디언을 따라 이슬에 젖은 풀밭을 걸어갔다. 풀밭을 지나 숲으로 들어서자 오솔길이 나왔고 그 길은 산으로 들어가는 벌목로와 연결되어 있었다. 목재들이 길 양쪽으로 베어져 있는 벌목로는 오솔길보다 훨씬 환했다. 젊은 인디언이 걸음을 멈추더니 등불을 입으로 불어서 껐다. 그들은 다시 그 길을 따라 걸음을 옮겼다.

산모퉁이를 돌자 개 한 마리가 짖으며 다가왔고, 나무껍질을 벗기며 생계를 잇는 인디언들의 오두막 불빛이 보였다. 더 많은 개들이 몰려오자 두 인디언이 개들을 오두막 뒤편으로 쫓았다. 도로에서 가장 가까운 오두막의 창에서도 불빛이 새어 나왔다. 한 노파가 그 집 문가에서 등불을 들고 서 있었다.

집 안에는 젊은 인디언 여자 하나가 나무 침상에 누워 있었다. 그녀가 이틀째 산통에 시달리는 동안 마을의 노파들 모두가 그녀를 도왔다. 남자들은 여자의 소리가 들리지 않는 곳까지 나가 어둠 속에 웅크린 채 담배를 피우고 있었다. 아버지와 조지 아저씨 다음으로 닉과 인디언 둘이 그 집으로 막 들어갔을 때, 여자가 비명을 질렀다. 그녀는 아래쪽 침상에 누워 있었는데, 누비이불 아래 배가 불룩했다. 고개는 한쪽으로 돌려져 있었다. 위쪽 침상에는 그녀의 남편이 있었다. 사흘 전 도끼에 발이 찍힌 그는 파이프 담배를 피우고 있었다. 방 안에선 고약한 냄새가 났다.

아버지는 난로 위에 물을 좀 올려놓으라고 하고는, 물이 끓기를 기다리며 닉과 얘기를 나누었다.

"이 여자는 아기를 낳으려는 거야, 닉." 그가 말했다.

"알고 있어요." 닉이 말했다.

"넌 몰라." 아버지가 말했다. "이 여자가 겪고 있는 걸 산고라고 부른단다. 아기는 나오려고 하고, 여자도 낳기를 원해. 모든 근육들이 아기를 밖으로 내보내려고 애쓸 때 여자는 비명을 지르는 거란다."

"그렇군요." 닉이 말했다.

바로 그때 여자가 울부짖었다.

"아빠, 여자가 비명을 지르지 않도록 뭘 좀 줄 수 없나요?" 닉이 물었다.

"없어. 마취제가 하나도 없단다. 하지만 비명을 지르는 건 문제 될 게 없어. 그래서 내겐 들리지 않는 거나 마찬가지야."

위쪽 침상에 있던 남자가 벽 쪽으로 몸을 돌렸다.

부엌에 있던 여자가 물이 뜨거워졌다고 했다. 아버지는 부엌으로 들어가 커다란 주전자에 든 물을 대야에 반쯤 붓고 나서, 손수건에 싸 온 여러 가지 물건들을 주전자 물에 집어넣었다.

"이것들을 삶아야 해." 아버지는 그렇게 말하고는, 마을에서 가져온 비누를 손에다 문지른 뒤 대야의 뜨거운 물로 손을 씻었다. 닉은 비누를 문지르는 아버지의 두 손을 지켜보았다. 아버지는 조심스럽고 꼼꼼하게 손을 씻으며 말했다.

"닉, 아기들은 머리가 먼저 나오는 법이지만 가끔은 그렇지 않을 때가 있단다. 그렇게 되면 모두에게 아주 곤란한 일이 생기게 되지. 아마도 이 여자는 수술을 해야 할 것 같구나. 조금 지나 보면 알게 되겠지.”

꼼꼼하게 손을 씻은 뒤 아버지는 다시 방 안으로 들어가 일을 시작했다.

“누비이불 좀 벗겨 줄래, 조지?” 아버지가 말했다. “난 안 만지는 게 좋아서.”

잠시 뒤 아버지가 수술을 시작하자 조지 아저씨와 세 명의 인디언 남자들이 여자를 움직이지 못하도록 붙들었다. 그녀가 조지 아저씨의 팔을 물어 버리자, “이런 우라질 인디언 년!” 하고 조지 아저씨가 말했다. 조지 아저씨를 태우고 왔던 젊은 인디언이 놀리듯 그를 보았다. 닉은 아버지를 위해 대야를 들고 있었다. 오랜 시간이 흘러갔다.

드디어 아버지가 아기를 꺼내 들고는 숨을 쉬게 하려고 찰싹 때린 뒤 노파에게 건네주었다.

“사내아이구나, 닉.” 그가 말했다. “보조 의사가 된 기분이 어때?”

닉이 말했다. “좋아요.” 그는 아버지가 하고 있는 일을 보지 않으려고 고개를 돌리고 있었다.

“됐어, 꺼냈어.” 아버지는 그렇게 말하고는 대야에다 뭔가를 집어넣었다.

닉은 그것을 보지 않았다.

“이제 몇 바늘만 꿰매면 된단다. 봐도 되고 안 봐도 돼, 닉. 좋을 대로 하렴. 난 절개한 부분을 봉합할 테니까.”

닉은 보지 않았다. 호기심은 사라진 지 오래였다.

아버지가 일을 마치고 일어섰다. 조지 아저씨와 세 명의 인디언 남자들도 몸을 일으켰다. 닉은 대야를 부엌으로 가져갔다.

조지 아저씨가 자신의 팔을 바라보았다. 젊은 인디언이 좀 전의 일을 떠올리며 미소를 지었다.

"과산화수소수를 좀 발라, 조지." 의사가 말했다.

그러고는 그는 인디언 여자에게로 몸을 숙였다. 그녀는 이제 조용해진 채 눈을 감고 있었다. 얼굴은 몹시 창백했고, 아기가 어떻게 됐는지도 몰랐다.

"아침에 다시 오겠습니다." 의사가 몸을 일으키며 말했다. "세인트이그너스에서 간호사도 올 겁니다. 정오까지요. 필요한 건 그녀가 다 갖고 올 겁니다."

그는 마치 경기를 끝내고 탈의실로 들어온 축구 선수처럼 한껏 들떠서 말이 많아졌다.

"의학 잡지에 실릴 만한 일이었어, 조지." 그가 말했다. "등산용 칼로 제왕절개수술, 9피트짜리 가는 낚싯줄로 봉합."

조지 아저씨는 벽에 기댄 채로 자신의 팔을 바라보며 말했다.

"정말이지 대단한 분이세요, 잘하셨어요."

"이제 자랑스러워 할 아기 아빠를 한번 봐야겠군. 출산이라는 사소한 일에 가장 고통스러워하는 사람이 아빠거든." 의사가 말했다. "그런데 이 아빠는 정말 침착하게 잘 견뎌 냈어."

그는 인디언 남자의 머리에 덮인 담요를 벗겨 냈다. 담요를 만진 손이 축축했다. 그는 등불을 든 채로 아래쪽 침상 가장자리를 딛고 올라서서 위쪽 침상을 내려다보았다. 벽을 보며 누워 있는 인디언 남자의 목이 한쪽 귀에서 반대편 귀까지 잘려져 있었다. 그의 몸의 무게로 눌린 침상에 핏물이 웅덩이처럼 고여 있었다. 그의 머리는 왼쪽 팔에 얹혀 있었다. 면도칼은 칼날이 세워진 채 담요 안에 놓여 있었다.

"닉을 밖으로 데려가, 조지." 의사가 말했다.

하지만 그럴 필요는 없었다. 부엌문에 서 있던 닉은 아버지 손에 들려 있던 등불 때문에, 위쪽 침상에 있는 인디언 남자의 젖혀진 머리를 이미 보았던 것이다.

벌목로를 따라 호수로 돌아가는 중에 날이 밝기 시작했다.

"널 데려온 게 무척이나 후회스럽구나, 니키." 수술을 마치고 들떴던 기분이 모두 사라져 버린 아버지가 말했다. "네게 이런 끔찍한 일을 겪게 하다니."

"여자들이 아기를 낳을 때면 늘 그렇게 힘들게 낳아요?"

"그렇진 않아. 이번은 아주, 아주 예외적인 경우야."

"그 사람은 왜 자살한 거예요, 아빠?"

"나도 모르겠다. 무언가를 견딜 수 없었나 보지."

"많은 남자들이 스스로 목숨을 끊나요, 아빠?"

"많지는 않아, 닉."

"여자들은요?"

"거의 없지."

"여자들은 자살하지 않아요?"

"그렇진 않고, 아주 드물게만."

"아빠."

"응."

"조지 아저씨는 어디 갔어요?"

"오실 거야."

"죽는 건 어려운가요, 아빠?"

"그렇지 않아. 그건 아주 쉬운 일이야, 닉. 때에 따라 다르지만."

그들은 배에 탔다. 닉은 고물에 앉고, 아버지가 노를 저었다. 해가 산 너머로 떠오르고 있었다. 농어가 물 위에서 원을 그리며 뛰어올랐다. 닉의 손은 물속에 담긴 채 끌려가고 있었다. 살을 에는 듯한 아침의 냉기에도 불구하고 물은 따뜻했다.

이른 아침 아버지가 노를 젓는 배의 고물에 앉아 호수를 지나며, 그는 자신은 결코 죽지 않을 거라 확신했다.

의사와 의사의 아내
The Doctor and the Doctor's Wife

딕 볼턴이 닉의 아버지를 위해 통나무를 잘라 주려고 인디언 마을에서 왔다. 그의 아들 에디와 빌리 타베쇼라는 또 다른 인디언과 함께. 그들은 숲을 지나 뒷문으로 들어왔는데, 에디의 어깨에는 기다란 가로톱이 걸쳐져 있었다. 에디가 걸음을 옮길 때마다 그의 어깨 위에 매달려 있는 톱은 음악 소리를 냈다. 빌리 타베쇼는 커다란 갈고리 장대 두 개를 갖고 있었고, 딕은 도끼 세 자루를 들고 있었다.

딕이 돌아서더니 뒷문을 닫았다. 그가 모래에 통나무들이 묻혀 있는 호숫가로 내려가자 나머지 두 사람도 그를 따랐다.

그 통나무들은 증기선 '매직호'가 호수에서 제재소로 운반하던 큰 통나무 묶음에서 빠져나온 것들이었다. 호숫가로 떠내려온 그것들은 그대로 놔두면 언젠가는 매직호 선원들이 노 젓는 배를 타고 와서 그 끝에다 고리가 달린 쇠못을 박고는 다시 호수로 끌고 갈 수도 있었다. 하지만 통나무 몇 개 모으자고 선원을 쓰기에는 제재업자로선 타산이 맞지 않을 수도 있었다. 그래서 아무도 가져가지 않는다면 결국 그것들은 물에 잠겨 썩어 갈 터였다.

일이 그렇게 될 거라고 생각한 닉의 아버지는, 인디언 마을 사람들을 고용해 그 통나무들을 가로톱으로 잘라 벽난로에 쓸 크고 작은 땔감을 만들게 한 것이다. 딕 볼턴은 코티지*를 돌아서 호숫가로 내려갔다. 커다란 너도밤나무 통나무 네 개가 모래에 파묻힌 채 널브러져 있었다. 에디가 톱의 손잡이 한쪽을 통나무 아귀에다 걸었다. 딕은 도끼 세 자루를 조그만 부두 위에다 내려놓았다. 딕은 혼혈아였는데, 호수 주변에 사는 많은 농부들은 그가 백인이라고 믿고 있었다. 그는 무척이나 게을렀지만 일단 일을 시작하면 대단한 일꾼으로 변했다. 그는 주머니에서 씹는담배 하나를 꺼내 질겅거리며 에디와 빌리 타베쇼에게 오지브웨이 족 말로 지껄였다.

그들은 통나무 밑에 갈고리 장대 끝을 집어넣고는 모래에 묻힌 통나무를 빼내려고 흔들었다. 흔들 때는 갈고리 장대에다 체중을 완전히 실었다. 통나무가 모래 안에서 꿈틀거렸다. 딕 볼턴이 닉의 아버지에게로 몸을 돌렸다.

"잘되고 있습니다, 의사 선생." 그가 말했다. "당신이 도둑질한 목재가 꽤 괜찮은데요."

"그런 식으로 말하면 곤란하지, 딕." 의사가 말했다. "그건 그냥 떠내려 온 나무야."

*시골에 있는 별장풍의 작은 집.

에디와 빌리 타베쇼가 젖은 모래 속에 있던 통나무를 흔들어 빼서 그 것들을 호수 쪽으로 굴렸다.

"거기 그대로 담가 둬." 딕 볼턴이 소리를 질렀다.

"왜 그러는가?" 의사가 물었다.

"통나무가 씻겨야 돼요. 모래가 깨끗이 없어져야 톱이 망가지지 않아 요. 통나무가 누구 건지 확인해야겠어요." 딕이 말했다.

통나무는 호수에서 말끔하게 씻겨졌다. 에디와 빌리 타베쇼는 햇볕 아 래 땀을 흘리며 갈고리 장대에 몸을 기대고 있었다. 딕이 모래 위에 무 릎을 꿇고 통나무 끝에 찍혀 있는 계수원計數員의 망치 자국을 살폈다.

"화이트 앤드 맥널리 사 거군요." 그가 일어나 바지 무릎에 묻은 모래 를 털어 내며 말했다.

의사는 마음이 몹시 불편했다.

"그렇담 자르지 않는 게 낫겠군, 딕." 그가 퉁명스럽게 말했다.

"삐치지 말아요, 의사 선생." 딕이 말했다. "발끈할 거 없다고요. 나야 당신이 누구 걸 훔치든 신경 쓰지 않아요. 내 일이 아니니까."

"이게 도둑질이라는 생각이 든다면 통나무들을 그냥 내버려 두고 연 장을 챙겨서 마을로 돌아가게나." 의사가 말했다. 그의 얼굴이 벌겋게 달 아 있었다.

"왜 그리 급하세요, 의사 선생." 딕이 말했다. 그는 담뱃진을 통나무에 뱉었다. 담뱃진이 통나무에서 미끄러져 내려 호수 속에서 풀어졌다. "이 통나무들이 남의 거라는 건 나도 당신도 알고 있잖아요. 하지만 난 상 관 안 한다고요."

"됐으니, 이 통나무가 훔친 거라는 생각이 든다면 연장 챙겨서 가란 말일세."

"그러니까, 선생……"

"연장 챙겨서 가라고."

"들어 봐요, 의사 선생."

"다시 한 번 날 의사 선생이라고 부르면, 송곳니를 부러뜨려 버릴 거야."

"아니, 안 되죠, 그러면 안 되죠, 의사 선생."

딕 볼턴이 의사를 바라보았다. 딕은 덩치가 컸고, 자신이 얼마나 큰지 잘 알고 있었다. 싸움도 좋아해서 이 상황이 즐거웠다. 에디와 빌리 타베쇼는 갈고리 장대에 몸을 기댄 채 의사를 바라보고 있었다. 의사는 입술 아래의 수염을 씹으며 딕 볼턴을 응시했다. 그러고는 돌아서더니 코티지를 향해 언덕을 올랐다. 그들은 그의 뒷모습을 보며 그가 얼마나 화가 났는지 알 수 있었다. 그들은 그가 언덕을 다 올라가 코티지 안으로 들어가는 것까지 지켜보았다.

딕이 오지브웨이 족 말로 뭐라고 하자 에디는 웃음을 터뜨렸지만 빌리 타베쇼는 몹시 심각한 표정이었다. 영어를 알아듣진 못했지만 그는 그들이 말다툼을 하는 동안 식은땀이 날 정도로 불안했었다. 그는 뚱뚱했고, 중국인처럼 몇 가닥 없는 콧수염을 가지고 있었다. 그가 갈고리 장대 두 개를 집어 들자 딕은 도끼를 들었고, 에디는 나무에 걸어 두었던 톱을 내렸다. 걸음을 떼기 시작한 그들은 언덕을 올라 코티지를 지난 뒤 뒷문을 통해 숲으로 들어갔다. 딕은 이번에는 뒷문을 닫지 않았다. 빌리 타베쇼가 돌아와서 문을 잠갔다. 그들은 숲 속으로 사라졌다.

코티지로 들어온 의사는 자신의 방 침대에 걸터앉아 뚜껑 달린 책상 곁 바닥에 수북이 쌓인 의학 잡지들을 바라봤다. 아직 봉투도 뜯기지 않은 상태였다. 짜증이 일었다.

"일하러 가지 않아요, 여보?" 블라인드가 내려진 방에 누워 있던 의사의 아내가 물었다.

"안 가!"

"무슨 일 있었군요."

"딕 볼턴과 말다툼을 좀 했어."

"저런." 그의 아내가 말했다. "성질을 부리진 않았겠죠, 헨리?"

"그러진 않았어." 의사가 말했다.

"도시를 차지하는 자보다 정신을 지배하는 자가 더 위대하다는 말, 잊지 말아요." 아내가 말했다. 그녀는 크리스천사이언스* 신자였다. 그녀의 어두운 방 침대 곁 탁자 위에는, 성경과 《과학과 건강》, 그리고 크리스천사이언스에서 발행하는 계간지가 놓여 있었다.

그녀의 남편은 아무런 대꾸도 하지 않았다. 이제 그는 침대에 걸터앉은 채로 엽총을 닦고 있었다. 그는 탄창에다 묵직한 노란색 총알을 가득 채우고는 도로 쏟아 냈다. 총알들이 침대 위에 흩어졌다.

"헨리." 아내가 불렀다. 그러고는 잠시 조용하더니 다시 불렀다. "헨리!"

"여기 있어." 의사가 말했다.

"볼턴을 화나게 하는 말은 하지 않았죠, 그렇죠?"

"안 했어." 의사가 말했다.

"그럼 뭐가 잘못된 거예요, 여보?"

"별거 아니야."

"말해 봐요, 헨리. 저한텐 숨기려 들지 말아요. 뭐가 잘못된 거예요?"

"젠장, 마누라 폐렴 치료하느라 나한테 진 빚을 내가 노임에서 제할까

*물질세계는 실재가 아니며 병도 기도만으로 치유할 수 있다고 믿는 기독교의 한 분파.

봐 시비를 걸어온 거야."

아내는 아무 말도 하지 않았다. 의사는 헝겊으로 꼼꼼하게 총을 닦은 후 탄창의 스프링을 누르고 총알들을 밀어 넣었다. 그러고는 무릎 위에다 총을 내려놓았다. 그는 엽총을 무척이나 좋아했다. 그때 어두운 방 안에서 아내의 목소리가 들려왔다.

"여보, 난 누가 그런 짓을 하리라고는 생각하지 않아요."

"무슨 뜻이야?" 의사가 말했다.

"누가 의도적으로 그런 짓을 할 수 있다고는, 도저히 생각하지 못하겠다고요. 못 믿겠어요."

의사가 침대에서 일어나, 찬장 뒤편 구석에다 엽총을 세웠다.

"나가려고요, 여보?" 아내가 말했다.

"산책 좀 할 거야." 의사가 말했다.

"여보, 닉을 보면 엄마가 찾는다고 전해 줄래요?" 아내가 말했다.

의사는 현관 밖으로 나섰다. 방충문이 그의 뒤편에서 쾅, 소리를 내며 닫혔다. 그때 아내가 숨을 가다듬는 소리가 들렸다.

"미안하오." 그는 블라인드가 쳐진 그녀의 창문 밖에서 말했다.

"괜찮아요, 여보." 그녀가 말했다.

그는 뒷문을 열고 햇볕이 쏟아지는 길을 걸어 솔송나무 숲으로 들어섰다. 이렇게 더운 날에도 숲 속은 시원했다. 나무에 등을 기대고 앉아 책을 읽고 있는 닉의 모습이 눈에 들어왔다.

"엄마가 찾으시던데." 의사가 말했다.

"아버지를 따라가고 싶은데요." 닉이 말했다.

아버지가 물끄러미 그를 내려다보았다.

"그래. 그러자꾸나." 아버지가 말했다. "책은 나한테 주렴. 주머니에 넣어 둘 테니."

"검은 다람쥐가 어덨는지 알아요, 아빠." 닉이 말했다.

"그래?" 아버지가 말했다. "거기로 가자꾸나."

무언가의 끝
The End of Something

오래전, 호턴스베이는 목재업이 성한 마을이었다. 이 마을에 사는 사람 중에 호숫가 제재소의 커다란 톱날 돌아가는 소리를 듣지 못한 사람은 아무도 없었다. 그러던 어느 해, 목재로 쓸 통나무가 바닥났다. 그러자 목재 운반선들이 만으로 들어왔고, 야적장에 세워져 있던 제재소의 절단기들과 남은 목재들이 거기에 실렸다. 커다란 제재소 안에 있던 기계들도 떼어 낼 수 있는 것들은 모두 제재소 일꾼들에 의해 운반선으로 옮겨졌다. 커다란 톱 두 개와 통나무를 실은 운반차와 회전 톱과 롤러와 바퀴와 벨트, 그리고 쇠로 된 모든 것들을 목재 더미 위에 가득 실은 그 운반선은, 펼쳐진 호수를 향해 만을 빠져나갔다. 배의 지붕은 캔버스 천으로 덮여 바짝 조여져 있었고, 돛은 바람에 팽팽해져 있었다. 배는 그렇게 제재소를 어엿한 공장으로 만들어 주었던, 호턴스베이를 번듯한 마을로 만들어 주었던 모든 것들을 싣고 호수로 나아갔다.

단층짜리 합숙소들, 식당과 매점, 제재소 사무실들과 커다란 제재소 건물이 호숫가의 질퍽한 풀밭 위에 쌓인 엄청난 양의 톱밥들 속에 황량하게 서 있었다.

그로부터 10년 후, 닉과 마저리가 그 호수를 배를 타고 노 저어 나갔다. 습지에 새로 자라난 식물들 사이로 초석이었던 흰 석회석들만 보일 뿐, 제재소의 흔적은 아무것도 남아 있지 않았다. 둘은 얕은 모랫바닥이 갑자기 12피트 깊이로 깎여 나간 둑 가장자리를 따라 견지낚시를 하며 나아가고 있었는데, 무지개송어를 잡기 위해 밤 낚싯줄을 설치해 놓은 곳으로 가는 중이었다.

"저기 우리들의 폐허가 있네, 닉." 마저리가 말했다.

닉은 노를 저으며 푸른 나무들 사이로 하얀 초석을 바라보았다.

"그렇군." 그가 말했다.

"제재소 있을 때 기억나?" 마저리가 물었다.

"기억나지." 닉이 말했다.

"꼭 성터 같아." 마저리가 말했다.

닉은 아무 말 없이 노를 저었다. 배는 제재소가 있던 곳이 보이지 않는 데까지 둑 가장자리를 따라가다가, 만을 가로질렀다.

"한 마리도 물지 않았어." 닉이 말했다.

"그러네." 마저리가 말했다. 그녀는 말을 하면서도 줄곧 낚싯대에 신경을 쓰고 있었다. 그녀는 낚시를 무척이나 좋아했다. 닉과 함께라면 더 좋았다.

송어 한 마리가 배 바로 옆의 수면에 물결을 만들어 냈다. 닉이 뒤쪽 멀리서 맴돌고 있는 미끼를 송어가 먹을 수 있는 곳으로 보내기 위해 한쪽 노를 힘껏 저었다. 송어의 등이 물 밖으로 나타나자 조그만 물고기들이 거칠게 뛰어올랐다. 그놈들은 마치 물에다 한 움큼의 총알을 쏟아 놓듯 물방울을 튀겨 댔다. 또 다른 송어도 반대편에 나타나 먹이를 먹으며 수면에 물결을 만들었다.

"먹이를 먹고 있어." 마저리가 말했다.

"하지만 미끼를 물진 않을 거야." 닉이 말했다.

그는 먹이를 먹고 있는 송어 두 마리를 지나 계속 견지낚시를 하며 곳으로 노를 저었다. 마저리는 배가 호숫가에 닿을 때까지 낚싯줄을 감지 않았다.

둘이서 배를 뭍으로 끌어 올린 뒤 닉은 산 피라미가 담긴 통을 들어 올렸다. 피라미는 통 속에 든 물에서 헤엄을 치고 있었다. 닉이 세 마리를 손으로 집어서 머리를 잘라 낸 뒤 껍질을 벗기는 동안에도, 마저리는 아직 통 속에 손을 넣고 피라미를 쫓고 있었다. 마침내 한 마리를 잡아 머리를 떼어 내고 껍질을 벗겼다. 닉이 그녀의 피라미를 바라보았다.

"배지느러미는 떼고 싶지 않나 봐." 그가 말했다. "하기야 미끼로 쓰려면 배지느러미가 있는 게 더 낫지."

그는 껍질을 벗긴 피라미 꼬리에다 낚싯바늘을 꿰었다. 각 낚싯대 목줄에는 두 개의 낚싯바늘이 달렸다. 마저리는 다시 배에 타 낚싯줄을 입에 물고 둑을 따라 노를 저어 가면서 닉을 바라보았다. 닉은 호숫가에 낚싯대를 들고 서서 얼레에서 낚싯줄을 풀고 있었다.

"거기가 좋겠어." 그가 외쳤다.

"여기다 낚싯줄을 내릴까?" 마저리가 한 손에 낚싯줄을 잡은 채 외쳤다.

"그래, 그렇게 해." 그가 대답하자 마저리는 배 바깥으로 낚싯줄을 내리고 미끼가 물속으로 내려가는지 지켜보았다.

그녀는 다시 노를 젓다가 같은 방법으로 두 번째 낚싯줄을 내렸다. 닉은 그녀가 낚싯줄을 내릴 때마다 낚싯대를 고정시키려고 끝에다 묵직한 유목流木 토막을 놓고 비스듬히 나무 쪼가리를 괴었다. 그리고 얼레에서 낚싯줄을 풀어 미끼가 모랫바닥에 닿게 하고는 얼레에다 방울을 달았다. 바닥에서 먹이를 먹던 송어가 미끼를 물고 달아나면 순식간에 얼레의 낚싯줄이 풀리면서 방울이 울리도록 한 것이다.

마저리는 낚싯줄이 엉키지 않도록 곶에서 좀 떨어진 곳으로 힘껏 노저어 갔다가 돌아왔다. 작은 물결이 밀려들었다. 마저리가 배에서 내리자 닉이 배를 뭍으로 끌어 올렸다.

"표정이 왜 그래, 닉?" 마저리가 물었다.

"모르겠어." 닉이 모닥불을 피우려고 유목들을 주워 모으며 말했다.

둘은 불을 피웠다. 마저리가 배로 가서 담요를 가져왔다. 저녁의 미풍이 연기를 곶 쪽으로 밀어냈고, 마저리는 모닥불과 호수 사이에 담요를 펼쳤다.

마저리는 담요 위에 앉아 등을 모닥불 쪽으로 돌리고는 닉이 오기를 기다렸다. 그가 와서 그녀 곁에 앉았다. 그들 뒤에는 새로 자란 나무들로 빽빽한 곳, 앞에는 호턴스 크리크 강의 하구와 맞닿은 만이 있었다. 주위는 그다지 어둡지 않았다. 모닥불 빛이 호수 멀리까지 비치고 있었다. 둘은 어두운 수면 위에 각을 이루며 놓여 있는 두 개의 금속 낚싯대를 볼 수 있었다. 모닥불 빛에 얼레가 반짝였다.

마저리가 저녁 식사가 담긴 바구니를 열었다.

"별로 먹고 싶지 않은데." 닉이 말했다.

"그러지 말고 먹어, 닉."

"알았어."

둘은 아무 말 없이 음식을 먹으며 두 개의 낚싯대와 물에 비친 불빛을 바라보았다.

"오늘 밤엔 달이 뜨겠군." 닉이 말했다. 만 건너편 산들의 윤곽이 또렷해지는 것을 보니, 달이 떠오르고 있음을 알 수 있었다.

"나도 알아." 마저리가 유쾌하게 말했다.

"넌 모르는 게 없지." 닉이 말했다.

"닉, 그렇게 말하지 마! 부탁이야. 그런 식으로 말하지 말아 줘!"

"그럴 순 없겠는걸." 닉이 말했다. "넌 다 알지. 모든 걸 다 알고 있지. 바로 그게 문제야. 너도 알잖아."

마저리는 더 이상 아무 말도 하지 않았다.

"난 너한테 모든 걸 가르쳐 줬어. 너도 알잖아. 그러니까 이제 네가 모르는 게 뭐가 있겠어?"

"아, 입 좀 다물어." 마저리가 말했다. "저기 달이 떠."

둘은 서로 떨어져 담요에 앉은 채 달이 뜨는 걸 지켜봤다.

"실없는 얘기는 할 필요 없어." 마저리가 말했다. "진짜 문제가 뭐야?"

"모르겠어."

"넌 알고 있어, 당연히."

"아니, 모른다니까."

"그러지 말고 말해 봐."

닉이 산 위로 솟아오르는 달을 쳐다보았다.

"이젠 흥미가 없어."

그는 마저리를 보는 게 두려웠다. 얼마 뒤 그는 그녀를 보았다. 그녀는 등을 돌린 채 앉아 있었다. "더 이상 흥미가 없어. 조금도."

그녀는 아무 말도 하지 않았다. 그는 말을 계속했다. "내 안의 모든 게 지옥으로 떨어진 기분이야. 모르겠어, 마지. 무슨 말을 하는지도 모르겠어."

그는 그녀의 등을 바라보았다.

"사랑에도 흥미가 없는 거야?" 마저리가 말했다.

"응." 닉이 말했다. 마저리가 자리에서 일어났다. 닉은 그대로 앉은 채 손으로 머리를 감쌌다.

"난 배를 타고 갈게." 마저리가 그에게 큰 소리로 말했다. "넌 곶을 돌아서 걸어가."

"알았어." 닉이 말했다. "내가 배를 밀어 줄게."

"그럴 필요 없어." 그녀가 말했다. 그녀는 달빛이 내린 물 위에 배를 띄웠다. 닉은 다시 모닥불 쪽으로 돌아와 엎드려 담요에 얼굴을 묻었다. 마저리가 노를 젓는 소리가 들렸다.

그는 오랫동안 거기 엎드려 있었다. 숲을 돌아 나와 빈터를 걸어오는 빌의 발소리가 들릴 때까지. 빌이 모닥불로 다가오는 게 느껴졌지만 그는 가만있었다. 빌도 그를 내버려 두었다.

"그녀는 잘 보냈어?" 빌이 말했다.

"응." 그는 여전히 담요에 얼굴을 묻은 채 말했다.

"잤어?"

"아니. 그런 거 안 했어."

"기분은 어때?"

"좀 가줄래, 빌? 어디든 잠시 좀 가주라."

빌이 음식 바구니에서 샌드위치 하나를 챙겨들고는 낚싯대가 있는 곳으로 갔다.

사흘 동안의 폭풍
The Three-Day Blow

비가 그친 것은 닉이 과수원을 통과하는 오르막길에 접어들었을 때였다. 가을바람이 수확이 끝난 빈 가지들 사이로 지나갔다. 닉이 걸음을 멈추고 길가 갈색 풀밭에 떨어져 있는 윤이 나는 와그너 사과 하나를 주웠다. 그는 바둑판무늬의 두꺼운 모직 반코트 주머니에 그 사과를 집어넣었다.

길은 과수원에서 언덕 꼭대기로 이어져 있었다. 그 꼭대기에 코티지가 있었는데, 현관은 휑하니 비어 있고 굴뚝에선 연기가 솟았다. 코티지 뒤편에는 차고와 닭장, 그리고 벌목 후 새로 자란 나무들이 울타리처럼 빙 둘러 서 있는 숲이 있었다. 커다란 나무들에 달린 까마득히 높은 가지들이 바람에 흔들리고 있었다. 가을의 첫 번째 폭풍이 불어오고 있었다. 닉이 과수원을 지나 넓게 펼쳐진 들판을 가로지르자 코티지의 문이 열리며 빌이 나왔다. 그는 현관에 서서 아래를 내려다보았다.

"어이, 웨미지." 그가 말했다.

"안녕, 빌." 닉이 계단을 오르며 말했다.

그들은 나란히 서서 시골 풍경을 내려다보았다. 과수원 건너편의 내리막길과 길 너머 아래쪽의 들판, 곶 주변의 숲, 그리고 호수까지. 바람은 호수까지 곧장 내려갔고, 텐 마일 곶을 따라 파도가 일고 있었다.

"바람이 대단해." 닉이 말했다.

"이렇게 사흘을 내리 불 거야." 빌이 말했다.

"너네 아버지 안에 계셔?" 닉이 말했다.

"아니. 엽총 가지고 나가셨어. 들어가자."

닉이 안으로 들어가니, 벽난로에 불이 활활 타고 있었다. 불길은 바람 때문에 거세져 있었다. 빌이 문을 닫았다.

"한잔할래?"

빌은 그렇게 말하며 부엌으로 가더니 유리잔 두 개와 물주전자를 들고 왔다. 닉은 벽난로 위 선반에서 위스키 병을 꺼내 들고 말했다.

"괜찮겠어?"

"좋지." 빌이 대답했다.

둘은 벽난로 앞에 앉아 아일랜드 위스키에 물을 섞어 마셨다.

"연기 냄새가 지독해." 닉이 술잔을 불에 비춰 보며 말했다.

"토탄 냄새야." 빌이 말했다.

"네가 설마 술에다 토탄을 넣진 않았을 테고." 닉이 말했다.

"그렇게 한 거나 마찬가지지." 빌이 말했다.

"토탄 본 적 있어?" 닉이 물었다.

"아니." 빌이 말했다.

“나도 마찬가지야.” 닉이 말했다.

난로 앞으로 뻗은 닉의 발에 신겨진 신발에서 김이 나기 시작했다.

“신발을 벗는 게 나을 거야.” 빌이 말했다.

“양말을 안 신어서.”

“벗어서 말리고 있어. 양말 갖다 줄게.” 빌이 말했다.

그는 위층으로 올라갔고 닉은 머리 위에서 나는 그의 발소리를 들었다. 지붕 밑 탁 트인 위층은 빌과 그의 아버지가 자는 곳이었다. 가끔은 닉도 그곳에서 잤다. 뒤쪽에는 옷방이 있었는데, 비가 올 때면 고무 덮개를 씌운 간이침대를 그 방으로 옮겼다.

빌이 두꺼운 양모 양말 한 켤레를 갖고 내려와서 말했다.

“양말을 안 신기엔 너무 추워졌어.”

“신기 귀찮은데.” 닉은 그렇게 말하며 꾸물꾸물 양말을 신고는 의자에 기대앉아 난로 가리개에 발을 걸쳤다.

“가리개 우그러지겠다.” 빌이 말했다. 닉이 발을 내려놓았다.

“읽을 거 좀 있어?” 닉이 물었다.

“신문뿐이야.”

“카즈*는 어떻게 됐어?”

“자이언츠** 한테 더블헤더를 다 내줬어.”

“자이언츠가 쉽게 이겼나 봐.”

“누워서 떡 먹기였지.” 빌이 말했다. “맥그로가 좋은 선수들을 몽땅 사 버리니 당해 낼 재간이 없지.”

---

*메이저리그 세인트루이스 카디널스. 1892년 창단된 명문 구단.
**메이저리그 샌프란시스코 자이언츠의 전신으로 1885~1957년까지는 뉴욕 자이언츠였다.

"그 사람이 몽땅 사 갈 순 없어." 닉이 말했다.

"그 사람은 그럴 수 있어." 빌이 말했다. "그게 안 되면 자기가 원하는 선수가 팀에 불만을 가지게 만들어 데려오기도 하고. "

"하이니 짐*처럼 말이지." 닉이 동의했다.

"그 멍청한 친구도 그 사람한테는 엄청 도움이 됐지."

빌이 그렇게 말하며 일어섰다.

"그 친구는 언제든 안타를 때릴 수 있어." 닉이 강하게 말했다. 난로의 열기가 다리를 구울 듯했다.

"수비도 끝내주지." 빌이 말했다. "하지만 그가 나가면 경기는 지잖아."

"그게 맥그로가 원하는 건지도 모르지." 닉이 넌지시 말했다.

"그럴 수도 있겠네." 빌이 말했다.

"세상엔 우리가 이해하지 못하는 일들도 많으니까." 닉이 말했다.

"물론이야. 하지만 우리가 멀리 떨어져 있어서 더 많이 알 수 있는 일들도 있어."

"말을 보지 않으면 더 잘 고를 수 있는 것처럼 말이지?"

"그렇지."

빌이 위스키 병을 들었다. 병이 그의 커다란 손에 쏙 들어갔다. 그는 닉이 내민 유리잔에 위스키를 따랐다.

"물은 얼마나?"

"아까랑 똑같이."

그는 닉의 의자 옆 바닥에 앉았다.

*Heinie Zimmerman(1887~1969). '위대한 짐'이라는 별명을 얻을 정도로 뛰어난 활약을 보인 메이저리그 뉴욕 자이언츠 소속의 내야수. 자이언츠 구단주 존 맥그로의 농간으로 곤욕을 치른 것으로 알려져 있다.

"가을 폭풍이 오니 좋지?" 닉이 말했다.

"좋고말고."

"1년 중 가장 좋은 때야." 닉이 말했다.

"하지만 이럴 때 마을에 있으면 기분 엿 같을 거야." 빌이 말했다.

"월드 시리즈를 보고 싶어." 닉이 말했다.

"젠장, 월드 시리즈는 늘 뉴욕이나 필라델피아에서만 해." 빌이 말했다. "우리한텐 소용없어."

"카즈가 페넌트레이스에서는 우승하지 않을까?"

"우리가 살아 있는 동안엔 아닐 거야." 빌이 말했다.

"만약 우승하면 다들 미쳐 버릴 거야." 닉이 말했다.

"기차 사고*가 나기 전에 우승할 뻔했던 거 기억나?"

"아, 참, 그랬지!" 닉이 그때를 떠올리며 말했다.

빌이 창문 아래 놓인 책상 위로 손을 뻗어 책을 집어 들었다. 좀 전에 문으로 갈 때 표지가 보이게 뒤집어 놓았던 책이었다. 그는 한 손에는 유리잔을, 다른 손에는 책을 들고서 닉의 의자에 등을 기댔다.

"무슨 책이야?"

"리처드 페버렐."**

"난 몰입이 잘 안 되더라."

"괜찮던데." 빌이 말했다. "힘든 책 아니야, 웨미지."

"네 책 중에 내가 안 읽은 거 없어?" 닉이 물었다.

---

*1911년 7월 10일에서 11일 사이, 필라델피아에서 보스턴으로 가던 야간열차의 사고로 세인트루이스 카디널스와 필라델피아 필리스 선수들 다수가 죽거나 다친 사건. 당시 카디널스의 성적이 좋았으나 사고 이후 떨어지면서 월드 시리즈 진출이 좌절됐다.
**빅토리아 시대 영국의 작가 조지 메러디스(1828~1909)의 장편소설 『리처드 페버렐의 시련: 어느 부자의 역사』. 인간의 열정을 통제하는 비효율적인 교육 체계를 고발하는 내용.

"『숲 속의 연인들』* 읽어 봤어?"

"응. 매일 밤 칼을 사이에 두고 자는 사람들 얘기지?"

"재밌는 책이야, 웨미지."

"끝내주는 책이지. 근데 난 칼을 놔두는 게 무슨 소용이 있는 건지 이해가 안 되더라. 그게 의미가 있으려면 칼날이 위로 가도록 놓아야잖아. 눕혀 놓으면 그 위를 굴러도 상관없으니까."

"상징이지." 빌이 말했다.

"알아." 닉이 말했다. "하지만 현실적이진 못해."

"『불굴의 의지』**는 읽어 봤어?"

"멋진 작품이지." 닉이 말했다. "그건 현실적이야. 노인인 아버지가 평생 아들을 찾아다니는 이야기. 월폴의 다른 책도 가지고 있어?"

"『암흑의 숲』." 빌이 말했다. "러시아 얘기야."

"그가 러시아를 어떻게 알아?" 닉이 물었다.

"나야 모르지. 아마도 어릴 때 거기서 살았던 것 같아. 정보를 많이 갖고 있더라고."

"그 사람을 만나고 싶어." 닉이 말했다.

"난 체스터턴***을 만나고 싶어." 빌이 말했다.

"그가 지금 여기 산다면 내일 그를 데리고 부아로 낚시를 떠날 텐데." 닉이 말했다.

"그 사람이 낚시를 좋아할까?" 빌이 말했다.

"확실해." 닉이 말했다. "그는 최고의 사나이일 거야. 「하늘을 나는 여

*영국 작가 모리스 휼렛(1861~1923)이 쓴 중세 프로방스를 무대로 한 통속소설.
**뉴질랜드 태생의 영국 작가 휴 월폴(1884~1941)이 쓴 소설.
***G. K. Chesterton(1974~1936). 시, 희곡, 문학비평, 전기문학, 환상소설과 탐정소설까지 수많은 작품을 남긴 영국의 작가.

관」 기억나지?"

　　"만약 천사가 하늘에서 내려와

　　그대에게 마실 것을 준다면,

　　그의 친절한 마음에 감사하라.

　　그러고는, 하수구에 쏟아 버려라."

"정답." 닉이 말했다. "그 사람이 월폴보다 나아."

"물론 그 사람이 더 낫지." 빌이 말했다. "하지만 월폴도 아주 좋은 작가야."

"모르겠어." 닉이 말했다. "체스터턴은 고전주의 작가지."

"월폴도 고전주의 작가잖아." 빌이 주장하듯 말했다.

"두 사람 다 여기 있었으면 좋겠다." 닉이 말했다. "둘 다 내일 부아로 낚시를 데려가면 얼마나 좋을까."

"술이나 마시자." 빌이 말했다.

"좋지." 닉이 동의했다.

"우리 아버지는 상관 안 하실 거야." 빌이 말했다.

"정말?" 닉이 말했다.

"그렇다니까." 빌이 말했다.

"난 벌써 좀 취했는걸." 닉이 말했다.

"안 취했어." 빌이 말했다.

빌이 마루에서 일어나 위스키 병을 잡자 닉이 잔을 내밀었다. 빌이 술을 따르는 동안 그는 술잔에서 눈을 떼지 않았다.

빌이 잔에다 위스키를 반쯤 채운 후 말했다.

"물은 네가 알아서 타. 딱 한 잔 정도 남았군."

"더 없는 거야?" 닉이 물었다.

"많이 있긴 한데, 아버지가 뚜껑 딴 것만 마시라고 하셨어."

"그랬군." 닉이 말했다.

"술병 뚜껑을 따면 주정뱅이가 된다— 아버지 말씀." 빌이 이유를 설명했다.

"맞는 말씀이네." 닉이 감동해서 말했다. 그런 생각은 해보지 않았기 때문이었다. 혼자 마시는 습관이 주정뱅이를 만든다고만 생각해 왔었다.

"네 아버지는 어떠셔?" 닉이 정중하게 물었다.

"괜찮으셔." 빌이 말했다. "가끔씩 좀 거칠어지실 때도 있지만."

"너네 아버진 멋진 분이야." 닉이 그렇게 말하며 술잔에다 주전자를 기울여 물을 부었다. 물이 천천히 위스키에 섞였다. 물보다는 위스키가 많았다.

"맞아." 빌이 말했다.

"우리 아버지도 괜찮은 사람이야." 닉이 말했다.

"아주 좋은 분이시지." 빌이 말했다.

"아버지는 평생 술을 입에 대지 않으셨대." 닉이 마치 과학적 사실을 발표하듯 말했다.

"맞을 거야. 의사시잖아. 우리 아버지는 화가고. 차이가 있지."

"우리 아버진 많은 걸 놓치셨어." 닉이 쓸쓸하게 말했다.

"그렇게 말할 수만은 없지." 빌이 말했다. "모든 건 보상을 받게 마련이야."

"당신 입으로 많은 걸 놓치셨다고 그러셨어." 닉이 고백하듯 말했다.

"그래. 아버지들은 다들 힘겨운 시간을 보내." 빌이 말했다.

"그 점에선 모두가 평등하지." 닉이 말했다.

그들은 벽난로 앞에서 불을 들여다보며 그 심오한 진실에 대해 생각했다.

"뒤 베란다에 가서 장작 좀 갖고 올게." 닉이 말했다. 불길이 약해지는 걸 발견했기 때문이기도 하고, 아직 괜찮다는 걸 보여 주고 싶기도 했다. 비록 자신의 아버지는 술을 한 방울도 못하지만, 빌보다 먼저 취할 수는 없었다.

"큰 걸로 갖고 와." 빌이 말했다. 그 또한 멀쩡하게 보이려고 애썼다.

닉이 장작을 들고 부엌을 지나다가 식탁 위에 놓인 냄비를 떨어뜨리고 말았다. 그는 장작을 내려놓고 냄비를 집어 들었다. 물에 담근 말린 살구들이 들어 있던 냄비였다. 그는 바닥에 떨어진 살구들을 화덕 밑으로 들어간 것까지 다 주워 도로 냄비에 담았다. 그러고는 식탁 옆에 놓인 들통에서 물을 퍼 냄비에 부었다. 자신이 꽤 대견하게 생각되었다. 정말이지 멀쩡했다.

그가 장작을 가져오자 빌이 의자에서 일어나 그와 함께 난로에다 장작을 집어넣었다.

"좋은 놈으로 하나 골랐지." 닉이 말했다.

"날씨가 안 좋아지면 때려고 아껴 뒀던 거야." 빌이 말했다. "이런 장작은 밤새도록 타."

"내일 아침에도 숯불이 남아 다시 불을 지필 수 있을 거야." 닉이 말했다.

"그럼." 빌이 맞장구를 쳤다. 둘은 한껏 들떠 얘기를 나누었다.

"한 잔 더 하자." 닉이 말했다.

"벽장에 마시다 남은 술이 있을 거야." 빌이 그렇게 말하고는 무릎걸음으로 벽장 앞까지 가서 각이 진 술병을 꺼냈다. "스카치위스키군."

"내가 물 가져올게." 닉이 그렇게 말하며 다시 부엌으로 가서, 들통에 든 차가운 샘물을 주전자에 채웠다. 거실로 돌아오는 길에 부엌에 붙어 있는 거울을 들여다보았다. 자신의 얼굴이 낯설었다. 그가 거울에 비친 얼굴을 향해 미소를 짓자, 환한 웃음이 되돌아왔다. 그는 한쪽 눈을 찡긋해 보였고, 몇 번 더 그렇게 했다. 거울에 비친 자신의 얼굴은 평소와는 달랐지만, 그는 개의치 않았다.

빌은 이미 술을 따라 놓고 있었다.

"엄청나게 따라 놓으셨군." 닉이 말했다.

"우리한테야 이 정도는 많은 것도 아니잖아." 빌이 말했다.

"뭘 위해 건배하지?" 닉이 술잔을 들며 물었다.

"낚시를 위해." 빌이 말했다.

"좋아, 낚시를 위해!"

"모든 낚시를 위해, 모든 낚시터들을 위해!" 빌이 말했다.

"낚시를 위해." 닉이 말했다.

"낚시가 야구보다 더 좋아." 빌이 말했다.

"비교가 안 되지." 닉이 말했다. "어쩌다 야구 얘기가 나온 거지?"

"실수였어." 빌이 말했다. "야구는 멍청하게 구경이나 하는 게임이야."

그들은 잔에 든 술을 한 번에 비워 냈다.

"이번엔 체스터턴을 위하여 한 잔."

"월폴을 위해서도 한 잔." 닉이 끼어들었다.

닉이 술을 따랐다. 빌이 물을 부었다. 둘은 서로를 바라보았다. 기분이 째지게 좋았다.

"여러분," 하고 빌이 입을 열었다. "체스터턴과 월폴을 위하여."

"건배!" 닉이 맞받았다.

둘은 잔을 비웠다. 빌이 빈 잔을 채웠다. 그들은 난로 앞 커다란 의자에 앉아 있었다.

"아주 현명했어, 웨미지." 빌이 말했다.

"뭔 소리야?" 닉이 물었다.

"마지하고 쫑낸 거." 빌이 말했다.

"나도 그렇게 생각해." 닉이 말했다.

"그 길밖에 없었어. 안 그랬다면 지금 넌 집으로 내려가 결혼 자금 마련하려고 뼈 빠지게 일하고 있었을 거야."

닉은 아무 말도 하지 않았다.

"남자는 일단 결혼하면 완전 망하는 거야." 빌이 계속 떠들었다. "얻을 게 없어. 아무것도, 하나도 없어. 결혼한 애들 꼴을 봐서 너도 알잖아."

닉은 입을 다물고만 있었다.

빌이 말했다. "하나같이 결혼한 티가 물씬 나는 살찐 얼굴을 하고 있지. 끝난 거야."

"맞아." 닉이 말했다.

"쫑낸 게 안 좋은 일일 수도 있지." 빌이 말했다. "하지만 누구든 또 만나면 되잖아. 그럼 문제없지. 사랑에 빠져라, 다만 그대를 망치게 내버려두진 말라."

"맞는 얘기다." 닉이 말했다.

"네가 그녀와 결혼하면 그쪽 집안사람 모두와 결혼하는 거야. 그녀의 엄마, 또 그 엄마와 결혼한 남자를 생각해 봐."

닉이 고개를 끄덕였다.

"그 사람들이 늘 네 집을 들락거리고, 일요일이면 그들의 집에서 저녁을 먹고, 그들을 초대하기도 하고, 마지 엄마가 마지한테 이렇게 해라 저렇게 해라 떠들어 대는 걸 상상해 봐."

닉은 조용히 앉아 있었다.

"넌 정말이지 잘 빠져나왔어." 빌이 말했다. "이제 그녀는 자기한테 맞는 남자와 결혼해서 행복하게 잘 살 거야. 너랑 그녀는 기름하고 물인데 어떻게 그 둘이 섞이겠어? 내가 스트래턴스에서 일하는 아이다와 결혼해도 똑같은 짝이 날 거야. 마지도 아마 잘된 일이라 생각할 거야."

닉은 아무런 대꾸도 하지 않았다. 몸에서 술이 다 빠져나가고 혼자 남겨진 기분이었다. 빌도 없는 것처럼 느껴졌다. 그는 난로 앞에 앉아 있기도 싫었고, 다음 날 빌과 그의 아버지와 함께 가기로 한 낚시도 가기 싫었다. 취해서가 아니었다. 모든 것이 사라졌기 때문이었다. 자신이 한때 마저리의 남자였다는 사실, 이제 그녀를 잃었다는 사실만 남아 있었다. 그녀는 가버렸다. 그가 떠나보낸 것이다. 중요한 건 그것이었다. 다시는 그녀를 볼 수 없을지도 모른다. 아마도 그렇게 될 것이다. 모든 것이 사라져 버렸고, 끝나 버렸다.

"한 잔 더 하자." 닉이 말했다.

빌이 술을 따랐다. 닉이 물을 조금 부었다.

"네가 만약 결혼했다면 우린 지금 여기 없을 거야." 빌이 말했다.

그건 사실이었다. 원래 그가 계획한 것은 집으로 내려가 일자리를 갖는 것이었다. 그러고 나서 겨우내 샤를부아에 머물면서 마지 곁에 있을 생각이었다. 이제 무엇을 해야 할지 알 수 없었다.

"넌 내일 낚시를 갈 생각도 못했겠지." 빌이 말했다. "정말 잘한 거야."

"어쩔 수가 없었어." 닉이 말했다.

"알아. 그렇게 끝나게 되어 있었어." 빌이 말했다.

“모든 게 갑자기 끝나 버렸어.” 닉이 말했다. “왜 이렇게 됐는지 모르겠어. 어쩔 수가 없었어. 마치 사흘 동안 폭풍이 몰아쳐서 나뭇잎들이 다 떨어져 버린 것 같아.”

“그래, 그렇게 끝났어. 그게 핵심이야.” 빌이 말했다.

“내 잘못이야.” 닉이 말했다.

“누구 잘못이든 달라지는 건 없어.” 빌이 말했다.

“아니, 그렇지 않아.” 닉이 말했다.

마저리가 가버렸고 다시는 볼 수 없을지 모른다는 것은 그에겐 결코 작은 일이 아니었다. 그녀에게 함께 이탈리아로 가서 재밌게 지내자고 한 적이 있었다. 함께 가자고 했던 곳들, 이제 그곳들도 모두 사라졌다.

“다 끝났으니까 하는 말인데,” 빌이 운을 뗐다. “웨미지, 난 그간 걱정했었어. 넌 제대로 한 거야. 그녀 어머니 기분이야 엉망이실 테지. 너네가 약혼했다고 많은 사람들한테 얘기하고 다니셨으니까.”

“우린 약혼 안 했어.” 닉이 말했다.

“주위에선 다들 그렇게 알고 있었어.”

“어쩔 수 없지 뭐.” 닉이 말했다. “하지만 아니야.”

“결혼하려고 했던 거 아니었어?” 빌이 물었다.

“그랬지. 하지만 약혼한 건 아니야.” 닉이 말했다.

“무슨 차이가 있는 거지?” 빌이 심문하듯 물었다.

“모르겠어. 하지만 달라.”

“이해가 안 되는데.” 빌이 말했다.

“그래.” 닉이 말했다. “술이나 마시자.”

“그래.” 빌이 말했다. “진짜 마셔 보자.”

“마시고 나서 수영하러 가자.” 닉이 말했다.

닉은 단숨에 술잔을 비우고는 말했다.

"그녀에겐 정말이지 미안하지만 내가 뭘 어쩔 수 있었겠어? 그녀 어머니가 어떤 사람인지 너도 알잖아!"

"끔찍하지." 빌이 말했다.

"모든 게 돌연 끝나 버렸어." 닉이 말했다. "더 이상 말하고 싶지 않아."

"그럴 테지." 빌이 말했다. "내가 얘기를 꺼냈지만 나도 이제 그만할 거야. 다시는 그 얘기는 하지 말자. 너도 생각하기 싫잖아. 네가 다시 예전으로 돌아갈까 봐 하는 말이야."

닉은 그런 생각은 하지 못했었다. 완전히 끝난 것 같았기 때문이었다. 그런데, 그렇게 생각하면 되었다. 그는 기분이 좋아졌다.

"맞아." 그가 말했다. "그런 위험이야 항상 있지."

그는 이제 기분이 좋아졌다. 변경할 수 없는 건 아무것도 없었다. 토요일 밤에 마을로 나가리라. 오늘은 목요일이었다.

"언제나 그럴 가능성은 있지." 그가 말했다.

"그러니까 조심해." 빌이 말했다.

"그럴 거야." 그가 말했다.

그는 행복했다. 끝난 건 없었다. 영원히 잃는 건 없었다. 토요일에 마을로 나가리라. 빌이 그 얘기를 꺼내기 전까지는 느낄 수 없었던 경쾌함이 느껴졌다. 언제나 해결책은 있었다.

"엽총 챙겨서 곶으로 가서 너네 아버지를 찾아보자." 닉이 말했다.

"좋지."

빌이 벽 선반에서 엽총 두 자루를 내렸고, 총알 상자 하나도 개봉했다. 닉은 모직 코트를 걸치고 신을 신었다. 신은 말라서 뻣뻣했다. 아직도 취기가 남아 있었지만 정신은 또렷했다.

"기분이 어때?" 닉이 물었다.

"아주 좋아. 적당히 취한 거 같아." 빌이 스웨터의 단추를 채웠다.

"취하기만 하는 건 아무 소용 없어."

"그렇지. 밖으로 나가야 해."

둘은 문밖으로 나가 걸음을 옮겼다. 돌풍이 불어왔다.

"새들이 죄다 풀숲으로 들어가 버리겠어." 닉이 말했다.

둘은 과수원을 향해 터덕터덕 내려갔다.

"아침에 도요새 한 마리를 봤어." 빌이 말했다.

"그걸 한번 잡아 볼까?" 닉이 말했다.

"이런 바람엔 쏠 수가 없어." 빌이 말했다.

밖으로 나오니, 마지와의 일이 더 이상 슬프지 않았다. 중요한 일조차 아닌 것 같았다. 바람이 모든 것을 그렇게 날려 버렸다.

"저 큰 호수에서 곧바로 몰아치는군." 닉이 말했다.

바람이 불어오는 맞은편에서 탕, 하는 총소리가 들렸다.

"아버지일 거야." 빌이 말했다. "습지로 내려가셨군."

"거기로 가자." 닉이 말했다.

"그래. 저 아래 목초지를 가로질러서 가보자. 거기 사냥감이 있을지도 모르니까." 빌이 말했다.

이제 아무것도 중요하지 않았다. 바람이 그의 머릿속에 있던 것들을 날려 버렸기 때문이다. 토요일 밤이면 언제든 마을로 갈 수 있다는 것, 그것이 단 하나 남은 기분 좋은 생각이었다.

싸우는 사람
The Battler

닉이 일어섰다. 멀쩡했다. 그는 차장차車掌車*의 불빛이 곡선을 그리며 사라지고 있는 철길을 바라봤다. 철길 양쪽에는 물이 있었고, 그 너머는 낙엽송들로 가득한 습지였다.

그는 손으로 무릎을 만졌다. 바지는 찢어지고 살갗은 벗겨져 있었다. 두 손은 긁히고 손톱에는 모래와 재가 끼어 있었다. 그는 비탈을 내려가 물가에서 손을 씻었다. 차가운 물에 손을 담그고 손톱 밑의 때를 꼼꼼하게 빼냈다. 그러고는 쭈그려 앉아 무릎을 씻었다.

더럽고 치사한 차장 새끼. 언젠간 갚아 줄 거야. 다시 만나면 알아볼 수 있어. 멋지게 한 방 먹일 테니 두고 봐.

*열차에서 차장이 타는 차량.

"이리 와봐, 꼬마야." 그 자식이 말했었다. "너한테 줄 게 있어."

그 말에 말려든 것이었다. 얼마나 멍청했으면 그런 말에 말려들었을까. 다시는 그런 꾐에 빠지지 않을 것이다.

"이리 와봐, 꼬마야. 너한테 줄 게 있다니까." 그러고는 꽝, 하는 소리가 들리며 눈앞이 번쩍하더니 닉은 철길 옆에 사지를 뻗고 있었다.

닉은 눈을 비볐다. 눈두덩이 부풀어 있었다. 분명 멍이 들었을 것이다. 통증은 진작부터 느끼고 있었다. 비열한 차장 새끼.

그는 손가락으로 부풀어 오른 눈두덩을 만져 보았다. 다행히 한쪽 눈에만 멍이 들었다. 당한 건 그게 전부였다. 기차표 없이 탄 대가로, 그 정도면 싼 거였다. 그는 상태가 어떤지 보고 싶었다. 물에 얼굴을 비추어 보았지만 잘 보이지 않았다. 그는 바지에다 손을 닦고 일어나 철길을 향해 비탈을 올라갔다.

그는 철길을 따라 걷기 시작했다. 모래와 자갈이 채워진 침목과 침목 사이가 잘 다져져 있어서 걷기에 좋았다. 둑길처럼 부드러운 노반路盤은 습지를 통과해 쭉 뻗어 있었다. 닉은 걷고 또 걸었다. 어딘가에는 닿을 것이다.

닉은 화물열차가 환승역 바깥 야적장 쪽으로 천천히 내려오고 있을 때 거기로 뛰어올랐었다. 날이 어두워질 즈음 캘캐스카를 지나고 있었으니, 이곳은 맨실로너와 가까운 곳임에 틀림없었다. 3, 4마일쯤의 습지가 펼쳐져 있었다. 그는 침목과 침목 사이의 자갈 깔린 바닥을 밟으며 철길을 따라 계속 걸음을 옮겼다. 습지에선 유령처럼 스멀스멀 안개가 피어오르고 있었다. 눈이 아프고, 배가 고팠다. 그는 몇 마일의 철길을 뒤로 떨구며 계속 걸었다. 철길 양쪽은 여전히 습지였다.

철길은 다리로 이어져 있었다. 닉은 그 다리를 건넜다. 구두가 닿을 때마다 텅 빈 쇳소리가 올라왔다. 침목 틈 사이로 검은 강물이 보였다. 닉이 헐거워진 못을 발로 걷어차자 못이 강물로 떨어졌다. 다리를 넘으니 산들이 나타났다. 산들은 철길 양쪽으로 어둡게 솟아 있었다. 철길 위쪽에 불빛이 보였다.

그는 그 불빛을 향해 조심스럽게 철길을 따라갔다. 불빛은 철길 한쪽 편 철둑 아래에 있었다. 보이는 것이라곤 그 불빛뿐이었다. 횡단로를 지나자 숲 사이를 뚫고 나온 불빛으로 주위가 환했다. 닉은 조심스럽게 철둑을 내려가 숲을 가로질러 불빛을 향해 걸어갔다. 너도밤나무 숲이었다. 걸을 때마다 떨어진 너도밤나무 열매들이 발에 밟혀 바작거렸다. 모닥불은 숲 끝에서 타오르고 있었다. 불 곁에 한 사내가 앉아 있었다. 닉은 나무 뒤에 서서 그를 지켜보았다. 혼자인 듯했다. 그는 두 손으로 머리를 감싸 쥔 채 불을 응시하고 있었다. 닉은 불빛 속으로 걸음을 옮겼다.

사내는 여전히 불을 보고 있었다. 닉이 곁으로 바짝 다가가도 움직이지 않았다.

“저기요!” 닉이 말했다.

사내가 고개를 들었다.

“어쩌다 눈에 멍이 들었나?” 그가 말했다.

“차장이 때렸어요.”

“화물열차에서 떨어진 거야?”

“예.”

“나도 그놈을 봤지.” 사내가 말했다. “한 시간 반쯤 전에 지나가더군. 제 팔을 철썩철썩 치면서 노래를 부르며 기차 지붕 위를 걸어다니더군.”

“나쁜 놈!”

“자넬 한 방 먹인 게 놈을 기분 좋게 만들어 줬겠군.” 사내가 심각한 표정으로 말했다.

"저도 패줄 거예요."

"놈이 지나가면 돌멩이를 던져 버려." 남자가 충고하듯 말했다.

"그래야겠군요."

"보아하니 싸움 한가락 하겠는데?"

"아니에요." 닉이 대답했다.

"자네 같은 젊은 친구들은 다들 한가락씩 하지."

"아저씨야말로 한가락 하시겠는데요." 닉이 말했다.

"제대로 봤군."

사내는 닉을 보며 미소를 지었다. 불빛 속에 드러난 사내의 얼굴은 일그러져 있었다. 코는 납작하고 눈은 찢어지고 입술은 괴상한 모양을 하고 있었다. 닉이 그 모든 걸 한 번에 다 본 건 아니었다. 처음엔 사내의 얼굴이 괴상하고 많이 훼손됐다는 것만 알 수 있었다. 마치 이런저런 색깔의 접착제 덩어리 같았다. 불빛에 드러난 그 얼굴은, 마치 죽은 자의 얼굴 같았다.

"내 얼굴이 마음에 안 들지?" 남자가 물었다.

닉이 당황한 표정을 지으며 말했다.

"무슨 말씀을요."

"여길 봐!" 사내가 챙이 달린 모자를 벗었다.

그의 귀는 한쪽밖에 없었다. 그것은 두툼했고, 머리 한쪽에 바짝 달라붙어 있었다. 다른 쪽 귀가 있어야 할 자리에는 흔적만 남아 있었다.

"이렇게 생긴 거 본 적이 있나?"

"아뇨." 닉이 말했다. 기분이 그다지 좋지는 않았다.

"난 신경 안 써." 사내가 말했다. "내가 초탈한 것 같지 않나, 젊은이?"

“그래 보여요!”

“놈들이 날 두들겨 팼었지.” 조그만 사내가 말했다. “하지만 날 해칠 순 없었지.”

그는 닉을 바라보더니 말했다. “앉아. 뭘 좀 먹을 텐가?”

“괜찮아요.” 닉이 말했다. “마을로 가는 중이에요.”

“이봐!” 사내가 말했다. “애드라고 불러.”

“네.”

“들어 봐.” 작은 체구의 사내가 말했다. “난 상태가 좋지 않아.”

“무슨 문제가 있나요?”

“난 미쳤어.”

그는 모자를 썼다. 닉은 웃음이 터질 것 같았다.

“아저씬 아주 좋아 보여요.” 그가 말했다.

“아니야, 그렇지 않아. 난 미쳤어. 자네, 미쳐 본 적 있나?”

“아뇨.” 닉이 말했다. “어쩌다 그렇게 되셨어요?”

“모르겠어.” 애드가 말했다. “일단 돌아 버리면 어떻게 된 건지 알지를 못해. 근데 날 모르겠나?”

“모르겠는데요.”

“애드 프랜시스.”

“정말요?”

“못 믿겠지?”

“아뇨, 믿어요.”

닉은 그의 말이 사실이란 걸 알았다.

“내가 놈들을 어떻게 때려눕혔는지 알고 있나?”

“글쎄요.” 닉이 말했다.

"내 심장은 느리게 뛰지. 일 분에 마흔 번 정도. 만져 봐."

닉이 주뼛주뼛거렸다.

"어서." 사내가 닉의 손을 잡아끌었다. "손가락을 내 손목에다 대봐."

체구가 작은 사내의 손목은 두껍고, 근육이 뼈 위에 불룩 솟아 있었다. 닉은 손가락 밑에서 느리게 뛰는 맥박을 느꼈다.

"시계 있나?"

"아뇨."

"나도 없어." 애드가 말했다. "시계가 없으면 곤란한데."

닉이 그의 손목에서 손가락을 뗐다.

"이봐." 애드 프랜시스가 말했다. "다시 잡아 봐. 내가 육십까지 셀 테니까 맥박 수를 세봐."

닉은 자신의 손가락 밑에서 뛰고 있는 남자의 느리고 단단한 맥박을 느끼며 그 수를 세기 시작했다. 작은 남자는 천천히 하나, 둘, 셋, 넷, 다섯…… 하고 큰 목소리로 외쳤다.

"육십." 애드가 세기를 끝냈다. "일 분이야. 자넨?"

"사십." 닉이 말했다.

"그렇지." 애드가 유쾌하게 말했다. "내 맥박 수는 절대 올라가지 않아."

한 남자가 철둑에서 내려와 개활지를 건너 모닥불로 다가왔다.

"어이, 벅스!" 애드가 말했다.

"어이!" 벅스란 남자가 대답했다. 흑인 특유의 목소리였다. 걸음걸이도 흑인의 것이었다. 그는 불 쪽으로 몸을 굽히며 그들을 등진 채로 섰다. 그러고는 몸을 똑바로 세웠다.

"여긴 내 친구 벅스." 애드가 말했다. "역시 미친놈이지."

"반가워요." 벅스가 말했다. "어디서 왔어요?"

"시카고에서요." 닉이 말했다.

"멋진 도시죠." 흑인이 말했다. "당신 이름을 아직 못 들었군요."

"애덤스. 닉 애덤스."

"이 친구는 한 번도 미쳐 본 적이 없다는군, 벅스." 애드가 말했다.

"앞으로도 기회는 많을 테지." 흑인이 말했다. 그는 불 곁에서 꾸러미를 풀었다.

"지금 먹으려고, 벅스?" 프로 권투 선수 애드가 물었다.

"그럼."

"시장하지, 닉?"

"창자가 꼬이네요."

"들었지, 벅스?"

"내 귀는 멀쩡해."

"그게 아니라……"

"그래, 저 신사분 말씀 들었어."

벅스는 조그만 팬 안에 햄을 몇 조각 깔았다. 그러고는 긴 다리를 쪼그린 채 앉아 있다가, 팬이 뜨겁게 달구어져 기름이 튀자 햄을 뒤집고는 팬에 계란 몇 개를 깨뜨려 넣었다. 그는 달구어진 기름을 계란 쪽으로 보내려고 팬을 이리저리 기울였다.

"저 자루에서 빵 좀 꺼내서 잘라 주겠어요, 애덤스 씨?"

"그러죠."

닉은 자루를 집어서 빵 한 덩이를 꺼냈다. 그러고는 여섯 조각으로 잘랐다. 애드가 그러는 닉을 지켜보며 몸을 앞으로 숙였다.

"칼 좀 주겠나, 닉?" 그가 말했다.

"안 돼요, 주지 마세요." 흑인이 말했다. "칼 간수 잘 해요, 애덤스 씨."

프로 선수가 돌아앉았다.

"빵 이리 줘요, 애덤스 씨." 벅스의 말에 닉이 빵을 건넸다.

"햄에서 나온 기름에 적신 빵 좋아해요?" 흑인이 물었다.

"그럼요!"

"그건 좀 기다려야 하니까 나중에 먹고, 일단 이것부터 먹읍시다."

흑인이 햄 한 조각을 집어 잘라 놓은 빵에다 얹고 그 위에 계란을 올렸다.

"빵을 하나 더 얹어 샌드위치로 만들어 프랜시스 씨에게 줘요."

애드가 닉에게서 샌드위치를 받아 들고 먹기 시작했다.

"계란 흐르지 않게 조심해." 흑인이 주의를 주었다. "이건 당신 거예요, 애덤스 씨. 나머지 하나는 내 거고."

닉이 샌드위치를 베어 물었다. 흑인은 닉과 마주 보며 애드 옆에 앉아 있었다. 뜨겁게 구운 햄과 계란은 기가 막힌 맛이었다.

"애덤스 씨가 무척 시장하셨구먼." 흑인이 말했다. 닉이 이름만 알고 있던 작은 체구의 전직 챔피언은 말이 없었다. 흑인이 칼을 주지 말라고 한 후부터 죽.

"여기 뜨거운 햄 기름에 적신 빵이요." 벅스가 말했다.

"고맙습니다."

작은 체구의 백인 사내가 닉을 바라보았다.

"아돌프 프랜시스 선생도 드시겠소?" 벅스가 팬을 들며 제안했다.

애드는 대답하지 않았다. 그는 닉만 보고 있었다.

"프랜시스 씨?" 흑인이 부드러운 목소리로 다시 물었다.

애드는 여전히 대답하지 않았다. 그는 닉만 보고 있었다.

"당신한테 얘기하고 있잖소, 프랜시스 씨." 흑인이 부드럽게 말했다.

애드는 계속 닉만 바라보았다. 그는 모자를 눈 위까지 푹 눌러쓰고 있었고, 닉은 긴장감을 느꼈다.

"네가 내 기분을 엉망으로 만든 거 알아?" 모자 아래에서 나오는 날카로운 목소리가 닉을 향했다.

"넌 너란 인간을 어떤 놈이라고 생각해? 코흘리개 어린놈. 아무도 청하지 않았는데 넌 여기로 와서 남의 빵을 처먹고, 칼을 달라는 내 말을 무시했어."

그는 닉을 노려보았다. 얼굴은 창백했고, 모자를 깊숙이 눌러써서 눈은 거의 보이지 않았다.

"뻔뻔스러운 자식, 도대체 누가 네 녀석더러 여기 오라고 했어?"

"아무도 안 그랬어요"

"그래, 네 녀석 말대로 아무도 안 그랬어. 아무도 여기로 오라고 하지 않았어. 그런데도 넌 여기로 와서 내 얼굴을 비웃고, 내 담배를 피우고, 내 술을 마시고, 건방지게 말했어. 어디서 굴러먹던 놈이야?"

닉은 아무 소리도 하지 못했다. 애드가 일어났다.

"이 시카고 겁쟁이 녀석아, 잘 들어. 네놈을 때려눕힐 수도 있어. 못할 거 같아?"

닉이 뒷걸음질을 쳤다. 작은 체구의 사내가 그를 향해 천천히, 땅에 발바닥을 딱 붙인 채 앞으로 다가왔다. 왼발이 먼저 나오면 오른발이 거기까지 끌려오는 식으로.

"날 쳐." 그가 얼굴을 내밀었다. "어디 한번 쳐봐."

"치고 싶지 않아요."

"그런 식으론 빠져나갈 수 없어. 얻어터질 뿐이지. 보여 줄까? 자, 날 먼저 때려."

"그만하시죠." 닉이 말했다.

"알았어. 관둬, 자식아."

작은 사내는 닉의 발을 내려다보았다. 그때 사내가 모닥불을 떠날 때부터 뒤따라왔던 흑인이 사내의 머리 아래쪽을 가볍게 툭 쳤다. 사내는 앞으로 고꾸라졌고, 벅스는 천으로 싼 검은 가죽 곤봉을 풀밭에 떨어뜨렸다. 작은 체구의 사내는 풀밭에 얼굴을 처박은 채 엎어져 있었다. 흑인이 그를 일으켜 모닥불 쪽으로 옮겼다. 그의 머리는 축 처져 있었고, 안색은 창백했으며, 눈은 뜨고 있었다. 벅스가 그를 편안하게 눕혔다.

"양동이에 물을 담아 나한테 줘요, 애덤스 씨." 벅스가 말했다. "좀 심하게 친 거 아닌가 싶네요."

흑인이 손으로 물을 퍼서 사내의 얼굴에 뿌리고는 가볍게 귀를 잡아당겼다. 그러자 사내의 눈이 감겼다.

벅스가 일어났다.

"다 됐어요." 그가 말했다. "걱정할 거 없어요. 미안하게 됐습니다, 애덤스 씨."

"괜찮아요." 닉은 작은 체구의 사내를 내려다보다가, 풀밭에 놓인 검은 가죽 곤봉을 발견하고 그것을 집어 들었다. 손잡이가 쉽게 휘어지는, 탄력 있는 물건이었다. 낡고 검은 가죽으로 된 그것의 묵직한 끝 부분엔 손수건이 감겨져 었었다.

"손잡이는 고래수염으로 만든 거예요. 요샌 이런 물건이 안 나오죠." 흑인이 미소를 지었다. "당신이 잘 막아 낼 수 있을지 몰라서요. 당신이 그를 다치게 하거나 그에게 상처를 내는 것은 더 보기 싫었고요."

흑인이 다시 미소를 지었다.

"저 사람을 다치게 한 건 당신이에요."

"난 그런 상황에서 어떻게 해야 할지 잘 알아요. 저 사람은 아무것도 기억하지 못할 거예요. 어쨌거나 그런 상황이 닥치면 저 사람을 바꿔 놓아야 해요."

닉은 모닥불 곁에 눈을 감은 채 누워 있는 작은 사내에게서 눈을 떼지 못했다. 벅스가 불 위에 나무 몇 개를 얹었다.

"더 이상 저 사람 걱정은 말아요, 애덤스 씨. 이런 일은 전에도 수없이 많았으니까."

"무엇이 저 사람을 미치게 만드는 거죠?" 닉이 물었다.

"글쎄, 이유야 많지요." 흑인이 모닥불에서 떨어지며 대답했다. "커피 한 잔 하겠어요, 애덤스 씨?"

그는 닉에게 컵을 건네고는 의식을 잃은 사내의 머리를 받치고 있던 외투를 빼내 펼쳤다.

"너무 많이 맞았다는 거, 그게 한 가지 이유죠." 흑인이 커피를 한 모금 마셨다. "하지만 그것뿐이었다면 저 사람은 그저 멍청해지기만 했겠죠. 그런데 저 사람이 누이인 매니저와 이상한 관계라는 얘기가 툭하면 지면에 실렸어요. 그녀가 자기 오빠를 사랑한다는 둥, 그가 자기 누이를 사랑한다는 둥 하는 얘기가요. 그러다 둘이 뉴욕에서 결혼을 했는데, 적잖은 파문을 불러왔죠."

"저도 기억하고 있어요."

"그럴 테죠. 둘은 물론 남매도 아니었고 남들 말에 불평하지도 않았어요. 하지만 이러나저러나 사람들은 그들을 싫어했고, 결국 둘 사이에 불화가 생기기 시작했어요. 그리고 어느 날 여자가 떠나 버렸어요. 돌아오지 않았죠."

그는 커피를 다 마신 후 불그레한 손바닥으로 입술을 닦았다.

"그래서 저 사람이 미쳐 버린 거예요. 커피 좀 더 하겠어요, 애덤스 씨?"

"고마워요."

"난 그녀를 두 번쯤 봤었죠." 흑인이 말을 이었다. "그 여잔 정말 미인이 었어요. 저 사람하고 쌍둥이처럼 닮았고요. 저 사람도 저렇게 망가지기 전엔 험악한 얼굴이 아니었어요."

그는 말을 멈추었다. 거기서 얘기를 끝낼 듯했다.

"어디서 저분을 만난 거예요?" 닉이 물었다.

"감옥에서요." 흑인이 말했다. "여자가 집을 나간 뒤 저 사람은 무시로 사람들을 때려서 감옥을 들락거렸죠. 난 어떤 남자를 찔러서 들어갔었 고."

그가 미소를 짓고는 부드러운 음성으로 말을 이었다.

"난 단번에 저 사람을 좋아하게 됐고, 출소하자 그를 찾아갔어요. 저 사람은 나도 미쳤다고 생각하지만, 난 상관하지 않아요. 저 사람하고 같 이 이렇게 시골을 돌아다니며 사는 게 좋아요. 도둑질을 할 필요도 없 죠. 이렇게 신사처럼 사는 게 좋아요."

"뭘 하면서 지냈어요?" 닉이 물었다.

"뭐, 아무것도. 그냥 돌아다녔어요. 저 사람한텐 돈이 있으니까."

"돈을 많이 벌긴 했을 테죠."

"물론. 하지만 몽땅 써버렸죠. 아니, 몽땅 빼앗겼다고 해야 하나. 지금 은 여자가 돈을 보내 주고 있죠."

그가 불을 쑤석거렸다.

"정말 멋진 여자였어요." 그가 말했다. "쌍둥이처럼 똑같이 생기기도 했고."

　흑인은 힘겹게 숨을 쉬고 있는 작은 체구의 사내를 굽어보았다. 금발이 그 사내의 이마를 덮고 있었다. 일그러진 그의 얼굴은 잠든 어린아이처럼 보였다.

　"이제 언제든 저 사람을 깨울 수 있어요, 애덤스 씨. 괜찮다면, 여길 떠나 줘요. 난 당신에게 친절하고 싶지만, 저 사람이 깨어나면 당신을 또 괴롭힐지 모르니까. 그러면 방법은 하나밖에 없는데 또 그 방법을 쓰고 싶진 않아요. 그래서 내가 저 사람을 다른 사람들과 끊임없이 떼놓는 거예요. 떠나 주겠어요, 애덤스 씨? 내가 한 일에 대해 고마워할 필요는 없어요, 애덤스 씨. 오히려 미리 저 사람에 대해 주의를 못 준 게 미안해요. 당신을 좋아하는 것 같아서 괜찮겠다 싶었죠. 철길을 따라 2마일쯤 가면 마을이 나올 거예요. 맨실로너라는 마을이. 잘 가요. 오늘 밤 여기 머무르라고 하고 싶지만 그럴 수가 없네요. 햄이랑 빵 좀 갖고 갈래요? 아니라고요? 갖고 가는 게 나을 거예요." 흑인의 목소리는 나직하고, 부드럽고, 온화했다.

　"그럼 잘 가요, 애덤스 씨. 행운을 빌어요!"

　닉은 모닥불을 떠나 개활지를 가로질러 철길로 향했다. 불빛이 미치지 않는 곳까지 왔는데도, 흑인의 낮고 부드러운 목소리가 들렸다. 하지만 무슨 말인지 알아들을 수는 없었다. 그때 체구가 작은 사내의 말소리가 들렸다. "머리가 깨지는 것 같아, 벅스."

　"곧 좋아질 거야, 프랜시스 씨." 흑인이 위로하는 목소리로 말했다. "따뜻한 커피 좀 드셔."

　닉은 철둑을 올라가서 철길을 걷기 시작했다. 손에 샌드위치가 쥐어져 있는 것을 깨닫고 주머니에 집어넣었다. 철길이 굽어지기 시작하는 오르막길에서 뒤돌아보자, 개활지에서 흘러나오는 불빛이 보였다.

아주 짧은 이야기
A Very Short Story

이탈리아 베네토 주 파도바의 어느 무더웠던 저녁, 사람들이 그를 지붕 위로 데려갔다. 덕분에 그는 마을 전경을 내려다볼 수 있었다. 하늘에는 칼새들이 날아다니고 있었다. 얼마 뒤 날이 어두워졌고 탐조등이 켜졌다. 사람들은 술병을 들고 아래로 내려갔다. 그와 루즈는 발코니에서 아래로 내려간 사람들의 소리를 들었다. 루즈는 침대에 걸터앉아 있었다. 그 무더운 밤에도 그녀는 시원하고 상쾌했다.

루즈는 3개월 내내 야간 근무를 서고 있었다. 다들 그녀의 야간 근무를 반겼다. 그가 수술을 받기 전 수술대에서 그를 준비시킨 것이 그녀였다. 의사와 간호사들은 아군이나 적군에 대한 농담을 하고 있었고, 그는 마취되는 와중에도 그 실없는 수다에 끼어들어 괜한 말을 하지 말자고 결심했었다. 목발을 짚고 걸을 수 있게 되자, 그는 잠이 든 루즈를 깨우지 않으려고 혼자서 체온을 재러 가곤 했다. 환자들이 몇 되지 않아 모두가 그와 그녀의 관계를 알고 있었고, 모두가 루즈를 좋아했다. 복도를 따라 돌아올 때면 그는 자신의 침대에 있는 루즈를 생각했다.

그가 전선으로 복귀하기 전 두 사람은 대성당으로 갔다. 어둡고 고요한 성당 안에서 사람들이 기도를 드리고 있었다. 그들도 기도를 드렸다. 사실은 결혼식을 하고 싶었다. 이미 두 사람은 결혼한 사이나 마찬가지였지만, 모두에게 그 사실을 알려 확고하게 만들고 싶었다. 하지만 혼인 공고를 할 시간도 없었고 둘 다 출생증명서도 갖고 있지 않았다.

루즈는 그에게 수없이 편지를 보냈지만 그는 한 통도 받아 보지 못했다. 그러다가 열다섯 통의 편지가 한 다발로 묶여 전선으로 배달되었고, 그는 날짜순으로 한꺼번에 다 읽었다. 병원 이야기와 함께 당신을 너무도 사랑한다고, 당신 없는 삶은 불가능하다고, 밤이면 그리워서 견디기 힘들다고 쓰어 있었다.

그들은 휴전 후 그가 고향으로 돌아가 일자리를 얻으면 결혼하기로 했다. 루즈는 내심 그가 일자리를 얻어 자신을 만나러 뉴욕으로 올 수 있을 때까지 미국으로 돌아갈 마음이 없었다. 그는 미국으로 가면 술도 마시지 않고 친구도 만나지 않을 생각이었다. 일자리를 얻어 결혼하기 위해. 휴전이 되어 파도바에서 밀라노까지 가는 기차에 탄 두 사람은 말다툼을 벌였다. 그녀가 미국으로 돌아가지 않으려 했기 때문이었다. 밀라노 역에서 헤어질 때 그들은 작별의 키스를 나누었지만, 말다툼은 끝나지 않았다. 그는 그렇게 헤어지는 게 너무도 싫었다.

그는 제노바에서 배를 타고 미국으로 떠났고, 루즈는 병원을 열기 위해 포르데노네로 갔다. 외롭고, 비가 자주 내리며, 보병 대대가 주둔하고 있는 그 마을로. 비가 내리면 길이 진흙탕으로 변하는 그 마을에서 겨울을 보내는 동안, 루즈는 이탈리아군 대대장과 사랑에 빠졌다. 난생처음 이탈리아 사람과 사귀게 된 것이었다. 그녀는 마침내 미국으로 편지를 보냈다. 거기엔 이렇게 쓰여 있었다. 우리 관계는 그저 아이들 불장난에 불과했다고, 미안하지만 언젠가는 당신도 날 이해해 줄 것이며 오히려 나에게 고마워할 거라고, 봄이 오면 결혼하고 싶다고, 지금도 당신을 사랑하지만 아무리 생각해도 그건 아이들 불장난이었다고, 우리는 헤어지는 게 최선이라고, 당신은 꼭 성공할 거라고.

봄이 되어도, 아니 그 후 어느 계절에도, 대대장은 그녀와 결혼하지 않았다. 루즈는 시카고로 다시 편지를 보냈지만 답장을 받지 못했다. 얼마 후, 그는 택시를 타고 링컨 공원을 통과했다. 한 백화점 여점원으로부터 임질이 옮은 상태였다.

병사의 고향

Soldier's Home

크레브스는 캔자스 주에 있는 한 감리교 신학대학에 다니다가 참전했다. 그가 찍힌 남학생 사교 클럽 단체 사진에는, 모두가 높이와 모양이 똑같은 칼라를 달고 있다. 그는 1917년 해병대에 입대해 1919년 여름 제2진이 라인 강 지역에서 철수하고서야 미국으로 돌아올 수 있었다.

그와 어느 하사관이 독일 여자 둘과 라인 강에서 찍은 사진도 있다. 그와 하사관은 몸에 작은 군복을 입고 있어서인지 덩치가 커 보인다. 독일 여자들은 별로 예쁘지 않다. 사진 속에 라인 강은 보이지 않는다.

크레브스가 오클라호마의 고향 마을로 돌아왔을 즈음엔 환영식이 끝난 뒤였다. 너무 늦게 귀국한 것이다. 참전 용사들은 몇 년 전에는 하나같이 따뜻한 환영을, 열광적인 환대를 받았었다. 그러나 어느 정도 시간이 지나자 반응이 달라졌다. 그래서인지 전쟁이 끝나고 1년이 넘어 돌아온 크레브스를 우스꽝스럽게 여기는 사람도 있었다.

프랑스 북부의 벨로 숲과 수아송, 샹파뉴, 동북부의 생미엘과 아르곤 등에서 복무했던 크레브스는 처음엔 전쟁에 대해 아무 얘기도 하고 싶지 않았다. 그 뒤엔 하려고 해도 아무도 들으려 하지 않았다. 마을 사람들은 끔찍한 얘기들을 너무 많이 들어서 더 이상 경험담 따위엔 흥미를 느끼지 못했다. 크레브스는 이목을 끌려면 결국 거짓말을 해야 한다는 것을 깨달았고, 그래서 두어 번 거짓말을 하고 났더니 전쟁이란 것에도 그것에 대해 주절거리는 것에도 신물이 났다. 거짓말을 한 것으로 인해 전쟁에서 겪은 모든 일들이 혐오스럽게 느껴지게 된 것이다. 돌이켜 생각해 보면 그 시간은 한 남자가 편안하고 자연스럽게 하게 되는 유일한 일과 그 밖의 일들을 하며 보내야 하는 때였다. 이제 그 시간의 명징하고 의미 있는 가치는 사라졌다. 아니 그 시간 자체가 사라져 버렸다.

그의 이야기 속 거짓말은 사소한 것이었고, 그 안에는 분명 그 자신과 다른 군인들이 직접 겪거나 보거나 들은 이야기들도 포함되어 있었지만, 그의 말은 심지어 당구장에서조차 먹히지 않았다. 그가 친구들에게 아르곤 숲에서 기관총에 쇠사슬로 묶인 채 발견된 독일 여자들 이야기를 거짓을 섞지 않고 자세하게 들려줘도 어느 친구 하나 제대로 들으려 하지 않았다. 그 이야기가 애국심에 방해가 된다고 생각했는지 흥미를 보이지 않았다. 쇠사슬에 묶인 기관총 사수는 발견되지 않았다 해도, 누구 하나 흥분하지 않았을 것이다.

크레브스는 그간의 거짓과 과장이 낳은 이런 결과를 겪고 나자 욕지기가 일었다. 한편 카바레 휴게실 같은 데서 참전하고 돌아온 군인들을 만나 몇 분씩 얘기를 나누노라면, 전우들과 함께 있던 군대 시절로 돌아간 기분이 들었다. 온종일 겁에 질려 있었던 그 끔찍했던 시간들로.

그런 식으로 그는 모든 것을 잃어 갔다.

여름 동안 그는 늦잠을 자고 일어나 시내 도서관으로 가서 책을 한 권 빌려 집으로 돌아와 점심을 먹은 뒤 앞쪽 현관에서 책을 읽었다. 그러다 싫증이 나면 다시 시내로 나가 햇볕이 들지 않는 서늘하고 어두운 당구장에서 하루 중 가장 더운 시간을 보냈다. 그는 당구를 끔찍이 좋아했다.

저녁이 되면 클라리넷 연습을 하다가, 마을을 어슬렁거리며 돌아다니다가, 책을 읽다가 침대에 들었다. 그는 어린 여동생 둘에겐 여전히 영웅이었다. 어머니는 그가 원하면 기꺼이 방으로 아침을 가져다주었다. 그녀는 가끔 그의 침대로 와서 전쟁 얘기를 해달라고 했지만, 정작 얘기에 집중하지는 않았다. 아버지는 어정쩡한 태도만 보였다.

참전하기 전, 그는 자기 집 차를 운전할 수 없었다. 부동산업을 하는 아버지가 손님들에게 시골의 농장 부지를 보여 주려면 차가 대기하고 있어야 하기 때문이었다. 그래서 차는 늘 2층에 아버지 사무실이 있는 퍼스트내셔널 은행 건물 앞에 주차되어 있었다. 그가 전쟁에서 돌아왔을 때에도 차는 여전히 그 차였다.

어린 여자애들이 자란 것을 빼고 마을에서 바뀐 것은 하나도 없었다. 하지만 사람들은 동지애와 수시로 변하는 반목들이 뒤얽힌 세계에 살고 있었고, 크레브스는 그 속으로 잠입해 들어갈 열정도 용기도 없었다. 그래도 사람들을 구경하는 건 좋았다. 예쁘게 생긴 여자들이 많았다. 대부분 짧게 자른 머리를 하고 있었다. 전쟁 전에는 빨리 어른이 되고 싶어 하는 여자애들이나 하던 머리였다. 여자들은 하나같이 스웨터 안에 네덜란드 식 둥근 칼라가 달린 블라우스를 입고 있었다. 그게 유행이었다. 그는 현관에 앉아 맞은편 도로를 걸어가고 있는 그들을 바라보곤 했다. 그들이 나무 그늘 아래로 걸어가는 모습도 좋았고, 스웨터 밖으로 나온 네덜란드 식 둥근 칼라도 좋았으며, 실크 스타킹과 납작한 구두도 좋았다. 그들의 단발머리와 걸음걸이도.

시내로 나오면 여자들의 모습에 그다지 끌리지 않았다. 그리스 사람이 하는 아이스크림 가게에서는 그들에게 좋은 감정이 느껴지지 않았다. 즉 그는 그들을 진정으로 원한 것은 아니었다. 그들은 지나치게 복잡했고, 또 다른 어떤 이유도 있었다. 그는 어느 정도 여자를 원했지만 여자를 얻기 위해 작업을 걸고 싶지는 않았다. 여자를 갖고 싶긴 했지만 그러기 위해 오랜 시간을 들이고 싶지도 수작을 부리고 싶지도 않았다. 더 이상 거짓말을 하고 싶지도 않았다. 그럴 가치를 못 느꼈다.

그는 어떤 결말도 갖고 싶지 않았다. 또다시 어떤 결말에 이르고 싶지 않았던 것이다. 그는 결말 없이 살기를 원했다. 더구나 그에겐 정말로 여자가 필요하지 않았다. 군대가 그것을 가르쳐 주었다. 군인들은 여자를 가져야 한다는 척하기는 했다. 거의 모두가 그랬다. 하지만 그건 진실은 아니었다. 웃기게도, 여자는 필요 없었다. 군인들 중엔 자신에게 여자는 아무 의미가 없고, 생각해 본 적도 없으며, 그들의 몸에 손을 대본 적도 없다고 떠벌리는 놈들이 있었다. 또 여자 없이는 지낼 수 없다, 항상 여자가 있어야 한다, 여자 없이는 잠조차 잘 수 없다고 지껄이는 녀석들도 있었다.

그러나 양쪽 말 모두 거짓이었다. 진실은, 여자를 생각하지 않는 한 여자는 필요치 않다는 것이다. 그것이 군대에서 배운 것이었다. 그러나 언젠가는 여자를 가지게 된다. 여자를 가질 만큼 성숙해지면 언제든 가지게 된다. 그것 또한 군대에서 배운 것이었다.

그에게 다가온 여자가 대화를 원하지만 않았다면 여자를 좋아할 수도 있었을 것이다. 하지만 여기 고향에서는 모든 일이 너무도 복잡했고, 그런 모든 일을 다시 겪고 싶지는 않았다. 그럴 가치가 없었다. 프랑스 여자나 독일 여자와는 대화가 필요 없었다. 말을 많이 할 수도 없었고, 할 필요도 없었다. 그들과는 복잡할 것도 없었고, 그저 친구일 뿐이었다. 그는 프랑스에 대해 생각했고, 그런 뒤 독일에 대해 생각했다. 대체로 그는 독일이 더 좋았다. 그는 독일을 떠나고 싶지 않았었다. 고향으로 돌아오고 싶지 않았었다. 그러나 그는 고향으로 돌아와, 이렇게 현관 앞에 앉아 있다.

그는 맞은편 도로를 따라 걸어가는 여자들이 좋았다. 프랑스 여자들이나 독일 여자들보다 그들이 훨씬 더 좋았다. 하지만 그들이 속해 있는 세계는 그가 속한 세계와는 달랐다. 그는 그들 중 한 여자를 갖고 싶었다. 하지만 가치 없는 일로 여겨졌다. 그들은 멋진 모습을 하고 있었고, 그는 그 모습이 좋았으며 흥미롭기도 했다. 하지만 그들과 말을 하고 싶지는 않았다. 또 그는 한 여자만으로는 만족할 수 없었다. 그들 모두를 보는 게 좋았다. 하지만 그것 역시 가치 있는 일은 아니었다. 형편이 다시 좋아지고 있는 지금은 더욱.

그는 현관에 앉아 전쟁 관련 책을 읽었다. 전쟁사를 다룬 그 책에서 그는 자신이 참여한 교전들을 빠짐없이 찾아 읽었다. 이제껏 읽은 것들 중에서 가장 흥미로운 책이었다. 지도가 더 많았으면 싶었다. 자세하게 묘사된 지도가 들어간 전쟁 서적이 출간되면 꼭 읽어 보고 싶었다. 그는 이제야 전쟁에 대해 진정으로 배우고 있는 중이었다. 그는 훌륭한 군인이었더랬다. 그것이 다른 사람과 그의 차이점이었다.

고향으로 돌아온 지 한 달쯤 지난 어느 날 아침, 어머니가 그의 침실로 들어와 침대에 걸터앉았다. 그녀는 앞치마를 만지작거리며 말했다.

"어젯밤에 아버지와 얘기를 나누었단다, 해럴드. 아버지께서 저녁엔 차를 써도 된다고 하시더구나."

"예?" 잠이 완전히 깨지 않은 상태에서 크레브스가 말했다. "차를 갖고 나가도 된다고요? 정말요?"

"그럼. 네가 원하면 저녁에는 언제든 차를 갖고 나가도 된다고 하시더구나. 얼마 전부터 그런 생각을 하고 계셨대. 어젯밤에 그렇게 말씀하시더라."

"엄마가 부추기셨겠죠." 크레브스가 말했다.

"아니야. 그 문제를 먼저 꺼낸 건 아버지셨어."

"알겠어요. 그래도 엄마가 설득하신 거겠죠." 크레브스가 침대에서 일어났다.

"아침 먹으러 내려올 거지, 해럴드?" 어머니가 말했다.

"옷 입고 곧 갈게요." 크레브스가 말했다.

어머니가 방을 나갔다. 그가 세수와 면도를 하고 옷을 갈아입는 동안 아래층에서 뭔가를 튀기는 소리가 들렸다. 그가 내려가 아침을 먹고 있는데 여동생이 우편물을 가지고 왔다.

"안녕, 헤어." 그녀가 말했다. "잠꾸러기 오라버니, 어쩐 일로 일어나셨대요?"

크레브스가 그녀를 바라보았다. 여동생 둘 중 그가 더 좋아하는 동생이었다.

"신문 가져왔어?" 그가 물었다.

그녀가 〈캔자스시티 스타〉 지를 건네주자 그는 갈색 포장지를 벗기고 스포츠면을 펼쳤다. 그러고는 주전자와 시리얼 접시로 신문을 고정시키고는 그것을 보면서 식사를 했다.

"해럴드." 부엌문에 서 있던 어머니가 말했다. "해럴드, 부탁인데, 신문 섞어 놓지 마라. 섞어 버리면 아버지가 읽기 곤란하셔."

"섞지 않을 거예요." 크레브스가 말했다.

여동생이 식탁에 앉아 신문을 읽고 있는 그를 지켜보다가 말했다.

"오후에 학교에서 실내야구를 할 건데, 내가 투수야."

"잘됐네." 크레브스가 말했다. "팔은 쓸 만해?"

"어지간한 남자애들보다 더 잘 던질 수 있어. 오빠가 가르쳐 줬다고 자랑해. 딴 여자애들 실력은 별로야."

"그래?" 크레브스가 말했다.

"난 애들한테 오빠가 내 남친이라고 말해. 남친 맞지, 헤어?"

"물론이지."

"오빠면 진짜 남친은 될 수 없는 거야?"

"모르겠는데."

"알면서. 내가 어른이 되고 오빠가 원한다고 해도 내 남친이 될 수 없어?"

"알았어. 지금 넌 내 여친이다."

"정말 내가 오빠 여친이야?"

"물론."

"날 사랑해?"

"응."

"항상 날 사랑할 거야?"

"물론이지."

"실내야구 보러 올 거야?"

"봐서."

"뭐야, 헤어, 날 사랑하지 않잖아. 날 사랑한다면 내가 실내야구 하는 걸 보고 싶어 해야지."

어머니가 부엌에서 식당으로 들어왔다. 그녀는 계란 프라이 두 개와 바짝 구운 베이컨이 담긴 접시와 메밀 팬케이크가 담긴 접시를 들고 있었다.

"저기 가 있어, 헬렌." 그녀가 말했다. "오빠하고 얘기할 게 있어."

그녀가 계란 프라이와 베이컨이 담긴 접시를 그의 앞에 내려놓고는 메밀 팬케이크에 끼얹을 메이플 시럽 항아리를 가져왔다. 그러고는 크레브스 맞은편에 앉았다.

"신문 잠깐 내려놔, 해럴드." 그녀가 말했다.

크레브스가 신문을 접어서 내려놓았다.

"뭘 해야 할지 아직 결정을 못했니, 해럴드?" 어머니가 안경을 벗으며 말했다.

"예." 크레브스가 말했다.

"시간이 된 것 같지 않니?" 어머니는 상스럽게 말하는 법이 없었다. 하지만 걱정하는 말투였다.

"그에 대해선 아직 생각해 보지 않았어요." 크레브스가 말했다.

"하느님은 누구에게나 할 일을 주시는 법이란다." 어머니가 말했다. "하느님 왕국에선 하는 일 없이 노는 사람은 없어."

"전 그 왕국에 있지 않아요." 크레브스가 말했다.

"우리 모두는 그분의 왕국에 있단다."

크레브스는 늘 그렇듯 당황스럽고 짜증이 났다.

"네 걱정을 아주 많이 한단다, 해럴드." 어머니가 말을 이었다. "넌 분명 지금껏 온갖 유혹들에 시달렸을 거야. 인간이 얼마나 약한 존재인지

난 잘 알고 있어. 네 외할아버지, 그러니까 내 아버지가 들려주신 남북 전쟁 때 얘기를 아직도 기억하고 있으니까. 그래서 널 위해 기도해 왔어. 하루 종일 널 위해 기도하고 있단다, 해럴드.”

크레브스는 접시에 담긴 베이컨이 굳어 가는 걸 내려다보았다.

“네 아버지도 네 걱정을 많이 하셔.” 어머니는 멈추지 않았다. “아버지께서는 네가 의욕도 잃고 인생에 대한 목표도 뚜렷하지 않다고 생각하셔. 너하고 동갑인 찰리 시먼스는 번듯한 직장도 갖고 있고 결혼도 할 거란다. 다른 애들은 모두 자리를 잡고 어디로 가야 할지 목표도 세웠어. 찰리 시먼스 같은 애들이 이 사회의 진정한 일원이 되어 있는 걸 너도 두 눈으로 똑똑히 보고 있잖니.”

크레브스는 아무 말도 하지 않았다.

“그런 눈으로 보지 마라, 해럴드.” 어머니가 말했다. “우리가 널 얼마나 사랑하는지, 내가 한 말이 네게 얼마나 중요한 문제인지도 알잖니. 네 아버지도 네 자유를 구속하려고 하진 않으셔. 그래서 차를 몰고 나가라고 허락하신 거야. 네가 참한 아가씨를 차에다 태운다면 우린 너무도 기쁠 거야. 우린 네가 즐기길 원해. 하지만 일자리를 얻는 게 우선이야, 해럴드. 네 아버진 네가 무슨 일을 하든 상관하지 않으실 거야. 모든 일이 다 귀하다고 생각하시니까. 뭐든 시작해야 하지 않겠니? 아버지가 부탁하시더라. 오늘 아침에 너랑 얘기를 해보라고. 좀 있다가 사무실에 들러서 아버지를 만나 보렴.”

“얘기 다 하신 거예요?” 크레브스가 말했다.

“그래. 엄마 사랑하지, 귀염둥이?”

“아뇨.”

어머니가 식탁 너머로 물끄러미 그를 쳐다보았다. 그녀의 눈이 반짝거렸다. 그녀가 눈물을 흘리기 시작했다.

"전 아무도 사랑하지 않아요." 크레브스가 말했다.

그건 헛소리에 불과했다. 그는 어머니에게 진심을 말할 수도, 그녀를 이해시킬 수도 없었다. 그렇게 말한 건 바보 같은 짓이었다. 어머니에게 상처만 안겨 줄 뿐이었다. 그는 어머니에게로 다가가 그녀의 팔을 잡았다. 그녀는 두 손으로 얼굴을 감싼 채 울음을 터뜨렸다.

"그런 뜻이 아니었어요." 그가 말했다. "다른 일에 화가 났던 거예요. 어머니를 사랑하지 않는다는 뜻이 아니었어요."

어머니는 울음을 그치지 않았다. 크레브스는 그녀의 어깨를 가만히 감싸 안았다.

"절 못 믿는 거예요, 어머니?"

어머니가 고개를 저었다.

"제발, 제발 어머니, 제발 절 믿으세요."

"그래." 어머니가 목이 멘 소리로 말했다. 그녀가 얼굴을 들어 그를 쳐다보았다. "난 널 믿는다, 해럴드."

크레브스가 그녀의 머리에 입을 맞추었다. 그녀가 고개를 들었다.

"난 네 엄마야." 그녀가 말했다. "네가 조그만 아기였을 때, 난 널 가슴에다 꼭 껴안고 있었지."

크레브스의 속이 울렁거렸다. 뭔가 올라올 것 같았다.

"알아요, 엄마." 그가 말했다. "엄마한테 좋은 아들이 되도록 노력할게요."

"무릎을 꿇고 나와 함께 기도하지 않을래, 해럴드?" 어머니가 물었다.

두 사람은 식탁 곁에 무릎을 꿇었고, 어머니가 기도를 올렸다.

"자, 이젠 네 차례다, 해럴드." 그녀가 말했다.

"전 할 수 없어요." 크레브스가 말했다.

"해보렴, 해럴드."

"못하겠어요."

"내가 널 대신해서 기도할까?"

"그래요."

어머니가 그를 대신해 다시 기도를 올린 뒤, 두 사람은 일어났다. 크레브스는 어머니에게 키스를 하고 집을 나섰다. 그는 자신의 삶이 복잡해지지 않도록 애쓰고 있었다. 여전히 그의 마음에 와 닿는 것은 아무것도 없었고, 방금 전에는 어머니에 대한 미안함 때문에 거짓말을 한 것이었다. 그가 캔자스시티로 가서 일자리를 얻으면 어머니는 만족하실 것이다. 떠나기 전에 한 번 더 방금 전 같은 요란한 장면이 일어날지도 모르지만. 아버지의 사무실로 가진 않을 것이다. 그곳은 피할 것이다. 그는 자신의 삶이 순조롭게 흘러가기를 원했다. 그런 식으로 흘러간다면 얼마나 좋을까. 어쨌든, 이제 다 끝났다. 그는 학교로 가서 헬렌의 실내야구나 구경할 생각이었다.

혁명당원
The Revolutionist

1919년, 그는 기차에 몸을 싣고 이탈리아를 여행하고 있었다. 그는 당 본부가 준 사각 기름천 한 장을 갖고 있었는데, 거기에는 지워지지 않는 연필로 쓰인 글이 있었다. 헝가리 부다페스트 보수 정부로 인해 엄청난 고통에 시달리고 있는 동지를 무슨 방법을 써서라도 도와주라는 내용이었다. 그는 그것을 차표 대신 사용했다. 기차 승무원들은 수줍음이 많고 조용한 그 청년을 교대로 돌봐 주었고, 돈이 없는 그를 식당 칸 카운터 뒤에서 공짜로 먹여 주기도 했다.

이탈리아는 그에게 즐거움을 주었다. 아름다운 나라야, 하고 그는 중얼거렸다. 사람들도 모두 친절했다. 그는 많은 도시들을 다녔고, 많이 걸었으며, 많은 그림들을 감상했다. 조토 디본도네, 마사초, 그리고 피에로 델라 프란체스카의 그림들은 복제품을 구입해 〈아반티〉 지에 싸서 가지고 다녔다. 안드레아 만테냐의 그림은 좋아하지 않았다.

그는 볼로냐 회의에 출석했고, 나는 그가 어떤 남자와 만나기로 되어 있는 로마냐까지 그를 데려갔다. 우리는 함께 여행을 즐겼다. 9월 초의 이탈리아는 상쾌했다. 아주 착하고 수줍음이 많은 그 마자르 족 청년은 호르티* 정권 수하들로부터 몇 번 모진 일들을 겪었는데, 그에 대한 몇 가지 얘기를 들려주었다. 그는 헝가리 사람이었지만 세계 혁명에 대한 신념을 가지고 있었다

"그런데 이탈리아에서는 운동 전망이 어떻습니까?" 그가 물었다.

"아주 나빠요." 내가 말했다.

"하지만 좋아질 겁니다." 그가 말했다. "여기엔 모든 게 다 있으니까요. 모든 사람들이 신뢰하는 유일한 국가죠. 모든 것들이 시작되는 곳입니다."

나는 아무 말도 하지 않았다.

볼로냐에서 그는 우리에게 작별 인사를 하고 밀라노 행 기차에 올랐다. 그는 밀라노에서 다시 북부 알프스 남쪽에 있는 아오스타로 간 다음 걸어서 스위스로 넘어갈 계획이었다. 내가 밀라노에 있는 만테냐 작품을 알려 주자, 그는 만테냐는 좋아하지 않는다고 무척이나 수줍게 말했다. 나는 밀라노에서 식사를 할 수 있는 곳과 동지들의 주소를 그에게 적어 주었다. 그는 내게 깊은 고마움을 표시했지만, 이미 자신이 넘게 될 국경의 고갯길을 마음에 그리고 있었다. 그는 지금처럼 날씨가 좋은 동안에 고갯길을 넘고 싶다고 했다. 가을 산을 사랑한다면서. 그에 관해 들은 마지막 소식은, 그가 스위스 발레 주 시옹 인근 감옥에 갇혀 있다는 것이었다.

*Miklós Horthy(1868~1957). 해군 제독 출신의 헝가리 정치가로 제정이 붕괴되자 반혁명 정부를 조직하여 루마니아 점령군을 공격해 부다페스트로 입성, 국민적 영웅이 되었다.

엘리엇 부부
Mr. and Mrs. Eliot

엘리엇 부부는 아기를 갖기 위해 무척이나 노력했다. 엘리엇 부인이 견딜 수만 있다면 그들은 언제든 시도했다. 보스턴에서 결혼식을 올린 뒤에도, 배를 타고 유럽으로 건너갈 때도. 엘리엇 부인이 너무 심하게 멀미를 해서 배에서는 그다지 자주 시도하지는 못했다. 그녀는 미국 남부 출신으로, 모든 남부 여자들이 그렇듯 그녀 역시 바다에서 너무 빨리 멀미를 일으켰다. 그녀는 밤중에만 돌아다녔고, 아침이면 지나치게 일찍 일어났다. 배에 탄 많은 사람들은 그녀를 엘리엇의 어머니로 여겼고, 그들이 결혼한 사이임을 아는 사람들은 그녀가 아기를 가졌을 거라고 믿었다. 그녀의 나이는 마흔 살이었는데, 여행을 시작하면서 갑자기 폭삭 늙어 버렸다.

엘리엇이 그녀가 운영하는 찻집에 드나들게 된 오래전부터 그들은 서로 아는 사이였다. 그러던 어느 날 저녁 그가 그녀에게 키스를 하면서 둘은 여러 주에 걸쳐 잠자리를 같이했고, 결국 결혼까지 하게 되었다. 그때만 해도 그녀는 무척이나 젊어 보여 전혀 제 나이로 보이지 않았었다.

결혼 당시 허버트 엘리엇은 하버드 대학 법학과 대학원에 재학하고 있었다. 그리고 연간 1만 달러를 버는 시인이었다. 그는 아주 긴 시를 아주 빠르게 썼다. 그는 스물다섯 살이었지만 엘리엇 부인을 사귀기 전까지는 여자와 잠자리를 해본 적이 없었다. 자신의 아내가 될 사람에게 순결을 기대하듯 자신 역시 순결을 지키고 싶었던 것이다. 그것이 올바른 삶이라고 자신에게 되뇌었다. 물론 그는 엘리엇 부인과 키스하기 전에도 다양한 여자들과 사귀었으며, 사귄 지 얼마 안 돼 자신은 깨끗한 삶을 살아왔다고 털어 놨었다. 그러면 거의 모든 여자들이 그에게 흥미를 잃었다. 그는 여자들이 시궁창처럼 산 게 뻔한 남자들과 약혼하고 결혼하는 것을 보고 충격과 공포에 휩싸이곤 했었다. 한번은 아는 여자에게 대학 시절 불량배로 지냈으며 좋지 않은 사건에 연루된 것이 거의 확실한 남자에 대해 경고를 하기도 했었다.

엘리엇 부인의 이름은 코닐리아였다. 그녀는 남부에서 지낼 때는 가족들이 자신을 '칼루티나'라는 애칭으로 불렀다고 말해 주었다. 그가 결혼한 후 코닐리아를 집으로 데려가자 그의 어머니는 눈물을 흘렸지만, 그들이 외국에 가서 살 예정이라고 하자 무척이나 반가워했다.

그가 그녀를 위해 어떻게 순결을 지켜 왔는지를 얘기하자 코닐리아는 그를 와락 끌어안으며 말했다. "내 귀여운 소년." 코닐리아 역시 순결한 여자였다. "그렇게 다시 키스해 줘요."

허버트는 그게 언젠가 친구한테 들은 키스 방법이라고 설명했다. 그 외에도 그는 다양한 방법을 실험하며 기뻐했고, 두 사람 모두 가능한 한 많은 방법을 개발해 나갔다. 가끔 오랜 시간 키스하고 있을 때면 코닐리아는 자신을 위해 순결을 지켜 온 얘기를 다시 해달라고 조르곤 했다. 그 얘기를 들을 때마다 그녀는 늘 다시 기쁨에 겨워 어쩔 줄 몰라 했다.

허버트는 처음에는 그녀와 결혼할 생각이 없었다. 그런 식으로 그녀를 생각해 본 적이 없었다. 그녀는 그저 좋은 친구였다. 그러던 어느 날 그녀의 여자 친구가 찻집을 대신 봐주고 있을 때, 그들은 가게 뒤편 조그만 방에서 축음기를 틀어 놓고 춤을 추었다. 그리고 그녀가 그의 눈을 올려다보자 그는 그녀에게 키스를 하게 되었다. 그녀와 결혼하겠다고 결심한 게 언제였는지는 기억할 수 없지만, 어쨌거나 그녀와 결혼하게 되었다.

그들은 보스턴의 한 호텔에서 첫날밤을 보냈다. 둘 다 실망했지만 코닐리아는 결국 잠에 빠져들었다. 잠을 이룰 수 없었던 허버트는 신혼여행을 위해 새로 마련한 모직 목욕 가운을 입은 채 몇 번이나 방을 나와 복도를 왔다 갔다 했다. 그러다가 객실 문 앞마다 놓여 있는 크고 작은 두 켤레의 구두를 보게 되었다. 그 장면에 가슴이 뛰어 그는 황급히 방으로 돌아왔지만 코닐리아는 깊이 잠들어 있었다. 그는 그녀를 깨우고 싶지 않았다. 그래서 평정심을 되찾고는 평화롭게 잠이 들었다.

다음 날 두 사람은 그의 어머니를 방문했고, 그 이튿날 유럽으로 떠나는 배에 올랐다. 그들은 아기를 갖기 위한 시도를 했다. 두 사람 다 그 무엇보다 아기를 원했기 때문이었다. 하지만 코닐리아는 자주 관계를 가질 수 있는 상태가 아니었다. 그들은 프랑스 서북부 셰르부르에서 하선해 파리로 갔다. 파리에서도 아기를 가지려고 노력했다. 그들이 다음 행선지로 정한 곳은 함께 배를 타고 왔던 많은 사람들이 가 있고, 대학 여름 학기도 개설되는 프랑스 중동부의 디종이었다. 막상 그곳에 도착하고 보니 딱히 할 일이 없었다. 하지만 허버트는 엄청난 양의 시를 썼고 코닐리아가 그것을 타이핑했다. 그가 쓴 시는 모두 엄청나게 긴 장시였다. 그는 오자에 무척이나 예민해 오자가 하나라도 있으면 모든 페이지를 다시 타이핑하라고 했다. 그 바람에 그녀는 울기도 많이 울었다. 두 사람은 디종에서도 아기를 갖기 위해 매우 노력했다.

얼마 후 두 사람은 파리로 돌아왔다. 배에서부터 친구가 된 이들도 파리로 돌아왔다. 하버드나 컬럼비아, 혹은 워배시 대학을 졸업한 그들은 모두 디종에 싫증이 나 있었지만, 어쨌거나 이제 코트도르의 디종 대학에서 공부했다고 말할 수 있었다. 랑그도크나 몽펠리에나 페르피냥에도 대학이 있었다면 그들 중 꽤 많은 이들은 그중 한 곳에 갔을 것이다. 하지만 그곳들은 파리와 너무 멀었다. 디종은 파리에서 4시간 30분밖에 걸리지 않는 데다 기차에서 식사도 할 수 있었다.

그들은 외국인들로 북적대는 로통드 카페를 피해 그 건너편 돔 카페에서 며칠 동안 죽치고 있었다. 그러다가 엘리엇 부부는 〈뉴욕 헤럴드〉 지 광고를 보고 서부 투렌에 있는 별장을 빌렸다. 엘리엇은 파리에서 친구들을 많이 사귀었고 그들 모두는 그의 시를 높이 평가했다. 엘리엇 부인은 남편에게, 보스턴에 편지를 보내 예전에 자기 찻집에서 일했던 여자 친구를 불러오자고 했다. 친구가 온 뒤로 엘리엇 부인은 훨씬 밝아졌고, 때때로 기쁨의 눈물을 흘리기도 했다. 친구는 코닐리아보다 몇 살 더 연상이었는데 코닐리아를 '자기'라고 불렀다. 그녀 역시 아주 유서 깊은 남부 가문의 여자였다.

그들 셋은 엘리엇을 허비라고 부르는 여러 친구들과 함께 투렌의 별장으로 내려갔다. 그곳의 매우 평평한 땅과 무더운 날씨는 캔자스와 무척이나 비슷했다. 엘리엇은 거의 책 한 권 분량의 시를 갖고 있었고, 미리 수표를 보낸 출판사와 계약을 맺어 보스턴에서 시집을 출간하기로 했다.

오래지 않아 친구들은 하나둘 파리로 돌아가기 시작했다. 투렌이 처음에 비해 마음에 들지 않았던 것이다. 나머지 친구들은, 젊고 부유한 미혼의 한 시인과 함께 트루빌 인근의 해변 휴양지로 떠나 거기서 무척이나 행복하게 지냈다.

엘리엇은 그 별장을 여름 내내 빌렸기에 계속 투렌에서 지낼 수밖에 없었다. 그와 엘리엇 부인은 크고 더운 침실의 넓고 딱딱한 침대에서 아기를 가지기 위해 열심히 관계를 가졌다. 엘리엇 부인은 타자기의 자판에 많이 익숙해져서 속도는 빨라졌지만 오자는 훨씬 더 많아졌다. 그래서 결국 그녀의 친구가 모든 원고를 타이핑하게 되었다. 친구는 타이핑 솜씨도 좋았고 능률적으로 일하는 데다가 그 일을 즐기기까지 했다.

엘리엇은 화이트 와인을 마시며 자기 방에서 따로 지내곤 했다. 밤을 새워 엄청난 양의 시를 쓰고 나면 다음 날 아침에는 완전히 탈진해 버렸다. 엘리엇 부인과 그녀의 친구는 중세풍의 널따란 침대에서 함께 잤다. 그들은 때로 기쁨에 겨워 눈물을 흘리기도 했다. 저녁이면 엘리엇과 엘리엇 부인, 그리고 그녀의 친구는 뜨거운 바람이 불어오는 정원의 플라타너스 아래서 식사를 했다. 엘리엇은 화이트 와인을 마셨고, 엘리엇 부인과 그녀의 친구는 얘기를 나누었다. 그들은 모두 무척이나 행복했다.

빗속의 고양이
Cat in the Rain

호텔 투숙객 중 미국인은 그들 둘뿐이었다. 그들은 층계에서 마주치는 그 어떤 사람도 몰랐다. 그들의 방은 바다가 보이는 2층에 있었다. 공원과 전쟁 기념비가 정면으로 보였다. 공원에는 커다란 종려나무들이 서 있었고, 초록색 벤치가 놓여 있었다. 화가 하나는 날씨가 좋을 때면 늘 이젤을 들고 공원으로 나왔다. 화가들은 종려나무가 자라는 모습과 정원과 바다를 마주한 그 호텔의 밝은 빛을 좋아했다. 전쟁 기념비를 보기 위해 먼 곳에서 오는 이탈리아 사람들도 있었다. 비가 내리고 있었다. 청동으로 만들어진 기념비가 비를 맞아 번들거렸다. 종려나무에서 빗물이 뚝뚝 떨어졌다. 자갈길 여기저기에 웅덩이가 생겼다. 빗속에서 파도가 길게 선을 그리며 해변까지 밀려왔다가 다시 길게 선을 그리며 물러갔다. 전쟁 기념비 옆 광장에 있던 자동차들은 다 떠난 상태였다. 그 텅 빈 광장을, 건너편 카페 출입문에 서 있는 점원이 바라보고 있었다.

미국인 아내가 창가에 서서 밖을 내다보고 있었다. 창문 바로 아래 빗물이 뚝뚝 떨어지고 있는 초록색 탁자 밑에 고양이 한 마리가 있었다. 고양이는 비를 맞지 않으려고 최대한 몸을 웅크리고 있었다.

"내려가서 저 새끼 고양이를 데려올게요." 아내가 말했다.

"내가 가지." 침대에 누워 있던 남편이 말했다.

"아니에요, 제가 갈게요. 불쌍한 새끼 고양이가 비를 맞지 않으려고 탁자 밑에서 애를 쓰네요."

침대 발치에 베개 두 개를 받치고 누워 있던 남편은 다시 책을 읽기 시작했다.

"비 맞지 마." 그가 말했다.

아내는 아래층으로 내려갔다. 호텔 주인이 그녀가 사무실 앞을 지나가자 인사를 했다. 그의 책상은 사무실 맨 안쪽에 있었다. 그는 나이가 많고 키가 컸다.

"일 피오베(비가 오네요)." 여자가 이탈리아어로 말했다. 그녀는 그 호텔 주인이 좋았다.

"시, 시, 시뇨라, 브루토 템포(예, 예, 부인, 날씨가 아주 안 좋군요)."

그는 어둠침침한 사무실 안쪽 책상 앞에 서 있었다. 여자는 그가 마음에 들었다. 어떤 불만이든 다 진지하게 들어 주는 태도, 그 위엄과 봉사하는 마음이. 호텔 주인으로서의 임무를 늘 탐색하는 자세와 나이 든 중후한 얼굴과 커다란 손도 좋았다.

그에 대한 호감을 간직한 채 그녀는 출입문을 열고 밖을 내다보았다. 비는 더 굵어져 있었다. 고무 망토를 걸친 한 남자가 텅 빈 광장을 가로질러 카페로 가고 있었다. 고양이는 오른쪽으로 돌아가면 있을 것이다.

비를 피하려면 처마 아래를 따라가야겠다고 생각하는데, 뒤편에서 우산이 펼쳐졌다. 객실 담당 여종업원이었다.

"비에 젖으시면 안 돼요." 그녀는 미소를 지으며 이탈리아어로 말했다. 호텔 주인이 보냈을 것이다.

우산을 받쳐 든 여종업원과 함께 그녀는 자신의 방 창문 아래까지 자갈길을 걸어갔다. 빗물에 말끔히 씻겨 있는 밝은 초록색 탁자까지 다가갔지만, 고양이는 사라지고 없었다. 실망감이 밀려왔다. 여종업원이 그녀를 올려다보았다.

"아 페르두토 콸퀘 코사, 시뇨라(뭘 잃어버리셨나요, 부인)?"

"고양이가 한 마리 있었어요." 미국 여자가 말했다.

"고양이가요?"

"시, 일 가토(네, 그런데 가버렸네요)."

"고양이라고요?" 여종업원이 웃음을 터뜨렸다. "고양이가 이 빗속에 있었다고요?"

"그래요. 여기 탁자 밑에. 아, 너무 갖고 싶었는데. 그 새끼 고양이를 갖고 싶었어요."

그녀가 그렇게 영어로 말하자 여종업원의 표정이 굳어졌다.

"들어가세요, 부인." 그녀가 말했다. "호텔로 돌아가야 해요. 다 젖겠어요."

"그래야겠죠." 미국 여자가 말했다.

그들은 자갈길을 걸어 되돌아왔다. 여종업원이 문밖에서 우산을 접었다. 미국 여자가 사무실 앞을 지나갈 때 주인이 또다시 책상 앞에서 인사를 했다. 그녀 안에서 아주 작고 단단한 뭔가가 느껴졌다. 주인의 태도가 그런 느낌을 들게 했고 동시에 순간적으로 자신이 무척 중요한 사람이 된 듯했다. 그녀는 위층으로 올라가 자기 방 문을 열었다. 조지는 여전히 침대에서 책을 읽고 있었다.

"고양이는 데려왔어?" 책을 내려놓으며 그가 물었다.

"가버렸어요."

"어디로 갔는지 궁금하군." 그가 책에서 눈을 떼며 말했다.

그녀는 침대에 걸터앉으며 말했다.

"무척 갖고 싶었어요. 왜 그런지 몰라도 그 불쌍한 새끼 고양이를 꼭 갖고 싶었어요. 그 불쌍한 새끼 고양이가 빗속에 있는 것도 싫었고."

조지는 다시 책을 읽기 시작했다.

그녀는 침대에서 일어나 화장대 앞에 앉아, 이리저리 얼굴을 돌려 가며 손거울을 보았다. 뒷머리와 목도 살폈다.

"머리를 한번 길러 볼까요? 좋은 생각 같지 않아요?" 그녀가 다시 거울로 얼굴을 살피며 물었다.

조지가 고개를 들어 남자아이처럼 짧게 커트한 그녀의 뒷머리를 바라봤다.

"지금 이대로가 좋아."

"난 이 머리가 지겨워요. 사내아이 같은 이 머리가 지겹다고요."

조지가 자세를 바꾸었다. 그녀가 말을 시작한 뒤로 그는 계속 그녀를 지켜보고 있었다.

"정말 예쁘고 깔끔하다니까." 그가 말했다.

그녀는 손거울을 화장대에 내려놓고 창가로 가서 밖을 내다보았다. 날이 어두워지고 있었다.

"머리를 뒤로 틀어 올려 큼지막한 올림머리를 하고 싶어요." 그녀가 말했다. "고양이를 무릎에 올려놓고 쓰다듬으며 걔가 가르랑거리는 소리를 듣고 싶어요."

"그래?" 조지가 침대에 누운 채로 말했다.

"내 은식기가 놓인 식탁에서 촛불을 켜고 식사를 하고 싶어요. 지금이 봄이면 좋겠고, 거울 앞에서 긴 머리를 빗고 싶고, 새끼 고양이를 갖고 싶고, 새 옷도 몇 벌 있으면 좋겠어요."

"이런, 얘기 그만하고 읽을거리나 좀 갖다 줘." 조지가 말했다. 그는 다시 책을 읽기 시작했다.

그의 아내는 창밖을 내다보았다. 밖은 완연히 어두워졌고, 비는 여전히 종려나무들 사이로 내리고 있었다.

"어쨌든, 고양이를 갖고 싶어요." 그녀가 말했다. "고양이를 갖고 싶어요. 지금 당장요. 긴 머리나 다른 건 당장 가질 수 없어도 고양이는 가질 수 있잖아요."

조지는 그녀의 말을 듣지 않고 책만 읽었다. 아내는 불빛이 떨어지고 있는 광장을 내려다보았다.

누군가가 객실 문을 두드렸다.

"아반티(들어와요)." 조지가 말했다. 그는 책에서 눈을 떼고 올려다보았다.

문 곁에 여종업원이 서 있었다. 그녀는 거북 무늬의 커다란 고양이 한 마리를 안고 있었다.

"실례합니다." 그녀가 말했다. "주인님이 이걸 시뇨라(부인)께 갖다 드리라고 하셨어요."

철이 지난

Out of Season

　

　호텔 뜰을 손질해 주고 번 돈 4리라로 술을 마시고 꽤 취해서 걸어가던 페두치는, 젊은 신사 하나를 발견하고는 그에게 다가가 은밀하게 말을 걸었다. 젊은 신사는 아직 식사를 하지 못했다고, 점심만 먹으면 바로 같이 떠나겠다고 했다. 40분에서 한 시간쯤 뒤에 만나자면서.

　페두치가 오후에 자신이 할 일에 대해 은밀하게 자신감을 내비치자, 다리 부근 술집에서 외상으로 그라파*를 석 잔이나 내주었다. 날씨는 바람이 많이 불고 해가 구름에 가렸다 나타났다 하며 간간이 비를 뿌리기도 했다. 송어 낚시에는 그만이었다.

　호텔에서 나온 젊은 신사는, 그에게 아내가 낚싯대를 가지고 따라와

* 포도를 원료로 만드는 독한 이탈리아 술.

도 되겠느냐고 물었다. "그럼요. 따라오라고 하세요." 페두치가 말했다. 다시 호텔로 돌아온 젊은 신사는 아내에게 그 말을 그대로 전했다. 신사와 페두치는 길을 따라 내려가기 시작했다. 신사는 어깨에 잡낭을 메고 있었다. 페두치가 그의 아내를 보니, 신사만큼이나 젊어 보였다. 등산화에 파란 베레모를 쓴 그녀는, 양손에 아직 조립이 안 된 낚싯대를 하나씩 들고 조금 뒤에서 따라오고 있었다. 페두치는 그녀가 뒤처져 있는 게 마음에 들지 않았다. 그는 젊은 신사에게 눈을 찡긋하고는 "시뇨리나(젊은 부인)," 하고 여자를 불렀다. "이리 오세요. 우리랑 같이 가요. 시뇨라, 이리 오세요. 모두 함께 가자고요." 페두치는 셋이서 나란히 코르티나 거리를 걷고 싶었다.

신사의 아내는 여전히 좀 떨어져서 다소 시무룩한 표정으로 따라왔다. "시뇨리나," 페두치가 부드럽게 불렀다. "이리 오세요." 젊은 신사가 뒤를 돌아보며 뭐라고 크게 말하니, 그제야 그녀는 그들을 따라붙었다.

그들은 마을의 중심가를 통과하며 많은 사람들을 만났고, 페두치는 그들 모두에게 공들여 인사했다. "부온디, 아르투로(안녕하세요, 아르투로 씨)!" 하며 모자 끝을 살짝 들어 올리기도 했다. 은행원 하나가 파시스트 카페 문 앞에서 그를 뚫어져라 쳐다봤다. 가게 앞에 서넛씩 서 있는 사람들도 세 사람을 응시했다. 새 호텔 기초공사를 하고 있는 돌가루 투성이 작업복 차림의 노동자들도 그들을 바라봤다. 그러나 그들에게 말을 붙이거나 아는 체하는 사람은 아무도 없었다. 턱수염에 침이 묻은 깡마르고 늙은 거지가 모자를 내밀 뿐이었다.

페두치가 쇼윈도에 술병들이 가득한 가게 앞에서 발길을 멈추더니, 입고 있던 낡은 군복 주머니에서 빈 그라파 술병을 꺼냈다. "마실 것을 좀 사죠. 시뇨라를 위한 마르살라* 어때요? 조금만, 조금만요." 그는 그 술병을 들고 몸짓을 해 보였다. 멋진 날이 될 것 같았다. "마르살라 좋아해요? 마르살라 조금 드실래요, 시뇨리나?"

신사의 아내는 뚱한 표정으로 서 있다가 말했다. "이 사람 어떻게 좀 해봐요. 무슨 말을 하는 건지 모르겠어요. 이 사람 취한 거 아니에요?"

젊은 신사도 페두치의 말을 잘 알아듣지 못한 듯했다. 그는 생각했다. 도대체 왜 마르살라 얘기를 하는 거지? 그건 맥스 비어봄**이 마시는 술인데.

"돈," 하고 페두치가 마침내 신사의 소매를 끌어당기며 말했다. "리라." 그는 강요까지는 아니었지만 신사가 행동을 취해 주기를 바라는 미소를 지어 보였다.

마침내 젊은 신사가 지갑에서 10리라짜리 지폐 한 장을 꺼내 그에게 주었다. 페두치는 국내산과 수입산이 다 있는 와인 가게의 출입문을 향해 계단을 올라갔다. 그런데 문이 닫혀 있었다.

"2시에나 열어요." 거리를 지나던 사람이 편잔하듯 말했다. 계단을 내려온 그의 마음은 상해 있었다. 하지만 그는 괜찮다고, 콩코르디아에 가면 살 수 있다고 말했다.

세 사람은 나란히 콩코르디아로 내려갔다. 녹슨 썰매들이 쌓여 있는 콩코르디아 현관에 이르렀을 때 젊은 신사가 독일어로 물었다. "바스 볼런 지(뭘 하려고요)?" 페두치가 그에게 꼬깃꼬깃 접은 10리라짜리 지폐를 건네주며 말했다. "아무것도, 아무것도요." 그는 당황한 듯 보였다. "마르살라면 되겠지요. 난 모르겠어요. 마르살라면 되지 않겠어요?"

젊은 신사와 그의 아내가 콩코르디아로 들어가 문을 닫았다. "마르살라 세 잔" 하고 젊은 신사가 과자 판매대 뒤에 서 있는 아가씨에게 말했다. "두 잔 아니에요?" 그녀가 물었다. "한 잔은 저기 밖에 있는 베키오(노인) 거예요." "아, 베키오" 하며 아가씨는 웃음을 터뜨리고는 술병을 내놓았다. 그녀는 그 탁해 보이는 술을 세 개의 잔에 따랐다. 신사의 아내는 신문 진열대 아래 앉아 있었다. 젊은 신사는 마르살라 한 잔을 그녀에게 내밀었다. "마셔 봐. 기분이 좋아질 거야." 그녀는 잔을 바라보았다. 젊은 신사는 나머지 두 잔을 들고 바깥으로 나가 페두치를 찾았지만 그는 보이지 않았다.

"어딜 갔는지 모르겠네." 잔을 들고 다시 가게 안으로 들어온 그가 말했다.

"이 술을 마시고 싶어 했는데." 신사의 아내가 말했다.

"4분의 1리터면 얼마죠?" 젊은 신사가 아가씨에게 물었다.

"비안코(화이트 와인)요? 1리라예요."

"아니, 마르살라요. 여기 두 잔도 포함해서 4분의 1리터 줘요." 그는 자신과 페두치의 잔을 그녀에게 넘겼다. 그녀가 깔때기를 이용해 4분의 1리터를 따르고 있는데, 젊은 신사가 말했다. "가져갈 수 있는 병에 담아 줘요."

아가씨는 싱글거리며 병을 찾으러 잠시 자리를 떴다.

"언짢게 해서 미안해, 여보." 그가 말했다. "점심때 그렇게 말한 것도 미안하고. 우린 같은 걸 서로 다른 각도에서 본 것 같아."

"소용없어요." 그녀가 말했다. "달라질 건 없어요."

"꽤 춥지?" 그가 물었다. "스웨터 하나 더 입고 나오지."

"세 개나 껴입었어요."

아가씨가 아주 가느다란 갈색 병을 가져와 그 안에다 마르살라를 부었다. 젊은 신사가 5리라를 더 주었다. 두 사람은 가게를 나섰다. 아가씨는 여전히 싱글거렸다. 낚싯대를 든 페두치는 바람을 피해 길 한쪽 끝에서 있다가 그들을 보며 말했다.

"여깁니다. 내가 낚싯대를 가져가지요. 누가 본들 무슨 상관이겠어요? 아무도 우리한테 시비를 걸진 않을 겁니다. 코르티나에서 나한테 시비 걸 사람은 아무도 없어요. 난 무니치피오(시청)에 근무하는 사람들도 알고 있다고요. 한때 난 군인이었어요. 이 마을 사람들 모두가 날 좋아해요. 난 개구리를 팔아요. 낚시가 금지됐다 해도 아무 문제 없어요. 아무 것도요. 큰 송어가 아주 많아요."

그들은 강을 향해 언덕을 내려갔다. 마을은 그들 뒤편에 있었다. 해가 들어가고 비가 내리기 시작했다. "저기," 페두치가 방금 지나온 어느 집 문가에 서 있는 한 아가씨를 가리키며 말했다. "내 도터(딸)예요."

"닥터?" 신사의 아내가 말했다. "이젠 자기 의사까지 우리한테 보여 주는 거예요?"

"닥터가 아니라 도터." 젊은 신사가 말했다.

페두치가 가리키자 아가씨는 집으로 들어가 버렸다.

그들은 언덕을 내려가 들판을 가로질러 강둑 쪽으로 길을 틀었다. 페두치는 여러 번 눈을 껌뻑거리기도 하고 온갖 아는 체를 하면서 빠르게 지껄였다. 나란히 걷고 있어서 그의 입김이 바람을 타고 신사의 아내에게로 날아들었다. 한번은 그의 팔꿈치가 그녀의 갈빗대를 찌르기도 했다. 그는 어느 때는 이곳 코르티나담페초 방언을 쓰다가, 또 어느 때는 티롤의 독일 방언을 쓰기도 했다.* 젊은 신사와 그의 아내가 어느 쪽 말

---

*코르티나담페초는 이탈리아 북동부에 있는 도시, 티롤은 이탈리아 북부와 오스트리아 서부에 걸쳐 있는 산악 지대로, 두 곳 다 알프스 산맥 지역에 있다.

을 알아듣는지 몰라서였다. 그러다가 젊은 신사가 독일어로 "야, 야(예, 예)" 하는 걸 듣고는 티롤 방언을 쓰기로 했다. 하지만 신사와 그의 아내는 전혀 알아듣지 못했다.

"마을 사람들 모두 우리가 낚싯대를 갖고 가는 걸 봤으니까, 지금쯤 불법 포획을 감시하는 경찰이 우릴 쫓고 있을지도 몰라. 이런 짓은 아예 하지 말았어야 했는데. 이 늙은이도 너무 취했고."

"그래도 돌아갈 마음은 없잖아요." 신사의 아내가 말했다. "낚시를 할 거잖아요."

"당신은 돌아가는 게 어때? 돌아가, 여보."

"당신하고 같이 있을 거예요. 당신이 감옥에 가더라도 같이 갈 거예요."

두 사람이 강둑 아래로 서둘러 내려가자 페두치가 강을 가리켰다. 그의 외투가 바람에 날리고 있었다. 강물은 누렇고 탁했으며, 오른쪽에는 쓰레기 더미도 쌓여 있었다.

"이탈리아 말로 해요." 젊은 신사가 말했다.

"운 메초라, 피우 둔 메초라."

"적어도 30분은 더 가야 한다는군. 돌아가, 여보. 이런 바람엔 감기 걸리기 딱이야. 날씨가 좋지 않으니 재미 볼 일도 없겠어."

"그래요." 그녀는 그렇게 말하고는 풀이 돋은 강둑을 도로 올라갔다.

강가로 내려가 있던 페두치는 아무것도 모르고 있다가, 그녀가 강둑 꼭대기 너머로 사라질 즈음에야 상황을 알아챘다. "프라우(부인)!" 그가 독일어로 소리쳤다. "프라우! 프로일라인(아가씨)! 가지 말아요."

하지만 그녀는 강둑 너머로 가버린 뒤였다.

"가버렸군!" 페두치는 충격을 받은 듯했다.

그는 낚싯대를 묶은 고무줄을 풀어서, 분리되어 있는 낚싯대를 조립하기 시작했다.

"30분을 더 가야 한다면서요."

"아, 그랬죠. 30분쯤 더 가면 좋지요. 근데 여기도 좋아요."

"정말입니까?"

"물론이죠. 여기나 저기나 다 좋아요."

젊은 신사는 강둑 밑에 앉아 낚싯대를 조립한 후, 거기 얼레를 달고 낚싯줄을 맸다. 그는 경찰이나 마을 사람들이 당장이라도 강둑을 넘어올 것 같아 마음이 편치 않고 겁이 났다. 강둑 너머로 집들과 종탑이 보였다. 그는 목줄을 넣어 둔 상자를 열었다. 페두치가 상자로 몸을 기울여 넓적하고 단단한 엄지와 검지로 촉촉히 젖은 목줄들을 헤집더니 말했다.

"납은 없어요?"

"없어요."

"납을 갖고 와야죠." 페두치가 흥분했다. "피옴보(납)를 갖고 와야죠. 피옴보, 조그만 피옴보 말이에요. 여기 낚싯바늘 위에 그걸 달아야 하는데. 그게 없으면 미끼가 물 위에 둥둥 뜬다고요. 갖고 왔어야 하는데, 조그만 피옴보를."

"당신은 가져왔어요?"

"아니요." 그는 자신의 주머니들을 마구 뒤졌다. 군복 주머니 안에서 나온 먼지들이 흩날렸다. "아무것도 없어요. 피옴보가 있어야 하는데."

"그럼 낚시 못하겠네요." 젊은 신사가 그렇게 말하고는 낚싯줄을 도로 감고 낚싯대를 분리했다. "내일 납을 구해서 다시 오죠."

"이봐요, 카로(선생). 납을 갖고 와야죠. 없으면 낚싯줄이 물 위로 떠버린다고요." 페두치의 날이 눈앞에서 산산이 부서지고 있었다. "피옴보를 갖고 왔어야 했어요. 조그마한 거 하나면 됐는데. 낚시 도구들은 이렇게 하나같이 말끔하고 새것인데 납이 없다니! 이럴 줄 알았다면 내 걸 갖고 왔을 텐데. 필요한 건 다 갖고 있다고 했잖아요!"

젊은 신사는 눈이 녹아 흐릿해진 강물을 바라보며 말했다. "알았어요. 피옴보를 가지고 내일 다시 와요."

"아침 몇 시가 좋겠어요? 말해 봐요."

"7시."

해가 다시 나타났다. 따뜻하고 쾌적했다. 젊은 신사는 안심이 되었다. 이제 법을 어길 일이 없기 때문이었다. 그는 마르살라 병을 주머니에서 꺼내 페두치에게 건넸다. 페두치는 그냥 돌려주었다. 젊은 신사가 한 모금 마신 뒤 다시 병을 페두치에게 넘겼다. 페두치가 다시 돌려주며 말했다. "당신이 마셔요. 이건 당신 마르살라니까." 몇 모금 마신 뒤 젊은 신사는 또다시 병을 넘겼다. 페두치는 술병을 뚫어지게 보더니, 다급하게 들이켰다. 술이 목으로 넘어가는 동안 그의 목에 달라붙어 있던 잿빛 머리카락이 흔들렸다. 그는 눈을 좁고 가느다란 술병 끝에 고정시킨 채 계속 마셨고, 마침내 모두 비워 버렸다. 그가 마시는 동안 태양이 빛나고 있었다. 결국 오늘은 그에게 굉장한 날, 멋진 하루가 되었다.

"센타(좋아요), 카로! 아침 7시." 그는 젊은 신사 선생을 몇 번이나 불렀지만, 반응이 없었다. 좋은 마르살라였다. 반짝거리는 그의 눈앞에 오늘과 같은 날들이 죽 펼쳐졌다. 그것은 내일 아침 7시에 시작될 터였다.

두 사람은 마을을 향해 언덕을 올라가기 시작했다. 젊은 신사가 앞서 걸었다. 그는 언덕 위쪽 꽤 멀리까지 가 있었다. 페두치가 그를 불렀다.

"이봐요, 카로. 5리라만 주시면 안 될까요?"

"오늘 일당 말인가요?" 젊은 신사가 인상을 쓰며 물었다.

"아니, 오늘 것이 아니라 내일 것을 오늘 주면 안 되겠냐고요. 내일은 내가 모든 걸 준비하지요. 파네(빵), 살라미, 프로마지오(치즈), 우리한테 필요한 모든 걸요. 당신과 나, 그리고 시뇨라를 위한. 낚시 미끼, 피라미, 벌레는 물론이고요. 마르살라도 갖고 올 수 있어요. 5리라면 모든 게 다 돼요. 5리라만 부탁해요."

젊은 신사는 자신의 지갑을 뚫어지게 보더니 2리라짜리 한 장과 1리라짜리 두 장을 꺼냈다.

"고마워요, 카로, 고마워요." 칼턴 클럽 회원이 다른 회원으로부터 〈모닝 포스트〉 지를 건네받을 때 내는 목소리로 페두치가 말했다. 앞으로도 이렇게 살리라. 갈퀴로 얼어붙은 거름을 깨부수는 호텔 뜰 일은 이제 그만하리라. 그의 앞에서 새로운 인생이 활짝 열렸다.

"그럼 7시예요, 카로." 그는 젊은 신사의 등을 살짝 두드리며 말했다. "7시 정각."

"안 갈지도 몰라요." 지갑을 주머니에 집어넣으며 젊은 신사가 말했다.

"뭐라고요?" 페두치가 말했다. "피라미를 준비할 겁니다, 시뇨르. 살라미도, 모두 다 준비할 거예요. 당신과 나, 그리고 시뇨라, 우리 세 사람 것 모두."

"안 갈지도 모른다고요." 젊은 신사가 말했다. "그럴 가능성이 커요. 그렇게 되면 호텔 주인한테 말해 놓을게요."

세상을 덮은 눈
Cross-Country Snow

강삭철차鋼索鐵車*가 다시 한 번 덜커덩하더니 멈춰 섰다. 선로에 눈이 겹겹이 쌓여 더 이상은 앞으로 나갈 수 없었다. 헐벗은 산등성이에 쌓인 눈은 휘몰아친 돌풍으로 딱딱해져 있었다. 화물칸에서 스키에 왁스칠을 하던 닉은 부츠를 바인딩 위에 얹은 다음 조임쇠를 닫고 단단히 조였다. 그러고는 바람에 딱딱하게 굳은 눈 위로 뛰어내리더니 도약회전을 한 바퀴 하고는 몸을 웅크린 채 스틱으로 설면을 끌며 산비탈을 쏜살같이 내려갔다.

저 아래 설원을 달리고 있는 조지는 꺼졌다 솟았다 하다가 아예 닉의 시야에서 사라졌다. 닉은 산허리의 가파른 굴곡을 따라 전속력으로 떨

*경사가 급한 사면을 따라서 부설된 레일 위를 지나가는 차량.

어져 내려갔다. 정신은 온데간데없고 그저 몸이 공중으로 날았다 떨어
질 때의 짜릿함만 느껴질 뿐이었다. 오르막을 한 번 오른 뒤 다시 내리
막으로 내려갈 때는 속력이 더욱 빨라져 마치 발밑의 눈이 사라져 버린
것 같았다. 거의 앉은 듯 웅크려 최대한 몸의 중심을 낮춘 자세로 활강
하던 그는, 모래 돌풍처럼 눈이 튀자 속도가 지나치게 빠름을 감지했다.
그래도 속도를 늦추지 않았다. 갈지자로 가거나 넘어지지 않을 자신이
있었기 때문이었다. 하지만 바깥만 부드러운 눈에 살짝 덮인, 속은 바람
에 패인 곳에 이른 순간 쭉 미끄러지고 말았다. 스키에선 부서지는 소리
가 났고, 그는 마치 총 맞은 토끼처럼 데굴데굴 구르다가 멈췄다. 그의
두 다리는 꼬여 있었고, 스키는 눈밭에 수직으로 꽂혀 있었으며, 그의
코와 귓속엔 눈이 가득 들어차 있었다.

　조지는 바람막이 재킷에 묻은 눈을 툭툭 털면서 슬로프 아래쪽 꽤
먼 곳에 서 있었다.

　"멋진 거 한번 보여 줬네, 마이크." 그가 닉에게 소리쳤다. "거긴 눈이
지나치게 부드러워서 그래. 나도 똑같이 당했었지."

　"저기 급경사 너머도 비슷해?" 드러누워 있던 닉이 스키로 땅을 차며
일어나 말했다.

　"좌측 사면을 타야 할 거야. 철조망이 쳐 있는 아래쪽에선 크리스티아
니아*로 빠르게 내려가는 게 좋고."

　"잠깐만, 같이 가자."

　"아니, 네가 먼저 가. 네가 급경사를 어떻게 내려가는지 보고 싶어."

　닉 애덤스는 널찍한 등과 금발에 여전히 약간의 눈을 묻힌 채 조지를

---

*활주 중에 급회전하는 기술.

212

지나쳐 가더니, 슬로프 가장자리로 미끄러지기 시작했다. 눈가루를 날리며 굽이치는 가파른 경사면을 내려가는 그의 몸은 공중으로 솟았다가 푹 꺼졌다가 했다. 계속 좌측 사면을 벗어나지 않으면서 무릎을 바짝 붙인 채 내려가다가, 철조망이 보이자 눈보라를 일으키며 마치 나사를 조이듯 몸을 오른쪽으로 날렵하게 틀어 속도를 줄였다. 그러고는 비탈과 철조망 사이를 평행으로 미끄러져 내려갔다.

그는 언덕을 올려다보았다. 조지가 무릎을 구부린 채 한쪽 다리는 앞으로 내밀고 반대편 다리는 끄는 텔레마크 자세로 내려오고 있었다. 가느다란 곤충의 다리 같은 그의 스틱은, 표면에 닿을 때마다 눈덩이를 퍼 올렸다. 잠시 후 그는 무릎을 완전히 구부려 멋지게 오른쪽으로 돌더니, 몸을 기울인 채 두 다리를 앞뒤로 내밀며 내려왔다. 거친 눈구름 속에서 커브를 그리는 스틱만 불빛처럼 또렷하게 보였다.

"크리스티아니아를 할 땐 겁이 났어." 조지가 말했다. "눈이 너무 깊어서 말이야. 근데 넌 멋지게 해내더라."

"하지만 내 다리론 텔레마크는 못해." 닉이 말했다.

닉이 철조망을 스키로 밟아 내려뜨리자 조지가 그 위를 미끄러져 내려갔다. 닉도 그를 쫓았다. 둘 다 무릎을 구부린 채 그 길을 내려가다가 소나무 숲에 들어섰다. 통나무를 끄는 짐승들이 흘린 오물에 오렌지색과 담뱃진 같은 노란색으로 얼룩진 숲길은, 반질거리는 빙판길이었다. 눈이 쌓인 길가를 따라 스키를 타고 내려가는 수밖에 없었다. 길은 가파르게 개울을 따라 내려가다가 다시 언덕으로 이어졌다. 나무들 사이로 풍상에 삭은 길고 낮은 지붕을 이고 있는, 누렇게 퇴색한 집 한 채가 보였다. 조금 더 다가가서 보니 창틀의 녹색 페인트가 벗겨져 있는 주막이었다. 닉이 스틱으로 조임쇠를 눌러 스키를 벗더니 말했다.

"여기서부턴 스키를 메고 가는 게 좋겠어."

그는 스키를 어깨에 메고 신발 뒤꿈치에 박힌 징을 빙판에다 찍으며 가파른 길을 올라갔다. 뒤쪽에서 역시 징을 찍으며 올라오는 조지의 숨소리가 들렸다. 그들은 스키를 주막 벽에 세운 뒤 서로의 바지에 묻은 눈을 털어 주고 발을 굴러 부츠도 턴 뒤 안으로 들어갔다.

안은 무척 어두웠다. 방 한쪽 구석에 있는 커다란 도자기 난로에서 빛이 새어 나왔다. 천장은 낮았다. 방 가장자리를 따라 놓여 있는 와인 얼룩이 묻은 짙은 색 탁자들 뒤로 반들반들한 긴 의자들이 놓여 있었다. 난롯가에 있는 스위스 인 둘은 새로 나온 탁한 빛깔의 와인 두 잔을 놓고 파이프 담배를 피우고 있었다. 옆방에서 들려오던 노랫소리가 멈추더니, 파란색 앞치마를 한 아가씨가 그 방에서 나와 주문을 받았다.

"시옹 한 병 주세요." 닉이 말했다. "그거면 되겠지, 지지?"

"그럼." 조지가 말했다. "와인에 대해선 네가 더 많이 알잖아. 나야 뭐든 좋아."

아가씨가 물러갔다.

"스키만큼 재밌는 건 없어. 안 그래?" 닉이 말했다. "긴 활강 코스를 처음 미끄러질 때의 기분이란."

"아," 하고 조지가 입을 뗐다. "그걸 어떻게 말로 표현하겠어."

아가씨가 술을 가져왔다. 그들은 코르크 마개를 뽑느라 한참 애를 먹었고, 마침내 닉이 뽑아냈다. 아가씨가 다시 물러갔다. 잠시 후 옆방에서 그녀가 독일어로 부르는 노랫소리가 들려왔다.

"코르크 조각이 좀 들어가 있어도 상관없어." 닉이 말했다.

"케이크도 파는지 모르겠네."

"물어보지 뭐."

여자가 다시 다가왔을 때 닉은 앞치마로 덮인 그녀의 배가 불룩한 것을 알아보았다. 임신을 한 것이었다. 닉은 처음에는 자신이 왜 못 알아봤을까 생각했다.

"무슨 노래를 부르고 있었죠?" 그가 그녀에게 물었다.

"오페라, 독일 오페라요." 그녀는 별로 얘기하고 싶지 않은 듯했다. "사과 슈트루들*은 좀 있는데, 그거라도 드릴까요?"

그녀가 가자 조지가 말했다. "여자가 그다지 상냥하진 않지?"

"응. 우리가 누군지 모르니까 자기 노래를 놀린다고 생각했는지도 모르지. 독일어를 쓰는 위쪽 지방 출신인 것 같은데 여기 살면서 예민해졌는지도 모르고. 게다가 결혼도 안 했는데 아기가 생겼으니 예민할 수밖에."

"결혼 안 했다는 건 어떻게 알아?"

"반지가 없잖아. 그리고 이 주변에 임신하기 전에 결혼한 여자들은 없더라고."

그때 주막 문이 열리더니 벌목공 한 무리가 신발을 털고 안으로 들어왔다. 그들의 몸에서 김이 솟고 있었다. 여자가 3리터짜리 새 와인을 그들에게로 갖고 갔다. 모자를 벗은 그들은 탁자 두 군데에 나누어 앉아 말없이 담배를 피우거나, 벽에 등을 기대거나, 탁자 앞으로 몸을 기울였다. 가끔씩 밖에서 날카로운 방울 소리가 들려왔다. 나무 실은 썰매를 끌고 가는 말들이 고개를 쳐들 때면 나는 소리였다.

조지와 닉은 기분이 좋았다. 둘은 서로를 좋아했다. 이제 집으로 돌아가야 한다는 걸 그들은 알고 있었다.

*사과를 잘라 밀가루 반죽에 얇게 싸서 오븐에 구운 것.

"언제 학교로 돌아갈 거야?" 닉이 물었다.

"오늘 밤." 조지가 대답했다. "몽트뢰에서 출발하는 10시 40분 차를 타야 해."

"좀 더 머물 수 있으면 내일 당뒤리스*에 갈 수도 있을 텐데."

"졸업은 해야 하니까." 조지가 말했다. "이봐 마이크, 놈팡이처럼 살 수 있다면 얼마나 좋을까? 기차를 타고 가다가 아무 데나 스키 탈 수 있는 데서 내려 즐기다가 여관에서 하룻밤 자고, 오버란트를 거쳐 발레로 올라갔다가 엥가딘까지 갈 수 있다면 얼마나 좋을까? 배낭에 수선용 도구랑 스웨터랑 잠옷만 챙겨 넣고 학교든 뭐든 다 잊어버리고 살면 말이야."

"그렇게 슈바르츠발트를 통과하고. 끝내주게 멋진 곳이지?"

"지난여름에 네가 낚시하러 갔던 데 맞지?"

"그렇지."

두 사람은 슈트루들을 안주로 나머지 술을 비웠다.

조지는 등을 벽에 기대고 눈을 감았다.

"술은 늘 이런 기분에 빠져들게 해." 그가 말했다.

"나쁜 기분?" 닉이 물었다.

"아니. 기분은 좋은데, 뭔가 우스워."

"알겠다." 닉이 말했다.

"알 거야." 조지가 말했다.

"한 병 더 할까?" 닉이 물었다.

"난 됐어." 조지가 말했다.

한동안 그들은 그곳에 있었다. 닉은 탁자에 팔꿈치를 댄 채 구부정하

*오버란트(베른 알프스 지역)에 있는 산.

게 몸을 숙이고 있었고, 조지는 여전히 벽에 기댄 채 앉아 있었다.

"헬렌은 아기를 낳을 거래?" 조지가 벽에서 떨어져 탁자 쪽으로 몸을 기울이며 물었다.

"응."

"언제 낳아?"

"내년 여름이 끝날 때쯤."

"좋아?"

"응. 지금은."

"미국으로 돌아갈 거야?"

"그럴 거 같아."

"가고 싶어?"

"아니."

"헬렌은?"

"마찬가지야."

조지는 아무 말 없이 빈 술병과 술잔들을 바라보았다.

"미국은 끔찍해. 그렇지 않아?" 그가 말했다.

"아냐, 꼭 그렇진 않아." 닉이 말했다.

"어째서?"

"그냥." 닉이 말했다.

"미국에서도 같이 스키 탈 수 있을까?" 조지가 말했다.

"모르겠어." 닉이 말했다.

"하기야 스키를 탈 만한 산이 별로 없어." 조지가 말했다.

"없지." 닉이 말했다. "바위가 너무 많아. 나무도 너무 빽빽하고. 그리고 너무 멀기도 해."

“맞아.” 조지가 말했다. “캘리포니아도 그래.”

“맞아.” 닉이 말했다. “내가 가본 데는 다 그랬어.”

“그랬지.” 조지가 말했다. “다 그랬어.”

스위스 손님들이 일어나 술값을 치르고 주막을 나갔다.

“우리가 스위스 사람이면 좋겠다.” 조지가 말했다.

“저들은 모두 갑상선 종양을 갖고 있대.” 닉이 말했다.

“난 그런 거 안 믿어.” 조지가 말했다.

“나도 그렇긴 해.” 닉이 말했다.

둘은 웃음을 터뜨렸다.

“우린 다시는 스키를 탈 수 없을지도 몰라, 닉.” 조지가 말했다.

“타야 해.” 닉이 말했다. “스키를 탈 수 없다면 사는 의미가 없어.”

“맞아, 타야지.” 조지가 말했다.

“타야지.” 닉이 맞장구를 쳤다.

“앞으로도 스키를 타겠다고 약속하자.” 조지가 말했다.

닉이 일어났다. 그는 바람막이 재킷을 단단히 여미고는 조지 쪽으로 몸을 숙여 벽에 세워 둔 스틱 두 개를 집어 들었다. 그러고는 그중 하나를 바닥에다 꽂더니 말했다.

“약속이란 건 별로 좋은 게 아니야.”

둘은 문을 열고 주막을 나섰다. 밖은 무척 추웠다. 눈은 단단히 얼어 있었다. 길은 산 위의 소나무 숲으로 곧게 뻗어 있었다.

그들은 주막 벽에다 기대 놓은 스키를 눈밭 위에 내려놓았다. 닉이 장갑을 꼈다. 조지는 스키를 어깨에 둘러메고 이미 길에 들어서 있었다. 이제 두 사람은 함께 집으로 달려갈 것이었다.

늙은 내 아버지
My Old Man

이제 와 돌아보면 아버지는 뚱뚱한 편이었다. 둥글둥글한 몸매의 전형적인 땅딸보였다. 하지만 말년에 그렇게 되었지 그전엔 그렇지 않았고, 장애물 경주에만 출전했기에 그 정도 늘어난 몸무게는 감당할 수 있어 꼭 잘못이라고도 할 수 없었다. 속옷 두 벌 위에 고무로 된 셔츠를 덧입고 다시 스웨터를 걸친 뒤 나를 데리고 따갑게 내리쬐는 오전의 햇볕 속을 뜀박질하던 아버지를 나는 기억하고 있다. 아마도 아버지는 새벽 4시에 토리노에서 돌아와 마차에서 말을 분리해 마구간으로 몰아넣자마자 라초의 말들 중 한 마리를 골라 훈련시켰을 것이다. 그런 다음 이슬에 젖은 대기 위로 태양이 떠오를 무렵 내가 승마용 부츠를 벗기고 운동화를 신겨 드리면, 아버지는 옷을 몇 겹 껴입고 뜀박질을 시작했었다.

"시작해 볼까, 아들?" 기수용 탈의실 앞에서 발끝을 올렸다 내렸다 하며 아버지는 그렇게 말했다. "뛰어 보자꾸나."

앞장선 아버지와 나는 경마장을 한 바퀴 천천히 돈 다음 경마장 문을 나서 길 양편으로 가로수들이 가득한, 산시로를 향해 뻗은 도로를 달리곤 했다. 도로에 들어서면 나는 아버지를 잽싸게 따돌린 후 뒤를 힐끔거렸다. 아버지는 처음에는 편안하게 달리는 듯 보이다가 조금 뒤 다시 돌아보면 땀을 흘리기 시작했다. 땀에 흠뻑 젖은 아버지는 내 등에서 눈을 떼지 않고 따라오다가 싱긋 웃으며 말했다. "내가 땀을 많이 흘리지?" 아버지가 웃을 땐 누구도 따라 웃지 않을 수 없었다. 산을 향해 한참 달려가고 있을 때 아버지가 "얘야, 조!" 하고 크게 부르는 소리에 돌아보면, 아버지는 나무 아래 서서 허리에 둘렀던 수건을 풀어 목에 감고 있었다.

내가 되돌아와 곁에 앉으면 아버지는 주머니에서 줄을 꺼내 땡볕에서 줄넘기를 했다. 아버지의 얼굴에선 땀이 줄줄 흘러내렸고, 줄이 착착 돌아갈 때마다 하얀 먼지가 피어올랐다. 해가 점점 달아올라도 아버지는 도로를 오르내리며 줄넘기를 했다. 나이 든 아버지의 줄넘기를 구경하는 건 큰 즐거움이었다. 아버지는 줄을 아주 빨리 돌리기도 하고 느릿느릿 돌리기도 했다. 이따금 덩치 큰 하얀 소가 끄는 수레를 모는 사람들이 우리 곁을 지나갔는데, 그들은 아버지가 줄넘기를 시작하면 수레를 멈춘 채 꼼짝 않고 지켜보았다. 무슨 저런 정신 나간 사람이 있나 하는 표정으로. 그러다가 소를 작대기로 찌르며 호통을 치며 다시 수레를 몰고 갔다.

아버지가 따가운 햇볕 아래서 열심히 운동하는 모습을 볼 때면, 새삼 아버지에 대한 애정이 솟구쳤다. 아버지는 정말 신이 나서 열심히 운동했다. 땀이 비 오듯 흘러내리는 얼굴로 줄넘기를 끝내면, 줄을 나무에다 휙 내던지고는 수건과 스웨터를 목에 두른 채 내 곁으로 와서 나무에 기대앉았다.

"살을 빼야 하니 죽을 맛이구나, 조." 아버지는 눈을 감으며 길게 한숨을 내쉬었다. "네가 어렸을 땐 이렇게 뚱뚱하지 않았는데." 몸이 식기 전에 아버지는 다시 일어났고, 우리는 마구간으로 되돌아 뛰기 시작했다. 아버지는 늘 그런 식으로 몸무게를 유지했고, 하루 종일 몸무게 때문에 마음을 졸였다. 대부분의 기수들은 말을 탈 때마다 1킬로그램 정도 체중이 줄었지만, 아버지는 체질이 특이해 달리기를 하지 않으면 체중을 유지할 수가 없었다.

나는 한때 산시로에서 부초나라는 말을 타던 레골리란 이름의 조막만 한 이탈리아 놈을 기억하고 있다. 그놈은 승마를 마치면 체중을 재고 나서 자신의 승마 부츠를 채찍으로 때리며 시원한 것을 마시러 주점으로 가곤 했다. 한번은 몸에 작아 보이는 실크 승마복을 입은 아버지도 체중을 잰 후 겨드랑에 안장을 낀 채 벌겋게 달아오른 얼굴로 그 주점 쪽으로 왔다. 그러고는 주점 문에 서서 시원한 걸 마시고 있는 젊은 레골리를 어린아이 보듯 바라보았다. 혹시 레골리와 충돌이 있었거나 다른 좋지 않은 일이라도 있었나 싶어 내가 "무슨 일 있으세요, 아빠?" 하고 물었더니, 아버지는 여전히 레골리에게서 눈을 떼지 않은 채 "에잇, 젠장맞을!" 하더니 탈의실로 가버렸다.

아버지가 계속 밀라노에 머물면서 밀라노와 토리노에서만 경주에 출전했다면 모든 게 잘 풀렸을지도 모른다. 그 두 곳의 코스는 수월했기 때문이다. 아버지는 이탈리아 녀석들은 지옥이라고 여기는 그 두 곳의 장애물 코스에서 경주를 끝내면, 우승마를 매어 놓는 마사 앞에서 말에서 내려오며 말하곤 했다. "피아놀라(간단했어), 조." 한번은 왜 그 코스가 쉽냐고 물었더니 아버지는 이렇게 대답했다. "이 코스에선 말이 내는 속도에 맡겨야 해서 그래. 장애물 경주가 위험한 건 기수들이 내는 속도 때문인데, 여기선 기수가 속도를 낼 수 없어서 말들이 심하게 뛰어오를 일도 없지. 곤란한 상황이 생기는 건 늘 기수가 속도를 낼 때지, 말이 장애물을 뛰어넘을 때가 아니란다."

산시로 경마장은 내가 본 경마장 중 가장 멋진 코스를 가지고 있었지만, 거기 소속되어 있던 시절 아버지는 늘 비참해서 죽을 맛이라고 했었다. 그럴 수밖에 없었던 것이, 이틀에 한 번 꼴로 야간열차로 미라피오레와 산시로를 오가며 일주일 내내 말을 타야 했기 때문이었다.

말에 넋이 나가 있기는 나도 마찬가지였다. 말들이 등장해 결승 푯말을 향해 트랙을 달리는 장면 안에는, 형언하기 힘든 뭔가가 있었다. 기수들은 처음엔 말 등에 바짝 붙어 말을 여유 있게 몰다가, 점점 속도를 높여 춤을 추듯 움직이며 말을 완전히 장악했다. 그들이 출발 지점 가로대 뒤에 서면, 어느 때보다 흥분이 되었다. 트랙 안쪽에 널따란 잔디밭이 있고, 멀리 산이 보이며, 큰 채찍을 가진 뚱뚱한 이탈리아 인이 출발 신호를 울리는 산시로 경마장은 그야말로 최고였다. 말에 탄 기수들은 꼼지락거렸다. 그러다가 가로대가 올라가며 출발 신호가 울리면 말들은 한꺼번에 튀어나왔고, 이내 줄지어 달리기 시작했다. 무리 지어 달리는 말들의 모습은 장관이었다. 관람석에 서서 쌍안경으로 들여다보면 달리는 말들의 모습을 더 생생하게 볼 수 있었고, 천 년 동안 계속 메아리칠 듯한 벨 소리와 함께 모퉁이를 돌아 질주하는 모습도 볼 수 있었다. 내게 그보다 더 멋진 광경은 없었다.

그런데 어느 날 아버지가 탈의실에서 외출복으로 갈아입으며 내게 말했다. "저기 있는 것들은 말이라고 할 수도 없단다, 조. 저런 늙은 말들은 파리였다면 오래전에 도살장으로 끌려갔어." 그날은 아버지가 란토르나라는 말에 올라, 마지막 수백 미터를 마치 병에서 코르크 마개 빠지듯 시원스레 달려 프레미오 콤메르초에서 우승한 날이었다.

우승한 직후 우리는 모든 것을 접고 이탈리아를 떠났다. 그 며칠 전 아버지와 홀브룩이란 남자, 그리고 손수건으로 연신 얼굴의 땀을 닦아 내는 밀짚모자를 쓴 어느 뚱보 이탈리아 인이 갈레리아*의 한 테이블에 앉아 논쟁을 벌였다. 모두 프랑스어로 말하고 있었는데, 두 사람이 아버지에게 뭔가를 추궁하는 듯했다. 결국 아버지는 입을 꾹 닫고 홀브룩을 노려보았다. 두 사람은 번갈아 가며 계속 아버지를 몰아붙였고, 뚱보는 항상 홀브룩의 말을 자르고 들어왔다.

"가서 〈스포츠맨〉 좀 사다 줄래, 조?" 아버지가 홀브룩에게서 눈을 떼지 않은 채 내게 동전 두 개를 건넸다.

갈레리아를 나온 나는 스칼라 극장 앞까지 걸어가서 신문을 사서 돌아와, 방해가 되지 않게 그들을 멀찍이서 지켜보았다. 아버지는 여전히 의자 깊이 등을 묻은 채 스푼으로 커피 잔을 휘젓고 있었고, 홀브룩과 연신 땀을 닦는 뚱보는 고개를 저으며 서 있었다. 내가 다가가자 아버지는 마치 그 두 사람이 없는 듯 태연하게 "아이스크림 먹을래, 조?" 하고 물었다. 그러자 홀브룩이 아버지를 내려다보며 또박또박한 말투로 말했다. "개자식." 그러고는 뚱보와 함께 테이블을 빠져나갔다.

아버지는 앉은 채로 내게 미소를 지어 보였지만 창백해진 얼굴에 불쾌한 빛이 역력했다. 나는 무슨 일이 일어났음을 직감했다. 누군가가 아버지에게 개자식이란 말을 던지고 가버린 것이 내 기분까지 엉망으로

*1865년부터 1875년에 걸쳐 지어진 밀라노의 대형 상가.

만들었고, 한편으론 두렵기도 했다. 아버지는 〈스포츠맨〉을 펼쳐 한동안 핸디캡이 붙은 경마 기사를 꼼꼼히 살펴보고는 말했다. "너도 별의별 일을 다 겪게 될 거다, 조." 사흘 뒤 우리는 트렁크 하나와 손가방 하나에 짐을 꾸리고, 거기 들어가지 않는 것들은 모두 터너 씨의 마구간 앞에서 경매로 팔아 치웠다. 그러고는 토리노 발 파리 행 기차를 타기 위해 밀라노와 영원히 작별했다.

우리는 이른 아침 파리의 기다랗고 지저분한 역으로 들어섰다. 아버지가 리옹 역이라고 일러 주었다. 밀라노에 비하면 파리는 무서울 정도로 큰 도시였다. 밀라노에서도 많은 사람들이 어디론가 걸어가고 많은 전차들이 어딘가로 향했지만, 그렇게 혼란스러워 보이지는 않았다. 하지만 파리는 모든 게 뒤죽박죽이었고 어느 누구도 그걸 정리하려 하지 않는 것 같았다. 하지만 나는 그런 파리가, 일부이긴 하지만 좋아졌다. 무엇보다 그곳 경마 코스들은 세상에서 가장 멋졌다. 또한 경마가 파리의 모든 것을 움직이는 듯했다. 파리에는 어디서 경마가 열리든 매일 그곳으로 가는 직행 버스가 있었다. 하지만 나는 파리에 대해 그다지 많이 알지는 못했다. 근교에 있는, 메종이라 불리는 기수들의 거주지에서 일주일에 한두 번 정도만 아버지를 따라 파리로 나올 수 있었기 때문이다. 아버지는 파리로 나오면 늘 메종의 기수들과 함께 오페라 거리 한쪽에 있는 카페 드 라 페에 앉아 있었는데, 나는 그곳이 그 도시에서 가장 번화한 곳 중의 하나라고 생각하고 있었다. 그런데 어째서 파리처럼 큰 도시에, 밀라노의 갈레리아 같은 대형 쇼핑몰이 보이지 않는지 이상했다.

우리는 샹티이 경마장 소속 기수들을 제외한 모든 기수들이 거주하고 있는, 메이에르 부인이 운영하는 메종 라피트라는 곳에서 살았다. 그곳은 내 인생에서 가장 살기 좋았던 곳이었다. 그곳은 그다지 크지는 않았지만, 호수와 멋진 숲은 우리 같은 어린아이들이 하루 종일 빈둥거리며 놀기엔 그만이었다. 나는 아이들과 함께 아버지가 만들어 준 새총으로 많은 것들을 잡았는데 그중 까치가 최고였다. 하루는 딕 앳킨슨이 그 새총으로 토끼를 잡았다. 우리는 나무 아래에 그 토끼를 내려놓고 빙 둘러앉았다. 딕은 담배 몇 개비를 피웠다. 그런데 갑자기 토끼가 튀어 오르더니 숲 속으로 달아났다. 우리는 쫓아갔지만 찾을 수가 없었다. 정말이지 그곳에서 살던 시절은 끝내줬다. 메이에르 부인이 아침에 점심 도시락을 싸 주면, 나는 종일 나가 놀았다. 나는 프랑스어도 빨리 익혔다. 그 말은 배우기가 아주 쉬웠다.

우리가 메종에 도착하자마자 아버지는 밀라노에 자격증을 보내 달라는 서신을 보냈는데, 그것이 올 때까지 꽤나 걱정하면서 메종에 있는 카페 드 파리에서 기수들과 노닥거리곤 했다. 메종에는 아버지가 전쟁 전 파리에서 기수 생활을 할 때부터 알던 친구들도 많았고, 기수들은 오전 9시쯤이면 경마장 일이 다 끝나 그때부터는 놀았기 때문이었다. 기수들은 아침 5시 반에 마구간에서 첫째 조 말들을 끌어내 그놈들을 훈련시키고 8시엔 둘째 조 말들을 훈련시켰다. 그래서 일찍 일어났고 잠자리에도 일찍 들었다. 사람들의 시선 때문에라도 기수들은 늦게까지 술을 마시며 돌아다니지 못했는데, 특히 젊은 기수들은 조련사들의 감시를 받았다. 또 나이 든 기수들은 스스로를 감시해 자신을 엄격하게 통제했다. 일이 없을 때면 그들은 동료들과 함께 카페 드 파리에서 베르무트 한 병과 셀처*를 놓고 두세 시간씩 대화를 나누거나 내기 당구를 치곤 했다. 그곳은 클럽이나 밀라노의 갈레리아 같았다. 물론 갈레리아에는 기수 말

* 베르무트는 화이트 와인이 섞인 혼성주, 셀처는 탄산음료의 일종이다.

고도 많은 사람들이 수시로 들락거리며 테이블에 앉아 있었지만.

아버지의 자격증은 무사히 도착했다. 그들은 가타부타 한마디 없이 자격증을 보내 주었고, 아버지는 그 자격증으로 북부 솜 강 연안의 아미앵 등에서 두어 번 말을 탔다. 따로 계약을 한 것 같지는 않았다. 모두가 아버지를 좋아해서, 오전에 카페로 가보면 아버지는 늘 누군가와 술을 마시고 있었다. 그도 그럴 것이, 아버지는 1904년 세인트루이스 만국박람회에서 처음으로 말을 타 돈을 벌었던 사람처럼 — 이 표현은 아버지가 조지 번스란 사람을 놀릴 때 하던 말이었다 — 인색하지 않았기 때문이다. 하지만 늙은 아버지에게 말을 탈 기회를 주려는 사람은 더 이상 없는 듯했다.

우리는 매일 메종에서 출발하는 차를 타고 경마가 열리는 곳으로 갔다. 그것이 최고의 재미였다. 여름에 도빌에서 말들이 돌아오자 나는 무척이나 기뻤고, 그때부터는 숲에서 노는 것도 싫었다. 앙기엥이나 트랑블레, 혹은 생클루로 가서 조련사와 기수들 자리에서 경마를 구경하는 게 훨씬 재밌었기 때문이다. 기수나 조련사들에게서 경마에 대해 더 많이 배울수록 경마가 더욱 흥미로워졌다.

한번은 생클루에서 상금 20만 프랑이 걸린, 일곱 마리 말들이 출전하는 경주가 열렸다. 최고로 인기 있는 말은 차르였다. 나는 그 경주에 출전하는 말들을 보려고 아버지와 함께 작은 방목장으로 갔는데, 그 말들은 모두 내가 본 놈들 중 최고였다. 덩치 큰 황색의 차르가 머리를 숙인 채 내 곁을 지나갔을 땐, 놈이 너무도 아름다워 그만 넋을 잃고 말았다. 그토록 멋지고 날렵한 말은 처음이었다. 녀석은 발을 사뿐히 들어 올렸다가 조심스럽게 내디뎠고, 자신이 해야 할 일을 잘 아는 듯한 모습이었다. 경매에서 팔려고 약물을 주사한, 갑자기 날뛰거나 두 발을 뻗치며 사나운 눈빛을 쏘는 말들과는 완전히 달랐다. 사람들이 점점 많이 몰려들어, 나는 놈의 다리와 황색 몸통만 겨우 다시 볼 수 있었다. 나는 아버지를 따라 사람들을 비집고 숲 뒤편에 있는 기수들의 탈의실로 갔다. 그 앞에도 구경꾼들이 몰려 있었다. 입구에 서 있는 중절모를 쓴 남자가 아버지에게 고개를 끄덕하며 우리를 안으로 들여보냈다. 탈의실 안의 기수들은 둥그렇게 둘러앉아 셔츠를 입고 승마용 부츠를 신고 있었다. 실내는 열기와 땀과 통증 완화용 연고 냄새로 가득했고, 바깥은 안을 들여다보는 사람들로 가득했다.

아버지가 바지를 입고 있는 조지 가드너 곁으로 가서 물었다. "뭐 알려 줄 거 없어, 조지?"아버지의 목소리에 그다지 큰 기대는 담겨 있지 않았다. 기분이 나쁘면 조지는 아무 말도 안 할 것이기 때문이었다.

"녀석은 우승하지 못해요." 조지가 몸을 수그려 바지의 단추를 채우며 무척이나 낮은 소리로 말했다.

"그럼 누가?" 아버지는 아무도 듣지 못하게 조지에게 바짝 붙어서 물었다.

"커큐빈."조지가 대답했다. "녀석이 우승하면, 나한테 두 장 넘겨요."

아버지가 무어라고 말하자 조지가 놀리듯 말했다. "아무 말에나 걸지 말아요." 그러고 나서 우리는 탈의실을 나와 사람들을 지나 100프랑짜리 마권을 발매하는 곳으로 갔다. 조지가 차르의 기수였기에, 그가 한 말에는 무슨 음모가 담겨 있는 것 같았다. 아버지는 베팅할 액수와 우승 확률 등이 적혀 있는 노란색 표 하나를 집어 들었는데 차르의 우승 확률은 10:5, 세피스도트는 3:1, 그리고 다섯 번째 칸의 커큐빈은 8:1이라고 적혀 있었다. 아버지는 커큐빈이 우승하는 데 5천 프랑, 3등 안에 든다는 데 1천 프랑을 걸고는 경주를 보기 위해 특별관람석 뒤로 돌아

계단을 올라가 자리를 잡았다.

우리는 사람들 틈에 끼어 서 있었다. 맨 처음 나타난 사람은 높다란 회색 모자에 긴 코트를 걸친 남자였다. 그 뒤로 기수를 태운 말들이 차례로 등장했다. 말의 양쪽에는 말굴레를 잡고 있는 마부들이 서 있었다. 덩치 큰 황색 차르가 선두에 서 있었다. 다리 길이뿐 아니라 전체적인 위용과 걷는 모습까지 아까 보았을 때보다 훨씬 커 보였다. 정말이지 그런 말은 본 적이 없었다. 그 말 위에 앉은 조지 가드너는 서커스 단장처럼 높은 회색 모자를 쓴 나이 많은 남자 뒤에서 천천히 말을 몰았다. 차르 뒤편에는 토미 아치볼드가 탄 잘생긴 흑마가 햇살을 받아 누런빛을 띠며 여유 있게 움직이고 있었다. 그 뒤로 다섯 필의 말들이 줄지어 서서 천천히 특별관람석 앞을 지나갔다. 아버지는 흑마가 커큐빈이라고 말하며, 녀석을 유심히 관찰했다. 녀석도 좋은 말 같았지만, 차르와 비교할 수는 없었다.

차르가 지나갈 때 관중들은 일제히 함성을 질렀다. 녀석은 귀족의 골상을 가진 말이었다. 말들이 일제히 잔디밭을 지나 출발점으로 향할 때 서커스 단장 같은 모습의 남자가 마부들에게 관중들이 말들을 더 잘 볼 수 있도록 고삐를 놓으라고 했다. 경주마들이 출발점에 서자마자 공이 울렸다. 말들이 장난감 말처럼 꿈틀하더니 한 무더기로 트랙을 달리기 시작했다. 쌍안경으로 보니, 차르가 적갈색 말 한 마리와 보조를 맞추며 앞의 말들을 쫓고 있었다. 경주마들이 말발굽을 들어 올리며 빠르게 우리 앞을 지날 때, 차르는 뒤쪽에 처져 있었고 커큐빈은 여유 있게 앞서 달리고 있었다. 무섭게 달리는 말들이 점점 멀어지더니 커브를 돌아 다시 한 무더기가 되어 직선 코스로 들어서자, 사람들은 신을 찾거나 저주를 퍼부었다. 마침내 경주마들이 마지막 바퀴를 돌아 직선 코스로 접어들었고, 커큐빈이 맨 앞에서 달려왔다. 사람들은 일제히 안타까운 표정으로 차르를 외쳐 댔고, 경주마들의 말발굽 소리는 곧게 뻗은 길 위를 요란하게 울렸다. 차르는 이제껏 보여 주지 않았던 속도를 내며 커큐빈 뒤에 바짝 따라붙었다. 기수의 채찍을 받은 커큐빈 역시 어떤 흑마보다 무서운 속도를 냈다. 두 마리의 말들은 번갈아 선두를 내주었지만, 힘껏 뛰어오르며 머리를 내민 차르가 배나 빨리 질주하는 듯 보였다. 하지만 두 말은 누가 먼저 들어왔는지 가늠하기 힘들 정도로 거의 동시에 결승점을 통과했다. 심판대 위로 먼저 튀어 오른 숫자는 2였다. 커큐빈의 우승을 의미했다.

나는 온몸이 후들거리며 기묘한 기분에 휩싸였다. 우리는 커큐빈에 대한 지불 금액이 붙은 게시판 앞으로 가려고 사람들과 함께 아래층으로 떠밀려 내려갔다. 나는 경주에 정신이 팔려 아버지가 커큐빈에게 얼마를 걸었는지 잊고 있었고 내가 이기기를 바란 건 차르였다. 하지만 경주가 끝나니 아버지가 베팅한 말이 우승한 게 기뻤다.

"굉장하지 않았어요, 아빠?"

승마용 모자를 쓴 아버지는 재밌다는 표정을 지으며 나에게 말했다. "조지 가드너는 굉장한 기수야. 차르의 우승을 막은 솜씨를 봐."

물론 나는 그 경주를 매우 즐겁게 구경했지만, 아버지가 그런 식으로 말하자 흥이 다 깨져 버렸다. 심지어 게시판에 커큐빈의 우승 배당률이 6.75배나 된다는 글이 나붙어도 기분이 회복되지 않았다. 주위의 많은 사람들은 "불쌍한 차르, 불쌍한 차르!" 하고 입을 모았다. 내가 기수가 되어 조지 가드너 개자식 대신 그 말을 타고 싶었다. 내가 늘 좋아했고, 더구나 우승마까지 알려 준 그가 개자식처럼 생각되다니 기이한 일이었다.

　아버지는 그 경마로 거금을 손에 쥐었고, 그 후 우리는 자주 파리로 나갔다. 트랑블레에서 경마를 본 날에도 메종으로 돌아오는 길에 파리에 들러 카페 드 라 페에 앉아 지나가는 사람들을 구경하곤 했다. 거기 앉아 있으면 즐거웠다. 온갖 종류의 사람들이 거리를 오갔다. 누군가는 우리에게 와서 물건을 팔려고 했다. 나와 아버지는 그곳을 무척 좋아했고, 그때가 우리 최고의 시절이었다. 아버지는 고무공을 누르면 고무로 된 우스꽝스러운 토끼가 튀어나오는 장난감을 팔러 온 상인들을 놀려 주곤 했다. 아버지는 프랑스어를 영어만큼 잘 구사했고, 그 카페에 있는 사람들 모두가 아버지를 알고 있었다. 아버지는 누가 봐도 경마 기수처럼 보였고, 늘 똑같은 자리에 앉았기 때문이었다. 상인들 중에는 결혼 증명서나 누르면 수탉이 튀어나오는 고무 달걀을 파는 여자들도 있었다. 파리의 풍경이 담긴 그림엽서를 파는 상인들도 있었지만, 그걸 사는 사람은 아무도 없었다. 하지만 상인들이 그 엽서들 속에 숨겨 놓은 외설적인 그림엽서를 슬쩍 보여 주면, 많은 사람들이 그걸 사곤 했다.

　그러고 보니, 그 카페에서 스쳤던 흥미로운 사람들이 떠오른다. 어떤 여자들은 저녁때가 가까워지면 식사를 같이할 사람을 찾곤 했는데, 그들이 아버지에게 말을 건네면 아버지는 프랑스어로 농담을 던졌다. 그들은 내 머리를 쓰다듬고는 가버렸다. 한번은 미국 여자 하나가 옆 테이블에 어린 딸과 함께 앉아 있었는데, 아이스크림을 먹고 있는 그 예쁜 딸을 나는 계속 쳐다보았다. 내가 미소를 보내자 소녀도 나를 보며 빙그레 웃었다. 그뿐이었다. 하지만 나는 그들을 찾기 위해 매일 돌아다녔고, 만나게 되면 말을 걸리라 마음먹었다. 소녀와 친해지면 같이 오퇴유나 트랑블레로 놀러 가는 걸 소녀의 엄마가 허락해 줄까 걱정하기도 했다. 하지만 끝내 그 모녀를 다시 볼 수 없었다. 설사 만났더라도 별다른 일은 없었을 것이다. 당시 내가 소녀의 엄마에게 할 수 있는 말이라곤 '실례합니다만, 오늘 앙기엥에서 열리는 경마에서 어떤 말이 우승할지 알려 드릴까요?'란 게 전부였기 때문이다. 그러면 그녀는 나를 우승마를 가르쳐 주는 사람이 아니라 암표 장수쯤으로 여겼을 것이다.

카페 드 라 페의 웨이터는 우리에게 신경을 많이 써주었다. 아버지가 5프랑짜리 위스키를 마시고 팁도 많이 얹어 주기 때문이었다. 아버지는 당시 어느 때보다 술을 많이 마셨다. 말도 전혀 타지 않으면서 위스키를 마시면 체중이 줄어든다는 변명을 하며. 하지만 나는 아버지의 몸이 계속 불어나고 있다는 걸 알고 있었다. 아버지는 메종의 옛 친구들과도 멀어졌고, 나와 함께 카페 드 라 페가 있는 그 대로에 앉아 있는 것만 좋아했다. 매일 경마에 돈을 쏟아부었고, 지면 침통한 얼굴로 또 거기에서 위스키를 마셨다.

아버지는 〈파리 스포츠〉를 보다가 나를 힐끔 건너다보며 "너의 그 소녀는 어딨니, 조?" 하고 농담을 던지기도 했다. 내가 옆 테이블에 앉았던 모녀에 대해 말한 적이 있기 때문이었다. 그럼 얼굴이 화끈 달아올랐지만, 아버지와 그런 농담을 주고받는 게 좋았다. 기분 전환엔 그만이었다. "눈 똑바로 뜨고 지켜봐, 조." 아버지가 말했다. "돌아올 테니까."

아버지는 이것저것 물어보다가 내가 대답을 하면 웃음을 터뜨리기도 하고, 이런저런 얘기들을 들려주기도 했다. 이집트에서 지칠 때까지 말을 탔던 얘기, 엄마가 돌아가시기 전 생모리츠의 얼음판 위에서 말을 탔던 얘기, 전쟁 중에 프랑스 남부에서 상금도 내기도 없고 관중도 없이 오직 말을 훈련시키기 위해 정기적으로 경주를 펼쳤던 얘기, 경주에서 미친 듯이 달렸던 얘기. 아버지는 그런 얘기들을 몇 시간이고 들려줬다. 특히 술이 두어 잔 들어가면. 어린 시절 켄터키에서 했던 너구리 사냥

등 엉망이 되기 전의 미국 얘기도 들려줬다. 그러고는 말했다. "조, 우리가 경마로 돈을 벌면 넌 미국으로 돌아가 학교를 다녀."

"미국이 엉망이라면서 왜 거기서 학교를 다녀요?" 내가 아버지에게 물었다.

"그건 달라." 아버지는 그렇게 말하고는 웨이터를 불러 술값을 냈다. 우리는 택시를 타고 생라자르 역으로 가서 기차를 타고 메종으로 돌아왔다.

어느 날 오퇴유에서 장애물 경주가 끝난 뒤 거기 출전했던 말들을 파는 행사가 열렸다. 아버지는 우여곡절 끝에 3만 프랑을 주고 우승마를 차지했다. 일주일쯤 뒤 그 말의 면허증과 기수의 제복과 모자도 넘겨받았다. 나는 아버지가 마주가 된 게 너무도 자랑스러웠다. 아버지는 찰스 드레이크와 교섭해 마구간을 사용하게 되었고, 그때부터 파리에는 발을 끊었다. 아버지는 다시 달리기와 땀 빼기 운동을 시작했고, 우리는 똘똘 뭉쳤다. 우리는 장애물을 날렵하게 뛰어넘는 그 아일랜드 산 말에게 길퍼드라는 이름을 지어 주었다. 아버지는 녀석을 훈련시켜 자신이 직접 타면 수지가 맞을 거라고 생각했다. 내게 길퍼드는 차르 못지않게 훌륭한, 자랑스러운 말이었다. 적갈색의 그 말은 장애물을 넘는 솜씨도 탁월했고 평지에서도 엄청난 속도를 냈으며 생긴 것도 출중했다.

나는 그 말에 완전히 빠졌다. 녀석은 처음으로 아버지를 태우고 출전한 2,500미터 장애물 경주에서 3위를 차지했다. 아버지가 땀에 흠뻑 젖은 채로 말에서 내려 행복한 표정으로 시상대에 선 뒤 체중을 재러 가는 걸 봤을 때, 아버지가 마치 생애 첫 경주를 끝내고 온 사람처럼 자랑스럽게 느껴졌다. 사실 오랫동안 말을 타지 않았던 기수가 다시 사람들의 신뢰를 받기란 여간 힘든 일이 아니었다. 아버지는 밀라노에서는 아무리 큰 경주에 출전해도, 거기서 누가 우승해도 심드렁했기에 흥분하는 법이 없었다. 하지만 그때부턴 완전히 달라져 경주 전날 밤이면 내심 흥분해 잠을 못 이루었고 나 역시 그랬다. 자신이 소유한 말을 탄다는 건 달라도 한참이나 달랐다.

길퍼드와 아버지가 두 번째로 출전한 경주는, 어느 비 오는 일요일 오퇴유에서 열린 프리 뒤 마라 4,500미터 장애물 경주였다. 나는 아버지가 사 준 새 쌍안경을 들고 관람석으로 뛰어 올라갔다. 저 끝에 보이는 출발 지점 가로대 쪽에 무슨 문제가 생긴 것 같았다. 눈가리개를 한 어떤 말이 요란하게 법석을 떨다가 가로대에 부딪힌 것이었다. 하지만 나는 하얀 십자가 표시가 있는 검정 재킷을 입은 아버지가 길퍼드를 쓰다듬어 주는 것을 볼 수 있었다. 요란하게 공이 울리며 가로대가 덜컹하고 올라가자 말들이 일제히 달려 나왔다. 나는 너무 흥분되어 겁이 날 지경이었지만, 말들이 다시 나타날 나무들 쪽에 쌍안경을 고정시켰다. 드디어 말들이 나타나기 시작했다. 낡은 검정 재킷을 입은 아버지가 탄 길퍼드는 세 번째였다. 경주마들은 하나같이 새처럼 장애물을 뛰어넘으며 달려왔다. 다시 말들이 시야에서 멀어지며 언덕을 내려가더니 한 무더기로 장애물을 뛰어넘어 사람들 앞을 쏜살같이 지나갔다. 무리를 지어 부드럽게 달리는 말들을 보고 있으니, 그들의 등 위를 걸을 수도 있을 것 같았다. 두 겹으로 높이 솟은 장애물을 말들이 일제히 뛰어넘는 순간, 한 놈이 넘어졌다. 그게 어떤 놈인지는 알아볼 수 없었다. 잠시 뒤 놈은 다시 일어섰지만 이리저리 헤매었다. 나머지 말들은 무리를 이루며 왼쪽으로 돌아 곧게 뻗은 코스로 접어들었다. 돌로 된 벽을 뛰어넘은 경주마들은 이제 관람석 바로 앞에 있는 널따란 웅덩이 쪽으로 다가오고 있었다. 아버지가 보이자 나는 환호로 응원했다. 아버지는 한 마장쯤 앞서 있었는데, 말 위에서 원숭이처럼 가볍게 움직이고 있었다. 마침내 말들이 웅덩이를 향해 전속력으로 질주했다. 말들이 웅덩이 위에 설치된 높다란 울타리를 넘는 순간, 충돌이 일어났다. 두 마리는 옆으로 피해 계속 앞으로 달려 나갔고, 세 마리는 서로 걸려 넘어지고 말았다. 아버지는 보이지 않았다. 쓰러진 말들 중 한 마리가 일어났다. 그러자 그 말의 기수가 재빨리 올라타 고삐를 틀어쥐고는 어떻게든 등수 안에 들려고 채찍을 치며 달려 나갔다. 다른 한 마리도 일어났지만 머리를 흔들더니 고삐를 늘어뜨린 채 딴 데로 가버렸다. 겨우 일어난 그 말의 기수는 장애물에 의지해 트랙 밖으로 비틀비틀 걸어갔다. 잠시 후, 쓰러져 있던 길퍼드가 아버지를 내동댕이치며 일어나더니 앞발 하나를 든 채 세 발로 달리기 시작했다. 풀밭에 드러누워 있는 아버지의 머리는 온통 피범벅이었다. 내가 사람들을 뚫고 관람석 아래로 뛰어내리자 경찰이 나를 붙잡았다. 건장한 체격의 두 남자가 들것을 들고 아버지가 있는 곳으로 달려갔고, 트랙 저편에서는 세 마리의 말이 한 줄로 늘어서서 나무들을 빠져나와 장애물을 넘고 있었다.

그들이 안으로 들어갔을 때 아버지는 이미 죽어 있었다. 의사가 청진기로 아버지의 심장 소리를 확인하는 사이 총소리가 울렸다. 길퍼드의 죽음을 뜻하는 소리였다. 그들이 아버지를 들것에 실어 경마장 병실로 옮기는 동안 나는 들것에 매달려 울고 또 울었다. 아버지는 창백한 시체가 되어 있었다. 아버지가 죽었다고 굳이 길퍼드까지 죽일 필요는 없지 않았나, 다친 말발굽은 나을 수도 있었는데 하는 생각도 들었지만, 나는 아무것도 알 수 없었다. 내가 아버지를 너무도 사랑한다는 사실만 빼고는.

두 남자가 병실로 들어왔다. 그중 한 사람이 내 등을 가볍게 치고는 아버지 쪽으로 가서 그를 바라보았다. 그러고는 아버지가 누워 있는 간이침대의 시트를 빼내 아버지의 몸을 덮어 주었다. 다른 한 사람은 전화를 걸어 아버지를 메종으로 옮길 응급차를 보내 달라고 프랑스어로 말했다. 울음을 그칠 수 없었던 나는 목이 멜 정도로 계속 흐느꼈다. 잠시후 조지 가드너가 병실로 들어와 내 곁에 앉더니 팔로 나를 감싸며 말했다. "진정해, 조. 일어나서 나가야지. 응급차가 기다리고 있어."

조지와 나는 병실 문을 나섰다. 나는 울음소리를 내지 않으려고 애를 썼다. 조지가 손수건으로 내 얼굴을 닦아 주었다. 사람들이 경마장 출입문으로 쏟아져 나오는 동안 우리는 뒤쪽에 멀찍이 서 있었다. 우리들 곁에 두 남자가 멈춰 섰다. 그들 중 한 남자가 마권 뭉치를 세면서 말했다. "버틀러는 벌을 받은 거야. 암, 그렇고말고."

다른 한 남자가 맞장구를 쳤다. "그런 사기꾼 자식은 조금도 동정할 필요 없어. 자기 꾀에 자기가 넘어간 거라고."

"내 말이 그 말이야." 첫 번째 남자가 그렇게 말하고는 마권들을 반으로 찢기 시작했다.

조지 가드너는 내 안색을 살피더니, 내가 그들의 말을 다 들었다는 걸 눈치채고 말했다. "저런 거지 같은 놈들 말 들을 필요 없어, 조. 네 아버지는 정말 멋진 남자였어."

하지만 나는 아무것도 알 수가 없었다. 그저 사내들이란 일단 시작하면 모든 걸 불살라 버린다는 것만 빼고는.

두 개의 넓은 마음을 지닌 강 1
Big Two-Hearted River. Part 1

기차는 나무들이 다 타버린 산모퉁이를 돌아 모습을 감추었다. 닉은
수화물 담당자가 화물칸 밖으로 내던진, 침구 등이 든 천으로 싼 보따
리 위에 걸터앉아 있었다. 마을은 폐허가 되어 있었다. 보이는 거라곤 철
길과 화마가 휩쓸고 간 흔적뿐이었다. 세니 거리에 줄지어 서 있던 열세
개의 살롱은 흔적조차 보이지 않았다. 땅바닥 위로 드러난 맨션하우스
호텔의 머릿돌은, 불길에 쪼개지고 갈라져 있었다. 그것이 세니 마을에
남겨진 전부였다. 땅바닥마저 불에 타버린 모습이었다.

닉은 기대를 품고 집들이 드문드문 흩어져 있던 산비탈 쪽으로 눈길
을 돌렸지만, 그곳 역시 깡그리 불에 타 있었다. 그는 철길을 따라 강에
걸린 철교 쪽으로 걸어갔다. 강은 여전히 거기 있었다. 통나무로 만든 교
각에 강물이 부딪치며 소용돌이치고 있었다. 닉은 강바닥에 깔린 자갈

들로 인해 갈색을 띠고 있는 맑은 물속에서 몸통은 움직이지 않고 꼬리만 흔들고 있는 송어 떼를 한참이나 들여다보았다. 놈들은 재빨리 몸을 틀어 위치를 바꾸고는 여전히 빠른 물살 속에 가만히 떠 있었다. 닉은 오랫동안 그놈들을 지켜보았다.

수면 아래 깊고 빠른 물길 속의 송어들은 약간 뒤틀려 보였다. 교각으로 몰려든 물길들이 서로 부딪혀 수면이 볼록렌즈처럼 솟았기 때문이었다. 닉은 처음에는 그 송어 떼들을 보지 못했다. 세차게 흐르는 물길이 자갈과 모래가 뒤섞인 바닥에 희부연 안개를 일으켰기 때문이었다.

닉은 물길을 들여다보며 다리에 서 있었다. 무척 더운 날이었다. 물총새 한 마리가 강 상류로 날아갔다. 물속의 송어 떼를 들여다보는 게 얼마 만인지 몰랐다. 송어들은 무척이나 평온해 보였다. 물총새의 물그림자를 따라 커다란 송어 한 마리도 몸을 뒤틀며 상류로 올라갔다. 놈은 물 위로 솟구쳤다가 다시 물속으로 잠겨 물의 흐름을 따라갔다. 그러다가 다리 아래 교각에 이르러 급류와 팽팽하게 맞서는 듯했다.

그 송어의 움직임에 닉도 바짝 긴장이 되었다. 예전의 느낌들이 되살아났다.

몸을 돌려 맞은편을 내려다보니 얕은 개울이 보였다. 매끈한 자갈들이 깔려 있는 개울은 벼랑 아래 물길이 굽이치는 깊은 골까지 길게 뻗어 있었다.

닉은 보따리를 놓아둔 철길 옆 석탄 더미 쪽으로 걸음을 옮겼다. 기분이 좋았다. 그는 보따리를 메고 멜빵을 단단히 조였다. 그러고는 머리를 앞으로 숙여 어깨에 실린 무게를 분산시켰다. 그래도 보따리는 여전히 무거웠다. 그는 가죽으로 된 낚싯대 케이스를 들고 몸을 숙여 보따리의 무게를 양쪽 어깨에다 고루 나눈 뒤, 불에 탄 마을을 남겨 두고 철길과 나란한 길을 따라 햇볕 속을 걷기 시작했다. 그는 짓누르는 짐의 무게를 고스란히 느끼며 쉬지 않고 길을 올라갔다. 계속 오르막을 올라가는 건 고역이었다. 다리도 쑤시고 날도 더웠다. 하지만 기분은 상쾌했다. 머리를 쓸 필요도, 글을 쓸 필요도 없었다. 모든 것을 다 내려놓은 기분이었다. 모든 것들이 그의 뒤편으로 사라졌다.

기차에서 내리고 수화물 담당 직원이 그의 짐을 창밖으로 내던진 순간 모든 것이 달라졌다. 화마에 휩쓸린 세니 마을의 산과 들은 다 타버렸지만, 그건 문제가 아니었다. 모든 것이 불에 타 사라질 수는 없음을 그는 잘 알고 있었다. 그는 태양의 열기에 온통 땀범벅이 된 채 철길 사이로 난 소나무 숲 평지를 지나 언덕을 올라갔다.

때로 내리막도 나타났지만 대부분은 오르막이었다. 닉은 계속 올라갔다. 불에 탄 산비탈과 나란히 뻗은 정상으로 향하는 길이 보였다. 닉은 나무 그루터기에 앉아 멜빵을 풀었다. 눈앞에 보이는 건 멀리까지 모두 소나무 벌판이었다. 불에 탄 곳은 왼쪽으로 보이는 산 능선까지고, 앞쪽의 검은 소나무 숲은 섬처럼 떠 있었다. 왼쪽 멀리로 선처럼 보이는 강물이 햇볕에 반짝였다.

슈피리어 호수의 고도를 나타내는 푸른 산들이 있는 곳까지 모두 소나무 벌판이었지만, 그 위로 쏟아지는 열기 때문에 멀리까지 볼 수는 없었다. 계속 보고 있으면 오히려 사라지는 듯했지만 슬쩍 보면 멀리에 솟아 있는 산들이 분명 눈에 들어왔다.

닉은 까맣게 탄 그루터기에 기대앉아 담배를 피워 물었다. 등에 눌려 움푹 들어간 보따리는 그루터기 위에 균형을 잡아 올려놓고 멜빵은 언제든 쥘 수 있도록 내려뜨려 놓았다. 닉은 담배를 피우며 벌판을 내려다보았다. 지도를 펼쳐 볼 필요는 없었다. 강을 통해 그는 자신의 위치를 알고 있었다.

다리를 뻗고 담배를 피우고 있을 때 메뚜기가 튀어 오르더니 모직 양말 위로 기어 올라왔다. 검은색 메뚜기였다. 길을 따라 올라오는 동안 그는 흙먼지 속에서 수많은 메뚜기들이 튀어 오르는 걸 봤다. 모두가 검은색이었다. 날아오를 때 덮개에서 노란색과 검은색의, 혹은 붉은색과 검은색의 날개가 빠져나오는 큰 종류의 메뚜기는 아니었다. 흔히 볼 수 있는 메뚜기 종류인데도 몸이 온통 거무칙칙했다. 걸어오면서 메뚜기에 대해 깊이 생각한 것은 아니었지만 색이 검은 이유가 궁금하기는 했다. 네 쪽으로 갈라진 입으로 자신의 양말을 갉아먹고 있는 검은 메뚜기를 보고 있자니 문득 화마가 휩쓸고 간 땅에서 살아가다 보니 모든 게 검게 변해 버린 건 아닐까, 하는 생각이 들었다. 불이 난 건 한 해 전이었는데 메뚜기는 여전히 새까맸다. 얼마나 더 오랜 시간을 그렇게 있을지 궁금했다.

그는 조심스럽게 손을 뻗어 메뚜기의 날개를 쥐었다. 그러고는 허공에 다리를 버둥거리는 녀석의 몸통을 뒤집어 마디로 나누어진 배를 살펴보았다. 그랬다. 배 역시 검은색이었다. 때가 낀 등과 머리는 보는 방향에 따라 색깔이 바뀌었다.

"가거라, 메뚜기야." 닉이 처음으로 커다란 소리로 말했다. "어디든 멀리 날아가거라."

메뚜기를 공중으로 던지자 녀석은 길 너머 숯검댕이가 된 그루터기로 날아갔다.

닉은 그루터기에 놓인 보따리에 등을 붙이고 멜빵 안으로 팔을 넣고 일어섰다. 그러고는 벌판 너머 멀리 흐르는 강을 내려다보고는 길을 따라 산비탈을 내려갔다. 발밑의 땅은 걷기에 편했다. 산비탈을 200야드쯤 내려가자 불에 탄 흔적은 더 이상 보이지 않았다. 발목 정도 높이의 소귀나무 관목들을 지나자 뱅크스소나무 군락이 나타났다. 오르막과 내리막이 자주 바뀌는 모래가 많이 섞인 기다란 숲은 다시 살아나고 있었다.

닉은 태양을 보며 방향을 잡아 나갔다. 어디쯤에서 강으로 접어들어야 할지를 가늠하며 소나무로 가득 찬 벌판을 가로질렀는데, 벌판에 작은 오르막들이 나타나기도 했다. 때때로 길 오른쪽이나 왼쪽에 섬처럼 솟은 널따랗고 짙은 솔숲이 보였다. 그는 소귀나무 관목 가지를 꺾어 보따리 멜빵 아래 찔러 넣었다. 보따리의 무게 때문에 가지는 이내 부러졌다. 가지에서 나오는 향내를 맡으며 그는 계속 걸음을 옮겼다.

그늘 하나 없는 울퉁불퉁한 벌판을 걷다 보니 지치기도 하고 덥기도 했다. 언제라도 왼쪽으로 방향을 틀면 강이 나타난다는 걸 그는 알고 있었다. 기껏해야 1마일 남짓이었다. 하지만 그는 가능하면 충분히 걸어 상류에 닿기 위해 계속 북쪽으로 방향을 잡았다.

얼마 전부터 그는 아까 보았던 섬처럼 솟은 커다란 소나무 숲이 있는 완만하고 낮은 산을 가로지르고 있었다. 그는 산마루까지 느릿느릿 올라간 다음, 방향을 바꾸어 소나무 숲으로 향했다.

그 섬처럼 보이는 숲에는 덤불은 없었다. 소나무는 위로 곧게 자란 것도 있고 서로를 향해 기울어진 것도 있었다. 가지도 없이 곧게 뻗은 나무의 몸통은 갈색이었다. 가지는 나무의 높은 곳에만 붙어 있었다. 서로 맞물려 있는 가지들은 갈색 땅바닥에 짙은 그림자를 드리웠다. 발밑에 닿는 부드러운 땅에는, 소나무 가지들보다 더 넓게 솔잎들이 깔려 있었다. 소나무가 자라면서 가지의 위치가 높아지자 한때는 완전히 그늘이었던 그곳의 일부에 햇볕이 비쳐 들고 있었다. 소나무 숲이 끝나는 지점부터는 소귀나무들이 자라고 있었다.

닉은 보따리를 벗고 그늘에 누웠다. 등을 바닥에 댄 채 소나무들을 올려다보았다. 몸을 쭉 뻗자 목과 등과 허리가 시원했다. 등에 닿는 땅의 촉감이 좋았다. 그는 나뭇가지들 사이로 하늘을 보다가 눈을 감았다. 눈을 뜨고 다시 보았다. 높은 가지들 사이로 바람이 지나갔다. 다시 눈을 감자 잠이 밀려들었다.

잠에서 깨어나니 몸이 뻣뻣하게 굳은 듯했다. 해는 거의 기울어 있었다. 보따리를 메자 멜빵 때문에 어깨가 아팠다. 그는 보따리를 짊어진 채 몸을 숙여 가죽 낚싯대 케이스를 집어 들고 소나무 숲을 빠져나와 소귀나무 습지를 지나 강 쪽으로 걸음을 옮겼다. 1마일 남짓 떨어진 곳에 강이 있다는 걸 그는 알고 있었다.

그는 그루터기로 덮인 산비탈을 내려와 풀밭으로 들어섰다. 풀밭이 끝나는 곳에 강이 흐르고 있었다. 강을 마주하자 기뻤다. 그는 풀밭을 가로질러 상류로 걸음을 옮겼다. 바지가 이슬에 젖었다. 뜨겁던 날이 기울자 많은 양의 이슬이 빠르게 맺히고 있었다. 강은 소리 없이 흘렀고, 물살은 빨랐다. 잠잘 곳을 찾으려고 언덕을 오르다가, 풀밭 가장자리에 있는 강물 위로 송어들이 솟구치는 것을 보았다. 건너편 늪에서 날아온 벌레를 잡으려는 것이었다. 강과 나란히 놓인 좁은 풀밭을 헤치며 걸음을 옮기는 내내, 송어들이 물 밖으로 높이 솟구치는 것을 볼 수 있었다. 강을 내려다보니, 먹이를 먹고 있는 송어들이 보였다. 벌레들이 수면에 내려앉아 있는 게 분명했다. 송어들이 솟구쳤다가 내려오며 수면에 둥그런 파문을 만드는 모습은, 마치 비가 내리는 장면 같았다.

나무가 우거지고 모래가 깔린 그 언덕에서는 목초지와 길게 뻗은 강과 늪이 내려다보였다. 닉은 보따리와 낚싯대 케이스를 내려놓고 평평한 곳을 찾았다. 배가 무척 고팠지만 식사를 하기 전에 잠자리부터 마련하고 싶었다. 두 그루의 뱅크스소나무 사이가 아주 평평했다. 그는 보따리에서 도끼를 꺼내 밖으로 드러난 뿌리 두 개를 잘라 냈다. 그러자 누울 수 있는 넉넉한 공간이 생겼다. 그는 모래가 섞인 흙을 손으로 고르고 소귀나무 덤불도 뿌리째 뽑아냈다. 담요 아래 뭔가 있으면 불편할 게 뻔했기 때문이다. 소귀나무를 만진 손에서 향기로운 냄새가 났다. 그는 고른 땅 위에 세 장의 담요를 깔았다. 하나는 반으로 접어서 깔고 두 장은 그 위에다 펼쳐 놓았다.

그는 도끼로 소나무 그루터기를 쪼개, 텐트 말뚝용 나뭇조각들을 만들었다. 그것들이 땅에 단단히 박힐 만큼 길기를 바라면서. 텐트를 꺼내 펼쳐 놓자, 뱅크스소나무에 기대 놓은 보따리가 홀쭉해 보였다. 닉은 텐트의 들보 역할을 할 밧줄을 소나무 몸통에다 묶고 밧줄을 잡아당겨 텐트를 땅에서 끌어 올린 뒤 밧줄 끝을 반대편 소나무에 묶었다. 그러자 질긴 텐트 천이 빨래처럼 밧줄에 널렸다. 닉은 텐트 아래로 들어가 말뚝 하나를 텐트 뒤쪽 꼭지에 찔러 넣은 뒤 텐트의 옆면을 펼쳐 모양을 잡았다. 텐트 옆쪽 꼭지에도 말뚝을 찔러 넣고 텐트를 팽팽하게 당긴 뒤, 소나무에 묶인 밧줄을 고리 모양으로 감아 땅에 묻었다. 그러고는 텐트가 북처럼 팽팽해질 때까지 도끼의 납작한 부분을 이용해 말뚝들을 땅속 깊이 박아 넣었다.

텐트 입구에는 모기장 역할을 할 성기게 짠 무명천을 걸었다. 그러고는 그 무명천 밑으로 기어 들어가 자신의 머리가 놓일 쪽에 보따리에서 꺼내 온 물건 몇 가지를 놓았다. 갈색 캔버스 천을 통해 텐트 안으로 빛이 스며들었다. 캔버스 천 냄새도 좋았다. 벌써부터 뭔지 모를 신비로움과 아늑함이 느껴졌다. 닉은 텐트 안을 기어 다니며 행복감을 즐겼다.

하루 내내 행복하지 않았던 건 아니다. 하지만 이 행복감은 달랐다. 이제 끝난 것이다. 해야 할 모든 일이 끝난 것이다. 피곤하고 힘겨운 여행이었다. 하지만 이제 잠자리를, 둥지를 마련했으니 지금부터 그를 방해할 것은 아무것도 없었다. 그는 거기에, 그 멋진 곳에 있었다. 자신이 만든 자신의 집에. 비로소 배가 고팠다.

그는 무명천 밑으로 기어 나왔다. 밖은 무척이나 어두웠다. 텐트 안이 오히려 더 밝았다.

닉은 보따리 쪽으로 가서 보따리에 손을 집어넣어 못을 싼 종이 뭉치에서 기다란 못 하나를 찾아냈다. 그 못을 도끼의 납작한 부분으로 소나무에 박고는, 거기 보따리를 걸었다. 먹을 것들은 모두 그 보따리에 담겨 있었다. 이제 땅에서 떨어져 있으니 먹을 것들은 안전할 것이다.

닉은 허기를 느꼈다. 이토록 심하게 허기를 느낀 적이 있었나 싶었다. 그는 돼지고기와 콩이 섞인 통조림 하나와 스파게티 통조림 하나를 따서 프라이팬에 내용물을 쏟았다.

"이것들을 여기까지 지고 왔으니 먹을 자격이 있지." 닉이 말했다. 어두운 숲에서 울리는 자신의 목소리가 낯설었다. 그는 더 이상 입을 떼지 않았다.

그는 아까 그루터기를 쪼개 만든 여분의 나뭇조각들로 불을 지폈다. 그 불 위에 석쇠를 올려놓고, 부츠 굽으로 네 개의 석쇠 다리를 땅바닥에 박았다. 그러고는 석쇠 위에 프라이팬을 얹었다. 허기가 더 심해졌다. 콩과 스파게티가 데워지고 있었다. 닉은 그 두 가지가 잘 섞이도록 휘저었다. 음식이 보글거리며 끓기 시작했다. 표면에 조그만 거품들이 일었고, 구수한 냄새가 풍겼다. 닉은 토마토케첩이 든 병을 꺼낸 뒤 빵을 네 조각으로 잘랐다. 거품이 일어나는 속도가 더 빨라졌다. 잠시 후 닉은 불 옆에 프라이팬을 내려놓고, 양철 접시에 음식의 반을 부었다. 음식이 천천히 접시 위에 퍼졌다. 콩과 스파게티가 아직은 너무 뜨거웠다. 그는 그 위에 토마토케첩을 살짝 뿌리고는, 텐트를 쳐다보며 잠시 기다렸다. 혀를 데어서 일을 망치고 싶지는 않았다. 몇 년 동안 그는 바나나 튀김을 먹지 못했는데, 식기까지 기다리지 못하고 먹었다가 혀를 데었기 때문이었다. 그때부터 그의 혀는 무척이나 예민해졌다. 허기가 심하게 밀려들었다. 그는 눈을 돌려 어둠에 깊이 잠긴 강 건너 늪에서 스멀스멀 피어오르는 안개를 바라보다가, 다시 텐트를 바라봤다. 이제 됐어. 그는 접시에다 숟가락을 깊숙이 밀어 넣었다.

"맙소사, 이렇게 맛있을 수가." 그는 기쁨에 겨워 말했다.

그는 접시를 다 비우고 나서야 빵이 있다는 걸 떠올렸다. 빵으로 접시를 싹싹 닦아 가며 두 접시를 더 비웠다. 세인트이그너스 역 식당에서 커피 한 잔에 햄샌드위치를 먹은 후로 처음 하는 식사였다. 멋진 식사였다. 전에도 허기진 상태에서 식사를 한 적이 있었지만 이런 포만감은 처음이었다. 마음만 먹었다면 몇 시간 전에 잠자리를 마련할 수도 있었다. 강가엔 얼마든지 적당한 곳이 많으니까. 하지만 여기가 최고였다.

닉은 큼지막한 나뭇조각 두 개를 석쇠 아래에 집어넣었다. 불이 활활 타올랐다. 올라오는 길에 커피 끓일 물을 담아 오는 걸 깜빡해서, 그는 보따리에서 두꺼운 천으로 된 접이 물통을 꺼내 길을 내려가 풀밭 가장자리에 있는 강으로 갔다. 건너편 강기슭에는 하얀 물안개가 깔려 있었다. 물통에 강물을 담으려고 무릎을 꿇었다. 풀들이 축축하고 차가웠다. 물살에 움직이는 물통은 금세 차올랐다. 물은 얼음처럼 차가웠다. 닉은 물통을 헹궈 낸 뒤 다시 거기 물을 가득 채우고는 텐트 쪽으로 발길을 돌렸다. 강에서 꽤 멀어지자 물통에 담긴 물이 조금 따뜻해졌다.

닉은 기다란 못을 하나 더 박아 거기 물이 가득 찬 물통을 걸었다. 그런 뒤 주전자에 물을 반쯤 채우고, 나뭇조각 몇 개를 더 석쇠 아래에 집어넣은 뒤 그 위에 주전자를 올렸다. 그런데 커피 끓이는 방법이 기억나지 않았다. 홉킨스와 그 문제를 놓고 논쟁한 기억은 나는데, 정작 그가 주장한 방법은 기억나지 않았다. 닉은 결국 주전자에 커피를 넣고 끓이는 방법을 택했다. 그러자 그것이 홉킨스의 방법이었다는 생각이 들었다. 한때 그는 무슨 문제로든 홉킨스와 논쟁을 벌이곤 했다. 커피가 끓는 동안 그는 조그만 살구 통조림 하나를 땄다. 그는 통조림 따는 것을 좋아했다. 통조림에 든 것을 모두 양철 컵에 부은 후, 불 위에 올려놓은 커피를 지켜보며 달달한 살구 국물을 마셨다. 흘리지 않게 조심하면서. 그런 후 명상에 잠긴 듯 살구를 빨아 먹었다. 그냥 살구보다 통조림 살구가 훨씬 맛있었다.

그가 지켜보는 사이 커피가 끓었다. 뚜껑이 올라가면서 커피 가루가 밖으로 흘러내렸다. 닉은 주전자를 석쇠에서 내렸다. 홉킨스 식은 성공적이었다. 그는 방금 살구를 먹었던 컵에 설탕을 넣고 커피를 따랐다. 주전자가 너무 뜨거워 손잡이를 모자로 감싸야 했다. 그러고는 커피가 식기를 기다렸다. 주전자 안에 컵을 집어넣고 싶지는 않았다. 첫째 잔부터 그럴 수는 없었다. 또 홉킨스의 방법을 끝까지 고수하고 싶었다. 홉은 충분히 그런 대접을 받을 만한 친구였다. 그는 무척이나 진지한 커피 애호가였고, 닉이 알고 있는 그 누구보다 매사에 진지한 인간이었다. 무게만 잡는 것이 아니라 정말로 진지했다. 그는 말을 할 때 입술이 거의 움직이지 않았고, 폴로를 좋아했다. 그는 텍사스에서 유전으로 수백만 달러를 벌었다. 자신의 유전에서 기름이 터졌다는 전보를 받고는, 시카고로 가는 차비를 꾸었다. 돈을 부쳐 달라는 전보를 보낼 수도 있었지만 그러면 시간이 너무 오래 걸릴 것 같아서였다. 친구들은 홉의 여자 친구를 노랑머리 비너스라고 부르며 놀렸는데, 홉은 그녀는 자신의 진짜 애인이 아니라며 신경 쓰지 않았다. 자신의 진짜 애인은 누구도 놀리지 못할 거라고 자신 있게 말했는데, 그건 사실이었다. 홉킨스는 친구들과 멀리 블랙 강으로 여행을 와서 그 전보를 받았었다. 그에게 그 전보가 도착할 때까지 8일이나 걸린 상태였다. 홉킨스는 자신이 갖고 있던 22구경 콜트 자동 권총은 닉에게 주고, 빌에게는 카메라를 주었다. 그걸 보며 자신을 기억해 달라는 뜻이었다. 그러면서 이듬해 여름에 다시 만나 낚시를 하자고 했다. 부자가 된 홉 헤드는, 자기 요트로 슈피리어 호수의 북쪽 경계까지 가보자고 했다. 그는 들떠 있었지만 여전히 진지했다. 그와 작별 인사를 나누는 친구들의 마음은 편치 않았다. 그것이 그들의 마지막 여행이었다. 그 후로 친구들은 두 번 다시 홉킨스를 보지 못했다. 오래전 블랙 강의 추억이다.

닉은 홉킨스의 방법으로 끓인 커피를 마셨다. 커피는 썼다. 닉은 웃음을 터뜨렸다. 그것이 그 추억의 행복한 결말 같아서였다. 마음이 흔들리기 시작했지만, 몸이 너무도 피곤해서 그 흔들림은 곧 진정될 것임을 그는 알고 있었다. 그는 주전자에 남은 커피를 바닥에 쏟고, 찌꺼기는 불길 위에 털었다. 그러고는 담배에 불을 붙이며 텐트 안으로 들어갔다. 그는 신발과 바지를 벗고 담요 위에 앉은 다음, 바지 속에 신발을 넣고 둘둘 말아 베개를 만들었다. 그러고는 두 장의 담요 사이에 몸을 밀어 넣었다.

그는 텐트 입구를 통해 바깥의 불을 지켜보았다. 밤바람이 불 위를 지나갔다. 강 건너 늪은 아무 소리도 내지 않고 쥐 죽은 듯 고요했다. 닉은 담요 안에서 몸을 편안히 뻗었다. 모기 한 마리가 귀에 바짝 붙어 윙

윙거렸다. 닉은 일어나 앉아 성냥을 켰다. 모기는 그의 머리 위에 있었다. 그는 재빨리 성냥불을 갖다 댔다. 모기는 경쾌한 소리를 내며 타버렸다. 성냥불이 꺼졌다. 닉은 다시 담요 안으로 들어갔다. 그는 옆으로 누워 눈을 감았다. 잠이 쏟아졌다. 그는 몸을 웅크린 채 잠이 들었다.

두 개의 넓은 마음을 지닌 강 2
Big Two-Hearted River. Part 2

해가 떠오르면서 텐트가 달궈지기 시작했다. 닉은 텐트 입구에 걸어 놓은 모기장 밑으로 기어 나와 아침을 맞았다. 기어 나올 때 손에 닿은 풀이 축축했다. 바지와 신발은 그의 양쪽 손에 쥐어져 있었다. 해가 막 산 위로 떠올랐다. 목초지와 강과 강 건너 초록 늪이 보였고, 늪에 있는 자작나무도 보였다.

이른 아침의 강물은 맑고 물살이 빨랐다. 200야드쯤 아래에 세 개의 통나무가 걸쳐져 있었는데, 그것들이 물살을 가로막아 그 너머는 물은 잔잔하고 수심이 깊었다. 닉이 그곳을 주시하고 있을 때 밍크 한 마리가 그 통나무를 건너 늪으로 들어갔다. 이른 아침과 강의 풍경에 마음이 들떴지만, 우선 아침 식사를 해야 했다. 그는 조그맣게 불을 피우고 커피 주전자를 올렸다.

물이 끓을 동안 그는 빈 병을 들고 내려가서 언덕 가장자리를 지나 목초지에 이르렀다. 목초지에는 이슬이 가득했다. 닉은 이슬이 햇빛에 마르기 전에 미끼로 쓸 메뚜기를 잡아야겠다고 생각했다. 이슬에 차갑고 축축해진 메뚜기는 제대로 뛰지 못하기 때문이다. 메뚜기들은 많았다. 풀 아랫부분에 붙어 있는 것들도 있고 줄기 부분에 붙어 있는 것들도 있었다. 닉은 중간 크기의 갈색 메뚜기 하나를 잡아 병에 집어넣었다. 통나무 하나를 뒤집자 그 아래에 수백 마리의 메뚜기가 숨어 있었다. 그야말로 메뚜기들의 셋집이었다. 닉은 중간 크기의 갈색 메뚜기들만 50 마리쯤 잡아 병에 넣었다. 그가 메뚜기를 잡는 동안 햇볕에 몸이 마른 메뚜기들이 뛰어오르며 날기 시작했다. 하지만 한 번만 날고는 다시 땅바닥으로 내려앉아 죽은 듯 꼼짝하지 않았다.

그가 아침 식사를 할 때쯤이면 메뚜기들은 다시 활기를 찾을 것이다. 풀에 이슬이 맺혀 있지 않았다면 메뚜기를 한 병 가득 채우는 데 온종일이 걸렸을 테고, 모자를 휘두르며 잡느라 메뚜기들도 많이 상했을 것이다. 그는 강물에 손을 씻었다. 강과 가까이 있으니 마음이 들떴다. 그는 다시 텐트로 향했다. 목초지의 메뚜기들은 어느새 펄쩍거리며 뛰어오르고 있었다. 햇볕에 몸이 데워진 병 속의 메뚜기들도 한꺼번에 펄쩍거리고 있었다. 병 입구는 코르크 대신 소나무 가지로 막아 놓았는데, 그렇게 하면 메뚜기들도 나오지 못하고 통풍도 된다.

그는 아까 뒤집었던 통나무를 다시 처음대로 뒤집어 놓았다. 그렇게 해두면 내일 아침에도 거기서 메뚜기를 잡을 수 있기 때문이다.

닉은 메뚜기들이 가득한 병을 소나무에 기대 놓았다. 그러고는 서둘러 메밀가루 한 컵에 물 한 컵을 섞어 가루가 부드럽게 풀릴 때까지 저었다. 주전자에는 커피 한 움큼을 집어넣었다. 깡통에서 꺼낸 기름 한

덩이를 프라이팬에 얹자 치직거리는 소리를 내며 프라이팬 위로 미끄러졌다. 연기가 피어오르는 프라이팬에 반죽을 천천히 부었다. 반죽이 용암처럼 퍼지며 기름이 튀었다. 둥그런 메밀 케이크 가장자리가 갈색을 띠며 굳기 시작하더니, 바삭하게 구워졌다. 껍질에 서서히 거품이 일다가 구멍이 생겼다. 케이크 아래쪽에 깨끗한 나뭇조각을 집어넣고 팬을 이리저리 흔들자 케이크가 팬에서 떨어졌다. 공중으로 던져서 뒤집진 않을 거야, 하고 그는 생각했다. 나뭇조각을 케이크 아래로 완전히 집어넣어 케이크를 뒤집었다. 팬에서 기름이 튀었다.

케이크가 다 익자 닉은 다시 팬에 기름 덩어리를 얹고 남은 반죽을 모두 부어 커다란 케이크 하나와 조금 작은 케이크 하나를 만들었다.

닉은 사과잼을 발라 큰 것 하나와 작은 것 하나를 먹었다. 남은 하나는 사과잼을 발라 반으로 접어 기름종이에 쌌다. 그것을 카키색 셔츠 주머니에 넣고, 사과잼 병은 다시 보따리에 집어넣었다. 그러고는 샌드위치 두 개를 만들 빵을 잘랐다.

그는 보따리에서 큰 양파 하나를 꺼냈다. 그걸 반으로 잘라 반들거리는 껍질을 벗기고 얇게 썰어 양파샌드위치를 만들었다. 그 샌드위치를 기름종이에 싸서 셔츠의 나머지 주머니에 넣고 단추를 채웠다. 그는 석쇠 위에다 프라이팬을 뒤집어 올려놓고, 연유를 넣은 달달한 황갈색 커피를 마신 뒤 야영지를 정돈했다. 멋진 야영지였다.

닉은 가죽 낚시 케이스에서 제물 낚싯대를 꺼내 연결한 후, 케이스는 텐트 안에 도로 집어넣었다. 그러고는 얼레를 매달고 낚싯줄을 끼웠다. 무게가 제법 나가는 제물 낚싯줄은 양손으로 번갈아 잡으며 끼워야지, 안 그러면 무게 때문에 되감긴다. 두 겹으로 꼬인 그 낚싯줄은 오래전 8달러에 산 것이었다. 제물 낚싯줄을 무겁게 만드는 이유는, 그래야 가벼운 미끼를 달고 줄을 던져도 흐트러지지 않고 똑바로 나아가기 때문이다. 닉은 목줄이 들어 있는 알루미늄 상자를 열었다. 감긴 목줄은 물기를 머금은 플란넬 패드 사이에 놓여 있었다. 세인트이그너스로 오는 기차 안에서 냉수기 물로 패드를 적셔서인지, 그 안에 있는 야잠사로 만든 목줄들은 보들보들했다. 닉은 그중 하나를 풀어 묵직한 제물 낚싯줄 끝 고리에 묶었다. 목줄 끝에는 낚싯바늘을 달았다. 바늘은 작지만 무척 얇아 탄력이 좋았다.

닉은 무릎 위에 낚싯대를 놓고 바늘 쌈지에서 여분의 낚싯바늘을 꺼냈다. 그러고는 낚싯줄을 팽팽하게 잡아당겨 매듭과 낚싯대의 탄력을 살폈다. 느낌이 좋았다. 그는 낚싯바늘에 손가락이 찔리지 않게 조심했다.

그는 낚싯대를 들고 메뚜기가 든 병의 주둥이에 감아 놓은 가죽끈을 목에 건 뒤 강으로 걸음을 옮기기 시작했다. 뜰채는 그의 허리띠 고리에 걸려 있었다. 그의 한쪽 어깨에는 귀퉁이를 귀 모양으로 접은 자루가 걸쳐져 있었고, 부대 끈은 어깨 너머로 내려와 있었다. 자루가 그의 다리에 닿아 펄럭거렸다.

낚시 장비들을 잔뜩 매달고 있는 몸이 어색하게 느껴지면서도 전문 낚시꾼이라도 된 듯 행복했다. 가슴 부위에서 메뚜기 병이 흔들리고 있었고, 점심과 바늘 쌈지가 들어 있는 셔츠 주머니는 불룩했다.

그는 강물 속으로 들어갔다. 몸에 소름이 돋고, 바지가 다리에 달라붙었다. 신발 밑으로 자갈이 밟혔다. 강물은 서늘한 충격을 일으켰다.

물살이 빠르게 밀려와 다리를 휘감으며 돌았다. 그는 물이 무릎 위에까지 차오르는 곳에 서 있었다. 그는 물살을 따라 걸었다. 신발에 밟히는 자갈들이 미끈거렸다. 그는 자신의 다리를 휘감고 있는 물살을 내려다보면서 메뚜기 한 마리를 꺼내려고 병을 기울였다.

처음 튀어나온 메뚜기는 곧장 물속으로 들어가 버렸다. 닉의 오른쪽 다리 옆 소용돌이 속으로 빨려 들어가더니 조금 떨어진 아래쪽에서 떠올랐다. 놈은 버둥거리며 떠내려가다가 잔잔한 수면에 둥근 파문을 일으키며 사라져 버렸다. 송어가 잡아챈 것이다.

또 다른 메뚜기가 병 밖으로 고개를 내밀고 더듬이를 움직이며, 밖으로 튀어나오려고 앞다리를 내밀었다. 닉은 놈의 머리를 잡고 턱 밑에 가느다란 낚싯바늘을 꽂아 가슴과 배마디까지 관통시켰다. 놈은 앞다리 두 개로 낚싯바늘을 붙든 채 담뱃진 같은 즙액을 뱉었다. 닉은 놈을 물속으로 던졌다.

그러고는 오른손으로는 낚싯대를 잡고 왼손으로는 메뚜기를 매단 낚싯줄을 얼레에서 더 풀었다. 작은 물결 속에 있던 메뚜기가 시야에서 사라졌다.

낚싯줄이 팽팽해졌고, 닉은 그 줄을 잡아당겼다. 처음으로 고기가 걸린 것이다. 그는 살아 있는 듯한 낚싯대를 붙든 채 물살을 건너며 왼손으로 낚싯줄을 당겼다. 낚싯대가 굽어지더니, 송어가 물살을 거스르며 솟구쳤다. 그는 곧장 낚싯대를 공중으로 들어 올렸고, 송어의 당기는 힘으로 인해 낚싯대는 활처럼 휘었다.

다시 물속으로 들어간 송어가 머리와 몸을 요란하게 뒤틀자 낚싯줄이 물에 닿는 지점이 자꾸만 변했다.

닉은 왼손으로 낚싯줄을 잡은 채 지쳐 버둥거리는 송어를 수면 위로 끌어 올렸다. 반점이 있는 등은 자갈 바닥 위로 보이는 물과 같은 색깔이었고 옆구리는 햇볕을 받아 반짝였다. 닉은 오른쪽 겨드랑이에 낚싯대를 끼고 허리를 숙여 오른손을 물에 담갔다. 그 오른손으로 퍼덕거리는 송어를 잡아 주둥이에 박힌 낚싯바늘을 빼낸 뒤 도로 강으로 던져 버렸다.

물살 속에 멍하니 있던 송어는 이내 돌 옆의 바닥으로 가라앉았다. 닉은 송어를 만져 보려고 팔꿈치까지 물속으로 담갔다. 송어는 꼼짝도 않고 쉬고 있었다. 닉의 손이 닿자 녀석은 부드럽고 서늘한 감촉을 남긴 채 강바닥을 가로질러 그늘 속으로 사라져 버렸다.

놈은 괜찮을 거야, 그냥 지쳤을 뿐이야. 닉은 생각했다.

그는 젖은 손으로 송어를 만졌기에 송어의 몸을 덮은 얇은 점액질이 벗겨지진 않았을 것이다. 마른 손으로 만지면 점액질과 피부가 벗겨져 거기에 하얗게 곰팡이가 슬게 된다. 몇 년 전 제물낚시를 하는 사람들이 앞뒤로 가득 차 있는 강에서 낚시를 한 적이 있었는데, 닉은 그때 하얗게 곰팡이가 슬어서 죽은 송어를 여러 번 보았다. 어떤 것은 물에 떠내려가다 돌에 걸려 있기도 했고, 어떤 것은 뒤집어진 채 웅덩이에 떠 있기도 했다. 그때부터 닉은 일행이 아닌 사람들이 있는 강에선 낚시하는 걸 좋아하지 않는다. 그들이 낚시를 망치기 때문이다.

그는 무릎 위까지 차오르는 물살을 헤치고 통나무가 걸쳐져 있는 곳을 향해 50야드쯤 얕은 물을 건넜다. 미끼는 낚싯바늘에 끼우지 않고 손에 쥐고 있었다. 얕은 물에서 조그만 송어는 쉽게 잡힌다. 하지만 그러기는 싫었다. 그렇다고 이 시간에 얕은 물에 큰 송어가 있을 리는 없었다.

살을 에는 듯한 차가운 물이 허벅지까지 차오르는 곳에 이르자, 걸쳐진 통나무와 그 너머로 잔잔한 물이 보였다. 물살은 부드럽고 검었다. 왼쪽으로는 낮은 목초지가, 오른쪽으로는 늪이 보였다.

닉은 뒤돌아 물살을 버티고 서서 병에서 메뚜기 한 마리를 꺼냈다. 그 메뚜기를 낚싯바늘에 꿰고는 행운을 바라는 의미로 놈에게 침을 뱉었다. 그러고는 되돌아서서 몇 야드의 낚싯줄을 얼레에서 풀어, 메뚜기를 끼운 낚싯바늘을 걸고 빠른 물살을 향해 던졌다. 메뚜기는 한동안 통나무 쪽으로 떠내려가다가 이내 낚싯줄의 무게에 의해 물속으로 가라앉았다. 닉은 오른손으로 낚싯대를 잡았다. 손가락 사이로 낚싯줄이 풀려 나갔다.

긴 입질이 왔다. 닉이 잡아채자 낚싯대가 움직이며 긴장감을 불러일으켰다. 낚싯대는 한껏 휘었고 줄은 팽팽해졌다. 낚싯줄은 물 밖으로 나오면서 더욱 팽팽해졌다. 그 모든 것은 묵직하고, 위험스럽고, 줄을 지속적으로 끌어당기는 무언가의 힘에 의해 생겨난 것이었다. 목줄이 끊어질 것 같아 닉은 낚싯줄을 더 풀었다.

낚싯줄이 빠르게 풀려 나가자 얼레의 톱니에서 날카로운 마찰음이 났다. 풀리는 속도가 너무 빨라져 낚싯줄을 마음대로 다룰 수가 없었고, 얼레에서 나는 소리도 커져 갔다.

낚싯줄이 다 풀려 얼레의 속이 드러나자 심장이 멈춰 버릴 듯한 흥분에 휩싸인 닉은, 허벅지까지 차오른 차가운 물살에 맞서 몸을 한껏 젖히며 왼손 엄지손가락으로 얼레를 세게 눌렀다. 엄지손가락이 얼얼했다.

얼레를 더 세게 누르자 낚싯줄이 더욱 팽팽해지더니, 통나무 너머에서 커다란 송어가 물 위로 솟구쳤다. 그 순간 닉은 팽팽해진 줄을 늦추려고 낚싯대 끝을 내렸지만, 송어가 잡아당기는 힘이 너무 강해 목줄이 끊어져 버렸다. 낚싯줄이 탄력을 잃고 메마르고 딱딱한 상태가 되더니 이내 축 늘어졌다.

닉은 입안이 바싹 타고 심장이 덜컥 내려앉은 상태로 얼레를 감았다. 그렇게 큰 송어는 처음이었기 때문이다. 무게와 힘도 감당할 수 없었고 솟구칠 때 보였던 몸집도 연어만큼이나 컸다.

닉은 떨리는 손으로 천천히 얼레를 감았다. 엄청난 스릴을 느낀 후라 약간 메스꺼워 좀 앉아 있고 싶었다.

목줄은 낚싯바늘을 매어 놓은 곳에서 끊어져 있었다. 닉은 끊어진 목줄을 손으로 잡았다. 그러면서 물 밑 어딘가에 있을 송어를 떠올렸다. 놈은 걸쳐진 통나무 아래 빛이 닿지 않는 깊은 곳에서 낚싯바늘을 턱에 꽂은 채 꼼짝 않고 있을 것이다. 목줄은 이빨로 끊어 낼 수 있었지만 낚싯바늘은 아직 턱에 박혀 있어 잔뜩 화가 나 있을 것이다. 놈 정도 덩치의 송어는 그런 상황에서 화를 내기 마련이다. 놈은 실로 바위처럼 단단했다. 움직이기 전까지는 정말 바위인 줄 알았다. 일찍이 듣도 보도 못한 대물이었다.

닉은 왼쪽 목초지로 올라갔다. 바지를 타고 흘러내린 물이 신발에서 철버덕거렸다. 그는 다시 걸쳐진 통나무 쪽으로 걸어가 그 위에 앉았다. 흥분된 감정을 쉽게 가라앉히기 싫었다.

그는 물이 들어찬 신발을 꼼지락거리며 가슴 주머니에서 담배를 꺼냈다. 담배에 불을 붙이고 성냥개비는 통나무 아래 빠른 물살에 던졌다. 조그마한 송어 한 마리가 그 성냥을 잡아채려고 몸을 틀며 올라왔다. 닉은 웃음을 터뜨렸다. 그는 담배를 끝까지 다 피우겠다고 생각했다.

통나무 위에 앉아 담배를 피우며 햇볕에 몸을 말렸다. 등에 닿는 햇볕은 따뜻했다. 숲에 닿은 야트막한 강물은 곡선을 그리며 숲 속으로 미끄러져 들어왔다. 얕은 물길들과 반짝이는 빛, 물에 씻겨 반들거리는 바위, 강둑을 따라 늘어선 삼나무와 하얀 자작나무들, 햇볕에 데워지고 껍질이 벗겨져 있어 앉기 좋으며 만지면 재가 묻어날 것 같은 통나무를 보고 있으니, 실망감이 천천히 사라졌다. 어깨를 아프게 했던 스릴 이후 날카롭게 밀려들었던 실망감이 천천히 사라져 갔다. 이제 모든 것이 제

자리를 찾았다. 그의 낚싯대는 통나무 위에 놓여 있었다. 닉은 낚싯바늘을 새로 끼우고는, 낚싯줄이 올라붙으며 저절로 매듭이 만들어질 때까지 목줄을 팽팽히 잡아당겼다.

그는 미끼를 끼운 뒤 낚싯대를 들고 일어나 늪 방향으로 통나무 끝까지 걸어갔다. 그러고는 물속으로 들어갔다. 걸쳐진 통나무 너머는 수심이 깊지만, 그가 서 있는 곳은 그다지 깊지 않았다. 늪 바로 옆 얕은 여울이기 때문이었다.

왼쪽의 목초지가 끝나고 숲이 시작되는 곳에 큰 느릅나무 하나가 뿌리째 뽑혀 있었다. 나무는 폭풍우에 쓰러져 숲 쪽으로 드러누운 듯했다. 흙이 엉겨 붙은 뿌리에 풀들이 돋아 강 옆으로 둑을 만들며 올라가고 있었고, 강물이 그 나무로 파고들고 있었다. 닉이 서 있는 얕은 여울 바닥에는, 물살에 파인 수로가 있었다. 그 위에는 자갈과 호박돌들이 깔려 있었다. 물길이 굽이치는 나무뿌리 근처 바닥에는 점토가 깔려 있었고, 수심이 깊은 쪽 물살에 파인 홈들 사이에는 초록색 수초들이 흐느적거리고 있었다.

닉은 낚싯대를 어깨 너머로 젖혔다가 앞으로 쭉 내뻗었다. 낚싯줄이 곡선을 그리며 뻗어 나가 메뚜기 미끼를 수초 사이의 깊은 홈에 떨구었다. 송어 한 마리가 그 미끼를 물자 닉이 즉각 낚싯대를 잡아당겼다.

닉은 계속 잡아당기며 뿌리째 뽑힌 나무 쪽으로 물속에서 뒷걸음질했다. 낚싯줄이 수초에 걸릴까 봐 아무것도 없는 쪽으로 송어를 몰고 나온 것이다. 낚싯대가 휘어지고 요동쳐도, 닉은 계속 송어를 끌어당겼다. 저항하는 송어는 계속 끌려왔다. 낚싯대가 가끔 물속에서 급하게 방향을 틀어도, 닉은 쉬지 않고 계속 송어를 끌어당겼다. 그렇게 그는 도망치려는 송어를 천천히 강 아래쪽으로 몰아갔다. 그러다가 낚싯대를 높이 들어 올려 송어를 뜰채 위로 끌어와서는 뜰채를 번쩍 들었다.

뜰채에 담긴 송어는 묵직했다. 그물코 사이로 반점이 박힌 등과 은색 옆구리가 보였다. 닉은 낚싯바늘을 빼냈다. 놈은 여전히 꿈틀거리고 있었다. 그는 놈의 묵직한 옆구리와 쑥 내민 큰 아래턱을 잡고, 놈을 자신의 어깨에 멘 기다란 자루에 집어넣었다. 자루 아랫부분은 물에 잠겨 있었다.

닉이 물살의 반대 방향으로 자루 입구를 벌리자 자루에 물이 가득 찼다. 무거워진 자루를 들어 올리자 입구로 물이 빠져나갔지만, 자루 밑바닥에는 여전히 커다란 송어가 꿈틀거리고 있었다.

닉은 하류를 따라 내려갔다. 어깨에서 물까지 길게 늘어진 자루가 그를 끌고 가는 것처럼 보였다.

날이 점점 더워지고 있었다. 목덜미로 떨어지는 햇볕이 따가웠다.

닉은 이제 멋진 송어 한 마리를 가지고 있었다. 많이 잡을 필요는 없어, 하고 그는 생각했다. 강이 넓어지며 수심이 얕아졌다. 양쪽 강둑에는 나무들이 줄지어 서 있었다. 오전의 햇살을 받고 있는 왼쪽 강둑의 나무들이 강물 위에 짧은 그림자를 드리우고 있었다. 닉은 그 그림자 속에 송어들이 숨어 있다는 걸 알고 있었다. 오후가 되어 해가 산 쪽으로 기울면 송어들은 반대편 서늘한 그늘로 옮겨 갈 것이다.

아주 큰 송어들은 강둑에 바짝 붙어 있을 것이다. 블랙 강에서도 강둑 근처에서 큰 놈들을 잡았었다. 해가 지기 시작하면 송어들은 모두 물줄기 속으로 들어온다. 특히 해가 떨어지기 직전 눈부시게 햇빛이 반짝일 때면, 어느 물길에서도 큼지막한 송어들을 발견할 수 있다. 하지만 낚시는 불가능하다. 물이 햇빛을 거울처럼 반사시켜, 눈을 제대로 뜰 수 없기 때문이다. 물론 상류까지 따라가면 놈들을 잡을 수 있다. 하지만 블랙 강이나 이런 강에서 물살을 거슬러 깊은 곳까지 올라가다 보면 온몸에 물을 뒤집어쓰게 된다. 그렇게 물 많은 상류에서 낚시를 하는 건 재미가 없었다.

닉은 얕은 물길을 따라 움직이며 깊게 파인 구멍이 없나 강둑 근처를 살폈다. 강가에 물속으로 가지를 드리운 너도밤나무 한 그루가 서 있었다. 그 나뭇잎 아래에서 물길이 되돌아 흘렀다. 바로 그런 데가 송어가 있는 곳이었다.

그래도 선뜻 낚시할 마음이 생기지 않았다. 십중팔구 낚싯줄이 나뭇가지에 걸릴 것이기 때문이었다.

물은 무척이나 깊어 보였다. 그가 메뚜기 미끼를 내려놓자 물살에 떠내려가더니 늘어진 가지 아래로 들어가 버렸다. 낚싯줄이 강하게 당겨졌고, 닉도 끌어당겼다. 송어가 잎과 가지 사이에서 물 밖으로 반쯤 드러난 채 세차게 몸을 뒤챘다. 역시나 낚싯줄이 가지에 걸렸지만 닉은 계속 세게 끌어당겼다. 하지만 송어는 빠져나가 버렸다. 그는 낚싯줄을 감고 낚싯바늘을 손에 든 채 다시 하류를 따라 내려갔다.

왼쪽 강둑 근처에 통나무 하나가 놓여 있었다. 속이 비어 있어, 그 안으로 물이 부드럽게 빨려 들어가면서 양쪽으로 잔잔한 물결을 만들어냈다. 강이 깊어지고 있었다. 속이 빈 통나무 위쪽은 회색빛을 띤 채 말라 있었고, 일부는 그늘에 잠겨 있었다.

닉이 메뚜기가 든 병의 마개를 빼내자 한 마리가 마개 밑에 달라붙어 있었다. 그는 놈을 붙잡아 낚싯바늘에 꿰어 물 위로 던졌다. 그러고는 놈이 속이 빈 통나무 안으로 흘러가는 물길을 타도록 낚싯대를 길게 내밀었다. 낚싯대를 낮추자 놈이 물 위에 뜬 채 통나무 안으로 쏙 들어갔다. 잠시 후 낚싯대로 강한 힘이 전해져 왔다. 처음엔 낚싯줄이 통나무에 걸린 줄 알았지만, 곧 살아 있는 무언가의 힘임을 느낄 수 있었다. 닉은 그 힘에 맞서 낚싯대를 잡아챘다.

그는 고기를 물 밖으로 나오게 하려고 애를 썼고, 드디어 묵직하게 끌려 나오는 듯했다.

그러다가 낚싯줄이 느슨해지자 송어가 달아난 줄 알았다. 바로 그때, 아주 가까운 물속에서 바늘을 빼내려고 세차게 머리를 흔들고 있는 놈을 발견했다. 놈의 입은 꽉 다물어져 있었다. 맑은 물살 속에서 놈은 낚싯바늘과 싸우고 있었다.

놈을 뜰채 안으로 넣으려고 왼손으로 낚싯줄을 감으며 놈을 끌어당기고 있는데, 놈이 순식간에 사라지더니 낚싯대만 거칠게 위아래로 흔들렸다. 닉은 물살을 버티고 서서, 놈이 낚싯대의 탄력에 저항하도록 내버려 두었다. 그러다가 낚싯대를 왼손으로 옮겨 잡고 놈을 상류 쪽으로 끌고 가다가, 마침내 놈을 뜰채 안에 집어넣었다. 뜰채를 들어 올리자, 반원을 그리는 놈의 육중한 몸이 보였다. 뜰채에서는 물이 뚝뚝 떨어지고 있었다. 닉은 놈에게 박힌 바늘을 뽑아내고 놈을 자루 안에 넣었다.

자루 입구를 벌리고 안을 들여다보니, 물속에서 살아 꿈틀거리는 두 마리의 커다란 송어가 보였다.

점점 깊어지는 강물을 헤치며 닉은 속이 빈 통나무까지 걸어갔다. 자루를 머리 위로 들어 올리자 송어가 자루 안의 물에서 솟구쳤다. 그는 송어가 물에 깊이 잠기도록 자루를 통나무에 걸었다. 그런 다음 그 통나무 위에 올라가 앉았다. 그의 바지와 부츠에서 물이 흘러나와 강물 위로 떨어졌다. 그는 낚싯대를 내려놓고, 그늘이 드리운 통나무 끝으로 옮겨 앉아 셔츠 주머니에서 샌드위치를 꺼냈다. 샌드위치를 차가운 물에 담그니 물살이 부스러기들을 떨어냈다. 그는 샌드위치를 먹고 나서,

물을 마시려고 모자를 물속 깊이 담갔다. 하지만 모자에 담긴 물은 마시기 바로 직전에 죄다 빠져나가 버렸다.

그늘이 드리워진 통나무 위는 시원했다. 그는 담배를 꺼내 물고 불을 붙이려고 성냥의 회색빛 나무 부분에 성냥개비를 그었으나 골만 파일 뿐이었다. 닉은 몸을 기울여 통나무의 단단한 곳에 성냥개비를 그어 불을 붙였다. 그러고는 담배를 피우며 강을 지켜보았다.

강은 폭이 좁아지며 늪으로 흘러 들어가고 있었다. 물은 잔잔하고 깊었다. 늪은 견고한 가지가 달린 삼나무들로 빽빽했다. 저런 늪을 걸어서 지나는 건 불가능할 듯했다. 가지들이 나무의 아주 낮은 부분에도 달려 있어, 가지에 부딪히지 않으려면 바닥에 납작 붙어 기어가야 할 것 같았다. 늪에 사는 녀석들이 그렇게 생긴 건 다 이유가 있었어, 하고 닉은 생각했다.

닉은 읽을거리를 가져왔어야 했다는 생각이 들었다. 책을 읽고 싶었다. 늪으로 들어가고 싶은 마음은 없었다. 다시 강을 내려다보니, 비스듬히 기울여져 강에 걸쳐져 있는 커다란 삼나무 하나가 보였다. 강은 그 너머에서 늪으로 흘러들고 있었다.

닉은 늪으로 들어가고 싶지는 않았다. 겨드랑이까지 잠겨 고기를 물 밖으로 끌어 올리기도 힘든 곳에서 송어 낚시를 하고 싶지는 않았다. 늪 기슭에는 아무것도 자란 게 없었고 위쪽에만 커다란 삼나무들이 빽빽하게 서 있었다. 그 삼나무들로 인해 햇볕조차 거의 들지 않는 깊고 깊은 물길에서의 낚시는 비극일 게 뻔했다. 늪에서 그런 비극적인 모험을 하고 싶지는 않았다. 그는 오늘은 강을 따라 더 내려가지 말자고 생각했다.

그는 칼을 꺼내 날을 펼친 뒤 통나무에 꽂았다. 그런 다음 자루를 끌어 올려 그 안에 손을 집어넣어 송어 한 마리를 꺼냈다. 꼬리 근처를 꽉 쥐었지만 살아 펄떡거리는 놈을 잡고 있기가 어려워 통나무에다 내리쳤다. 놈은 몸을 부르르 떨더니 뻣뻣해졌다. 닉은 놈을 통나무의 그늘진 곳에다 내려놓고 다른 놈도 같은 방법으로 목을 부러뜨려 나란히 놓았다. 멋진 송어들이었다.

닉은 놈들을 항문에서 주둥이까지 길고 말끔하게 잘라 냈다. 내장들과 아가미와 혓바닥이 한 덩어리로 쓸려 나왔다. 두 놈 모두 부드럽고 맑은 회백색의 기다란 정액 덩어리를 가진 수놈이었다. 내장들은 밍크가 먹을 수 있도록 강기슭에다 던졌다.

그는 송어들을 강물에 씻었다. 등을 위로 해 물에다 담그자 마치 살아 있는 듯 보였다. 빛깔도 여전했다. 그는 손을 씻고 통나무 위에서 송어들을 말렸다. 얼마 후 말린 송어들을 자루에 둘둘 말아 뜰채에 담았다. 그러고는 통나무에 꽂혀 있던 칼을 뽑아 날을 통나무에 닦고는 주머니에 집어넣었다.

닉은 낚싯대와 뜰채를 들고 통나무에서 몸을 일으켰다. 뜰채가 아래로 축 처졌다. 그는 물속으로 들어가 물을 튀기며 강둑으로 향했고, 강둑에 올라서서 다시 언덕을 향해 숲을 헤치고 나아갔다. 그렇게 텐트가 있는 곳을 향해 가고 있었다. 돌아보니, 나무들 사이로 살짝 드러난 강이 보였다. 늪에서 낚시할 날들은 앞으로도 많을 것이었다.

다른 나라에서
In Another Country

가을에도 전투는 계속되었지만 우리는 더 이상 전투에 투입되지 않았다. 밀라노의 가을은 추웠고, 어둠은 아주 일찍 찾아들었다. 어둠이 내려 전깃불이 들어오면, 거리를 걸으며 가게 쇼윈도를 들여다보곤 했다. 가게 밖에 사냥한 짐승들도 걸려 있었다. 털이 눈에 덮이고 바람에 꼬리가 흔들리는 여우도 있었고, 딱딱하고 무겁고 속이 텅 빈 사슴도 있었고, 바람에 깃털이 뒤집힌 조그만 새들도 있었다. 그 차가운 가을 내내, 산으로부터 바람이 불어왔다.

우리 모두는 매일 오후를 병원에서 보냈다. 땅거미가 내리는 마을을 지나 병원으로 걸어가는 길은 여러 개였다. 그중 두 길은 수로와 나란히 뻗어 있었는데, 오래 걸어야 했다. 수로 위에 걸린 세 개의 다리들 중 하나를 택해 그것을 건너 병원으로 들어갔다. 어느 다리 위에서는 한 여자가 밤을 구워 팔고 있었다. 그녀 앞에 놓인 숯불은 따뜻했고, 군밤을 주머니에 넣고 있으면 온기가 느껴졌다. 아주 오래전에 지어진 병원 건물은 정말 아름다웠다. 정문으로 들어가 마당을 가로지르면 반대편에 밖으로 나가는 문이 있었다. 대개는 그 마당에서 장례식이 시작되었다. 오래된 병원 건물을 지나면 벽돌로 지어진 새 병원 건물이 나왔다. 매일 오후 우리는 그곳에서 만나 아주 점잖게 이런저런 얘기들을 나누었다. 엄청나게 효과가 있다는 기계에 앉아서.

군의관이 내가 앉아 있는 기계로 오더니 말했다. "참전하기 전에 가장 좋아했던 게 뭐였나? 운동을 했었나?"

내가 대답했다. "네, 축구요."

"좋아." 그가 말했다. "전보다 축구를 더 잘할 수 있을 걸세."

당시 내 무릎은 굽혀지지 않았다. 다리가 무릎에서 발목까지 꼿꼿한 것이 마치 종아리가 없는 것 같았다. 기계가 다리를 세발자전거 타듯 움직이게 해 무릎을 굽혀 준다고 했지만, 여전히 무릎은 굽혀지지 않았다. 그걸 보고 군의관이 말했다. "모든 게 지나갈 거야. 자넨 운이 좋은 젊은이니까. 다시 챔피언처럼 축구를 할 수 있을 걸세."

옆쪽 기계에는 한쪽 손이 오그라들어 어린아이 손처럼 작아진 소령이 앉아 있었다. 그의 손은 두 개의 가죽끈 사이에 놓여 있었는데, 그 끈이 위아래로 움직이며 마비된 손가락을 때렸다. 그는 군의관이 자신의 손을 살펴보는 동안 내게 눈을 찡긋했다. 그러고는 군의관에게 물었다. "나도 축구를 할 수 있을까, 대위?" 그는 전쟁 전에는 이탈리아에서 가장 위대한 펜싱 선수였다.

군의관은 뒤편에 있는 자신의 집무실로 가서 사진 한 장을 가져왔다. 처음에는 소령의 것만큼 조그맣게 오그라들어 있다가 기계 치료 과정을 거쳐 꽤 커진 손을 찍은 것이라고 했다. 소령은 멀쩡한 손으로 그 사진을 들고 유심히 살펴보더니 물었다. "전투에서 다친 손인가?"

"공장에서 사고로 다친 손입니다." 군의관이 말했다.

"아주 재미있군. 아주 흥미로워." 소령이 그렇게 말하고는 사진을 돌려주었다.

"자신 있으시죠?" 군의관이 물었다.

"아니." 소령이 대답했다.

내 또래인 세 청년도 매일 병원에 왔다. 모두 밀라노 출신으로 하나는 변호사, 다른 하나는 화가, 또 하나는 직업 군인이 되고 싶어 했다. 기계 치료를 마치고 나면 우리는 가끔 스칼라 극장 옆에 있는 코바 카페로 걸어가곤 했다. 공산주의자들이 사는 지역을 통과해 지름길로 갔다. 넷이 함께였기 때문이다. 그곳 사람들은 장교라는 이유로 우리를 싫어했다. 와인 술집 앞을 지나갈 때면 누군가가 우리에게 "아 바소 글리 우피찰리(이 저질 장교 놈들)!" 하고 소리를 질렀다. 때로는 한 친구가 더해져 다섯 명이 동행할 때도 있었는데, 코가 없어져 버려 재건 수술을 받은 그는 까만색 실크 손수건으로 얼굴을 가리고 다녔다. 육군사관학교에 다니던 그는 전선에 투입되어 첫 번째 전투에 참가한 지 불과 한 시간도 안 돼 그런 부상을 당했고, 수술을 했지만 유서 깊은 가문 대대로 내려오던 코를 회복하지는 못했다. 그는 나중에 남미로 떠나 은행에서 일했다. 하지만 우리가 어울려 다니던 당시에는, 나중에 자신이 어떻게 살게 될지 아는 사람은 아무도 없었다. 그때 우리가 알고 있었던 건 늘 전투가 벌어지고 있다는 것, 하지만 우리는 더 이상 거기 투입되지 않을 거라는 것뿐이었다.

우리는 모두 똑같은 훈장을 갖고 있었다. 검정 실크 손수건으로 얼굴을 가리고 있던 친구만 예외였는데, 훈장을 받을 만큼 전선에 오래 있지 않았기 때문이었다. 변호사가 되고 싶어 했던, 유난히 창백한 얼굴에 키가 큰 친구는 아르디티 부대의 중위였는데, 그는 훈장을 우리처럼 하나가 아니라 세 개나 갖고 있었다. 그는 오랜 기간 죽음을 가까이에 두고 살아온 탓에 뭔가 무심한 듯 보였다. 사실 우리 모두는 얼마쯤 무심한 상태였는데, 매일 오후 병원에서 만나는 걸 제외하곤 우리를 결속시키는 건 아무것도 없었다. 그럼에도 불구하고 시내의 삼엄한 구역을 통과해 코바를 향해 걸어갈 때면, 와인 술집에서 흘러나오는 불빛과 노랫소리를 들으며 때때로 사람들이 왁자하게 쏟아져 나오는 거리의 어둠 속을 걸을 때면, 우리는 우리를 싫어하는 사람들은 이해하지 못하는 뭔가를 공유하고 있다는 것을 느꼈다.

우리 모두는 마음속 깊이 코바를 이해하고 있었다. 호사스럽고 따뜻하고 불빛이 지나치게 밝지 않은, 어떤 시간엔 시끄럽고 담배 연기로 자욱한, 그리고 늘 테이블에 여자들이 있는, 벽에 붙은 시렁엔 그림 신문이 놓인 그곳을. 코바에 오는 여자들은 무척 애국적이었는데, 이탈리아에서 가장 애국적인 사람들은 카페 걸이라는 사실을 나는 그곳에서 알게 되었다. 지금도 그들은 여전히 애국적일 것이라고 믿는다.

친구들은 처음엔 내가 훈장을 받았다는 사실에 무척 정중한 태도를 보였다. 어느 날 그들이 어떻게 해서 훈장을 받게 되었냐고 물었다. 나는 그들에게 신문을 보여 주었다. 거기엔 프라텔란차(형제애)니 아브네가치오네(헌신)니 하는 아름다운 말들이 가득했지만, 그런 수식어를 빼고 나면 그 기사는 내가 훈장을 받은 건 그저 미국인이기 때문이라는 말을 하고 있었다. 그 후로도 나는 그들과 친구로 지냈지만, 나를 대하는 그들의 태도는 약간 변해 있었다. 기사를 읽은 뒤부터 그들은 나를 진정한 일원으로 생각하지 않았던 것이다. 그들은 나와는 전혀 다른 상황에서 훈장을 받았다. 내가 부상을 입은 건 사실이었지만, 그건 우연한 사고였다. 그러나 나는 결코 훈장을 부끄럽게 여기지 않았다. 가끔은 칵테일을 마시며, 그들이 훈장을 받게 된 계기가 된 행동을 내가 하는 상상을 해보곤 했다. 하지만 가게들이 모두 문을 닫은 바람 부는 한밤중의 텅 빈 거리를 지나 숙소로 돌아올 때면, 가로등과 떨어지지 않으려고 애쓰며 그 밤길을 걸어갈 때면, 그런 행동은 나는 결코 하지 못할 것임을 깨달을 수 있었다. 나는 죽음이 너무도 두려웠다. 종종 한밤중에 홀로 침대에 누워, 전선으로 다시 돌아가면 어쩌나 불안에 떨곤 했다.

훈장을 가진 세 친구는 사냥매와 같았다. 하지만 나는 사냥매가 아니었다. 사냥을 한 번도 해본 적 없는 사람 눈엔 그렇게 보였겠지만. 그들 셋은 내가 사냥매가 아님을 잘 알고 있었다. 결국 그들 셋과 나는 멀어지고 말았다. 하지만 전선에 투입된 첫날 부상을 입었던 친구는 그 뒤로도 나와 좋은 사이를 유지했다. 자신도 전선에 남아 있었더라면 어땠을지 모른다고 생각했기 때문이었다. 하지만 나와 관계를 유지하는 바람에 그도 결국 셋으로부터 배척당했다. 나는 그가 좋았다. 그는 전선에 남아 있었더라도 사냥매는 되지 못했을 것 같아서였다.

위대한 펜싱 선수였던 소령은 용맹 같은 건 믿지 않았다. 나란히 기계에 앉아 있는 동안 그는 내 이탈리아어 문법을 교정해 주었으며, 내가 이탈리아어로 말하는 걸 칭찬하곤 했다. 우리는 아주 편하게 대화를 나누었다. 어느 날 나는 그에게 이탈리아어는 아주 쉬운 언어인 것 같다고, 그래서 크게 흥미롭지는 않다고 말했다. 그러자 소령이 "그래?" 하더니 "그러면 문법에 맞게 말해 봐" 하고 말했다. 문법에 맞게 말하려고 하자, 그때부터 이탈리아어는 엄청나게 어려운 말이 되고 말았다. 내가 하려는 말을 문법에 맞게 머릿속으로 정리하기 전까지는, 그에게 말을 붙이기가 두려울 정도였다.

소령은 매우 정기적으로 병원을 찾았다. 기계를 신뢰하지는 않았지만, 하루도 병원을 빼먹은 적은 없었다. 사실 당시는 그 누구도 치료용 기계를 신뢰하지 않던 시절이었다. 어느 날 그는, 모든 게 순 엉터리라고 했다. 기계가 새로 나오면 우리가 그 성능을 입증해야 하다니 그게 말이 되냐면서. 그는 기계 치료라는 건 멍청한 생각이라며 이렇게 말했다. "흔해 빠진 이론일 뿐이야." 내가 문법에 익숙하지 못했을 땐, 나더러 천하에 없는 둔재라며 그런 나를 가르치겠다고 골머리를 썩인 자신이 바보라고 말한 적도 있었다. 작은 키의 그는 기계에 오른손을 밀어 넣고 있는 동안, 고개 한 번 돌리지 않고 정면 벽만 쳐다보며 앉아 있곤 했다.

"전쟁이 끝나면, 만약 끝난다면 말이야, 자넨 뭘 할 건가?" 그가 어느 날 내게 물었다. "문법에 맞춰서 말해!"

"미국으로 돌아갈 겁니다."

"결혼은 했나?"

"아닙니다. 하지만 하고 싶습니다."

"이런 바보." 그는 무척 화가 난 듯 말했다. "남자는 결혼해선 안 돼."

"왜요, 시뇨르 마지오레(소령님)?"

"날 시뇨르 마지오레라고 부르지 마."

"어째서 남자는 결혼하면 안 됩니까?"

"남자는 결혼하면 안 돼. 결혼해선 안 된다고." 그는 화를 내며 말했다. "모든 걸 잃게 될 자리엔 서지를 말아야지. 그런 자리엔 아예 있지 말아야 한다고. 다른 자리를 찾아야 하는 거야."

그는 화가 나서 신랄하게 내뱉었다. 시선은 정면만 바라보면서.

"하지만 남자가 결혼하면 왜 모든 걸 잃게 되는 거죠?"

"그렇게 되게 돼 있어." 소령이 말했다. 그러고는 벽을 응시하던 시선을 내려 기계를 쳐다보더니, 가죽끈 사이에 끼워져 있던 조그만 손을 확 잡아 빼고는 자신의 허벅지를 세게 때리며 말했다. "남자는 결혼하면 모든 걸 잃게 돼 있다고." 거의 고함을 지르는 수준이었다. "나하고 논쟁하려 하지 마!" 그러더니 그는 기계 담당 조수에게 소리를 질렀다. "이리 와서 이 빌어먹을 놈을 꺼버려."

그는 광선 치료와 마사지를 받기 위해 다른 방으로 들어갔다. 군의관에게 전화를 써도 되느냐고 묻는 그의 목소리가 들렸고, 문이 닫혔다. 그가 내가 있는 방으로 돌아왔을 때, 나는 다른 기계에 앉아 있었다. 그는 망토를 걸치고 모자를 쓰더니 곧장 내가 앉아 있는 기계 쪽으로 왔다. 그러고는 팔을 내 어깨에 올렸다.

"미안하네." 그는 멀쩡한 손으로 내 어깨를 토닥거리며 말했다. "내가 너무 교양 없이 굴었구면. 아내가 세상을 떠난 지 얼마 되지 않아서 말이야. 날 용서해 주게."

"아……" 나는 어찌할 바를 모른 채 입을 열었다. "유감입니다."

그는 아랫입술을 꽉 깨문 채 서 있다가 말했다. "너무 힘드네. 운명이라 여기고 체념할 수가 없다네."

그의 시선이 나를 지나 창밖으로 향했다. 그러고는 흐느껴 울기 시작했다. "도저히 받아들여지지가 않아." 그는 그렇게 목이 메어 말했다. 그러고는 다시 울었다. 자세는 고개를 들어 허공을 쳐다보며 군인답게 몸을 꼿꼿이 세우고 있었지만, 두 볼에는 눈물이 흐르고 있었다. 아랫입술을 꽉 깨문 채 그는 기계들을 지나 문을 나섰다.

군의관이 내게 말해 주었다. 소령은 전투에 나가 불구가 된 이후에 결혼을 했는데, 무척이나 젊었던 그의 아내는 폐렴으로 죽었다고. 며칠 만에 갑작스럽게 죽었기에 아무도 그녀의 죽음을 예상하지 못했다고. 그는 아내가 죽고 사흘 뒤에 늘 오던 시간에 다시 병원으로 왔다. 군복 소매에 검은 리본을 달고. 병원 벽 여기저기에 못 보던 커다란 사진들이 걸려 있었다. 기계 치료를 받기 전과 후의 각종 부상 부위를 찍은 사진들이. 소령이 사용하던 기계 앞에는, 그의 것과 비슷했던 손이 완전히 회복된 모습이 담긴 사진 세 개가 붙어 있었다. 군의관이 그 사진들을 어디서 구했는지는 모른다. 하지만 그 기계들을 처음으로 사용하는 사람이 우리라는 건 늘 알고 있었다. 그 사진들은 소령에겐 별 소용이 없었다. 그의 눈은 오직 창밖을 향해 있었기 때문이다.

흰 코끼리들처럼 생긴 산들
Hills Like White Elephants

에브로 강 계곡 건너편에 기다랗게 늘어선 산들은 흰빛을 띠고 있었다. 햇볕이 내리쬐는, 그늘도 숲도 없는 이쪽 편에는 두 줄의 철길 사이에 기차역이 있었다. 역사의 측면 바로 옆에는 달구어진 그림자를 드리우고 있는 술집이 있었고, 그 술집의 활짝 열린 문에는 파리를 막는 대나무 구슬발이 쳐져 있었다. 술집 바깥 그늘에 놓인 테이블에는 한 미국 남자와 아가씨가 앉아 있었다. 날은 푹푹 쪘고, 바르셀로나 발 급행열차는 40분 뒤에 들어올 예정이었다. 열차는 이 역에서 2분간 정차한 뒤 마드리드로 떠날 것이다.

"우리 뭐 좀 마셔요." 아가씨가 말했다. 그녀는 모자를 벗어 테이블 위에 놓았다.

"꽤 쩌대는군." 남자가 말했다.

“맥주 마셔요.”

“도스 세르베사스(맥주 두 잔).” 남자가 구슬발이 쳐져 있는 문을 향해 외쳤다.

“큰 잔으로 드려요?” 여자 하나가 문간에서 물었다.

“그래요. 큰 잔으로 둘.”

여자는 맥주 두 잔과 두꺼운 모직 받침대 두 개를 가져와 그것들을 테이블 위에 놓고 남자와 아가씨를 바라보고는 다시 들어갔다. 아가씨는 메마른 갈색의 산들이 태양에 하얗게 빛나는 것을 바라보다가, 거기서 눈길을 떼고는 말했다.

“저 산들은 흰 코끼리들 같아요.”

“흰 코끼리는 본 적이 없는 것 같은데.” 남자가 맥주를 마셨다.

“그래요, 당신은 못 봤을 거예요.”

“혹시 봤을지도 모르지.” 남자가 말했다. “당신이 못 봤을 거라고 말한다고 내가 안 본 게 되진 않아.”

아가씨가 구슬발을 보며 말했다. “저 구슬발 위에 뭐라고 써 있어요?”

“아니스 델 토로. 술 이름이야.”

“우리 마셔 볼래요?”

남자가 “이봐요,” 하고 발 쪽으로 외쳤다. 여자가 술집에서 나와 말했다.

“4레알이에요.”

“아니스 델 토로 두 잔 줘요.”

“물을 섞은 걸로 드려요?”

“물을 섞은 걸로 마실까?”

“저야 모르죠.” 아가씨가 말했다. “그게 좋아요?”

“좋지.”

"물을 섞은 걸로 드시겠다는 거죠?" 여자가 물었다.

"네, 그걸로 주세요."

잠시 후 아가씨가 잔을 내려놓으며 말했다. "감초 같은 맛이네."

"술이 다 그렇지."

"맞아요." 아가씨가 말했다. "뭐든 다 감초 맛이에요. 특히나 당신이 마시고 싶어 한 것들이 그랬죠. 압생트 같은 거."

"그만하지."

"당신이 먼저 시작해 놓고선." 아가씨가 말했다. "전 재밌었어요. 저한텐 멋진 시간이었어요."

"앞으로도 멋진 시간이 되도록 애써 보자구."

"좋아요. 전 지금까지도 애써 왔어요. 그나저나 저 산들이 흰 코끼리들 같다고 말한 건, 하얗게 빛나고 있어서예요. 그렇지 않아요?"

"그렇군."

"전 이렇게 새로운 술을 마시고 싶었어요. 이런 게 우리가 할 수 있는 전부잖아요. 안 그래요? 뭔가를 보고, 새로운 걸 마셔 보고."

"그런 거 같군."

아가씨는 다시 산들을 바라보며 말했다.

"정말 멋진 산들이에요. 방금 전 제 말은 저 산들의 모양이 흰 코끼리들 같다는 뜻이 아니라, 나무들 사이로 보이는 땅바닥이 흰 코끼리들처럼 하얗게 빛난다는 뜻이에요."

"한 잔 더 할까?"

"좋아요."

후끈한 바람이 불어와 구슬발이 테이블에 부딪혔다.

"맥주가 맛있고 시원한데." 남자가 말했다.

"훌륭해요." 아가씨가 말했다.

"정말이지 아주아주 간단한 수술이야, 지그." 남자가 말했다. "사실 수술이랄 것도 없어."

아가씨가 테이블 다리가 놓여 있는 땅바닥을 내려다보았다.

"당신도 반대하지 않을 거라고 생각해, 지그. 정말 아무것도 아니야. 그냥 공기만 집어넣는 것뿐이지."

아가씨는 아무 말도 하지 않았다.

"내가 같이 갈 거고, 계속 같이 있을 거야. 공기를 집어넣기만 하면 모든 게 완벽하게 자연스러워질 거야."

"그러고 나면 우린 어떻게 되는 거죠?"

"좋아지는 거지. 전과 똑같이."

"왜 그럴 거라고 생각하죠?"

"그게 우릴 가로막고 있는 단 한 가지니까. 우릴 불행하게 만드는 유일한 거니까."

아가씨는 구슬발을 바라보다가 손을 뻗어 구슬이 달린 줄 두 개를 쥐었다.

"그러고 나면 우린 괜찮아지고 행복해질 거라고 생각하는군요."

"당연히 그렇지. 무서워할 거 없어. 난 그렇게 한 사람들 많이 봤어."

"저도 봤어요." 아가씨가 말했다. "그러고 나서 모두들 아주 행복해졌죠."

"음," 남자가 말했다. "원하지 않으면 굳이 할 필요 없어. 당신이 원하지 않으면 나도 강요하고 싶진 않아. 하지만 내가 알기로는 정말 간단한 수술이야."

"당신이 원하는 것이기도 하고요."

"난 그게 최선이라고 생각해. 하지만 당신이 원하지 않는다면 나도 바라지 않을게."

"하지만 내가 그걸 하면 당신은 행복해지고, 모든 게 예전처럼 되고, 날 사랑하기도 할 거란 거죠?"

"지금도 난 당신을 사랑해. 알잖아?"

"알죠. 하지만 내가 그걸 하면, 그래서 상황이 다시 좋아지면, 내가 무언가가 하얀 코끼리 같다고 말하면 그 표현을 좋아해 주겠죠?"

"그렇지. 지금도 좋은 표현이라고 생각해. 다만 방금은 미처 생각을 못했을 뿐이야. 걱정거리가 생기면 내가 어떻게 되는지 알잖아."

"내가 그걸 하면 당신 걱정거리는 없어질까요?"

"그렇지. 모든 게 간단해질 테니까."

"그러면 할게요. 난 나에 대해선 걱정 안 하니까."

"무슨 뜻이야?"

"난 나에 대해선 걱정하지 않는다고요."

"난 당신을 걱정하고 있어."

"아, 그렇겠군요. 하지만 난 걱정 안 해요. 그러니 난 그걸 할 거고, 그러면 모든 게 좋아지겠죠."

"당신이 그런 기분이라면, 당신이 그걸 하는 걸 원치 않아."

아가씨는 자리에서 일어나 역사 끝까지 걸어갔다. 건너편에는 곡식이 자라는 들판과 강둑을 따라 서 있는 나무들이 있었다. 그 강 너머에 산들이 솟아 있었다. 구름 그림자 하나가 들판을 가로질렀다. 그녀는 나무들 사이로 보이는 에브로 강을 바라다보았다.

"우린 모든 걸 가질 수 있었어요." 그녀가 말했다. "우린 모든 걸 가질 수 있었는데, 날마다 그걸 불가능하게 만들었어요."

"뭐라고 했어?"

"우린 모든 걸 가질 수 있었다고 했어요."

"우린 모든 걸 가질 수 있어."

"아뇨, 우린 그럴 수 없어요."

"우린 세상 모든 걸 가질 수 있어."

"아뇨, 그럴 수 없어요."

"세상 어디로든 갈 수 있고."

"아뇨, 세상은 더 이상 우리 것이 아니에요."

"우리 거야."

"아뇨, 그렇지 않아요. 한번 없어진 건 돌아오지 않아요."

"없어지지 않았어."

"두고 보면 알게 될 거예요."

"그늘로 들어와." 그가 말했다. "그런 식으로 생각하지 말고."

"어떤 식으로도 생각하지 않아요." 아가씨가 말했다. "그냥 그렇다는 걸 알 뿐이에요."

"당신이 원하지 않는 거라면 나도 원하지 않……"

"저한테 좋지 않은 일도 원하지 않겠죠." 그녀가 말했다. "알아요. 우리 맥주 한 잔 더 할까요?"

"그러지. 하지만 당신이 알아야 할 건……"

"알아요." 아가씨가 말했다. "얘기 그만하면 안 될까요?"

그들은 다시 테이블에 앉았다. 아가씨는 계곡 너머 메마른 산들을 바라보았고, 남자는 그녀를 보다가 테이블을 보았다.

"당신이 알아야 할 건," 남자가 말했다. "당신이 원하지 않는 일은 나도 원하지 않는다는 거야. 그리고 당신한테 의미가 있는 거라면 그게 뭐든 나도 기꺼이 받아들이겠다는 거야."

"당신에겐 그게 아무런 의미가 없어요? 우린 잘 지내 왔잖아요."

"물론 의미가 있지. 하지만 난 당신이 아닌 사람은 누구도 원치 않아. 다른 누구도 원치 않는다고. 그리고 그건 정말 간단한 일이라니까."

"그래요, 당신에겐 정말 간단하겠죠."

"당신이 뭐라고 하든 괜찮지만, 난 그게 아주 간단한 일이라는 걸 알아."

"지금 날 위해 뭘 좀 해줄래요?"

"당신을 위한 거면 뭐든 해."

"제발, 제발 제발 제발 제발 제발 제발, 입 좀 다물어 줄래요?"

그는 입을 다물고 역사 벽에 기대어 놓은 가방들을 바라보았다. 거기엔 그들이 밤을 보냈던 모든 호텔들의 짐표들이 붙어 있었다.

"그래, 원하지 않으면 하지 마." 그가 말했다. "그에 대해선 상관하지 않을게."

"소리 지를 거예요." 아가씨가 말했다.

여자가 맥주가 담긴 잔 두 개를 들고 발을 젖히고 나와 물기가 묻은 모직 받침대 위에 내려놓으며 말했다. "5분 뒤에 기차가 올 거예요."

"뭐라는 거죠?" 아가씨가 물었다.

"기차가 5분 뒤에 온다는군."

아가씨가 여자에게 감사의 표시로 밝게 미소를 지어 보였다.

"짐을 역사 저쪽 편으로 옮겨 놓는 게 좋을 것 같아." 남자가 말했다. 아가씨가 그를 보며 미소를 지었다.

"그래요. 맥주는 옮기고 와서 마셔요."

남자는 무거운 가방 두 개를 들고 역사 건물을 빙 돌아 반대편으로 갔다. 거기 가방들을 놓고 철길을 올려다보았다. 아직 열차는 보이지 않았다. 돌아올 때는 열차를 기다리는 사람들이 술을 마시고 있는 술집 안을 통과했는데, 잠시 거기 앉아 아니스를 마시며 사람들을 바라봤다. 모두가 군소리 없이 열차를 기다리고 있었다. 그는 구슬발을 젖히고 밖으로 나갔다. 테이블에 앉아 있는 아가씨가 그에게 미소를 지어 보였다.

"기분은 좀 괜찮아졌어?" 그가 물었다.

"좋아요." 그녀가 말했다. "문제 될 거 하나도 없어요. 기분 좋아요."

살인자들
The Killers

헨리 간이식당의 문을 열고 사내 둘이 들어섰다. 그들은 카운터에 자리를 잡았다.

"뭘로 갖다 드릴까요?" 조지가 그들에게 물었다.

"모르겠는데." 한 사내가 말했다. "자넨 뭘 먹고 싶나, 앨?"

"글쎄," 앨이 말했다. "뭘 먹어야 할지 모르겠네."

날이 어두워지고 있었다. 창밖의 가로등에 불이 들어왔다. 카운터에 자리를 잡은 두 사내는 메뉴판을 들여다보았다. 닉 애덤스는 카운터 한쪽 끝에서 그들을 지켜보고 있었다. 그들이 식당으로 들어왔을 때 그는 조지와 이야기를 나누는 중이었다.

"난 사과 소스랑 으깬 감자를 얹은 돼지 안심 구이로 줘." 첫 번째 사내가 말했다.

"그건 아직 준비가 안 됐습니다."

"그런데 왜 이 염병할 메뉴판에 써 있는 거야?"

"그건 저녁 메뉴라서요." 조지가 설명했다. "6시면 드실 수 있습니다."

조지는 카운터 뒤편 벽에 걸린 시계를 보더니 말했다.

"지금은 5시군요."

"5시 20분이잖아!" 두 번째 사내가 말했다.

"20분 빨리 갑니다."

"염병할 시계." 첫 번째 사내가 말했다. "그럼 먹을 수 있는 게 뭐야?"

"샌드위치는 다 됩니다." 조지가 말했다. "햄과 계란, 베이컨과 계란, 간과 베이컨, 아니면 스테이크."

"완두콩과 크림소스 곁들인 으깬 감자랑 치킨 크로켓으로 줘."

"그것도 저녁 메뉴예요."

"우리가 먹고 싶은 건 죄다 저녁 메뉴야? 무슨 장사를 이따위로 해?"

"지금 해드릴 수 있는 건 햄과 계란, 베이컨과 계란, 간과……"

"난 햄과 계란으로 할래." 앨이라는 사내가 말했다. 그는 중산모에 가슴까지 단추를 채운 검정 외투 차림이었다. 실크 머플러를 두르고 장갑도 끼고 있었다. 조그맣고 흰 얼굴의 그는 입을 꽉 다물고 있었다.

"난 베이컨과 계란으로 줘." 다른 사내가 말했다. 그는 앨과 덩치가 비슷했고, 생김새는 달랐지만 옷차림은 쌍둥이처럼 똑같았다. 둘 다 지나치게 꽉 끼는 외투를 입고 있었다. 그들은 카운터에 팔꿈치를 댄 채 몸을 숙이고 앉아 있었다.

"마실 건 뭐가 있나?" 앨이 물었다.

"실버 맥주랑, 무알콜 음료로는 비보와 진저에일이 있습니다." 조지가 말했다.

"내 말은, '한잔' 할 게 뭐가 있냐고."

"방금 말씀드린 거요."

"끝내주는 동네구먼." 다른 사내가 말했다. "이 동네 이름이 뭐야?"

"서밋입니다."

"들어 봤어?" 앨이 친구에게 물었다.

"아니." 친구가 말했다.

"이런 데선 밤에 뭘 하지?" 앨이 물었다.

"저녁밥 먹겠지." 그의 친구가 말했다. "다들 이리로 몰려와서 엄청나게 먹어 치우겠지."

"잘 보셨네요." 조지가 말했다.

"저 친구 말이 맞다는 거야?" 앨이 조지에게 물었다.

"그럼요."

"자네 아주 똑똑하구먼, 그렇지?"

"그렇고말고요."

"아니, 자넨 안 똑똑해." 조그만 체구의 다른 사내가 말했다. "앨, 이 친구가 똑똑해?"

"멍청하지." 앨이 그렇게 말하고는 고개를 닉에게로 돌리며 물었다. "자넨 이름이 뭔가?"

"애덤스인데요."

"똑똑한 친구가 하나 더 있구먼." 앨이 말했다. "저 친구 똑똑한 것 같지 않아, 맥스?"

"똑똑한 녀석들로 동네가 꽉 찼구먼." 맥스가 말했다.

조지가 카운터 위에 접시 두 개를 내려놓았다. 한 접시엔 햄과 계란 샌드위치가, 다른 접시엔 베이컨과 계란 샌드위치가 담겨 있었다. 그는 곁들임 요리로 나온 감자튀김도 내려놓고 주방으로 통하는 쪽문을 닫았다.

"손님 게 어떤 거죠?" 그가 앨에게 물었다.

"그새 잊어 먹었어?"

"햄과 계란이었죠?"

"똑똑하기는, 얼어 죽을." 맥스가 말했다. 앨은 몸을 숙여 햄과 계란 샌드위치를 집었다. 두 사내는 장갑을 낀 채로 먹었다. 조지는 그들이 먹는 걸 지켜보았다.

"너, 뭘 봐?" 맥스가 조지를 째려보았다.

"아무것도 안 봤는데요."

"염병할, 날 보고 있었잖아?"

"저 친구가 농담한 거야, 맥스." 앨이 말했다.

조지가 웃음을 터뜨렸다.

"너, 괜히 웃을 필요 없어." 맥스가 그에게 말했다. "웃지 않아도 된다고. 알아들어?"

"알겠어요." 조지가 말했다.

"알아들었다고 생각하는군." 맥스가 앨에게로 고개를 돌리며 말했다. "자기가 알아들었다고 생각해."

"그야 저 친구는 사색가니까 그렇지." 앨이 말했다. 그들은 계속 먹었다.

"저기 카운터 끝에 있는 똑똑한 친구는 이름이 뭐라고 했지?" 앨이 맥스에게 물었다.

"어이, 똑똑한 친구." 맥스가 닉에게 말했다. "카운터 뒤로 가서 자네 친구 옆에 서 있어."

"왜 그러시죠?" 닉이 물었다.

"이유 같은 건 없어."

"말 듣는 게 좋을 거야, 똑똑한 친구." 앨이 말했다. 닉은 카운터 뒤로 가서 조지 옆에 섰다.

"무슨 일이신데요?" 조지가 물었다.

"염병할, 일 따윈 없어." 앨이 말했다. "주방엔 누가 있나?"

"검둥이요."

"검둥이라니 무슨 뜻이야?"

"음식 만드는 검둥이요."

"그 친구도 나오라고 해."

"왜 그러시는데요?"

"이리 나오라고 하라니까."

"여기가 어디라고 생각하세요?"

"염병할, 우린 우리가 어디 있는지 잘 알아." 맥스라 불리는 사내가 말했다. "우리가 멍청해 보여?"

"자네 말은 멍청하군." 앨이 맥스에게 말했다. "이 친구랑 말싸움이라도 하려고?" 그러더니 앨이 조지에게 말했다. "검둥이한테 이리로 나오라고 해."

"그 사람한테 뭘 하시려고요?"

"아무것도. 머리를 써, 똑똑한 친구. 우리가 검둥이한테 뭘 하겠어?"

조지가 주방으로 난 쪽문을 열고 말했다. "샘, 잠깐 이리 나와 봐요."

주방 문이 열리고 흑인이 나왔다. "무슨 일이에요?" 그가 물었다. 카운터에 앉은 두 사내가 그를 바라보았다.

"좋아, 검둥이. 거기 그냥 서 있게." 앨이 말했다.

앞치마를 두른 흑인 샘은, 카운터의 두 사내를 바라보며 말했다. "예,

손님."

앨이 등받이 없는 의자에서 일어나서 말했다. "난 검둥이하고 여기 똑똑한 친구를 데리고 주방으로 갈게. 주방으로 돌아가자구, 검둥이. 너도 같이 가, 똑똑한 친구." 작은 체구의 앨이 닉과 요리사 샘을 앞세우고 주방으로 들어갔고, 주방 문이 닫혔다.

맥스는 계속 조지 맞은편 카운터에 앉아 있었다. 그는 조지를 보지 않고 카운터 뒤편 벽에 주르르 붙어 있는 거울을 훑어보았다. 헨리 식당은 술집을 개조한 곳이었다.

"이봐, 똑똑한 친구." 맥스가 거울에서 눈을 떼지 않고 말했다. "뭐라고 지껄여 보시지?"

"이게 다 무슨 일이에요?"

"이보게, 앨." 맥스가 큰 소리로 말했다. "여기 똑똑한 친구가 이게 다 무슨 일인지 알고 싶다는군."

"자네가 말해 주지그래." 주방에서 앨의 목소리가 흘러나왔다.

"이게 다 무슨 일이라고 생각하나?"

"모르겠습니다."

"생각해 보고 말해 봐."

맥스는 말하는 내내 줄곧 거울만 바라보았다.

"말하지 않을 겁니다."

"이봐, 앨. 여기 똑똑한 친구가 이게 다 무슨 일인지 말하지 않을 거라는군."

"들었네, 좋아." 앨이 주방에서 말했다. 그는 주방에서 카운터로 음식을 내는 문이 닫히지 않도록 거기 케첩 병을 받쳐 놓고는, 조지에게 말했다. "이봐 똑똑한 친구, 이쪽으로 좀 와봐. 맥스 자넨 왼쪽으로 조금 움직이고." 그는 단체 사진을 찍기 위해 자리를 조정하는 사진사 같았다.

"얘기해 봐, 똑똑한 친구." 맥스가 말했다. "어떤 일이 벌어질 것 같나?"

조지는 아무 말도 하지 않았다.

"내가 말해 주지." 맥스가 말했다. "우린 스웨덴 사람을 하나 죽일 거야. 자네 올레 안드레손이라는 덩치 큰 스웨덴 사람 알고 있나?"

"예."

"그 사람 매일 저녁 여기 와서 식사하지, 그렇지?"

"가끔 오시죠."

"그 사람은 매일 6시에 여기로 와, 그렇지?"

"오실 때는요."

"우린 다 알고 있어, 똑똑한 친구." 맥스가 말했다. "무슨 얘기든 좀 해 봐. 영화 보러 다니나?"

"가끔 한 번씩요."

"자주 보러 가도록 해. 자네같이 똑똑한 친구한테는 영화가 좋아."

"올레 안드레손 씨는 왜 죽이려는 건데요? 그분이 손님들한테 무슨 짓을 했는데요?"

"그 사람은 우리한테 무슨 짓을 할 기회가 없었어. 우릴 본 적도 없지."

"이제 우리를 딱 한 번 보게 될 거야." 앨이 주방에서 말했다.

"무슨 이유로 그분을 죽이려는 거예요?" 조지가 물었다.

"우린 친구를 위해 그를 죽이는 거야. 친구의 소원을 들어주는 거지, 똑똑한 친구."

"닥쳐." 앨이 주방에서 말했다. "빌어먹을, 자넨 말이 너무 많아."

"왜 그래? 난 똑똑한 친구를 계속 재밌게 해주려는 것뿐이야. 그렇지 않나, 똑똑한 친구?"

"수다 좀 그만 떨어." 앨이 말했다. "검둥이와 여기 있는 똑똑한 친구는 자기들끼리 재밌게 놀고 있어. 수도원의 여자 커플처럼 둘을 딱 붙여서 묶어 놨거든."

"그러고 보니 자네 수도원에 있었더랬지?"

"아는 척하지 마."

"유대교 수도원이었어. 맞아, 거기 있었어."

조지가 시계를 올려다보았다.

"누가 오면 요리할 사람이 없다고 해. 그런데도 계속 뭐라 그러면 자네가 주방에 들어가서 만들어 주겠다고 해. 알아들었지, 똑똑한 친구?"

"알았어요." 조지가 말했다. "나중에 저희는 어떻게 하실 거죠?"

"상황에 따라 달라." 맥스가 말했다. "지금이야 알 수 없지."

조지는 또 시계를 올려다보았다. 6시 15분이었다. 거리 쪽의 문이 열렸다. 전차 기사가 들어왔다.

"이봐, 조지." 그가 말했다. "식사 되지?"

"샘이 외출했어요." 조지가 말했다. "30분쯤 있다가 올 거예요."

"저 위로 올라가 보는 게 낫겠구먼." 기사가 말했다. 조지가 시계를 올려다보았다. 6시 20분이었다.

"잘했어, 똑똑한 친구." 맥스가 말했다. "자넨 어리지만 제대로 된 신사군."

"제대로 못하면 내가 자기 머릴 날려 버릴 거라는 걸 알거든." 주방에서 앨이 말했다.

"아니." 맥스가 말했다. "그런 게 아니야. 이 똑똑한 친구는 착해. 착한 친구야. 마음에 들어."

6시 55분에 조지가 말했다. "그분은 안 오시네요."

사실은 그 사이 손님이 두 번 더 들어왔고, 그중 한 번은 조지가 주방으로 들어가 손님이 가져갈 햄과 계란 샌드위치를 만들었다. 주방에 들어가 보니, 중산모를 뒤로 젖혀 쓴 앨이 쪽문 옆 등받이 없는 의자에 앉아 있었다. 선반에는 총신을 짧게 자른 엽총이 놓여 있었다. 닉과 요리사는 등을 맞댄 채 구석에 처박혀 있었는데, 수건으로 재갈이 물려 있었다. 조지는 샌드위치를 만들어 기름종이에 싸서 봉투에 넣어 주방에서 나왔고, 손님은 값을 치르고 밖으로 나갔다.

"똑똑한 친구는 못하는 게 없구먼." 맥스가 말했다. "요리도 하고 말이야. 멋진 마누라가 되겠어, 똑똑한 친구."

"올레 안드레손 씨는 안 오시네요." 조지가 말했다.

"우린 그 사람한테 10분을 더 줄 거야." 맥스가 말했다.

맥스는 거울을 보며 시계를 살폈다. 시곗바늘이 7시를 가리켰고, 다시 7시 5분을 가리켰다.

"가지, 앨." 맥스가 말했다. "가는 게 좋겠어. 그 사람 안 오는군."

"5분만 더 기다려 보자구." 앨이 주방에서 말했다.

5분이 지났을 때 남자 한 명이 들어왔고, 요리사가 병이 났다고 조지가 설명했다.

"빌어먹을, 왜 다른 요리사를 안 구해?" 남자가 말했다. "식당 집어치우려고?" 그러고는 가버렸다.

"가자구, 앨." 맥스가 말했다.

"똑똑한 친구 둘하고 검둥이는 어떡하고?"

"내버려 둬도 괜찮을 거야."

"그렇게 생각해?"

"그럼. 이제 볼 일 없는 사람들이잖아."

"내버려 두고 가기 싫은데." 앨이 말했다. "너무 싱겁게 끝나는 거잖아. 그리고 자네는 말이 너무 많아."

"이런, 염병할." 맥스가 말했다. "내내 재밌었잖아?"

"어쨌거나 자네는 말이 너무 많아." 앨이 말했다. 그러고는 주방에서 나왔다. 그의 꽉 끼는 외투 속에 있는 총신을 짧게 자른 엽총이, 허리 부분에서 살짝 튀어나와 있었다. 그는 장갑 낀 손으로 외투를 가다듬었다.

"잘 있게, 똑똑한 친구." 앨이 조지에게 말했다. "자넨 운이 아주 좋았어."

"그건 사실이야." 맥스가 말했다. "경마를 해보게나, 똑똑한 친구."

두 사내는 문을 나섰다. 조지는 창문을 통해 아크등 아래를 지나 길을 건너는 그들을 지켜보았다. 꽉 끼는 외투와 중산모 차림의 그들은, 뮤직홀에 출연하는 콤비처럼 보였다. 조지는 여닫이문을 열고 주방으로 들어가 닉과 요리사를 풀어 주었다.

"더는 겪고 싶지 않아요." 요리사 샘이 말했다. "이런 일은 더 이상 겪고 싶지 않다고요."

닉이 몸을 일으켰다. 재갈이 물려 본 건 이번이 처음이었다.

"젠장, 무슨 일이래?" 닉은 아무렇지도 않은 척하려고 거들먹거렸다.

"그 사람들, 올레 안드레손 씨를 죽이러 왔던 거야." 조지가 말했다. "식사하러 오면 쏘려고 했던 거였어."

"올레 안드레손 씨를?"

"그래."

요리사가 엄지손가락 두 개로 양쪽 입꼬리를 어루만지더니 물었다.

"둘 다 갔어요?"

"예." 조지가 말했다. "이제 갔어요."

“아주 싫어.” 요리사가 말했다. “이런 건 진짜 싫어.”

“들어 봐.” 조지가 닉에게 말했다. “네가 올레 안드레손 씨를 찾아가는 게 좋을 것 같아.”

“알았어.”

“이런 일은 모른 척하는 게 좋아요.” 요리사 샘이 말했다. “가만있는 게 좋다구요.”

“가고 싶지 않으면 가지 마.” 조지가 말했다.

“이런 일엔 끼어들어 봤자 남는 게 없어요.” 요리사가 말했다. “그냥 있어요.”

“만나러 갈게.” 닉이 조지에게 말했다. “그 사람 사는 데가 어디지?”

요리사는 고개를 돌려 버리더니 말했다.

“애들은 늘 자기 하고 싶은 대로 하지.”

“저 위, 허시의 셋집에 살아.” 조지가 닉에게 말했다.

“거기로 올라가 볼게.”

바깥에는, 잎이 떨어진 나뭇가지 사이로 아크등이 빛나고 있었다. 닉은 전차 선로를 따라 거리를 올라가 다음 아크등이 있는 곳에서 골목으로 접어들었다. 거리 위쪽의 건물 세 채가 허시가 세놓는 집이었다. 닉은 계단 두 개를 오른 뒤 벨을 눌렀다. 한 여자가 문으로 왔다.

“올레 안드레손 씨 계신가요?”

“만나려고요?”

“예, 계시면요.”

닉은 여자의 뒤를 따라 계단을 올라가 복도가 끝나는 곳까지 걸어갔다. 여자가 문을 두드렸다.

“누구요?”

"어떤 분이 찾아왔어요, 안드레손 씨." 여자가 말했다.

"닉 애덤스입니다."

"들어오게."

닉은 문을 열고 방으로 들어갔다. 올레 안드레손은 옷을 입은 채로 침대에 누워 있었다. 헤비급 프로 권투 선수였던 그는 키가 너무 커서 침대가 짧았다. 머리에 베개 두 개를 받치고 있는 그는 닉에게 눈길도 주지 않고 물었다.

"무슨 일인가?"

"전 저기 헨리 식당에 있었어요." 닉이 말했다. "남자 둘이 들어와서 저랑 요리사를 묶었어요. 그러고는 당신을 죽일 거라고 말했어요."

그렇게 말하고 나자 실없는 얘기처럼 들렸다. 올레 안드레손은 아무 말도 하지 않았다.

"그 사람들이 우리를 주방에 감금시켰어요." 닉이 말을 이었다. "당신이 저녁 식사를 하러 왔다면, 당신을 쐈을 거예요."

올레 안드레손은 벽을 바라보며 입을 굳게 다물고 있었다.

"조지가 이 얘기를 전해 주는 게 좋겠다고 하더군요."

"내가 할 수 있는 건 아무것도 없어." 올레 안드레손이 말했다.

"그 사람들이 어떻게 생겼는지 알려 드릴게요."

"어떻게 생겼는지 알고 싶지 않아." 그는 계속 벽만 바라보며 말했다. "그 애길 전해 주러 와준 건 고맙네."

"천만에요."

닉은 침대에 누워 있는 우람한 몸집의 남자를 바라보았다.

"제가 경찰을 만나러 가길 원하세요?"

"아니." 올레 안드레손이 말했다. "그래 봐야 덕 될 게 없어."

"제가 할 수 있는 게 뭐 없을까요?"

"없어. 아무것도 없어."

"그냥 엄포를 놓은 건지도 모르죠."

"아니, 그냥 엄포는 아니야."

올레 안드레손은 벽 쪽으로 몸을 돌렸다.

"딱 하나 문제는," 그가 벽을 향해 말했다. "밖으로 나갈 마음이 생기지 않는다는 거야. 하루 종일 난 이 안에만 있었어."

"마을을 떠나시면 되잖아요."

"아니." 올레 안드레손이 말했다. "도망 다니는 건 그만둘 거야." 그는 계속 벽을 바라보고 있었다. "이젠 할 수 있는 게 아무것도 없어."

"무슨 방법이 없을까요?"

"없어. 잘못 걸려든 거지." 그가 억양 없는 목소리로 말했다. "할 수 있는 게 없어. 얼마 지나면 나갈 마음이 생기겠지."

"그럼 전 조지한테 갈게요." 닉이 말했다.

"잘 가게." 올레 안드레손은 여전히 닉을 보지 않고 말했다. "와줘서 고맙네."

닉은 방을 나섰다. 문이 닫힐 때, 그는 옷을 다 입은 채로 침대에 누워 벽을 바라보고 있는 올레 안드레손을 한 번 더 쳐다봤다.

"종일 방에만 있었어요." 여자가 아래층에서 말했다. "기분이 안 좋은가 보다 생각했죠. 안드레손 씨, 이렇게 화창한 가을날엔 산책을 하셔야죠, 해도 꼼짝 안 했어요. 그럴 기분이 아닌 것 같았어요."

"네, 그렇더군요."

"안됐네요." 여자가 말했다. "정말 좋은 사람인데. 권투를 했었대요, 글쎄."

“알고 있어요.”

두 사람은 대문으로 갔다. “얼굴만 저렇지 않으면 전혀 몰랐을 거예요.” 여자가 말했다. “정말 부드러운 사람이거든요.”

“그럼 안녕히 계십시오, 허시 부인.” 닉이 말했다.

“난 허시 부인이 아니에요.” 여자가 말했다. “그분은 주인이고, 난 그분 대신 여길 관리만 하고 있어요. 난 벨 부인이에요.”

“그렇군요. 안녕히 계십시오, 벨 부인.”

“잘 가요.” 여자가 말했다.

닉은 어두워진 거리를 걸어 아크등이 켜진 길모퉁이에서 전차 선로를 따라 헨리 식당으로 갔다. 조지는 카운터 뒤편에 있었다.

“올레 씨는 만났어?”

“응.” 닉이 말했다. “방 안에서 꼼짝하질 않아.”

닉의 목소리가 들리자 요리사가 주방 문을 열고 말했다.

“난 아예 안 들을 거예요.” 그는 그러고는 문을 닫아 버렸다.

“얘기는 전했어?” 조지가 물었다.

“물론이지. 얘기를 했더니 무슨 일인지 다 알고 있더라고.”

“어떻게 할 거래?”

“아무것도 안 할 거래.”

“그자들이 죽일 거야.”

“내 예감도 그래.”

“그 사람, 시카고에서 무슨 일에 얽힌 게 분명해.”

“내 생각도 그래.” 닉이 말했다.

“염병할.”

“끔찍해.” 닉이 말했다.

그들은 더 이상 입을 떼지 않았다. 조지는 행주를 집어 들고 카운터를 닦았다.

"그 사람, 뭘 한 걸까?" 닉이 말했다.

"누군가를 배신했을 거야. 그 때문에 그자들이 죽이려는 거지."

"난 이 동네를 뜰 거야." 닉이 말했다.

"그래." 조지가 말했다. "그러는 게 좋아."

"그 사람이 방에서 그렇게 있다고 생각하니 견딜 수가 없어. 자기가 어떻게 될지 뻔히 알면서 말이야. 염병할, 너무 끔찍해."

"그 일은 더 이상 생각하지 말자." 조지가 말했다.

천 달러 지폐 오십 장

Fifty Grand

"잘 지냈나, 잭?" 내가 말했다.

"월컷이란 친구 본 적 있어?" 잭이 말했다.

"체육관에서 봤었지."

"그렇군." 잭이 말했다. "그 친구랑 붙으려면 운이 아주 좋아야 할 것 같아."

"그 친군 자넬 이길 수 없어, 잭." 솔저가 말했다.

"그랬으면 얼마나 좋겠나."

"새 잡는 산탄 총알 한 줌 정도로는 자넬 눕힐 수가 없지."

"새 잡는 산탄 총알 정도론 안 되지." 잭이 말했다. "그 정도는 난 신경도 안 써."

"때려눕히기 쉬워 보이는 친구야." 내가 말했다.

"물론 그 친구는 오래가지 못할 거야. 자네나 나만큼은 말이야, 제리.
하지만 지금은 그 친구가 모든 걸 갖고 있어." 잭이 말했다.

"자네의 왼손 한 방이면 그 친군 죽음이야."

"그럴 수도 있겠지. 내게 기회가 온 걸 수도 있지." 잭이 말했다.

"키드 루이스를 다뤘듯이 녀석을 요리해 버려."

"키드 루이스," 잭이 말했다. "그 카이크!*"

잭 브레넌, 솔저 바틀릿, 나, 이렇게 셋은 핸리의 가게에 앉아 있었다.
우리 바로 옆자리엔 여자 둘이 앉아 있었다. 그들은 술을 마시는 중이
었다.

"카이크란 게 뭐예요?" 두 여자 중 하나가 말했다. "카이크가 무슨 뜻
이냐고요, 덩치 큰 아일랜드 건달 아저씨."

"카이크가 카이크지." 잭이 말했다.

"카이크," 여자가 말을 이었다. "덩치 큰 아일랜드 인들은 걸핏하면 카
이크라고 떠들어 대. 카이크가 무슨 뜻이냐고요?"

"자, 나가자구."

"카이크가 뭐길래." 여자가 말했다. "댁이 술 한 잔 사는 걸 본 사람이
있을까? 마누라가 아침마다 주머니를 꿰매 버리기라도 하나 봐. 하여튼
아일랜드 놈들이나 카이크 놈들이나. 이봐, 테드 루이스도 당신을 쉽게
때려눕힐 수 있을 거야."

"물론 그럴 수 있겠지." 잭이 말했다. "그리고 넌 뭐든 공짜로 내주고 말
이야. 안 그래?"

우리는 밖으로 나왔다. 잭 때문이었다. 그는 하고 싶은 말이 있으면 언

---

*유대인을 낮춰 부르는 매우 모욕적인 표현.

제든 내뱉어 버리는 친구였다.

잭은 뉴저지에 있는 대니 호건 건강 관리소에서 훈련을 시작했다. 괜찮은 곳이었지만 잭은 그곳에 있는 걸 싫어했다. 처자식과 멀리 떨어져 있는 게 못마땅했기 때문이다. 그래서 걸핏하면 화를 내고 불평을 터뜨렸다. 그는 나를 좋아했다. 우리는 함께 있으면 잘 지냈다. 그는 호건도 좋아했다. 하지만 얼마쯤 지난 뒤 솔저 바틀릿이 그의 신경을 건드리기 시작했다. 매사에 놀리기 좋아하는 사람이 심술궂은 장난을 치기 시작하면 합숙 분위기가 엉망이 될 수 있는 법이다. 솔저는 항상 잭을 놀려 먹었는데, 심술궂기가 어지간했다. 그의 장난은 재미도 없고 유익한 것도 아니었으며, 잭의 심기만 건드렸다. 말하자면 이런 식이었다. 잭이 역기 운동과 샌드백 치기를 끝내고 글러브를 낀다.

"일 좀 해볼래?" 그가 솔저에게 말한다.

"좋지. 어떻게 해줄까?" 솔저가 묻는다. "월컷처럼 널 거칠게 다뤄 줘? 녹다운 몇 번 시켜 줄까?"

"그렇게 해." 잭이 말한다. 하지만 그는 이미 기분이 상한 상태다.

어느 날 아침 우리는 다 같이 길에 나와 있었다. 꽤 멀리까지 나왔다가 돌아가는 중이었다. 우리는 3분 동안 빠르게 달리고 1분을 걷고 다시 빠르게 3분을 달렸다. 잭은 단거리선수라고 불러 줄 정도로 빠르지는 않았다. 링 위에선 필요하면 충분히 빠르게 돌아다녔지만, 길에 나오면 그다지 빠르지 않았다. 그렇게 훈련할 때에도 솔저는 매번 그를 놀려 댔다. 건강 관리소를 향해 언덕을 올라가고 있을 때 마침내 잭이 말했다.

"이제 자넨 시내로 돌아가는 게 좋겠어, 솔저."

"무슨 소리야?"

"자넨 시내로 돌아가 있는 게 좋겠다고."

“왜 그래야 하냐고?”

“자네 말 듣고 있는 게 지겨워서.”

“그래?” 솔저가 말했다.

“그래.” 잭이 말했다.

“우라질, 월컷한테 나가떨어지면 아무도 안 보려 하겠군.”

“그럴 수도 있겠지.” 잭이 말했다. “어쨌든 지금 난 네 꼬락서니를 보고 싶지 않아.”

결국 솔저는 그날 아침 기차를 타고 시내로 떠났다. 나는 기차역까지 그와 함께 내려갔다. 착한 녀석이라 마음에 상처를 입은 듯했다.

“나는 그저 장난을 쳤을 뿐이야.” 그가 말했다. 우리는 플랫폼에서 기차를 기다렸다. “그 자식이 나한테 이럴 순 없어, 제리.”

“그 친구 예민한 데다 고약한 데도 있잖아.” 내가 말했다. “그래도 착한 놈이야, 솔저.”

“우라지게 착한 놈이지. 그렇게 착한 놈, 우라지게도 없었지.”

“그래.” 내가 말했다. “잘 가, 솔저.”

기차가 들어왔다. 그는 가방을 들고 기차에 올랐다.

“잘 있어, 제리.” 그가 말했다. “시합 전에 시내에 나올 수 있어?”

“힘들 거야.”

“그럼 시합 때 봐.”

그는 객실로 들어갔고, 차장이 훌쩍 올라타자 기차가 떠났다. 나는 짐수레를 타고 관리소로 돌아왔다. 잭은 현관에 앉아 아내에게 편지를 쓰고 있었다. 우편물이 와 있었다. 나는 신문을 집어 들고 현관 반대편으로 가서 앉아 그것을 펼쳤다. 호건이 문밖으로 나와 내게로 왔다.

“솔저랑 한판 붙은 거야?”

"붙기는." 내가 말했다. "그냥 저 친구가 시내로 돌아가라고 말했을 뿐이야."

"그럴 줄 알았어." 호건이 말했다. "저 친구는 솔저를 별로 좋아하지 않더라고."

"그래. 저 친구는 좋아하는 사람이 많지 않아."

"꽤 차가운 친구야." 호건이 말했다.

"그래도 나한텐 늘 잘해."

"나한테도." 호건이 말했다. "난 건드리지 않으니까. 그래도 저 친구, 차가워."

호건이 방충문을 열고 안으로 들어갔고, 나는 계속 현관에 앉아 신문을 읽었다. 가을이 막 시작되어 뉴저지의 경치는, 특히 산골의 모습은 아름다웠다. 나는 신문을 다 보고 나서 앉은 채로 경치를 감상했고, 숲 아래편 도로를 따라 자동차들이 먼지를 일으키며 내려가는 모습도 바라보았다. 날씨도 좋고 경치도 아주 좋았다. 호건이 문으로 나오는 걸 보고 내가 말했다. "이봐 호건, 여긴 사냥감은 없어?"

"없어." 호건이 말했다. "참새 정도야."

"신문 봤어?" 내가 호건에게 말했다.

"뭐라도 났어?"

"어제 산데의 말들 중에 세 마리가 한 건씩들 했나 봐."

"어젯밤에 전화로 소식 들었어."

"그 친구들이랑 꽤 가까운 사인가 보지, 호건?" 내가 물었다.

"뭐, 그저 소식 주고받는 정도지." 호건이 말했다.

"잭은 어때?" 내가 말했다. "아직 그 친구들이랑 어울려?"

"그 친구가 아직 그러고 다닌다면 넌 그냥 놔뒀겠어?" 호건이 말했다.

그때 잭이 손에 편지를 들고 모퉁이를 돌아왔다. 그는 스웨터에 낡은 바지를 입고 복싱화를 신고 있었다.

"우표 있어, 호건?" 그가 물었다.

"나한테 줘." 호건이 말했다. "내가 부쳐 줄게."

"이봐 잭." 내가 말했다. "자네 경마 내기 하지 않았어?"

"무슨 소리."

"했다는 거 알아. 자네가 십스헤드에 오는 거 보곤 했는걸."

"어떻게 딱 끊은 거야?" 호건이 물었다.

"돈을 잃었으니까."

그렇게 말하며 잭이 내 곁 바닥에 앉았다. 기둥에 등을 기대더니, 햇살에 눈이 부신 듯 눈을 감았다.

"의자 줘?" 호건이 물었다.

"아니." 잭이 말했다. "이대로 좋아."

"멋진 날씨야." 내가 말했다. "시골은 역시 경치가 죽여."

"마누라하고 시내에 있는 게 좋지 이깟 경치가 뭐가 좋아?"

"이제 일주일밖에 안 남았어."

"그래." 잭이 말했다. "그렇지."

우리는 현관에 그대로 앉아 있었다. 호건은 사무실로 들어갔다.

"자네가 보기엔 내 상태가 어떤 거 같아?" 잭이 내게 물었다.

"뭐라고 해야 할까." 내가 말했다. "일주일만 열심히 가다듬으면 될 거야."

"둘러대지 마."

"알았어." 내가 말했다. "좋지는 않지."

"잠이 안 와." 잭이 말했다.

"이틀 정도면 정상으로 돌아올 거야."

"아냐." 잭이 말했다. "불면증이야."

"심란할 게 뭐 있어?"

"마누라가 보고 싶어."

"오라고 해 그럼."

"그러기엔 난 너무 늙었어."

"잠자리에 들기 전에 오래 걸으면 피곤해질 거야."

"피곤!" 잭이 말했다. "난 하루 종일 피곤해."

그 후로도 일주일 내내 그의 상태는 똑같았다. 밤이면 잠을 못 잤고, 아침이면 주먹이 제대로 쥐어지지도 않는 상태로 일어났다.

"저 친구, 구호소의 묵은 빵 같아." 호건이 말했다. "끝났어."

"난 월컷을 본 적이 없어." 내가 말했다.

"그 자식이 저 친구 명줄을 따버릴 거야." 호건이 말했다. "2라운드 안에 저 친구는 갈가리 찢어질 거라고."

"누구든 언젠가는 그렇게 되겠지." 내가 말했다.

"그래도 저 친구 상태는 너무 심해." 호건이 말했다. "다른 사람들은 저 친구가 훈련을 전혀 안 했다고 생각할 거야. 우리 관리소를 우습게 볼 거라고."

"기자들은 저 친구에 대해 뭐래? 들은 거 있어?"

"있지! 형편없다고 해. 싸우게 해선 안 된다고 입을 모아."

"그렇군." 내가 말했다. "하지만 기자들은 늘 틀려. 안 그래?"

"그렇긴 해." 호건이 말했다. "하지만 이번만은 그들이 옳아."

"선수가 제대로 된 상태인지 아닌지 제깟 것들이 어떻게 알아?"

"글쎄," 호건이 말했다. "그자들이 그렇게 바보는 아니야."

"그들이 맞힌 건 털리도에서 윌러드가 이길 거라고 한 게 전부야. 라드
너란 친구가 요즘 아주 똑똑하던데, 털리도에서 윌러드를 골랐을 때 얘
기를 한번 물어봐."

"아, 그 사람은 안 왔어." 호건이 말했다. "큰 시합만 다루니까."

"그치들이 누구든 난 상관 안 해." 내가 말했다. "그들이 뭘 알아? 뭐라
고 쓸 수는 있겠지. 하지만 쥐뿔도 아는 게 없어."

"잭이 어떤 상태인지 모르진 않겠지?" 호건이 물었다.

"알아, 끝나 가고 있지. 하지만 지금 잭에게 필요한 건 잭이 이길 거라
고 코빗이 여기저기 써주는 것뿐이야."

"그래, 코빗은 잭을 고를 테지." 호건이 말했다.

"그럼. 그 사람은 잭을 고를 거야."

그날 밤도 잭은 한숨도 자지 못했다. 그리고 시합 전날인 다음 날, 우
리는 아침을 먹고 현관으로 나갔다.

"잭, 잠이 안 올 땐 무슨 생각해?" 내가 물었다.

"이런저런 걱정하는 거지 뭐." 잭이 말했다. "브롱크스에 있는 부동산
걱정, 플로리다에 사둔 부동산 걱정, 애들 걱정, 마누라 걱정. 가끔 시합
생각도 하고, 유대인 새끼 테드 루이스 생각도 하는데, 욕이 나오지. 주
식을 좀 사놨는데, 그것도 걱정이고. 빌어먹을, 걱정 안 되는 게 없어."

"자," 내가 말했다. "내일 밤이면 모든 게 끝나."

"그렇지." 잭이 말했다. "시합은 언제나 큰 도움을 주지, 안 그래? 그게
모든 걸 바로잡아 주는 것 같아. 맞아."

그는 온종일 투덜거렸다. 우리는 아무것도 하지 못했다. 잭은 그저 잠
깐 몸을 푼 후, 몇 라운드 정도 혼자서 연습했다. 그다지 좋아 보이지 않
았다. 그런 후 잠깐 동안 줄넘기를 했다. 땀도 나지 않았다.

"저 친구, 차라리 아무 연습도 하지 않는 게 낫지 않아?" 줄넘기를 하는 그를 지켜보다가 호건이 말했다. "대체 땀을 언제 흘려 본 거야?"

"저 친구는 원래 땀이 잘 안 나."

"저 친구, 뭔가 수작 부리는 거 같지 않아? 체중 조절에도 문제없었잖아."

"아냐, 수작 같은 건 안 부려. 그럴 위인이 못돼."

"저 친구는 땀을 내야 돼." 호건이 말했다.

잭이 줄넘기를 하면서 우리에게 다가왔다. 줄을 뒤에서 앞으로, 앞에서 뒤로 돌리며 넘다가, 다음부턴 팔을 교차해서 뛰었다.

"이봐 얼간이들," 그가 말했다. "무슨 얘기하고 있었나?"

"연습 그만하는 게 좋겠다고." 호건이 말했다. "몸이 망가질 수도 있잖아."

"이런다고 나빠지기야 하겠어?" 잭은 그렇게 말하더니 줄로 바닥을 세차게 때리며 뒤쪽으로 물러갔다.

그날 오후 존 콜린스가 관리소에 나타났다. 잭이 위층 자기 방에 있을 때, 존이 남자 두 명을 태우고 차를 몰고 온 것이다. 시내에서 온 듯했다. 차가 멈추고 그들이 내렸다.

"잭은 어딨나?" 존이 내게 물었다.

"위층 자기 방에. 누워 있을 거야."

"누워 있다고?"

"응." 내가 말했다.

"언제?"

나는 존과 함께 온 두 남자를 바라보았다.

"모두 잭 친구들이야." 존이 말했다.

"별로 안 좋아." 내가 말했다.

"무슨 일이라도 있어?"

"잠을 못 자."

"빌어먹을," 존이 말했다. "아일랜드 놈이 잠을 못 잔다니."

"정상이 아니야." 내가 말했다.

"젠장," 존이 말했다. "정상인 적이 없었지. 10년 동안 봐왔는데, 정상인 적이 없었다고."

존과 함께 온 남자들이 웃음을 터뜨렸다.

"인사해. 모건이랑 스타인펠트야." 존이 말했다. "여긴 도일. 잭의 트레이너."

"반갑습니다." 내가 말했다.

"올라가서 그 친구나 만나 보자고." 모건이란 자가 말했다.

"얼굴이라도 봐야지." 스타인펠트가 말했다.

우리는 위층으로 올라갔다.

"호건은?" 존이 물었다.

"관리소 고객 둘하고 헛간으로 갔어." 내가 말했다.

"여기 지금 고객이 얼마나 있는데?" 존이 물었다.

"딱 둘."

"아주 조용하군요." 모건이 말했다.

"조용하죠." 내가 말했다. "끔찍하게."

우리는 잭의 방에 도착했다. 존이 문을 두드렸다. 아무 대답도 없었다.

"한낮에 잠이나 자고 있는 거야?"

존이 손잡이를 돌려 문을 열었다. 우리는 다 같이 안으로 들어갔다. 잭은 침대에서 잠이 들어 있었다. 엎드린 채였는데, 얼굴이 베개에 파묻혀 있었다. 두 팔은 베개를 끌어안고 있었다.

"이봐, 잭!" 존이 그를 불렀다.

잭의 고개가 베개 위에서 살짝 움직였다. "잭!" 존이 그에게로 몸을 숙이며 다시 그를 불렀다. 잭은 베개에다 더 깊이 얼굴을 파묻었다. 존이 그의 어깨를 건드렸다. 잭이 벌떡 일어나 앉더니 우리를 바라보았다. 면도하지 않은 얼굴에, 낡은 스웨터를 입고 있었다.

"우라질! 왜 날 깨운 거야?" 그가 존에게 말했다.

"투덜거리지 마." 존이 말했다. "자넬 깨우려던 게 아니었으니까."

"죽겠네." 잭이 말했다. "아니긴 개뿔."

"자네 모건이랑 스타인펠트 알지?" 존이 말했다.

"반가워." 잭이 말했다.

"몸은 어때, 잭?" 모건이 그에게 물었다.

"좋아." 잭이 말했다. "자네 눈엔 내가 어때 보이는데?"

"좋아 보이는군." 스타인펠트가 말했다.

"그래, 안 좋을 리가 있나." 잭이 말했다. "이봐," 그가 존에게 말했다. "자넨 내 매니저야. 나 때문에 주머니 두둑하게 불리는. 그런데 기자들 나타날 때 자넨 왜 안 보였어? 제리랑 내가 그치들을 상대하란 뜻이야?"

"필라델피아에서 루의 시합이 있었거든." 존이 말했다.

"그게 나랑 무슨 상관이야?" 잭이 말했다. "자넨 내 매니저야. 주머니 두둑하게 채워 줬잖아? 필라델피아는 나랑 상관없어. 내가 필요로 할 땐 왜 여기 없는 거야?"

"호건이 있잖아."

"그래, 호건이 있지." 잭이 말했다. "하지만 호건이나 나나 벙어리이긴 마찬가지야."

"솔저 바틀럿이 여기서 자네랑 지냈던 거 같던데?" 스타인펠트가 분위기를 바꾸려고 말했다.

"그랬지. 여기서 지냈지." 잭이 말했다. "아주 잘 지냈지."

"이봐, 제리." 존이 내게 말했다. "가서 호건 좀 찾아 줘. 찾거든 30분쯤 뒤에 만나자고 전해 주고."

"그러지." 내가 말했다.

"왜 저 친굴 내보내려는 거야?" 잭이 말했다. "가지 마, 제리."

모건과 스타인펠트가 서로의 얼굴을 바라보았다.

"조용히 해, 잭." 존이 그에게 말했다.

"난 호건을 찾아보는 게 좋겠어." 내가 말했다.

"그렇게 해. 네가 가고 싶다면." 잭이 말했다. "하지만 이 사람들은 누구도 널 보낼 수 없어."

"내가 호건한테 가는 거야." 내가 말했다.

호건은 체육관으로 꾸민 헛간에 있었다. 글러브를 끼고 있는 고객들과 함께였다. 그들은 상대가 받아칠까 두려워 누구도 서로를 치려 하지 않았다.

"그만들 하죠." 내가 들어오는 걸 본 호건이 말했다. "두 분은 대량 학살도 막을 수 있을 겁니다. 샤워를 하시고, 블루스한테 가서서 안마를 받으세요."

두 사람은 링에 쳐진 로프 밑으로 기어 나왔다. 호건이 내게로 다가왔다.

"존 콜린스가 잭을 보러 친구 둘이랑 같이 왔어." 내가 말했다.

"차 들어오는 거 봤어."

"그 두 사람은 누구지?"

"아주 영악한 녀석들이지." 호건이 말했다. "넌 둘 다 몰라?"

"몰라." 내가 말했다.

"해피 스타인펠트, 루 모건. 도박장을 갖고 있지."

"멀리한 지가 오래돼서." 내가 말했다.

"그렇군." 호건이 말했다. "해피 스타인펠트는 엄청난 수완가야."

"이름은 들어 봤어." 내가 말했다.

"겉으로는 아주 부드러워 보이는 친구지." 호건이 말했다. "하지만 저격수야. 둘 다 그래."

"그렇군." 내가 말했다. "한 30분쯤 뒤에 우리랑 만나자던데."

"네 말은, 그 친구들이 30분 동안은 우릴 만나고 싶어 하지 않는다는 뜻이야?"

"그거지."

"사무실로 가자." 호건이 말했다. "저격수들은 지옥에나 가라고 하고."

30분쯤 뒤, 호건과 나는 2층으로 올라가 잭의 방문을 두드렸다. 방 안에서 얘기 소리가 들렸다.

"잠깐만 기다려요." 누군가의 목소리가 들렸다.

"우라질 놈들." 호건이 말했다. "난 사무실로 갈 테니까 날 보려면 내려오라고 해."

그때 문 열리는 소리가 들렸다. 문을 연 것은 스타인펠트였다.

"들어오게, 호건." 그가 말했다. "다 같이 한잔하자고."

"그래." 호건이 말했다. "뭐, 괜찮지."

우리는 방으로 들어갔다. 잭은 침대에 앉아 있었고, 존과 모건은 의자를 하나씩 차지하고 있었다. 스타인펠트는 서 있었다.

"자네들은 여전히 비밀이 많군." 호건이 말했다.

"안녕, 대니." 존이 말했다.

"안녕, 대니." 모건이 손을 내밀며 말했다.

잭은 아무 말도 하지 않았다. 그저 침대에 걸터앉아 있을 뿐이었다. 그는 격리되어 있는 듯했다. 완전히 혼자였다. 그는 운동할 때 입는 낡은 푸른색 셔츠와 바지 차림에 복싱화를 신고 있었다. 얼굴은 수염으로 덥수룩했다. 스타인펠트와 모건의 입성은 나무랄 데 없었다. 존 역시 옷을 잘 차려입고 있었다. 잭은 그야말로 거친 아일랜드 인처럼 보였다.

스타인펠트가 술병 하나를 꺼냈고, 호건이 술잔들을 가져왔다. 모두들 한 잔씩 들이켰다. 잭과 나는 한 잔, 나머지는 두세 잔씩 거푸 마셨다.

"자네들 돌아가고 난 후에 마시게 좀 남겨 둬." 호건이 말했다.

잭은 한 잔만 마신 뒤 더 이상 마시지 않고 우두커니 선 채로 사람들을 바라보았다. 잭이 앉았던 침대에는 모건이 걸터앉아 있었다.

"한 잔 더 해, 잭." 존이 그렇게 말하며 잔과 술병을 그에게 건넸다.

"아냐." 잭이 말했다. "난 이런 식으로 마시는 거 안 좋아해."

모두 웃음을 터뜨렸다. 잭은 웃지 않았다.

방을 떠날 때 그들은 모두 기분이 좋아 보였다. 잭은 그들이 차에 탈 때 현관에 서 있었다. 그들이 그를 향해 손을 흔들었다.

"잘들 가." 잭이 말했다.

우리는 저녁을 먹었다. 식사를 하는 동안 잭은 별말이 없었다. 저거 좀 줘, 그거 좀 줘, 가 다였다. 건강 관리소 고객 둘도 우리와 같은 식탁에서 식사를 했다. 아주 좋은 사람들이었다. 식사를 마친 뒤 우리는 현관으로 나갔다. 어둠이 일찍 찾아들었다.

"좀 걸을래, 제리?" 잭이 말했다.

"좋지." 내가 말했다.

우리는 외투를 걸치고 밖으로 나갔다. 큰길까지 꽤 멀리 걸어 내려가 1.5마일쯤 걸었다. 차들이 우리 옆을 지날 때마다 우리는 길가로 비켜섰다. 큰 차 하나가 우리 옆을 지나 숲 쪽으로 갔을 때 잭이 말했다. "걷는 것도 짜증나는군. 관리소로 돌아가야겠어."

갓길을 따라 걷다가 언덕을 넘고 들판을 가로질러 관리소로 향했다. 언덕 위에선 관리소의 불빛들이 잘 보였다. 관리소 앞에 이르자 문가에 호건이 서 있는 게 보였다.

"산책 괜찮았어?" 호건이 물었다.

"좋았어." 잭이 말했다. "이봐 호건, 한잔할래?"

"좋지." 호건이 말했다. "할 말이라도 있어?"

"내 방으로 올라가자구." 잭이 말했다. "오늘은 잠이 올 거 같아."

"의사 났군." 호건이 말했다.

"방으로 올라가자고, 제리." 잭이 말했다.

2층으로 올라가자 잭은 침대에 앉더니 두 손으로 얼굴을 감쌌다.

"인생이 뭐 이래?" 잭이 말했다.

호건이 4분의 1쯤 남은 술병과 잔 두 개를 가져오더니 잭에게 물었다.

"진저에일도 가져올까?"

"내가 그걸 마시고 싶어 할 것 같아?"

"그냥 물어본 것뿐이야." 호건이 말했다.

"한잔할 거지?" 잭이 물었다.

"아니, 난 됐어." 호건이 말했다. 그러고는 방을 나갔다.

"제리 너는?"

"너하고라면 마셔야지." 내가 말했다.

잭이 두 개의 잔에 술을 따르고는 말했다. "천천히, 편하게 마시고 싶어.”

“물 좀 타지.” 내가 말했다.

“그래. 그게 낫겠군.”

우리는 아무 얘기도 하지 않고 잔을 비웠다. 잭이 또 술을 따르려 했다.

“아냐.” 내가 말했다. “난 이 정도면 충분해.”

“알았어.” 잭이 말했다. 그는 자신의 잔에만 술을 따른 뒤 물을 섞었다. 취기가 좀 오른 듯 보였다.

“아까 여기 온 친구들 말이야, 보통내기들이 아냐.” 그가 말했다. “그냥 되는 대로 놔두는 법이 없어. 둘 다.”

그러고는 조금 있다가 다시 말했다. “그래, 그 친구들이 옳아. 되는 대로 놔두면 뭐가 되겠어? 한 잔 더 안 할 거야, 제리? 한 잔 더 해.”

“괜찮아, 잭.” 내가 말했다. “난 지금이 딱 좋아.”

“한 잔만 더 해.” 잭이 말했다. 술기운이 올라 기분이 좋아진 듯했다.

“그러지.” 내가 말했다.

잭이 내 잔을 채우고는 자신의 잔도 가득 채웠다.

“자네도 알겠지만,” 그가 말했다. “내가 술을 무척 좋아하잖아. 복싱을 하지 않았다면 엄청 마셔 댔을 거야.”

“당연하지.” 내가 말했다.

“자네도 알다시피, 난 많은 걸 잃었어. 복싱 때문에.”

“돈은 많이 벌었잖아.”

“물론. 그것 때문에 이 짓을 계속하는 거잖아. 그래도 난 많은 걸 잃었어, 제리.”

“무슨 뜻이야?”

“가령, 마누라를 잃었지. 집을 너무 많이 비웠으니까. 딸년들한테도 좋을 게 없지. 또래 애들이 네 아빠는 무슨 일을 하냐고 물으면, 우리 아빠는 잭 브레넌이야, 라고 대답한대. 애들한테 먹힐 얘기는 아니잖아."

"빌어먹을," 내가 말했다. "중요한 건 자식들을 굶기느냐 않느냐라고."

"그래." 잭이 말했다. "굶기지는 않았지."

그는 다시 술을 따랐다. 술병이 바닥을 드러냈다.

"물을 타." 내가 말했다. 잭이 물을 약간 부었다.

"내가 얼마나 마누라를 보고 싶어 하는지 자넨 모를 거야." 그가 말했다.

"알아."

"자넨 몰라. 자넨 그건 몰라."

"그러니 시내에 있는 것보다는 이렇게 시골에 나와 있는 게 나은 거야."

"지금의 나로서는," 하고 잭이 입을 열었다. "어디에 있든 마찬가지야. 글쎄 자넨 모른다니까."

"한 잔 더 해."

"나 취했지? 지금 내 말 웃기지?"

"제대로 취하고 있어."

"어쨌거나 자넨 그 문제에 관해선 아무것도 몰라. 놈들도 모르고."

"마누라 외엔 아무도 모른다는 거군." 내가 말했다.

"그 사람은 알지." 잭이 말했다. "그 사람은 잘 알아. 그 사람은 안다고. 내기해도 좋아."

"물을 좀 타." 내가 말했다.

"제리," 잭이 말했다. "자넨 몰라. 상황이 어떻게 되어 가고 있는지."

완전히 취한 그는, 딴 데로 눈을 돌리지 않고 나만 응시했다. 눈이 내게 딱 붙어 있는 것처럼.

"오늘은 잠이 잘 올 거야." 내가 말했다.

"귀담아들어, 제리. 돈 벌고 싶어? 그럼 월컷한테 걸어."

"뭐?"

"잘 들어, 제리." 잭이 잔을 내려놓았다. "난 취하지 않았어. 알아들어? 내가 그 자식한테 얼마를 걸었는지 알아? 천 달러짜리 오십 장."

"꽤 큰데."

"천 달러짜리 오십 장이라고." 잭이 말했다. "2:1로. 2만 5천 불을 벌어들이는 거지. 그러니 너도 그 자식한테 걸어, 제리."

"귀에 쏙 들어오는 얘기군." 내가 말했다.

"내가 무슨 수로 그 자식을 이기겠어? 무슨 수로 그 자식을 이기겠냐고? 그러니 당연히 그 자식한테 걸어야지."

"알았어."

"일주일 동안 난 한숨도 못 잤어." 잭이 말했다. "밤새도록 깨어 있었고, 걱정으로 뚜껑이 열릴 지경이었어. 잘 수가 없었어, 제리. 잠을 못 잔다는 게 어떤 건지 자넨 몰라."

"물론 나야 모르지."

"잠을 잘 수가 없어. 그게 다야. 도저히 잘 수가 없어. 잠을 잘 수가 없는데 무슨 수로 몸을 돌보겠어?"

"안됐군."

"자넨 몰라, 제리. 잠을 잘 수 없다는 게 뭔지."

"물을 좀 타." 내가 말했다.

11시가 가까워졌을 때 잭은 나가떨어졌고 나는 그를 침대에 눕혔다. 마침내 그는 잠이 들지 않을 수 없는 지경에 이른 것이다. 나는 그가 옷

벗는 것을 도와주고, 이불 속으로 들어가게 했다.

"푹 자게 될 거야, 잭." 내가 말했다.

"그렇겠지." 잭이 말했다. "이제 잠이 올 거야."

"잘 자, 잭."

"잘 자, 제리. 자넨 내 유일한 친구야."

"오, 빌어먹을." 내가 말했다.

"자넨 내 유일한 친구야. 내 하나밖에 없는 친구."

"그만 자." 내가 말했다.

"잘 거야." 잭이 말했다.

아래층으로 내려가 보니 호건이 책상 앞에 앉아 신문을 보고 있었다. 그가 고개를 들더니 물었다. "그 친구는 잠들었어?"

"곯아떨어졌어."

"취해서라도 자는 게 낫겠지." 호건이 말했다.

"그럼."

"기자들한테 설명하자면 시간깨나 걸리겠지만 말이야." 호건이 말했다.

"이제 나도 자러 가야겠어." 내가 말했다.

"잘 자." 호건이 말했다.

다음 날 아침, 나는 8시쯤 일어나 아래층으로 내려가 식사를 했다. 호건은 두 명의 고객을 데리고 헛간으로 운동하러 가고 없었다. 나는 그들을 보려고 헛간으로 갔다.

"하나! 둘! 셋! 넷!" 호건이 그들을 위해 숫자를 세고 있었다. "안녕, 제리. 잭도 일어났어?"

"아니. 아직 자."

나는 내 방으로 돌아가 시내로 갈 짐을 꾸렸다. 9시 반쯤 옆방에서 잭이 일어나는 소리가 들렸다. 그가 아래층으로 내려가는 소리를 듣고 나도 따라 내려갔다. 잭은 테이블에 앉아 있었다. 호건도 들어와 옆 테이블에 앉았다.

"어때, 잭?" 내가 그에게 물었다.

"나쁘진 않아."

"잘 잤어?" 호건이 물었다.

"아주 잘 잤어." 잭이 말했다. "입이 좀 텁텁하지만 머리는 맑아."

"그래." 호건이 말했다. "좋은 술이란 증거지."

"술값도 계산서에 포함시켜." 잭이 말했다.

"몇 시쯤 시내로 갈 거야?" 호건이 물었다.

"점심 전에." 잭이 말했다. "11시 기차로."

"앉아, 제리." 잭이 말했다. 호건이 테이블에서 일어났다.

나는 테이블에 앉았다. 잭은 그레이프프루트를 집어 먹었다. 씨는 발라내 숟가락에다 뱉고는 접시에다 털었다.

"어젯밤에 내가 곤죽이 된 거 같은데." 그가 입을 열었다.

"좀 드시긴 했지."

"멍청한 소리를 지껄인 것 같단 말이야."

"뭐 그다지."

"호건은 어디로 사라진 거야?" 그가 물었다. 더 이상 그레이프프루트는 먹지 않았다.

"사무실 앞에 있군."

"혹시 내가 이번 시합 판돈에 대해 뭐라고 떠들었어?" 잭이 물었다. 숟가락으로 그레이프프루트를 콕콕 찍어 대면서.

여종업원이 햄과 계란을 가지고 들어오더니, 그레이프프루트를 치웠다.

"우유 한 잔 더 갖다 줄래요?" 잭이 그녀에게 말했다. 그녀가 밖으로 나갔다.

"네가 월컷에게 5만 달러를 걸었다고 했었지." 내가 말했다.

"그랬군." 잭이 말했다.

"너무 거금이야."

"기분이 썩 좋진 않군." 잭이 말했다.

"자네 무슨 꿍꿍이가 있는 것 같은데."

"아냐." 잭이 말했다. "그 자식은 타이틀을 엄청 원해. 사람들은 제대로 찍은 거고."

"붙어 봐야 아는 게 시합이야."

"아냐. 그 자식은 엄청나게 타이틀을 원하고, 돈 덩어리야."

"천 달러짜리 오십 장이면 큰돈이야." 내가 말했다.

"이건 사업이야." 잭이 말했다. "난 이길 수 없어. 어떻게 해도 이길 수 없다는 건 너도 알잖아."

"일단 링에 올라가면 자네한테도 기회는 생겨."

"아냐." 잭이 말했다. "난 끝났어. 이 경기는 내겐 이제 사업일 뿐이야."

"몸은 어때?"

"아주 좋아." 잭이 말했다. "내게 필요했던 건 잠이었어."

"잘될 거 같군."

"멋진 쇼를 보여 줄 거야." 잭이 말했다.

식사를 끝낸 후 잭은 공중전화 부스 안에서 아내에게 전화를 걸었다.

"여기 온 뒤로 처음으로 마누라한테 전화를 거는군." 호건이 말했다.

"편지는 매일 썼어."

"그래." 호건이 말했다. "달랑 2센트 드는 편지."

호건이 우리에게 작별 인사를 했고, 흑인 안마사 블루스가 우리를 마차로 기차역까지 데려다 주었다.

"잘 가세요, 브레넌 씨." 블루스가 기차 앞에서 말했다. "그 친구 뚜껑을 날려 버리세요."

"잘 있어." 잭이 그렇게 말하며 블루스에게 2달러를 주었다. 그를 위해 이제껏 열심히 일했던 블루스는, 실망한 눈치였다. 내가 2달러를 쥐고 있는 블루스를 바라보고 있자 잭이 나에게 말했다.

"호건이 계산서에다 다 넣어 놨더라고. 안마 값까지 청구했던데."

시내로 가는 기차 안에서 잭은 한마디도 하지 않았다. 차표를 모자에 둘린 띠에 끼우고 구석 자리에 앉아 창밖만 내다보았다. 그러다가 딱 한 번 내게로 고개를 돌리며 말했다.

"아내에게 오늘 밤은 셸비 호텔에서 묵을 거라고 했어. 가든 경기장에서 모퉁이를 돌면 바로 나오는 곳이야. 내일 아침이면 집에 갈 수 있겠지."

"좋은 생각이야." 내가 말했다. "부인이 자네 시합 보러 온 적 있어, 잭?"

"아니. 아내는 내 시합 본 적 없어."

시합을 끝내고 곧장 집으로 가려 하지 않는 걸 보면, 자신이 형편없이 깨지리라 예상하는 듯했다. 시내에 도착한 우리는 택시를 타고 셸비 호텔로 갔다. 종업원이 나와 짐을 가져간 사이 우리는 안내 데스크로 갔다.

"방값이 얼마요?" 잭이 물었다.

"저희는 2인실밖에 없습니다." 직원이 말했다. "2인실 요금은 10달러입니다."

"꽤 비싼걸."

"7달러짜리도 있습니다."

"욕실은 있소?"

"물론이죠."

"오늘 여기서 자, 제리." 잭이 말했다.

"무슨 소리." 내가 말했다. "난 매형 집에 가서 잘 거야."

"자네한테 방값 내란 뜻 아니야. 2인실 요금 내고 혼자 쓰기 아깝잖아."

"숙박계 써주세요. 238호 브레넌 씨." 직원이 말했다.

우리는 엘리베이터를 타고 방으로 올라갔다. 침대 두 개가 놓여 있고 욕실도 있는, 멋지고 넓은 방이었다.

"아주 좋군." 잭이 말했다.

우리를 데려온 종업원이 커튼을 젖히고는 짐을 방으로 옮겼다. 잭이 가만있어서 내가 종업원에게 25센트를 주었다. 잭은 세수를 하고 나더니, 요기를 하러 나가자고 했다.

우리는 지미 핸리 식당에서 점심을 먹었다. 식당은 사람들로 가득했다. 반쯤 먹었을 때, 존이 들어와 합석했다. 잭은 아무 말도 하지 않았다.

"체중은 어때, 잭?" 존이 그에게 물었다. 잭은 맛있게 점심을 먹어 치우고 있는 중이었다.

"옷을 입고도 통과할 수 있어." 잭이 말했다. 그는 체중 조절엔 신경을 쓴 적이 없었다. 타고난 웰터급 선수로, 살이 찌는 일이 없었다. 호건의 건강 관리소에 있으면서 체중이 더 준 상태였다.

"그래. 그건 자네가 걱정하지 않아도 되는 유일한 거지." 존이 말했다.

"그게 유일하지." 잭이 말했다.

점심을 먹은 후 우리는 계체량을 하기 위해 가든 경기장으로 갔다. 시합을 뛰려면 3시까지 147파운드가 되어야 했다. 잭은 수건을 두른 채 체중계에 올라섰다. 체중계의 막대는 아직 꼼짝하지 않았다. 월컷도 체중을 재려고 막 도착해 많은 사람들에게 둘러싸여 있었다.

"어디 얼마나 나가나 보자구, 잭." 월컷의 매니저인 프리드먼이 말했다.

"좋아. 다음엔 저 친구야." 잭이 턱으로 월컷을 가리켰다.

"수건은 내려놓지." 프리드먼이 말했다.

"얼마지?" 잭이 체중을 재는 요원들에게 물었다.

"143파운드." 뚱뚱한 사내가 눈금을 확인하고는 말했다.

"잘 줄였군, 잭." 프리드먼이 말했다.

"저 친구도 달아야지." 잭이 말했다.

월컷이 다가왔다. 그는 금발에 헤비급 선수 같은 넓은 어깨와 팔뚝을 가지고 있었다. 다리는 그다지 길지 않았다. 잭의 키가 머리통 반만큼 더 컸다.

"안녕하쇼, 잭." 그가 말했다. 그의 얼굴은 흉터투성이였다.

"그래." 잭이 말했다. "어때?"

"좋수다." 월컷이 말했다. 그는 허리에 둘렀던 수건을 벗고 체중계 위에 올라섰다. 그의 어깨와 등은 내가 본 것 중 제일 넓었다.

"146파운드, 그리고 12온스."

월컷은 체중계에서 내려와 잭을 향해 씩 웃어 보였다.

존이 월컷에게 말했다. "잭이 자네보다 4파운드가 덜 나가는군."

"링에 올라가면 더 차이가 날 거요." 월컷이 말했다. "난 이제 가서 뭘 좀 먹을 테니까."

우리는 잭이 옷을 벗어 둔 곳으로 돌아왔다. 잭이 옷을 입으며 내게 말했다. "저 친구 얼굴이 엉망인걸."

"엄청 얻어맞은 것 같지?"

"그러게." 잭이 말했다. "때리는 건 어렵지 않겠어."

"어디 갈 거야?" 잭이 옷을 다 입자 존이 물었다.

"호텔로 갈 거야." 잭이 말했다. "준비는 다 해놨겠지?"

"그럼." 존이 말했다. "다 해놨지."

"난 잠깐 누워 있을 거야." 잭이 말했다.

"7시 15분쯤 갈 테니까 같이 식사나 하자구." 존이 말했다.

"그러지." 잭이 말했다.

호텔 방으로 올라온 잭은 신발과 외투를 벗고 침대에 누웠다. 나는 편지를 썼다. 몇 번 힐끔거렸는데, 잭은 잠을 자지는 않았다. 눈을 감은 채 누워만 있었고, 어쩌다 한 번씩 눈을 뜨곤 했다. 그러다 벌떡 일어나 앉더니 물었다.

"크리비지 게임이나 할까, 제리?"

"좋지." 내가 말했다.

그는 자신의 여행 가방을 가져와 카드와 크리비지 게임판을 꺼냈다. 우리는 크리비지를 했고, 그가 3달러를 땄다. 노크 소리가 들리더니 존이 들어왔다.

"자네도 크리비지 할래, 존?" 잭이 그에게 물었다.

존이 모자를 벗어 탁자에 내려놓았다. 그는 온통 젖어 있었다. 코트도 완전히 젖어 있었다.

"비가 와?" 잭이 물었다.

"퍼부어." 존이 말했다. "길이 꽉 막혀서 택시에서 내려 걸어왔어."

"이리 와서 크리비지나 하자구." 잭이 말했다.

"가서 밥을 먹는 게 좋겠어."

"아냐." 잭이 말했다. "아직 생각 없어."

결국 둘은 30분가량 크리비지를 했고, 잭이 그에게서 1달러 30센트를 땄다.

"이제 식사하러 나가자고." 잭이 그렇게 말하더니 창가로 가서 밖을 내다보았다. "아직 비가 오네."

"그럼 그냥 호텔에서 먹자." 존이 말했다.

"좋아." 잭이 말했다. "밥값 내기 한 판 더 해."

잠시 뒤 잭이 일어나며 말했다. "자네가 사야겠어, 존." 우리는 아래층으로 내려가 커다란 식당으로 들어갔다.

우리는 식사를 마치고 방으로 올라왔다. 잭은 존과 다시 크리비지 게임을 했고, 그에게서 2달러 30센트를 땄다. 기분이 아주 좋아 보이는 잭은 존이 가져온 가방에서 운동 셔츠를 꺼낸 후, 칼라가 달린 셔츠를 벗고 그것으로 갈아입었다. 그 위에 스웨터도 덧입었다. 밖에 나갔을 때 감기가 들지 않으려고. 그러고는 경기복과 가운을 가방에 넣었다.

"준비 다 됐지? 전화해서 택시를 부를게." 존이 잭에게 말했다.

잠시 후 전화벨이 울렸다. 택시가 대기 중이라는 신호였다.

우리는 엘리베이터를 타고 내려가 호텔 밖에 있는 택시에 올라탔다. 비가 거칠게 쏟아지고 있었지만, 가든 경기장 앞은 사람들로 가득했다. 표는 매진이었다. 탈의실로 가는 길에도 사람들이 넘쳐 나 거기까지 1마일은 되는 듯 느껴졌다. 실내는 칠흑처럼 어두웠고, 링 위에만 조명이 비치고 있었다.

"다행이야. 비가 이렇게 오는데 야구장이었으면 어떡할 뻔했어." 내가 말했다.

"관중이 엄청나군." 잭이 말했다.

"가든에서 열리는 시합치고는 큰 시합이니까."

"날씨가 엉망인데도 참 많이도 왔네." 잭이 말했다.

존이 경기 요원 둘과 탈의실로 들어왔다. 잭은 가운을 입고 팔짱을 낀 채 앉아 바닥을 내려다보고 있었다. 경기 요원들이 잭의 어깨 너머로 무언가를 살폈다. 잭이 고개를 들고 존에게 물었다.

"그 자식 입장했어?"

"막 입장했어."

우리도 입장했다. 월컷은 벌써 링 앞에 서 있었고, 관중들이 그에게 요란한 박수를 보내고 있었다. 그는 링 위로 올라가더니, 두 주먹을 모으고 미소를 지어 보였다. 그러고는 여기저기 옮겨 다니며 관중들을 향해 주먹을 흔들고는 자리에 앉았다. 잭이 관중들 사이로 들어가자 역시나 박수갈채가 터졌다. 아일랜드 출신인 잭은 늘 같은 아일랜드 출신들로부터 열광적인 환호를 받았다. 물론 뉴욕에서는 유대인이나 이탈리아 출신 선수들이 가장 인기가 많지만, 이곳에서도 아일랜드 출신 관중들만큼은 잭에게 아낌없는 환호를 보냈다. 잭이 링으로 올라가 로프 사이로 빠져나가려고 몸을 굽히자, 월컷이 자기 코너에서 나와 잭이 안으로 들어올 수 있도록 로프를 눌러 주었다. 관중들에겐 근사한 모습으로 비쳤다. 월컷이 잭의 어깨에 손을 올렸고, 아주 잠깐 그들은 서로 마주 보며 서 있었다.

"이런 식으로 인기 좋은 챔피언이 되고 싶은 모양이군." 잭이 그에게 말했다. "그 빌어먹을 손, 내 어깨에서 치워."

"진정하시지." 월컷이 말했다.

관중들에겐 이런 모습이 다 근사해 보였다. 시합 전의 선수들은 너무나도 신사적으로 보였다. 마치 서로에게 행운을 빌어 주는 듯했다.

잭이 손에 붕대를 감는 동안 솔리 프리드먼이 우리 코너로 다가왔다. 존은 월컷의 코너로 건너가 있었다. 잭이 엄지를 붕대로 깔끔하게 감자, 내가 손목과 손가락 관절 부위에 반창고를 두 번 감아 붙였다.

"이봐," 프리드먼이 말했다. "그 반창고 어디서 구한 거야?"

"만져 봐." 잭이 말했다. "부드럽지? 촌스럽긴."

프리드먼은 잭이 다른 쪽 손에 붕대를 감는 동안에도 줄곧 거기 서 있었다. 진행 요원들 중 하나가 글러브를 가져와 내가 끼어 보고 이리저리 살폈다.

"이봐, 프리드먼." 잭이 말했다. "월컷은 어느 나라 출신이야?"

"나도 몰라. 덴마크던가?"

"보헤미아 사람이에요." 글러브를 가져온 젊은이가 말했다.

링 가운데 선 주심이 선수들을 불렀다. 잭이 걸어 나갔다. 월컷은 빙글빙글 웃었다. 둘은 마주 보고 섰고, 주심이 둘의 어깨에 팔을 올렸다.

"이봐, 인기 있는 친구." 잭이 월컷에게 말했다.

"진정하슈." 월컷이 말했다.

"하고많은 이름 중에 왜 월컷이라는 이름을 쓰나? 그거 깜둥이들 이름인데."

"잘 듣게." 주심이 그렇게 말하며 둘에게 케케묵은 주의 사항을 알려 주고 있는데, 월컷이 잭의 팔을 붙들며 이렇게 말했다. "저 친구가 나를 이렇게 붙들었을 때 내가 쳐도 되나요?"

"손 치워." 잭이 말했다. "영화 찍는 게 아니라고."

둘은 각자의 코너로 돌아갔다. 내가 잭의 가운을 벗기자 잭은 로프에 등을 기대기도 하고 두어 번 무릎을 굽혔다 폈다 하기도 했다. 그러고는 신발 바닥에 송진 가루를 묻혔다. 공이 울리자 잭이 뛰어나갔다. 월컷이 그에게로 다가왔고, 둘은 글러브를 맞부딪쳤다. 월컷이 팔을 내리는 순간 잭이 그의 얼굴에 레프트 펀치를 두 방 날렸다. 권투에 관한 한 잭은 누구도 따라올 수 없는 실력자였다. 월컷은 시종일관 턱을 바짝 당긴 채 잭을 쫓아다녔다. 그는 훅을 위주로 하는 선수라 양손을 아래로 내려놓은 채 움직였다. 그가 생각하는 거라곤 파고들어 강타를 날리는 것뿐이었다. 그러나 그가 파고들 때마다 잭이 그의 얼굴에 펀치를 날렸다. 잭은 마치 그렇게 움직이도록 설정해 놓은 자동기계 같았다. 잭이 왼 주먹을 들어 올리면 그것은 어느새 월컷의 얼굴에 꽂혀 있었다. 잭은 서너 번 오른쪽 주먹도 뻗었지만 그건 월컷의 어깨에 걸리거나 머리 위로 빗나갔다. 월컷은 전형적인 훅 위주 선수였고, 그가 두려워하는 상대는 자신과 같은 스타일의 선수뿐이었다. 그는 치명타를 입을 만한 곳은 모두 가렸고, 얼굴로 날아드는 잭의 왼쪽 펀치 정도는 전혀 신경 쓰지 않았다.

4라운드가 끝났을 때 월컷의 얼굴은 온통 찢어져 피범벅이 되어 있었다. 하지만 월컷도 매번 잭에게로 파고들어 강한 펀치를 날려 잭의 양쪽 갈비뼈 바로 아래에 두 개의 크고 붉은 얼룩을 만들어 놓았다. 그가 바짝 파고들 때마다 잭은 그를 껴안고는 한 손으로 어퍼컷을 날렸다. 월컷이 양손으로 잭의 몸통을 가격할 때면 엄청나게 큰 소리가 나서 경기장 밖 길에서도 들릴 것 같았다.

그 뒤 세 번의 라운드는 같은 양상이었다. 그들은 아무도 입을 떼지 않았다. 줄곧 싸웠다. 우리는 라운드와 라운드 사이에 분주하게 움직였다. 잭은 전혀 좋아 보이지 않았지만, 원래 링에서 많이 움직이는 스타일이 아니었다. 그는 많이 돌아다니지 않고 왼손만 자동기계처럼 뻗었다. 그의 왼손은 마치 월컷의 얼굴과 연결되어 있는 것만 같았다. 잭은 상대와 밀착되어 있을 때 늘 침착했고, 쓸데없이 땀을 빼지 않았다. 접근전에서 어떻게 움직여야 하는지 그는 잘 알고 있었고, 여러 가지 방법으로 빠져나왔다. 두 사람이 우리 코너 쪽에 있을 때, 나는 잭이 월컷을 껴안은 채 오른쪽 주먹을 빼내 올려 치고 돌아 나와 다시 어퍼컷을 먹이는 걸 보았다. 월컷은 코피를 심하게 흘렸는데, 자꾸만 코피를 잭의 어깨에 닦으려 했다. 그럴 때면 잭은 어깨를 재빨리 들어 올려 그의 코에 다시 펀치를 먹이곤 했다.

월컷은 5라운드가 끝날 즈음부터 화를 넘어 증오심에 빠져든 상태였지만, 잭은 흥분하지 않았다. 평소보다 더 침착했다. 그는 확실히 상대의 화를 돋우는 방법을 잘 알고 있었다. 그가 키드 루이스를 싫어하는 이유는, 그런 자신의 방법이 능구렁이 키드에겐 통하지 않기 때문이었다. 키드 루이스는 잭이 그 방법을 쓸 수 없게 만드는 세 가지 비열한 무기를 늘 새로 갖추고 나왔었다. 지금 잭이 서 있는 곳은, 잭의 기력이 떨어지지 않는 한 교회만큼이나 안전했다. 월컷을 허둥거리게 만들어 놓았기 때문이다. 재밌는 것은, 마치 잭이 훅을 위주로 하는 오픈 복서처럼 보인다는 사실이었다. 그것 역시 그의 재질이었다.

7라운드가 끝났을 때 잭이 말했다. "왼팔이 점점 무거워지는군."

그 후로 그는 얻어맞기 시작했다. 처음엔 그렇게 보이지 않았다. 하지만 그가 주도하고 있던 경기가 월컷에게로 넘어갔고, 언제나 안전해 보였던 그의 자리가 곤경에 처했다. 이제 그의 왼손은 월컷의 접근을 막아 내지 못했다. 또한 빗나가기만 하던 월컷의 펀치가 적중하기 시작했다. 전과 다를 바 없는 듯 보였지만, 잭의 몸은 끔찍한 펀치를 받아 내고 있었다.

"몇 라운드지?" 잭이 물었다.

"11라운드."

“버틸 수가 없군.” 잭이 말했다. “다리가 풀리고 있어.”

월컷은 오랫동안 그를 두들겨 댔다. 그의 펀치는 마치 투수가 던진 공이 포수의 글러브로 빨려 드는 것처럼 잭에게로 꽂혔고, 펀치의 무게는 바윗덩어리 같았다. 그는 펀치를 날리는 기계였고, 잭은 그저 날아드는 펀치를 막으려 할 뿐이었다. 잭에게 꽂히는 펀치가 얼마나 끔찍한 것인지는 보는 것만으로는 알 수 없었다. 라운드 사이에 나는 그의 다리를 열심히 주물렀고, 그럴 때마다 그의 근육이 내 손안에서 파르르 떨리곤 했다. 그의 몸은 곤죽이 되어 있었다.

“어떻게 돼 가?” 그가 온통 부어오른 얼굴로 존을 돌아보며 물었다.

“저 녀석의 게임이지.”

“마지막 라운드까지 버틸 순 있을 거 같아.” 잭이 말했다. “저런 얼간이한테 나가떨어지고 싶진 않아.”

경기는 잭이 생각한 대로 진행되어 갔다. 그는 더 이상 강하지 못했고, 월컷을 이길 수 없다는 걸 알고 있었다. 하지만 그는 괜찮다고 생각했다. 돈은 들어올 테니까. 이제 만족스럽게 마무리만 하면 되었다. 케이오로 지고 싶지는 않으니까.

공이 울렸고, 우리는 잭의 등을 떠밀었다. 그는 천천히 걸음을 옮겼다. 월컷이 곧장 그에게로 다가들었다. 잭의 레프트 펀치가 월컷의 안면에 꽂혔지만, 월컷은 아래로 파고들어 잭의 몸통을 후려치기 시작했다. 잭은 마치 둥근 전기톱을 붙잡으려는 듯 그를 끌어안았다. 그러고는 빠져나와 오른손을 날렸지만 빗나갔다. 월컷이 레프트 훅을 찔러 넣자 잭이 쓰러졌다. 그는 손과 무릎을 바닥에 댄 채 우리를 보았다. 주심이 카운트를 하기 시작했다. 잭은 계속 우리를 바라보며 고개를 가로저었다. 여덟에서 존이 잭에게 신호를 보냈다. 관중들의 함성에 묻혀 다른 소리는 아무것도 들리지 않았지만, 잭은 몸을 일으키기 시작했다. 주심은 카운트를 하는 동안 계속 한 팔로 월컷을 가로막고 있었다.

잭이 다시 두 발로 제대로 버티고 서자 월컷이 그를 향해 달려들었다.

"침착해, 지미." 그렇게 고함치는 솔리 프리드먼의 소리가 들렸다.

월컷이 잭을 노려보며 다가갔다. 잭이 레프트 펀치를 먹였으나, 월컷은 그저 얼굴을 흔들 뿐이었다. 그는 거리를 재면서 잭을 로프 쪽으로 밀어붙이고는 잭의 옆머리에 아주 가벼운 레프트 훅을 꺾어 친 후, 있는 힘을 다해 라이트 펀치를, 가능한 한 낮게 잭의 몸통에 박아 넣었다. 그는 팬티의 벨트 5인치 아래를 가격했음에 틀림없었다. 가격해서는 안 되는 부위였다. 나는 잭의 얼굴에서 눈알이 튀어나오는 줄 알았다. 두 눈이 툭 불거져 나왔고, 입이 벌어졌다.

주심이 월컷을 붙들었다. 잭은 앞으로 발을 옮겼다. 쓰러진다면 5만 달러가 날아갈 것이었다. 잭은 내장이 모두 밖으로 쏟아져 나올 듯한 통증에도 불구하고, 걸음을 옮겼다.

"그가 일부러 아래를 친 건 아니에요." 잭이 말했다. "그냥 사고지."

관중들의 함성에 모든 소리가 묻혔다.

"괜찮아요." 잭이 말했다. 두 사람은 우리 바로 앞에 있었다. 주심이 존을 보고는 고개를 저었다.

"이리 와, 폴란드 새끼야." 잭이 월컷에게 말했다. 존은 로프에 손을 올린 채, 여차하면 던질 생각으로 수건을 들고 있었다. 잭은 로프에서 약간 떨어져 서 있다가, 앞으로 한 걸음을 뗐다. 마치 누군가가 짜내는 듯 그의 얼굴에 계속 땀이 흘러내리다가, 큰 땀방울 하나가 코에서 뚝 떨어졌다.

"덤벼 보라고." 잭이 월컷에게 말했다.

주심이 존을 바라보고 나서 월컷에게 계속하라는 손짓을 보냈다.

"들어와, 이 굼벵이야."

월컷이 다가들었다. 그 역시 자신이 뭘 하고 있는지 모를 정도로 정신이 없어 보였고, 잭이 아직도 버티고 있다는 게 믿기지 않는 듯했다. 잭이 그의 얼굴에 왼손을 꽂았다. 관중들은 경기장이 떠나갈 듯 함성을 질러 댔다. 둘은 바로 우리 앞에 있었다. 월컷이 그에게 두 방을 먹였다. 잭의 얼굴에 최악의 표정이 떠올랐다. 이제껏 한 번도 본 적이 없는! 그가 사력을 다해 버티고 있음이, 그의 얼굴에 고스란히 드러나 있었다. 그는 매 순간 자신의 몸이 부서지고 있다는 걸 알면서도 버텨 내고 있었다.

그러다 그는 펀치를 날리기 시작했다. 내내 끔찍한 표정의 얼굴로 두 팔을 낮게 내린 채 월컷을 향해 펀치를 날렸다. 월컷이 커버해도, 계속 월컷의 머리 쪽으로 거칠게 팔을 휘둘렀다. 그러다가 왼손으로 월컷의 사타구니를 가격했고 다음으로 자신이 얻어맞았던 바로 그 자리, 팬티 허리 아래쪽에 라이트 펀치를 꽂았다. 월컷은 쓰러지며 그곳을 감싸 쥐고는 몸을 꼬며 데굴데굴 굴렀다.

주심이 잭을 붙잡고 그를 우리 코너로 밀었고, 존이 링 안으로 뛰어들었다. 경기장 안은 온통 함성의 도가니였다. 주심이 부심들과 얘기를 나눴고, 잠시 후 장내 아나운서가 마이크를 가지고 링으로 올라와서 말했다. "월컷의 반칙승."

주심이 존과 얘기를 주고받더니 말했다. "어쩔 수 없는 일이야. 잭이 반칙 같은 걸 할 선수는 아니지만, 그로기 상태에서 반칙을 해버렸어."

"어쨌든 진 경기였어." 존이 말했다.

잭은 의자에 앉아 있었다. 내가 글러브를 벗겨 주자, 두 팔을 내린 채 쓰러지지 않으려고 애썼다. 그가 버텨 내는 모습을 보니, 그의 얼굴도 그다지 나빠 보이지 않았다.

"가서 미안하다고 말해." 존이 잭의 귀에 대고 말했다. "좋게 보여야지."

잭이 일어났다. 그의 얼굴엔 땀이 줄줄 흘러내리고 있었다. 내가 가운을 둘러 주자 그는 한 손을 가운 안에 넣고 가만있더니 링을 가로질러 갔다. 사람들은 월컷을 돌보느라 잭은 신경도 쓰지 않았다. 많은 사람들이 월컷의 코너에 몰려 있었다. 누구도 잭에게 말을 걸지 않았다. 그가 월컷에게로 몸을 기울였다.

"미안하게 됐네." 잭이 말했다. "반칙을 하려던 건 아니었어."

월컷은 대꾸하지 않았다. 잔뜩 화가 난 듯했다.

"이제 자네가 챔피언이야." 잭이 그에게 말했다. "재미 톡톡히 보기 바라네."

"우리 애 좀 내버려 둬." 솔리 프리드먼이 말했다.

"그래, 솔리." 잭이 말했다. "자네 애한테 반칙을 해서 미안하네."

프리드먼은 잭을 한 번 쳐다보기만 했다.

잭은 우스꽝스럽게 절룩거리며 코너로 돌아왔고, 우리는 로프 사이로 빠져나와 기자석을 지나 복도로 내려왔다. 많은 사람들이 잭의 등을 두드리고 싶어 했다. 그는 가운 차림으로 관중들을 지나 탈의실로 향했다. 누구나 월컷의 승리를 예상했다. 가든 경기장에 걸린 판돈부터가 그랬다.

우리는 탈의실로 들어갔고, 잭은 눈을 감고 드러누웠다.

"호텔로 돌아가면 의사를 불러야겠어." 존이 말했다.

"내장이 다 터진 것 같아." 잭이 말했다.

"빌어먹을, 미안하게 됐네, 잭." 존이 말했다.

"괜찮아." 잭이 말했다.

잭은 계속 두 눈을 감고 누워 있었다.

"놈들이 감쪽같이 배신하려 했던 게 확실해." 존이 말했다.

"모건이랑 스타인펠트는 자네 친구잖아?" 잭이 말했다. "멋진 친구들을 뒀어."

그는 누운 채로 눈을 떴다. 그의 얼굴은 여전히 끔찍하게 핼쑥했다.

"엄청난 돈이 걸려 있는데도 자네 머리가 그렇게 빠르게 돌아가다니 신기하군." 잭이 말했다.

"자네도 보통내기는 아니야, 잭." 존이 말했다.

"아냐." 잭이 말했다. "별거 아니었어."

이제 나를 뉘다
Now I Lay Me

그날 밤 우리는 방바닥에 누워 있었다. 나는 누에 소리에 귀를 기울이고 있었다. 누에들은 선반에서 뽕잎을 갉아 먹었다. 밤이 새도록 갉아 먹었고, 뽕잎이 뜯겨 나가는 소리가 들렸다. 나는 잠들고 싶지 않았다. 어둠 속에서 눈을 감고 자신을 놓아 버렸을 때 영혼이 몸을 빠져나가는 경험을 한 적이 있기 때문이다. 그런 경험을 한 건 한밤중에 폭발이 일어났을 때였다. 그때 나는 내 영혼이 날아가 바깥을 떠돌다가 돌아온 느낌을 받았고, 그 후로 오랫동안 그렇게 밤에 잠들지 못하며 살고 있었다. 그런 생각을 하지 않으려 해도, 밤이 되어 잠이 막 들려는 순간이면 영혼이 떠나려는 걸 느낄 수 있었고, 엄청난 노력을 기울여야 그것을 멈추게 할 수 있었다. 지금은 영혼이 정말로 빠져나가는 건 아니라고 믿지만, 그 여름 그날 밤에는 영혼을 두고 실험을 하고 싶지는 않았다.

당시 나는 깨어 있으면서 뭔가에 몰입하는 여러 가지 방법을 알고 있었다. 그중 한 가지가 어릴 적 송어 낚시를 하던 모든 강들을 떠올리며 그 강들을 따라 마음속으로 낚시를 하는 것이었다. 통나무들의 아래쪽, 강기슭의 굽이들, 깊은 수렁과 맑고 얕은 물길들에서 때로는 송어를 잡고 때로 놓치며 아주 세심하게 낚시를 하는 것이었다. 정오에는 낚시를 멈추고 점심을 먹었다. 강에 걸쳐진 통나무 위에서, 혹은 나무 아래 높은 방죽에서, 아주 오랫동안 점심을 먹으며 강물을 내려다봤다. 담배통에 미끼로 쓸 벌레를 열 마리만 담아 왔기에 그걸 다 써버리면 벌레를 찾아다니기도 했다. 삼나무에 해가 가려 풀 하나 돋지 않은 축축한 강둑을 파헤치는 건 무척이나 힘든 일이었지만, 그래도 벌레 한 마리 찾지 못하는 때가 허다했다. 하지만 늘 무엇이든 미끼로 쓸 만한 것을 찾아냈다. 한번은 습지에서 미끼를 하나도 찾지 못해 잡아 놓았던 송어를 잘라 미끼로 쓴 적도 있었다.

가끔은 습지의 풀이나 양치식물 아래에서 벌레들을 찾아내기도 했다. 딱정벌레도 있었고, 풀줄기처럼 긴 다리를 가진 벌레들도 있었다. 오래된 썩은 통나무 안에는 애벌레들도 있었는데, 긴 갈색 머리의 하얀 애벌레는 낚싯바늘에 고정되지 않아 차가운 물속에서 떠내려가 버리기도 했다. 통나무 아래에는 나무 진드기들과, 거기로 들어오기 무섭게 땅속으로 파고드는 지렁이도 있었다. 한번은 오래된 통나무 아래에서 나온 도롱뇽을 미끼로 사용한 적도 있었다. 도롱뇽은 무척 작고 말끔하며 날렵한 데다 색깔도 예뻤다. 녀석은 조그만 발로 낚싯바늘에 매달려 있으려고 애썼다. 그걸 본 뒤로는 다시는 도롱뇽을 미끼로 쓰지 않았다. 귀뚜라미 역시 낚싯바늘에 꿰였을 때 보인 행동 때문에 더 이상 쓰지 않았다.

강물이 가운데를 가로지르는 초원을 지날 때면, 마른 풀에서 메뚜기를 잡아 미끼로 쓰기도 했다. 그 메뚜기를 강물에 던지면, 메뚜기가 잠시 물 위에서 빙그르르 돌 때 송어가 솟구쳤다가 사라지기도 했다. 가끔은 그런 상상 속 낚시를 네다섯 개 강을 옮겨 다니며 하기도 했는데, 가능하면 강 본류 가까운 곳에서 시작해 흐름을 따라 내려가면서 낚시를 했다. 낚시가 너무 빨리 끝나 버려 시간이 얼마 지나지 않았다면, 강 전체를 다시 훑었다. 강이 호수와 만나는 곳에서 출발해 상류로 거슬러 올라가며, 내려올 때 놓쳤던 송어들을 모두 잡을 기세로 덤볐다. 어떤 밤에는 그렇게 떠오르는 몇몇 강들이 너무도 흥미로워 마치 눈을 뜨고 꿈을 꾸는 것만 같았다. 그 강들이 내가 실제로 낚시를 한 적이 있는 강인지, 그렇다고 착각한 강인지 헷갈릴 때도 있었다. 나는 그 강들 모두에게 이름을 붙여 주었고, 상상 속에서 그곳으로 가려고 기차를 타거나 몇 마일을 걷기도 했다.

하지만 어떤 밤엔 상상 속의 낚시를 할 수 없었다. 그런 밤이면 눈을 뜬 채 기도문을 중얼거리며 내가 아는 모든 사람들을 위해 기도하려고 애썼다. 그것은 엄청난 시간이 소요되었다. 내가 아는 모든 사람들을 기억해 내려면, 우선 내가 기억하는 최초의 시간으로 거슬러 올라가야 했다. 그러면 내가 태어난 집의 다락방과, 그 방 대들보에 매달려 있던 양철 상자가 떠올랐다. 한때 아버지와 어머니의 웨딩케이크가 담겨 있던 상자가. 뱀을 비롯한 여러 동물들의 표본이 담긴 병들도 하나하나 떠올랐다. 아버지가 어릴 적에 수집한 것들이었다. 병 속의 알코올 일부가 휘발되어 몇몇 표본들은 색이 허옇게 변해 있었다. 그 최초의 시간부터 시작해 기억을 떠올리다 보면 엄청나게 많은 사람들이 등장했다. 그들 모두를 위해 기도를 하다 보면, 그 한 사람 한 사람을 위해 성모송과 주기도문을 외우다 보면, 긴 시간이 흘러 마침내 동이 트곤 했다. 그렇게 날이 훤히 밝은 후에야 나는 잠이 들 수 있었다.

나는 참전하기 직전까지 내게 일어난 일들을 모두 기억해 내려고 애썼다. 내 기억이 닿을 수 있는 최초의 곳인 할아버지 집 다락방에서부터 시작해 전쟁에 이를 때까지, 처음부터 다시 차근차근 훑으면서.

할아버지가 세상을 떠난 뒤 우리 가족은 그 집을 떠나 어머니가 설계하여 지은 새집으로 이사를 가기로 했다. 새집으로 가져가지 못하는 많은 것들이 할아버지 집 뒷마당에서 불에 태워졌다. 다락방에 있던 병들은 불 속에서 열기에 휩싸여 요란한 소리를 내며 터졌고, 병 속에 남은 알코올 때문에 불길이 치솟았다. 뱀도 그렇게 태워졌다. 하지만 그 기억 속에 사람은 아무도 없었다. 오직 물건들뿐이었다. 심지어 누가 그 병들을 불에 태웠는지도 기억나지 않았다. 나는 사람들이 나타나 그들을 위해 기도할 수 있을 때까지 기억의 걸음을 계속 옮겼다.

어머니는 늘 새집을 깨끗이 청소했고 정돈도 열심히 했다. 한번은 아버지가 사냥 여행을 떠났을 때, 어머니가 지하실을 윤이 반짝반짝 나게 청소하고는 있어서는 안 될 물건들을 모두 밖으로 꺼내 소각했다. 아버지가 집으로 돌아와 마차에서 내려 말을 묶었을 때, 집 곁의 길에서는 여전히 뭔가가 타고 있었다. 나는 아버지를 맞으러 나갔다. 아버지는 내게 엽총을 건네주며 불을 바라보았다. "저게 다 뭐냐?" 아버지가 물었다. "지하실 좀 치우고 있어요, 여보." 어머니가 현관에서 말했다. 어머니는 아버지를 미소로 반겼다. 아버지는 불 쪽으로 가서 뭔가를 발로 차서 끄집어내더니, 몸을 굽혀 그것을 집었다. 그러고는 내게 말했다. "부지깽이 좀 가져올래, 닉?" 나는 지하실로 가서 부지깽이를 가져왔고, 아버지는 그 부지깽이로 아주 조심스럽게 재 속을 뒤져 돌도끼와 가죽을 벗기는 돌칼, 화살촉을 만드는 도구들, 사금파리들, 여러 개의 화살촉들을 꺼냈다. 하나같이 불에 타 시꺼멓게 변하고 갈라져 있었다. 아버지는 그것들을 길가의 풀밭에 늘어놓았다. 그 옆엔 아버지가 마차에서 내릴 때 던져 놓은, 가죽 케이스에 든 엽총과 사냥 주머니들도 놓여 있었다.

"총과 주머니들을 집 안으로 가져가, 닉. 그리고 신문 좀 갖다 줘." 아버지가 말했다. 어머니는 집 안으로 들어간 뒤였다. 나는 엽총과 사냥 주머니들을 들고 끙끙거리며 발걸음을 옮겼다. 그것들이 자꾸 다리에 부딪혔다. "한 번에 하나씩 들고 가." 아버지가 말했다. "한꺼번에 너무 많이 들고 가지 말고." 나는 사냥 주머니들을 내려놓고 엽총만 안에 들여놓은 뒤 아버지의 사무실로 가서 신문 더미에서 신문 하나를 가지고 나왔다. 아버지는 끝이 검어지고 깨진 석기들을 신문지에다 내려놓고는 한꺼번에 쌌다. "상태가 제일 좋았던 화살촉들이 모두 깨져 버렸어." 아버지가 말했다. 아버지는 종이에 싼 그것들을 들고 집으로 들어갔고, 나는 사냥 주머니 두 개가 놓여 있는 풀밭에 잠시 서 있다가 그것들을 들고 들어갔다. 이 일에 대한 내 기억 속에는 두 사람이 있었고, 그래서 그 일을 떠올릴 때면 그 두 사람을 위해 기도하곤 했다.

하지만 때때로 주기도문조차 기억나지 않는 밤들도 있었다. '하늘에서 이룬 것같이 땅에서도 이루어지이다'까지만 기억나서 몇 번이나 처음으로 되돌아가도 그 이상은 외울 수가 없었다. 그런 밤들에는 결국 그 사실을 받아들이고 다른 일들을 시도할 수밖에 없었다. 세상 모든 짐승들의 이름을 떠올리고, 다음에는 새와 물고기들의 이름을 떠올리고, 다음에는 국가와 도시들의 이름을, 다음에는 온갖 종류의 음식 이름을, 다음에는 내가 아는 시카고의 모든 거리들의 이름을 기억해 내려 애썼다. 아무것도 기억할 수 없을 때는 그저 가만히 귀를 기울이고 있었다.

아무 소리도 들을 수 없었던 밤도 있었는데, 어떤 밤이었는지는 기억나지 않는다. 불빛이 있으면 잠드는 게 두렵지 않았다. 밝으면 영혼이 빠져나가지 않기 때문이다. 그래서 되도록 불빛이 있는 곳에서 밤을 보내려고 했지만, 대부분의 밤은 눈을 뜨고 지새우다가 녹초가 되어서야 잠들 수밖에 없었다. 가끔은 너무 졸려서 잠들기도 했지만 그건 바깥이 어둡다는 걸 모를 때였고, 알고서는 결코 잠들지 못했다. 그날 밤 나는 누에 소리를 듣고 있었다. 밤이면 누에가 잎을 먹는 소리가 아주 선명하게 들렸고, 나는 눈을 뜬 채로 그 소리에 귀를 기울이고 있었다.

방에는 한 사람이 더 있었고, 그 역시 나처럼 깨어 있었다. 나는 오랫동안 그가 내는 소리를 유심히 들었다. 그는 나처럼 조용히 누워 있지 못했다. 조용히 깨어 있는 연습을 나만큼 많이 하지 못했기 때문이리라. 우리가 누워 있는 곳에는 짚이 깔려 있어 그가 움직이면 바스락 소리가 났다. 하지만 누에는 그 소리에도 놀라지 않고 쉼 없이 먹어 댔다. 그곳은 전선에서 7킬로미터 떨어진 곳이었다. 바깥의 밤의 소리들은, 어둠이 들어찬 그 방 안의 조그만 소리들과는 달랐다. 방 안의 남자는 조용히 누워 있으려 애썼지만, 다시 움직이고는 했다. 나도 움직였다. 나도 깨어 있다는 걸 알리려고. 그는 시카고에서 10년을 살았는데, 1914년 가족들을 만나러 갔다가 징집을 당하게 되었다. 그는 영어를 할 수 있었기에 내게 전령으로 보내진 것이었다. 그가 귀를 기울이고 있다는 걸 알았기에, 나는 다시 담요 안에서 몸을 움직였다.

"잠이 오지 않나 봅니다, 시뇨르 테넨테(중위님)?" 그가 물었다.

"그렇군."

"저도 잠이 오질 않네요."

"무슨 일 있나?"

“모르겠습니다. 잠을 이룰 수가 없어요.”

“기분은 괜찮은가?”

“괜찮습니다. 기분은 좋습니다. 그냥 잠을 이룰 수가 없어요.”

“잠깐 얘기라도 나눌까?” 내가 물었다.

“좋습니다. 하지만 이런 빌어먹을 곳에서 무슨 얘기를 나누죠?”

“여긴 아주 좋아.” 내가 말했다.

“그렇죠.” 그가 말했다. “좋아요.”

“시카고에 있을 때 얘기나 해보게.” 내가 말했다.

“그거요? 전에 다 말씀드렸잖습니까?”

“그럼 어떻게 결혼하게 되었는지 얘기해 보게.”

“그것도 말씀드렸어요.”

“월요일에 받은 편지 말이야…… 부인에게서 온 거였나?”

“그럼요. 아내는 틈만 나면 저한테 편지를 보내죠. 거기서 돈도 잘 벌고 있습니다.”

“자네가 돌아가기 딱 좋은 곳이겠군.”

“그렇죠. 아내가 잘 꾸려 가고 있습니다. 돈도 많이 벌고 있고요.”

“우리 얘기 소리 때문에 사람들이 잠에서 깨지는 않을까?”

“그럴 리 없어요. 돼지처럼 자고 있지 않습니까? 전 저렇게는 안 되는데. 신경이 예민해서요.”

“소리를 낮추게.” 내가 말했다. “담배 한 대 하겠나?”

우리는 어둠 속에서 능숙하게 담배를 피웠다.

“담배를 많이 안 피우시더군요, 시뇨르 테넨테.”

“그래. 거의 끊었다고 봐야지.”

“몸에 좋을 게 없죠. 장님은 연기를 볼 수 없어서 담배를 피우지 않는다는 얘기 들어 보셨나요?"

"난 그 얘기 안 믿네."

"저도 엉터리 같은 얘기라고 생각합니다." 그가 말했다. "그냥 어디서 주워들은 얘기예요. 돌아다니는 얘기란 게 다 그렇죠 뭐."

둘 다 입을 다물었고, 나는 누에 소리에 귀를 기울였다.

"저 우라질 누에 소리 들립니까?" 그가 물었다. "씹어 대는 소리요."

"흥미로운 소리지." 내가 말했다.

"그런데 중위님은 무슨 일로 못 주무시는 겁니까? 도무지 주무시는 걸 못 봤어요. 저하고 지내는 동안 밤마다 못 주무시더군요."

"나도 모르겠네, 존." 내가 말했다. "지난 초봄부터 밤마다 잠을 설치게 되는군."

"제가 꼭 그렇습니다." 그가 말했다. "전 이 전쟁에 끼어들지 말았어야 했어요. 저도 신경이 날카롭거든요."

"좋아지겠지."

"그런데 중위님은 왜 참전하게 되셨습니까?"

"나도 모르겠네, 존. 당시엔 참전하길 원했나 보지."

"원하셨다고요?" 그가 말했다. "그거 참 황당한 이유네요."

"큰 소리로 얘기해선 안 되네." 내가 말했다.

"저들은 돼지처럼 자요. 게다가 영어도 못 알아듣잖습니까. 우라질, 저들은 아는 게 하나도 없어요. 전쟁이 끝나면 우린 미국으로 돌아갈 텐데, 중위님은 뭘 하실 겁니까?"

"신문사에서 일자리를 구해 볼 생각이네."

"시카고에서요?"

"아마도."

"브리즈번이란 사람이 쓴 글 읽어 보셨나요? 아내가 그 사람 글을 아직도 오려서 보내 줍니다."

"읽어 봤네."

"만나기도 했습니까?"

"아니. 하지만 그를 보기는 했어."

"그 사람을 만나고 싶어요. 멋진 작가죠. 아내는 영어를 읽지 못하지만, 그래도 제가 집에 있을 때랑 똑같이 신문의 사설과 스포츠면을 오려서 보내 줍니다."

"애들은 어떻게 지내나?"

"잘 지낸답니다. 딸 하나는 이제 4학년이 됐어요. 저한테 애들이 없었다면 전 중위님의 전령이 되지 못했을 겁니다. 계속 전선에 머물러야 했겠죠."

"자식이 있어서 다행이었군."

"저도 그렇게 생각합니다. 애들이 다 괜찮지만, 사내애가 하나 있었으면 좋겠어요. 딸만 셋이고 아들이 없거든요. 괜히 신경이 쓰여요."

"잠을 좀 청해 보지?"

"아닙니다. 이젠 잠을 잘 수가 없어요. 완전히 깨버렸어요. 그렇지만 중위님이 주무시지 않는 건 걱정이 되네요."

"괜찮아질 걸세, 존."

"중위님처럼 젊은 분이 잠을 못 이룬다는 건 좀……"

"좋아질 걸세. 시간이 좀 걸리겠지만."

"좋아지셔야죠. 잠을 자지 않고 어떻게 버텨요. 걱정거리라도 있나요? 마음에 걸리는 거라도?"

"없네, 존. 그런 거 없어."

"결혼을 해야 합니다, 시뇨르 테넨테. 그럼 걱정거리가 사라지죠."

"모르겠네."

"결혼을 하세요. 돈 많은 멋진 이탈리아 여자를 고르세요. 원하면 어떤 여자건 고르실 수 있을 겁니다. 중위님은 젊고, 좋은 훈장들도 받았고, 잘생겼으니까요. 부상도 두어 번 당했고."

"이탈리아 말을 잘 못하잖나."

"그 정도면 훌륭해요. 그리고 빌어먹을, 말이 무슨 상관입니까? 얘기 같은 건 할 필요 없어요. 그냥 결혼하세요."

"생각해 보겠네."

"아는 이탈리아 여자들 좀 있죠, 그렇죠?"

"물론."

"그럼, 그중에서 가장 돈 많은 여자랑 결혼하세요. 이곳 사람들 가정교육 하는 걸 보면, 모두 좋은 아내가 될 겁니다."

"생각해 보겠네."

"생각하지 마시고 결혼을 하세요, 시뇨르 테넨테."

"알았네."

"남자는 결혼을 해야죠. 결코 후회하지 않을 겁니다. 남자라면 모두가 결혼을 해야죠."

"알았다니까." 내가 말했다. "잠깐이라도 눈을 붙여 보세."

"네, 시뇨르 테넨테. 잠을 청해 보죠. 하지만 제 말을 기억하세요."

"기억해 두지." 내가 말했다. "이제 눈 좀 붙이세, 존."

"그러죠." 그가 말했다. "푹 주무시길 바랍니다, 시뇨르 테넨테."

짚단 위에 깔린 담요 안에서 그가 몸을 뒤척이는 소리가 들렸다. 잠시 뒤 그는 아주 조용해졌고, 나는 그의 고른 숨소리에 귀를 기울였다. 그

340

는 코를 골기 시작했다. 나는 한참 동안 그의 코 고는 소리에 귀를 기울였고, 그 소리가 그치자 누에가 잎을 갉아 먹는 소리에 귀를 기울였다. 그들은 쉼 없이 갉아 먹어 잎들을 떨어지게 했다.

그날 밤 후로 나는 새로운 생각거리를 갖게 되었다. 어둠 속에서 눈을 뜬 채 누워 내가 알고 있는 모든 여자들을 떠올리게 된 것이다. 그들이 내게 어떤 아내가 될지도 생각해 보았다. 너무나 흥미로워 한동안은 송어 낚시도 생각나지 않았고 기도문들을 외울 생각도 나지 않았다. 하지만 결국 나는 다시 송어 낚시로 돌아갔다. 내가 아는 모든 강들은 다시 생각할 때마다 늘 새롭게 떠오르는 것들이 있었지만, 여자들은 몇 번 생각하고 나니 새로운 게 없고 모두가 비슷하게 느껴질 뿐이었다. 그래서 여자 생각은 그만두고 말았다. 기도문은 지속적으로 외웠고, 아주 가끔은 존을 위해 기도를 드리기도 했다. 그와 그의 동기들은 10월 공세 이후 모두 제대해서 떠났다. 나는 기뻤다. 그는 내게 큰 골칫거리였기 때문이다. 몇 달 뒤 그는 나를 보러 밀라노의 병원으로 찾아왔는데, 그때까지도 내가 결혼하지 않은 걸 보고 크게 실망했다. 내가 아직도 결혼하지 않았다는 사실을 알면 얼마나 언짢아할까. 그는 후에 다시 미국으로 돌아갔다. 그는 결혼에 대해 엄청난 확신을 갖고 있었다. 결혼이 모든 것을 바로잡아 줄 것이라 믿고 있었다.

청결하고 불빛 밝은 곳
A Clean, Well-Lighted Place

늦은 시간이어서 카페에 남아 있는 손님은 노인 하나뿐이었다. 그는 전등 빛을 받은 나뭇잎들이 그림자를 드리운 곳에 앉아 있었다. 그는 거리에 날리던 먼지가 이슬에 가라앉는 이런 늦은 시간에 거기 앉아 있는 것을 좋아했다. 그는 귀가 먹었지만, 낮과는 다른 밤의 고요를 느낌으로 알 수 있었다. 카페 안의 웨이터 둘은 노인이 조금 취했다는 걸 감지하고 그에게서 눈을 떼지 않았다. 그는 좋은 손님이긴 했지만 많이 취한 날에는 돈을 안 내고 가버리기 때문이었다.

"지난주에 저 사람이 자살을 시도했대." 웨이터 하나가 말했다.

"왜요?"

"절망에 빠진 거지."

"뭐에 절망했는데요?"

"허무."

"허무에? 무슨 근거로 그렇게 생각해요?"

"저 사람은 돈이 엄청 많거든."

그들은 함께 테라스를 바라보고 있었다. 바람에 살랑거리는 나뭇잎 그림자가 드리워진, 노인이 앉아 있는 카페 출입문 옆 테이블을 제외하고는, 모든 테이블은 텅 비어 있었다. 거리에는 아가씨 하나와 군인 하나가 걸음을 옮기고 있었다. 군인의 군복 칼라에 달린 숫자 찍힌 황동판이, 가로등 빛에 반짝였다. 군인 곁에서 잰걸음을 치는 아가씨의 머리에는 아무것도 씌워져 있지 않았다.

"위병이 저 친구를 달랑 집어 갈 거야." 웨이터 하나가 말했다.

"찾던 걸 얻었으니 무슨 상관이겠어요?"

"지금 당장 거리를 떠나는 게 좋을 거야. 위병이 잡아갈 거라고. 5분 전에 놈들이 지나갔거든."

그림자 속에 앉아 있던 노인이 술잔으로 받침을 두드렸다. 젊은 웨이터가 그에게로 갔다.

"뭘 드릴까요?"

노인이 그를 보더니 말했다. "브랜디 한 잔 더."

"취하실 텐데요." 웨이터가 말했다. 노인이 그를 빤히 바라다보자, 그는 자리를 떴다.

"밤샐 모양이에요." 그가 동료에게 말했다. "졸려요. 도대체 3시 전엔 잠자리에 든 적이 없어. 아, 노인네가 지난주에 자살을 해버렸어야 하는 건데."

웨이터가 카운터에서 브랜디 병과 새 받침을 꺼내 들고 노인의 테이블로 뚜벅뚜벅 걸어갔다. 그는 받침을 내려놓고 브랜디를 잔에 가득 따랐다.

"지난주에 자살해 버리지 그러셨어요." 그가 귀먹은 노인에게 말했다. 노인이 손가락을 움직이며 말했다. "조금 더." 웨이터는 브랜디를 더 따랐고, 넘친 술이 받침으로 흘러내렸다. "고맙네." 노인이 말했다. 웨이터가 술병을 가지고 카페 안으로 돌아와 다시 동료 옆에 앉았다.

"저 사람 이미 취했어요." 그가 말했다.

"밤마다 취하잖아."

"뭣 때문에 자살하고 싶었던 걸까요?"

"어떻게 했는지는 알아."

"어떻게 했는데요?"

"밧줄에 목을 맸지."

"누가 밧줄을 잘라 줬어요?"

"조카딸."

"왜 잘랐대요?"

"영혼이 불쌍해서지."

"저 사람은 돈이 얼마나 많아요?"

"아주 많지."

"여든 살은 됐을 텐데요."

"얼추 그쯤 되었지."

"집으로 가주면 좋겠는데. 3시 전에 자보질 못했다고요. 이 시간이면 자야 하는 거 아닌가요?"

"저 노인네는 저러고 있는 게 좋은 거야."

"외로운 거죠. 근데 전 외롭지 않아요. 침대에서 기다리는 아내가 있다고요."

"저 노인네에게도 한때는 아내가 있었지."

"지금은 저 사람한테 아내가 있다 해도 좋아질 것 같지 않은데요."

"함부로 말하지 마. 아내가 있다면 지금보다 나았을지도 몰라."

"조카딸이 돌보고 있잖아요. 밧줄을 자른 게 그 여자였다면서요?"

"그렇지."

"전 저 나이까지 살고 싶진 않아요. 노인은 지저분해요."

"꼭 그렇진 않아. 저 사람은 깔끔해. 술을 흘리며 마시지도 않잖아. 지금도 취했지만, 한번 봐."

"보고 싶지 않아요. 그냥 집으로 가줬으면 좋겠어요. 일하는 사람 생각은 도통 해주질 않아."

노인의 시선이 술잔에서 광장으로 건너갔다가 다시 웨이터에게로 옮겨 왔다.

"브랜디 한 잔 더." 그가 술잔을 손가락으로 가리키며 말했다. 마음이 조급해진 웨이터가 그에게로 갔다.

"끝." 웨이터는 생각 없는 사람들이 취객이나 외국인들을 대할 때처럼, 앞뒤 말을 잘라 버리고 말했다. "오늘 밤은 안 돼요. 이제 문 닫았어요."

"한 잔 더." 노인이 말했다.

"안 돼요. 끝." 웨이터는 행주로 테이블 가장자리를 닦아 내며 고개를 저었다.

노인은 자리에서 일어나 천천히 받침의 개수를 세고는, 주머니에서 가죽 동전 지갑을 꺼내 술값을 치르고 반 페세타를 팁으로 주었다.

웨이터는 조금 비칠거리긴 하지만 위엄 있게 거리를 내려가는 그 늙은 남자를 지켜보았다.

"그냥 마시게 두지 그랬어?" 조급할 것 없는 웨이터가 말했다. 그들은 덧문을 들어 올렸다. "2시 반도 안 됐는데."

"집에 가서 자고 싶다고요."

"한 시간이면 될 텐데."

"저 사람한텐 아무것도 아닌 시간이겠지만 저한텐 엄청 긴 시간이죠."

"한 시간은 누구에게나 똑같아."

"노인네처럼 말하시네요. 술을 사가지고 집에 가서 마시면 될 텐데."

"집에서 마시는 거랑은 다르지."

"알아요, 다르죠." 아내가 있는 웨이터가 동의했다. 그는 억지를 부리고 싶진 않았다. 단지 마음이 조급할 뿐이었다.

"자넨 어때? 보통 때보다 일찍 집에 들어가는 게 겁나지 않아?"

"절 모욕하시는 건가요?"

"모욕이라니, 옴브레(아이고), 농담이야."

"겁나지 않아요." 마음이 조급한 웨이터가 철제 덧문을 끌어 내리고 나서 몸을 일으키며 말했다. "전 자신 있어요. 자신감 가득이라고요."

"자넨 젊고, 자신감 넘치고, 일자리도 있지." 나이가 위인 웨이터가 말했다. "자넨 모든 걸 갖고 있지."

"그럼 아저씨는 뭐가 없는데요?"

"일 빼곤 모두 다."

"아저씨는 제가 가진 걸 다 갖고 있잖아요."

"그렇지 않아. 난 자신감은 가져 본 적이 없어. 젊지도 않고."

"무슨 소리 하는 거예요? 엉뚱한 소리 그만하시고 문이나 닫아요."

"난 카페에 늦게까지 있고 싶어 하는 사람들 중 하나야." 나이 많은 웨이터가 말했다. "밤이면 잠 대신 불빛이 필요한 모든 사람들과 함께 카페에 있고 싶어."

"전 집으로 가서 잠자리에 들고 싶어요."

"우린 서로 다른 종류의 인간이지." 나이 든 웨이터가 말했다. 그는 옷을 갈아입은 상태였다. "젊음이나 자신감 문제만은 아냐. 그런 게 아름다운 건 사실이지만. 난 밤마다 카페 문을 닫는 게 싫어. 카페 문이 열려 있기를 바라는 사람이 있을까 봐."

"옴브레, 밤새도록 영업하는 보데가(술집)들이 있잖아요."

"넌 이해하지 못할 거야. 여긴 청결하고 쾌적한 카페야. 전등도 밝게 켜져 있고. 빛은 아주 좋은 거야. 게다가, 지금처럼 나뭇잎 그림자를 드리우기도 하고."

"조심히 가세요." 손아래 웨이터가 말했다.

"잘 가." 손위 웨이터가 말했다. 그는 전등을 끄고 혼잣말로 계속 중얼거렸다. 물론 빛이 있어야지. 하지만 청결하고 쾌적하기도 해야 해. 음악은 없어도 돼. 그래, 음악은 없는 게 나아. 그나저나 이 시간에 어딜 갈수 있을까? 다 거기서 거기겠지만, 그렇다고 이렇게 계속 카운터 앞에 있을 수도 없잖아. 그 노인은 무엇이 두려웠을까? 아니, 그가 느낀 건 두려움이 아니었을 거야. 그가 너무나도 잘 알고 있는 허무를 느꼈을 거야. 모든 게 허무하니까, 인간마저 허무하니까. 그에게 필요한 것은 오로지 불빛과, 어느 정도의 청결함과 정돈된 상태일 거야. 사람들은 그 안에서 살면서도 전혀 모르지만, 그는 알고 있었을 거야. 모든 게 나다(허무)라는 걸. 이 푸에스 나다 이 나다 이 푸에스 나다(그래서 허무하고 그리하여 허무하다는 걸). 나다에 계신 우리 나다시여, 당신의 이름이 나다를 받으시고, 당신의 왕국이 나다에 임하옵시며, 나다에서 나다를 이루옵소서. 우리에게 일용할 나다를 주옵시고, 우리가 우리의 나다에게 나다를 준 것같이 우리의 나다를 나다하게 마옵시고, 우리를 나다에 들지 말게 하옵시고, 다만 우리를 나다에서 구하옵소서. 허무로 가득한 허무시여, 허무가 당신과 함께하나이다. 그는 미소를 띤 채 반들거리는 증기압 커피 기계가 놓인 카운터 앞에 서 있었다.

"뭘 드릴까요?" 바텐더 남자가 물었다.

"나다."

"오트로 로코 마스(정신 나간 양반이로군)." 바텐더가 그렇게 말하고는 시선을 돌렸다.

"작은 걸로 한 잔." 나이 든 웨이터가 말했다.

바텐더가 그의 잔에 술을 따랐다.

"불빛이 아주 밝고 쾌적하긴 한데, 카운터가 깨끗이 닦이지는 않았군요." 웨이터가 말했다.

바텐더는 그를 한 번 바라다봤지만 대답은 하지 않았다. 대화를 나누기엔 너무 늦은 밤이었다.

"한 코피타(작은 잔) 더 드릴까요?" 바텐더가 물었다.

"아니요, 고마워요." 그는 그렇게 말하고는 밖으로 나갔다. 그는 술집이 싫었다. 청결하고 밝은 불빛의 카페는 그런 술집과는 아주 달랐다. 이제 더는 생각하지 않고, 자신의 방으로 돌아가고 싶었다. 침대에 누워 있다가, 날이 훤히 밝아 오면 잠이 들 것이다. 결국 불면증일 뿐이야, 많은 사람들이 그것에 시달리고 있지, 하고 그는 중얼거렸다.

스위스에 경의를

Homage to Switzerland

1부

몽트뢰에서의 휠러 씨의 초상

역사에 있는 카페 안은 따뜻하고 불빛이 환했다. 나무 테이블은 반들반들하게 닦여 있었고, 그 위에는 광택 나는 종이 봉지에 싸인 프레첼이 든 바구니가 놓여 있었다. 손으로 깎아 만든 의자들은 편안하고 연륜이 묻어나 보였다. 벽에는 손으로 깎아 만든 나무 시계가 걸려 있고, 저쪽 끝에는 바가 있었다. 창밖으로 눈이 내리고 있었다.

기차역에서 일하는 짐꾼 두 명이 시계 아래쪽 테이블에 앉아 새로 나온 와인을 마시고 있었다. 다른 짐꾼 하나가 들어와 심플론-오리엔트 급행이 생모리스에서 한 시간 늦게 출발했다고 말하고는 밖으로 나갔다.

여종업원이 휠러 씨의 테이블로 다가갔다.

"급행열차가 한 시간 연착이라는군요, 선생님." 그녀가 말했다. "커피 좀 갖다 드릴까요?"

"날 계속 깨워 놓을 거면."

"무슨 말씀이신지?" 여종업원이 물었다.

"커피 갖다 달라는 말이오." 휠러 씨가 말했다.

"감사합니다."

그녀는 주방에서 커피를 가져왔고, 휠러 씨는 창밖으로 눈길을 돌려 플랫폼 불빛 속에 흩날리고 있는 눈발을 바라보았다.

"영어 말고 다른 말 아는 거 없소?" 그가 여종업원에게 물었다.

"예, 선생님. 독일어하고 프랑스어, 그리고 몇 군데 방언을 할 줄 압니다."

"뭘 좀 마시겠소?"

"아, 아닙니다, 선생님. 카페에선 손님들과 뭘 마시는 게 금지되어 있어서요."

"담배도 안 되나?"

"담배는 피우지 않습니다, 선생님."

"잘한 일이군." 휠러 씨가 말했다. 그는 다시 창밖으로 고개를 돌렸고, 커피를 마셨고, 담배를 피웠다.

"프로일라인(아가씨)." 그가 독일어로 불렀다. 여종업원이 다가왔다.

"뭘 드릴까요, 선생님?"

"당신."

"그런 농담은 하지 마십시오."

"농담이 아닌데."

"그런 말씀은 하지 마세요."

"말싸움할 시간 없소." 휠러 씨가 말했다. "기차가 40분 안에 올 거니까. 나랑 2층으로 가주면 100프랑을 주겠소."

"그런 말씀은 삼가 주세요, 선생님. 짐꾼에게 가서 선생님 말벗을 해드리라고 전하죠."

"짐꾼은 필요 없소." 휠러 씨가 말했다. "경찰관도, 담배 파는 애도. 내가 원하는 건 당신이오."

"그런 식으로 말씀하실 거면 나가 주세요. 자꾸 그렇게 말씀하시면 여기 계실 수 없을 거예요."

여종업원이 횡하니 가버렸다. 휠러 씨는 그녀가 짐꾼에게로 가는지 지켜보았다. 그녀는 그러지 않았다.

"마드무아젤(아가씨)!" 그가 프랑스어로 불렀다. 여종업원이 다가왔다. "시옹 산 와인 한 병 주시오."

"예, 선생님."

휠러 씨는 그녀가 카운터에서 나가 술을 가지고 들어와서 자신의 테이블로 다가오는 모습을 주시했다. 그는 시계를 쳐다보았다.

"200프랑 주겠소." 그가 말했다.

"그런 말씀 하지 마세요."

"200프랑은 아주 큰 돈이오."

"그런 식으로 말하지 말라니까요!" 여종업원이 말했다. 그녀는 더 이상 영어를 사용하지 않았다. 휠러 씨는 흥미롭다는 듯 그녀를 쳐다보았다.

"200프랑."

"역겨워."

"그럼 가시오. 당신이 여기 없으면 내가 어떻게 당신에게 말을 걸겠소?"

여종업원이 돌아서서 카운터로 건너갔다. 휠러 씨는 술을 마셨고, 한참을 혼자 빙긋이 웃었다.

"마드무아젤." 그가 불렀다. 여종업원은 못 들은 척했다. "마드무아젤." 그가 다시 불렀다. 여종업원이 다가왔다.

"필요한 거 있으세요?"

"300프랑 주겠소."

"역겨워요."

그녀는 가버렸고, 휠러 씨는 그녀의 뒷모습을 눈으로 쫓았다. 짐꾼 하나가 문을 열고 들어왔다. 휠러 씨의 가방을 맡은 사람이었다.

"기차가 들어오고 있습니다, 선생님." 그가 프랑스어로 말했다. 휠러 씨가 자리에서 일어났다.

"마드무아젤." 그가 불렀다. 여종업원이 테이블로 다가왔다. "술값이 얼마요?"

"7프랑입니다."

휠러 씨는 8프랑을 내려놓고는, 외투를 입고 테이블을 떠났다. 그는 짐꾼을 따라 눈발이 날리고 있는 플랫폼으로 향했다.

"오 르부와(또 봐요), 마드무아젤." 그가 말했다. 여종업원은 그의 뒷모습을 지켜보며 생각했다. 못생긴 놈이, 못생기고 역겨운 놈이. 한 번에 300프랑? 웃기는 소리. 난 한 푼도 안 받고 몇 번이나 해봤어. 여기가 어디라고 돈을 주고 그 짓을 하려 해? 지각 있는 사람이라면 그런 짓은 해서는 안 된다는 걸 알아야지. 언제든, 어디서든, 하면 안 되지. 그 짓에 300프랑 주겠다고? 하여튼 미국 사내들이란.

가방을 내려놓고 플랫폼의 시멘트 바닥에 서서 눈발을 헤치며 들어오는 기차를 바라보고 있는 휠러 씨는, 돈을 헤프게 썼다는 생각을 하고 있었다. 저녁 식사 값을 빼면 술값 7프랑에 팁 1프랑밖에 안 썼음에도 불구하고. 팁으로 75상팀만 줬다면 기분이 더 좋았을 거라는 생각이 들었다. 스위스 돈 1프랑은 프랑스 돈 5프랑인데. 휠러 씨는 파리로 향했다. 그는 돈에는 엄청나게 신경 쓰지만, 여자에게는 무신경했다. 그는 아까 머물렀던 역사에 2층이 없다는 것을 알고 있었다. 그는 결코 모험을 할 사람이 아니었다.

2부

존슨 씨가 브베에서 그것에 대해 얘기하다

역사에 있는 카페 안은 따뜻하고 불빛이 환했다. 테이블은 반들반들하게 닦여 있었고, 몇몇 테이블에는 빨간색과 흰색의 줄무늬 식탁보가, 나머지 테이블에는 푸른색과 흰색의 줄무늬 식탁보가 깔려 있었으며, 모든 테이블에는 광택이 나는 종이 봉지에 싸인 프레첼 바구니가 놓여 있었다. 손으로 깎아 만든 의자들은 연륜이 느껴지고 편안했다. 벽에는 시계 하나가 걸려 있었고, 저쪽 끝에는 함석으로 된 바가 있었으며, 창밖에는 눈이 내리고 있었다. 기차역에서 일하는 짐꾼 두 사람이 시계 아래쪽 테이블에 앉아 새로 나온 와인을 마시고 있었다.

다른 짐꾼 하나가 들어와 심플론-오리엔트 급행이 생모리스에서 한 시간 늦게 출발했다고 말하고는 밖으로 나갔다. 여종업원이 존슨 씨의 테이블로 다가갔다.

"급행열차가 한 시간 연착을 한다네요, 선생님." 그녀가 말했다. "커피 좀 갖다 드릴까요?"

"너무 귀찮지 않다면."

"무슨 말씀이신지?"

"마시겠다는 얘기죠."

"감사합니다."

그녀는 주방에서 커피를 가져왔고, 존슨 씨는 창밖으로 눈길을 돌려 플랫폼 불빛 속에 흩날리고 있는 눈발을 바라보았다.

"영어 말고 다른 말 아는 거 없소?" 그가 여종업원에게 물었다.

"아, 예, 선생님. 독일어하고 프랑스어, 그리고 몇 군데 방언을 할 줄 압니다."

"뭘 좀 마시겠소?"

"아, 아닙니다, 선생님. 카페에선 손님들과 뭘 마시는 게 금지되어 있어서요."

"담배는?"

"아, 아닙니다, 선생님." 그녀가 웃음을 띠었다. "담배는 피우지 않습니다, 선생님."

"나도 그렇소." 존슨 씨가 말했다. "나쁜 습관이지."

여종업원이 가자, 존슨 씨는 담배를 피워 물고는 커피를 마셨다. 벽시계는 9시 45분을 가리키고 있었다. 그의 시계는 조금 빨랐다. 기차는 10시 30분에 출발할 예정이었으나 한 시간 연착한다면 11시 30분에 출발할 터였다. 존슨 씨가 이탈리아어로 여종업원을 불렀다.

"시뇨리나(아가씨)!"

"뭘 좀 드릴까요, 선생님?"

"나하고 놀아 줄 수 있겠소?" 존슨 씨가 물었다. 여종업원이 얼굴을 붉했다.

"안 됩니다, 선생님."

"난 나쁜 뜻으로 한 말이 아니오. 함께 얘기를 나누거나 브베의 밤 문화를 구경하자는 거지. 괜찮다면 여자 친구가 되어 주시오."

"전 일을 해야 합니다." 여종업원이 말했다. "업무 시간이라 이곳을 떠날 수가 없어요."

"알고 있소." 존슨 씨가 말했다. "하지만 다른 사람이 대신할 순 없소? 남북전쟁 때도 그렇게 했었지."

"아, 안 됩니다, 선생님. 이곳에는 제가 꼭 있어야만 합니다."

"영어는 어디서 배웠소?"

"벌리츠 스쿨에서요, 선생님."

"그곳에 대해 말해 주시오." 존슨 씨가 말했다. "거기 학생들 중에 거친 놈들도 많았소? 네킹이나 페팅*같은 것들은 모두 어땠소? 겉보기에 번지르르한 남자들도 많았소? 스콧 피츠제럴드에 빠져 본 적은 있소?"

"무슨 말씀이신지?"

"당신의 대학 생활이 행복했느냐는 뜻이오. 지난가을에 벌리츠는 물이 어땠는지 모르겠네."

"농담을 하시는 건가요, 선생님?"

"살짝 해봤지." 존슨 씨가 말했다. "당신은 끔찍하게 착한 아가씨군. 나랑 함께 놀고 싶지 않소?"

"아, 아닙니다, 선생님." 여종업원이 말했다. "필요한 게 있으신가요?"

"있지." 존슨 씨가 말했다. "와인 목록을 갖다 주겠소?"

*네킹과 페팅 둘 다 애무의 방식을 가리키는 용어.

"예, 선생님."

존슨 씨가 와인 목록을 가지고 세 명의 짐꾼이 앉아 있는 곳으로 걸어갔다. 그들이 그를 쳐다보았다. 모두 나이가 많은 사람들이었다.

"볼런 지 트링큰(한잔하시겠습니까)?" 그가 독일어로 물었다. 그들 중 하나가 고개를 끄떡이며 미소를 지었다.

"위, 므슈(예, 선생)."

"프랑스어를 하십니까?"

"위, 므슈."

"뭘 마실까요? 코네 부 데 샹파뉴(샴페인 좀 아십니까)?"

"농(아니오), 므슈."

"포 레 코네트르(아셔야죠)." 존슨 씨가 말했다. "프로일라인." 그가 여종업원을 불렀다. "샴페인을 마시겠소."

"어떤 샴페인을 좋아하시나요, 선생님?"

"가장 좋은 거." 존슨 씨가 말했다. "라켈 에 르 베스트(어떤 게 최고죠)?" 그가 짐꾼들에게 물었다.

"르 메이외르(최고)?" 처음으로 그에게 말했던 짐꾼이 되물었다.

"네."

짐꾼이 자신의 외투 주머니에서 금테를 두른 한 쌍의 잔을 꺼내더니 와인 목록을 훑었다. 그의 손가락이 타자기로 친 네 개의 이름과 가격을 따라 내려갔다.

"스포츠맨." 그가 말했다. "스포츠맨이 최고지."

"다들 동의하십니까, 여러분?" 존슨 씨가 다른 두 명의 짐꾼들에게 물었다. 한 짐꾼이 고개를 끄떡였고, 나머지 짐꾼은 프랑스어로 이렇게 말했다. "샴페인은 잘 모르지만, 스포츠맨이란 이름은 가끔 들어 봤지. 좋아요."

"스포츠맨 한 병." 존슨 씨가 여종업원에게 그렇게 말하고는 와인 목록에 적힌 가격을 보았다. 11스위스 프랑이었다. "저도 같은 걸로 마셔야겠군요. 괜찮으시다면, 합석을 해도 되겠습니까?" 스포츠맨을 제안했던 짐꾼에게 그가 물었다.

"앉아요. 이리 앉으시오." 짐꾼이 그를 보며 미소를 지었다. 그는 손에 쥐고 있던 안경을 안경집에 넣으며 물었다. "오늘이 선생의 생일이오?"

"아닙니다." 존슨 씨가 말했다. "페트(파티)를 하려는 게 아니에요. 제 아내가 저와 이혼을 하겠다는걸요."

"저런," 짐꾼이 말했다. "그렇게 되지 않길 바라오." 다른 짐꾼이 고개를 저었다. 나머지 짐꾼은 귀가 살짝 어두운 듯했다.

"뭐 흔히 하는 경험이죠." 존슨 씨가 말했다. "맨 처음 치과에 가거나 처음으로 여자를 알게 되는 경험이나 같죠. 하지만 편치가 않네요. 속이 쓰립니다."

"이해하오." 나이가 가장 많은 짐꾼이 말했다. "이해한다오."

"여기 계신 분들 중엔 이혼하신 분 없나요?" 존슨 씨가 물었다. 그는 장난스럽게 지껄이던 것을 그만두고, 언제부턴가 그럴듯한 프랑스어를 구사하고 있었다.

"없어요." 스포츠맨을 주문했던 짐꾼이 말했다. "이곳 사람들은 이혼을 거의 안 해요. 하긴 하지만 많지는 않죠."

"우리와는 다르군요." 존슨 씨가 말했다. "우리 나라에선 거의 모두가 이혼을 하죠."

"그럽디다." 짐꾼이 말했다. "신문에서 봤어요."

"제 경우엔 좀 늦은 편이죠." 존슨 씨가 말을 이었다. "서른다섯이나 됐는데 처음으로 이혼하는 거니까요."

"메 부제트 앙코르 쥔(하지만 댁은 아직 젊어요)." 짐꾼이 말했다. 그는 다른 두 짐꾼에게 설명했다. "므슈 나 크 트랑트셍캉(신사분이 서른다섯밖에 안 됐다는군)." 두 짐꾼이 고개를 끄덕였다. "아주 젊군." 한 짐꾼이 말했다.

"그러니까 처음 이혼한다는 말이지요?" 짐꾼이 물었다.

"완전 처음이죠." 존슨 씨가 말했다. "술을 따주시오, 마드무아젤."

"이혼하는 데 돈이 많이 들지요?"

"1만 프랑."

"스위스 프랑으로?"

"아뇨. 프랑스 프랑으로."

"아, 그렇군. 그럼 스위스 프랑으로 2천이군요. 어쨌거나 싸지는 않군요."

"싸지 않죠."

"그런데 왜 사람들이 그걸 하려는 거요?"

"누군가가 요구하니까요."

"왜 요구를 하는 거요?"

"또 누군가와 결혼하기 위해서겠죠."

"하지만 그건 멍청한 짓이오."

"동의합니다." 존슨 씨가 말했다. 여종업원이 네 개의 잔을 채웠다. 모두 잔을 치켜들었다.

"프로지트(건배)!" 존슨 씨가 독일어로 말했다.

"아 보트르 상테(당신의 건강을 위해), 므슈." 짐꾼이 말했다. 다른 두 짐꾼이 말했다. "살뤼(건배)." 샴페인은 달콤한 핑크빛 사이다 같은 맛이었다.

"스위스에선 항상 다른 나라 말로 대답하는 습성 같은 게 있습니까?"
존슨 씨가 물었다.

"그렇진 않소." 짐꾼이 대답했다. "프랑스어가 좀 더 교양 있는 언어라
그 말을 할 뿐이오. 게다가 이곳은 프랑스어 사용 지역이고."

"하지만 당신은 독일어를 쓰시잖아요?"

"그렇소. 난 독일어 사용 지역에서 왔으니까."

"그렇군요." 존슨 씨가 말했다. "그리고 당신은 이혼해 본 적이 없고요."

"아니, 이혼에 돈이 너무 든다고만 했소. 난 결혼한 적도 없소."

"그렇군요." 존슨 씨가 말했다. "다른 분들은요?"

"우린 다 결혼했소."

"결혼 생활이 마음에 드시나요?" 존슨 씨가 짐꾼들 중 한 사람에게
물었다.

"뭐라고요?"

"결혼 생활이 흡족하시냐고요."

"위, 세 노르말(그럼요, 당연하죠)."

"그렇군요." 존슨이 말했다. "에 부(그럼 당신은요), 므슈?"

"사 바(괜찮아요)." 다른 짐꾼이 말했다.

"푸르 무아, 사 느 바 파(전 안 괜찮아요)." 존슨 씨가 말했다.

"이 신사분이 이혼을 하실 거래." 존슨 씨에게 첫 번째로 말했던 짐꾼
이 설명했다.

"아." 두 번째로 말했던 짐꾼이 말했다.

"아하." 세 번째로 말했던 짐꾼이 말했다.

"이제," 존슨 씨가 말했다. "더 얘기할 게 없네요. 남의 골칫거리에 관심

없으실 테니까요." 그가 첫 번째 짐꾼에게 말했다.

"아니, 관심 있소." 짐꾼이 말했다.

"그럼, 뭐든 얘기를 해보죠."

"댁이 원하는 얘기를 해요."

"무슨 얘기를 할까요?"

"운동하는 거 있소?"

"아뇨." 존슨 씨가 말했다. "제 아내는 하죠."

"재미 삼아 하는 건 뭐가 있소?"

"전 작가입니다."

"그걸 하면 돈을 많이 버나요?"

"아뇨. 하지만 나중에는 그렇다는 걸 알게 되실 겁니다."

"재밌군."

"아뇨." 존슨 씨가 말했다. "재미없어요. 죄송합니다, 여러분. 이제 가야겠습니다. 아직 안 딴 병도 남기고 갈 테니, 드십시오들."

"아직 기차가 들어오려면 45분이나 남았소."

"압니다." 존슨 씨가 말했다. 여종업원이 오자 그는 술값과 저녁 식사값을 치렀다.

"나가시려고요, 선생님?" 그녀가 물었다.

"그렇소." 존슨 씨가 말했다. "좀 걸어야겠소. 가방은 여기다 두고 가겠소."

그는 목도리를 두르고, 외투를 입고, 모자를 썼다. 바깥으로 나오자 눈발이 더 굵어져 있었다. 그는 고개를 돌려 창문 너머 테이블에 앉아 있는 세 짐꾼들을 바라보았다. 여종업원이 뚜껑을 딴 와인에 남은 마지막 술을 그들의 잔에 따라 주었다. 그녀는 따지 않은 병은 도로 카운터로 가져갔다. 한 사람당 3프랑 좀 넘게 가져가겠군, 존슨은 생각했다. 그는 돌아서서 플랫폼으로 내려갔다. 카페 안에 있을 때 그는 그것에 대해 이야기를 하면 좀 무뎌질 거라 생각했다. 하지만 끔찍한 기분만 들 뿐이었다.

3부

어느 회우率友의 아들, 테리테*에서

테리테 역사에 있는 카페 안은 지나치다 싶게 따뜻했다. 불빛은 반들반들하게 닦인 테이블을 환히 밝히고 있었다. 테이블 위에는 광택이 나는 종이 봉지에 싸인 프레첼 바구니와, 물기 묻은 맥주잔이 동그란 자국을 남기지 않도록 까는 종이 패드가 놓여 있었다. 손으로 깎아 만든 나무 의자들은 연륜이 느껴지고 무척 편안했다. 벽에는 시계 하나가 걸려 있었고, 바는 안쪽 끄트머리에 있었으며, 창밖으로 눈이 내리고 있었다. 시계 아래 테이블에는 한 늙수그레한 남자가 커피를 마시며 석간신문을 보고 있었다. 기차역 짐꾼 한 사람이 들어와 심플론-오리엔트 급행이 생모리스에서 한 시간 늦게 출발했다고 말했다. 여종업원이 해리스 씨의 테이블로 갔다. 해리스 씨는 막 식사를 끝낸 뒤였다.

"급행열차가 한 시간 연착이랍니다, 선생님. 커피 좀 갖다 드릴까요?"

"그게 좋으시다면."

"무슨 말씀이신지?" 여종업원이 물었다.

*1부의 몽트뢰, 2부의 브베, 3부의 테리테는 스위스와 프랑스의 국경에 있는 레만 호수 인근의 지역들.

"좋다는 얘기요." 해리스 씨가 말했다.

"감사합니다, 선생님." 종업원이 말했다.

그녀는 주방에서 커피를 가져왔고, 해리스 씨는 커피에 설탕을 넣고 스푼으로 덩어리를 녹였다. 그러고는 창밖으로 눈길을 돌려 플랫폼 불빛 속에서 흩날리고 있는 눈발을 바라보았다.

"영어 말고 다른 말도 할 줄 아는 게 있소?" 그가 여종업원에게 물었다.

"아, 예, 선생님. 독일어와 프랑스어, 그리고 몇 군데 방언을 합니다."

"어떤 게 제일 좋은 거 같소?"

"다 비슷하게 좋습니다, 선생님. 어떤 게 더 낫다고 말하기 어렵네요."

"커피나 다른 걸 좀 마시겠소?"

"아, 아닙니다, 선생님. 카페에선 손님과 뭘 마시는 게 금지되어 있거든요."

"같이 담배 피우는 것도 안 되오?"

"아, 아닙니다, 선생님." 그녀가 웃었다. "전 담배를 피우지 않습니다, 선생님."

"나도 그렇소." 해리스 씨가 말했다. "난 데이비드 벨라스코*에게는 동의하지 않아요."

"무슨 말씀이신지?"

"벨라스코, 데이비드 벨라스코는 자기만의 색깔을 갖고 있었기에 사람들 눈에 늘 잘 띄었소. 하지만 난 그 사람에게 동의하지 않소. 더구나, 그 사람은 이제 죽었고."

"이만 가봐도 되겠습니까, 선생님?" 여종업원이 물었다.

---

*David Belasco(1853~1931). 유대계 포르투갈인 부모에게서 태어난 미국 배우이자 극작가.

"물론이오." 해리스 씨가 말했다. 그는 의자를 앞으로 끌어당겨 창밖을 바라보았다. 건너편에 있는 노인이 신문을 접고 해리스 씨를 바라보다가, 커피 잔과 받침을 들고는 그의 테이블로 왔다.

"방해가 되지 않는다면 실례하겠소이다." 그가 영어로 말했다. "방금 당신이 내셔널 지오그래픽 협회* 회원일지도 모른다는 생각이 들었소."

"앉으십시오." 해리스 씨가 말했다. 신사가 자리에 앉았다.

"커피 한 잔 더 하시겠습니까? 아니면 술이라도?"

"고맙소." 신사가 말했다.

"그럼 키르슈** 한 잔 하시죠?"

"좋소. 꼭 나랑 같이 마셔 주시오."

"예, 그렇게 하겠습니다." 해리스 씨가 여종업원을 불렀다. 노신사가 외투 주머니에서 가죽을 씌운 수첩을 꺼냈다. 그는 널따란 가죽끈을 벗겨내고 여러 장의 종이를 꺼낸 뒤 그중 하나를 해리스 씨에게 건네주었다.

"그게 내 회원증이라오." 그가 말했다. "미국에 사는 프레더릭 J. 루셀을 아시오?"

"죄송하지만 모르겠습니다."

"아주 유명한 사람이라고 알고 있는데."

"그분이 어디 출신이죠? 미국 어느 지역 출신인지 아십니까?"

"워싱턴 출신이지. 맞아, 협회 본부가 거기 있지 않소?"

"거기로 알고 있습니다."

"거기로 알고 있다니, 확실하게는 모른다는 거요?"

---

* National Geographic Society. 지리학의 보급을 목표로 1888년 1월 설립된 단체로, 월간지 〈내셔널 지오그래픽〉으로 유명하다.
** 으깬 버찌로 만든 무색의 브랜디.

“제가 미국을 떠난 지 오래되어서요.” 해리스 씨가 말했다.

“그럼 회원이 아니오?”

“네, 아닙니다. 하지만 제 아버지께서 아주 오랫동안 회원으로 계셨습니다.”

“그럼 부친은 프레더릭 J. 루셀을 아시겠군. 그 사람은 협회 임원이었소. 날 회원으로 추천해 준 게 바로 루셀 씨였지.”

“정말 반갑습니다.”

“당신이 회원이 아니란 게 안타깝구먼. 하지만 부친을 통하면 추천을 받을 수 있을 거요.”

“그럴 것 같군요.” 해리스 씨가 말했다. “돌아가면 그렇게 해야겠군요.”

“꼭 그렇게 하기를 권하오.” 신사가 말했다. “물론 잡지는 보겠죠?”

“물론입니다.”

“북미 지역 동물들이 컬러판으로 실렸던 호를 봤소?”

“예, 파리에서 봤습니다.”

“알래스카 화산들 전경이 실려 있었던 호도?”

“놀라웠죠.”

“나도 그랬소. 조지 샤이러스 3세의 야생동물 사진이 특히나 좋았지.”

“끝내줬죠.”

“뭐라고 그랬소?”

“훌륭했다고요, 그 샤이러스란 친구……”

“지금 친구라고 했소?”

“저의 오랜 친구입니다.” 해리스 씨가 말했다.

“조지 샤이러스 3세를 아시는군. 그 사람 아주 재밌는 사람일 것 같소.”

“그렇습니다. 제가 아는 가장 재밌는 사람이죠.”

“그럼 조지 샤이러스 2세도 아시나? 그 사람도 재밌는 사람이오?”

“아, 그분은 그다지 재밌진 않습니다.”

“나는 그 사람이 아주 재밌는 사람일 거라고 상상하고 있었는데.”

“아시겠지만, 엉뚱한 면이 있긴 하죠. 그래도 그다지 재밌는 분은 아닙니다. 왜 그런가 하고 저도 가끔 궁금해하곤 합니다만.”

“음,” 신사가 말했다. “난 그 집 사람들은 누구나 재밌을 거라고 생각했다오.”

“사하라 사막 전경 사진은 기억하시나요?” 해리스 씨가 물었다.

“사하라 사막? 그건 거의 15년 전인데.”

“맞습니다. 제 아버지께서 가장 좋아하셨던 사진들 중 하나였죠.”

“최근 것들을 더 좋아하지 않으시고?”

“물론 그러시겠죠. 하지만 사하라 전경도 아주 좋아하셨습니다.”

“뛰어난 사진이었지. 나는 그 사진이 과학적인 흥미 면에서보다 예술적인 가치 면에서 더 뛰어났다고 생각하오.”

“그런가요?” 해리스 씨가 말했다. “끝도 없이 모래를 일으키는 바람, 메카를 향해 낙타 무릎을 꿇리는 아랍인들……”

“내가 기억하기론, 사진에서 아랍인들은 낙타를 그냥 세워 놨었는데.”

“선생님 말씀이 옳습니다.” 해리스 씨가 말했다. “저는 로렌스 대령*의 책을 생각하고 있었습니다.”

“그가 책에서 아라비아를 다뤘지.”

“맞습니다.” 해리스 씨가 말했다. “아랍 하면 늘 전 그의 책을 떠올리

---

* ‘아라비아의 로렌스’로 불린, 아랍 민족운동을 도왔던 영국군 장교 출신의 토머스 에드워드 로렌스(1888~1935).

죠.”

“그 사람은 정말 재밌는 젊은이였어.”

“저도 그렇게 알고 있습니다.”

“지금 그 사람이 뭘 하는지 아시오?”

“영국 공군에 복무하고 있습니다.”

“그 사람이 왜 거기 있는 거요?”

“비행을 좋아하니까요.”

“그 사람이 내셔널 지오그래픽 협회 소속인지 아닌지 아시오?”

“저도 궁금하네요.”

“그 사람이면 아주 좋은 회원이 될 거요. 협회 사람들이 원하는 종류의 사람이지. 협회 사람들이 그를 원한다면, 내가 그를 추천하면 행복할 것 같소.”

“제 생각엔, 협회 사람들이 그를 원할 것 같은데요.”

“내가 브베 출신의 과학자 한 사람과 로잔 출신의 동료를 회원으로 추천한 적이 있는데, 두 사람 모두 선출되었소. 내가 로렌스 대령을 추천하면 협회 사람들이 아주 흡족해 할 것 같소.”

“멋진 생각이십니다.” 해리스 씨가 말했다. “이 카페엔 자주 오십니까?”

“저녁을 먹은 뒤 커피를 마시러 오지요.”

“대학에 계시나요?”

“지금은 은퇴했소.”

“저는 이제 가서 기차를 기다려야겠습니다.” 해리스 씨가 말했다. “파리로 가서, 르아브르에서 미국으로 가는 배를 타야 하거든요.”

“난 미국엔 가본 적이 없소. 하지만 너무도 가보고 싶소. 언젠가 협회 모임에 참석할 일이 생기면 갈 수도 있겠지. 댁의 부친을 만난다면 더없이 행복할 거요."

"아버지께서도 선생님을 만난다면 기뻐하실 게 분명합니다만, 지난해에 돌아가셨습니다. 총으로 자살을 하셨지요. 아직도 납득이 가지 않는 일입니다만."

"저런, 진심으로 조의를 표하오. 댁의 가족들은 물론일 테고 과학계에서도 그분을 잃은 손실이 클 거요."

"과학계에서 끔찍이도 좋게 봐주셨지요."

"제 명함입니다." 해리스 씨가 말했다. "아버지는 이니셜로 E. D 대신 E. J를 쓰셨습니다. 아버지께서 선생님을 아셨더라면 크게 기뻐하셨을 겁니다."

"부친을 알았더라면 내게도 큰 기쁨이었을 거요." 신사가 자신의 수첩에서 명함 한 장을 꺼내 해리스 씨에게 주었다. 거기엔 다음과 같이 적혀 있었다.

철학박사 지기스문트 뷔어

내셔널 지오그래픽 협회 회원

워싱턴 D. C. 미국

"소중하게 간직하겠습니다." 해리스 씨가 말했다.

기다림의 하루
A Day's Wait

우리가 아직 침대에서 뭉그적거리고 있는 동안 창문을 닫기 위해 아이가 방으로 들어왔는데, 내 눈엔 어딘지 아파 보였다. 오들오들 떨고 있는 아이의 얼굴은 창백했고, 움직일 때마다 통증이 이는 듯 걸음을 천천히 옮겼다.

"어디 안 좋으니, 샤츠?"

"머리가 좀 아파요."

"침대로 돌아가 있는 게 좋겠구나."

"아니에요, 전 괜찮아요."

"누워 있어. 옷 입고 가볼게."

하지만 내가 아래층으로 내려갔을 때 아이는 벌써 옷을 갈아입고 난롯가에 앉아 있었다. 몹시 아파 보이는 불쌍한 아홉 살 소년의 모습이었다. 이마에 손을 대보고 나서야 아이에게 열이 있다는 걸 알았다.

"올라가서 침대에 누워 있거라." 내가 말했다. "넌 병이 났어."

"전 괜찮아요." 아이가 말했다.

의사는 오자마자 아이의 체온부터 쟀다.

"어떻습니까?" 내가 그에게 물었다.

"102도군요."

아래층으로 내려온 의사는 색깔이 서로 다른 세 가지 약을 주면서 복용법을 일러 주었다. 해열제와 설사약, 그리고 제산제였다. 독감 균은 산성 상태에서만 살 수 있다고 의사가 설명했다. 독감에 대해선 모든 걸 알고 있는 듯한 그는 체온이 104도만 넘지 않으면 걱정할 것 없다고 말했다. 가벼운 유행성 독감이라, 폐렴으로 진행되지만 않으면 위험할 게 없다는 거였다.

방으로 돌아온 나는 종이에 아이의 체온을 기록하고, 각각의 약을 먹일 시간도 적었다.

"책 읽어 줄까?"

"전 괜찮지만, 원하신다면요." 아이가 말했다. 아이의 얼굴은 너무도 창백했고, 눈 밑은 검었다. 침대에 꼼짝없이 누운 아이는 아무것에도 관심이 없는 듯 보였다.

나는 하워드 파일*의 『해적 이야기』를 큰 소리로 읽어 주었다. 하지만 아이가 이야기에 집중하지 않는다는 걸 알 수 있었다.

"기분이 어때, 샤츠?" 내가 물었다.

"똑같아요, 아직은." 아이가 말했다.

---

*Howard Pyle(1853~1911). 미국의 작가이자 어린이책 일러스트레이터. 로빈 후드, 해적 등이 나오는 책들로 유명하다.

다음 약을 먹일 시간이 될 때까지, 나는 계속 침대 발치에 앉아 책을 읽어 주었다. 잠이 들었나 싶어 눈을 들어 보니, 아이는 아주 이상한 표정으로 침대 끝을 바라보고 있었다.

"잠을 좀 자지 그러니? 약 먹을 때 깨워 줄 텐데."

"그냥 깨어 있고 싶어요."

얼마 뒤에 아이가 내게 말했다. "귀찮으면 여기 안 계셔도 돼요, 아빠."

"귀찮지 않아."

"그게 아니라, 귀찮아지면 가셔도 된다는 뜻이에요."

아이의 정신이 좀 흐릿해졌을 거란 생각을 하며 11시에 약을 먹이고는 잠깐 밖으로 나왔다.

맑고 차가운 날씨였다. 진눈깨비가 내려 나목과 덤불, 잘려 나간 잡목과 풀들이 있는 땅바닥이 온통 얼음처럼 반들반들했다. 나는 어린 아일랜드 사냥개를 데리고 오르막길을 올라 얼어붙은 개울을 따라 잠시 산책을 했다. 하지만 걷는 것은 고사하고 서 있기조차 힘들었다. 붉은 털의 개도 미끄러지며 몸을 제대로 못 가누었다. 나는 두 번이나 된통 넘어졌고, 그중 한 번은 넘어지다가 총을 떨어뜨렸다. 총은 빙판 멀리 미끄러져 버렸다.

나와 사냥개는 온통 덤불로 뒤덮인 높다란 흙둑 아래에서 메추리 떼를 흩어 놓았다. 몇 마리는 나무들 위로 가볍게 내려앉았지만 대부분은 덤불 속으로 흩어져 버려, 놈들은 얼음으로 뒤덮인 덤불 더미에서 몇 번이나 뛰어올라야 했다. 내가 겨냥을 제대로 하지 못한 사이에 그 미끄럽고 쿨렁거리는 덤불에서 메추리들이 튀어나와 버려 겨우 두 마리만 잡고 다섯 마리는 놓치고 말았다. 하지만 집 가까이에서 메추리 떼를 발견했다는 사실에 만족하고는 발걸음을 돌렸다. 다음번에 사냥할 놈들이 많이 남아 있다는 사실에 오히려 기분이 좋아졌다.

집으로 돌아오니 아이가 아무도 제 방에 들어오지 못하게 했다.

"아빠도 들어오실 수 없어요." 아이가 말했다. "병이 옮으면 안 된다고요."

방으로 들어가니, 아이는 아까와 똑같은 자세로 누워 있었다. 하얀 얼굴은 양쪽 볼만 열 때문에 붉어져 있었고, 눈은 여전히 침대 발치를 응시하고 있었다.

나는 아이의 체온을 쟀다.

"어때요?"

"100도 정도야." 내가 말했다. 정확하게는 102.4도였다.

"아깐 102도라고 하던데." 아이가 말했다.

"누가 그랬어?"

"의사가."

"체온은 괜찮아." 내가 말했다. "걱정할 정도는 아니야."

"걱정하지는 않아요." 아이가 말했다. "하지만 생각은 안 할 수가 없어요."

"생각하지 마." 내가 말했다. "그냥 마음 편하게 있어."

"편하게 생각하고 있어요." 그러고는 아이는 앞을 똑바로 바라보았다. 뭔가를 골똘히 생각하고 있는 게 분명했다.

"이걸 물과 함께 먹으렴."

"그걸 먹으면 좋아질 거라 생각하세요?"

"당연히 좋아지지."

나는 자리에 앉아 『해적 이야기』를 펼쳐 읽기 시작했지만, 아이가 귀를 기울이지 않는 걸 보고는 읽기를 멈추었다.

"제가 몇 시에 죽을 거라고 생각하세요?"

"뭐라고?"

"제가 죽기까지 얼마나 남은 거죠?"

"넌 죽어 가지 않아. 무슨 소리를 하고 있는 거니?"

"그렇지 않아요. 전 죽어 가고 있어요. 102도라고 하는 걸 들었어요."

"체온이 102도라고 사람이 죽지는 않아. 바보 같은 소리 마."

"죽는다는 거 알아요. 프랑스에서 학교에 다닐 때 아이들이 말했어요. 44도가 되면 살 수 없다고요. 그런데 전 102도예요."

아이는 아침 9시부터 줄곧, 온종일, 죽음을 기다리고 있었던 것이다.

"샤츠, 이 불쌍한 녀석아, 넌 안 죽어. 프랑스 체온계와 미국 체온계는 달라. 마일과 킬로미터가 다른 것처럼. 그 체온계로는 37도가 정상 체온인데, 37도는 이 체온계로는 98도야."

"정말이에요?"

"물론이지." 내가 말했다. "마일과 킬로미터의 차이 같은 거라고 했잖아. 시속 70마일로 달리는 차는 시속 몇 킬로미터로 달리는 거지?"

"아." 아이가 입을 딱 벌렸다.

침대 발치만 바라보던 아이의 눈이 서서히 풀어졌고, 마침내 굳어 있던 몸도 풀어졌다. 다음 날 아이는 완전히 느슨해져서 별것 아닌 일에도 툭하면 큰 소리로 떠들어 댔다.

와이오밍 와인
Wine of Wyoming

와이오밍 주의 오후는 뜨거웠다. 꼭대기에 눈이 쌓인 먼 산들은 그림자 하나 드리우지 않았다. 들녘에는 누렇게 곡식이 익어 가고 있었고, 도로에는 차들이 먼지를 일으키며 지나가고 있었다. 마을 언저리에 있는 하나같이 자그마한 목조 주택들은 햇볕에 익고 있었다. 폰탄 씨의 집 뒤 베란다에는 나무 한 그루가 그늘을 드리우고 있었다. 나는 거기 놓인 탁자 앞에 앉아 있었다. 폰탄 부인이 지하실에서 차가운 맥주를 가져왔다. 자동차 한 대가 큰길을 벗어나 골목으로 들어서더니 폰탄 씨 집 앞에 멈추었다. 두 사람이 차에서 내려 대문을 지나 안으로 들어왔다. 나는 맥주병을 탁자 밑으로 내려놓았다. 폰탄 부인이 자리에서 일어났다.

"샘 어딨소?" 둘 중 하나가 방충문 앞에서 물었다.

"여기 없어요. 그 사람, 광산에 있어요."

"맥주 좀 있소?"

"없어요. 이게 마지막이에요. 다 팔렸어요."

"저 사람이 마시는 건 뭐요?"

"그게 마지막 병이라고요. 다 팔렸다니까요."

"그러지 말고 맥주 좀 주쇼. 날 알잖소."

"없다니까요. 마지막 병이라고요. 다 팔렸어요."

"이봐, 진짜 맥주 좀 마실 수 있는 곳으로 가자구." 둘 중 하나가 말했다. 그러고는 차가 있는 곳으로 걸어갔다. 둘 중 하나는 걷다가 쉬곤 했다. 차가 요동치며 출발하더니 반대 방향으로 돌고는 골목을 빠져나갔다.

"맥주를 테이블에다 올려놔요." 폰탄 부인이 말했다. "문제 될 게 뭐가 있다고. 그렇잖아요? 바닥에 내려놓고 마실 필요 없어요."

"모르는 사람들이라서." 내가 말했다.

"그 사람들 취했어요." 그녀가 말했다. "그래서 문제를 일으킬까 봐 안 줬어요. 기억도 못하면서 어디 가서 여기서 마셨다고 할걸요." 그녀는 프랑스어를 쓰는 사람이었지만 아주 가끔씩만 프랑스어를 섞어 말하고, 어휘나 구문은 영어를 더 많이 사용했다.

"폰탄 씨는 어딨어요?"

"일 페 드 라 방당즈(포도 담그러 갔어요). 오, 하느님, 일 에 크레이지 푸르 르 뱅(와인이라면 환장을 하죠)."

"하지만 부인은 맥주를 좋아하시잖아요?"

"위, 젬므 르 비에르(맞아요, 저는 맥주를 좋아하죠), 메 폰탄, 일 에 크레이지 푸르 르 뱅(하지만 폰탄은 와인에 환장을 하죠)."

그녀는 보기 좋게 불그레한 혈색을 가진, 머리가 하얗게 센 통통한 할머니였다. 그녀는 아주 깔끔한 성격이라 집은 항상 말끔히 청소가 되어 있고 쾌적했다. 프랑스 북부 랑스가 그녀의 고향이었다.

"식사는 어디서 해요?"

"호텔에서요."

"망제 이시(여기서 먹어요). 일 네 포 파 망제 아 로텔 우 오 레스토랑(호텔이나 식당에서 먹지 말고), 망제 이시."

"부인을 성가시게 하고 싶진 않아요. 호텔 음식도 먹을 만하고요."

"난 절대로 호텔에선 안 먹어요. 다른 사람들은 어떤지 몰라도. 태어나서 딱 한 번 미국 호텔 식당에서 먹어 봤는데, 뭘 가져왔는지 알아요? 돼지고기를 먹으라고 가져왔더라고요. 그것도 생고기로!"

"정말이에요?"

"거짓말 아니에요. 요리하지 않은 돼지고기였다고요! 에 몽 피스 일 에 마리 아베크 윈 아메리켄, 에 투 르 탕 일 아 망제 레 빈스 앙 캔(내 자식이 미국 여자랑 결혼을 했는데, 허구한 날 통조림 콩만 먹고 있어요)."

"결혼한 지 얼마나 됐어요?"

"얼마나 됐지? 세상에, 며늘아기 몸무게가 225파운드나 돼요. 그 아인 일을 안 해요. 요리도 안 하고. 우리 아들한테 통조림 콩만 줘요."

"그럼 며느님은 뭘 하는데요?"

"그 아인 종일 책만 읽어요. 리엥 크 데 북스(책 읽는 것 말고는 아무것도 안 해요). 투 르 탕 엘 스테이 인 더 베드(종일 침대에 누워 있는 거 말고는 아무것도 안 해요). 이제 더는 아기도 낳을 수 없어요. 너무 뚱뚱해서 아기가 들어설 수가 없는 거죠."

"며느님한테 무슨 문제가 있지 않을까요?"

"그저 책만 읽는 게 문제죠. 우리 아들은 착해요. 일도 열심히 하고.

광산에서 일했었죠. 지금은 목장에서 일해요. 전에는 목장 일을 해본 적이 없는데도, 목장 주인이 우리 아들처럼 일 잘하는 사람은 여태 본 적이 없다고 해요. 그런데도 집에 가면 마누라한테서 아무것도 못 얻어먹는다 이 말이죠."

"그런데 왜 이혼을 하지 않아요?"

"이혼을 하자니 가진 돈이 있어야죠. 게다가, 일 에 크레이지 푸르 엘(제 여편네한테서 헤어나질 못해요)."

"며느님이 예쁜가 보죠?"

"녀석이야 그리 생각하죠. 처음 며늘아기를 집에 데려왔을 때 깜짝 놀라 죽는 줄 알았어요. 우리 아들은 참 착하고, 일도 열심히 하고, 싸돌아다닌 적도 없고, 문제를 일으킨 적도 없었죠. 그런데 그 녀석이 유전에서 일하게 돼서 멀리 떠났다가, 어느 날 185파운드나 나가는 인디언 여자를 데려온 거예요."

"엘 에 엥지엔(그녀가 인디언이군요)?"

"그래요. 하느님 맙소사, 상스러운 소리를 입에 달고 살아요. 일도 안 하고."

"그녀는 왜 안 보이죠?"

"쇼."

"뭐라고요?"

"쇼 아니면 영화를 보러 갔을 거예요. 책을 읽지 않으면 쇼를 보러 가죠."

"맥주 좀 더 있나요?"

"오, 하느님, 당연히 있죠. 오늘 저녁은 우리 집에 와서 들어요."

"그럴까요? 뭐 부탁하실 거라도?"

"아무것도 가져오지 말아요. 전혀요. 아마 폰탄이 와인을 좀 갖고 올 거예요."

그날 저녁, 나는 폰탄 씨 집에서 저녁을 먹었다. 식당 방에서 먹었는데, 식탁에는 깨끗한 식탁보가 깔려 있었다. 우리는 새 와인을 시음했다. 무척 부드럽고 깔끔하고 맛이 좋았는데, 아직 포도 맛이 남아 있었다. 저녁 식사는 폰탄 씨와 부인, 그리고 소년 앙드레가 함께했다.

"오늘은 뭘 하셨소?" 폰탄 씨가 물었다. 그는 체구가 작은 노인으로, 광산 일에 지쳐 있었다. 희끗한 코밑수염이 늘어져 있었고, 눈은 반짝반짝 빛났다. 프랑스 남동부 생테티엔 근처 도시 출신이었다.

"제 책을 만드는 작업을 했습니다."

"당신 책은 잘 만들어졌나요?" 부인이 물었다.

"저분 말씀은, 작가들처럼 원고를 쓰셨다는 얘기야. 엉 로망(소설 말이야)." 폰탄 씨가 설명했다.

"아빠, 쇼 보러 가도 돼요?" 앙드레가 물었다.

"그럼." 폰탄 씨가 말했다. 앙드레가 내게로 고개를 돌리며 물었다.

"제가 몇 살쯤 된 거 같아요? 열네 살쯤 돼 보여요?" 그는 마르고 조그만 소년이었지만 얼굴은 열여섯 살쯤 되어 보였다.

"그래. 열네 살로 보이는구나."

"쇼에 들어갈 때 몸을 이렇게 웅크리면 더 어리게 보이죠." 소년의 목소리는 몹시 높고 갈라져 있었다. "원래 25센트를 내야 되지만, 15센트만 내도 무사히 통과할 수 있어요."

"그럼 15센트만 주마." 폰탄 씨가 말했다.

"아니에요. 25센트 다 주세요. 가다가 잔돈으로 바꿀 거예요."

"쇼 끝나면 곧장 돌아와야 해." 폰탄 부인이 말했다.

"곧바로 올 거예요." 앙드레가 문을 나섰다. 바깥 공기가 서늘해지고 있었다. 소년이 열어 놓고 간 문으로 차가운 바람이 들어왔다.

"망제(드세요)!" 폰탄 부인이 말했다. "드시는 게 없군요." 나는 닭고기와 감자튀김을 두 번이나 달라고 해서 먹었고, 옥수수 세 개와 저민 오이, 그리고 샐러드도 두 번이나 청해서 먹은 뒤였다.

"케이크는 좀 드실지 모르겠네." 폰탄 씨가 말했다.

"이럴 줄 알았으면 케이크를 만드는 건데." 폰탄 부인이 말했다. "망제 뒤 프로마즈(치즈를 들어요). 크림치즈예요. 별로 드신 게 없으니 그거라도 드세요. 케이크를 만들 걸 그랬어요. 미국인들은 항상 케이크를 먹잖아요."

"메 제 뤼드망 비엥 망제(하지만 전 아주 잘 먹었습니다)."

"망제! 다 드세요. 우린 남기는 법이 없어요. 말끔히 다 먹죠."

"샐러드 좀 더 들어요." 폰탄 씨가 말했다.

"맥주를 더 가져와야겠어요." 폰탄 부인이 말했다. "종일 책 만드는 공장에서 일을 하셨으면 시장하실 텐데."

"이 여자는 작가가 뭔지 몰라요." 폰탄 씨가 말했다. 그는 은어를 사용하고 1890년대 말 군 복무 시절의 유행가를 외우고 있는 묘한 노인이었다. "이분은 자신의 책을 집필하는 작가셔." 그가 부인에게 설명해 주었다.

"책을 직접 쓰신다고요?" 부인이 물었다.

"이따금요."

"오!" 그녀가 말했다. "이런! 댁이 책을 쓰신다고요? 오! 그런 일을 하셔도 시장하기는 마찬가지죠. 망제! 맥주를 가져올게요."

지하 저장고 계단을 내려가는 부인의 발걸음 소리가 들렸다. 폰탄 씨가 내게 미소를 지어 보였다. 그는 경험이 많지 않고 세상 물정에 어두운 사람을 관대하게 대하는 사람이었다.

앙드레가 쇼를 보고 집으로 돌아왔을 때, 우리는 여전히 주방에 앉아 사냥 얘기를 하고 있었다.

"노동절에 우린 모두 클리어 크리크로 갔었죠." 부인이 말했다. "오, 하느님, 댁도 꼭 거길 가봐야 해요. 우린 모두 트럭을 타고 갔어요. 누 솜 파르티 르 디망슈(일요일에 떠났죠). 트럭은 찰리의 것이었고요."

"실컷 먹고, 와인을 마시고, 맥주도 마시고, 프랑스 사람 하나가 압생트도 가져왔었죠." 폰탄 씨가 말했다. "캘리포니아에 사는 프랑스 인이!"

"누 자봉 샹테(우린 노래도 불렀어요). 농부 한 사람이 무슨 일 있나 보러 왔길래 마실 걸 줬더니 한동안 우리를 떠나지 않더라고요. 이탈리아 사람 몇도 우리랑 놀고 싶어 했죠. 우리가 이탈리아 노래도 한 곡 불렀는데, 그 사람들은 못 알아듣더라고요. 우리가 자신들을 원하지 않는다는 걸 모르다가, 상대를 해주지 않자 조금 있다 가버렸죠."

"물고기는 얼마나 잡으셨나요?"

"트레 푀(아주 조금). 낚시를 하러 잠깐 나갔다가 다시 노래하러 돌아왔으니까. 누 자봉 샹테, 부 사베(우리가 노래를 얼마나 불러 댔는지, 당신은 모를 거요.)."

"밤에는," 부인이 말했다. "여자들은 트럭에서 잤어요. 남자들은 불 가에 모여 있었죠. 밤중에 폰탄이 와인을 더 가지러 왔길래 내가 말했죠. 내일 마실 건 남겨 두라고, 내일 마실 게 없으면 모두들 실망할 거라고."

"하지만 우린 다 마셔 버렸소." 폰탄 씨가 말했다. "다음 날엔 한 병도 남아 있지 않았지."

"그럼 그날은 뭘 하셨어요?"

"누 자봉 페시 세리외즈망(열심히 낚시를 했소)."

"멋진 송어를 잡았죠. 정말이지 멋졌어요. 다들 500그램 정도나 되는 걸 낚았어요." 부인이 말했다.

"미국은 얼마나 좋아하오?" 폰탄 씨가 내게 물었다.

"아시겠지만, 제 조국이잖아요. 그래서 좋아합니다. 제 조국이니까요. 하지만 음식은 별로예요. 예전엔 좋았지만 지금은 별로예요."

"맞아요." 부인이 말했다. "음식은 엉망이죠." 그녀는 고개를 저었다. "그리고 폴란드 사람들이 너무 많아. 어릴 때 어머니가 나한테 넌 폴란드 사람처럼 먹는구나 했는데 그 말이 무슨 뜻인지 미국에 와서 알았다우. 폴란드 사람들이 정말 많아요."

"그래도 사냥하고 낚시하는 덴 그만인 나라죠." 내가 말했다.

"위(맞아요). 사냥하고 낚시하기엔 더없이 좋은 나라지." 폰탄 씨가 말했다. "총은 어떤 걸 쓰시오?"

"수동식 12구경을 씁니다."

"수동식이 좋지." 폰탄 씨가 고개를 끄덕였다.

"나도 혼자서 사냥하고 싶어요." 앙드레가 소년의 높은 목소리로 말했다.

"아직은 안 돼." 폰탄 씨가 말했다. 그가 내게로 고개를 돌려 말을 이었다. "애들은 아직 사리 분간을 못해서 그냥 놔두면 자기들끼리 막 쏴 댈 거요."

"혼자만 가고 싶다고요." 흥분한 앙드레는 귀가 찢어질 듯한 목소리로 말했다.

"안 돼." 폰탄 부인이 말했다. "넌 너무 어리단 말이야."

"혼자 가고 싶어. 혼자 가서 물에 사는 쥐를 잡을 거야."

"물에 사는 쥐가 뭐죠?" 내가 물었다.

"모르시나? 알 텐데. 사람들은 사향쥐라고들 부르지."

앙드레가 찬장에서 22구경 소총을 꺼내 와서 불빛 아래서 꼭 쥐어 보았다.

"뭘 모르는 것들은 말이지," 폰탄 씨가 말했다. "자기들끼리 싸움을 벌이지."

"혼자서 사냥 가고 싶어." 앙드레가 소리를 질렀다. 그는 절망적인 표정으로 총열을 따라 시선을 옮겼다. "물에 사는 쥐를 쏴보고 싶어. 난 쥐가 많이 사는 데를 안다구."

"총을 이리 다오." 폰탄 씨가 말했다. 그러고는 다시 내게 말했다. "애들은 뭘 몰라서 서로를 쏜다오."

앙드레는 총을 꼭 잡고 있었다.

"옹 푀 루커(보기만 할 거예요). 나쁜 짓은 하지 않을 거라고요. 옹 푀 루커."

"일 에 크레이지 푸르 르 슈팅(애는 사냥이라면 환장을 해요)." 폰탄 부인이 말했다. "하지만 아직 어리잖아요."

앙드레는 22구경 소총을 찬장에 도로 넣었다.

"더 크면 사향쥐랑 산토끼 사냥을 갈 거예요." 소년이 영어로 말했다. "언젠가 아빠랑 같이 사냥을 갔었는데 아빠가 산토끼를 빗맞힌 걸 제가 쏴서 잡은 적이 있어요."

"세 브레(사실이오)." 폰탄 씨가 고개를 끄덕였다. "애가 산토끼를 잡았소."

"하지만 첫 발을 쏜 건 아빠죠." 앙드레가 말했다. "제가 원하는 건 혼자 가서, 혼자 쏘는 거예요. 내년엔 할 수 있겠죠." 그는 구석 자리로 가더니 앉아서 책을 읽었다. 나중에 식사를 마치고 주방으로 가서 그 책을 보니, 해리 캐슬먼의 『포함 위의 프랭크』였다. 도서관에서 빌려 온 것이었다.

"일 엠 레 북스(아이는 책을 좋아해요)." 폰탄 부인이 말했다. "밤중에 아이들이랑 돌아다니며 도둑질을 하는 것보다는 낫겠죠."

"책은 좋은 거야." 폰탄 씨가 말했다. "므슈 일 페 레 북스(이분도 책을 쓰시잖아)."

"들었어요. 하지만 책이 너무 많아도 탈이에요." 폰탄 부인이 말했다. "이 나라에선 책도 병 같은 거더군요. 교회처럼요. 여긴 교회가 너무 많아요. 프랑스에는 가톨릭과 개신교밖에 없고, 그나마 개신교는 아주 조금이죠. 그런데 여긴 교회가 넘쳐 나요. 여기 도착했을 때 맙소사, 무슨 교회가 이리 많아, 했다니까요."

"세 브레." 폰탄 씨가 말했다. "교회가 많긴 해."

"언젠가 폰탄의 사촌 누이가 딸이랑 우리 집에 온 적이 있어요. 그녀가 미국 사람들은 가톨릭 신자를 싫어한다고, 여기 사람들은 가톨릭을 금주법처럼 싫어한다고, 그러니까 믿지 말라고 하더라고요. 그래서 내가 그래도 할 수 없다고, 가톨릭 신자는 가톨릭 신자일 수밖에 없다고 했죠. 하지만 그녀는 아니라고, 미국에선 가톨릭을 믿으면 좋지 않다고 하더라고요. 그렇지만 난 여전히 가톨릭 신자는 가톨릭 신자로 사는 게 옳다고 생각해요. 종교를 바꾸는 건 옳지 않아요. 하느님께 맹세컨대, 옳지 않아요." 폰탄 부인이 말했다.

"여기서도 미사에 가시나요?"

"아뇨. 미국에선 가지 않아요. 어쩌다 이따금, 한참 만에 한 번. 그렇지만 난 여전히 가톨릭 신자예요. 종교를 바꾸는 건 좋지 않아요."

"슈미트도 가톨릭 신자잖아." 폰탄 씨가 말했다.

"말은 그렇게 해도 난 슈미트가 가톨릭 신자라고 생각하지 않아요. 미국엔 가톨릭 신자가 드물어요." 폰탄 부인이 말했다.

"저희 집은 가톨릭입니다." 내가 말했다.

"그렇군요. 하지만 댁은 프랑스에서 살았으니 그렇죠." 폰탄 부인이 말했다. "난 슈미트가 가톨릭 신자라곤 생각하지 않아요. 그 사람이 프랑스에 산 적이 있던가?"

"폴락 씨 댁도 가톨릭이야." 폰탄 씨가 말했다.

"그건 그렇지만, 그 사람들은 예배당에 갔다가 집으로 돌아오는 길에 칼을 들고 싸워요. 매주 일요일이면 서로 죽이겠다고 으르렁거린다고요. 그들이 믿는 건 진짜 가톨릭이 아니에요. 그 집안만의 가톨릭이죠."

"가톨릭 신자는 모두 같아." 폰탄 씨가 말했다. "어디에 있든 다 똑같은 가톨릭 신자라고."

"슈미트가 가톨릭 신자라는 건 믿지 않아요." 폰탄 부인이 말했다. "그 사람이 가톨릭 신자라면 정말이지 웃기는 일이라고요. 전 아니라고 생각해요."

"일 에 카톨릭(그 사람 가톨릭 신자예요)." 내가 말했다.

"슈미트가 가톨릭 신자라니," 폰탄 부인이 혼잣말로 중얼거렸다. "난 믿지 않아. 그 사람이 가톨릭 신자라니."

"여보, 맥주 좀 가져와." 폰탄 씨가 말했다. "이분 목 마르셔. 나도 그렇고."

"그래요, 알았어요." 폰탄 부인이 건넌방에서 말했다. 그녀가 계단을 내려가는 삐걱거리는 소리가 들렸다. 앙드레는 구석에서 책을 읽고 있었다. 폰탄 씨와 나는 식탁 앞에 앉아 있었고, 그가 마지막 병을 두 개의 잔에 따랐다. 바닥에 맥주가 조금 남아 있었다.

"사냥에는 아주 좋은 나라지." 폰탄 씨가 말했다. "난 오리 사냥을 좋아해요."

"프랑스도 사냥하기 꽤 좋은 나라죠." 내가 말했다.

"세 브레." 폰탄 씨가 말했다. "사냥감이 많으니까."

폰탄 부인이 맥주병들을 들고 계단을 올라오면서 말했다. "일 에 카톨릭, 하느님, 슈미트가 가톨릭 신자라니요."

"당신 생각엔, 그 사람이 대통령이 될 것 같소?" 폰탄 씨가 물었다.

"아뇨." 내가 말했다.

다음 날 오후, 나는 폰탄 씨 댁으로 차를 몰고 갔다. 그늘이 드리워진 마을을 지나 먼지 날리는 도로를 따라가다가 골목으로 들어와 담장 곁에 차를 세웠다. 여느 날처럼 무더웠다. 폰탄 부인이 뒷문으로 나왔다. 그녀는 마치 할머니 산타클로스처럼 보였다. 말쑥하고 불그레한 얼굴에 희끗한 머리칼, 걸을 때면 뒤뚱거리는 모습까지.

"오, 안녕하셨어요?" 그녀가 말했다. "날이 뜨거워요." 그녀는 맥주를 가지러 집 안으로 도로 들어갔다. 나는 뒤 베란다에 앉아 방충망과 따가운 햇살이 비치는 나뭇잎들, 그리고 먼 산들을 둘러보았다. 산의 갈색 주름들, 그 너머 세 개의 봉우리, 눈 덮인 빙하가 나무들 사이로 보였다. 눈은 지나치게 희고 깨끗해서 가짜 눈처럼 보일 지경이었다. 폰탄 부인이 나오더니 탁자 위에 맥주병들을 내려놓았다.

"뭘 그렇게 보시우?"

"눈요."

"세 졸리, 라 네즈(눈이 고와요)."

"한잔 같이 하시죠."

"좋아요."

그녀는 내 옆에 놓인 의자에 앉았다. "슈미트 말예요," 그녀가 말했다. "그 사람이 대통령이 되면, 와인이랑 맥주를 마실 수 있을 거라고 생각해요?"

"물론이죠." 내가 말했다. "슈미트를 믿어요."

"우린 벌써 755달러나 벌금을 물었어요. 폰탄이 잡혀갔을 때요. 두 번은 경찰이 잡아갔고, 한 번은 주 정부에 끌려갔어요. 폰탄이 광산에서 일한 돈, 내가 빨래를 해주고 번 돈, 그게 우리가 번 돈 전부였어요. 그걸 다 내줬죠. 폰탄은 감옥에 갇히고요. 누구한테도 나쁜 짓 한 번 한 적 없는 사람인데."

"폰탄 씨는 좋은 분이죠." 내가 말했다. "그런 사람을 가두는 건 범죄예요."

"우린 바가지를 씌우진 않아요. 와인은 리터당 1달러, 맥주는 한 병에 10센트 받고, 안 익은 맥주는 절대 팔지 않아요. 금방 담근 맥주를 파는 집도 많다지만, 그런 걸 마시면 머리가 아파요. 하지만 놈들은 폰탄을 감옥으로 끌고 가고, 755달러를 털어 갔어요."

"사악하군요." 내가 말했다. "폰탄 씨는 어디 계세요?"

"그 사람은 와인이랑 살아요. 때를 잘 맞춰야 하니까 지켜봐야 돼요." 그녀가 미소를 지었다. 그녀는 돈 생각은 더 이상 하지 않았다. "그이는 와인이라면 환장을 하죠. 어제저녁에 조금 드린 게, 갓 담근 새 와인이에요. 아직 다 익진 않았죠. 그이가 오늘 아침엔 그걸 커피에 타 마시더군요. 그래요, 커피에다. 와인이라면 환장을 하죠. 늘 그래요. 고향에서 살았을 땐 말할 것도 없고요. 내 고향 북부 사람들은 와인을 마시지 않아요. 모두 맥주를 마시죠. 고향 집 바로 옆에 큰 맥주 공장이 있었는데, 어릴 땐 수레에 실린 홉 냄새가 싫었어요. 밭에서 자라는 홉 냄새도요. 정말 조금도 좋아하지 않았죠. 그런데 맥주 공장 주인이 나랑 여동생에게 맥주를 좀 마셔 보라고 하는 거예요. 마셔 보면 홉이 좀 좋아질 거라면서요. 정말로, 좀 마시고 나자 홉이 좋아졌어요. 그 사람이 우리한테 맥주를 주곤 했죠. 그 뒤로 우린 맥주를 아주 좋아하게 됐어요. 하지만 폰탄은, 와인이에요. 와인에 환장을 하죠. 한번은 산토끼를 잡아 와서는 와인을 넣은 소스로 요리를 해달라는 거예요. 와인에다 버터에 버섯에 양파에 이것저것 다 집어넣고. 하느님 맙소사, 원하는 대로 만들어 줬더니 싹 비워 내고는 이렇게 말하더군요. '라 소스 에 메이외르 크 르 잭(산토끼보다 소스가 더 맛있어).' 그 사람 고향에선 그런 식으로 먹어요. 거긴 사냥감도, 와인도 넘쳐 나죠. 그래도 난 감자랑 소시지랑 맥주가 좋아요. 세 봉, 라 비에르(맥주가 좋아요). 맥주는 몸에도 좋지요."

"좋죠." 내가 말했다. "와인도 몸에 좋아요."

"폰탄이랑 똑같이 말하네요. 그런데 여기 와서 한 번도 보지 못한 걸 봤어요. 아마 당신도 아직 보지 못했을 거예요. 여기 오니 미국 사람들이 맥주에다 위스키를 타더라고요."

"그래요?" 내가 말했다.

"위, 정말 그랬어요. 게다가 여자 하나는 탁자에다 토하기까지 했었죠."

"코망(뭐라고요)?"

"사실이에요. 정말 탁자에다 토했어요. 자기 신발에도 토했죠. 그 뒤에 다시 와서는 토요일에 여기서 파티를 하고 싶다는 거예요. 난 안 된다고 했죠. 오, 하느님, 안 되고말고요! 그 사람들이 왔을 때 난 문을 걸어 잠갔어요.”

“취하면 다들 고약해지죠.”

“겨울엔 춤추러 가는 어린 녀석들이 차를 타고 와서는 밖에서 폰탄에게 이렇게 말해요. ‘이봐요 샘, 와인 한 병만 팔아요.’ 혹은 맥주를 달라고 하고는, 자기들이 병에 담에 온 밀주에다 맥주를 섞어 마시기도 해요. 오, 하느님, 태어나서 그런 건 처음 봤어요. 맥주에다 위스키를 타다니, 정말이지 이해할 수가 없어요!”

“속이 거북할 정도로 마셔야 마신 것 같은 기분이 드는 사람들이 있죠.”

“한번은 사내들이 와서 와인 한두 병을 마시고 나더니, 여자들과 춤추러 갔다가 올 테니 음식을 만들어 놓으래요. 그래서 난 음식을 잔뜩 해놓고 기다렸죠. 잠시 후 그 사내들이 여자들이랑 왔을 땐 이미 취해 있더라고요. 그런데 그 사내들이 와인에 위스키를 타지 않겠어요? 오, 하느님! 내가 폰탄에게 말했죠. ‘옹 바 에트르 말라드(속이 아플 텐데).’ 폰탄이 ‘위(그러게)’라고 한 지 얼마 되지 않아 여자들이 속이 불편해지기 시작했죠. 다들 단정하고 멀쩡해 보이는 여자들이 불편한 얼굴로 탁자에 앉아 있자, 폰탄이 여자들을 부축해 조그만 방에 데려가려 했어요. 좀 쉬게 해주려고요. 그런데 사내놈들이 안 된다는 거예요. 바로 그때 여자들이 탁자에다 그냥 토해 버렸어요.”

폰탄 씨가 어느새 들어와 있었다. “그 인간들이 다시 왔을 땐 문을 걸어 잠그고 들어오면 안 된다고 말했소. 150달러를 준다고 해도 안 된다고 했지. 그럼, 안 되고말고!”

폰탄 씨는 그날따라 유난히 늙어 보였다. 더위에 지쳐 있었다. “그런 사람들을 이르는 프랑스어가 있지.”

“뭐죠?”

“코숑(돼지).” 자신의 말이 너무 거칠었다고 생각했는지 그는 나지막하게 사과했다. “거칠게 말해서 미안하오만, 탁자에다 토하다니……” 그는 슬픈 표정으로 고개를 저었다.

“코숑,” 내가 말했다. “딱 그런 사람들이었네요. 코숑, 살루(개자식들).”

내가 상스러운 말을 쓰자 퐁탄 씨는 불편한 듯 다른 얘기를 꺼냈다.

“점잖고 지각 있는 분들도 온다오. 군부대 장교들도 오고. 아주 멋진 남자들이지. 좋은 패거리랄까. 프랑스에 가본 사람들은 모두 여기 와서 와인을 마시고 싶어 해요. 다들 와인을 좋아하지.”

“이런 남자도 있었어요.” 퐁탄 부인이 말했다. “그 남자는 부인이 절대 밖에 못 나가게 해서, 피곤하다면서 잠자리에 들었다가 부인이 쇼를 보러 나가면 곧장 이리로 달려왔어요. 어떤 때는 파자마 위에다 외투만 걸치고요. 그러고는 ‘성모님, 저에게 맥주를, 신의 은총을,’ 하고는 파자마를 입은 채 앉아서 맥주를 마신 후 부인이 오기 전에 부대에 있는 숙소로 돌아갔어요.”

“세 엉 오리지날(아주 괴짜였지).” 퐁탄 씨가 말했다. “하지만 멋진 신사였어. 멋진 사람이었지.”

“그래요, 멋진 분이었어요.” 퐁탄 부인이 말했다. “그 사람은 늘 부인이 쇼에서 돌아오기 전에 침대에 들어가 있었죠.”

“내일 좀 멀리 갑니다.” 내가 말했다. “까마귀 보호구역에서 초원들꿩 사냥 시즌이 개막되는데, 일행들이랑 거기 참가하기로 해서요.”

“그래요? 거기 가기 전에 여기 들렀다 가세요. 오실 수 있죠?”

“물론이죠.”

“와인이 다 익어 있을 거요.” 퐁탄 씨가 말했다. “같이 한 병 마셔요.”

"세 병은 마셔야죠." 폰탄 부인이 말했다.

"다시 오겠습니다." 내가 말했다.

"기다리고 있겠소." 폰탄 씨가 말했다.

"안녕히들 계십시오." 내가 말했다.

며칠 후 오후 일찍 우리 일행은 사냥 여행에서 돌아왔다. 전날엔 성과가 좋았지만, 그날은 새벽 5시부터 사냥을 시작했는데도 초원들꿩을 한 마리도 보지 못했다. 지붕이 없는 차를 타고 다닌 탓에 우리는 너무도 더워 해를 피해 길가 나무 아래 차를 세우고 점심을 먹었다. 태양이 높이 떠 있어서 그늘이라고 해야 손바닥만 했다. 우리는 샌드위치와 크래커를 먹었다. 갈증과 피로가 겹쳐 마침내 사냥터를 빠져나와 큰길로 들어서 마을로 돌아갈 때는 기쁘기 그지없었다. 우리는 프레리도그* 서식지 뒤쪽으로 올라가다가 그놈들을 잡으려고 차를 세웠다. 하지만 우리는 두 발을 쏜 뒤에 그만두었다. 빗나간 총알이 돌과 흙덩이에 맞아 파편이 튀기도 하고, 들판이라 총소리가 사방으로 크게 울리는 데다, 들판 너머 수로 쪽 몇 그루 나무가 있는 곳에 서 있는 집에 유탄이 튀어 곤란한 일이 생길까 봐 걱정이 되기도 했다. 우리는 다시 차를 몰아 마침내 마을의 외딴 집들로 내려가는 언덕길로 들어섰다. 평원 너머 멀리 산들이 보였다. 산들은 푸르렀다. 봉우리에 쌓인 눈은 유리처럼 반짝였다. 여름이 끝나 가고 있었다. 새 눈이 아직 내리지 않아 산정에는 오래전에 태양에 녹아내린 눈과 얼음만 남아 있었지만, 아득히 먼 그곳은 여전히 밝게 빛나고 있었다.

*다람쥣과의 동물.

우리에겐 차가운 음료와 그늘이 필요했다. 살갗은 햇볕에 그을리고, 입술은 태양과 알칼리성 먼지에 부르터 있었다. 우리는 폰탄 씨의 집이 있는 골목으로 진입해 그 집 바깥에 차를 세우고 안으로 들어갔다. 식당 방은 시원했다. 폰탄 부인 혼자였다.

“맥주 두 병밖에 없어요.” 그녀가 말했다. “다 떨어졌어요. 새로 담근 건 아직 익지 않았고요.”

나는 그녀에게 사냥한 새 몇 마리를 주었다. “좋군요.” 그녀가 말했다. “아주 좋은데요. 고마워요. 맛있겠는데요.” 그녀는 시원한 데에 두려고 새를 가지고 나갔다.

우리는 맥주를 다 비우고 일어섰다. “가봐야겠습니다.” 내가 말했다.

“오늘 밤에 오실 거죠? 폰탄이 와인을 가져올 거예요.”

“떠나기 전에 들르겠습니다.”

“여길 떠날 건가요?”

“네, 내일 아침에 떠납니다.”

“떠나신다니 너무 안타깝네요. 모두들 오늘 밤에 꼭 오세요. 폰탄이 와인을 준비할 거예요. 떠나기 전에 우리가 페트(잔치)를 해드릴게요.”

“그러겠습니다.”

하지만 떠나기 전날이라 그날 오후엔 할 일이 많았다. 보내야 할 전보도 있었고, 차를 점검하다가 타이어가 돌부리에 찢어진 것을 발견하고 수리도 맡겨야 했다. 나는 차도 없이 걸어서 마을로 들어가 떠나기 전에 처리해야 할 일들을 끝냈다. 저녁이 되었을 때 우리는 외출하기엔 너무 지친 상태였다. 우리는 외국말을 하고 싶지 않았다. 우리에게 필요한 건 일찍 잠자리에 드는 것이었다.

나는 침대에 누워 잠을 청했다. 그해 여름의 물건들은 내일 바로 꾸려

질 수 있도록 차곡차곡 쌓여져 있었고, 열린 창문으로는 시원한 산바람이 불어왔다. 그때 문득 폰탄 씨 집으로 가지 않은 것이 부끄럽게 느껴졌다. 하지만 얼마 안 있어 나는 잠에 빠졌다. 다음 날 우리는 오전 내내 짐을 꾸리고 그해 여름을 마무리하면서 바쁘게 보냈다. 점심을 먹고 2시쯤 떠날 채비를 마쳤다.

"폰탄 씨 댁에는 작별 인사를 하러 가야 해." 내가 말했다.

"그래. 그래야지."

"그분들 어젯밤에 우릴 기다렸을까 봐 겁나네."

"갈 수도 있었는데."

"갔어야 했어."

우리는 호텔 창구의 남자 직원에게 작별 인사를 하고 마을에 사는 렐리와 다른 지인들을 보고 난 뒤, 폰탄 씨 집으로 차를 몰았다. 부부가 모두 집에 있었다. 그들은 우리를 반가이 맞아 주었다. 폰탄 씨는 늙고 지쳐 보였다.

"우린 어젯밤에 오실 줄 알았어요." 폰탄 부인이 말했다. "폰탄이 와인을 세 병이나 꺼냈었는데, 댁들이 오지 않자 자기가 다 마셔 버렸죠."

"저흰 금방 가야 합니다." 내가 말했다. "그냥 인사만 드리려고 왔어요. 지난밤에 오고 싶었지만, 사냥 여행에서 막 돌아온 터라 너무 피곤했었어요."

"와인 몇 병 가져가요." 폰탄 씨가 말했다.

"와인은 이제 없어요. 당신이 다 마셨잖아요."

폰탄 씨는 몹시 속상한 표정을 짓더니 말했다.

"내가 몇 병 가져오리다. 잠깐이면 돼요. 지난밤에 댁들을 위해 준비한 건 내가 다 마셔 버려서."

"피곤했다는 거 알아요. '하느님, 그분들이 너무 피곤할 테니 오시지 않는 게 좋겠어요,' 하고 기도했어요." 폰탄 부인이 말했다. "와인 좀 가져와요, 폰탄."

"차로 모셔다 드리겠습니다." 내가 말했다.

"좋지." 폰탄 씨가 말했다. "그러면 훨씬 빠르지."

우리는 자동차에 올라타 골목을 빠져나가 1마일쯤 달렸다.

"그 와인을 좋아할 거요." 폰탄 씨가 말했다. "오늘 저녁 식사에 곁들여 먹으면 좋을 거요."

우리는 판자를 댄 목조 가옥 앞에 차를 세웠다. 폰탄 씨가 문을 두드렸다. 대답이 없었다. 우리는 집 뒤편으로 돌아갔다. 뒷문도 잠겨 있었다. 뒷문 주위에 빈 깡통들이 흩어져 있었다. 창문으로 안을 들여다보았다. 안에는 아무도 없었다. 주방은 지저분하고 정돈되어 있지 않았으며, 문이며 창문들 모두 꼭꼭 닫혀 있었다.

"우라질 놈. 여잔 또 어딜 간 거야?" 폰탄 씨가 말했다. 그는 절박한 기분이었다. "열쇠 둔 곳을 알 것도 같은데, 여기 좀 계시오." 그는 길을 내려가 옆집 문을 두드린 후, 그 집에서 나온 여자와 얘기를 나누었다. 잠시 후 그가 돌아오는 모습이 보였다. 그는 열쇠를 갖고 있었다. 우리는 그 열쇠를 앞문에도 뒷문에도 끼워 보았지만 두 문 다 열리지 않았다.

"우라질 놈." 폰탄 씨가 말했다. "여자는 어디로 간 거야?"

창문으로 안을 들여다보다가 그 집에 분명 와인이 저장되어 있음을 알 수 있었다. 창문에 딱 붙어 있으니 집 안의 냄새까지 맡아졌기 때문이다. 그 냄새는 달콤하기도 하고, 인디언 집에서 나는 냄새처럼 역하기도 했다. 갑자기 폰탄 씨가 판자 하나를 뜯어내더니 뒷문 곁의 땅을 파기 시작했다.

"들어갈 거야." 그가 말했다. "우라질, 난 들어가고 말 거라고."

옆집 뒷마당에서는 한 남자가 낡은 포드 자동차의 앞바퀴를 수리하고 있었다.

"들어가시지 않는 게 좋겠어요." 내가 말했다. "저 남자가 볼 거예요. 볼 거라고요."

폰탄 씨가 몸을 세우며 말했다. "열쇠로 한 번 더 열어 봐야겠소." 우리는 다시 열쇠를 끼워 돌려 봤지만, 여전히 문은 열리지 않았다. 두 문 다 열쇠가 절반밖에 돌아가지 않았다.

"못 들어가겠어요." 내가 말했다. "돌아가는 게 좋겠어요."

"뒷문 곁을 팔 거요." 폰탄 씨가 단호하게 말했다.

"안 돼요. 할아버님께 일이 생기게 놔둘 순 없어요."

"난 할 거요."

"안 돼요." 내가 말했다. "저 남자가 볼 거예요. 체포당할지도 몰라요."

우리는 차로 돌아와 폰탄 씨 집으로 다시 차를 몰았다. 도중에 열쇠를 돌려주려고 잠깐 차를 세웠다. 폰탄 씨는 영어로 욕을 한마디 하고는 아무 말도 하지 않았다. 그는 제정신이 아니었고, 희망이 다 꺾인 듯 보였다. 우리는 그의 집으로 들어갔다.

"우라질 놈!" 그가 말했다. "와인을 갖고 올 수가 없었어. 내가 만든 내 와인을 말이야."

폰탄 부인의 얼굴에도 모든 행복이 떠나가 버린 듯했다. 폰탄 씨는 두 손으로 머리를 감싼 채 구석에 앉아 있었다.

"저희는 가봐야겠습니다." 내가 말했다. "와인은 마신 거나 다름없어요. 저희가 가고 나면 나중에 저희를 위해 건배나 해주세요."

"그 미치광이가 어딜 간 거예요?" 폰탄 부인이 물었다.

“모르겠어.” 폰탄 씨가 말했다. “여자도 어딜 갔는지 모르겠더라고. 저 사람이 와인도 없이 가게 생겼잖아.”

“괜찮습니다.” 내가 말했다.

“괜찮지 않아요.” 폰탄 부인이 말했다. 그녀는 고개를 저었다.

“가보겠습니다.” 내가 말했다. “안녕히 계세요. 행운을 빌게요. 멋진 시간이었어요. 고맙습니다.”

폰탄 씨가 고개를 저었다. 그는 망신을 당한 표정을 짓고 있었다. 폰탄 부인의 얼굴엔 슬픔이 가득했다.

“와인 때문에 언짢아하지 마세요.” 내가 말했다.

“저이는 자기 와인을 댁들이 마셔 보길 원했어요.” 폰탄 부인이 말했다. “내년에 올 수 있겠어요?”

“내후년에나 가능할 거 같습니다.”

“들었어?” 폰탄 씨가 부인에게 말했다.

“안녕히 계세요.” 내가 말했다. “와인은 잊어버리세요. 저희가 가고 나면 나중에 저희를 위해서 건배해 주세요.” 폰탄 씨는 고개를 저었고, 미소도 짓지 않았다. 그는 세상이 무너진 듯한 기분에 싸여 있었다.

“우라질 놈.” 폰탄 씨가 혼잣말로 중얼거렸다.

“어젯밤에는 세 병이 있었잖아요.” 폰탄 부인이 그를 위로했다. 그는 고개를 저었다.

“잘 가시오들.” 그가 말했다.

폰탄 부인의 두 눈에서 눈물이 흘러내렸다.

“잘 가세요.” 그녀가 말했다. 그녀는 폰탄 씨 때문에 기분이 언짢은 상태였다.

“안녕히 계세요.” 우리가 말했다. 우리도 모두 기분이 좋지 않았다. 두 사람은 문가에 서 있었고, 우리는 차에 올랐다. 나는 차를 출발시켰다. 우리는 손을 흔들었다. 두 사람은 슬픈 표정으로 현관에 서 있었다. 폰탄 씨는 무척이나 늙어 보였고, 폰탄 부인은 슬픔에 젖어 있었다. 그녀는 우리를 향해 손을 흔들었고, 폰탄 씨는 집으로 들어갔다. 우리는 큰길로 차를 꺾었다.

"두 분 기분이 엉망이 돼버렸어. 폰탄 씨가 너무 안됐어."

"어젯밤에 우리가 갔어야 했어."

"그래, 갔어야 했어."

우리는 마을을 지나 매끄러운 도로 위를 달렸다. 길 양편으로 넓게 펼쳐진 들판에는 곡식을 베고 남은 그루터기들이 있었고, 오른쪽으로는 산들이 있었다. 그 풍경이 스페인을 닮아 있었지만, 그곳은 와이오밍이었다.

"두 분한테 행운이 가득했으면 좋겠어."

"그렇게는 안 될 거야." 내가 말했다. "슈미트도 대통령이 안 될 거고."

시멘트로 포장된 도로는 끝이 났다. 길은 이제 자갈밭으로 바뀌었고, 우리는 들판을 벗어나 두 개의 낮은 언덕 사이를 달리기 시작했다. 길은 굽어져 있었고, 오르막이 시작되었다. 언덕의 흙은 붉은색이었고, 샐비어가 회색 덤불을 이루며 자라고 있었다. 길을 올라가자 겹겹의 언덕과 계곡이 멀리 산자락까지 뻗어 있는 것이 보였다. 산들이 멀어지자, 그곳은 더 스페인을 닮아 보였다. 길이 굽어지며 다시 오르막이 이어졌다. 길 앞쪽에 먼지를 뒤집어쓴 들꿩 몇 마리가 있었다. 우리 차가 다가가자 그 놈들은 빠르게 날개를 퍼덕이며 날아오르더니, 산허리 아래로 길고 비스듬히 비행을 시작했다.

"정말 크고 아름다워. 크기는 유럽 자고새보다 더 큰 거 같아."

“퐁탄 씨가 그랬잖아. 라 샤스(사냥)에는 그만인 나라라고.”
“샤스(사냥감)가 다 떨어지면?”
“그분들은 돌아가시겠지.”
“아들은 아니지.”
“아닐 거라고 보장할 수 있는 건 아무것도 없어.” 내가 말했다.
“어젯밤에 갔어야 했어.”
“그래.” 내가 말했다. “갔어야 했어.”

노름꾼, 수녀, 라디오
The Gambler, the Nun, and the Radio

그들은 한밤중에 실려 왔다. 복도를 지나는 사람들은 모두 밤새도록 러시아 말을 들어야 했다.

"저 사람은 어딜 맞은 겁니까?" 프레이저 씨가 당직 간호사에게 물었다.

"제가 알기론 허벅지예요."

"또 한 사람은 어때요?"

"아, 그 사람은 죽을 것 같아 걱정이에요."

"어디를 맞았는데요?"

"복부에 두 발을 맞았는데, 총알은 하나밖에 찾지 못했어요."

두 사람 모두 사탕무밭에서 일하는 노동자로 한 사람은 멕시코 인, 한 사람은 러시아 인이었다. 그들이 심야 영업을 하는 식당에서 커피를 마시고 있을 때, 한 사람이 문을 열고 들어와 멕시코 인을 향해 총을 쏘기 시작했다. 러시아 인은 테이블 밑으로 기어 들어갔지만, 복부에 두 발을 맞고 쓰러져 있는 멕시코 인에게 다시 겨누어진 총알에 그도 맞고 말았다. 신문에 실린 내용은 그랬다.

멕시코 인은 형사에게 자신을 쏜 사람이 누구인지 전혀 모른다고 진술했다. 그는 이 일을 우연한 사고라고 말했다.

"당신에게 여덟 발을 쐈고 그중 두 발이 맞았는데 우연한 사고라고요?"

"시, 세뇨르(예, 선생님)." 카예타노 루이스라는 이름의 멕시코 인이 말했다.

"그 사람이 날 쏜 건 우연한 사고였어요, 그냥 카브론(귀찮은 일)이 일어난 거라고요." 그가 통역에게 말했다.

"뭐라는 겁니까?" 형사가 침대 건너편의 통역을 보며 물었다.

"우연한 사고랍니다."

"죽어 가는 마당이니 사실대로 말하라고 하세요." 형사가 말했다.

"나(아니요)," 카예타노가 말했다. "너무 아파서 말을 많이 하지 못할 거라고 전해 주세요."

"사실대로 말하는 거라는데요." 통역이 말했다. 그러고는 자신 있는 음성으로 형사에게 말했다. "저 사람은 총을 쏜 사람을 모르는 게 확실해요. 뒤에서 쏘았다잖아요."

"그렇다 칩시다." 형사가 말했다. "그런데 총알은 왜 모두 앞에 맞은 걸까요?"

"이 사람이 몸을 돌렸을지도 모르죠." 통역이 말했다.

"이보쇼." 형사는 얼굴은 누렇게 죽어 가고 있지만 눈만은 매처럼 생생한 카예타노의 얼굴을 들여다보며, 불쑥 솟은 그의 밀랍 같은 코에 손가락을 들이밀며 말했다. "당신을 쏜 게 누구든 난 상관없소. 하지만 난 이 사건을 해결해야 하오. 당신을 쏜 자가 처벌받는 게 싫은 거요?" 그런 후 통역에게 말했다. "이 사람한테 통역해 주시오."

"당신을 쏜 게 누구인지 말하랍니다."

"만달로 알 카라호(명령하지 말아요)." 파김치가 된 카예타노가 말했다.

"그자를 전혀 보지 못했다는군요." 통역이 말했다. "그자들이 뒤에서 쏜 게 분명합니다."

"러시아 인을 쏜 건 누군지 물어봐요."

"불쌍한 러시아 녀석," 카예타노가 말했다. "그 친구는 팔로 머리를 감싼 채 바닥에 엎드려 있었어요. 놈들이 총을 쏘자 계속 고함을 질렀어요. 불쌍한 녀석."

"누군지 모른대요. 이 사람을 쏜 자들이 그 사람도 쏘았겠죠."

"이봐요." 형사가 말했다. "여긴 시카고가 아니고, 당신은 갱이 아니오. 영화처럼 행동할 필요 없어요. 당신을 쏜 게 누군지 말해도 아무 일 없단 말이오. 그러니 쏜 사람을 말해요. 말하지 않으면 그자는 다른 누군가를 또 쏠 수도 있어요. 여자나 어린애를 쏜다고 생각해 봐요. 그런 자를 도망치게 놔둘 순 없지 않소? 선생이 통역해 주시오." 그가 프레이저 씨에게 말했다. "난 저 빌어먹을 통역을 믿지 않아요."

"나는 믿을 수 있는 사람입니다." 통역이 말했다. 카예타노는 프레이저 씨를 쳐다보았다.

"들어 봐요, 아미고(친구)." 프레이저 씨가 말했다. "경찰이 말하기를, 우리가 있는 곳은 시카고가 아니라 몬태나 주 헤일리라고, 당신은 강도가 아니고, 지금 이 상황은 영화가 아니라고 합니다."

"저는 저 사람을 믿습니다." 카예타노가 나직이 말했다. "야 로 크레오

(그렇고말고요)."

"형사는 이곳에서는 누구든 자신을 쏜 사람을 당당하게 말해도 된다고 해요. 또 당신을 쏜 그자가 여자나 아이를 쏘면 어떡하냐고 해요."

"저는 결혼을 하지 않았어요." 카예타노가 말했다.

"저분 말씀은, 그자가 아무 여자나 아이를 쏠 수도 있다고 말하는 거예요."

"그자는 정신 나간 사람이 아니에요." 카예타노가 말했다.

"저분 말씀은, 당신이 그자를 알려 주어야 한다는 겁니다." 프레이저 씨가 말을 끝냈다.

"고맙습니다." 카예타노가 말했다. "선생님은 훌륭한 통역이시군요. 저도 영어를 하긴 합니다만, 형편없어요. 알아듣는 건 다 합니다. 그런데 선생님은 어쩌다 다리를 다치셨어요?"

"말에서 떨어졌어요."

"운이 나쁘셨군요. 유감입니다. 많이 아프신가요?"

"지금은 괜찮아요. 처음엔 아팠지만."

"들어 보세요, 아미고." 카예타노가 말했다. "전 지금 많이 약해진 상태입니다. 절 이해해 주셔야 해요. 더구나 통증이 아주 심합니다. 지독해요. 전 분명 죽을 겁니다. 제발 이 경찰을 여기서 내보내 주세요. 전 너무 지쳤어요." 그는 돌아누울 것처럼 하다가 가만있었다.

"당신이 한 말을 모두 그대로 전했지만 저 사람은 정말 자기를 쏜 사람을 알지 못할뿐더러, 몸도 너무 약해져서 나중에 심문을 해줬으면 좋겠다는군요." 프레이저 씨가 말했다.

"죽은 다음에 말하겠다는 겁니까?"

"물론 죽을 수도 있겠죠."

"그래서 지금 묻고 싶은 겁니다."

"누군가가 이 사람을 뒤에서 쏜 거라고 제가 말씀드리지 않았습니까?" 통역이 말했다.

"아이고, 하느님." 형사는 그렇게 말하더니 수첩을 주머니에 집어넣어 버렸다.

그들은 병실 바깥 복도로 나왔다.

"선생께서도 범인이 저 사람을 뒤에서 쐈다고 생각하십니까?" 형사가 물었다.

"그렇습니다." 프레이저 씨가 말했다. "누군가가 저 사람을 뒤에서 쐈어요. 그게 무슨 문제가 됩니까?"

"화내지 마세요." 형사가 말했다. "나도 스페인어를 할 수 있었으면 좋겠군요."

"배우면 될 거 아닙니까?"

"화내지 마시라니까요. 스페인어로 물어봐야 나로선 얻을 게 없다는 뜻입니다. 알아듣질 못하니까요."

"스페인어를 아실 필요는 없습니다." 통역이 말했다. "저는 정말 믿을 만한 통역이니까요."

"아이고, 맙소사." 형사가 말했다. "그럼 잘들 계십시오. 다시 올 테니."

"고맙습니다. 전 항상 여기 있습니다."

"선생은 이제 괜찮아 보입니다. 지독하게 운 없는 일을 겪으셨지만."

"뼈가 붙은 뒤로는 좋아지고 있습니다."

"그렇겠죠. 하지만 오래 걸릴 겁니다. 오래, 아주 오래."

"누구든 등 뒤에서 쏘도록 내버려 두지 마세요."

"알겠습니다." 그가 말했다. "어쨌든, 선생이 화를 내지 않으니 좋군요."

"잘 가세요." 프레이저 씨가 말했다.

프레이저 씨는 그 후로 오랫동안 카예타노를 볼 수 없었다. 하지만 아침이면 세실리아 수녀가 그의 소식을 알려 주었다. 그는 대단한 참을성을 발휘해 버티고 있지만 상태가 무척 좋지 않다고, 복막염이 생겨 살기 힘들 것 같다고 했다. 수녀가 말을 이었다. 불쌍한 카예타노, 그 사람은 손이 아주 아름답고 얼굴도 잘생겼고 불평도 늘어놓지 않는 사람이지만, 지금 몸에서 지독한 냄새가 나고 있어요. 그 사람은 손가락으로 자기 코를 가리키며 미소를 짓고는 고개를 흔들어요. 냄새 때문에 무척 미안해 해요. 자신도 당황스러운가 봐요. 아, 그 사람은 너무도 멋진 환자예요. 늘 미소를 짓죠. 신부님께 고해하려고 하진 않지만 기도는 하겠다고 약속했어요. 그런데 그 사람이 병원에 실려 온 뒤로 찾아오는 멕시코 인이 한 사람도 없어요. 러시아 인은 이번 주말에 퇴원할 거예요. 난 그 사람한텐 별 감정이 느껴지지 않지만, 그 역시 고통을 당했어요. 기름때가 묻은 지저분한 총알 때문에 상처에 염증이 생기기도 했죠. 얼마나 소리를 질러 대던지. 전 항상 나쁜 남자 부류를 좋아했는데, 카예타노야말로 그래요. 정말로 나쁜 남자, 철저하게 나쁜 부류임에 틀림없어요. 그 사람의 멋지고 우아한 손에 노동의 흔적은 전혀 없어요. 그 사람은 사탕무밭에서 일한 사람이 아니에요. 그 사람 손은 부드럽고 굳은살 하나 박여 있지 않아요. 그는 나쁜 일을 하는 남자예요. 이제 내려가서 그 사람을 위해 기도해야겠어요. 가엾은 카예타노, 그 사람은 끔찍한 시간들을 보내고 있지만 신음 소리 한 번 내지 않아요. 그런 사람을 어떻게 총으로 쏠 수가 있죠? 아, 불쌍한 카예타노! 이제 내려가서 그 사람을 위해 기도해야겠어요.

그녀는 곧바로 내려가서 그를 위해 기도를 올렸다.

병원에선 땅거미가 내릴 때까지는 라디오가 잘 나오지 않았다. 사람들은 땅이나 산에 광석이 너무 많기 때문이라고들 했지만, 아무튼 바깥이 어두워지기 시작해야 라디오가 제대로 들렸다. 밤이 되면 기막히게 잘 들렸는데, 한 지역 방송이 끝나고 라디오를 서쪽으로 옮기면 다른 지역 방송이 잡혔다. 맨 마지막에 들을 수 있는 것은 워싱턴 주 시애틀에서 하는 방송이었다. 시차 때문에 거기서 새벽 4시를 알리면 병원은 5시였다. 6시가 되면 미니애폴리스 방송이 잡혔는데, 아침부터 왁자한 풍각쟁이들이 나왔다. 그 역시 시차 때문이었지만, 프레이저 씨는 해가 뜨기도 전에 악기를 들고 전차에서 내려 이른 아침 방송국에 도착한 풍각쟁이들을 떠올리곤 했다. 어쩌면 그들이 연주하는 곳에 악기들이 마련되어 있는지도 모르지만, 그의 상상 속에선 그들은 늘 직접 악기를 들고 왔다. 그는 미니애폴리스에 가본 적도 없고 앞으로도 그럴 가능성이 크지만, 그곳의 아침 풍경을 알 것만 같았다.

병원 창밖으로는 눈을 뚫고 돋아난 회전초들이 있는 들판과, 나무 한 그루 없는 진흙 언덕이 보였다. 어느 날 아침 의사가 눈밭에 나타난 꿩 두 마리를 프레이저 씨에게 보여 주려고 침대를 창가로 끌어당겼는데, 그때 철제 침대 틀에 놓여 있던 독서등이 떨어지면서 프레이저 씨의 머리에 부딪히고 말았다. 지금은 그다지 재밌게 들리지 않지만 당시엔 무척이나 재밌는 얘기였다. 그의 병실에 들어온 모두가 창밖을 보고 있을 때 의사가, 그것도 아주 훌륭한 의사가 꿩을 가리키며 창가로 침대를 끌어당긴 순간, 만화의 한 장면처럼 납으로 된 전등 받침이 프레이저 씨의 머리 위로 떨어진 것이었다. 병원에서 치료가 아니라 그와는 정반대되는 일이 일어나자, 사람들은 모두 재밌어 하며 프레이저 씨와 그 의사를 두고 농담을 하곤 했다. 그런 농담을 포함해서 병원에 있는 모든 것들은 아주 소박했다.

침대의 방향을 바꾸면 프레이저 씨는 또 다른 창문으로 연기가 솔솔 피어오르는 마을을 볼 수 있었는데, 그 마을 위로 진정한 겨울 산의 위용을 갖춘 눈 덮인 도슨 산이 솟아 있었다. 휠체어를 타게 되기 전까지, 병실 안의 두 개의 창밖 풍경이 그가 구경할 수 있는 모든 것이었다. 병원에 입원하면 침대에 누워 있는 것이 가장 좋은 법이다. 그는 온도를 조절할 수 있는 병실에 누워 그 두 개의 창밖 풍경을 감상하는 것이, 덥고 텅 빈 다른 방에서 몇 분 동안 누군가를 기다리거나 기다림을 포기한 채 휠체어를 밀고 다니며 이런저런 풍경들을 보는 것보다 훨씬 좋았다. 병실에서 오랜 시간을 보내다 보니 풍경 속에서 나름의 가치를 발견할 수 있었고, 그것이 너무도 소중해져서 조그마한 각도의 변화조차 허용하고 싶지 않았다. 마치 라디오를 들을 때 좋아하는 프로만 듣고 새로운 프로는 듣기를 꺼리는 것처럼. 겨울이 되자 사람들은 '싱 섬씽 심플', '싱송 걸', '리틀 화이트 라이스' 프로에 다이얼을 맞추었다. 프레이저 씨는 다른 프로에서 나오는 노래들은 마음에 들지 않았다. 그는 〈여학생 베티Betty Co-ed〉라는 프로도 좋아했지만 나중에는 그 노래가 나오면 미식축구 중계 채널로 돌려 버렸다. 시간이 갈수록 점점 더 상스럽게 변해 가는 그 프로의 패러디 말들이, 그 노래를 들을 때마다 떠올랐기 때문이다.

병원의 엑스레이 기계가 가동을 시작하는 오전 9시쯤부터는 헤일리 방송밖에 잡히지 않아 라디오는 무용지물이 되었다. 라디오를 갖고 있는 헤일리의 많은 사람들이 엑스레이 기계가 자신들의 아침맞이를 망친다고 항의했지만, 어떤 조치도 취해지지 않았다. 많은 헤일리 사람들이 아침에 라디오 수신을 방해하는 그 병원을 수치스럽게 생각함에도 불구하고.

프레이저 씨가 라디오를 꺼야겠다고 생각하고 있는 중에 세실리아 수녀가 병실로 들어왔다.

"카예타노는 어때요, 세실리아 수녀님?" 프레이저 씨가 물었다.

"아주 안 좋아요."

"의식이 없나요?"

"그렇진 않아요. 하지만 곧 죽을 것 같아 겁나요."

"수녀님은 어떠세요?"

"그 사람이 걱정돼서 죽겠어요. 문병하러 오는 사람 하나 없어요. 멕시코 인들이 그를 그렇게 내버려 두면, 그는 정말 개처럼 죽을 수도 있어요. 끔찍한 사람들이에요."

"오늘 오후에 여기서 스포츠 중계 들으실래요?"

"음, 아니에요." 그녀가 말했다. "전 스포츠 중계를 들으면 너무 흥분해요. 예배실에서 기도나 드릴래요."

"라디오를 맞춰 놓을게요." 프레이저 씨가 말했다. "해안 지역에서 열리는 경기라서 시차 때문에 여기선 오후 늦게 중계되니 아주 잘 들릴 거예요."

"아니, 아니에요. 전 안 들을래요. 월드 시리즈 때도 거의 정신을 잃을 뻔했어요. 오클랜드 애슬레틱스가 공격할 때 '오, 주여, 저들이 선구안을 갖게 해주옵소서! 오, 주여, 이 선수가 한 방 날리게 해주소서! 오, 주여, 안타를 치게 하소서!' 하며 크게 기도를 드렸고, 기억하실지 모르겠지만 세 번째 시합에서 만루가 되었을 땐, 정말 숨이 막히는 것 같았어요. '오, 주여, 멋지게 한 방 날리게 하옵소서! 담장을 깨끗하게 넘겨 버리게 하소서!' 하고 기도를 드렸었죠. 세인트루이스 카디널스가 공격할 때면 두려움에 사로잡혀 '오, 주여, 저들의 눈을 가려 주소서! 오, 주여, 그림자조차 보지 못하게 하소서! 오, 주여, 삼진을 당하게 하옵소서!' 하며 기도를 드렸어요. 이번 경기 때는 제 상태가 더 나쁠 거예요. 노트르담*이잖아요? 전 예배실로 가서 성모 마리아를 위해 기도나 드릴래요. 노트르담 선수들도 성모를 위해서 뛰겠죠. 선생께서도 언젠가는 우리의 성모님을 위한 글을 써주세요. 그러실 수 있을 거예요, 프레이저 씨."

"그분에 대한 글을 쓰기에는, 저는 그분에 대해 아는 게 없어요. 더구나 그분에 대한 글은 이미 많이 나와 있고요." 프레이저 씨가 말했다. "또 수녀님께서는 제 글을 좋아하시지 않을 거예요. 성모께서도 그러실 테고."

"언젠가는 그분에 대해 쓰게 되실 거예요." 수녀가 말했다. "전 알아요, 선생이 반드시 우리의 성모님에 대해 쓰게 되리라는 걸."

"중계방송 들으러 오세요."

"저한테는 너무 힘든 일이에요. 전 예배당에서 제가 할 수 있는 일을 하렵니다."

그날 오후 경기가 시작되고 5분쯤 지났을 때, 견습 수녀가 병실로 들어오더니 말했다. "세실리아 수녀님께서 경기가 어떻게 진행되고 있는지 알고 싶어 하세요."

---

*미식축구의 명문 노트르담 대학을 지칭하는 것이지만, 노트르담은 성모 마리아를 뜻하기도 한다.

410

"벌써 터치다운 하나를 했다고 전해 주세요."

잠시 후 다시 견습 수녀가 병실로 들어왔다.

"발바닥에 불이 나도록 뛰고 있는 중이라고 전해 드리세요." 프레이저 씨가 말했다.

얼마 뒤 그는 벨을 눌러서 담당 간호사를 불렀다. "예배실로 가서 노트르담 대학이 1쿼터에 14대 0으로 이기고 있다고 세실리아 수녀님께 전해 주세요. 그러니 기도를 하지 않아도 된다고요."

몇 분 뒤에 세실리아 수녀가 병실로 들어왔다. 그녀는 무척이나 흥분해 있었다. "14대 0이란 건 무슨 뜻인가요? 이 경기에 대해선 아는 게 없거든요. 야구라면 마음 푹 놔도 될 점수지만, 미식축구에 대해선 아는 게 전혀 없어요. 별 의미 없는 점수인지도 모르겠네요. 저는 다시 예배실에 가서 경기가 끝날 때까지 기도나 해야겠어요."

"이긴 겁니다." 프레이저 씨가 말했다. "약속드리죠. 여기서 저랑 같이 들으세요."

"아니, 아니, 아니, 아니, 아니, 아니에요." 그녀가 말했다. "그냥 기도하러 갈래요."

프레이저 씨는 노트르담이 득점을 올릴 때마다 소식을 전했는데, 날이 어두워지고도 한참이나 지나 마침내 최종 결과가 나왔다.

"세실리아 수녀님은 뭘 하고 계시나요?"

"모두들 예배실에 계십니다." 간호사가 말했다.

다음 날 아침 세실리아 수녀가 들어왔다. 그녀는 무척이나 즐겁고 자신에 찬 모습으로 말했다.

"전 그들이 우리 성모님을 이길 수 없다는 걸 알고 있었어요. 당연한 일이죠. 카예타노도 호전되고 있어요. 아주 좋아졌어요. 그는 곧 면회객도 맞게 될 거예요. 그들이 오면 기분이 좋아질 테죠. 사람들이 자신을 잊지 않았다는 걸 알게 될 테니까. 제가 경찰 본부로 가서 오브라이언 형제를 만나, 불쌍한 카예타노를 면회할 멕시코 사람들을 좀 보내 달라고 했어요. 오늘 오후에 몇 명 올 테니까, 이제 저 불쌍한 남자도 기분이 좀 좋아질 거예요. 어떻게 여태 한 명도 안 올 수 있어요? 정말 너무했어요."

그날 오후 5시경 세 명의 멕시코 인들이 프레이저 씨의 병실로 왔다.

"들어가도 되겠습니까?" 덩치가 제일 큰, 살이 찌고 두터운 입술을 가진 사람이 물었다.

"그럼요." 프레이저 씨가 대답했다. "앉으세요, 신사분들. 한잔하시겠어요?"

"아이고, 감사합니다." 덩치가 말했다.

"고맙습니다." 까맣고 왜소한 이가 말했다.

"저는 괜찮습니다." 마른 이가 말했다. "술을 마시면 머리가 아파서요." 그가 자신의 머리를 툭툭 쳤다.

간호사가 술잔 몇 개를 가져왔다. "저분들께 병째로 드리세요." 프레이저 씨가 간호사에게 말했다. 그러고는 그들에게 말했다. "레드로지 산이에요."

"레드로지 산이 최고죠." 덩치가 말했다. "빅팀버 산보다 더 훌륭하죠."

"물론이지." 몸집이 왜소한 이가 말했다. "값도 비싸고."

"레드로지 산 중에서도 이게 제일 비싸." 덩치가 말했다.

"이 라디오는 진공관이 몇 개나 됩니까?" 술을 마시지 않는 이가 물었다.

"일곱 개죠."

"정말 멋지군요." 그가 말했다. "얼마나 합니까?"

"모르겠어요. 빌린 거라." 프레이저 씨가 그렇게 말하고는 물었다. "모두 카예타노의 친구분들인가요?"

"아니에요." 덩치가 말했다. "그 사람을 다치게 한 사람의 친구들이죠."

"경찰이 시켜서 온 거예요." 왜소한 이가 말했다.

"저 친구랑 저랑은 같이 구멍가게를 하고 있어요." 덩치가 술을 마시지 않는 이를 가리키며 말했다. 그러고는 왜소하고 까만 사내를 가리키며 덧붙였다. "저 친구도 조그만 가게를 하고 있죠. 경찰이 저희더러 병원에 가라고 해서 이렇게 왔습니다."

"와주셔서 무척 기쁩니다."

"저희도 그래요." 덩치가 말했다.

"조금 더 하시겠어요?"

"물론이죠." 덩치가 말했다.

"주시면 고맙죠." 왜소한 이가 말했다.

"전 괜찮습니다." 마른 이가 말했다. "술을 마시면 머리가 아파서요."

"정말 좋은 술이군요." 왜소한 이가 말했다.

"왜 안 드시나요?" 프레이저 씨가 마른 이에게 물었다. "약간은 괜찮을 텐데."

"나중에 머리가 아플 거예요." 마른 이가 말했다.

"카예타노의 친구들을 병원에 부를 순 없을까요?" 프레이저 씨가 물었다.

"그 사람은 친구가 없어요."

"누구나 친구는 있죠."

"그 사람은, 한 명도 없어요."

"뭘 하는 사람인가요?"

"카드꾼이죠."

"잘합니까?"

"저는 그렇다고 생각해요."

"그 사람이 제게서," 왜소한 이가 입을 뗐다. "180달러를 따 갔죠. 이제 180달러는 더 이상 세상에 존재하지 않아요."

"저한테서는," 마른 이가 말했다. "211달러를 따 갔어요. 그 인간을 잘 봐두세요."

"전 그 사람하고는 카드를 치지 않아요." 덩치가 말했다.

"그 사람은 아주 부자겠군요." 프레이저 씨가 불쑥 말했다.

"저희보다 더 가난하죠." 왜소한 멕시코 인이 말했다. "옷도 지금 입고 있는 것밖에 없고요."

"이젠 그 옷도 쓸모가 없겠군요." 프레이저 씨가 말했다. "구멍이 나버렸으니."

"그렇겠군요."

"그 사람을 쏜 사람도 카드꾼인가요?"

"아뇨, 사탕무밭에서 일했어요. 이젠 마을을 떠나 버렸지만."

"하나 더 알려 드리고 싶은 건," 왜소한 이가 말했다. "그 친구가 이 마을 최고의 기타 연주자였다는 거예요. 최고였죠."

"그런 사람이 어떻게……"

"그러게요." 덩치가 말했다. "이제 어떻게 기타를 만질 수 있겠어요."

"마을에 다른 좋은 기타 연주자는 없어요?"

"그림자조차 없죠."

"제법 하는 아코디언 연주자는 있어요." 마른 이가 말했다.

"그럭저럭하는 연주자들은 좀 있어요." 덩치가 말했다. "음악 좋아하세
요?"

"좋아하다마다요."

"다음번에 저희가 와서 연주를 해드릴까요? 수녀님이 허락하실까요?
무척 상냥해 보이시긴 하던데."

"카예타노가 들을 수 있는 때 연주한다고 하시면, 분명 허락하실 겁니
다."

"그 사람 정신이 좀 나가지 않았나요?" 마른 이가 물었다.

"누구 말씀입니까?"

"수녀 말이에요."

"그럴 리가요." 프레이저 씨가 말했다. "명석하고 동정심 많은 훌륭한
여성이죠."

"전 신부니 수도사니 수녀니 하는 사람들, 믿지 않아요." 마른 이가 말
했다.

"이 사람, 어렸을 때 안 좋은 일을 당했었죠." 왜소한 이가 말했다.

"저는 어렸을 때 미사 시중을 드는 복사였어요." 마른 이가 자랑스럽
게 말했다. "하지만 지금은 아무것도 믿지 않아요. 미사에도 참석하지
않고요."

"왜요? 그것도 당신 머리를 아프게 하나요?"

"그렇진 않아요." 마른 이가 말했다. "머리를 아프게 하는 건 알코올이
죠. 종교는 가난한 자들의 아편입니다."

"가난한 자들의 아편은 마리화나죠." 프레이저 씨가 말했다.

"아편 피워 본 적 있으세요?" 덩치가 물었다.

"없어요."

"저도요." 그가 말했다. "그건 아주 나쁜 거 같아요. 일단 시작하면 끊을 수가 없잖아요. 나쁜 습관이 드는 거죠."

"종교도 그렇지." 마른 이가 말했다.

"이 친구는," 왜소한 이가 입을 뗐다. "종교에 엄청난 반감을 갖고 있어요."

"뭔가에 반감을 가진다는 건 필요한 겁니다." 프레이저 씨가 점잖게 말했다.

"저는 신념을 가진 사람들을 존경해요. 그들이 무지하다 해도요." 마른 이가 말했다.

"좋은 생각입니다." 프레이저 씨가 말했다.

"저희가 갖다 드릴 게 뭐 있을까요?" 덩치 큰 멕시코 인이 말했다. "필요하신 거 없어요?"

"괜찮은 맥주 몇 병 사다 주시면 고맙겠습니다만."

"갖고 올게요."

"가시기 전에 한 잔씩들 더 하시겠습니까?"

"아이고, 좋죠."

"저희가 선생 걸 다 뺏어 먹는군요."

"전 마실 수가 없어요. 머리가 아프거든요. 나중엔 머리가 깨지는 것 같고 위장이 뒤틀리죠."

잠시 후 프레이저 씨가 말했다. "안녕히 가십시오, 신사분들."

"안녕히 계세요. 고맙습니다."

그들이 돌아가고 저녁을 먹은 뒤 프레이저 씨는 라디오를 틀었다. 소리는 최대한 조용히, 겨우 들릴 정도로 낮추고. 방송은 덴버와 솔트레이크시티, 로스앤젤레스, 그리고 시애틀 순으로 끝이 났다. 그는 방송을 듣는 것만으로는 덴버를 상상할 수 없었다. 〈덴버 포스트〉나 〈로키 마운틴 뉴스〉에 실린 사진들을 보면 덴버를 상상할 수 있었지만. 솔트레이크시 티나 로스앤젤레스도 방송만으로는 떠오르는 것이 없었다. 그저 솔트레 이크시티는 깨끗하지만 재미는 없다는 것, 로스앤젤레스에는 많은 대형 호텔들에 딸린 그보다 더 많은 댄스홀들이 있다는 것 정도만 알 수 있 었다. 댄스홀이 어떤 것인지는 감이 잡히지 않았지만. 그는 시애틀은 훤 히 알고 있었다. 시애틀에는 (각각 라디오가 장착된) 대형 백색 택시들 을 소유하고 있는 택시 회사가 있는데, 그는 밤이면 그 회사 택시를 타 고 캐나다 구역에 있는 노변 술집으로 갔었다. 거기서 라디오에서 나오 는 전화 신청 음악을 들으며 파티를 즐겼다. 시애틀에서 살던 그 시절, 매일 밤 2시면 그렇게 다른 사람들이 신청한 음악을 들었다. 그때의 기 억이 너무도 생생하게 떠올랐다. 그의 상상 속에서, 아침이면 침대에서 나와 방송국 스튜디오로 이동하는 풍각쟁이들의 도시 미니애폴리스가 생생하게 떠오르는 것만큼이나. 프레이저 씨는 워싱턴 주 시애틀의 기억 속으로 점점 더 빠져들었다.

멕시코 사람들이 맥주를 가져오긴 했지만, 그다지 좋은 건 아니었 다. 그들이 왔을 때 프레이저 씨는 그들과 얘기하고 싶은 기분이 아니었 고, 그들이 가버리자 다시는 그들이 자신을 찾지 않으리라 생각했다. 당 시 그는 점점 신경이 날카로워져 사람 만나기가 싫은 상태였다. 그렇게 5주가 지날 무렵 그는 극도로 예민해져 있었다. 기분이 좋을 땐 그럭저 럭 사람들을 견딜 수 있었지만, 그렇지 않을 땐 사람들을 만나 다시 자 기 상태를 테스트하고 싶지 않았다. 그런 테스트는 오래전에 이미 너무 도 많이 해보았고, 결과도 뻔했기 때문이다. 그에게 새로운 것은 라디오밖에 없었다. 그는 간신히 들릴 정도로만 소리를 낮춰 밤새도록 라디오를 틀어 놓았다. 그렇게 아무 생각 없이 라디오를 듣는 법을 터득해 가고 있었다.

오전 10시경 세실리아 수녀가 우편물을 가지고 병실로 들어왔다. 프레이저 씨는 예쁜 그녀와 얘기를 나누고 싶었지만, 다른 세계에서 온 우편물이 더 중요하게 보였다. 하지만 흥미로운 우편물은 하나도 없었다.

"아주 좋아 보이시네요." 그녀가 말했다. "곧 저희를 떠나실 것 같군요."

"그렇게 되겠죠." 프레이저 씨가 말했다. "오늘 아침엔 기분이 좋아 보이십니다."

"맞아요. 오늘 아침엔 제가 성인聖人이라도 된 기분이에요."

그녀의 말에 프레이저 씨는 조금 당황했다.

세실리아 수녀가 말을 이었다. "조그만 아이였을 때부터 제 꿈은 성인이 되는 거였어요. 그때는 세속을 떠나 수녀원에 들어가기만 하면 성인이 되는 줄 알았어요. 성인이 되기를 원했고, 꼭 되어야만 한다고 생각했어요. 또 꼭 그렇게 될 수 있을 거라고 확신했고요. 잠깐 동안이었지만 성인이 됐다고 생각한 적도 있었어요. 너무도 행복했고, 성인이 되는 게 아주 간단하고 쉬운 일처럼 보였죠. 그런데 어느 날 아침 눈을 떠보니, 전 성인이 아니었어요. 하지만 그 소망은 여전히 갖고 있어요. 제 유일한 소망이죠. 그리고 오늘 아침 전 그렇게 된 것 같은 느낌을 받았어요. 아, 전 성인이 되고 싶어요."

"수녀님은 그렇게 되실 겁니다. 누구나 바라는 대로 이루어지죠. 저는 항상 저 자신에게 그렇게 말해요."

"어릴 적엔 성인이 된다는 게 너무도 간단해 보여 꼭 그렇게 될 거라고 생각했었죠. 느닷없이 이루어지는 게 아니란 걸 알았을 때도 시간이 좀 걸릴 뿐이라고만 생각했었죠. 그런데 지금 보니 거의 불가능한 일인 듯 싶어요.”

“기회가 올 겁니다.”

“정말 그렇게 생각하세요? 그저 격려나 받고 싶진 않아요. 격려 같은 건 하지 마세요. 전 성인이 되고 싶어요. 꼭 되고 싶어요.”

“수녀님은 꼭 그렇게 되실 겁니다.” 프레이저 씨가 말했다.

“아니에요, 그렇게 되진 않을 거예요. 하지만, 성인이 될 수만 있다면 아주 행복할 것 같아요.”

“카예타노는 어떻습니까?”

“좋아지고는 있는데 마비가 왔어요. 허벅지를 훑고 지나간 총알이 중요한 신경을 건드려서 마비가 온 거죠. 마비란 게 움직일 수 있을 때가 되어서야 알 수 있는 거잖아요.”

“신경이 다시 살아날 겁니다.”

“그렇게 되길 바라며 기도해야죠. 선생께서 그 사람을 좀 만나 주세요.”

“전 지금 누굴 만나고 싶은 기분이 아니에요.”

“만나고 싶어 하시잖아요. 그 사람을 휠체어에 태워서 여기로 데려올 수도 있어요.”

“그럼 그렇게 하세요.”

그는 휠체어에 실려 들어왔다. 몸은 말랐고, 피부는 투명할 정도로 고왔고, 검은 머리칼은 너무 길어 자를 때가 된 것 같았다. 두 눈은 환하게 웃고 있었다. 웃을 때 드러나는 치아는 상태가 좋지 않았다.

"올라, 아미고! 케 탈(안녕하셨어요, 선생님! 어떻게 지내셨어요)!"

"보시다시피." 프레이저 씨가 말했다. "좀 어떻소?"

"살아났지요. 한쪽 다리가 뻣뻣해진 채로요."

"저런." 프레이저 씨가 말했다. "하지만 신경은 다시 살아날 수 있을 겁니다. 새것처럼 좋아질 거예요."

"그렇게들 말해요."

"통증은 어때요?"

"이젠 없습니다. 한동안은 배가 얼마나 아픈지 미칠 지경이었죠. 그 통증만으로도 죽을 거 같다는 생각이 들 정도로요."

세실리아 수녀가 두 사람을 흐뭇하게 바라보았다.

"수녀님 말씀이, 소리 한 번 지르지 않으셨다고요." 프레이저 씨가 말했다.

"제 병실엔 사람들이 아주 많잖아요." 멕시코 인이 나무라듯 말했다. "선생님 통증은 어느 정도예요?"

"심하죠. 하지만 당신 통증보다야 심하겠어요? 간호사가 가고 나면 한두 시간은 웁니다. 그러면 진정이 되죠. 지금은 좀 예민해진 상태예요."

"선생님은 라디오가 있잖아요. 제가 선생님처럼 개인 병실을 쓰고 라디오까지 있다면, 전 아마 밤이 새도록 울고불고 난리를 쳤을 겁니다."

"그럴 리가."

"옴브레, 시(아이고, 그랬을 거라니까요)! 울고불고하는 건 건강에 아주 좋아요. 사람이 너무 많으니 그렇게 할 수 없을 뿐이죠."

"그래도 두 손은 멀쩡하네요. 사람들이 당신은 손을 써서 먹고산다고 하더군요."

"머리도 쓰죠." 그는 자신의 앞머리를 두드리며 말했다. "손만큼은 아니지만."

"당신네 나라 사람 셋이 왔다 갔어요."

"경찰이 절 만나라고 보낸 사람들 말이죠?"

"그 사람들이 맥주 몇 병을 갖고 왔었어요."

"아마 형편없는 거였겠죠."

"맞아요."

"오늘 밤에도 경찰이 그 사람들을 저한테 보낸다는군요. 저한테 세레나데를 불러 주라고." 그는 웃음을 터뜨리고는 자신의 배를 톡톡 쳤다. "아직은 웃기가 힘들어요. 웃으면 배가 아파서요. 그 사람들 노래는 아주 형편없을 거예요."

"당신을 쏜 사람은 어떤 사람이에요?"

"멍청한 사람이죠. 그 사람한테 카드 게임으로 38달러를 땄는데, 그렇다고 죽이려 들다니."

"세 사람 말로는 당신이 돈을 아주 많이 땄다던데요?"

"그래 봐야 새보다 가진 게 없는걸요."

"어째서요?"

"저는 가난한 이상주의자죠. 환상의 제물이라고나 할까요." 그는 웃음을 터뜨리고는 배를 두드리며 말을 이었다. "저는 전문 노름꾼이에요. 노름을 좋아하죠. 진짜 노름을요. 자잘한 노름들은 모두 속임수에 지나지 않아요. 진짜 노름엔 운이 따라야 해요. 저는 운이 없어요."

"전혀?"

"전혀. 운하곤 완전히 담을 쌓았죠. 보세요, 이젠 카브론(귀찮은 녀석)한테 총까지 맞았잖아요. 그 녀석이 총을 쏠 줄 알았을까요? 천만에요. 첫 발은 아무도 못 맞혔죠. 둘째 발은 불쌍한 러시아 친구를 맞혔고요.

거기까진 운이 따랐었죠. 그러고는 어떻게 됐습니까? 그 녀석은 제 배에다 두 발을 박았습니다. 운이 좋은 녀석이죠. 저는 운이 없고요. 녀석은 말안장을 붙들고 말을 쐈도 맞힐 수 없는 놈이었어요. 모든 게 운이죠."

"당신이 먼저 맞고 그다음에 러시아 인이 맞은 걸로 알고 있었는데요."

"그렇지 않아요. 러시아 친구가 먼저고, 그다음이 저였죠. 신문 내용은 잘못된 거예요."

"당신은 왜 쏘지 않았어요?"

"전 총은 가져 본 적이 없어요. 저처럼 운수 없는 놈이 총을 갖고 있었다면 1년에 열 번은 교수형을 당했을 거예요. 전 그저 보잘것없는 노름꾼일 뿐이에요." 그는 말을 멈추었다가 다시 이었다. "노름으로 돈을 좀 모으면 진짜 노름을 하고, 그러면 잃어요. 3천 달러짜리 주사위 노름에서 따고는 6천 달러짜리에서 털리죠. 똑같은 주사위로. 번번이 그래요."

"그만두면 되잖아요."

"살다 보면 운수도 바뀌겠죠. 이제껏 15년은 운이 좋지 않았지만, 좋아지면 부자가 될 거예요." 그가 씩 웃었다. "전 멋진 노름꾼이고, 나중에는 떵떵거리며 살 겁니다."

"지금까진 뭘 해도 운이 따르지 않았나요?"

"뭐든. 여자 운도 없었어요." 그는 상태가 좋지 않은 치아를 드러내며 다시 미소를 지었다.

"정말입니까?"

"정말이에요."

"그럼 이제 뭘 할 겁니까?"

"노름을 계속해야죠. 운수가 서서히 바뀌기를 기다리면서요."

"여자는?"

"여자 운이 따르는 노름꾼은 없어요. 노름은 밤에 하잖아요, 여자와 함께 있어야 할 시간에. 밤에 일하는 사내는 쓸 만한 여자를 얻을 수가 없죠."

"당신은 철학자군요."

"무슨 말씀이세요. 전 그저 조그만 마을의 한낱 노름꾼일 뿐이에요. 조그만 마을에서 다른 마을로, 또 다른 마을로, 그러다 좀 큰 도시로, 그렇게 옮겨 다니며 다시 시작하는 노름꾼요."

"그러다가 복부에 총을 맞기도 하고요?"

"처음이었어요." 그가 말했다. "이런 일은 이번 한 번뿐이었어요."

"말 시켜서 피곤하죠?" 프레이저 씨가 불쑥 물었다.

"아니에요." 그가 말했다. "제가 선생님을 피곤하게 한 것 같네요."

"다리는 어때요?"

"저한테 다리는 별 소용이 없어요. 있든 없든 상관없죠. 사는 데 지장이 없으니까요."

"행운을 빕니다. 진심으로, 마음을 다해." 프레이저 씨가 말했다.

"저도요. 선생님을 괴롭히는 통증도 멈추길 바랄게요."

"오래가진 않을 겁니다. 지나가겠죠. 그건 중요한 게 아니에요."

"빨리 회복되세요."

"당신도요."

그날 밤 카예타노의 병실로 멕시코 사람들이 찾아와, 아코디언을 비롯해서 여러 악기들을 연주했다. 연주회는 유쾌했다. 복도에 공기를 빨아들였다 내뿜었다 하는 아코디언 소리는 물론 종소리, 나무 타악기 소리, 북소리가 넘쳐흘렀다. 그 병실에는 어느 무덥고 먼지 날리던 오후 엄청난 수의 관중들 앞에서 실려 나왔던 로데오 선수도 있었다. 허리가 부러진 그는, 나아서 퇴원을 하면 가죽 일이나 등나무 의자 만드는 일을 배울 생각이었다. 발판과 함께 떨어져서 양쪽 발목과 팔목이 부러진 목수도 있었다. 그는 고양이처럼 떨어졌지만 그의 몸은 고양이처럼 유연하지 못했던 것이다. 그들이 다시 일을 시작하려면 꽤 오랜 시간이 걸릴 터였다. 열여섯 살쯤 된 농장 일꾼도 있었는데, 부러진 다리가 잘 아물지 않아 다시 부러질지도 몰랐다. 바로 그들과 함께 다리 하나가 마비된 작은 마을의 노름꾼 카에타노 루이즈가 같은 병실을 쓰고 있었다. 프레이저 씨는 아래쪽 복도에서, 경찰이 보낸 멕시코 인들의 연주 소리와 사람들의 왁자지껄한 웃음소리를 들을 수 있었다. 아주 멋진 시간을 보내며 들뜬 멕시코 인들은 프레이저 씨의 병실로 건너와서 듣고 싶은 곡이 무어냐고 물었고, 그 후로도 두 번이나 더 찾아와 연주를 해주었다.

　마지막으로 그들은 프레이저 씨가 누워 있는 병실 문을 열어 놓고 연주를 했는데, 너무도 시끄럽고 형편없는 연주라 프레이저 씨는 생각을 유지하기가 힘들었다. 그들이 원하는 곡이 무어냐고 물었을 때 프레이저 씨가 댄 곡은 〈라 쿠카라차〉*로, 혼을 빼놓을 만큼 경망스러운 가벼움과 능란한 곡조의 변화가 들어 있는 곡이었다. 그들은 시끄럽고 열정적으로 그 곡을 연주했는데, 다른 곡들보다는 나았지만 그래도 형편없는 연주였다.

　그 연주에 정신이 산란함에도 불구하고 프레이저 씨는 생각을 계속 밀고 나갔다. 평소에는 글 쓸 때를 제외하곤 되도록 생각을 피했지만,

* ‘바퀴벌레’라는 뜻의 멕시코 민요로, 가난한 농민들의 처지를 바퀴벌레에 빗댄 노래.

그때는 연주하는 그들 속에 있는 마른 사내가 지난번에 했던 말을 곱씹는 중이었다.

소화불량 환자처럼 깡마른 그 인민의 수호자는, 종교는 인민의 아편이라고 믿었다. 맞는 말이었다. 그리고 음악 또한 인민의 아편이었다. 술을 마시면 머리가 아프다는 그자는 미처 그 생각까지는 하지 못하고 있었다. 그리고 지금은 경제학도 인민의 아편이 되었다. 이탈리아와 독일에선 애국심 역시 인민의 아편이었다. 섹스는 어떤가? 그것도 누군가에겐 아편이었다. 최고의 인간들 중에서도 섹스가 아편이 되는 자가 있었다. 하지만 술이야말로 압도적인, 뛰어난 효능을 가진 인민의 아편이었다. 또 술보다 라디오를 더 좋아하는 사람에겐 라디오가 아편이었다. 노름 또한, 가장 오래된 인민의 아편이었다. 야망 또한 인민의 아편이며, 최소한의 정부라는 새로운 형태의 신념도 아편이긴 마찬가지였다. 요즘 맥파든 잡지사*가 내세우는 이름이기도 한 자유라는 것도, 인민의 아편이었다. 거기서 새로운 명분을 발견하지 못했는데도 인민은 여전히 그 자유라는 것을 믿고 있으니까. 하지만 진정한 인민의 아편은 무엇일까? 가장 현실적인 힘을 발휘하는 인민의 아편은 무엇일까? 그게 무언지 프레이저 씨는 잘 알고 있었다. 그것은 밤에 술을 두어 잔 마시면, 그의 마음속 가장 환히 밝은 곳에 있는 모퉁이를 돌아 사라져 버리는 그 무엇이었다. 그는 그것이 있는 곳을 알고 있었다(물론 실재하는 장소는 아니었다). 그것은 무엇일까? 그는 알고 있었다. 그것은, 인민의 아편은, 빵이었다. 그는 그 사실을 훤한 대낮에도 기억하고 인정할 수 있을까? 인민의 아편은 빵이라는 사실을.

*1898년 버나르 맥파든이 설립한 잡지사로, 20세기에 가장 큰 잡지사 중 한 곳이 되었다. 맥파든 잡지사에서 1931년에 창간한 잡지가 《리버티Liberty》로, 1950년까지 발간되었다.

“저기요,” 프레이저 씨가 병실로 들어선 간호사에게 말했다. “깡마른 멕시코 인을 이리로 데려와 주시겠습니까?”

“〈라 쿠카라차〉는 어땠습니까?” 그 멕시코 인이 문을 열고 들어서며 말했다.

“아주 좋았어요.”

“역사적인 곡이죠.” 멕시코 인이 말했다. “진정한 혁명의 노래입니다.”

“이봐요,” 프레이저 씨가 말했다. “인민들은 왜 마취되지 않고 수술을 받아야 한다는 겁니까?”

“무슨 말씀이신지.”

“인민의 아편들은 왜 모두 좋지 않다는 겁니까? 당신은 인민과 함께 무얼 하고 싶습니까?”

“그들은 무지로부터 구원받아야 합니다.”

“헛소리 말아요. 교육도 인민의 아편이에요. 그걸 알아야죠. 그걸 여태 몰랐어요?”

“선생님도 교육을 믿지 않으시는군요?”

“아니,” 프레이저 씨가 말했다. “지식은 괜찮은 겁니다.”

“저는 동의하지 못하겠는데요.”

“나도 내 생각에 동의하지 않을 때가 많죠.”

“〈라 쿠카라차〉를 다시 듣고 싶으세요?” 멕시코 인이 걱정스러운 표정으로 물었다.

“그래요.” 프레이저 씨가 말했다. “〈라 쿠카라차〉를 한 번 더 연주해 줘요. 라디오로 듣는 것보다는 낫겠죠.”

혁명은 아편이 아니지, 라고 프레이저 씨는 생각했다. 혁명은 정화淨化야. 그것을 유예할 수 있는 건 폭정뿐이고. 아편들은 혁명의 전후에 나타나는 거야. 그의 생각은 명료했다. 너무도 명료했다.

　저들이 조금 있다 돌아가면 저들과 함께 〈라 쿠카라차〉도 사라지겠지, 하고 그는 생각했다. 그러면 그는 술을 한 잔 마시며 라디오를 켤 것이었다. 조용히, 들릴락 말락 하게.

아버지들과 아들들
Fathers and Sons

이 마을의 중심가 한복판에는 우회해 가라는 표지판이 붙어 있었지만 차들은 아랑곳하지 않고 직진했다. 그래서 무슨 공사가 마무리된 모양이라고 생각한 니컬러스 애덤스는, 벽돌로 포장된 텅 빈 도로를 따라 마을을 가로질러 차를 몰았다. 차들이 많지 않은 일요일이었지만 신호등 때문에 차를 멈추곤 했는데, 그것들은 더 이상 운용비를 댈 수 없어서 이듬해에는 사라질 예정이었다. 이 조그만 마을에 무성하게 자라 있는 나무들은, 그 아래를 걸어 본 적이 있는 이곳이 고향인 사람들에게는 마음 한구석 소중한 존재일 테지만, 이방인에게는 그저 지나치게 울창해서 햇볕을 가리고 집에 습기를 차게 하는 주범으로만 보였다. 마지막 집을 지나 곧게 뻗은 큰길로 들어서자 말끔히 단장된 붉은빛의 흙둑이 나타났고, 도로 양편으로 새로운 나무들이 자라고 있었다. 이곳은

닉의 고향은 아니었지만, 차를 몰고 가면서 깊어진 가을 풍경을 바라보
노라니 정겨운 마음이 들었다. 목화 추수는 끝났고, 널따란 개간지에는
붉은 수수깡들이 줄지어 서 있었다. 그의 옆자리에는 아들이 잠들어 있
었다. 오늘 일정도 끝났고 밤이면 다다르게 될 마을도 잘 알고 있는 터
라, 닉은 설렁설렁 차를 몰며 어느 밭에 콩이나 완두콩이 심어져 있는
지, 덤불숲과 벌채한 땅은 어떤 모양인지, 그리고 거기 딸린 통나무집과
가옥들은 어디에 있는지를 살폈다. 그는 그렇게 지나가며 마음속으로
그 마을을 사냥하고 있었다. 그는 각 개간지의 크기를 어림해 보며 짐승
들이 먹이를 구하는 곳과 은신하는 곳은 어디쯤일지, 또한 새 떼를 발견
할 수 있는 곳과 그들이 날아갈 방향은 어디쯤일지를 가늠했다.

　메추리 사냥을 할 때는 놈들과 놈들의 서식지 사이에 자리를 잡아서
는 안 된다. 그런 곳에서 개가 놈들을 찾아내거나 몰아댈 때면 사냥꾼
을 향해 쏟아지듯 가파르게 솟구치는 놈들도 있고, 사냥꾼의 귓전을 스
치며 떼를 지어 소용돌이치듯 솟아오르는 놈들도 있기 때문이다. 그런
자리에서 사냥할 수 있는 유일한 방법을 가르쳐 준 사람은 아버지였다.
몸을 틀어 어깨 위로 날아가는 놈들을 쏘아야 한다고, 꼭 그것들이 날
개를 펴고 덤불숲으로 내려앉기 전에 쏘아야 한다고 했었다. 아버지가
가르쳐 준 대로 이 마을에서 메추리 사냥을 하다 보니, 아버지가 생각
나기 시작했다. 그를 생각할 때면 맨 먼저 언제나 눈이 떠올랐다. 큰 체
격과 날랜 움직임, 넓은 어깨와 매부리코, 수염이 덮인 가녀린 턱보다 눈
이 언제나 먼저 떠올랐다. 아버지의 눈은 마치 소중한 도구를 보호하기
위해 특별히 고안된 듯, 눈썹 아래 아주 깊숙한 곳에 자리하고 있었다.
아버지의 눈은 보통 사람 눈보다 훨씬 멀리, 훨씬 빨리 볼 수 있었다. 그
가 받은 엄청난 선물이었다. 문자 그대로 큰뿔숫양이나 독수리의 눈을

가지고 있었다.

닉은 아버지와 함께 호수 기슭에 서 있곤 했었다. 그의 시력도 꽤 좋은 편이었지만, 아버지가 "깃발을 들어 올렸구나" 하고 말할 때면 그의 눈에는 깃발이나 깃대 따위는 보이지 않았다. 그럼 아버지는 말했다. "저기 네 여동생 도러시가 깃발을 들고 부두로 걸어오고 있잖니."

호수를 가로지른 닉의 눈에는 나무들이 길게 늘어선 굽은 기슭과 그 뒤편으로 높게 자란 나무들, 그리고 그 주변을 둘러싼 곶과 농장의 깨끗한 구릉들, 나무들 사이에 놓인 하얀색의 자기 집만 보일 뿐이었다.

"곶 방향 산 중턱에 있는 양 떼는 보여?"

"네."

회색 물이 든 초록색 산 위에 있는 양 떼는, 희끄무레한 조각으로밖에 보이지 않았다.

"난 몇 마리인지 셀 수도 있지." 아버지가 말했다.

보통 사람보다 뛰어난 능력을 가진 사람들이 다 그렇듯, 아버지도 신경이 무척 날카로웠다. 또한 감상적이기도 해서, 감상적인 사람들이 흔히 그렇듯 잔인한 면과 피학적인 면도 가지고 있었다. 또한 운이 아주 나빴는데, 운은 한 번도 그의 것이 되어 본 적이 없었다. 아버지는 사람들이 어떤 계략을 꾸미는 걸 조금 거들었다가 오히려 그 계략에 말려 결국 죽임을 당했다. 아니, 그렇게 죽기 전에도 온갖 배신이란 배신은 다 당해 본 위인이었다. 감상적인 인간은 누구나 쉽게 배신당하는 법이다. 닉은, 앞으로야 어떨지 모르지만 아직은 아버지에 대해 쓸 수가 없었다. 하지만 메추리가 날아다니는 이 시골로 오자 어린 시절에 보았던 아버지가 떠올랐다. 닉은 낚시와 사냥의 재미를 알게 해준 아버지에게 감사의 마음을 가지고 있었다. 아버지는 그 두 가지 분야에선 탁월했다. 하지만 일테면 섹스 분야는 그렇지 못했는데, 물론 닉은 그에 대해 전혀 유감이 없었다. 모름지기 사냥이나 낚시를 배우려면 누군가로부터 총을 받거나 구해서 그걸 사용할 수 있는 기회를 가져야 하며, 사냥감이나 물고기가 있는 곳에서 살아야 한다. 닉은 서른여덟이나 됐지만 여전히 아버지와 처음 낚시를 하고 사냥을 하던 때처럼 그 두 가지를 몹시 좋아했다. 그는 그런 식지 않는 열정을 갖게 해준 아버지에 대한 고마움을 항상 간직하고 있었다.

한편으로 아버지는 어디에 살든 나중에 자연스레 알게 될 것을 미리 가르쳐 주어 닉의 마음을 불편하게 하기도 했었다. 한번은 아버지와 함께 사냥을 나갔을 때 이런 일이 있었다. 닉이 솔송나무에 앉은 붉은 다람쥐를 쏘아 떨어뜨린 후 놈을 집어 들었을 때, 놈에게 엄지손가락을 물리고 말았다.

"이 더러운 수간쟁이 새끼." 닉이 놈의 머리를 나무에다 내동댕이치며 말했다. "이 녀석이 절 물었어요."

아버지가 상처를 들여다보며 말했다. "집에 가면 깨끗이 닦아 내고 요오드를 발라라."

"수간쟁이 새끼." 닉이 다시 말했다.

"너 수간쟁이가 무슨 뜻인지 아니?" 아버지가 물었다.

"우린 뭐든 수간쟁이라고 불러요." 닉이 말했다.

"수간쟁이는 짐승과 성관계를 갖는 사람을 뜻하는 말이야."

"왜 그렇게 해요?"

"나야 모르지." 아버지가 말했다. "하지만 가증스러운 범죄야."

닉은 아버지의 말로 인해 온갖 상상을 할 수밖에 없었다. 하지만 그 어떤 짐승도 그 짓을 하고 싶을 만큼 매력적으로 느껴지지 않았고, 소름만 돋을 뿐이었다. 어쨌거나 그것이 아버지가 그에게 들려준 첫 번째 성지식이었다. 아버지가 알려 준 또 다른 성 지식이자 마지막 성 지식은, 어느 날 아침에 듣게 되었다. 그는 신문에서 오페라 가수 엔리코 카루소가 매싱* 혐의로 체포되었다는 기사를 보았다.

"매싱이 뭐죠?"

"가장 가증스러운 범죄 중 하나지." 아버지가 대답했다. 닉은 그 위대한 테너가 시가 상자 안에 그려진 안나 헬드처럼 아름다운 여인에게, 감자를 으깨는 매셔로 뭔가 괴이하고 가증스러운 짓을 하는 장면을 떠올릴 수밖에 없었다. 엄청난 공포가 느껴졌지만, 동시에 어른이 되면 자기도 한 번쯤은 매싱이란 걸 해보리라 다짐했었다.

아버지는 자위행위를 하면 눈이 멀고 정신까지 이상해져 죽게 되고, 또 창녀를 가까이 하면 끔찍한 성병에 걸리게 된다는 말도 했었다. 하지만 그런 무서운 말을 들려주는 아버지를, 닉은 무척이나 오랫동안 사랑했었다. 그는 닉이 한 번도 본 적 없는 뛰어난 눈을 가진 사람이었다. 하지만 이런저런 안 좋은 일들을 통해 아버지에 대해 속속들이 알게 된 후로는, 그 전의 일들조차 좋은 추억으로 여겨지지가 않았다. 글로 써버리면 그 안 좋은 일에서 벗어날 수도 있을 것이다. 하지만 아직 그러기에는 때가 일렀다. 그와 관계된 많은 사람들이 여전히 살아 있기 때문이었다. 그래서 뭔가 다른 걸 생각해 보기로 했다. 아버지의 얼굴을 단장해 준 장의사는 솜씨도 훌륭했고 책임감도 대단했다. 닉이 칭찬하자 우쭐거리기도 했다. 하지만 아버지의 마지막 얼굴은 장의사가 선사한 것이 아니었다. 그가 한 것이라곤 그 얼굴을 솜씨 좋게 매만진 것뿐이었다. 그

*보통 남녀 간의 연애를 뜻하는 말로, '불량하게 집적거린다'는 의미가 들어 있다.

마지막 얼굴은, 아버지 스스로가 오랜 시간에 걸쳐 만들어 낸 것이었다. 특히 최후의 3년 동안. 그것은 좋은 이야깃거리였지만, 그걸 쓰기에는 아직 너무 많은 사람들이 살아 있었다.

닉은 인디언 마을 뒤편 솔송나무 숲에서 많은 것들을 배웠다. 그의 가족이 살았던 코티지를 나와 구불구불한 벌목길로 인디언 마을을 통과하면, 그 숲에 닿았다. 아직도 그곳까지 맨발로 가며 밟았던 흙의 감촉이 생생했다. 우선 코티지 뒤로 나가면 솔잎이 쌓인 부드러운 흙길이 있었다. 거기엔 쓰러진 통나무들이 먼지를 일으키고 있었고, 벼락 맞은 나무에 매달려 있는 가지는 마치 창처럼 길게 늘어져 있었다. 그 길을 가다 보면 개울이 나왔다. 그 위에 놓여 있는 통나무를 건너다 자칫 헛디디기라도 하면 시꺼먼 진창에 빠졌다. 개울을 무사히 건너 울타리를 넘으면, 햇볕에 단단해진 길이 보였다. 들판을 가로지른 그 길에는 잘려 나간 풀도 있었고, 자라나는 마디풀과 뮤레인도 가득했다. 왼편엔 물떼새가 사는, 질척거리는 습지로 변한 개울이 있었다. 육류 창고로 쓰이는 헛간도 보였다. 헛간 바로 아래에는 신선하고 따뜻한 거름이 부려져 있었고, 다른 쪽엔 말라서 케이크처럼 굳은 오래된 거름도 쌓여 있었다. 햇볕에 단단해진 그 길을 가다 보면 부들이 자라는 또 다른 개울이 나왔다. 그 부들을 등유에 담가 두면, 밤낚시 때 횃불로 쓸 수 있었다. 바로 그 개울을 넘으면 솔송나무 숲으로 이어지는 뜨거운 모랫길이 나왔다.

그 길을 걷다가 왼쪽으로 돌면 언덕으로 올라가는 길이 나왔다. 진흙과 이판암이 넓게 펼쳐진 그 길을 따라가면 숲으로 들어섰다. 숲은 나무로 그늘져 서늘했고, 인디언들이 벗겨 낸 솔송나무 껍질이 가득했다. 솔송나무 껍질이 층층이 쌓여 있는 모양은, 마치 집처럼 보였다. 옆에는 껍질이 벗겨진 크고 누런 솔송나무들이 그대로 나뒹굴고 있었다. 인디언들에게 필요한 것은 보인 시티의 가죽 공장으로 보낼 나무껍질뿐이기 때문이었다. 겨울이면 인디언들은 얼어붙은 호수를 가로질러 나무껍질을 끌어 날랐다. 그들 탓에 해마다 숲이 줄어들어 뜨겁고 그늘도 없는, 잡초만 무성한 공터가 점점 늘어났다.

하지만 그때만 해도 숲이 울창한 편이었고, 솔송나무들은 가지가 나기도 전에 키가 높다랗게 자랐다. 덤불 없이 솔잎만 폭신하게 깔려 있는 갈색의 땅을 밟고 지나가면, 아무리 뜨거운 날에도 몸이 서늘해졌다. 바로 그 솔송나무에 아이들 셋이 기대앉곤 했다. 나무의 몸통은 침대 두 개를 이은 것보다 더 넓었고, 높은 가지 사이로 바람과 햇볕이 드나들었다. 바로 그곳에서 빌리가 이렇게 말했었다.

"형, 트루디랑 또 하고 싶어?"

"트루디, 넌 어때?"

"으응, 하고 싶어."

"그럼 가자."

"아냐, 여기서 해."

"하지만 빌리가……"

"빌리는 신경 쓰지 마. 빌리는 내 동생이잖아."

잠시 후 그들 셋은 나란히 앉아, 나무 맨 위쪽 가지에 앉아 있는 검은 다람쥐가 울기를 기다렸다. 닉이 놈을 노리고 있기 때문이었다. 놈은 울 때면 꼬리를 세웠고, 닉은 그걸 겨냥할 생각이었다. 닉의 총은 총신이 긴 단발식 20밀리 구경 엽총이었고, 총알은 세 알밖에 없었다. 아버지가 그 이상은 주지 않기 때문이었다.

"망할 놈, 움직이질 않아." 빌리가 말했다.

"그냥 쏴, 닉. 그럼 놈이 놀라 튀어 오를 테니 그때 다시 쏘면 되잖아."
트루디가 말했다. 그녀로선 꽤나 길게 한 얘기였다.

"그럼 총알이 두 알밖에 남지 않잖아." 닉이 말했다.

"망할 놈." 빌리가 말했다.

그들은 나무에 기댄 채 아무 말 없이 앉아 있었다. 닉은 마음이 허하
면서도 행복했다.

"에디가, 어느 날 밤에 네 여동생 도러시를 찾아가서 같이 잘 거래." 빌
리가 말했다.

"뭐라고?" 닉이 말했다.

"네 여동생이랑 잘 거라고 했다고."

트루디도 고개를 끄덕이며 말했다. "자기가 원하는 건 그것뿐이래."

열일곱 살의 에디는 트루디의 백인 이복 오빠였다.

"에디 길비가 밤에 와서 내 동생 도러시한테 말이라도 걸면, 난 이렇게
쏴버릴 거야." 닉이 엽총을 들어 올려, 마치 그 인디언 혼혈 에디 길비의
머리통이나 배때기를 날려 버리듯 총을 쏘았다. "그 자식을 이렇게 날려
버릴 거라고."

"그러지 말라고 할게." 트루디가 그렇게 말하고는 닉의 호주머니에 손
을 넣었다.

"그 자식, 조심해야겠군." 빌리가 말했다.

"갠 완전 뻥쟁이야." 트루디가 닉의 호주머니 안을 손으로 더듬거리며
말했다. "근데 죽이진 마. 문제가 복잡해져."

"방금처럼 날려 버릴 거야." 닉이 말했다. 닉의 눈에, 가슴이 뻥 뚫린
채 땅바닥에 널브러져 있는 에디 길비가 보이는 듯했다. 닉은 상상 속에
서 자랑스럽게 녀석 위에 발을 올려놓았다.

“대갈통 가죽을 벗겨 낼 거야.” 그는 만족스럽게 말했다.

“그건 안 돼.” 트루디가 말했다. “더러운 짓이야.”

“가죽을 벗겨서 그 자식 엄마한테 보낼 거야.”

“걔 엄마는 죽었어.” 트루디가 말했다. “죽이지 마, 니키. 날 봐서 죽이진 마.”

“머리 가죽을 벗겨 개한테 던져 줄 거야.”

빌리는 침통한 표정으로 “그 자식 까불지 말아야 할 텐데”라고 중얼거렸다.

“개들이 그 자식 시체를 갈가리 찢어 놓을 거야.” 상상 속에서 빌어먹을 그 혼혈아의 머리 가죽을 벗긴 다음 표정 하나 바꾸지 않고 개들이 놈을 뜯어 발기는 걸 지켜보고 있던 닉은, 갑자기 목이 졸린 채 몸이 뒤로 젖혀졌다. 등이 나무에 배겨 아팠다. 트루디가 그의 목을 조르며 울부짖었다. “걜 죽이지 마! 걜 죽이지 말라고! 죽이는 건 안 돼, 니키. 안된다고, 니키!”

“너 왜 그래?”

“걜 죽이지 마.”

“난 죽일 거야.”

“걘 그냥 뻥쟁이일 뿐이야.”

“알았어.” 니키가 말했다. “우리 집에 오지만 않는다면 죽이진 않을 거야. 이젠 목을 놔줘.”

“좋아.” 트루디가 목을 놓아주며 말했다. “이젠 기분이 괜찮아졌어. 닉, 지금 하고 싶은 거 있어?”

“빌리가 가면 하고 싶은 게 있지.” 상상 속에서 에디 길비를 죽였다가 다시 살려 준 닉은, 이제 한 사람의 남자가 되어 있었다.

“넌 이제 가, 빌리. 언제까지 우릴 따라다닐 거야? 가라고.”

“개 같은 연놈들.” 빌리가 말했다. “이젠 너희들이 지겨워. 우리가 왜 여기 온 건데? 사냥하러 온 거잖아?”

“총알이 한 알 남았으니 이거나 가져가.”

“알았어. 한 방에 검정 다람쥐를 잡고 말 거야.”

“내가 나중에 부를게.” 닉이 말했다.

한참 뒤에도 빌리는 나타나지 않았다.

“우리 아기 하나 만들까?” 트루디가 행복한 표정을 지으며 갈색 다리를 포개어 그를 문질렀다. 닉은 가슴속의 무언가가 멀리 달아나는 걸 느꼈다.

“그러고 싶지 않아.” 그가 말했다.

“빌어먹을, 잔뜩 낳을 거야.”

그때 총소리가 들렸다.

“빌리가 잡았을지도 몰라.”

“신경 쓰지 마.” 트루디가 말했다.

빌리가 나무 사이로 나타났다. 어깨에 총을 멘 그는 앞발을 치켜든 검은 다람쥐를 손에 들고 있었다.

“이것 봐.” 그가 말했다. “고양이보다 큰 놈이야. 너네 일도 다 끝났지?”

“어디서 잡았어?”

“저 건너편에서. 뛰어가는 걸 단번에 쏘았지.”

“집에 가자.” 닉이 말했다.

“싫어.” 트루디가 말했다.

“난 가서 저녁 먹어야 돼.”

"알았어."

"내일도 사냥할래?"

"좋아."

"다람쥐는 네가 가져."

"알았어."

"저녁 먹고 나올래?"

"아니."

"기분이 안 좋아?"

"좋아."

"그럼 됐어."

"뺨에다 키스해 줘." 트루디가 말했다.

차로 고속도로를 달리는 동안 날이 어두워지고 있었다. 닉은 살면서 줄곧 아버지를 생각해 왔지만, 하루가 끝나는 시간에는 그러지 않았다. 하루의 끝은 언제나 혼자만의 시간이었다. 그러지 않으면 기분이 편안 해지지 않았다. 가을이면, 도요새가 넓은 들판을 날아다니는 이른 봄이 면, 들판에 쌓여 있는 옥수수나 호수를 바라볼 때면, 말이나 마차를 볼 때면, 날아가는 기러기를 볼 때나 그 울음소리를 들을 때면, 물오리 사 냥을 나가 몸을 숨기고 있을 때면 아버지가 생각났다. 미끼용 새를 향 해 눈발을 헤치고 쏜살같이 내려오는 독수리를 볼 때면, 인적이 끊긴 과수원이나 쟁기로 갈아 놓은 밭을 볼 때면, 숲 속이나 작은 언덕이나 메마른 풀밭을 지날 때면, 장작을 패거나 물을 길어 올릴 때면, 방앗간 과 사과술 공장과 저수지 둑을 지날 때면, 덮개가 없는 난로를 볼 때면 언제나 아버지가 떠올랐다. 열다섯 살 이후로 그가 살았던 마을들은 아버지는 모르는 곳이었다. 그 이후로 그가 아버지와 공유한 추억은 아무 것도 없었다.

차가운 날엔 아버지의 수염에 서리가 내렸고, 무더운 날이면 아버지는 비 오듯 땀을 흘렸다. 아버지는 햇볕이 내리쬘 때도 농장에서 일하는 걸 좋아했다. 굳이 그럴 필요가 없었는데도. 손으로 하는 일을 사랑했기 때문이었다. 닉은 그런 일은 싫어했다. 닉은 아버지를 좋아했지만 그의 냄새는 싫어했다. 한번은 작아서 못 입게 된 아버지의 속옷을 아버지가 그에게 입으라고 했다. 그는 냄새가 너무 심하지 않냐고 물었고, 아버지는 깨끗이 빨았다고 했다. 그가 냄새를 맡아 보라고 하자 아버지는 불쾌한 듯 얼굴을 찡그린 채 코를 대보더니 깨끗해서 아무 냄새도 안 난다고 했다. 하지만 닉은 구역질이 날 것 같았다. 그래서 낚시를 가서 그 속옷을 벗어 개울에 넣고 그 위에 돌 두 개를 포개어 놓고는, 집으로 돌아와 속옷을 잃어버렸다고 했다. 그러자 아버지는 거짓말을 한다며 매를 들었다.

그 뒤 닉은 장작이 쌓여 있는 헛간에 문을 열어 놓고 앉아 엽총에 탄약을 장전하고는, 현관문 옆에서 신문을 읽고 있는 아버지를 건너다보며 생각했다. '나는 저 인간을 쏴서 지옥으로 보내 버릴 수도 있어. 죽일 수도 있다고.' 마침내 그는 분노가 사라지는 것을 느낄 수 있었고, 자신의 총이 아버지에게서 물려받은 것이라는 사실을 떠올리니 소름이 끼치기도 했다. 그러고 나서 그는 아버지 냄새를 떨어내기 위해 어둠 속을 걸어 인디언 마을까지 갔었다. 가족 중에 그가 좋아하는 냄새를 가진 사람은 여동생뿐이었다. 그 외 다른 가족과의 접촉은 피했다. 담배를 피우기 시작하면서 후각이 둔감해지자 냄새로 인한 불쾌함은 사라져 버렸다. 다행이었다. 예민한 후각은 사냥개에게나 필요하지 사람에겐 불편하기만 할 뿐이었다.

"어렸을 때 인디언들이랑 사냥 가면 뭐가 좋았어요, 아빠?"

"모르겠구나." 닉은 반사적으로 그렇게 대답하고 나서 깜짝 놀랐다. 아이가 깼다는 것을 눈치채지 못하고 있었다. 아니 아이가 옆에 있다는 사실조차 까맣게 잊고 있었다. 그는 옆자리의 아이를 바라보았다. 혼자라고 생각했는데 아이와 함께였다. 아이는 언제부터 깨어 있었던 걸까. "우린 온종일 검은 다람쥐를 잡으러 다녔지." 그가 말했다. "할아버지는 하루에 총알을 딱 세 개만 주셨어. 그래야 사냥을 더 잘 배울 수 있다고. 그리고 아이들이 총을 마구 쏴대며 돌아다니는 건 좋지 않다고도 하셨어. 난 빌리 길비와 그 애의 누나 트루디랑 사냥을 다녔단다. 여름엔 날마다 사냥을 했지."

"인디언 이름은 웃겨요."

"그래, 그렇지?"

"그 아이들은 어떤 아이들이었어요?"

"오지브웨이 족이었단다." 닉이 말했다. "아주 멋진 애들이었지."

"같이 있으면 뭐가 좋았어요?"

"그건 말하기가 좀 곤란하구나." 아무도 해주지 않았던, 그녀가 처음으로 해주었던 일을 어떻게 표현할 수 있을까. 통통한 갈색의 다리, 납작한 배, 단단하고 작은 가슴, 꽉 껴안은 팔, 재빠른 혀, 반들거리는 눈, 향기로운 입으로 불안하게, 단단하게, 달콤하게, 촉촉하게, 사랑스럽게, 꽉 조이며 그를 영원히 채워 주었던 그 일을. 그러다가 그 일은 갑자기 끝나 버렸다. 새벽에만 나타나는 커다란 부엉이 같은 새가 그 한낮의 숲을 날아다녔고, 솔송나무의 날카로운 솔잎이 배를 찔렀으며, 인디언들이 버린 텅 빈 진통제 병에서 냄새가 풍겨 나왔다. 파리가 윙윙거리며 돌아다녔고, 풀 냄새와 연기 냄새와 갓 잡은 담비 냄새도 났었다. 그 시절 들었던 인디언들에 대한 농담을, 그 시절 보았던 늙은 인디언 여자들의 모습을, 그는 아직까지 잊을 수가 없었다. 아픈 인디언들이 풍기던 달짝지근한 냄새도, 그리고 그들의 최후도. 그들은 그렇게 끝나선 안 되었지만, 한결같이 그렇게 생을 마감했다. 오래전엔 행복하게 살 수 있었지만 더 이상 그럴 수 없기 때문이었다.

물론 사냥의 기억도 생생했다. 날아가는 새 한 마리를 쏠 수 있으면 다른 새들도 모두 쏠 수 있었다. 새는 저마다 다르고 날아가는 방법도 다 달랐지만, 그들은 모두 감동 그 자체였다. 첫 번째 새부터 마지막 새까지. 그런 감동을 알게 해주었다는 점에선 아버지에게 감사할 수밖에 없었다.

"네가 인디언들을 좋아하지 않을 수도 있지만," 닉이 아들에게 말했다. "내 생각엔 네가 그들을 좋아할 것 같아."

"할아버지도 어렸을 때 인디언들이랑 같이 살았죠?"

"그럼. 친하게 지낸 인디언들도 많았다고 하셨어."

"저도 그 사람들이랑 같이 살게 될까요?"

"모르겠구나." 닉이 말했다. "그건 네게 달렸지."

"몇 살이 되면 총을 가지고 혼자 사냥할 수 있어요?"

"조심성만 있다면, 열두 살이면 할 수 있지."

"지금이 열두 살이었으면 좋겠어요."

"곧 될 거야."

"할아버지는 어떤 분이었어요? 프랑스에서 돌아왔을 때 할아버지가 공기총이랑 성조기를 주신 것밖엔 기억이 안 나요. 어떤 분이었죠?"

"설명하기가 쉽지 않구나. 뛰어난 사냥꾼이자 낚시꾼이셨고, 놀라운 눈을 가진 분이셨지."

"사냥을 아빠보다 더 잘하셨어요?"

"그럼. 총을 아주 잘 쏘셨단다. 할아버지의 아버지도 날아가는 새를 맞힐 정도로 총을 잘 쏘셨단다."

"하지만 아빠보다는 못하셨을 거예요."

"아니야. 할아버진 엄청 빠르게 총을 쏘셨어. 할아버지가 총을 쏘시는 모습을 다시 한 번 보고 싶구나. 할아버진 아빠가 총 쏘는 모습은 늘 못 마땅해하셨어."

"왜 우린 할아버지 산소에 기도하러 가지 않죠?"

"우리가 산소와 너무 먼 곳에 살아서 그렇지."

"프랑스라면 전혀 문제가 되지 않았을 거예요. 프랑스는 좁잖아요. 난 우리가 할아버지 산소에 가야 한다고 생각해요."

"언젠가 가게 될 거야."

"아빠가 돌아가시면, 난 아빠 산소에서 너무 먼 곳에서 살고 싶진 않아요."

"그럼 미리 상의를 해놔야겠구나."

"우리 모두 가기 쉬운 곳에 묻혀야 해요. 프랑스에서라면 그럴 수 있을 거예요."

"하지만 난 프랑스에 묻히고 싶진 않아." 닉이 말했다.

"그럼 미국에서 가기 쉬운 곳을 찾아봐야겠네요. 우리 모두 목장에 묻히는 건 어때요?"

"괜찮은 생각이구나."

"그러면 전 목장으로 가는 길에 할아버지 산소에서 걸음을 멈추고 기도할 수 있을 거예요.”

“넌 정말이지 똑똑하구나.”

“아직 할아버지 산소에 한 번도 가보지 못한 걸 생각하면 마음이 좋지 않아요.”

“가야 하겠지.” 닉이 말했다. “가야 한다는 걸 아빠도 알고 있단다.”

노인과 바다
The Old Man and the Sea

멕시코 만류가 흐르는 바다에서 조그만 배를 타고 고기를 잡는 노인은 지난 84일 동안 단 한 마리도 잡지 못했다. 처음 40일 동안은 소년이 하나 그와 함께 있었다. 하지만 그 40일 동안 고기를 전혀 잡지 못하자 소년의 부모는 노인이 '살라오', 즉 재수가 옴 붙은 사람이라며 소년에게 다른 배를 타라고 했다. 소년은 배를 갈아타고 일주일 만에 큼지막한 놈으로 세 마리나 낚아 올렸다. 허구한 날 빈 배로 돌아오는 노인이 안쓰러웠던 소년은, 늘 그의 배로 가서 감아 놓은 낚싯줄이나 갈고리, 작살, 접어 놓은 돛 따위를 날라 주었다. 밀가루 부대로 누덕누덕 기워 놓은 돛은 영원한 패배의 깃발처럼 접혀져 있었다.

노인은 바짝 마르고 여위었으며 목덜미에 주름이 깊게 패어 있었다. 열대의 바다에서 반사된 햇볕에 의해 생긴 양성 피부암의 갈색 반점들이 양쪽 뺨에 퍼져 있었다. 반점들은 얼굴 아래까지 길게 번져 있었고, 두 손엔 낚싯줄에 걸린 무거운 고기를 다루느라 생긴 주름 모양의 깊은 상처가 나 있었다. 하지만 근자에 생긴 상처들은 하나도 없었다. 상처들은 모두 물고기 없는 사막의 침식 지대만큼이나 오래된 것들이었다.

그의 모든 것은 삭아 있었지만 눈만은 그렇지 않았다. 바다와 같은 푸른 두 눈은 활기와 불패의 의지로 가득 차 있었다.

"산티아고 할아버지." 소년은 작은 배를 끌어 올려놓은 방죽으로 올라가며 노인에게 말했다. "다시 할아버지와 고기를 잡을 수 있어요. 돈을 좀 벌어 놨거든요."

소년에게 고기 잡는 법을 가르쳐 준 것은 노인이었고, 소년은 그를 사랑했다.

"아니야." 노인이 말했다. "넌 운이 좋은 배를 타야지. 타던 배를 그냥 타거라."

"제가 87일 동안 고기를 한 마리도 못 잡다가 3주 동안 매일 큰 놈들을 잡은 걸 기억하시죠?"

"기억하지." 노인이 말했다. "네가 괜히 날 의심해서 떠난 게 아니란 것도 안다."

"아빠가 그 배로 보낸 거예요. 난 아직은 아빠 말을 들어야 하는 아이고요."

"알아." 노인이 말했다. "아무렴, 그래야지."

"아빠는 신의란 게 별로 없어요."

"그래." 노인이 말했다. "하지만 우리한테는 있지. 그렇지 않니?"

"그럼요." 소년이 말했다. "테라스에서 맥주 한 잔 사드릴 테니, 이 어구들은 나중에 옮기는 게 어떨까요?"

"안 될 거 없지." 노인이 말했다. "어부끼리 한잔하는 건데."

두 사람이 술집 테라스에 앉아 있자 적잖은 어부들이 빈정거렸지만 노인은 화를 내지 않았다. 나이 많은 어부들 중에는 그를 측은히 여기는 사람들도 있었다. 하지만 그들은 그런 내색은 하지 않은 채 조류와 낚싯줄을 드리운 깊이, 계속되는 화창한 날씨, 고기를 잡으며 보았던 것들에 대해 점잖게 얘기를 나누었다. 그날 수확이 좋았던 어부들은 잡아온 청새치들을 손질해 송판 두 장에다 길게 늘어놓은 다음, 두 사람씩 짝을 지어 양쪽 끝을 잡고 그것을 집어장으로 옮겨 놓은 상태였다. 거기에는 아바나의 시장으로 갈 냉동 트럭이 대기하고 있었다. 상어를 잡은 어부들은 그놈을 포구 안쪽의 상어 공장으로 가져갔다. 도르래로 끌어 올려진 상어는 간과 지느러미가 제거되고 껍질이 벗겨진 뒤 토막 쳐져 소금에 절여졌다.

동풍이 불면 상어 공장에서 풍기는 비린내가 항구까지 건너왔지만, 오늘은 바람이 북쪽으로 방향을 잡았다가 곧 잠잠해져 비린내는 아주 희미하기만 했다. 그래서 밝은 햇살이 비치는 술집 테라스의 공기는 아주 상쾌했다.

"산티아고 할아버지." 소년이 노인을 불렀다.

"응." 노인이 말했다. 그는 잔을 쥔 채 오래전 일을 생각하던 참이었다.

"가서 내일 쓰실 정어리 좀 잡아 올까요?"

"아니다. 가서 야구나 하렴. 아직은 내가 노를 저을 수 있고, 로헬리오가 그물도 던져 줄 테니."

"제가 하고 싶어서 그래요. 같이 고기를 잡을 수 없다면, 다른 무엇이든 돕고 싶어요."

"맥주를 사줬잖니." 노인이 말했다. "녀석, 벌써 다 컸구나."

"처음 배에 태워 주셨을 때 제 나이가 몇 살이었죠?"

"다섯 살이었지. 내가 잡은 놈이 얼마나 싱싱했는지, 그놈이 배를 아주 조각을 내다시피 설쳐 대서 네가 죽을 뻔했지. 기억나니?"

"그놈이 꼬리를 파닥거리면서 날뛰다가 노 젓는 자리를 부서뜨린 거, 그놈을 몽둥이로 때리던 소리, 다 기억나요. 할아버지가 저를 젖은 낚싯줄을 감아 놓은 뱃머리에다 던져 놓으셨던 거, 배가 온통 흔들리던 거, 할아버지가 나무 쪼개듯 몽둥이로 고기를 두들겨 패던 소리, 그리고 제 주위에서 나던 들큼한 피 냄새까지 기억할 수 있어요."

"정말 그런 것까지 다 생각이 나? 아니면 내가 얘기를 해줬니?"

"할아버지랑 처음 바다로 갔을 때부터 지금까지 모두 다 기억하고 있어요."

노인은 햇볕에 불그레하게 젖은 눈으로 믿음과 사랑을 담아 소년을 바라보았다.

"네가 만약 내 자식이라면 널 데리고 행운을 한번 시험해 볼 텐데." 그가 말했다. "하지만 네겐 부모가 있고, 넌 운이 좋은 배를 타고 있지."

"정어리를 잡아 올게요. 네 마리 정도 미끼로 쓸 놈을 잡을 데를 알고 있어요."

"오늘 쓰고 남은 것도 있어. 소금에 절여서 상자에다 넣어 뒀지."

"싱싱한 걸로 네 마리만 잡아 올게요."

"그럼 한 마리만." 노인이 말했다. 그에게서 희망과 자신감이 사라진 적은 없었지만, 이제 그것들이 미풍처럼 새롭게 솟아났다.

"두 마리." 소년이 말했다.

"그래, 두 마리." 노인이 맞장구를 쳤다. "혹시 훔쳐서 어디 숨겨 둔 건 아니겠지?"

"물론 훔칠 수도 있었겠죠." 소년이 말했다. "하지만 그럴 바엔 샀겠죠."

"고맙구나." 노인이 말했다. 그는 너무도 소박해서 자신이 언제부터 겸손해졌는지도 모르는 사람이었다. 하지만 자신이 겸손하다는 건 알고 있었고, 겸손은 하찮은 것도 아니고 자부심을 잃는 일도 아니라는 것을 잘 알고 있었다.

"내일도 조류가 이 상태라면 멋진 하루가 될 거다." 그가 말했다.

"어디로 가실 건가요?" 소년이 물었다.

"먼 데까지 나갔다가 바람이 바뀌면 돌아올 거다. 해가 뜨기 전에 나갔으면 싶구나."

"저도 선주 아저씨한테 먼 데까지 나가 보자고 말해 볼게요." 소년이 말했다. "그러면 할아버지가 엄청 큰 녀석을 잡을 때 저희가 도와 드릴 수 있을 거예요."

"그 사람은 너무 멀리 나가는 건 좋아하지 않아."

"그렇긴 하죠." 소년이 말했다. "하지만 전 선주 아저씨가 보지 못하는 걸 잘 봐요. 제가 무언가를 쫓고 있는 새를 봤다고, 거기 돌고래가 있을 거라고 하면 될 거예요."

"그 사람 눈이 그렇게나 나빠?"

"거의 장님이죠."

"이상하구나." 노인이 말했다. "그 사람은 바다거북을 잡으러 간 적이 없었거든. 바다거북을 잡다 보면 눈이 멀게 되기도 하지."

"그렇지만 할아버지는 몇 년 동안 모스키토 해안에서 바다거북을 잡으셨는데 눈이 멀쩡하시잖아요."

"그러니 이상한 노인이지."

"그런데 진짜로 큰 고기를 잡을 수 있을 만큼 아직 힘이 세요?"

"그럼. 게다가 요령도 풍부하잖니."

"이제 가서 어구들을 집으로 옮겨요." 소년이 말했다. "그래야 제가 투망을 가지고 정어리를 잡으러 가죠."

그들은 배로 가서 어구들을 챙겼다. 노인은 돛대를 어깨에 멨고, 소년은 단단하게 꼬아 감은 낚싯줄이 든 나무 상자와 창이 꽂혀 있는 작살을 들었다. 미끼로 쓸 고기가 든 상자는 큰 고기가 날뛰지 못하게 할 때 쓰는 몽둥이와 함께 고물 아래쪽에 그냥 놔뒀다. 노인의 물건을 훔쳐 갈 사람은 없을 테지만, 돛과 무거운 낚싯줄은 이슬에 상할 수 있어서 집으로 가져가는 게 나았다. 그리고 마을 사람 중에 그의 물건을 슬쩍해 갈 사람이 아무리 없다 해도 갈고리와 작살을 배에다 두고 가는 건 견물생심을 불러일으킬 수도 있었다.

그들은 나란히 노인의 오두막으로 걸어 올라가 열려 있는 문을 통해 안으로 들어갔다. 노인은 돛이 감겨져 있는 돛대를 벽에 기대 놓았고, 소년은 상자와 어구들을 그 옆에 내려놓았다. 돛대의 길이는 방 하나짜리 그 오두막의 길이와 거의 비슷했다. 노인의 오두막은 '구아노'라 불리는 대왕야자수의 질긴 나무껍질을 엮어 만든 것인데, 그 안에는 침대와 테이블과 의자가 하나씩 놓여 있고 흙바닥에 조리용 화덕도 있었다. 질긴 섬유질의 구아노 잎을 납작하게 여러 장 포개어 만든 갈색의 벽에는 창에 가슴을 찔린 예수의 그림과, 코브레 성당*의 검은 성모상을 그린 채색화도 걸려 있었다. 둘 다 그의 아내가 남긴 유품이었다. 한때는 색을 입힌 아내의 사진도 걸려 있었지만, 볼 때마다 외로움이 깊어져 떼어 버렸다. 지금 그 사진은 방 한쪽 구석 선반 위에 놓인 그의 깨끗한 셔츠

---

*쿠바의 산티아고데쿠바에 있는 대성당.

밑에 있었다.

"드실 건 있나요?" 소년이 물었다.

"황변미黃變米로 지은 밥 한 공기랑 생선이 있어. 너도 좀 먹을 테냐?"

"아니에요. 전 집에 가서 먹을래요. 불을 피워 드릴까요?"

"아니다. 나중에 내가 할게. 그냥 찬밥을 먹어도 되고."

"투망 가져가도 돼요?"

"그럼."

투망은 없었다. 언젠가 팔아 버렸다는 걸 소년은 알고 있었다. 하지만 두 사람은 매일 이런 엉터리 얘기를 주고받았다. 밥과 생선이 없다는 것도 소년은 알고 있었다.

"85는 행운의 숫자야." 노인이 말했다. "손질 다 하고도 무게가 1천 파운드가 넘는 놈을 끌고 오는 걸 보고 싶지 않니?"

"투망으로 정어리를 잡아 올게요. 문가에서 햇볕 쬐고 계실 거죠?"

"그래. 어제 신문이 있으니 야구 기사나 읽어야겠구나."

소년은 어제 신문이란 것도 지어낸 얘기가 아닐까 싶었다. 하지만 노인은 침대 아래에서 신문을 꺼내 왔다.

"보데가(식료품점)에 갔더니 페리코가 이걸 주더구나." 노인이 설명했다.

"그럼 전 정어리를 잡아 올게요. 얼음에 재워 놨다가 내일 아침에 할아버지 것하고 제 걸로 나누면 될 거예요. 돌아오면 야구 얘기 해주세요."

"뉴욕 양키스는 패배를 모르지."

"하지만 전 클리블랜드 인디언스가 좀 무서워요."

"양키스를 믿어야지, 얘야. 위대한 디마지오가 있다는 걸 기억해."

"전 디트로이트 타이거스랑 클리블랜드 인디언스, 둘 다 무서워요."

"정신 차려. 안 그러면 신시내티 레즈나 시카고 화이트삭스조차 무서워질 거다."

"신문 잘 읽어 보시고 제가 돌아오면 얘기해 주세요."

"85로 끝나는 복권을 사는 건 어떨까? 내일이 85일째 되는 날이잖아."

"괜찮겠네요." 소년이 말했다. "그런데 87은 어때요? 할아버지의 위대한 기록이잖아요."

"두 번 다시 일어날 수 없는 일이지. 85로 끝나는 복권을 구할 수 있겠니?"

"한 장은 주문할 수 있을 거예요."

"한 장이야 되겠지. 그럼 2달러 50센트로구나. 그 돈을 어디서 빌리지?"

"어렵지 않아요. 2달러 50센트 정도는 언제든 빌릴 수 있어요."

"나도 그 정도는 가능할 거야. 하지만 되도록 안 빌리려고 해. 처음엔 빌리지만, 나중엔 구걸을 하게 되거든."

"몸 좀 녹이고 계세요, 할아버지." 소년이 말했다. "9월이란 걸 기억하세요."

"큰 고기가 오는 달이지." 노인이 말했다. "누구나 어부가 될 수 있는 5월하곤 다르지."

"이제 정어리를 잡으러 갈게요." 소년이 말했다.

소년이 돌아왔을 땐 벌써 해가 저물어 있었고 노인은 의자에 앉아 잠이 들어 있었다. 소년은 침대에서 낡은 군용 담요를 벗겨 와서 노인의 어깨를 덮어 주었다. 나이가 많이 들었음에도 불구하고 노인의 어깨는 이상하리만치 힘이 넘쳤다. 목도 여전히 강인했다. 고개를 앞으로 떨군 채 잠이 들어서 목주름은 거의 보이지 않았다. 셔츠는 얼마나 여러 번 기웠는지 누더기 돛처럼 보였고, 그 기운 조각들은 햇볕에 바래져 각각 여러 색조를 띠고 있었다. 노인의 머리 역시 늙은 사람의 그것답게 바래져 있었고, 두 눈이 감긴 얼굴엔 생기라곤 없었다. 무릎 위에 놓인 신문지는 팔에 눌린 채 저녁 산들바람에 나부끼고 있었다. 노인의 발은 맨발이었다.

소년은 노인을 그대로 두고 잠시 그 자리를 떴다. 다시 돌아왔을 때도 노인은 여전히 잠들어 있었다.

"일어나세요, 할아버지." 소년은 그렇게 말하며 노인의 한쪽 무릎에 손을 얹었다.

눈을 뜬 노인은 한동안 먼 길을 떠났다가 돌아온 듯한 표정을 지었다. 그러고 나서야 미소를 지었다.

"뭘 갖고 온 거냐?" 그가 물었다.

"저녁 식사요." 소년이 말했다. "우리 저녁 먹어요."

"난 배 안 고파."

"그러지 마시고 드세요. 드시는 게 없으면 고기도 못 잡아요."

"여태 그렇게 해온걸." 노인은 그렇게 말하며 신문을 접고 어깨에 덮인 담요도 벗겨서 개기 시작했다.

"담요는 그냥 두르고 계세요." 소년이 말했다. "앞으로는 제대로 드시지도 않고 고기잡이하러 나가시진 못할 거예요. 제가 살아 있는 동안에는 안 돼요."

"그렇다면 몸 잘 돌보며 오래오래 살아야겠구나." 노인이 말했다. "먹을 게 뭔데?"

"검정콩이랑 쌀밥이랑 바나나 튀김이에요. 스튜도 좀 있어요."

소년이 테라스에서 두 단짜리 금속 도시락에 담아 온 음식이었다. 그의 주머니에는 종이 냅킨에 싼 나이프와 포크도 두 벌씩 들어 있었다.

"누가 준 거냐?"

"테라스 주인 마르틴 아저씨가요."

"그 사람한테 고맙다고 해야겠구나."

"벌써 제가 인사를 드렸어요." 소년이 말했다. "할아버진 그러실 필요 없어요."

"큰 고기를 하나 잡으면 뱃살을 그 사람한테 줘야겠다." 노인이 말했다. "우리를 위해서 이렇게 해준 게 처음이 아니잖아."

"맥주 두 병도 주셨어요."

"난 캔 맥주가 좋더라."

"알아요. 하지만 이건 병맥주예요. 아투에이 맥주요. 빈 병은 제가 갖다 줄게요."

"싹싹한 것 좀 보게." 노인이 말했다. "그럼 어디 먹어 볼까?"

"아까부터 그러고 싶었는걸요." 소년이 상냥하게 말했다. "하지만 할아버지가 준비되실 때까진 도시락을 열고 싶지 않았어요."

"이젠 준비가 되었어." 노인이 말했다. "손 씻을 시간이 필요했을 뿐이야."

어디서 씻으셨다는 거지? 소년이 속으로 생각했다. 마을 급수장은 두 블록이나 내려가야 있었다. 물을 길어다 드렸어야 했다고, 비누랑 괜찮은 수건도 가져왔어야 했다고 소년은 생각했다. 내가 왜 그 생각을 못한 거지? 여벌의 셔츠와 겨울용 재킷, 신발 몇 켤레와 담요도 가져와야겠어.

"스튜 맛이 기가 막힌걸." 노인이 말했다.

"야구 얘기 해주세요." 소년이 그에게 청했다.

“아메리칸 리그에선 내가 말했듯이 양키스야.” 노인이 유쾌하게 말했다.

“오늘은 졌어요.” 소년이 노인에게 말했다.

“그건 아무 의미 없어. 위대한 디마지오가 다시 일어설 테니까.”

“양키스엔 다른 선수들도 많아요.”

“물론이지. 그렇지만 그는 달라. 다른 리그에선, 브루클린 다저스와 필라델피아 필리스 중에서 난 브루클린이라고 봐. 하지만 필라델피아의 딕 시슬러가 그 유서 깊은 구장에서 날렸던 엄청난 타구들도 생각나는구나.”

“그렇게 공을 멀리 날리는 선수는 처음 봤어요.”

“그 사람이 예전에 테라스에 오곤 했잖아. 기억나니? 그 사람과 낚시를 하고 싶었지만 청할 용기가 나질 않더구나. 그래서 너한테 말해 보라고 했는데 너도 용기가 없었지.”

“기억해요. 큰 실수를 한 거죠. 우리랑 갔을지도 모르는데. 그랬더라면 평생 간직할 추억을 만들었을 텐데.”

“난 저 위대한 디마지오를 낚시에 데려가고 싶어.” 노인이 말했다. “그 사람 부친이 어부였다고 하더구나. 그러니까 그도 우리처럼 가난하게 자랐을 테니 우릴 이해해 줄 거야.”

“위대한 시슬러는 가난해 본 적이 없대요. 그의 아버지도요. 시슬러의 아버지는, 제 나이 때 벌써 빅 리그*에서 뛰었다고 하더라고요.”

“내가 네 나이였을 때, 가로돛을 달고 아프리카를 항해하던 범선의 선원이었지. 저녁이면 해변에서 사자들을 보곤 했단다.”

“알고 있어요. 예전에 들려주셨어요.”

*메이저리그를 일컫는 말.

"아프리카 얘기를 할까, 야구 얘기를 할까?"

"야구 얘기가 좋겠어요." 소년이 말했다. "위대한 존 호타 맥그로 선수 얘기를 해주세요." 소년은 존 J. 맥그로의 'J'를 '호타'라고 발음했다.

"그 사람도 예전엔 가끔 테라스에 들르곤 했었지. 하지만 술을 마시면 행동이 거칠어지고 말도 험하게 해서 사람들 골치깨나 썩였지. 그 사람은 야구만큼이나 경마도 좋아했단다. 그래서 주머니에 늘 말 목록을 넣고 다녔고, 수시로 전화기에 대고 말 이름들을 외치기도 했었어."

"감독으로도 훌륭했어요." 소년이 말했다. "우리 아빠 그 사람이 가장 위대한 감독이었다고 생각해요."

"그 사람이 여길 자주 찾아와서 그렇게 여겼을 게야." 노인이 말했다. "만약 듀로커가 해마다 여길 왔다면 네 아버진 그 사람을 가장 위대한 감독이라고 생각했을걸."

"그럼 진짜로 가장 위대한 감독은 누구죠? 루케? 아니면 마이크 곤살레스?"

"내가 보기엔 누가 더 낫다고 할 수가 없어."

"하지만 최고의 어부는 할아버지예요."

"아니야. 난 더 나은 어부들을 알고 있어."

"케 바(천만에요)." 소년이 말했다. "좋은 어부도 많고 위대한 어부도 있긴 하죠. 하지만 최고의 어부는 오직 할아버지뿐이에요."

"고맙다. 네가 날 행복하게 해주는구나. 네가 틀렸다는 게 탄로가 날 만큼 큰 고기는 걸리지 않아야 할 텐데."

"말씀하신 대로 여전히 힘이 세시다면 그런 고기는 없겠죠."

"생각만큼 내 힘이 세지 않을지도 몰라." 노인이 말했다. "하지만 내겐 요령도 있고 굳은 의지도 있어."

"아침에 기운 내시려면 이제 그만 주무세요. 도시락이랑 빈 병은 제가 테라스에 돌려줄게요."

"너도 잘 자거라. 아침에 깨워 줄게."

"할아버지는 제 자명종이죠." 소년이 말했다.

"내 자명종은 내 나이지." 노인이 말했다. "왜 늙은이들은 일찍 일어날까? 하루가 더 길어지니까?"

"모르겠어요." 소년이 말했다. "제가 아는 건 어린애들은 늦게까지 곤하게 잔다는 것뿐이에요."

"나도 그랬었지." 노인이 말했다. "내가 제시간에 깨워 줄게."

"전 선주 아저씨가 깨우는 건 싫더라고요. 저 자신이 모자라다는 느낌이 들어서요."

"알아."

"푹 주무세요, 할아버지."

소년이 오두막을 나갔다. 노인은 식사를 하는 동안에도 불을 켜지 않았었고, 그 어둠 속에서 바지를 벗고 침대로 들어갔다. 그는 바지에다 신문지를 넣고 둘둘 말아 베개를 만들었다. 그러고는 담요로 몸을 감싸고는, 침대 스프링을 덮은 또 다른 낡은 신문지들 위에서 잠을 청했다.

그는 금방 잠이 들었다. 꿈에서 소년 시절에 갔던 아프리카가 등장했다. 긴 황금색 해변, 너무 밝아서 눈을 다칠 정도였던 그 희디흰 모래사장과 높다란 곶, 거대한 갈색 산들이 보였다. 요즈음 그는 밤마다 꿈속에서 그 해안을 따라갔다. 파도의 포효 소리를 듣기도 하고, 그 파도를 헤치며 다가오는 원주민의 배들을 보기도 하면서. 꿈속에서도 그는 갑판에서 풍기는 타르 냄새와 바닥 틈을 메운 뱃밥 냄새를 맡을 수 있었다. 또 아침이면 육지에서 불어오는 미풍에 실린 아프리카의 냄새를 맡을 수 있었다.

　보통은 그 미풍 냄새에 잠에서 깨어 소년을 깨우러 가곤 했다. 하지만 이번에는 그 미풍이 너무 일찍 찾아왔다. 새벽이 되기도 전에 한밤중에 불어온 것이다. 꿈속에서도 그 사실을 안 그는 계속 꿈에 머물렀다. 바다 위로 우뚝 솟은 흰 산봉우리들과 카나리아 제도의 여러 항구와 정박지들 속에.

　더 이상 폭풍우가 몰아치는 꿈은 꾸지 않았다. 여자들이 나타나는 꿈도, 엄청난 사건들이 벌어지는 꿈도, 거대한 물고기와 싸우는 꿈도 꾸지 않았다. 심지어 아내 꿈조차 꾸지 않았다. 이제 그는 오로지 이곳, 사자들이 어슬렁거리는 해변의 꿈만 꾸었다. 그놈들은 노을 속에서 어린 고양이처럼 장난을 쳤고, 그런 그놈들의 모습은 소년만큼이나 사랑스러웠다. 하지만 그는 소년의 꿈을 꾼 적은 없었다. 그는 스르르 잠에서 깨어났고, 열린 창문으로 달이 보였다. 그는 돌돌 말아서 베개로 쓰던 바지를 풀어 다시 꿰입고는 오두막을 나와 오줌을 눴다. 그러고는 소년을 깨우려고 길을 따라 올라갔다. 새벽 한기에 몸이 부르르 떨렸다. 하지만 걷다 보면 몸이 따뜻해질 것이고, 노를 젓다 보면 굳은 근육이 풀릴 것이다.

　소년이 살고 있는 집 문은 잠겨 있었다. 그는 문을 열고 맨발로 조용히 걸어 들어갔다. 소년은 맨 앞쪽 방의 간이침대에서 자고 있었는데, 기울어 가는 달빛에 소년의 모습이 또렷하게 드러났다. 노인은 소년이 눈을 떠 자신에게로 고개를 돌릴 때까지 소년의 한쪽 발을 살그머니 잡고 있었다. 노인이 고개를 끄덕이자 소년은 침대에 걸터앉아 침대 곁 의자에 벗어 놓았던 바지를 입었다.

　노인이 문밖으로 나가자 소년도 뒤따랐다. 소년은 여전히 졸린 얼굴이었고, 노인은 그의 어깨를 팔로 감싸며 말했다. "미안하구나."

"케 바." 소년이 말했다. "남자라면 당연히 해야 할 일이죠."

그들은 노인의 오두막을 향해 내려갔다. 돛대를 메고 길을 따라 어둠 속을 걸어가는 어부들은 하나같이 맨발이었다.

노인의 오두막에 도착하자 소년은 바구니 안에 든 감아 놓은 낚싯줄과 갈고리와 작살을 집어 들었고, 노인은 돛이 감긴 돛대를 어깨에 멨다.

"커피 한 잔 하실래요?" 소년이 물었다.

"어구들을 배에다 싣고 나서 마시자꾸나."

둘은 이른 아침 어부들을 상대로 문을 여는 가게로 들어가서 연유 깡통에 담아 주는 커피를 마셨다.

"잠은 잘 주무셨어요, 할아버지?" 소년이 물었다. 그는 아직 잠이 다 깬 건 아니었지만 조금씩 정신이 들고 있었다.

"아주 잘 잤어, 마놀린." 노인이 말했다. "오늘은 자신감이 확 생기는구나."

"저도 그래요." 소년이 말했다. "이제 할아버지 몫과 제 몫의 정어리랑 신선한 미끼용 고기들을 갖고 와야겠어요. 우리 배의 어구들은 선주 아저씨가 직접 날라요. 누구한테도 맡기고 싶어 하질 않아요."

"나는 다르지. 난 네가 다섯 살이었을 때부터 내 어구들을 옮기게 했지." 노인이 말했다.

"알아요." 소년이 말했다. "금방 올게요. 커피 한 잔 더 드세요. 여기선 외상도 되잖아요."

소년은 맨발로 산호 바위 위를 걸어 미끼로 쓸 고기들이 있는 냉동 창고로 갔다.

노인은 천천히 커피를 마셨다. 그것이 오늘 하루 동안 먹을 전부일 것

임을 그는 알고 있었다. 먹는 일이 귀찮아져 점심을 챙겨 가지 않은 게
꽤 오래전부터였다. 뱃머리에 물병 하나 두면 그걸로 충분했다.

소년이 정어리와 신문지로 싼 미끼용 고기 두 뭉치를 가지고 돌아오
자, 그들은 자갈이 섞인 모래를 발바닥으로 느끼며 오솔길을 따라 노인
의 작은 배가 있는 곳까지 내려갔다. 그러고는 배를 들어 바다로 밀었다.

"행운을 빌어요, 할아버지."

"너한테도 행운이 따르길." 노인이 말했다. 그는 노를 매어 놓은 밧줄
을 노걸이에다 묶고는 몸을 구부려 노를 힘껏 저어 항구를 벗어나기 시
작했다. 저편 해안의 배들도 벌써 바다를 향해 나아가고 있었다. 어느새
달이 산 너머로 기울어 배의 모습은 보이지 않았지만, 노 젓는 소리는
노인의 귓속으로 밀려들었다.

가끔씩 사람들의 말소리가 들리기도 했다. 하지만 거의 노 젓는 소리
만 들려올 뿐 고요했다. 항구 어귀를 빠져나가자 배들은 고기가 있을 만
한 곳을 찾아 일제히 흩어졌다. 노인은 먼바다로 나가리라 생각하며 육
지 내음을 뒤로하고 신선한 새벽의 냄새를 쫓아 노를 저었다. 어부들이
'커다란 우물'이라고 부르는, 갑자기 수심이 700패덤*으로 깊어지는 곳
에 도착하자 물속의 해초들이 내뿜는 인광이 보였다. 바다의 물길이 해
저의 가파른 경사면에 부딪쳐 소용돌이를 일으키는 그곳엔 온갖 물고
기들이 떼를 지어 모여 있었다. 미끼용으로 적합한 물고기들과 새우들
도 보였다. 깊은 구멍 속에 무리 지어 숨어 있는 오징어들도 보였는데,
그것들은 밤이면 수면 가까이로 떠올라 어슬렁거리다가 고기들에게 잡
아먹히곤 했다.

*수심을 나타내는 단위로 1패덤은 1.8미터에 해당한다.

어둠 속에서 노인은 아침이 밝아 오는 걸 느낄 수 있었다. 노를 저을 때면 어둠을 가르며 날아오르는 날치들의 쉬익 하는 날개 소리가 들려왔다. 그는 날치를 무척 좋아해서 바다에서 제일가는 친구로 여겼다. 새들에겐 늘 미안한 마음이었다. 늘 분주하게 날아다니며 먹이를 찾지만 허탕 치기 일쑤인 여린 제비갈매기 같은 것들에겐 유난히 더 미안했다. 도둑갈매기 같은 크고 힘센 놈들을 제외하곤 새들이 사람들보다 더 고단한 삶을 산다는 게 노인의 생각이었다. 더없이 잔혹해지기도 하는 바다에서 어떻게 제비갈매기 같은 섬세하고 여린 새들이 만들어진 걸까? 바다는 온화하고 아름답기도 하지만 갑자기 변해 아주 잔인해지도 한다. 그런 바다에 살기엔, 여린 소리로 구슬피 울며 날아다니다가 물 위로 부리를 박으며 먹이를 찾는 새들은 너무 약하다.

그에게 바다는 언제나 '라 마르'였다. 그것은 바다를 사랑하는 사람들이 바다를 일컫는 스페인어 여성명사다. 그들도 가끔 바다에 대한 험담을 하지만, 그럴 때조차 그들은 늘 바다를 여인으로 생각한다. 상어 간으로 목돈을 번 몇몇 젊은 어부들은 바다를 남성명사인 '엘 마르'라고 부르기도 한다. 그들은 모터 달린 배를 타고 낚싯줄에 찌 대신 부표를 달고 다닌다. 그들은 바다를 경쟁 상대나 결투장, 심지어 적이라 부르기도 한다. 하지만 노인에게 바다는, 자신에게 큰 시혜를 베풀기도 하고 무언가를 빼앗아 가기도 하는 여성이었다. 바다가 불러일으키는 공포나 재앙은 바다 또한 어쩔 수 없는 일이라는 게 노인의 생각이었다. 달이 여성에게 영향을 끼치듯 바다에도 영향을 미치는 법이니까, 하고 노인은 생각했다.

그는 쉬지 않고 노를 저어 나갔다. 속도를 잘 조절한 데다, 이따금 해류가 소용돌이치는 곳을 빼고는 수면이 잔잔해서 그다지 힘들지 않았다. 배를 흘러가게 하는 힘은 3분의 2 정도만 노인의 노 젓는 힘이고 나머지는 물살의 힘이었다. 날이 밝을 무렵 그는 예상보다 훨씬 더 멀리까지 나와 있었다.

그는 생각했다. 일주일이나 물이 깊은 '커다란 우물'에서 일했지만 빈손으로 돌아왔어. 오늘은 가다랑어 떼와 날개다랑어 떼가 있는 곳에서 작업을 해봐야겠어. 한 놈쯤 큼지막한 게 있을 거야.

노인은 날이 완전히 밝기 전에 미끼를 드리워 놓고는 배가 물길에 움직이도록 놔두었다. 처음 미끼는 40패덤 깊이에다 내렸다. 두 번째 미끼는 75패덤, 세 번째와 네 번째 것은 각각 100패덤과 124패덤의 깊고 푸른 곳까지 내렸다. 낚싯바늘의 몸통은 주둥이를 아래쪽으로 향하고 있는 미끼용 고기 속에 들어 있고, 낚싯바늘의 굽은 곳과 끄트머리의 뾰족한 쪽은 싱싱한 정어리로 덮여 있었다. 즉 낚싯바늘은 밖에서는 전혀 보이지 않았다. 눈에 낚싯바늘이 꿰인 정어리들은 마치 불룩하게 솟은 쇠막대기에 올려놓은 화환 반쪽 같았다. 큰 놈이 낚싯바늘의 어느 부분으로 다가오더라도 틀림없이 달콤하고 맛난 냄새를 맡게 될 터였다.

소년이 노인에게 준 조그만 날개다랑어 두 마리는, 가장 깊게 드리워놓은 두 개의 낚싯줄의 미끼가 되어 추처럼 달려 있었다. 다른 두 개의 낚싯줄에는 전날 썼던 큼지막한 푸른줄전갱이와 갈전갱이가 달려 있었다. 이미 쓴 것이긴 했지만 아직은 상태가 괜찮은 데다 질 좋은 정어리가 같이 매달려 있으니 고기를 끌어들이는 데는 그만일 것이다. 큰 연필 굵기의 낚싯줄마다 달린 막대 모양의 초록색 찌는, 고기가 미끼를 당기거나 건드리면 물속으로 잠기게 되어 있었다. 각각의 낚싯줄에는 40패덤 길이의 낚싯줄 두 개가 달려 있고 그것은 밧줄과도 연결할 수 있어서, 필요하다면 총 300패덤이 넘는 길이의 줄에 고기를 매달아 끌고 갈 수 있었다.

이제 노인은 세 개의 막대 모양 찌가 물에 잠기는지를 지켜보며, 낚싯줄이 적당한 깊이에서 오르내리면서도 팽팽함을 유지하도록 부드럽게 노를 저었다. 날은 꽤 밝아져 금방이라도 해가 떠오를 것 같았다.

해가 엷은 빛을 뿜으며 바다 위로 솟기 시작하자 저 너머 해안 쪽에 넓게 흩어져 있는 낮은 배들이 보였다. 해가 완전히 떠오르자 평평한 바다에 햇빛이 날카롭게 반사되어, 그는 그곳을 외면한 채 노를 저었다. 그는 어두운 물속을 들여다보며 낚싯줄이 곧게 내려가 있는지를 살폈다. 그는 누구보다 낚싯줄을 곧게 유지할 수 있는 어부였다. 낚싯줄을 곧게 해놓아야 밝기가 각기 다른 해류의 층마다 미끼들이 정확히 드리워져, 어느 해류로 고기가 헤엄쳐 지나가도 낚일 수 있다. 다른 어부들은 미끼를 해류의 흐름에다 맡겨 버리는데, 그래서 그들이 100패덤 깊이에 있을 거라 여기는 미끼가 실은 60패덤 깊이에 놓여 있기도 했다.

하지만 난 미끼를 정확한 깊이에 놓을 수 있지, 하고 그는 생각했다. 그저 운이 따르지 않을 뿐이야. 하지만 오늘은 운이 따를지 누가 알겠어? 매일이 새로운 하루잖아. 운도 중요하지만 정확하게 하는 것도 중요해. 그래야 운이 찾아왔을 때 제대로 맞을 수 있지.

이윽고 두 시간이 지나 해가 더욱 높이 떠오르자, 동쪽을 보아도 그다지 눈이 부시지 않았다. 남은 배는 이제 겨우 세 척, 그마저도 해안 가까이에 낮게 떠 있었다.

평생 이른 아침 햇살을 보느라 눈이 상했어, 하고 노인은 생각했다. 그래도 아직은 괜찮아. 저물녘엔 바다를 똑바로 바라봐도 눈이 침침하지 않잖아. 저녁 무렵 햇살이 더 강한데도 말이야. 하지만 아침엔 어지간히 힘들어.

그때 앞쪽 하늘에서 검고 긴 날개를 활짝 펼친 군함새 한 마리가 빙 글거리며 돌고 있는 게 보였다. 날개를 한껏 젖힌 새는 비스듬히 수면 위 로 떨어져 내리다가 다시 원을 그리며 돌았다.

"저 녀석이 뭔가를 찾아냈어!" 노인이 큰 소리로 말했다. "그냥 살펴보 는 게 아니야."

노인은 새가 선회하고 있는 곳으로 천천히 멈추지 않고 노를 저어 갔 다. 낚싯줄이 계속 곧게 드리워지도록 하면서. 절대 서두르지는 않았지 만 평소보다는 약간 빠르게 노를 저었다. 새의 도움을 받아야 하기 때 문이었다. 배를 바닷속으로 밀어 넣으려는 해류와도 조금 싸워야 했다.

새는 하늘로 더욱 높이 올라가 다시금 빙글빙글 돌았는데, 날개는 전 혀 움직이지 않았다. 그러다가 갑자기 바다로 떨어져 내렸는데, 노인의 눈에 수면 위로 팔딱 튀어 올라 사력을 다해 미끄러져 가는 날치도 보 였다.

"돌고래다!" 노인이 소리를 질렀다. "큰 놈이야."

그는 노를 걸어 놓고 뱃머리 아래에서 조그만 낚싯줄을 꺼냈다. 철사 로 된 목줄과 중간 크기의 바늘이 달린 낚싯줄이었다. 거기에 정어리를 미끼로 꿰었다. 그런 다음 배 너머로 그 낚싯줄을 던지고는 줄의 나머지 끝은 고물의 고리 달린 나사에 단단히 묶었다. 또 다른 낚싯줄에도 미끼 를 꿰어 놓고 줄을 감아 이물 구석에 놓았다. 그는 다시 노를 젓기 시작 했다. 긴 날개를 가진 검은 새는 물 위를 낮게 날며 분주하게 먹이를 쫓 고 있었다.

노인은 날치를 쫓던 새가 날개를 비스듬히 젖히며 떨어지다가 허탕을 치고는 날개를 요란하게 퍼덕이는 모습을 지켜보았다. 물이 약간 부풀어 오른 모습도 볼 수 있었는데, 큰 돌고래가 달아나는 날치를 따라가며 물을 일으킨 것이었다. 돌고래는 날치가 튀어 오르면 그 아래에서 물을 가르며 내달리다가 날치가 물속으로 떨어지면 빠르게 잠수를 했다. 엄청난 돌고래 무리로군, 하고 노인은 생각했다. 녀석들이 널따랗게 퍼져 있으니 날치들은 글렀군. 새한테도 기회가 없을 거야. 새에 비하면 날치란 놈은 워낙 큰 데다 빠르기까지 하니.

그는 날치들이 계속 튀어 오르는 모습을, 또 그때마다 새가 허탕을 치는 모습을 지켜보았다. 저 날치 녀석들은 잡을 수가 없겠어, 하고 노인은 생각했다. 워낙 빠르기도 하고 너무 멀어져 버렸어. 그래도 무리에서 떨어진 녀석 하나쯤은 잡힐지도 모르지. 어쩌면 녀석들 안에 내가 노리는 큰 놈이 있을지도 몰라. 큰 놈이 어딘가엔 틀림없이 있을 거야.

육지 위에 떠 있던 구름들은 이제 산처럼 높이 솟았고, 해안은 회색빛이 감도는 한 줄기 긴 녹색 선처럼 보였다. 짙푸른 바닷물은 더욱 짙어져 거의 자주색에 가까웠다. 어두운 물속을 들여다보니 체로 걸러 낸 듯한 붉은빛의 플랑크톤들이 햇볕을 받아 기묘한 빛깔을 띠며 떠다니고 있었다. 노인은 낚싯줄이 물속 깊이 곧고 팽팽하게 내려져 있는지를 다시 살폈다. 기분이 좋았다. 플랑크톤이 이렇게 많다는 것은 고기가 몰려 있다는 뜻이기 때문이었다. 또한 해가 더 높이 솟았는데도 물속이 기묘한 빛을 띠는 건 날씨가 계속 좋을 거라는 뜻이었다. 육지 위로 구름이 높이 솟은 것도 같은 뜻이었다. 이제 아까 그 새는 거의 보이지 않았고, 물 위로도 보이는 게 없었다. 하지만 햇볕에 바랜 몇 조각의 만류 해초와, 보는 각도에 따라 색깔이 변하는 주머니 모양의 자주색 고깔해파리 한 마리가 배 옆구리 가까이에 떠 있었다. 해파리는 몸을 뉘었다가 곧추세웠다가 하며, 물속 1야드쯤에 치명적인 독을 품은 기다란 자주색 촉수를 드리운 채 거품처럼 한가로이 떠 있었다.

"아구아 말라*로군." 노인이 말했다. "음탕한 놈."

노인은 노에 몸을 기댄 채 일렁이는 배 안에서 물속을 들여다보았다. 기다랗게 늘어뜨려진 해파리 촉수들 사이로, 그 촉수와 같은 색깔의 조그만 물고기들이 헤엄쳐 가고 있었다. 거품 같은 해파리가 만든 조그만 그늘 밑에도 그것들이 떠다니고 있었다. 해파리의 독에 면역된 녀석들이었다. 하지만 사람은 그렇지 못해서 해파리가 낚싯줄에 자주색 끈끈이를 묻혀 놓으면, 고기가 걸린 그 줄을 잡아당긴 손과 팔에 마치 덩굴옻나무나 옻나무를 만졌을 때처럼 물집이 생기고 발진이 일어난다. 더구나 아구아 말라의 독성은 빠르게 번지고 채찍에 맞은 것 같은 통증을 유발한다.

볼 때마다 색깔이 달라 보이는 그 거품 같은 해파리들은 아름다웠다. 하지만 놈들은 바다에서 가장 엉터리없는 것들이라, 커다란 바다거북이 놈들을 먹어 치우는 모습을 보면 노인은 기분이 좋아졌다. 바다거북들은 놈들을 발견하면 정면으로 다가가 눈을 닫은 채로 껍질 안에 몸을 완전히 말아 넣고는, 촉수든 뭐든 모조리 먹어 치웠다. 또한 노인은 거북들이 폭풍우 후에 해변으로 밀려온 해파리들을 밟고 지나가는 것을 보는 것도 좋아했다. 그것들이 뿔처럼 딱딱한 발로 해파리를 밟을 때마다 뻥 하고 터지는 소리가 났다.

그는 우아하고 동작이 빠른 데다 값도 비싼 초록색 바다거북과 대모거북을 아주 좋아했다. 하지만 누런 껍질을 뒤집어쓴 붉은 바다거북은 멸시했다. 그놈들은 교미하는 모습도 이상하고 눈을 닫은 채로 흐뭇하게 고깔해파리를 먹어 치우는 모습도 이상한, 덩치만 큰 멍청한 놈들이

---

*Agua mala. '더러운 물'이라는 의미의 스페인어로, '메두사'와 함께 고깔해파리를 가리키는 별칭이다.

었다.

그는 여러 해 동안 바다거북잡이 배를 탔지만 바다거북에 대한 신비감은 가져 본 적이 없었다. 가엽다는 느낌이 들 뿐이었다. 심지어 자신이 타고 있는 작은 배만큼이나 길고 무게가 1톤이나 나가는 장수거북도 가엽게 느껴졌다. 대부분의 사람들은 바다거북에 대해 그런 동정심을 가지지 않는데, 그놈들은 온몸을 칼로 잘라 내도 심장은 마치 살아 있는 듯 몇 시간이나 뛰기 때문이었다. 노인은 자신도 그놈들과 같은 심장을 갖고 있고, 발과 손도 그놈들의 것과 비슷하다고 생각하고 있었다. 그는 원기를 돋우기 위해 5월이면 한 달 내내 그놈들의 알을 먹었다. 9월과 10월에 진짜 큰 고기를 잡을 힘을 비축하기 위해서.

그는 또한 많은 어부들이 어구를 보관하는 통나무집에 있는 큰 드럼에서, 매일 한 잔씩 상어 간유를 마셨다. 그건 원하면 누구든 마실 수 있었는데, 대다수의 어부들은 그 맛을 끔찍이도 싫어했다. 새벽 일찍 일어나는 것만큼이나. 하지만 상어 간유는 온갖 종류의 감기와 독감에 특효인 데다 눈에도 좋았다.

노인이 고개를 들어 보니, 다시금 새가 하늘을 빙글거리며 돌고 있었다.

"녀석이 고기를 찾았군!" 그가 크게 외쳤다. 하지만 수면을 차고 오르는 날치도, 흐트러진 미끼 고기도 보이지 않았다. 그런데 잠시 후 조그만 다랑어 한 마리가 솟구치더니 팽그르르 돌다가 머리부터 물속으로 곤두박질쳤다. 다랑어는 햇살을 튕기며 은색으로 빛났다. 녀석이 물속으로 떨어지자 다른 다랑어들도 사방에서 연이어 물 위로 솟아올랐다. 물을 휘저으며 미끼를 쫓아 계속 높이 솟구쳤다. 함께 원을 그리며 미끼 고기를 몰고 있는 것이었다.

녀석들이 너무 빨라서 들어갈 수가 없군, 하고 노인은 생각했다. 그러고는 다랑어 떼가 일으키는 흰 물보라와, 겁에 질려 수면 위로 올라온 미끼 고기를 향해 하늘에서 물로 질주하듯 내려오는 새를 지켜보았다.

"새가 엄청 도와주는군." 노인이 말했다. 그때 둥글게 말아 발로 밟고 있던 고물의 낚싯줄이 팽팽하게 잡아당겨졌다. 그는 노를 내려놓고 낚싯줄을 부여잡고 끌어당겼다. 낚싯줄에 매달린 채 몸을 떠는 조그만 다랑어의 무게가 손끝에 전해졌다. 끌어당길 때마다 낚싯줄로 전해지는 떨림이 점점 커지는가 싶더니 녀석의 푸른 등과 금빛 옆구리가 노인의 눈에 들어왔다. 노인은 배 안으로 낚싯줄을 힘껏 끌어당겼다. 탄탄한 육질에 총알 모양을 한 녀석은 영리함이라곤 없는 큰 눈을 뜨고 햇볕이 내리쬐는 고물에 드러누운 채, 미끈한 꼬리로 배 바닥을 쳐대며 살아 보려고 버둥거렸다. 노인이 은혜를 베풀듯 녀석의 머리를 걷어찼다. 녀석은 여전히 몸을 떨며 고물 아래 처박혔다.

"날개다랑어군!" 그가 큰 소리로 말했다. "훌륭한 미끼가 돼주겠어. 10파운드는 나가겠는걸."

노인은 혼자서 그렇게 큰 소리로 지껄이기 시작한 게 언제였는지 기억나지 않았다. 예전에는 혼자 있을 땐 노래를 흥얼거리곤 했다. 활어 운반선이나 바다거북잡이 배를 타던 시절 밤에 홀로 당직을 서며 키를 잡을 때도 가끔 노래를 불렀다. 큰 소리로 혼잣말을 하게 된 건 소년이 떠난 뒤부터였을 것이다. 하지만 정확하게 기억나진 않았다. 소년과 함께 있을 때도 꼭 필요한 경우가 아니면 말을 주고받는 일은 없었다. 그들이 얘기를 나눌 땐 밤이거나 날씨가 사나워져 폭풍우에 갇혔을 때였다. 바다에서 쓸데없이 주절거리는 건 미덕이 아니라는 말을 노인은 늘 명심하고 존중했다. 하지만 이젠 그런다고 짜증 낼 사람도 없으니 그는 생각나는 대로 몇 번이고 큰 소리로 말했다.

"이렇게 큰 소리로 말하는 걸 누가 듣는다면 나더러 미쳤다고 하겠지." 노인이 크게 혼잣말을 했다. "그렇지만 난 미치지 않았으니 상관없어. 돈 푼깨나 있는 사람들이야 라디오를 가져와서 온갖 얘기며 야구 중계도 들을 테지."

지금은 야구 생각을 할 때가 아니지, 하고 노인은 생각했다. 지금은 오로지 한 가지만 생각할 때야. 내가 태어난 이유인 고기잡이만 생각할 때야. 저 다랑어 무리 주위에 큰 놈 하나가 있을지도 몰라. 내가 건져 올린 건 무리에서 처진 녀석일 뿐이지. 하지만 놈들은 멀리까지 빠르게 움직여. 오늘은 수면 위로 보이는 모든 게 아주 빠르게 북동쪽으로 가고 있군. 하루 중 이 시간이 그런 땐가? 아니면, 날씨가 변할 거라는 조짐을 내가 미처 모르고 있는 건가?

이제 초록빛 해안은 더 이상 보이지 않았고 꼭대기가 마치 눈에 덮인 듯 하얗게 보이는 푸른 산과 그 위로 설산처럼 높이 솟은 구름들만 보였다. 바다는 짙푸른 빛이었고, 햇볕이 그 바닷속에서 프리즘을 만들어 냈다. 높이 솟은 태양 때문에 바닷속에 있는 엄청난 양의 플랑크톤도 이제 눈에 보이지 않았고 오로지 거대하고 깊은 프리즘만 보였다. 노인은 그 1마일 깊이의 물속으로 곧게 내려진 낚싯줄을 지켜보고 있었다.

이제 다랑어들은 다시 물속으로 내려가 버렸다. 어부들은 보통 때는 그것들을 종류별로 구분하여 부르지 않고 그냥 다랑어라고만 했다. 내다 팔거나 미끼를 교환할 때만 구분하여 불렀다. 노인의 목덜미로 햇볕이 따갑게 내리쬐었다. 노를 저을 때마다 등줄기로 땀이 흘러내렸다.

배는 그냥 놔두고 눈을 좀 붙여야겠어, 하고 노인은 생각했다. 낚싯줄 고리를 발가락에다 걸어 두면 금방 깰 수 있지. 그나저나 오늘은 85일째니 멋진 하루가 되어야 할 텐데.

바로 그때, 낚싯줄을 살피던 그의 눈에 녹색 막대 모양의 찌가 솟구쳤다가 빠르게 잠기는 게 보였다.

"그래, 그래." 그는 그렇게 말하고는 배를 치지 않도록 조심하며 노를 거두었다. 그는 오른손을 뻗어 엄지와 검지로 가만히 낚싯줄을 잡았다. 아직은 당기는 힘이나 무게가 느껴지지 않아 가볍게 줄을 잡고만 있었다. 이내 당기는 힘이 느껴졌다. 시험 삼아 건드려 보는 듯했다. 그는 그게 뭘 뜻하는지 정확히 알고 있었다. 100패덤 아래에서 청새치 한 마리가 낚싯바늘에 꿰어 놓은 정어리를 뜯어 먹는 장면이 그려졌다. 정어리는 바늘의 끝과 몸통을 덮고 있을 것이고, 손으로 구부려 놓은 낚싯바늘이 조그만 다랑어의 머리 위로 빠져나와 있을 터였다.

노인은 왼손으로 가볍게 낚싯줄을 잡고서 막대 모양의 찌로부터 낚싯줄을 풀어냈다. 이제 녀석에게 전혀 경계심을 주지 않고도 손가락으로 줄을 풀 수가 있었다.

이렇게 멀리까지 나온 데다 9월이니, 분명 거대한 놈일 거야, 하고 그는 생각했다. 열심히 뜯으려, 물고기님. 제발 먹어 치우셔요. 600피트 차갑고 어두운 물속에 있으니 얼마나 싱싱할까. 어둠 속을 한 바퀴 휘휘 돌고 와서 다시 뜯어 먹으렴.

가볍게 살짝 당겨지는가 싶더니 정어리 머리를 낚싯바늘에서 빼내기가 버거운 듯 더욱 거칠게 잡아당기는 느낌이 왔다. 그러고는 아무 반응도 없었다.

"자," 노인이 큰 소리로 외쳤다. "한 바퀴 더 돌아라. 그러고는 냄새를 맡아 봐. 달콤하지 않니? 이제 먹기에 딱 좋아. 다음엔 다랑어가 있잖니. 단단하고 차고 달콤하지. 부끄러워하지 말고 어서 드세요, 고기님."

그는 엄지와 검지 사이에 낚싯줄을 끼워 놓은 채 기다렸다. 다른 낚싯줄에도 고기가 걸려 찌가 위아래로 움직이는지를 살피며. 그때 다시 약하지만 끌어당기는 힘이 느껴졌다.

"이번엔 물 거야!" 노인이 크게 외쳤다. "하느님, 놈이 미끼를 물도록 도와주소서!"

하지만 녀석은 미끼를 물지 않았다. 녀석은 가버렸고, 노인의 손엔 아무것도 느껴지지 않았다.

"가버릴 리가 없는데." 그가 말했다. "예수님은 놈이 가지 않았다는 걸 아실 거야. 한 바퀴 돌고 있겠지. 전에 낚시에 걸린 적이 있어서 그걸 기억하고 있는지도 몰라."

그때 낚싯줄을 건드리는 움직임이 촉감으로 전해졌고, 그는 기분이 좋아졌다.

"역시 한 바퀴 돌았던 거야." 그가 말했다. "이젠 물겠지."

가벼운 당김이 기분 좋게 느껴졌다. 그런 다음 뭔가 단단하고 믿기 힘든 육중함이 느껴졌다. 그건 분명 고기의 무게였다. 그는 낚싯줄이 아래로, 아래로, 아래로, 풀려 나가도록 내버려 두었다. 손가락 사이로 낚싯줄이 가볍게 풀려 나가는 동안 움직임은 거의 감지되지 않았지만 육중한 무게는 여전히 느껴졌다.

"굉장한 놈이야." 그가 말했다. "미끼를 비딱하게 물고 달아나려 하고 있어."

한 바퀴 돌았다가 미끼를 삼킬 거야, 하고 그는 생각했다. 하지만 그 생각을 입 밖으로 내지는 않았다. 괜히 그랬다가 동티가 날까 싶어서. 노인은 미끼를 문 녀석이 엄청나게 큰 고기임을 알 수 있었다. 그 녀석이 다랑어를 비딱하게 물고 어두운 바닷속으로 달아나는 모습을 상상해 보았다. 그 순간 녀석이 갑작스레 동작을 멈추었지만 무게는 여전히 느껴졌다. 무게가 점점 늘어나자 그는 낚싯줄을 더 많이 풀었다. 그는 줄을 잡은 손가락에 더욱 힘을 주었다. 줄에서 느껴지는 무게를 통해 낚싯줄이 곧장 아래로 내려가고 있음을 알 수 있었다.

"드디어 놈이 미끼를 물었어." 그가 말했다. "이제 잘 삼키도록 놔둬야지."

그는 손가락 사이로 낚싯줄이 풀려 나가도록 놓아두고서 왼손을 아래로 뻗어, 감아 놓은 두 뭉치의 낚싯줄을 다른 두 뭉치의 낚싯줄과 고리를 만들어 단단히 묶었다. 이제 준비는 끝났다. 지금 쓰고 있는 뭉치뿐 아니라 40패덤짜리 낚싯줄 뭉치가 세 개나 더 있었다.

"조금만 더 삼켜라." 그가 말했다. "제대로 삼키라고."

바늘 끝이 네 심장에 콱 박혀서 숨통이 끊어지도록 삼켜라, 하고 노인은 생각했다. 걱정 말고 올라와. 네놈에게 작살 맛을 보여 줄 테니까. 준비됐어? 식탁에 너무 오래 있는 거 아냐?

"지금이야!" 그가 그렇게 외치며 줄을 양손으로 단단히 잡고 1야드쯤 끌어당겼다. 그러고는 손을 교대로 움직이며 온 힘을 다해 계속 끌어당겼다.

하지만 소용없었다. 고기는 유유히 달아날 뿐 단 1인치도 끌어 올릴 수 없었다. 낚싯줄은 무거운 고기를 잡아 올릴 수 있도록 만들어진 것이라 튼튼했다. 낚싯줄을 등에 걸치고 더 세게 잡아당기자 줄은 더욱 팽팽해져 물방울을 튀길 정도였다. 마침내 물속의 낚싯줄이 마찰음을 내며 천천히 움직이기 시작했고, 그는 여전히 줄을 잡은 채 가로대에 의지해 몸을 뒤편으로 젖히며 버텼다. 배가 천천히 북서쪽으로 움직이기 시작했다.

고기는 쉼 없이 움직였고 노인과 배도 잔잔한 수면 위를 느리게 이동했다. 미끼 고기들은 여전히 물속에 있었지만 별다른 반응을 보이지 않았다.

"그 아이가 있었다면 좋았을 텐데." 노인이 큰 소리로 말했다. "고기가 날 끌고 가니, 난 영락없이 끌려가는 말뚝 신세가 됐구먼. 줄을 어디다가 매어 둘 수도 있지만, 그렇게 했다간 녀석이 줄을 끊고 도망갈지도 몰라. 어떻게든 붙들고 있다가 녀석이 원하면 줄을 더 풀어 줘야 해. 녀석이 물속으로 들어가지 않고 옆으로 움직이는 것만도 다행이야."

그런데 이 녀석이 물속으로 내려가려 하면 어쩌지? 모르겠어. 녀석이 죽어서 가라앉아 버린다면? 역시 모르겠군. 그렇지만 난 뭐든 할 거야. 내가 할 수 있는 건 많으니까.

그는 여전히 낚싯줄을 등에 걸친 채 물속에 비스듬히 잠겨 있는 줄을 살폈다. 작은 배는 멈추지 않고 북서쪽으로 움직이고 있었다.

이러다 녀석의 숨이 끊어지겠지, 하고 노인은 생각했다. 언제까지고 버티진 못하지. 하지만 네 시간이 넘도록 고기는 여전히 쉼 없이 바다 멀리로 헤엄쳐 가고 있었고, 작은 배도 끌려가고 있었다. 노인은 등에다 낚싯줄을 걸친 채로 꿋꿋하게 버티고 있었다.

"녀석이 바늘에 걸린 게 정오였어." 그가 말했다. "그런데 난 아직 녀석을 보지도 못했어."

그는 고기가 낚싯바늘에 걸리기 전부터 밀짚모자를 눌러쓰고 있어서 이마가 아팠다. 갈증도 났다. 그는 낚싯줄이 갑자기 당겨지지 않도록 애쓰면서 무릎을 꿇고 뱃머리 가까이로 기어가 손을 뻗어 물병을 집고 뚜껑을 열어 한 모금 마셨다. 그러고는 뱃머리에 등을 기대고 돛이 감긴 돛대 위에 앉아 쉬며 아무 생각도 하지 않으려고 애썼다. 오직 견디는 수밖에 없었다.

그러다 문득 고개를 돌리니 육지가 전혀 보이지 않았다. 무슨 상관이람, 하고 그는 생각했다. 난 언제나 아바나에서 흘러나오는 불빛에 의지해 돌아갈 수 있어. 해가 지려면 아직 두 시간이 남았고, 그 전에 녀석이 올라올지도 몰라. 그때까지 올라오지 않는다면 달과 함께 떠오를 거야. 그때까지도 올라오지 않는다면 내일 아침 해가 뜰 때엔 올라오겠지. 내 몸은 아직 뻣뻣하지 않고 팔팔해. 주둥이에 낚싯바늘을 꿰고 있는 건 녀석이야. 그런데도 저렇게 끌고 다니니 참 대단하군. 철사 목줄에 주둥이가 단단히 걸린 게 틀림없어. 녀석을 볼 수 있으면 좋을 텐데. 한 번이라도 볼 수만 있다면 어떤 녀석인지 알 수 있을 텐데.

고기는 밤이 새도록 진로를 바꾸지 않았고 방향도 전혀 바꾸지 않았다. 적어도 노인이 별자리를 살펴본 바로는 그랬다. 해가 떨어지면서 날씨가 추워졌다. 노인의 등과 팔, 다리에 흐른 땀이 마르면서 한기가 밀려들었다. 그는 낮에 미끼 상자를 덮어 놓았던 부대를 벗겨 햇볕에 말려 뒀었다. 그것을 조심스럽게 끌어와서 목 주위를 감싸고 그 자락을 어깨에 걸쳐 놓은 낚싯줄 아래로 집어넣자, 낚싯줄이 어깨를 누르는 강도가 조금 줄어들었다. 뱃머리에 기대 몸을 숙이니 제법 편안했다. 그래 봐야 견디기 힘든 자세를 겨우 면한 것에 불과했지만 꽤나 편안해진 기분이었다.

난 저 녀석에게 할 수 있는 게 없고, 저 녀석도 내게 할 수 있는 게 없어, 하고 노인은 생각했다. 녀석이 저렇게 계속 버틴다면 말이야.

그는 일어나 배 옆구리 너머로 오줌을 누고 하늘을 올려다보며 자신이 있는 위치를 확인했다. 그의 어깨에서 곧게 뻗어 나가 물속에 드리워진 낚싯줄은 마치 한 줄기 인광처럼 보였다. 이제 배와 고기는 전보다 느리게 움직였다. 아바나에서 흘러나온 불빛이 아주 희미하게 보이는 걸 보면 조류를 타고 동쪽으로 밀려나는 것 같았다. 그는 생각했다. 아바나의 불빛이 제대로 보이지 않는다는 건 우리가 동쪽으로 많이 와 있다는 얘기지. 이 녀석이 진로를 제대로 잡았더라면 벌써 몇 시간 전에 저 불빛 앞으로 다가갔을 텐데. 오늘 메이저리그는 어떻게 됐을까. 라디오로 중계를 들을 수 있다면 좋을 텐데. 하지만 항상 녀석을 생각하고 있어야 해. 녀석이 뭘 하고 있는지 늘 생각해야 해. 허튼 생각에 빠져서는 안 돼.

그러고는 그는 큰 소리로 말했다. "아이가 있었다면 좋았을 텐데. 날 도와주기도 하고, 이런 풍경을 함께 구경하기도 했을 텐데."

누구든 늙으면 혼자 있어선 안 돼, 하고 그는 생각했다. 그렇지만 지금은 별 도리가 없어. 힘을 잃지 않으려면 상하기 전에 저 다랑어를 먹어 둬야 해. 기억하라고, 먹고 싶지 않더라도 아침에 꼭 먹어야 해. 잊지 마. 그는 자신에게 말했다.

밤 동안 알락돌고래 두 마리가 노인의 작은 배 주위에 머물렀다. 그는 놈들이 몸을 뒹굴고 물을 내뿜는 소리를 들을 수 있었다. 그는 수컷이 물을 뿜는 소리와 암컷이 한숨 쉬듯 물을 내뿜는 소리를 구별할 수 있었다.

"착한 녀석들. 저 녀석들은 함께 놀고, 장난치고, 서로 사랑하지. 날치처럼 우리의 형제들이야."

그렇게 말하고 보니 갑자기 낚싯바늘에 걸려 있는 커다란 고기가 측은해지기 시작했다. 저 멋지고 괴상한 놈은 몇 살이나 먹었을까. 이렇게 힘센 놈도, 이렇게 괴상하게 구는 놈도, 생전 처음이야. 솟구치지 않는 걸 보면 아주 영리한 놈이야. 물론 놈이 솟구치거나 발광을 해대면 내가 꼼짝없이 당할 수도 있지만. 꽤 여러 번 낚시에 걸려 봐서 이럴 땐 어떻게 해야 하는지 잘 아는 놈 같아. 하지만 자기 상대가 한 명뿐이란 건, 더구나 늙은이라는 건 모를 테지. 그래도 굉장한 놈이야. 육질이 좋다면 시장에서 꽤나 비싸게 팔리겠지. 미끼를 먹는 거나 배를 끌고 가는 걸로 봐선 수놈인 것 같아. 싸우면서도 정신을 잃지 않는 걸 봐도 그렇고. 무슨 꿍꿍이라도 있는 걸까? 아니면 나처럼 그저 멍하니 있는 건가?

그는 청새치 한 쌍 중 한 마리를 낚았던 때를 떠올렸다. 청새치 수컷들은 먹이를 발견하면 항상 암컷에게 먼저 먹이는데, 그날도 그랬기에 암컷이 낚시에 걸렸다. 암컷은 겁에 질려 사방으로 날뛰며 사투를 벌이다가 곧 탈진해 버렸다. 그러는 사이 수컷은 낚싯줄을 넘나들기도 하고 원을 그리기도 하며 암컷 곁에서 맴돌았다. 녀석이 너무 가까이 붙어 있어서, 크기도 날카롭기도 꼭 낫 같은 녀석의 꼬리가 낚싯줄을 끊어 버리지나 않을까 걱정이 됐다. 노인은 암컷을 갈고리로 찍어 올리고는 몽둥이로 후려쳤다. 가장자리가 사포처럼 거칠고 모양은 길고 가느다란 양날칼 같은 주둥이를 움켜쥐고서 머리 위쪽을 마구 두들겨 대자, 피부 색깔이 마치 거울 뒷면 색깔처럼 변했다. 그러자 그는 소년의 도움을 받아 암컷을 배로 끌어 올렸는데, 수컷은 여전히 배 옆구리에 머물러 있었다. 노인이 낚싯줄을 거두고 작살을 준비하는 동안, 수컷은 암컷을 보려고 연자주색 널따란 줄무늬가 있는 가슴지느러미를 날개처럼 펼쳐 공중으로 높이 솟구쳤다가 물속 깊이 가라앉았다. 녀석이 아름다웠다는 것, 배를 떠나지 않았다는 것을 노인은 기억하고 있었다.

청새치를 잡으면서 봤던 장면들 중 가장 슬픈 장면이었어, 하고 노인은 생각했다. 아이가 참 많이 슬퍼했어. 우린 용서를 빌며 단숨에 암컷의 배를 갈랐지.

"그 애가 여기 있으면 좋을 텐데." 그는 그렇게 크게 말하고는 뱃머리의 둥그런 널빤지에 몸을 기댔다. 어깨에 단단히 걸쳐진 낚싯줄을 통해, 쉼 없이 움직이고 있는 육중한 물고기의 힘을 느낄 수 있었다. 어딘지는 몰라도, 놈은 스스로가 선택한 곳을 향해 가고 있었다.

일단 내 계략에 걸려든 이상, 녀석은 뭐든 선택해야 하겠지, 하고 그는 생각했다.

녀석이 선택한 건 모든 올가미와 덫과 계략이 미치지 못하는 먼바다의 깊은 어둠 속에 그대로 있는 거고, 내가 선택한 건 세상 그 누구도 다다를 수 없는 곳까지 쫓아가서 녀석을 잡는 거야. 우린 정오부터 줄곧 하나로 연결되어 있어. 우리를 도와줄 이는 아무도 없어.

어부가 되지 않았다면 더 좋았을지도 몰라, 하고 그는 생각했다. 하지만 난 어부로 태어날 운명이었어. 날이 밝으면 꼭 다랑어를 먹어야 해.

동이 트기 얼마 전, 뭔가가 그의 뒤편에 드리워져 있던 미끼를 건드렸다. 막대 모양의 찌가 부러지는 소리가 나면서 작은 배의 뱃전 너머로 낚싯줄이 풀리기 시작했다. 어둠 속에서 그는 칼집에서 칼을 뽑아 낚싯줄이 걸쳐진 왼쪽 어깨로 고기가 당기는 무게를 지탱하면서, 뱃전의 나무에다 대고 낚싯줄을 끊어 냈다. 그러고는 가장 가까이에 있는 다른 낚싯줄을 끊어 어둠 속에서 끊어진 두 개의 낚싯줄 끝을 단단히 연결했다. 그는 그 모든 것을 한 손으로 능숙하게 해치웠는데, 매듭을 단단히 묶을 때는 감아 놓은 낚싯줄을 한쪽 발로 눌렀다. 이제 여분의 낚싯줄이 여섯 개가 되었다. 미끼가 달려 있는 낚싯줄에 각각 두 개가, 고기가 물고 있는 낚싯줄에 나머지 두 개가 연결되어 있었다.

날이 밝으면 미끼가 달린 40패덤짜리 낚싯줄도 끊어 버리고 거기다 여분의 낚싯줄을 묶어야겠어, 하고 노인은 생각했다. 그럼 좋은 카탈루냐 산 낚싯줄 200패덤을 날려 버리는 셈이군. 낚싯바늘하고 목줄까지. 하지만 그것들은 또 사면 돼. 지금 막 미끼를 문 녀석을 잡으려다 큰 놈을 놓치면 그건 무엇으로도 보상받을 수 없어. 방금 미끼를 문 녀석은 무슨 고기일까? 청새치나 황새치, 아니면 상어일 수도 있겠지. 줄을 급하게 끊어야 해서 무슨 고기인지 감을 잡을 틈도 없었어.

그는 큰 소리로 말했다. "아이가 있으면 좋을 텐데."

하지만 그대에겐 소년이 없어, 하고 그는 생각했다. 그대 혼자뿐이니, 어둡든 어둡지 않든 지금 마지막 낚싯줄을 끊어 내고 여분의 낚싯줄 뭉치 두 개를 연결하는 게 좋아.

결국 그는 그렇게 했다. 어둠 때문에 일하기가 쉽지 않았다. 한번은 물속에 있는 녀석이 갑자기 줄을 당기는 바람에 넘어져서 눈 아래가 찢어져 버렸다. 약간의 피가 뺨으로 흘렀지만 턱까지 내려오기 전에 말라붙었다. 그는 뱃머리로 돌아가 판자에 몸을 기댔다. 그러고는 몸에 두른 부대를 다시 조정하여 두르고는 조심스럽게 낚싯줄을 움직여 어깨의 다른 부위에 줄이 걸쳐지게 했다. 그는 고기가 당기는 힘을 어깨로 감지한 뒤, 한 손을 물에 담궈 배가 나아가는 속도를 가늠했다.

녀석이 무슨 일로 갑자기 움직였을까, 하고 노인은 생각했다. 낚싯바늘과 연결된 철사 목줄이 녀석의 크고 높은 등에 스친 게 틀림없어. 그래 봐야 내 등만큼 아프진 않을 테지. 어쨌거나 녀석이 아무리 덩치가 커도 언제까지나 이 배를 끌고 다닐 순 없을 거야. 문제가 생길 만한 요소는 모두 제거해 버렸고, 여분의 낚싯줄도 큰 걸로 하나 남아 있으니 더 이상은 필요한 게 없어.

"고기야," 노인이 크고 부드러운 소리로 말했다. "난 목숨이 다할 때까지 너와 함께 있으련다."

녀석도 나와 함께하려 할 거야. 노인은 그렇게 생각하며 동이 트기를 기다렸다. 햇볕이 비치기 직전의 시간은 싸늘했다. 그는 조금이라도 몸을 데우려고 뱃전에 바짝 몸을 붙였다. 녀석이 버티는 만큼 나도 버틸 수 있어, 하고 그는 생각했다. 동이 트기 시작하면서 낚싯줄이 물속으로 풀려 나갔다. 작은 배는 여전히 움직이고 있었고, 아침 해가 수평선 위로 모습을 드러내자 햇살이 노인의 어깨를 비추었다.

"녀석이 북쪽으로 가고 있군." 노인이 말했다. 해류가 우리를 동쪽 멀리로 데려갈 거야, 하고 그는 생각했다. 녀석이 해류에 몸을 맡기면 좋겠군. 그건 녀석이 지쳤다는 뜻이니까.

해가 더 높이 떠올랐을 때, 노인은 고기가 아직도 지치지 않았음을 깨달았다. 하지만 한 가지 좋은 기미는 있었다. 낚싯줄의 기울어진 각도를 보니, 고기가 전보다 수면 가까이로 올라와 헤엄치고 있었다. 그게 꼭 솟구친다는 뜻은 아니지만, 그럴 가능성은 높아진 것이다.

"신이시여, 녀석을 솟구치게 해주소서." 노인이 말했다. "녀석의 움직임을 감당할 낚싯줄은 충분하니까요."

내가 조금만 낚싯줄을 잡아당기면 녀석이 아파서 솟구칠지도 몰라, 하고 노인은 생각했다. 이제 날이 밝았으니 녀석을 솟구치게 해야겠어. 그러면 등뼈를 따라 붙어 있는 공기주머니에 공기가 채워져, 죽어서 깊은 곳에 가라앉는 일은 생기지 않지.

그는 줄을 더 세게 잡아당겨 보았다. 하지만 처음 고기가 걸렸을 때부터 지금까지 줄곧 끊어질 듯 팽팽하게 당겨져 있는 줄이 얼마나 더 버텨 줄지도 의문이었고, 고기가 거칠게 저항하는 것도 느껴졌다. 노인은 생각했다. 급하게 당겨선 안 되겠어. 당길 때마다 낚싯바늘이 박힌 틈이 넓어질 거고, 그럼 녀석이 솟구칠 때 바늘이 빠질 수도 있어. 어쨌거나 해가 뜨니 한결 좋군. 해를 정면으로 보지 않는 방향인 것도 좋고.

해초들이 낚싯줄에 걸려 있었다. 그것들 때문에 녀석의 짐이 더 무거워졌을 것을 생각하니 흐뭇해졌다. 밤에 엄청난 인광을 내뿜던 노란 빛깔의 만류 해초들이었다.

"고기야," 그가 말했다. "난 널 무척이나 사랑하고 엄청나게 존경해. 하지만 오늘이 끝나기 전에 넌 내 손에 죽게 될 거야."

제발 그렇게 되기를 그는 바라고 있었다.

조그만 새 한 마리가 북쪽에서 그의 작은 배를 향해 날아왔다. 휘파람새였다. 수면 위로 아주 낮게 나는 것으로 보아, 무척이나 지쳐 있음을 알 수 있었다.

새는 배의 고물에 앉아 쉬었다. 그런 뒤에 노인의 머리 위를 빙그르르 돌고는 앉아 쉬기 더 편한 낚싯줄에 내려앉았다.

"몇 살이나 먹었니?" 노인이 새에게 물었다. "이번이 첫 번째 여행이야?"

그가 말하자 새가 그를 바라보았다. 너무 지친 듯 자기가 앉은 자리를 제대로 살피지도 못하고, 연약한 발가락으로 낚싯줄을 꽉 움켜잡은 채 몸을 까딱거리고 있었다.

"줄은 튼튼해." 노인이 녀석에게 말했다. "아주 튼튼하지. 간밤엔 바람이 불지도 않았는데 그렇게 지치면 어떡하니? 새들이 약해지기라도 한 걸까?"

매들은 저런 놈들을 잡으려고 바다까지 날아오지만, 그는 그런 말은 입 밖에 내지 않았다. 말해 봐야 저놈이 알아들을 수도 없을 거고, 곧 저 스스로 매가 어떤 존재인지 충분히 알게 될 테니까.

"푹 쉬렴, 조그만 새야." 그가 말했다. "그러고 나서 육지로 날아가 사람이나 새나 물고기처럼 너도 기회를 잡아 보려무나."

간밤에 뻣뻣해진 등이 아파 왔지만, 새에게 말을 걸고 있으니 힘이 생겼다.

"너만 좋으면 내 집에 머물러도 돼, 새야." 노인이 말했다. "돛을 올리고 널 육지로 데려다 주고 싶다만 그럴 수 없어서 미안해. 하지만 내겐 친구가 생겼구나."

그 순간 고기가 갑작스럽게 요동을 치며 낚싯줄을 당기는 바람에 노인이 뱃머리로 넘어졌다. 가까스로 몸을 일으켜 낚싯줄을 얼마간 풀지 않았다면, 배 너머 물속으로 빠졌을 수도 있었다.

줄이 확 당겨지자 새도 어디론가 날아가 버렸다. 그는 오른손으로 조심스럽게 낚싯줄을 만져 보다가, 자기 손에서 피가 나는 걸 발견했다.

"뭔가가 녀석을 아프게 했군." 그는 그렇게 큰 소리로 말하고는 고기의 방향을 바꾸어 보려고 낚싯줄을 끌어당겼다. 하지만 줄이 끊어질 듯 팽팽해지자 그는 등을 젖혀 그 상태를 유지했다.

"너도 느끼고 있구나, 고기야." 노인이 말했다. "나 역시 그렇다는 걸, 신은 아시지."

벗 삼았던 새가 어디 있는지 그는 주위를 둘러보았다. 새는 날아가고 없었다.

오래 머물지도 못했구나, 하고 노인은 생각했다. 해안에 이를 때까진 넘어야 할 고비가 많아. 고기가 한 번 끌어당겼다고 손이 베이다니, 내가 너무 둔해졌는걸. 조그만 새한테 정신이 팔려 그랬는지도 모르지. 이젠 내 일에나 신경 써야겠어. 기운 빠지지 않게 다랑어도 먹어 둬야지.

"그 애가 있었다면 얼마나 좋을까. 소금도 좀 있었으면." 그가 큰 소리로 말했다.

그는 낚싯줄을 왼쪽 어깨로 옮긴 후, 무릎을 꿇고 조심스럽게 한 손을 바닷물에 씻었다. 1분이 넘도록 물에 손을 담그고 있자 피가 흐릿하게 퍼져 나가는 게 보였고, 배의 움직임에 따라 손에 쉼 없이 부딪쳐 오는 물살도 보였다.

"녀석이 무척 느려졌군." 그가 말했다.

노인은 짠 바닷물에 손을 더 담가 놓고 싶었지만, 다시 고기가 날뛸지도 몰라 일어서서 손을 햇볕에 말렸다. 손에 생긴 상처는 낚싯줄에 쓸려 베인 것에 불과했지만, 일할 때 줄에 많이 닿는 부위였다. 일이 끝날 때까지 손을 많이 써야 하는데, 미처 시작하기도 전에 손을 다치다니 난감했다.

"이제 저 새끼 다랑어를 먹어야겠어." 손이 마르자 그가 말했다. "갈고리로 여기다 끌어오면 편안하게 먹을 수 있겠군."

그는 무릎을 꿇고 고물 아래에 둔 다랑어를 확인한 후 그것을 갈고리로 찍어 감아 놓은 낚싯줄에 걸리지 않게 조심조심 자기 앞으로 끌어당겼다. 낚싯줄을 왼쪽 어깨로 지탱한 채 왼손으로 갈고리에서 다랑어를 빼낸 뒤, 갈고리를 다시 제자리에 놓았다. 그는 한쪽 무릎으로 다랑어를 누른 채 그 검붉은 살을 머리에서 꼬리까지 길게 잘랐다. 그러고는 쐐기 모양으로 칼집을 낸 후 다시 등뼈 바로 옆에서 배 가장자리까지 잘랐다. 그렇게 여섯 개로 자른 살점을 뱃머리의 판자 위에 널어놓고는, 바지에다 칼을 닦았다. 살이 다 발린 다랑어는 꼬리를 잡고 배 너머로 던져 버렸다.

"한입에 다 먹을 순 없겠군." 그는 그렇게 말하고는 긴 살점 하나를 다시 반으로 잘랐다. 낚싯줄이 그의 어깨를 강하게 누르고 있었고, 줄을 잡고 있는 왼손에서는 쥐가 났다. 그는 경멸하듯 그 손을 내려다보았다.

"손이 왜 이 모양이야. 쥐가 나고 싶으면 나라지. 새 발톱처럼 오그라
들어 봐. 그래 봐야 소용없어."

어디 보자, 하며 그는 낚싯줄이 비스듬히 내려진 어두운 물속을 내려
다보았다. 이제 배를 채워야겠어. 그래야 손에 힘이 생기지. 이건 어디까
지나 손 잘못이 아니야. 그대가 많은 시간을 고기와 싸우고 있는 탓이
지. 하지만 그대는 얼마든지 버틸 수 있어. 어서 다랑어나 먹어.

노인은 살 한 조각을 집어서 입에 넣고 천천히 씹었다. 나쁘지 않았다.

꼭꼭 씹어서 즙액까지 다 빨아 먹어야지, 하고 노인은 생각했다. 라임
이나 레몬, 아니면 소금이랑 같이 먹으면 좋을 텐데.

"좀 어떠신가, 손 양반?" 그는 쥐가 나서 시체처럼 뻣뻣해진 손에게 물
었다. "자넬 위해서 좀 더 먹어야겠어."

그는 나머지 조각도 차근차근 씹은 뒤에 껍질은 뱉어 냈다.

"움직일 수 있을 것 같은가, 손 양반? 효과를 알기엔 아직 일러?"

그는 또 다른 살점을 이번엔 통째로 입에 넣고 씹었다.

다랑어는 육질이 쫄깃하고 영양 많은 물고기지, 하고 노인은 생각했
다. 돌고래 대신 녀석이 잡힌 건 운이 좋았어. 돌고래는 너무 달아. 이 녀
석은 전혀 달지 않은 데다 여전히 살에서 활력이 느껴져.

하지만 소금이 없는 게 문제야. 소금을 쳐놓지 않으면 남은 고기가 햇
볕에 상하거나 말라 버릴지도 몰라. 배는 그다지 고프지 않지만, 아무래
도 다 먹어 버리는 게 좋겠어. 녀석이 조용하게 버티고 있으니, 나도 준
비를 해둬야지.

"기다려 봐, 손 양반." 그가 말했다. "자넬 위해 먹는 거니까."

물속의 고기에게도 먹이면 좋을 텐데. 녀석은 나의 형제니까. 하지만
난 녀석의 숨통을 끊어야 하고, 그러려면 먹어야 해. 그는 그렇게 생각하

며 쐐기 모양의 길고 가느다란 살점을 천천히 정성껏 씹었다.

그는 바지에 손을 닦으며 몸을 쭉 폈다.

"자, 이제 왼손 자네는 줄을 놔도 돼," 하고 그가 말했다. "자네가 바보 같은 짓을 그만둘 때까지 난 오른쪽 팔만으로도 녀석을 상대할 수 있어." 그는 왼손으로 잡고 있던 무거운 낚싯줄을 왼발로 밟고는, 몸을 숙여 낚싯줄의 무게를 등으로 버텨 냈다.

"신이시여, 쥐가 풀리게 해주소서." 그가 말했다. "고기가 또 무슨 일을 벌일지 모르니까요."

녀석은 차분하게 계획에 따라 행동하는 것 같았다. 그는 생각했다. 무슨 계획일까? 또 나는 어떻게 계획을 짜야 하나? 녀석의 덩치가 엄청나니까 나야 그저 녀석의 계획에 맞추는 수밖에 없겠지. 솟구쳐 오르기만 한다면 죽일 수 있을 텐데, 녀석은 영원히 물속에 있을 모양이야. 그렇다면 나도 녀석과 함께 이렇게 영원히 있을 수밖에.

그는 쥐가 난 손을 바지에다 문지르며 손가락을 풀어 보려고 애썼다. 하지만 도무지 풀리지가 않았다. 해가 높이 떠오르면 손이 펴질지도 몰라. 싱싱한 다랑어가 소화될 때쯤이면 펴질지도 모르고. 만약 이 손을 꼭 써야 할 때가 오면 무슨 대가를 치르더라도 펴고 말 거야. 지금 억지로 펴고 싶진 않아. 지금은 저절로 펴질 때까지 기다려 보자. 지난밤에 낚싯줄들을 풀고 매고 하면서 너무 혹사를 시킨 탓이겠지.

바다를 바라보니, 지금 자신이 얼마나 고독한지를 새삼 느낄 수 있었다. 기묘하게 일렁이는 고요한 바닷속에선 빛들이 퍼져 나가고 있었고, 곧게 뻗어 있는 낚싯줄도 보였다. 눈을 들어 하늘을 보니 무역풍이 구름들을 높다랗게 쌓아 올리고 있었다. 날아가는 물오리 떼도 보였는데, 놈들이 날아가며 하늘에 그린 선은 흐릿해졌다가 다시 또렷해지곤 했다.

그 모습을 보니, 바다에선 그 누구도 외롭지 않다는 사실이 새삼 깨달아졌다.

어떤 사람들은 작은 배를 타고 육지가 보이지 않는 곳까지 오면 겁을 먹었다. 특히나 갑자기 날씨가 나빠질 수도 있는 계절에 멀리까지 나오면, 겁을 먹는 게 당연하다고 그는 생각했다. 하지만 지금은 허리케인의 계절이었고, 바로 이때가 허리케인만 닥치지 않으면 1년 중 날씨가 가장 좋은 때였다.

바다에 나와 있으면, 허리케인이 오기 며칠 전에 하늘에서 그 조짐을 볼 수가 있다. 육지에 있는 사람들이 허리케인을 알아차리지 못하는 건 그 조짐을 볼 수 없기 때문이야, 하고 그는 생각했다. 육지에서도 물론 구름 모양에는 차이가 있지. 아무튼 지금은 허리케인의 조짐이 없어.

그는 하늘을 올려다보았다. 부드러운 아이스크림 덩어리 같은 하얀 뭉게구름이 보였다. 더 높은 곳에는 9월의 하늘을 배경으로 얇은 새털구름이 떠 있었다.

"가벼운 브리사(무역풍)가 불고 있어." 그가 말했다. "자네보다는 내게 더 좋은 날씨야, 고기 양반."

그의 왼손은 여전히 쥐가 나 있었지만, 천천히 풀리고 있었다.

쥐가 나는 건 질색이야, 하고 그는 생각했다. 그건 자신의 몸에 대한 배신이야. 프토마인*에 중독돼서 설사나 구토를 하면 남들한테 창피하지만, 혼자 있을 때 칼람브레(쥐)가 나면 나 스스로에게 창피해.

아이가 있었다면 팔뚝 아래부터 비벼 주고 주물러 줬을 텐데, 하고 그는 생각했다. 하지만 이제 풀어질 거야.

*육류 등 단백질이 부패해서 생기는 독소.

바로 그때, 오른손에 쥔 낚싯줄에서 당기는 힘의 변화가 느껴졌다. 물속을 들여다보니 뻗어 있는 낚싯줄의 경사도 달라져 있었다. 그는 낚싯줄에 몸을 기대고 쥐가 난 왼손으로 자기 허벅지를 철썩철썩 쳤다. 낚싯줄은 비스듬하게 천천히 떠오르고 있었다.

"녀석이 올라오는군." 그가 말했다. "손아, 제발 좀 풀어져라."

낚싯줄이 천천히 멈추지 않고 올라오더니 배 앞쪽의 바다 표면이 부풀어 오르며 고기가 모습을 드러냈다. 녀석은 쉼 없이 솟아올랐고, 물이 양쪽으로 쏟아져 내렸다. 녀석은 햇살을 받아 번쩍거리며 빛을 발했다. 머리와 등은 짙은 자주색이었고, 햇살에 번쩍이는 양쪽 옆구리의 줄무늬는 연보라색으로 넓게 퍼져 있었다. 녀석의 입은 야구방망이만큼 길고 양날칼처럼 가늘고 뾰족했다. 녀석은 온몸이 다 드러날 정도로 높이 솟구쳤다가 잠수부처럼 매끄럽게 다시 물속으로 들어가 버렸다. 노인은 거대한 낫 모양을 한 녀석의 꼬리가 물속으로 가라앉는 것을 보았다. 낚싯줄이 빠르게 풀려 나가기 시작했다.

"이 배보다 2피트는 더 길겠는걸." 노인이 말했다. 낚싯줄은 빠르고도 일정한 속도로 풀려 나갔다. 녀석은 전혀 겁에 질린 상태가 아니었다. 노인은 낚싯줄이 끊어지지는 않을 정도로 계속 낚싯줄을 당겼다. 일정한 힘으로 당겨서 고기의 속도를 늦춰야 했다. 그러지 않으면 고기가 낚싯줄을 모두 끌고 가버려 결국 줄이 끊어지기 때문이다.

엄청나게 큰 고기야, 녀석에게 호락호락하게 보여선 안 돼, 하고 그는 생각했다. 자기가 굉장히 센 놈이라는 걸, 하려고 들면 뭐든 할 수 있는 놈이라는 걸 알게 해선 안 돼. 내가 녀석이라면 바로 지금 온 힘을 쏟아 내 어떻게든 결판을 낼 거야. 하지만 신이 보살펴 주시어, 녀석들은 저희를 죽이려는 우리보다 지능이 떨어져. 우리보다 우아하고 힘은 세지만.

노인은 덩치 큰 물고기들을 본 적이 많았다. 1천 파운드 이상 가는 것들도 많이 봤고, 그런 고기를 두 번이나 잡은 적도 있었다. 하지만 그때는 혼자가 아니었다. 지금은 혼자였고, 육지도 보이지 않았다. 그리고 상대는 이제껏 보고 들은 놈들 중 최고로 큰 놈이었다. 게다가 왼손은 여전히 새 발톱처럼 단단히 오그라져 있었다.

하지만 풀리겠지, 하고 그는 생각했다. 틀림없이 풀려서 오른손을 도와줄 거야. 물고기와 나의 왼손과 오른손, 이 셋은 형제니까. 틀림없이 쥐가 풀릴 거야. 쥐가 난다는 건 나와는 어울리지 않아. 고기는 다시 속도를 늦춰 여느 때의 빠르기로 나아가고 있었다.

잠시 전엔 왜 솟구친 걸까, 하고 노인은 생각했다. 자기가 얼마나 큰지 나한테 보여 주고 싶어서였을 거야. 아무튼 덕분에 이젠 알게 됐군. 나도 녀석에게 내가 어떤 사람인지 보여 주고 싶어. 하지만 그러면 쥐가 난 내 손을 녀석이 보게 될 거야. 녀석이 나를 실제의 나보다 더 강한 존재로 여기게 해야 해. 그리고 난 정말로 그런 존재가 될 거야. 아, 나도 저 물고기가 되어 보고 싶군. 내 의지만으로, 내 생각만으로, 모든 것과 맞서 싸우는.

그는 뱃전의 판자에 편안히 기대어 밀려드는 몸의 고통을 고스란히 받아들였다. 고기는 여전히 헤엄쳐 나갔고, 배 역시 어두운 물길을 천천히 헤쳐 나갔다. 동쪽에서 바람이 불어오자 바다에 작은 물결이 일었다. 정오가 되자 노인의 왼손에 났던 쥐가 풀렸다.

“자네한텐 안 좋은 소식이야, 물고기 양반.” 그렇게 말하며 그는 어깨에 걸쳐 놓은 부대 위에서 낚싯줄의 위치를 옮겼다.

노인은 편안하면서도 고통스러웠다. 다만 그 모든 것을 고통으로 인정하지 않을 뿐이었다.

“전 믿음이 깊지 못합니다.” 그가 말했다. “하지만 이 고기를 잡도록 허락해 주신다면 주기도문과 성모송을 열 번씩 외우겠습니다. 그리고 제가 녀석을 잡게 된다면 코브레 성당의 성모 마리아를 참배하러 갈 것을 약속드립니다. 꼭 약속드립니다.”

자동으로 그의 입에서 기도문이 흘러나오기 시작했다. 가끔은 너무 피곤해서 기도문이 기억나지 않기도 했는데, 그럴 땐 무의식적으로 따라 나오도록 빠르게 기도문을 외웠다. 주기도문보다는 성모송이 더 쉽군, 하고 그는 생각했다.

“은총이 가득하신 성모시여, 기뻐하소서. 주님께서 함께 계시니 여인 중에 복되시며, 태중의 아들 예수님 또한 복되시나이다. 천주의 성모 마리아님, 이제와 저희 죽을 때 저희 죄인을 위하여 빌어 주소서. 아멘.” 그러고는 덧붙였다. “거룩하신 성모시여, 이 물고기의 죽음을 위하여 기도해 주소서. 물고기지만 참으로 훌륭하나이다.”

기도를 올리고 나자 기분은 한결 좋아졌지만, 몸의 고통은 변함이 없었다. 오히려 더 심해진 것 같았다. 그는 뱃머리의 판자에 기대 기계적으로 왼손 손가락들을 꼼지락거렸다.

부드러운 미풍이 불고 있었지만 햇살은 여전히 따가웠다.

“고물 쪽 낚싯줄의 미끼를 갈아야겠어.” 그가 말했다. “녀석이 하룻밤을 더 버틸 생각이라면 나도 내 배를 채울 물고기를 잡아야 하니까. 병에 물도 얼마 남지 않았군. 그런데 여기선 돌고래만 걸리겠는걸. 그래도 싱싱할 때 먹으면 괜찮아. 오늘 밤엔 날치가 와주면 좋을 텐데. 하지만 날치를 유혹할 불이 없어. 날치는 날것으로 먹기 그만이고 칼로 토막을 낼 필요도 없는데. 이제 힘을 아껴야겠어. 예수님, 전 녀석이 저렇게 큰 놈일 줄은 미처 몰랐습니다요.”

"하지만 나는 녀석의 명줄을 끊을 거야." 그가 말했다. "녀석이 아무리 위대하고 영광스러운 존재일지라도."

정당하지는 못한 일이지, 하고 그는 생각했다. 하지만 난 인간이 무엇을 할 수 있는지, 얼마만큼 견뎌 낼 수 있는지 녀석에게 꼭 보여 줄 거야.

"내가 아이한테 말했었지, 난 유별난 늙은이라고." 그가 말했다. "지금이 바로 그 말을 증명해 보일 때야."

이제껏 수천 번이나 증명해 보였지만 그건 아무 의미가 없었다. 지금 다시 증명해야 하는 것이다. 매 순간이 새로운 시간이었고, 그는 과거를 생각하지 않았다.

녀석이 잠들면 좋겠어, 그래야 나도 눈을 좀 붙이고 다시 사자 꿈을 꿀 수 있을 텐데, 하고 그는 생각했다. 무슨 이유로 그 사자만 기억에 남아 꿈에 계속 나타나는 걸까? 아이고, 생각 좀 그만해, 늙은이야, 하고 그는 혼잣말로 중얼거렸다. 이제 판자에 기대고 편안히 쉬어. 아무 생각하지 말고. 녀석은 여전히 일을 하고 있어. 그러니 너는 가능하면 생각도 말고 쉬면서 힘을 비축해야 해.

오후로 접어들고 있었다. 배는 여전히 느리지만 쉼 없이 움직였다. 하지만 동쪽에서 불어오는 미풍이 배를 끌고 가고 있는 녀석에게 분명 부담이 될 것이다. 노인의 몸은 잔물결에 조금씩 흔들렸다. 덕분에 그의 등에 걸쳐진 낚싯줄도 한결 가볍고 부드럽게 느껴졌다.

시간이 완전히 오후가 되었을 때, 낚싯줄의 높이가 다시 한 번 높아졌다. 하지만 녀석은 물속에서 조금 더 올라만 왔을 뿐 다시 솟구치지는 않았다. 햇빛이 노인의 왼팔과 어깨와 등으로 떨어졌다. 물고기가 북동쪽으로 방향을 틀었다는 뜻이었다.

녀석의 모습을 본 뒤로, 이제 그는 자주색 지느러미를 날개처럼 활짝 펼치고 꼬리를 꼿꼿하게 세운 채 어두운 물속을 헤엄치고 있을 녀석을 상상할 수 있었다. 노인은 생각했다. 녀석은 깊은 물속에서 얼마나 잘 볼 수 있을까? 녀석의 눈은 아주 컸어. 하기야 녀석보다 훨씬 작은 눈을 가진 말도 어둠 속을 훤히 볼 수 있지. 나도 예전에는 완전히 깜깜하지만 않다면, 어두운 곳에서도 아주 잘 볼 수 있었지. 고양이만큼이나 눈이 밝았지.

태양의 열기 덕분에, 또 계속 손가락을 꼼지락거린 덕분에, 왼손은 이제 완전히 풀려 있었다. 그래서 낚싯줄을 당기는 힘을 조금 더 왼손으로 분산시킬 수 있었다. 또 그는 낚싯줄에 눌리는 통증을 조금 완화시켜 보려고 등 근육을 움직여 줄의 위치를 바꾸기도 했다.

"그대가 아직 지치지 않았다면 말이오, 고기 양반," 그가 큰 소리로 말했다. "그대는 이상한 양반이 틀림없소이다."

극도의 피곤이 몰려들었다. 곧 다시 밤이 닥칠 것이다. 그는 다른 일을 생각해 보려고 애쓰다가 빅 리그를 떠올렸다. 그에게는 '그란 리가스'라는 말이 더 친근했다. 그는 뉴욕 양키스와 디트로이트 타이거스가 맞붙는다는 걸 알고 있었다.

후에고(시합) 결과를 모르고 지나간 게 벌써 이틀째군, 하고 그는 생각했다. 하지만 자신감을 가져야 해. 발꿈치에 돌기뼈가 있지만 모든 걸 완벽하게 해내는 위대한 디마지오만큼 제 몫을 해내야 해. 그런데 돌기뼈가 뭐지? 그는 자신에게 물었다. 운 에스푸엘라 데 우에소(발꿈치에 생긴 돌기)는 나한테는 없어서 잘 모르겠지만, 어쨌거나 발꿈치에 싸움 닭한테 끼우는 쇠발톱 같은 게 생긴다면 엄청 아프겠지. 나라면 참지 못할 거야. 싸움닭이야 한쪽 눈을 잃든 두 눈을 다 잃든 계속 싸우겠지만. 큰 새나 짐승들에 비하면 인간은 아무것도 아니야. 차라리 어두운 바닷

490

속에 있는 저 덩치 큰 녀석이 되었으면 좋겠어.

"상어만 나타나지 않으면 돼." 노인이 큰 소리로 말했다. "상어가 나타나면 녀석이나 나나 신에게 자비를 구하는 수밖에 없어."

위대한 디마지오는 이런 상황에서 나만큼 오래 버텨 낼 수 있을까, 하고 그는 생각해 보았다. 나보다 젊고 힘도 셀 테니 확실히 더 나을 거야. 더구나 그 사람 아버지가 어부였잖아. 하지만 돌기뼈가 있으니 엄청 아프긴 하겠지?

"난 몰라." 그가 큰 소리로 말했다. "그런 게 생겨 봤어야 알지."

해가 떨어질 무렵, 그는 자신감을 높이려고 카사블랑카의 간이 술집에서 시엔푸에고스 출신의 덩치 큰 흑인과 했던 팔씨름을 떠올렸다. 그들은 테이블에 분필로 선을 그어 놓고 팔꿈치를 곧게 펴서 손을 꽉 움켜잡은 채로 하루 낮과 하루 밤을 지새웠다. 두 사람은 상대의 팔을 테이블에 꺾어 놓으려고 용을 썼다. 구경꾼들은 판돈을 두둑하게 걸고 등유 램프 아래를 들락거리며 지켜보았다. 그는 흑인의 팔과 손, 얼굴을 노려보았다. 여덟 시간이 지나자 심판들이 네 시간마다 교대로 잠을 잤다. 그와 흑인의 손톱 밑에서 피가 배어 나왔고, 둘 다 서로의 눈을, 그리고 손과 팔뚝을 노려보았다. 내기를 건 사람들은 계속 방을 들락거렸고, 벽에 기대 놓은 높다란 의자에 앉아 구경하기도 했다. 판자로 된 벽은 밝은 청색으로 칠해져 있었는데, 램프의 불빛이 벽에 두 사람의 그림자를 드리웠다. 미풍에 램프의 불이 흔들릴 때마다 흑인의 커다란 그림자가 함께 일렁였다.

밤새 내기에 걸린 판돈이 오르락내리락했고, 사람들은 흑인에게 럼주를 먹이고 담뱃불을 붙여 주었다. 럼주를 마신 뒤 흑인은 엄청나게 힘을 내뿜었는데, 한번은 노인의 ― 그때는 물론 노인이 아니라 엘 캄페온(챔피언) 산티아고였다 — 팔을 3인치나 꺾어 놓았다. 하지만 노인은 손을 다시 제자리로 올렸다. 그 순간 그는 그 멋진 흑인 녀석을, 그 대단한 운동선수를 쓰러뜨릴 수 있다는 확신이 들었다. 동이 트자 내기를 건 사람들이 무승부로 하자고 제안했고, 심판이 고개를 끄덕였다. 바로 그때 그는 마지막 힘을 다해 흑인의 손등을 누르고 또 눌러 마침내 나무 테이블에 닿게 했다. 일요일 아침에 시작한 팔씨름이 월요일 아침에야 그렇게 끝이 난 것이다. 내기를 건 많은 사람들은 부두에서 설탕 부대를 나르는 일꾼이거나 아바나 석탄 회사의 노동자들이었다. 그래서 일하러 가야 해서 무승부를 제안한 것이지, 안 그랬다면 승부가 날 때까지 시합이 계속되기를 바랐을 것이다. 그런 상황에서 그가 사람들이 일하러 가기 전에 시합을 끝낸 것이다.

그 후로 오랫동안 모든 사람들이 그를 챔피언이라고 불렀는데, 봄에 재대결이 펼쳐졌다. 하지만 돈을 많이 거는 사람은 없었다. 첫 번째 대결에서 기를 꺾어 놓아서인지, 재대결에선 시엔푸에고스 출신의 흑인을 훨씬 수월하게 이길 수 있었다. 그 뒤로도 두어 번 더 팔씨름 시합이 있었지만, 그는 더 이상 참가하지 않았다. 마음만 먹으면 누구든 이길 자신이 있었지만, 고기를 잡는 데 써야 할 오른손에 팔씨름이 이로울 게 없다는 생각이 들어서였다. 그는 시험 삼아 왼손으로 몇 번 시합을 해보기도 했었다. 하지만 왼손은 늘 그를 배신하여 원하는 대로 움직여 주지 않았다. 결국 그는 왼손을 믿지 않게 되었다.

이제 해가 왼손을 노릇노릇 구워 주겠지, 하고 그는 생각했다. 밤에 너무 추워지지만 않는다면 다시 쥐가 나진 않을 거야. 오늘 밤엔 무슨 일이 일어날지 궁금하군.

마이애미 방향으로 날아가는 비행기가 그의 머리 위를 지나가자 비행기 그림자에 놀란 날치 떼가 튀어 올랐다.

"날치가 저렇게 많은 걸 보면 돌고래가 있겠군." 그는 그렇게 말하며 고기에게 걸린 낚싯줄을 더 당길 수 있는지 알아보려고 몸을 젖혀 보았다. 하지만 더 당겨지지는 않고 끊어질 듯 팽팽해지며 물방울만 튀겼다. 배는 앞으로 천천히 움직였고, 그는 비행기가 사라질 때까지 그것을 지켜보았다.

비행기를 타면 아주 이상하겠지, 하고 그는 생각했다. 저렇게 높은 곳에서 내려다보면 바다가 어떻게 보일지 궁금해. 너무 높이 날지만 않으면 물고기도 보이겠지. 200패덤 높이에서 아주 느리게 날아가면서 고기를 보고 싶어. 바다거북잡이 배를 탈 때 돛대 꼭대기의 가로대에 올라서서 많은 걸 봤었지. 거기서 보면 돌고래가 더 짙은 초록색으로 보였고, 줄무늬와 자주색 반점까지 다 볼 수 있었어. 떼를 지어 헤엄치는 녀석들의 모습이 한눈에 들어왔어. 어두운 해류에서 빠르게 움직이는 고기들은 왜 하나같이 자주색 등, 자주색 줄무늬, 자주색 반점을 가지고 있는 걸까? 돌고래가 녹색으로 보이는 건 실제로는 금색이기 때문이지. 그런데 녀석이 허겁지겁 먹이를 쫓을 때면 청새치처럼 양쪽 옆구리에 자주색 줄무늬가 생겨. 화가 나면 그렇게 되는 걸까? 아니면 엄청나게 빨리 달리면?

어둠이 내리기 직전, 배는 만류 해초 곁을 지나가고 있었다. 밝은 물결 위에 커다란 섬처럼 불룩하게 떠서 흔들리고 있는 해초를 보고 있으니, 마치 바다가 노란 담요 아래서 누군가와 사랑을 나누고 있는 것 같았다. 그때 짤막한 낚싯줄에 돌고래 한 마리가 걸려들었다. 물 밖으로 솟아오른 녀석의 몸은 기울어 가는 햇빛에 황금색으로 빛나며 허공에서 거칠게 펄떡거렸다. 돌고래는 겁에 질린 채 계속해서 곡예 부리듯 솟구쳤다.

고물 쪽으로 조심스레 옮겨 간 그는 몸을 웅크린 채 오른쪽 손과 팔로는 큰 낚싯줄을 잡고, 왼손으로는 돌고래가 걸린 낚싯줄을 끌어당겼다. 배 위로 끌어 올린 낚싯줄은 맨발의 왼쪽 발로 밟아 고정시키며 손으로는 계속 낚싯줄을 끌어당겼다. 필사적으로 요동치던 녀석이 마침내 고물로 끌려오자, 노인은 고물 너머로 몸을 기울여 그 자주색 반점이 있는 황금빛 몸통을 번쩍 들어 배 안에 내려놓았다. 돌고래는 낚싯바늘을 빼내려고 마치 발작이 난 것처럼 빠르게 턱을 움직였다. 그리고 그 길고 납작한 몸뚱이를 꿈틀대며 꼬리와 머리로 마구 배 바닥을 두들겼다. 노인이 몽둥이로 번쩍이는 녀석의 머리를 후려치자, 비로소 녀석은 몸을 부르르 떨고는 조용해졌다.

노인은 돌고래의 주둥이에서 낚싯바늘을 빼낸 다음, 거기 새 정어리를 미끼로 달고 낚싯줄을 배 너머로 던졌다. 그러고는 천천히 뱃머리로 돌아가 왼손을 바닷물에 씻고 바지에다 물기를 닦았다. 무거운 낚싯줄을 왼손으로 옮겨 쥔 다음 이번에는 오른손을 바닷물에 씻으며 바다 너머로 가라앉는 태양과 비스듬히 기울어진 큰 낚싯줄을 지켜보았다.

"녀석은 전혀 변화가 없군." 그가 말했다. 하지만 손에 닿는 물살을 통해 녀석의 움직임이 눈에 띄게 느려진 걸 알 수 있었다.

"고물에다 노 두 개를 매달아 놔야겠어. 그러면 밤새 녀석의 속도가 좀 떨어질 거야." 그가 말했다. "녀석은 밤 동안에도 여전하겠지. 뭐, 나도 마찬가지겠지만."

돌고래의 육질에 피가 배게 하려면 조금 있다가 내장을 발라내야겠어, 하고 그는 생각했다. 항력抗力이 생기도록 노를 매다는 일도 조금 있다 하자고. 지금은 녀석을 성가시게 하지 말고 내버려 두는 게 좋아. 저 물녘은 물고기를 잡기엔 힘든 시간이니까.

그는 손을 들어 물기를 말리고는 낚싯줄을 잡은 채로 가능하면 편안한 자세로 뱃전에 몸을 기대고 앉아, 녀석이 끌어당기는 대로 내버려 두었다. 그러자 녀석이 끌어당기는 힘만큼, 아니 그 이상의 힘으로 배가 떠밀려 나갔다.

이렇게 배워 가는 거지, 하고 그는 생각했다. 이 시간엔 어쨌든 이렇게 하는 수밖에 없어. 더구나 녀석은 미끼를 문 뒤로 아무것도 먹지 못했다는 걸 명심해야 해. 덩치가 엄청난 놈이라 많이 먹어야 할 텐데도. 난 다랑어 한 마리를 통째로 먹어 치웠어. 내일은 도라도(돌고래)도 먹을 거고. 아니, 내장을 손질하면서도 조금 먹어 두자고. 다랑어보다는 먹기 힘들겠지만, 세상에 쉬운 일이 어딨어.

"기분이 좀 어떠신가, 고기 양반?" 그가 큰 소리로 물었다. "난 기분이 좋아. 왼손도 썩 좋아졌고, 오늘 밤에 먹을 거, 내일 낮에 먹을 거, 다 준비해 놓았어. 고기 양반은 배나 계속 끌게나."

사실 그는 기분이 좋은 게 아니었다. 낚싯줄이 걸쳐진 등은 이제 아픈 정도가 아니라 거의 무감각해진 수준이었다. 하지만 난 이보다 더한 것도 견뎌 냈어, 하고 그는 생각했다. 이 손이야 그저 베인 것에 불과하고, 반대편 손도 쥐가 다 풀렸어. 다리도 끄떡없어. 더구나 영양 공급 면에선 녀석과는 비교도 안 되지.

어둠이 내렸다. 9월에는 해가 지면 금방 어두워졌다. 그는 뱃머리의 낡은 판자에 기댄 채 아무것도 하지 않고 푹 쉬었다. 하늘에서 별이 반짝였다. 오늘 저녁 처음으로 보는 별이었다. 그는 저 별의 이름이 리겔*이라는 건 몰랐지만, 저것이 나타났다는 건 저 별의 친구 별들도 곧 나

---

*오리온 자리의 별들 중 하나.

타난다는 뜻임은 알고 있었다.

"나한텐 저 고기 녀석이 친구지." 그가 큰 소리로 말했다. "저런 고기는 듣도 보도 못했어. 하지만 난 녀석의 명줄을 따야 해. 별을 죽일 필요는 없으니 얼마나 다행이야."

그는 생각했다. 인간이 날마다 달을 죽이려 애써야 한다면 어떻게 될까? 달은 인간에게서 도망쳐 버리겠지. 인간이 날마다 해를 죽이려 애써야 한다면 또 어떤 일이 벌어질까? 아이고, 그러지 않아도 되니 얼마나 다행이야.

그런 생각을 하고 있자니 문득 아무것도 먹지 못한 커다란 물고기에게 미안한 마음이 들었다. 하지만 그런 연민에도 불구하고 녀석의 명줄을 따야겠다는 그의 의지는 결코 꺾이지 않았다. 그는 생각했다. 녀석을 잡으면 얼마나 많은 사람들을 먹일 수 있을까? 그런데 그들이 녀석을 먹을 자격이 있나? 아냐, 당연히 없지. 저런 당당함과 위엄을 지닌 녀석을 먹을 자격이 있는 인간은 한 명도 없어.

나야 심각한 문제들을 생각하기엔 이해력이 부족한 사람이지만, 어쨌거나 인간이 해와 달과 별을 죽이지 않아도 된다는 건 정말 다행한 일이야. 지금처럼 먹고살려고 할 수 없이 바다에서 진정한 형제들을 죽이는 것만으로도 충분해.

자, 지금은 항력을 생각할 때야, 하고 노인은 생각했다. 그건 위험하기도 하지만 장점도 있어. 만약 고물에 노를 매달아 항력이 생기게 하면, 배를 끄는 녀석은 한결 힘들어질 거야. 하지만 그러면 지금보다 낚싯줄을 더 많이 풀어 줘야 하는데, 그럼 녀석이 달아날 위험이 커져. 반면에 지금처럼 노를 매달지 않으면 배가 가벼워 녀석이 빠른 속도로 배를 끌 수 있어. 그럼 우리 둘의 고통스러운 싸움이 길어진다는 뜻이야. 녀석이 달아날 위험은 줄어들지만. 어쨌든 돌고래가 상하기 전에 내장을 발라 내고 좀 먹어야겠어. 그래야 기운이 나지.

한 시간쯤 쉬었다가 그때도 녀석이 여전한지 살펴본 후 고물에다 노를 매달지 결정하자고. 쉬는 동안에도 녀석이 어떻게 행동하는지, 무슨 변화가 있는지는 알 수 있으니까. 노를 매달아 놓는 건 좋은 전략이긴 해. 하지만 지금은 안전하게 경기를 운영해야 할 때야! 녀석은 아직 팔팔하니까 섣불리 덤벼선 안 돼. 또 여전히 녀석의 주둥이엔 바늘이 꽂혀 있으니 크게 걱정할 필요도 없어. 바늘 자체야 녀석에게 별거 아니겠지. 문제는 그것 때문에 녀석이 아무것도 먹지 못하고 있다는 거야. 녀석은 지금 배고픔이라는 형벌과 결투를 벌이고 있는 거야. 그러니 난 이제 잠시 쉬어도 돼. 다음 일이 닥칠 때까지 녀석을 내버려 둬도 돼.

늦게까지 달이 뜨지 않아 정확한 시간을 가늠하기는 어려웠지만 그는 두 시간쯤 쉬었다. 하지만 다른 때에 비하면 쉬었다는 거지 정말로 푹 쉰 건 아니었다. 여전히 어깨에 낚싯줄을 걸친 채 고기가 끌어당기는 힘을 견뎌야 했기 때문이다.

그는 생각했다. 낚싯줄을 어디 단단히 매어 두면 이 문제는 간단히 해결될 거야. 하지만 그랬다간 녀석의 움직임에 줄이 끊어질 수도 있어. 줄이 끊어질 정도로 팽팽해졌다는 걸 알고 바로 낚싯줄을 더 풀려면, 이렇게 계속 내 몸으로 지탱할 수밖에 없어.

"하지만 한숨도 자지 못했잖아, 영감." 그가 큰 소리로 말했다. "반나절에 하룻밤, 그리고 오늘 하루도 한 번도 눈을 붙이지 못했다구. 물고기 녀석이 얌전히 있는 동안 조금이라도 눈을 좀 붙여야 하지 않겠어? 잠을 못 자면 흐리멍덩해지잖아."

난 흐리멍덩한 상태가 아니야, 하고 그는 생각했다. 아직 정신이 또렷해. 내 형제인 별만큼이나 정신이 맑다구. 물론 잠은 자야지. 내 형제들도 자고, 달도 해도 자고, 심지어 해류가 흐르지 않는 날엔 바다도 잠을 자는데.

그러니 잠을 꼭 자둬야 해, 하고 그는 생각했다. 억지로라도 눈을 좀 붙여야 어깨에 걸친 이 낚싯줄 문제를 해결할 간단하고도 확실한 방법을 찾을 수 있을 거야. 이제 고물로 가서 돌고래나 손질하자. 잠을 자야만 한다면, 노를 매달아서 항력이 생기게 하는 건 위험하니까.

난 잠을 자지 않고도 해낼 수 있어, 하고 그는 자신에게 말했다. 하지만 위험천만한 모험이긴 하지.

그는 낚싯줄이 갑자기 고기를 당기지 않도록 조심하며 손을 짚고 무릎걸음으로 고물을 향해 갔다. 녀석도 반쯤은 잠이 들었을지 몰라. 하지만 재워선 안 돼. 명줄이 끊어질 때까지 배를 끌고 가게 해야 해.

고물로 온 그는 몸을 돌려 왼손으로는 어깨를 누르고 있는 낚싯줄을 잡고, 오른손으로는 칼집에서 칼을 뽑았다. 별들이 밝게 빛나서 돌고래가 선명하게 보였다. 그는 머리를 칼로 찍어 돌고래를 고물 아래에서 빼낸 후, 한쪽 발로 녀석을 누른 상태에서 항문에서 턱 아래쪽 끝까지 단숨에 잘랐다. 그런 다음 칼을 내려놓고 손으로 내장을 말끔히 긁어내고 아가미도 뜯어냈다. 녀석의 묵직하고 미끈거리는 위 안에는 날치 두 마리가 들어 있었는데, 아직 싱싱하고 육질이 단단했다. 그는 날치를 꺼내 한쪽으로 치운 뒤, 내장과 아가미는 고물 밖으로 던졌다. 그것들은 인광을 내며 물속 깊이 가라앉았다. 차가워진 돌고래는 별빛을 받아 문둥병 환자처럼 회백색을 띠고 있었다. 노인은 녀석의 머리를 발로 밟고서 껍질을 벗겨 냈다. 그러고는 반대편으로 뒤집어 다시 껍질을 벗기고는 머리에서 꼬리까지 양쪽 옆을 잘랐다.

그는 벗기고 잘라 낸 것들을 뱃전 너머로 미끄러뜨리고는 물속에 소용돌이가 이는지를 지켜보았다. 하지만 그것들은 인광을 뿜으며 천천히 가라앉기만 할 뿐이었다. 그는 돌아서서 날치 두 마리와 돌고래 고기를 챙기고는, 칼을 칼집에다 넣은 뒤 천천히 뱃머리로 돌아갔다. 무겁게 어깨를 누르는 낚싯줄 때문에 그의 등은 구부정했다. 고기는 그의 오른쪽 손에 들려 있었다.

뱃머리로 돌아온 그는 돌고래 고기 두 조각을 판자 위에 널어놓고 그 옆에다 날치를 놓았다. 그런 다음 어깨에 걸친 낚싯줄의 위치를 옮긴 후, 뱃전에 내려놓고 있던 왼손으로 줄을 다시 부여잡았다. 그러고는 배 너머로 몸을 기울여 바닷물에 날치를 씻으며 손으로 물의 속도를 가늠했다. 손은 돌고래 껍질을 벗기면서 묻은 인광 때문에 빛을 발하고 있었다. 그는 자신의 손을 치고 나가는 물살을 지켜보았다. 물살은 약해져 있었다. 그가 배에 손을 문지르자 인광이 떨어지며 고물 쪽으로 느리게 흘러갔다.

"녀석이 지쳤거나 숨을 돌리고 있군." 노인이 말했다. "이제 나도 이 돌고래나 먹으면서 쉬어야겠어. 잠도 좀 자고."

시간이 흐를수록 싸늘해지는 별빛 쏟아지는 밤에, 그는 뼈를 발라낸 돌고래의 살점과 내장, 그리고 머리를 잘라 낸 날치 한 마리를 먹어 치웠다.

"돌고래는 익혀서 먹어야 맛이 기가 막힌데." 그가 말했다. "날로 먹으니 형편없군. 이제부턴 배를 탈 때 꼭 소금이나 라임을 챙겨야겠어."

해가 있을 때 뱃머리에 바닷물을 뿌려 났다면 마르면서 소금이 좀 생겼을 텐데, 하고 그는 생각했다. 하기야 돌고래를 잡아 올렸을 때 이미 해는 거의 기울어 있었지. 그래도 준비가 부족했던 건 사실이야. 아무튼 꼭꼭 씹어 먹으니 구역질은 나지 않네.

동쪽 하늘로 구름이 몰려들면서 눈에 익은 별들이 차례로 사라졌다. 마치 거대한 구름 계곡으로 빨려드는 듯했고, 바람은 멎어 있었다.

"사나흘 지나면 날씨가 험해지겠군." 그가 말했다. "하지만 오늘 밤과 내일은 괜찮겠어. 이젠 잠잘 채비를 좀 하시지, 영감. 녀석이 얌전히 있는 동안에 눈을 좀 붙여야지."

그는 어깨에 걸쳐진 낚싯줄을 오른손으로 힘껏 부여잡고 체중을 실어 뱃머리 판자 쪽으로 몸을 기울인 다음, 오른손을 허벅지로 꾹 눌렀다. 그런 다음 낚싯줄을 약간 어깨 아래쪽으로 내려 왼손으로도 줄을 붙잡았다.

그는 생각했다. 오른손은 이렇게 눌려 있으니, 잠을 자도 계속 줄을 붙잡고 있을 수 있을 거야. 하지만 왼손은 줄을 놓칠 수도 있어. 그렇게 줄을 놓고 떨어지는 왼손이 날 깨우겠지. 오른손이 고생이야. 하지만 오른손이야 벌 서는 데는 익숙하니까 괜찮을 거야. 이삼십 분만 눈을 붙일 수 있어도 좋겠는데. 그는 그렇게 온몸으로 낚싯줄을 누르는 웅크린 자세로, 오른손에 체중을 모두 실은 채 잠이 들었다.

꿈에 사자 대신 8마일에서 10마일 정도로 길게 줄지어 헤엄치는 돌고래 떼를 보았다. 마침 짝짓기 때라서 돌고래들은 허공으로 높이 솟구쳤다가 다시 자신들이 솟구치며 만든 물구멍 속으로 떨어지기를 반복했다.

꿈은 다시 그의 집으로 장소를 바꿨다. 그는 자기 침대에 누워 있었는데, 차가운 북풍이 불어 몹시 추웠다. 베개 대신 벤 오른쪽 팔이 저렸다.

그 뒤엔 길게 뻗은 노란 해변의 꿈을 꾸기 시작했다. 사자 한 마리가 어둑한 새벽 해변으로 내려왔고, 이어 다른 사자들도 나타났다. 그는 닻을 내린 채 육지에서 불어오는 저녁 미풍을 받으며 뱃머리에 턱을 괴고 앉아 있었다. 다른 사자가 더 나타나는지 보려고 기다리고 있는 그의 마음은 행복했다.

달이 뜬 지 오래였지만, 그는 여전히 잠들어 있었다. 고기는 쉴 없이 구름의 터널 속으로 배를 끌고 갔다.

주먹 쥔 오른손이 냅다 그의 얼굴을 치는 동시에 낚싯줄이 풀려 나가면서 손바닥이 불에 덴 듯 뜨거워지는 통에 그는 잠에서 깨어났다. 왼손에서는 아무것도 느껴지지 않았다. 그는 오른손으로 줄을 꽉 붙잡았지만 줄은 계속 거칠게 풀려 나갔다. 마침내 왼손이 낚싯줄을 찾아 쥐었다. 그는 몸을 뒤로 젖혀 낚싯줄을 끌어당겼다. 등과 왼손이 낚싯줄에 쓸려 불에 타는 듯 따가웠다. 풀려 나가는 낚싯줄의 힘을 온통 감당한 왼손은 심하게 베였다. 그는 고개를 돌려 낚싯줄 뭉치를 보았다. 계속 부드럽게 풀려 나가고 있었다. 그 순간 녀석이 엄청난 폭발음을 내며 바다 위로 솟구쳤다가 둔중하게 떨어졌고, 그렇게 솟구치기를 반복했다. 낚싯줄이 계속 풀어지고 있는데도 배는 빠르게 내달렸다. 노인은 낚싯줄이 끊어지기 직전까지 끌어당겼다가 다시 풀기를 반복했다. 그러다가 그는 녀석이 줄을 끌어당기는 힘에 넘어져서 뱃머리에 머리를 처박고 말았다. 얼굴에 돌고래 살점이 묻은 그는 꼼짝도 할 수 없었다.

이게 바로 내가 기다렸던 일이야, 하고 그는 생각했다. 그러니 이제 붙어 보자고.

녀석에게 낚싯줄 값은 받아 내야지, 받아 내고 말 테야.

녀석이 솟아오르는 모습은 볼 수 없었지만, 녀석이 물을 가르는 소리와 바닷속으로 뛰어드는 소리는 들을 수 있었다. 낚싯줄이 풀려 나가면서 손이 쓸렸지만 그건 이미 각오했던 일이었다. 그는 손바닥이나 손가락이 베이지 않도록 되도록 굳은살 부위로만 줄이 지나가게 했다.

이럴 때 아이가 있었다면 아직 감겨 있는 낚싯줄에 물을 뿌려 풀려 나갈 때 손이 쓸리지 않게 해줄 텐데, 하고 그는 생각했다. 아쉽군, 아이가 여기 있어야 하는 건데.

낚싯줄은 풀리고, 풀리고, 또 풀려 나갔다. 하지만 풀리는 속도는 좀 느려지고 있었다. 그는 녀석에게 더는 한 뼘도 내주지 않겠다는 듯 온 힘을 다해 줄을 끌어당겼다. 그러면서 겨우 뱃머리 판자 위 고기 살점에서 얼굴을 들어 무릎을 꿇고 천천히 몸을 일으켰다. 아직도 낚싯줄이 풀리고 있었지만 속도는 더욱 느려졌다. 그는 눈으로는 보기 힘든 낚싯줄 다발을 발로 더듬어 확인하기 위해 조심스럽게 몸을 옮겼다. 더듬어 보니 낚싯줄은 아직 많이 남아 있었다. 게다가 녀석은 이제 새로 풀려 나간 낚싯줄이 물과 부딪히며 생기는 마찰력까지 감당해야 하기에 무척 힘들 것이었다.

노인은 생각했다. 이제 됐어. 게다가 녀석은 열 번도 넘게 솟아올랐으니 등뼈를 따라 붙어 있는 공기주머니에는 공기가 가득할 거야. 그러니 녀석이 내가 끌어 올릴 수 없는 깊은 곳까지 가라앉아서 죽는 일은 없을 거야. 녀석은 곧 원을 그리며 돌 거고, 그때 난 뭔가를 해야 해. 그런데 왜 갑자기 요동을 친 거지? 배가 고파서? 아니면 이 밤중에 뭔가를 보고 놀란 건가? 갑자기 무서워져서 그랬는지도 모르지. 하지만 시종일관 침착하고 굳세며 자신감 넘치던 녀석이었잖아? 그런데 왜 그랬을까?

"그대나 두려워하지 말고 자신감을 가져, 영감." 그가 스스로에게 말했다. "녀석을 다시 틀어잡긴 했지만 줄은 아직 못 당기고 있잖아. 하지만 곧 녀석은 빙글빙글 돌 거야."

노인은 왼손과 어깨로 녀석이 끌어당기는 힘을 지탱하면서 몸을 구부려 오른손으로 물을 떠 얼굴에 붙은 돌고래의 살점을 씻어 냈다. 그냥 놔두면 구역질을 느껴 토할 테고, 그러면 기력이 떨어질 게 뻔했기 때문이다. 그는 오른손을 바닷물에 씻은 다음 계속 손을 물에 담가 놓았다. 통증을 가라앉히기 위해서였다. 그러면서 동트기 전의 부윰한 새벽빛을 지켜보며 생각했다. 녀석이 동쪽으로 가고 있군. 그건 녀석이 지쳐서 해류에 몸을 맡겼다는 뜻이야. 이제 곧 원을 그릴 거야. 우리의 진짜 싸움이 시작되는 거지.

이제 손을 충분히 담근 것 같아서 물에서 손을 꺼내 살펴보았다.

"나쁘지 않군." 그가 말했다. "아픔 따윈 사내에겐 문제가 되지 않지."

그는 새로 생긴 상처에 줄이 닿지 않게 조심스레 오른손으로 줄을 움켜쥐고는 몸의 중심을 바꾸었다. 그러고는 이번에는 왼손을 바닷물에 담갔다.

"자네도 그다지 나쁘진 않았네." 그가 왼손에게 말했다. "하지만 필요할 때 안 보일 때가 있더군."

난 왜 양손을 다 잘 쓸 수 있게 태어나지 못한 걸까, 하고 그는 생각했다. 하기야 왼손이 능숙하지 못한 건 연습을 안 한 내 잘못일 수도 있어. 연습할 기회는 충분히 있었는데 말이야. 하지만 간밤엔 그리 나쁘지 않았어. 쥐가 난 것도 한 번뿐이었고. 만약 또 쥐가 나면 그땐 낚싯줄에 베여도 내버려 둘 거야.

자신이 이런 생각을 하는 것으로 보아 정신이 또렷하지 않다는 걸 깨달았다. 그래서 돌고래 고기를 좀 더 씹어야겠다는 생각이 들었다. 하지만 먹을 수가 없어, 하고 그는 혼잣말로 중얼거렸다. 토해서 기운을 잃는 것보다는 차라리 정신이 흐릿한 게 낫지. 저놈의 살에다 얼굴을 처박아서 그런지 저걸 먹으면 구토가 날 것 같아. 상하지 않을 때까지 그냥 비상용으로 놔둬야겠어. 어쨌거나 이젠 영양 공급으로 원기를 돋우기엔 너무 늦었어. 그런 생각을 하다가 그는 곧바로 스스로에게 말했다. 이런 멍청이, 날치 한 마리가 남아 있잖아.

그는 깨끗하게 손질해 놓은 날치를 왼손으로 집어 뼈를 조심스럽게 씹기 시작해 꼬리까지 내려가며 먹어 치웠다.

날치는 어떤 물고기보다 영양이 풍부해, 하고 그는 생각했다. 내게 필요한 원기를 줄 수 있지. 이제 내가 할 수 있는 건 다 한 셈이니, 녀석이 원을 뱅뱅 돌 때까지 기다려 결투를 벌여 봐야겠군.

녀석이 원을 그리기 시작했을 때, 그가 바다로 나온 뒤로 세 번째 맞이하는 태양이 떠올랐다.

낚싯줄의 경사만 봐서는 녀석이 원을 그리며 돌고 있는지를 알 수 없었다. 그걸 알기에는 너무 일렀다. 하지만 그는 희미하게나마 녀석이 낚싯줄을 당기는 힘이 느슨해진 것을 알아채고 오른손으로 줄을 천천히 당기기 시작했다. 늘 팽팽하긴 했지만 끊어질 듯한 한계점에 이르자 낚싯줄이 끌려오기 시작했다. 그는 낚싯줄 아래로 어깨와 머리를 빼내고는 줄을 지속적으로 부드럽게 잡아당겼다. 몸을 좌우로 흔들면서 양손을 번갈아 사용하고, 가능한 한 몸통과 다리까지 이용해 낚싯줄을 끌어당겼다. 몸을 흔들 때는 그의 늙은 두 다리와 어깨가 중심을 잡아 주었다.

"엄청 크게 원을 그리고 있군." 그가 말했다. "녀석이 돌고 있어."

이제 더 이상 낚싯줄은 끌려오지 않았다. 낚싯줄이 튀긴 물방울이 햇살에 반짝이는 순간 낚싯줄이 다시 풀려 나가기 시작했고, 노인은 무릎을 꿇은 채로 어두운 물속으로 낚싯줄이 풀려 나가도록 내버려 두었다. 달리 방법이 없었다.

"녀석은 지금 원의 먼 쪽을 돌고 있군." 그가 말했다. 어쩔 수가 없어, 버텨 내야 해, 하고 그는 생각했다. 한 바퀴 돌 때마다 녀석의 힘은 떨어질 테고, 한 시간쯤 뒤면 녀석을 볼 수 있겠지. 이번만큼은 녀석을 굴복시켜야 해. 명줄을 끊어야 해.

하지만 고기는 계속 느리게 원을 그렸고, 두 시간이 지나자 땀에 흠뻑 젖은 노인의 뼛속까지 피곤이 스며들었다. 그러나 원은 훨씬 작아졌고, 낚싯줄의 완만한 기울기는 고기가 서서히 올라오고 있다는 것을 말해 주고 있었다.

노인의 눈에 검은 반점이 보인 것은 한 시간쯤 되었다. 이마에서 흘러내린 땀의 소금기가 눈으로 흘러들어 눈동자에 상처를 냈기 때문이었다. 하지만 그는 반점이 보이는 건 신경도 쓰지 않았다. 줄을 당기고 있으면 흔히 일어나는 일이었다. 하지만 두 번씩이나 의식이 흐릿해지면서 어지럼증이 일자 걱정이 밀려왔다.

"이따위 물고기 때문에 낭패를 보거나 죽는다는 건 말이 안 돼." 그가 말했다. "이제 녀석이 저토록 우아하게 다가오고 있는데 말이야. 하느님, 제가 버틸 수 있게 도와주소서. 주기도문과 성모송을 백 번씩 외우겠나이다. 지금은 외울 수 없지만요."

외운 걸로 해주실 거야, 하고 그는 생각했다. 나중에 외울 거니까.

바로 그때 그의 두 손에 꽉 쥐어져 있던 낚싯줄이 와락 당겨졌다. 날카롭고, 분노가 서리고, 육중했다.

녀석이 창처럼 날카로운 주둥이로 철사 목줄을 치고 있는 거야, 하고 그는 생각했다. 예상한 일이야. 녀석으로선 그럴 수밖에 없지. 하지만 그런 행동이 녀석을 솟구치게 만들 수도 있어. 지금으로선 그냥 원을 그리며 도는 게 좋을 텐데. 공기를 마시려고 솟구칠 수도 있어. 하지만 한 번 솟구칠 때마다 낚싯바늘이 꽂힌 틈이 더 벌어질 테고, 그러다가 바늘이 빠져 버릴 수도 있어.

"솟구치지 마시오, 고기 양반." 그가 말했다. "뛰지 말라고."

고기는 여러 번 더 철사 목줄을 쳐댔다. 녀석이 머리를 흔들 때마다 노인은 조금씩 낚싯줄을 풀었다.

녀석이 지금 느끼는 고통을 이대로 지속시켜야 해, 하고 그는 생각했다. 내 고통이야 문제 될 게 없어. 난 견딜 수 있어. 하지만 녀석의 고통은 녀석의 혼을 빼놓을 거야.

잠시 후, 고기는 철사 목줄을 때리는 걸 멈추고는 다시 천천히 원을 그렸다. 이제 노인은 낚싯줄을 조금씩 끌어당길 수 있었다. 하지만 다시 의식이 흐릿해졌다. 그는 왼손으로 바닷물을 떠 머리에 끼얹었다. 몇 번 더 그렇게 하고는 목덜미를 문질렀다.

"더 이상 쥐는 안 나는군." 그가 말했다. "녀석은 곧 떠오를 거야. 난 버틸 수 있어. 꼭 버텨야만 해."

그는 뱃머리에 기대어 무릎을 꿇었다. 그러고는 등에 걸쳐져 있던 낚싯줄을 내렸다. 녀석이 원의 먼 쪽을 도는 동안 잠시나마 쉬기 위해.

그는 더 쉬고 싶었지만, 낚싯줄이 느슨해지는 것으로 보아 녀석이 방향을 틀어 배를 향해 다가오고 있음을 알 수 있었다. 그는 벌떡 일어나 고기 쪽으로 풀려 나갔던 줄을 자기 쪽으로 끌어당기기 시작했다.

어느 때보다도 지치는구먼, 하고 그는 생각했다. 이제 무역풍이 불어오는군. 녀석을 끌고 가는 데는 이 바람이 그만이지. 내겐 정말 요긴한 바람이야.

"녀석이 다시 먼 쪽을 돌 때 쉬어야겠어." 그가 말했다. "기분이 훨씬 나아졌어. 녀석이 두세 번만 더 돌면 잡을 수 있을 거야."

그의 밀짚모자는 머리 뒤로 훌떡 젖혀져 있었다. 고기가 방향을 트는가 싶을 때 그는 낚싯줄에 끌려가 뱃머리에 주저앉고 말았다.

열심히 일하고 있구먼, 고기 양반, 하고 그는 생각했다. 이번에 돌아올 때 자넬 잡아 버리겠어.

파도가 제법 높게 일었다. 하지만 좋은 날씨일 때 부는 미풍의 영향일 뿐이었다. 집으로 돌아가려면 꼭 있어야 할 바람이었다.

"방향을 남서쪽으로 틀어야겠어." 그가 말했다. "남자라면 바다에서 결코 길을 잃지 않아. 나는 그 긴 섬으로 돌아갈 수 있어."

고기가 원을 세 번째로 돌 때, 그는 비로소 고기의 모습을 다시 볼 수 있었다.

처음에는 그저 배 아래쪽을 지나가는 어두운 그림자처럼 보였는데, 몸뚱이가 얼마나 긴지 다 지나가기까지 꽤 오래 걸렸다.

"뭐야," 그가 말했다. "녀석이 저렇게나 큰 놈이었어?"

녀석은 정말로 컸다. 원을 한 바퀴를 다 돌고 난 뒤 녀석은 불과 30야드 떨어진 곳에서 수면 위로 모습을 드러냈고, 노인은 녀석의 꼬리를 살폈다. 검푸른 물 위로 드러난 녀석의 꼬리는 커다란 낫보다도 더 길었고 엷은 보랏빛을 띠고 있었으며 약간 뒤편으로 비스듬히 기울어 있었다. 노인은 수면에 바짝 붙어 헤엄쳐 가는 녀석의 거대한 몸통과, 그 위로 띠처럼 둘러진 자주색 줄무늬를 볼 수 있었다. 녀석의 등지느러미는 아래로 내려져 있고, 양쪽의 커다란 가슴지느러미는 넓게 펼쳐져 있었다.

녀석이 다시 원을 그리며 다가올 때, 노인은 녀석의 눈과 함께 녀석 주위에 있는 회색 빨판상어 두 마리를 볼 수 있었다. 놈들은 때로는 녀석에게 착 달라붙고 때로는 멀찍이 떨어지기도 했으며 때로는 녀석의 그림자 아래에서 유유히 헤엄을 쳤다. 둘 다 3피트가 넘었고, 빠르게 헤엄칠 때는 온몸을 뱀장어처럼 요란하게 흔들었다.

노인의 몸은 땀에 흠뻑 젖어 있었다. 햇볕 때문만은 아니었다. 고기가 침착하고 조용히 원을 그리며 돌 때마다 그는 낚싯줄을 끌어당기며, 두 바퀴 안에 작살을 사용하겠다고 결심했다.

하지만 가까이, 가까이, 더 가까이로 끌어와야 해, 하고 그는 생각했다. 머리를 노려선 안 돼. 심장을 노려야 해.

"침착하게, 그리고 강하게 밀어붙여, 영감." 그가 말했다.

다음 회전에서 고기의 등이 밖으로 드러났지만 배에서 너무 멀리 있었다. 그다음 회전에서도 녀석은 여전히 멀리 떨어져 있었다. 하지만 물 위로 더 높이 솟아 있었다. 노인은 낚싯줄을 조금만 더 당기면 녀석을 뱃전으로 끌어올 수 있을 거라 확신했다.

그는 오래전부터 작살을 써왔다. 작살과 연결된 가벼운 밧줄은 말린 채 둥근 바구니에 담겨져 있었고, 그 끝은 뱃머리의 말뚝에 단단히 묶여 있었다.

고기는 이제 자신이 그린 원 안쪽으로 조용히 들어와 아름다운 자태를 드러냈다. 노인은 녀석이 더 가까이 오도록 낚싯줄을 끌어당겼다. 그러자 녀석이 살짝 몸을 기울이더니 방향을 틀었다. 그러고는 몸을 똑바로 세워 새로운 원을 그리기 시작했다.

"내가 녀석을 움직였어." 노인이 말했다. "내가 움직이게 한 거야."

그는 다시 의식이 흐려지는 걸 느꼈다. 하지만 짜낼 수 있는 힘을 모두 짜내 그 거대한 물고기에 집중했다. 그는 생각했다. 이번엔 녀석을 쓰러뜨릴 수 있을지도 몰라. 당겨라, 두 손아, 버텨 다오, 두 다리야, 견뎌 다오, 머리야, 끝까지 견뎌 다오. 이번엔 녀석을 쓰러뜨릴 거야.

그는 고기가 배에 다가오기 전부터 일시에 온 힘을 쏟아 낚싯줄을 끌어당겼다. 하지만 고기는 뒤집어질 듯하다가 자세를 바로잡더니 헤엄쳐 달아나 버렸다.

"저놈의 고기." 노인이 말했다. "고기 양반, 자넨 무슨 수를 써도 죽을 운명이야. 자네도 날 죽여야겠나?"

자네가 그래 봐야 되는 건 없어, 하고 그는 생각했다. 그는 입이 바짝 말라 말하기도 힘들었는데, 지금 서 있는 자리에선 물병을 집을 수가 없었다. 이번엔 녀석을 뱃전에다 붙이고 말겠어. 저렇게 계속 돌게 하는 건 나한테 좋지 않아. 그는 스스로에게 말했다. 그래, 넌 할 수 있어, 넌 언제든 할 수 있다고.

녀석이 한 바퀴를 더 돌았을 때, 그는 녀석을 거의 잡을 뻔했다. 하지만 녀석은 다시 몸을 똑바로 하고는 느릿느릿 달아났다.

자네가 날 죽이고 있군, 고기 양반, 하고 노인은 생각했다. 물론 자네한테도 그럴 권리는 있지. 이제껏 난 자네보다 더 크고, 더 아름답고, 더 침착하고, 더 고결한 고기는 본 적이 없다네, 형제. 이리 와서 날 죽이게. 누가 누구를 죽이든 난 개의치 않네.

머리가 뒤죽박죽이 되고 있어, 하고 그는 생각했다. 정신 차려, 정신을 차려야 해. 그리고 사내답게 고통을 견디는 방법을 찾아봐. 아니면 저 고기처럼이라도 해봐.

"맑아져라, 머리야." 그는 거의 들리지 않는 소리로 말했다. "맑아져라."

녀석이 두 번 더 원을 그렸지만 달라진 건 없었다.

모르겠군, 하고 노인은 생각했다. 녀석이 달아날 때마다 그는 감각의 극한에 다다랐다. 어떻게 된 건지, 왜 안 되는지 모르겠어. 하지만 다시 한 번 시도해 볼 거야.

고기가 원을 그리며 가까이 왔을 때 그는 정신을 잃고 쓰러질 것만 같은 상태로 다시 낚싯줄을 잡아당겼다. 하지만 고기는 또다시 균형을 잡고 커다란 꼬리를 허공에 흔들며 느릿느릿 그의 시야에서 벗어났다.

다시 한 번 해볼 거야, 하고 노인은 마음을 다잡았다. 하지만 그의 손은 살갗이 벗겨져 흐느적거렸고, 눈도 가끔씩만 맑아졌다.

다시 시도를 해봤지만 상황은 변하지 않았다. 그는 다시 한 번 해보자고 다짐했지만, 시작하기도 전에 의식이 혼미해졌다. 난 다시 해볼 거야.

그는 자신의 모든 고통과 남아 있는 모든 힘과 오래도록 간직해 온 자부심을 그러모아, 물고기가 느끼고 있는 극단의 고통과 마주했다. 마침내 녀석이 몸을 틀어 비스듬히 누운 채 부드럽게 다가왔다. 주둥이가 배의 나무판자에 닿을 만큼 아주 가까이 다가와서 배를 스쳐 지나가기 시작했다. 자주색 줄무늬를 가진 그 기다란 녀석의 은색 몸통이 바닷속에 끝없이 이어져 있는 것만 같았다.

노인은 낚싯줄을 바닥에 내려 한쪽 발로 밟고는, 작살을 최대한 높이 들어 올렸다. 그러고는 젖 먹던 힘까지 그러모아 온 힘을 다해 작살을 꽂았다. 노인의 가슴 높이까지 솟구쳐 올라온, 녀석의 커다란 가슴지느러미 바로 뒤편의 옆구리에. 작살의 쇠날이 녀석의 살을 뚫고 들어가는 것이 노인의 손에 느껴졌다. 그는 작살 위로 몸을 기울여 더 깊숙이 박아 넣고는 체중을 모두 실어 쑤셔 넣었다.

죽음에 직면한 녀석은 마지막 생기를 끌어내 그 길고 널따란 몸통을, 자신의 모든 힘과 아름다움을 뽐내듯 물 밖으로 드러냈다. 녀석이 작은 배 안의 노인보다 더 높이 치솟은 것 같았다. 그러고는 요란한 굉음을 내며 바닷속으로 떨어졌다. 녀석이 일으킨 물기둥이 노인과 배 위로 쏟아져 내렸다.

노인은 의식이 가물거리고 속이 메스꺼웠으며 눈이 잘 보이지 않았다.

하지만 살이 다 벗겨진 두 손으로 작살에 달린 밧줄을 풀어 물속으로 흘려보냈다. 눈이 정상으로 돌아왔을 때, 그는 은색의 배를 드러낸 채 물 위에 뒤집어져 있는 녀석의 몰골을 볼 수 있었다. 녀석의 어깨 쪽에는 작살 자루가 비스듬히 튀어나와 있었다. 바다는 온통 녀석의 심장에서 뿜어져 나온 피로 붉게 물들어 있었는데, 얼핏 보면 그 피는 깊이가 1마일이 넘는 이 검푸른 바닷속을 떠도는 검은 물고기 떼처럼 보이기도 했다. 피는 구름처럼 넓게 퍼져 나갔다. 녀석의 굳은 은색 몸통은 파도에 일렁이며 떠 있었다.

노인은 흐릿한 눈으로 조심스레 녀석을 바라보았다. 그러고는 뱃머리 말뚝에 작살 밧줄을 두 바퀴 감아 놓고는, 두 손을 머리에 얹었다.

"정신을 차리자." 그가 뱃머리의 판자에 기댄 채 말했다. "난 지친 늙은이야. 하지만 난 내 형제인 이 녀석의 명줄을 끊었고, 이제 노예처럼 일을 해야만 해."

올가미와 밧줄로 녀석을 배와 나란한 방향으로 묶어 놔야 해, 하고 그는 생각했다. 억지로 녀석을 배에 실었다간 이 작은 배가 견디지 못할 수도 있어. 아무리 물을 퍼낸다 해도 말이야. 모든 준비를 마치고 녀석을 붙들어 맨 다음, 돛대를 세우고 집으로 돌아가면 돼.

이제 녀석을 배 가까이로 끌어와야 했다. 아가미에서 주둥이까지 밧줄로 꿴 다음 대가리를 뱃머리 옆에다 붙들어 매야 했다. 녀석을 제대로 보고 싶어, 하고 그는 생각했다. 만져 보고 느껴 보고 싶어. 녀석은 내 재산이야. 하지만 그래서 만져 보고 싶은 건 아니야. 작살을 재차 밀어 넣었을 때 녀석의 심장을 만지는 기분이 들었어. 이제 녀석을 바짝 끌어다가 꼬리와 몸통 중간쯤에 올가미를 씌우고 배에다 단단히 묶어야지.

"작업을 하세나, 이 늙은이야." 그가 말했다. 그는 아주 조금 목을 축였다. "결투가 끝났으니 이젠 노예처럼 뼈 빠지게 일만 하면 돼."

그는 하늘을 한 번 올려다보고는 고기에게로 눈을 돌렸다. 그러고는 다시 조심스레 태양을 바라보며 생각했다. 정오가 지난 지 얼마 안 되었고, 여전히 무역풍이 불고 있어. 낚싯줄이야 이제 어찌 되든 괜찮아. 집으로 돌아가서 아이랑 같이 이어 붙이면 되니까.

"이리 오시오, 물고기 양반." 그가 말했다. 하지만 바다 위에 벌렁 누운 녀석은 끌려오지 않았다. 그래서 노인이 노를 저어 녀석에게로 다가갔다.

가까이로 가서 녀석의 머리를 뱃머리에 대고 보니, 녀석의 믿기지 않을 만큼 엄청난 크기를 다시 한 번 확인할 수 있었다. 하지만 그는 침착하게 말뚝에 매어 놓았던 밧줄을 풀었다. 그런 다음 그 줄을 녀석의 아가미로 넣고 턱으로 빼낸 뒤 칼날처럼 튀어나온 주둥이를 한 번 감고 반대편 아가미로 관통시켜 다시 한 번 주둥이를 감았다. 그리고 그 줄을 뱃머리 말뚝에 두 번 감아 단단히 매었다. 그러고는 남은 밧줄을 잘라 꼬리를 매려고 고물로 이동했다. 자주색과 은색이 섞여 있던 녀석은 이제 은색만 띠고 있었고, 손가락을 활짝 편 어른 손만 한 넓이의 줄무늬는 꼬리와 똑같은 옅은 보랏빛을 띠고 있었다. 눈동자는 잠망경의 반사경처럼 보이기도 했고, 행렬을 이끄는 성자의 그것처럼 초연해 보이기도 했다.

"난 녀석을 죽일 수밖에 없었어." 노인이 말했다. 목을 축이고 나자 기분이 한결 좋아졌고 머리도 맑았다. 1천 500파운드는 넘을 거 같군, 하고 그는 생각했다. 더 나갈지도 모르겠어. 손질을 하고 3분의 2만 남는다 해도, 1파운드에 30센트면 얼마야?

"연필이 있어야겠어." 그가 말했다. "지금 내 머리는 암산할 만큼 맑지는 않으니까. 위대한 디마지오가 오늘 날 봤다면 자랑스러워했을 거야. 내겐 돌기뼈는 없지만 손이랑 등은 많이 아팠어." 그는 다시 한 번 돌기뼈라는 게 뭘까 궁금했고, 자신도 그걸 가지고 있는데 모르는 건 아닐까 하는 생각이 들기도 했다.

그는 고기를 뱃머리와 이물, 그리고 배 중간의 가로대에 단단히 묶었다. 녀석이 얼마나 큰지, 그의 작은 배 옆에 더 큰 배 하나를 나란히 붙여 놓은 것 같았다. 그는 낚싯줄을 잘라 녀석의 주둥이와 턱을 한꺼번에 묶었다. 주둥이가 벌어지지 않아야 배가 제대로 나아갈 수 있기 때문이다. 그런 다음 돛대를 세우고, 갈고리 자루를 활대 삼아 누덕누덕 기운 돛을 펼쳤다. 배가 움직이기 시작했다. 고물에 반쯤 누운 자세로 그는 남서쪽으로 방향을 잡았다.

그에게 남서쪽을 알려 주는 나침반은 필요하지 않았다. 무역풍의 방향과 돛이 펼쳐지는 모양만으로도 충분했다. 그는 생각했다. 작은 낚싯줄에다 가짜 미끼를 달아 뭘 좀 낚아 먹어야겠어. 목도 좀 축이고. 하지만 가짜 미끼로 쓸 만한 것이 없었고, 정어리도 상해서 미끼로 쓸 수가 없었다. 그래서 그는 물 위에 떠 있는 누런 만류 해초를 갈고리로 건져 내 그 안에 든 새우를 배 바닥에 털었다. 열 마리가 넘는 새우가 모래벼룩처럼 팔짝거리며 튀어 올랐다. 노인은 엄지와 검지로 새우의 머리를 떼낸 후 껍질째 꼬리까지 씹어 먹었다. 새우는 아주 작지만 영양분도 많고 맛도 그만이란 걸 그는 잘 알고 있었다.

물병에는 아직 두 번 정도 목을 축일 만한 물이 남아 있었다. 그는 새우를 먹고 난 후 반 모금을 마셨다. 꽤 무거운 짐을 매달고도 작은 배는 잘 달려 나갔다. 그는 키의 손잡이를 겨드랑이에 끼운 채 방향을 잡아 나가며 자신이 잡은 녀석을 바라보았다. 자신의 벗겨진 손과 고물에 등을 댈 때 느껴지는 통증을 보면, 녀석을 잡은 건 꿈이 아니라 현실이었다. 녀석과의 사투가 끝나 갈 즈음엔 정신이 몽롱해져 꿈을 꾸고 있는 건 아닌가 의심하기도 했다. 녀석이 물 위로 솟구쳐 올랐다가 바다로 떨어지기 직전에는, 기적이 일어났다는 생각이 들기도 했다. 눈으로 보면서도 믿을 수가 없었다. 지금이야 잘 보이지만 그때는 눈조차 가물거렸다.

이제 그에게 녀석과 자신의 두 손, 그리고 등은 꿈속의 존재가 아니었다. 손에 난 상처는 빨리 아물 거야, 하고 그는 생각했다. 피를 깨끗이 씻어 냈으니 소금물이 낫게 해줄 테지. 만류가 흐르는 바다만큼 훌륭한 치료제는 없어. 이제 정신만 똑바로 차리면 돼. 두 손은 제 임무를 완수했고, 우린 지금 제대로 가고 있으니까. 주둥이를 굳게 다물고 꼬리를 꼿꼿이 세운 채 오르내리는 녀석과 난 형제처럼 항해를 하고 있어. 바로 그 순간 노인의 정신이 다시 흐릿해졌다. 녀석이 나를 데려가는 걸까, 내가 녀석을 데려가는 걸까? 내가 녀석을 끌고 가는 거라면 문제 될 게 없지. 그리고 혹여 녀석이 배 안에 있다 해도 역시 문제 될 건 없어. 녀석은 이제 위엄을 몽땅 상실해 버렸으니까. 하지만 우리는 사실 한몸이 되어 나란히 항해하고 있는 거야. 녀석이 원한다면, 녀석이 날 끌고 간다고 해도 좋아. 내 계략이 녀석보다 나았을 뿐이지 녀석은 나보다 떨어지는 존재도 아니고, 나한테 해를 끼치지도 않았으니까.

그들은 순조롭게 항해를 계속했다. 노인은 두 손을 바닷물에 담근 채 머리가 맑아지기를 기다렸다. 뭉게구름이 하늘 높이 떠 있고 그 위로 엷은 새털구름이 깔려 있는 걸 보니, 지난밤 내내 미풍이 불었음을 알 수 있었다. 그는 꿈이 아니라는 걸 확인하듯 연신 고기를 바라보았다. 상어가 처음 녀석을 공격해 온 것은 그로부터 한 시간쯤 후였다.

상어는 우연히 찾아온 게 아니었다. 먹구름 같은 피가 1마일 깊이의 바닷속으로 퍼져 나갈 때부터 놈은 물속 깊은 곳에서 올라온 것이었다. 상어는 무척이나 빠르고 단호하게, 어떤 경고도 없이, 푸른 바다를 가르며 햇살 속으로 모습을 드러냈다. 그러고는 다시 바다로 가라앉아 코를 쿵쿵거리며 작은 배와 고기의 냄새를 따라갔다.

놈은 가끔 냄새를 놓치기도 했지만, 이내 다시 따라잡아 빠르고 맹렬하게 추격해 왔다. 아주 큰 청상아리였다. 바다에서 놈보다 더 빨리 헤엄치는 놈은 없었다. 주둥이를 빼면 자태 또한 빼어나게 아름다웠다. 등은 황새치처럼 푸른색이고, 몸통은 은색이며, 껍질은 부드럽고 우아했다. 등지느러미를 높게 세운 채 미동도 없이 칼날처럼 바다를 가르는 놈은, 꾹 다문 주둥이를 제외하고는 황새치와 흡사했다. 두 겹으로 된 입술 안쪽에는 여덟 줄의 이빨이 비스듬히 박혀 있었는데, 다른 상어들의 피라미드형 이빨과는 다른 모양이었다. 새 발톱처럼 오므려진 놈의 이빨은 노인의 손가락만큼 길었고, 양쪽 가장자리는 면도날처럼 날카로웠다. 바다에 사는 물고기는 뭐든 다 잡아먹을 것처럼 생긴 그놈은 엄청나게 빠르고 억센 데다 잘 무장되어 있어 상대가 될 적수가 없었다. 지금 바로 그놈이 신선한 피 냄새를 맡고 푸른 지느러미를 세운 채 빠르게 물살을 가르고 있는 것이었다.

노인은 그 청상아리가 두려움이라곤 전혀 없는, 원하는 것은 뭐든 정확히 해치우는 놈임을 알아봤다. 놈이 점점 다가오는 것을 지켜보며 그는 작살을 꺼내 거기 밧줄을 단단히 묶었다. 고기를 배에 묶을 때 쓴 탓에 남은 밧줄은 그리 길지 않았다.

이제 노인의 머리는 맑았고 놈을 잡아 보겠다는 결의도 단단했지만, 기대는 크게 하지 않았다. 다가오는 놈을 지켜보며 좋은 일은 오래가지 않는 법이지, 하고 생각했다. 배에 묶어 둔 덩치 큰 고기를 흘깃 보며 그는 속으로 말했다. 덴투소*가 공격해 오다니, 널 잡은 게 꿈이라면 좋겠구나. 하지만 내가 저 우라질 놈을 못 잡는다는 법도 없지.

청상아리는 빠르게 고물로 다가오더니 주둥이를 벌려 배에 매달린 고기의 꼬리 바로 윗부분을 물어뜯었다. 노인은 놈의 벌어진 주둥이와 이상야릇한 눈, 그리고 철컹거리는 이빨을 바라보았다. 놈의 머리가 수면 위로 솟구치더니 허리까지 물 밖으로 드러났다. 고기의 껍질과 살점이 뜯겨 나가는 소리가 들리자 노인은 놈의 두 눈을 잇는 선과, 코에서 등으로 곧게 뻗어나간 선이 마주치는 지점에 작살을 꽂아 넣었다. 물론 그런 선이 있을 리는 없었다. 단지 크고 뾰족한 푸른색의 머리와 큰 눈, 그리고 무엇이든 삼킬 듯한 주둥이가 있을 뿐이었다. 하지만 바로 그 부분이 놈의 뇌였고, 노인의 작살은 그곳을 파고들었다. 그는 피가 묻어 진득거리는 두 손으로, 온 힘을 다해 멋지게 작살을 쑤셔 박았다. 기대는 하지 않았지만, 충만한 자신감과 더할 수 없는 적개심으로 청상아리를 찌른 것이다.

청상아리가 한 바퀴를 뒹굴었고, 노인은 놈의 눈에서 생기가 빠져나가는 걸 보았다. 놈이 다시 한 번 몸을 뒤집자 밧줄이 놈의 몸을 두 바퀴나 감아 버렸다. 노인은 청상아리의 명이 다했다는 걸 알았지만, 놈은 그 사실을 받아들이지 않았다. 뒤집혀 배를 드러낸 청상아리는 꼬리로 물을 마구 치고 턱을 움직여 철컹거리는 소리를 내며 마치 쾌속정처럼 물길 위를 미끄러졌다. 꼬리로 물을 칠 때마다 흰 포말이 일었다. 팽팽하게 당겨진 밧줄이 부르르 떨다가 뚝 끊어져 버리자, 놈의 몸뚱이 4분의 3이 물 밖으로 드러났다. 청상아리는 한동안 그렇게 바다 위에 떠 있었

---

*스페인어로 '뾰족한 이빨'이라는 뜻으로, 여기서는 청상아리를 말함.

고, 노인은 그 모습을 지켜보았다. 그러다가 놈은 무척이나 느리게 물속으로 가라앉았다.

"저놈이 뜯어 먹은 게 40파운드는 되겠군." 노인이 큰 소리로 말했다. 작살이랑 밧줄도 가져가 버렸어. 이제 내 고기가 다시 피를 흘리기 시작했으니 다른 놈들이 또 몰려들겠지.

그는 살점이 뜯겨져 나간 고기를 더 이상 보고 싶지 않았다. 고기가 공격을 받았을 때는, 마치 자신이 공격당하는 것 같았다.

그래도 난 내 고기를 공격한 청상아리의 명줄을 땄잖아, 하고 그는 생각했다. 더구나 놈은 이제껏 본 것 중에 가장 큰 덴투소였어. 내가 그간 얼마나 큰 놈들을 봤는지 하느님은 아시지.

좋은 일은 오래가지 않는 법이야, 하고 그는 다시 한 번 생각했다. 이 모든 게 꿈이라면 얼마나 좋을까. 고기를 잡은 적도 없고, 그저 신문지를 깔고 침대에 혼자 누워 있는 거라면 얼마나 좋을까.

"그렇지만 인간은 결코 패배하기 위해 태어난 건 아니야." 그가 말했다. "인간은 파멸될 수는 있어도 패배할 수는 없어." 그래도 고기의 명줄을 딴 건 미안한 일이야, 하고 그는 생각했다. 이제 힘겨운 시간이 찾아오겠군. 그런데 내겐 작살조차 없어. 덴투소 자식은 잔혹하고 능란하고 억세고 똑똑해. 그래 봐야 놈보단 내가 더 똑똑하지. 아니, 어쩌면 아닐지도 몰라. 그저 내가 좀 더 나은 무기를 갖고 있을 뿐인지도 몰라.

"생각 좀 하지 마, 영감." 그가 큰 소리로 말했다. "그냥 진로를 따라 항해해. 그러다가 또 다른 놈이 나타나면 그때 가서 맞서면 돼."

하지만 난 생각을 해야 돼, 하고 그는 생각했다. 내게 남은 거라곤 생각과 야구가 전부니까. 내가 청상아리의 뇌를 찍는 솜씨를 위대한 디마지오가 봤다면 좋아했을까? 사실 내 솜씨는 위대하다고까진 할 수 없어. 그 정도야 누구든 마음만 먹으면 할 수 있어. 하지만 내 벗겨진 두 손이 디마지오의 돌기뼈만큼 장애였을 수도 있잖아? 발꿈치가 아팠던 건 딱 한 번밖에 없었어. 수영을 하다가 가오리에게 발꿈치를 쏘였을 때였지. 다리 아래쪽이 마비되며 참을 수 없이 아팠지.

"뭔가 즐거운 일을 좀 생각해 보라고, 영감탱이야." 그가 말했다. "이젠 시시각각 집과 가까워지고 있잖아. 또 잃어버린 고기 살점 40파운드만큼 배는 가벼워진 거잖아."

그는 해류의 안쪽으로 들어가면 어떤 일이 벌어질 수 있는지 잘 알고 있었다. 하지만 지금으로선 달리 방도가 없었다.

"그래도 방법이 있긴 하지." 그가 큰 소리로 말했다. "노 두 개 중 한 개의 손잡이에 칼을 묶으면 돼."

그는 키를 겨드랑이 밑에다 끼우고 아딧줄을 발로 밟은 채 노의 손잡이에 칼을 묶었다.

"그래, 난 늙은이야. 하지만 난 무장하고 있어."

미풍이 불었고, 항해는 순조로웠다. 배에 매단 고기의 앞쪽만 지켜보자 조금은 희망이 되살아났다.

그래, 희망을 버리진 말자고, 하고 그는 생각했다. 희망을 버리는 건 바보짓이고 나에겐 심지어 죄악으로 느껴지기도 해. 하지만 지금은 죄악에 대해선 더 생각하지 말자고. 그 문제 아니고도 당장 생각해야 할 게 많으니까. 더구나 난 죄악이 무엇인지 잘 알지도 못하니까.

난 죄악을 이해하지 못하고 그런 걸 믿는다고 말할 수도 없어. 고기를 죽이는 건 어쩌면 죄악일지 몰라. 비록 내가 먹고살려고, 또 다른 사람들을 먹이려고 죽였다고 해도 말이야. 하지만 그런 식이라면 모든 게 죄악이지. 아무래도 죄악에 대해선 생각하지 않는 게 좋겠어. 그 문제를 생각하기엔 이미 너무 늦어 버렸어. 그 문제는 그걸 생각하는 걸로 먹고 사는 사람들에게 맡겨 두자고. 그대는 어부가 되기 위해 태어났잖아. 물고기는 물고기가 되기 위해 태어났듯이. 예수님의 제자였던 산 페드로(베드로)도 어부였지. 위대한 디마지오의 부친처럼.

그는 평소 생각하기를 좋아했다. 그에게는 책도 라디오도 없기 때문이었다. 지금도 생각할 수밖에 없었다. 그는 많은 것을 생각했고, 죄악에 대해서도 계속 생각했다. 그대가 녀석의 명줄을 딴 건 단지 먹고살기 위해서만은 아니었어. 그대가 어부이기 때문이고 어부로서의 자부심이 있기 때문이었어. 그대는 녀석이 살아 있을 때도 녀석을 사랑했고, 죽은 뒤에도 사랑하고 있어. 녀석을 사랑했기에, 녀석을 죽인 건 죄악이 아니야. 아니, 더 무거운 죄악인가?

"참 생각도 많군요, 영감님." 그가 큰 소리로 말했다.

하지만 덴투소의 명줄을 딴 건 즐거웠지, 하고 그는 생각했다. 놈도 그대와 마찬가지로 고기를 먹고 살기에 덤벼들었을 뿐이야. 몇몇 상어들처럼 썩은 고기를 먹는 놈도 아니었고, 맛있는 걸 찾아 돌아다니는 놈도 아니었어. 놈은 아름답고, 고결하고, 아무것도 두려워하지 않았어.

"내가 놈을 죽인 건 정당방위였어." 노인이 큰 소리로 말했다. "그리고 놈의 명줄을 딴 건 잘한 일이었어."

그는 생각을 이어 갔다. 세상 그 어느 것도 무엇이든 죽이며 살게 되어 있어. 고기를 잡는 일은 나를 죽이는 일이기도 하고 나를 살게 하는 일이기도 해. 하지만 아이는 오로지 나를 살게만 하지. 아, 나 자신을 지나치게 속여선 안 돼.

그는 배 밖으로 몸을 기울여 청상아리에게 뜯긴 고기의 살점을 한 조각 뜯어냈다. 그러고는 그것을 씹으며 고기의 상태와 맛을 살폈다. 단단하고 즙이 많은 것이 마치 육류 같았지만, 색은 붉지 않았다. 힘줄이 없어서 시장에 내다 팔면 최고가를 받을 것 같았다. 하지만 지금 문제는 물속에 번지고 있는 피 냄새를 막을 수가 없다는 것이었다. 최악의 시간이 다가오고 있었다.

미풍이 쉴 없이 불어왔다. 방향이 북동쪽으로 약간 바뀌었지만 그 바람은 멎지 않을 것이었다. 노인은 저 멀리 앞을 내다봤다. 하지만 다른 배는 보이지 않았다. 돛도, 배에서 뿜어져 나오는 연기 한 자락도 보이지 않았다. 보이는 거라곤 자기 배의 뱃머리 양쪽으로 어지러이 튀어 오르는 날치와 물 위로 떠다니는 누런 만류 해초 더미뿐이었다. 새 한 마리조차 보이지 않았다.

그는 고물에 기대어 되도록 푹 쉬면서 원기를 돋우려고 이따금 청새치의 살점을 뜯어 먹으며 두 시간가량을 항해했다. 그때 상어 두 마리가 처음으로 그의 시야에 들어왔다.

"아!" 하고 그는 크게 외쳤다. 그 외마디는 그 어떤 말로도 대신할 수 없는, 한 인간이 자신도 모르게 불쑥 내뱉는, 못이 자신의 손바닥을 뚫고 나무에 박힐 때 내지를 수밖에 없는 한 조각 비명, 바로 그것이었다.

"갈라노(얼룩쟁이)들이로구나." 그가 큰 소리로 말했다. 그는 앞선 상어의 뒤를 바짝 따라오는 두 번째 놈의 지느러미를 보았다. 삼각형 모양의 갈색 지느러미와 빗자루가 쓰는 듯한 꼬리의 움직임으로 봐서, 코가 삽처럼 생긴 가래상어였다. 놈들은 피 냄새에 흥분해 있었다. 배가 너무고파 멍청해졌는지 피 냄새를 놓쳤다가 다시 찾기를 되풀이했다. 하지만 시간이 갈수록 더 가까이 다가오고 있었다.

노인은 재빨리 아딧줄을 만들어 키를 붙들어 맸다. 그러고는 칼을 매단 노를 가능한 한 살그머니 양손으로 잡고 들어 올렸다. 손이 아팠기 때문이었다. 그런 다음 노를 쥔 양손을 번갈아 오므렸다 펴며 아픔을 풀어 보려 애썼다. 그러고는 더 이상 아픈 것에 개의치 않고 힘껏 노를 움켜쥐고는, 다가오는 놈들을 지켜봤다. 넓적하고 평평한 삽 모양의 머리가 보였고, 끝이 하얗고 널따란 가슴지느러미도 보였다. 가래상어는 끔찍한 악취를 풍기는 흉측한 상어로, 살아 있는 고기를 직접 죽여 먹기도 하고 썩은 고기를 주워 먹기도 했다. 배가 고프면 노든 키든 닥치는 대로 물어뜯는 놈들이었다. 바다거북이 물 위에 떠서 잠을 자고 있을 때 다리나 갈퀴를 잘라 먹는 것도, 허기가 지면 피 냄새나 비린내가 나지 않는 사람까지 공격하는 것도 바로 이놈들이었다.

"갈라노 놈들아, 덤벼라, 이리 와라, 갈라노 놈들아."

놈들이 다가왔다. 하지만 놈들은 청상아리처럼 무작정 덤비지 않고, 먼저 한 놈이 몸을 틀어 노인의 배 아래로 사라졌다. 놈이 아래에서 고기를 물어뜯을 때마다 배가 흔들리는 것을 느낄 수 있었다. 다른 한 놈이 가늘게 찢어진 노란 눈으로 노인을 노려보더니, 재빨리 다가와 반원형의 주둥이를 쩍 벌려 고기의 뜯겨져 나간 자리를 공격했다. 놈의 갈색 머리 위로 뇌에서 등뼈까지 이어진 선명한 줄이 보였다. 노인은 바로 그곳에다 노에 매단 칼을 찔러 넣었다. 그런 다음 칼을 뽑고 이번에는 고양이 눈처럼 생긴 상어의 노란 눈에 칼을 쑤셔 넣었다. 놈은 배에 매달린 고기에서 미끄러져 나가며 죽는 순간까지 살점을 뜯어내 삼켰다.

작은 배는 여전히 흔들리고 있었다. 다른 놈은 계속 배 아래에서 고기를 뜯어 먹고 있었기 때문이다. 노인은 재빨리 돛과 연결된 아딧줄을 풀었고, 배가 옆으로 돌아가자 물 밑에서 가래상어가 끌려 나왔다. 놈이 보이자마자 그는 배 밖으로 몸을 기울여 놈에게 일격을 가했다. 하지만 노에 매단 칼은 놈의 단단한 껍질을 뚫지 못했다. 오히려 껍질을 찌른 반동으로 인해 노를 쥔 그의 두 손과 어깨에 통증이 일었다. 곧바로 놈이 머리를 내밀며 빠르게 다가와 코를 물 위로 내놓고 고기를 물어뜯는 순간, 노인은 놈의 납작한 머리 한가운데에 정확히 칼을 찔러 넣었다. 그리고 칼을 뽑아 다시 한 번 같은 곳을 찔렀다. 그래도 놈의 주둥이는 고기를 놓지 않았다. 노인은 이번에는 놈의 왼쪽 눈에 칼을 꽂았다. 그럼에도 불구하고 놈은 고기에게서 떨어지지 않았다.

"아직도 멀었다고?" 노인이 그렇게 말하며 등뼈와 뇌 사이에 칼을 박아 넣었다. 이번에는 칼을 박기가 쉬웠고, 물렁뼈가 갈라지는 것을 느낄수 있었다. 노인은 노를 거꾸로 잡고 노의 날을 놈의 주둥이 사이로 쑤셔 넣고는 비틀었다. 노인은 놈이 주둥이를 벌린 채 미끄러져 나가는 것을 보며 말했다. "잘 가게, 갈라노. 1마일 아래까지 내려가서 자네 친구나 만나. 자네 어미인지도 모르겠군."

노인은 칼날을 닦은 후 노를 내려놓았다. 그러고는 아딧줄을 찾아 돛에 묶자, 작은 배는 다시 방향을 찾아 앞으로 나아갔다.

"놈들이 뜯어 간 게 4분의 1은 되겠어. 그것도 가장 좋은 부위로만." 노인이 큰 소리로 말했다. "꿈이라면 좋으련만. 차라리 고기를 잡지 않았다면 좋았으련만. 미안하게 됐네, 고기 양반. 자네를 잡는 바람에 내가 모든 일을 망쳤네." 그는 거기서 말을 끊었다. 고기를 제대로 쳐다보고 싶지가 않았다. 피가 다 빠져나가고 바닷물에 씻긴 고기는, 거울의 뒷면 같은 은색을 띠고 있었다. 줄무늬만 여전히 선명했다.

"내가 이렇게 멀리까지 나오지 말았어야 하는데." 그가 말했다. "자네를 위해서나 나를 위해서나 말이야. 미안하게 됐네, 고기 양반."

이제 그는 스스로에게 말했다. 자, 이제 칼을 묶어 놓은 끈이 끊어지지 않았는지 살펴봐. 손도 잘 풀어 놓고. 앞으로도 얼마든지 놈들이 공격해 올 수 있으니까.

"칼을 갈 숫돌이 있으면 좋을 텐데." 노인은 노에 칼이 잘 매달려 있는지 살펴본 뒤 말했다. "숫돌을 갖고 왔어야 했어." 그대는 필요한 것도 많군. 그만큼 준비 안 한 게 많다는 얘기야. 하지만 지금은 없는 물건을 생각할 때가 아니야. 지금 있는 걸로 무얼 할 수 있는지를 생각해.

"충고를 정말 많이 해주는군." 그가 큰 소리로 말했다. "하지만 이젠 충고도 신물이 나."

그는 키를 겨드랑이에 끼웠고, 작은 배가 앞으로 나아가자 두 손을 바닷물에 담갔다.

"마지막 놈이 얼마나 많이 뜯어 먹었는지는 하느님만 아실 거야. 그래도 덕분에 배가 가벼워졌어." 고기의 물어뜯긴 아래쪽 몸통은 생각하기도 싫었다. 가래상어가 덜컹거리며 배에 부닥칠 때마다 살점이 뜯겨져 나갔을 테니, 이제 피 냄새를 맡고 온갖 상어들이 몰려올 것이다. 바다 위에 널따란 고속도로가 생긴 꼴이었다.

그는 생각했다. 이 고기 한 마리로 이번 겨울 내내 먹고살 수도 있었어. 하지만 이젠 그런 생각은 그만두고, 좀 쉬면서 남은 살점이라도 지킬 수 있는 방법을 찾아보자고. 물속에 번진 피 냄새에 비하면 내 손에서 나는 피 냄새는 아무것도 아니야. 게다가 피가 그리 많이 나지도 않아. 지금 손을 벤 건 문제도 아니야. 그리고 피가 나는 덕분에 왼손에 쥐가 나지 않는 거야.

이제 내가 생각할 수 있는 게 뭐지? 아무것도 없어. 그러니 생각은 말고 닥칠 일이나 기다리자. 정말이지 꿈이라면 좋겠어. 하지만 누가 알겠어? 일이 잘 풀릴지도 모르잖아.

어김없이 또 상어가 나타났다. 역시 가래상어였으나 이번에는 한 마리였다. 놈은 사람 머리가 들어갈 만큼 주둥이를 크고 넓적하게 벌린 채 먹이통으로 달려드는 돼지처럼 다가왔다. 노인은 처음에는 놈이 고기를 물어뜯는 것을 보고만 있다가, 노에 매단 칼을 단숨에 머리통에 박아 넣었다. 하지만 놈이 몸을 뒤집으며 갑자기 나가떨어지는 바람에 칼날이 부러지고 말았다.

노인은 자세를 바로 하고 키를 잡았다. 그는 물속으로 천천히 가라앉는 상어를 보려 하지조차 않았다. 처음엔 제 크기였던 상어는 점점 작아지다가 마침내 사라졌다. 그런 장면은 늘 노인을 매혹시켰지만, 지금은 지긋지긋했다.

"갈고리가 남아 있지만 별 소용은 없을 거야. 그래도 아직 노 두 개와 키 손잡이는 멀쩡하고, 짤막한 몽둥이도 있어."

놈들이 나를 이겼어, 하고 그는 생각했다. 몽둥이로 놈들을 때려잡기에는 난 너무 늙었어. 하지만 노와 몽둥이와 키 손잡이가 있는 한 끝까지 싸워는 볼 거야.

그는 다시 두 손을 바닷물에 담갔다. 늦은 오후로 접어들고 있었지만, 보이는 거라곤 하늘과 바다뿐이었다. 바람은 더 세져 있었다. 그는 곧 육지가 나타나기를 희망했다.

"그대도 지쳤군, 영감." 그가 말했다. "속까지 완전히 지쳤어."

해가 지기 전까지는 아무 일도 일어나지 않았다. 그러다가 해가 지자마자 배에 매달린 고기가 만들어 놓은 널따란 냄새의 흔적을 따라온 갈색 지느러미들이 보이기 시작했다. 놈들은 냄새를 쫓아 이리저리 헤매지도 않고, 배를 향해 똑바로 달려들었다.

그는 키를 고정시키고 아딧줄을 단단히 맨 다음 고물 아래 두었던 몽둥이를 집어 들었다. 몽둥이는 부러진 노를 2.5피트 길이로 자른 것이었다. 손잡이가 있어서 한 손으로 쓰기가 편했다. 그는 오른손으로 그것을 단단히 움켜잡고 손목을 굽혔다 폈다 하면서 상어가 다가오는 것을 지켜보았다. 둘 다 갈라노였다.

먼저 다가오는 놈은 고기를 실컷 물어뜯게 내버려 두었다가 콧등이나 정수리를 후려쳐야겠어, 하고 그는 생각했다.

드디어 먼저 다가온 놈이 주둥이를 벌린 채 배에 묶인 고기의 은색 옆구리를 들이박는 순간, 그는 몽둥이를 높이 치켜들어 놈의 넓적한 머리를 힘껏 내리쳤다. 몽둥이로 고무처럼 물렁한 느낌과 함께 뼈의 단단함이 전해졌다. 놈이 고기에게서 물러날 때 그는 놈의 코를 다시 한 번 힘껏 쳤다.

다른 놈은 물속을 들락날락거리다가 주둥이를 쩍 벌리고는 다가와 고기를 들이받았고, 잠시 후 놈이 물고 늘어진 하얀 살점이 보였다. 노인이 놈의 머리통을 내리쳐도, 놈은 그를 바라보며 계속 살점을 비틀어 물어뜯었다. 놈이 살을 삼키며 물러나는 순간 다시 몽둥이로 내리쳤지만, 몽둥이로는 고무 같은 물렁함만 느껴질 뿐이었다.

"덤벼, 갈라노 자식아." 노인이 말했다. "다시 덤벼 보라고."

상어는 쏜살같이 다가왔고, 노인은 놈이 주둥이를 다물 때를 기다려 최대한 몽둥이를 높이 쳐들어 다시 한 번 힘껏 내리쳤다. 이번엔 뒷머리의 뼈가 느껴졌다. 상어가 고기를 물어뜯고는 슬금슬금 물러날 때 그는 다시 한 번 똑같은 곳을 가격했다.

놈들이 다시 나타나는지 지켜보았지만 어느 놈도 보이지 않았다. 얼마 뒤 한 놈이 원을 그리며 헤엄치고 있는 것이 보였지만 다른 놈은 지느러미도 보이지 않았다.

놈들의 명줄을 따는 것까지 바랄 순 없지, 하고 그는 생각했다. 한창

때였으면 가능했겠지만. 그래도 두 놈 다 흠씬 두들겨 팼으니 놈들 기분은 엉망일 거야. 양손을 다 쓸 수 있었다면, 이 나이에도 첫 번째 놈 명줄은 딸 수 있었을 거야.

그는 고기가 어떻게 됐는지 보고 싶지 않았다. 반은 뜯어 먹혔으리라. 상어와 결투를 벌이는 사이 해는 이미 넘어가 있었다.

"곧 어두워지겠지." 그가 말했다. "그러면 아바나의 불빛이 보일 거야. 동쪽으로 너무 많이 온 거라면 다른 해변의 불빛이라도 보이겠지."

이젠 그다지 멀지는 않을 거야, 하고 그는 생각했다. 아무도 걱정하지 말아야 할 텐데. 물론 그 아이는 날 걱정하고 있겠지. 하지만 날 믿고 있을 거야. 나이 든 어부들도 어부가 아닌 사람들도 많이들 걱정하고 있을 거야. 난 좋은 동네에 살고 있으니까.

그는 배에 묶어 둔 고기와는 더 이상 얘기를 나눌 수가 없었다. 너무도 흉측하게 망가졌기 때문이었다. 그러다 문득 뭔가가 뇌리를 스치고 지나갔다.

"반 토막 난 물고기 양반." 그가 말했다. "예전엔 온전한 물고기였던 양반. 미안하게 됐네. 내가 너무 멀리까지 온 거야. 내가 우리 둘을 다 망가뜨렸어. 하지만 우린, 자네와 난 많은 상어들을 죽였어. 다른 것들도 많이 죽였지. 자넨 그동안 얼마나 많은 녀석들의 명줄을 땄나? 자네 머리에 달린 창은 멋으로 달고 다닌 건 아닐 테지?"

배에 묶인 고기를 생각하는 것이 다시 좋아졌다. 녀석이 만약 자유롭게 헤엄칠 수 있다면 상어와 어떤 대결을 펼칠까? 그런 상상을 하니 즐거웠다. 그는 생각했다. 녀석의 주둥이를 잘라 놈들과 싸울 때 썼으면 좋았을 거야. 하지만 난 도끼가 없었고 이젠 칼도 쓸 수 없어.

만일 주둥이를 잘라 낼 수 있었다면, 노에다 단단히 묶어 멋진 무기로 쓸 수 있었을 텐데. 그랬으면 우린 함께 놈들과 싸웠을 테지. 이제, 이 밤중에 놈들이 나타나면 그대는 어떻게 할 건가? 그대가 할 수 있는 게 뭐지?

"놈들과 싸워야지." 그가 말했다. "죽을 때까지 놈들과 싸울 거야."

어둠이 내렸다. 빛이라곤 없었다. 오직 바람과 쉼 없이 배를 끌고 가는 돛뿐이었다. 그는 자신이 이미 죽었을지 모른다는 느낌이 들었다. 하지만 두 손을 마주 잡고 비벼 보니, 자신은 살아 있었다. 손을 펼쳤다 접었다 하는 것만으로도 삶의 통증이 느껴졌다. 고물에 기대어 봐도 자신이 죽지 않았음을 알 수 있었다. 어깨의 통증 때문이었다.

고기를 잡으면 기도문을 외우겠다고 약속했었지, 하고 그는 생각했다. 그런데 지금은 너무 지쳐서 외울 수가 없어. 부대를 가져와 어깨를 덮어야겠어.

그는 고물에 누운 채로 키를 조종하며 밤하늘 어느 쪽에선가 빛이 나타나기를 기다렸다. 난 반 토막 난 녀석을 갖고 있어, 하고 그는 생각했다. 운이 좋으면 반이나마 가지고 돌아갈 수 있겠지. 그 정도 행운은 남아 있겠지. 아니야, 너무 멀리 나왔을 때 내 운은 이미 끝나 버린 거야.

"멍청하게 좀 굴지 마." 그가 큰 소리로 말했다. "정신 차리고 키나 똑바로 잡아. 아직 그대에게 행운이 남아 있을지도 모르잖아. 그걸 파는 가게가 있다면 좀 사고 싶군."

무엇으로 살 건데, 하고 그는 자신에게 물었다. 잃어버린 작살과 부러진 칼, 망가진 두 손으로 그걸 살 수 있겠어?

"그럴 수도 있지." 그가 말했다. "그대는 바다에서 보낸 84일로 그걸 사려고 했었지. 그리고 거의 살 뻔했었어."

엉뚱한 생각은 하지 말자, 하고 그는 생각했다. 행운이란 여러 가지 모양으로 다가오지. 그걸 쉽게 알아볼 수 있는 사람이 있을까? 하지만 난 그걸 꼭 붙잡을 거야. 그것이 어떤 모양으로 다가오든. 요구하는 만큼 지불도 하겠어. 어디서든 불빛이 좀 비쳤으면 좋겠어. 난 너무 많은 걸 바라 왔지만 지금은 그저 불빛만 바랄 뿐이야. 그는 좀 더 편하게 키를 잡으려고 애썼고, 통증을 통해 자신이 죽지 않았음을 느꼈다.

밤 10시쯤이라고 짐작될 때부터, 하늘에 도시의 불빛이 어리기 시작했다. 처음엔 너무 어슴푸레해서 달이 뜨기 직전의 빛이라고 생각했다. 하지만 이윽고 그 빛은 바람에 거칠어진 바다로 꾸준히 건너왔다. 그는 키를 돌려 불빛 쪽으로 방향을 잡으면서, 곧 해류의 가장자리에 이르게 될 거라고 생각했다.

이제 다 끝났어, 하고 그는 생각했다. 하지만 놈들이 다시 공격해 올지도 몰라. 그러면 이 깜깜한 곳에서 무기도 없는 인간이 놈들에게 대항해 무엇을 할 수 있을까?

그의 몸은 결리고 쓰라렸다. 온몸의 상처들이, 긴장했던 근육들이 밤의 냉기로 인해 아파 왔다. 다시 싸우지 않았으면 좋겠어, 하고 그는 생각했다. 정말 다시는 싸우고 싶지 않아.

하지만 자정 무렵 그는 다시 결투를 벌여야 했다. 이번에는 자신이 완전히 패배하리라는 것을 그는 잘 알고 있었다. 놈들은 떼를 지어 몰려왔고, 어둠 속에서 보이는 것이라곤 놈들의 지느러미가 만들어 낸 물 위의 선과, 놈들이 고기를 물어뜯을 때 발하는 인광뿐이었다. 그는 고기가 뜯기는 소리를 쫓아 놈들의 머리통을 후려쳤다. 놈들이 고기를 물고 늘어질 때마다 배가 흔들렸다. 오로지 느낌과 소리에 의지해, 그는 사력을 다해 몽둥이를 휘둘렀다. 하지만 무언가가 몽둥이를 잡아당겼고, 곧 그것을 빼앗기고 말았다.

그는 키 손잡이를 떼어 내 그것을 양손으로 잡고 놈들을 마구 팼다. 하지만 뱃머리에 모여 있는 놈들은 한 마리씩 번갈아 가며 고기를 물어뜯기도 하고 한꺼번에 물어뜯기도 했다. 그리고 한 바퀴 돌아 다시 한 번 다가온 놈들은 물속에서 빛을 발하고 있는 고기 몸통의 마지막 살점까지 다 물어뜯어 버렸다.

그리고 한 마리가, 마침내 아직 살이 남은 고기 머리를 향해 달려들었다. 노인은 이제 모든 것이 끝났음을 알 수 있었다. 그는 놈의 머리통을 향해 키 손잡이를 내리쳤다. 한 번, 두 번, 다시, 또다시. 키 손잡이가 부러지는 소리가 들렸다. 그는 부러진 키 손잡이를 다시 놈에게 휘둘렀고, 그것이 놈의 몸속으로 파고드는 것이 느껴졌다. 그것의 끝이 제법 날카롭다는 것을 깨닫고는 거듭 다시 찔렀다. 마침내 놈이 멀리로 물러갔다. 그놈이 노인과 마지막까지 싸운 상어였다. 고기에게는 더 이상 뜯길 살점이 없었다.

노인은 이제 숨도 쉬기 어려운 상태였다. 입안에 고인 무언가가 이상한 맛을 냈다. 구리 맛 같기도 하고 달달하기도 했다. 그는 그것 때문에 잠깐 걱정을 했으나 양은 많지 않았다.

그는 그것을 바다에다 뱉고는 말했다. "이것도 먹어, 갈라노. 그리고 네 놈이 죽인 한 남자의 꿈이나 꾸어라."

그는 마침내 패배했다. 되돌릴 방법은 없었다. 그는 고물로 돌아가 키 손잡이의 부러진 끝을 구멍에 집어넣어 보았다. 방향을 잡을 정도는 되었다. 그는 부대로 어깨를 감싸며 배의 진로를 바로잡았다. 이제 그의 항해는 가벼웠다. 어떤 생각도, 어떤 종류의 감회도 남아 있지 않았다. 이제 모든 것은 과거일 뿐이었다. 그는 솜씨 좋고 영리하게 고향의 항구를 향해 작은 배를 몰았다. 다시 상어들이 몰려와 식탁에 남은 찌꺼기를 모조리 해치우듯 고기의 잔해를 뜯어 먹기도 했지만, 노인은 전혀 신경 쓰지 않았다. 키를 조종하는 일 말고는 그 무엇도 신경 쓰지 않았다. 배에 매달린 묵직한 것이 가벼워지자, 배가 날아갈 듯 순조롭게 나아갔다.

좋은 배야, 하고 그는 생각했다. 키 손잡이만 빼면 망가진 데도 없어. 그거야 고치면 되고.

이제 만류를 벗어났음을 직감할 수 있었다. 기슭을 따라 서 있는 해변 마을의 불빛이 눈에 들어왔다. 노인은 이제 자신이 어디에 있는지 잘 알고 있었다. 집으로 별 문제 없이 돌아갈 수 있다는 사실도.

바람은 어쨌거나 우리의 친구야, 하고 그는 생각했다. 때로는 그렇다는 얘기야. 거대한 바다에는 우리의 친구도 있고 적도 있어. 그리고 내게는 침대도 있어. 침대도 내 친구지. 아주 대단한 친구, 패배를 맛보았을 때 나를 더없이 편안하게 맞아 주는 친구지. 침대가 얼마나 편안한 친구인지 여태 몰랐었군. 그런데, 그대는 누구한테 진 거지?

"누구한테 진 게 아니야." 그가 큰 소리로 말했다. "다만 내가 너무 멀리 나갔을 뿐이야."

그가 조그만 항구로 들어섰을 때, 술집 테라스의 불빛은 꺼져 있었다. 사람들은 모두 잠들어 있었다. 쉼 없이 부드럽게 불던 바람은 이제 강풍이 되어 있었다. 그러나 항구는 고요했다. 그는 바위 아래쪽의 조그만 자갈 해변에 배를 댔다. 도와줄 이가 없었으므로 되도록 배를 해변 가까이 바짝 붙였다. 그러고는 배에서 내려 배를 바위에 단단히 매었다.

그는 돛대를 뽑아내고 거기 돛을 말아 묶었다. 그러고는 그 돛대를 어깨에 메고 비탈진 길을 오르기 시작했다. 피곤의 심연을 감지한 것은 바로 그때였다. 그는 걸음을 멈추고 잠깐 뒤를 돌아다보았다. 고물 뒤편으로 불쑥 튀어나온 고기의 커다란 꼬리가 가로등에 비치고 있었다. 그는 살점이 다 뜯겨져 나가 하얀 선처럼 드러난 녀석의 등뼈와 어두운 빛깔의 커다란 머리를, 뾰족한 주둥이를 살펴보았다.

그는 다시 비탈을 오르기 시작했다. 꼭대기에 이르렀을 때 그는 넘어져서 한동안 쓰러져 있었다. 몸을 일으키려 해보았으나 너무도 힘에 부쳐, 돛대를 메고 누운 채 길 쪽을 바라보았다. 멀리 고양이가 서둘러 지나가고 있었다. 노인은 그렇게 길을 바라보고만 있었다.

그는 돛대를 내려놓고서야 일어설 수 있었다. 돛대를 들어 다시 어깨에 메고는 길을 오르기 시작했다. 자신의 오두막에 도착할 때까지 그는 다섯 번이나 쉬어야 했다.

오두막으로 들어간 그는 돛대를 벽에 세우고는, 어둠 속에서 물병을 더듬어 물을 한 모금 마셨다. 그러고는 침대에 엎어졌다. 담요를 끌어 올려 어깨와 등과 다리를 덮었다. 그리고 침대에 깐 신문지에 얼굴을 파묻고는, 두 팔을 길게 뻗어 손바닥을 위로 향한 채 잠에 빠졌다.

아침에 소년이 오두막 문을 열고 안으로 들어와 보니, 노인은 잠들어 있었다. 바람이 심해 오늘은 배들이 쉴 거라고 생각한 소년은 평소보다 늦잠을 잔 후 매일 아침 그랬듯 노인의 오두막으로 온 것이었다. 소년은 노인이 숨을 쉬고 있나 확인해 보았다. 그러고는 노인의 손을 들여다보았고, 울음을 터뜨리기 시작했다. 커피를 가지러 조심스럽게 밖으로 나가 길을 내려가는 동안에도 소년의 울음은 그치지 않았다.

많은 어부들이 노인의 작은 배 주변에 모여 배에 단단히 묶인 것을 바라보고 있었다. 한 사람은 바지를 걷고 물속으로 들어가 뼈다귀만 남은 그 고기의 크기를 줄자로 재고 있었다.

소년은 배가 있는 곳으로 내려가지 않았다. 아까 벌써 배를 보았기 때문이었다. 어부 하나가 노인을 대신해 작은 배를 돌보고 있었다.

“어떠시더냐?” 어부 하나가 큰 소리로 외쳤다.

“주무세요.” 소년이 대답했다. 사람들이 자신의 우는 모습을 보건 말건 그는 상관하지 않았다. “아무도 깨우지 마세요.”

“코에서 꼬리까지 18피트나 돼.” 길이를 재던 어부가 소년에게 소리를 질렀다.

“그럴 줄 알았어요.” 소년이 말했다.

그는 테라스로 들어가 깡통 커피를 주문했다.

“뜨거운 걸로, 우유랑 설탕 듬뿍 넣어서요.”

“커피 말고 다른 건?”

“지금은 괜찮아요. 나중에 뭘 드시고 싶은지 알아볼게요.”

“고기가 엄청나더구나.” 테라스 주인이 말했다. “그렇게 큰 고기는 처음 봐. 어제 네가 잡은 두 마리도 멋진 놈들이더라.”

“제가 잡은 건 상대도 안 되죠.” 소년은 그렇게 말하더니 다시 울음을 터뜨렸다.

“뭘 좀 마시겠니?” 주인이 물었다.

“안 마실래요.” 소년이 말했다. “산티아고 할아버지를 깨우러 오지 말라고 사람들한테 좀 전해 주세요. 전 다시 할아버지한테 가볼게요.”

“정말이지 애석한 일이라고 전해 주려무나.”

“고마워요.” 소년이 말했다.

소년은 커피가 든 깡통을 들고서 노인의 오두막으로 올라와 그가 깨어날 때까지 곁에 앉아 있었다. 딱 한 번, 그가 깨어난 것처럼 보였다. 하지만 그는 다시 깊이 잠들었고, 소년은 커피를 데울 장작을 빌리러 밖으로 나와 길을 건넜다.

얼마 후, 마침내 노인이 깨어났다.

"그냥 누워 계세요." 소년이 말했다. "이걸 마시세요." 그는 유리잔에다 커피를 조금 부었다.

노인이 그걸 받아 마셨다.

"놈들이 날 이겼단다, 마놀린." 그가 말했다. "놈들한테 완전히 지고 말 았어."

"그 물고기가 할아버지를 이긴 게 아니에요."

"물론 그 녀석이 날 이긴 건 아니지. 다음에 몰려온 놈들한테 진 거 지."

"페드리코 아저씨가 할아버지 배랑 어구들을 손보고 있어요. 녀석의 머리로 뭘 하고 싶으세요?"

"페드리코한테, 그 녀석 머리를 잘라 통발에 넣어 미끼로나 쓰라고 하 렴."

"놈의 주둥이는요?"

"갖고 싶으면 네가 가져."

"갖고 싶어요." 소년이 말했다. "그리고 이제 우리 다른 계획을 세워 봐 요."

"사람들이 날 찾았었니?"

"물론이죠. 해안경비대까지 나서고, 비행기까지 떴었어요."

"바다는 너무 넓고 배는 작으니, 찾기 힘들었겠지." 노인이 말했다. 그 는 자기 자신과 바다가 아니라, 다른 누군가와 얘기를 나눌 수 있다는 게 얼마나 기쁜 일인지 새삼스럽게 느꼈다. "네가 보고 싶었단다." 그가 말했다. "넌 얼마나 잡았니?"

"첫째 날에 한 마리, 둘째 날에도 한 마리, 그리고 셋째 날엔 두 마리."

"아주 잘했구나."

"이제 다시 함께 고기를 잡으러 다녀요."

"아니다. 난 운이 없어. 운이 다했어."

"빌어먹을 운." 소년이 말했다. "운은 제가 갖고 다니죠 뭐."

"부모님이 뭐라고 하시겠어?"

"상관없어요. 어제 두 마리나 잡았다니까요. 이제 우리 함께 고기를 잡으러 나가요. 전 아직 할아버지한테 배울 게 많아요."

"좋은 창을 하나 준비해서, 바다로 나갈 땐 항상 그걸 배에다 싣자꾸나. 폐차된 포드 자동차에서 겹판 스프링을 뽑아 그걸로 창에 달 칼날도 만들고. 과나바코아에 나가면 그 칼날을 더 날카롭게 갈 수도 있을 거야. 뾰족하게 갈아야 돼. 그렇다고 쉽게 부러질 정도로 갈아서도 안 되고. 그나저나 내 칼은 부러져 버렸단다."

"제가 새 칼을 구해 놓을게요. 겹판 스프링으로 창에 달 날도 만들고요. 이 지독한 브리사는 며칠이나 불까요?"

"아마 사흘쯤? 며칠 더 불지도 모르고."

"제가 모든 걸 다 준비해 놓을게요." 소년이 말했다. "그동안 할아버지는 손이나 잘 돌보세요."

"손을 어떻게 돌보는지는 잘 아니까 걱정하지 마라. 그런데 밤에 뭔가 이상한 걸 뱉었어. 가슴 어딘가가 부러진 것 같아."

"그것도 잘 낫게 하시고요." 소년이 말했다. "누우세요, 할아버지. 제가 깨끗한 셔츠를 갖고 올게요. 그러고 나서 드실 것도 갖다 드릴게요."

"내가 없는 사이에 나온 신문들도 좀 갖다 주렴." 노인이 말했다.

"빨리 나으셔야 해요. 전 할아버지한테 배워야 할 게 많으니까요. 저한테 모든 걸 가르쳐 주셔야 해요. 그런데 얼마나 힘드셨던 거예요?"

"많이." 노인이 말했다.

"나가서 음식이랑 신문 갖고 올게요." 소년이 말했다. "푹 쉬고 계세요, 할아버지. 할아버지 손에 바를 약도 사갖고 올게요."

"페드리코한테 고기 머리 가지라는 말도 꼭 전해 주고."

"그럴게요."

문밖으로 나가 닳은 바윗길을 내려가면서 소년은 다시 울음을 터뜨렸다.

그날 오후, 테라스는 한 무리의 관광객들로 붐볐다. 한 여자가 빈 맥주 캔들과 죽은 창꼬치가 떠다니는 바다를 바라보고 있다가 무언가를 발견했다. 파도에 일렁이는 커다란 꼬리를 달고 있는, 엄청난 길이의 허연 등뼈였다. 동풍이 항구 쪽으로 쉼 없이 거친 파도를 일으키고 있었다.

"저게 뭐죠?" 그녀가 그 거대한 등뼈를 가리키며 종업원에게 물었다. 그것은 막 파도에 떠내려갈 듯한 쓰레기처럼 보였다.

"티부론이요," 종업원이 말했다. "그러니까 상어가요……" 하며 그는 어떻게 된 일인지 설명해 주려 했다.

"상어가 저렇게 멋지고 아름다운 꼬리를 가진 줄 몰랐네요."

"나도 몰랐어." 그녀와 일행인 남자가 말했다.

길 위쪽 오두막에는, 노인이 다시 잠에 빠져 있었다. 이번에도 얼굴을 침대에 파묻은 채로. 소년은 곁에 앉아 그를 지켜보고 있었다. 노인은 사자가 나오는 꿈을 꾸고 있었다.

저에게는 연설하는 재능도, 웅변술이나 수사修辭 능력도 없지만, 노벨 상 위원들의 호의에 감사를 드리고 싶습니다.

상을 받지 못한 위대한 작가들의 면면을 알고 있는 작가라면, 누구든 이 상을 수상하며 겸손해지지 않을 수 없을 것입니다. 그들이 누구인지를 거론할 필요는 없겠지요. 여기 모이신 모든 분들은 자신의 지식과 양심에 근거하여 이미 자신만의 명단을 작성해 놓고 있을 것입니다.

작가라면, 자신의 가슴에 담긴 것들을 모두 토로해 놓은 연설문을 자기 조국의 대사에게 대신 낭독해 달라고 부탁할 수는 없을 것입니다. 한 인간이 쓴 글에 담겨져 있는 것들은 당장에 이해되기는 힘들고, 때때로 그런 경우가 있다면 그 작가는 운이 좋은 편이겠지요. 하지만 작가의 글에 담긴 내용들은 궁극적으로는 아주 명료한 것이기에, 그것과 작가 고유의 연금술의 급에 따라, 작가는 기억되거나 잊히게 될 것입니다.

작가로서의 삶은, 최상의 상태에서조차 고독한 삶입니다. 작가들을 위한 조직은 일시적으로는 작가의 고독을 덜어 주겠지만, 그것이 작가의 창작 행위까지 진작시켜 줄지는 의문입니다. 작가는 자신의 고독을 저버림으로써 공적인 위상을 높이기도 하지만, 그러다가 종종 작품의 질이 떨어지는 결과를 낳기도 합니다. 그의 작업은 오로지 혼자서 할 수밖에 없기 때문이며, 그가 만약 훌륭한 작가라면, 그는 영원한 고독 혹은 영원한 고독이 주는 결핍과 매일매일 마주해야 합니다.

진정한 작가에게, 매 작품은 성취감을 넘어 무언가를 다시 시도하는 새로운 시작이어야 합니다. 그는 언제나 자신이 이루지 못한, 혹은 다른 이들이 시도했으나 실패한 무언가에 도전해야 합니다. 그러고 나면 때때로 큰 행운이 따르는 성공을 거두게 될 것입니다.

훌륭하게 쓰인 다른 작품의 방식을 따르는 것만으로 문학작품을 쓸 수 있다면 얼마나 간단할까요. 하지만 우리는 지난 시대의 위대한 작가들이 그가 갈 수 있는 가장 먼 곳, 그 누구도 도와줄 수 없는 곳까지 자신을 끌고 갔다는 사실을 잘 알고 있습니다.

작가인데 너무 길게 말했군요. 작가는 자신이 꼭 해야 할 말을 입으로 하지 않고 글로 쓰는 존재여야 하지요. 다시 한 번 감사를 드립니다.

역동적 삶의 순정,
순정한 삶의 역동

번역은 독서의 즐거움과 창작의 스릴을 동시에 맛보는 일이다. 여기에 하나를 더 보탠다면, 독자와 (원)작가를 연결하는 꽤 고급한 중매쟁이의 뿌듯함일 것이다. 하지만 독서가 늘 즐거움만 주는 것도 아니고, 창작의 스릴이란 게 자주 곤혹과 낭패를 불러오기도 한다는 점에서, 그리고 잘못 중매를 섰다가는 호되게 뺨을 얻어맞아야 하는 것이 중매쟁이의 운명이란 걸 감안한다면, 번역은 차라리 벼랑에서의 외나무다리 건너기라고 해야 옳을지 모른다. 헤밍웨이를 번역하는 일은, 보통의 번역과는 조금 다른 이유로 외나무다리를 건너는 일이었다. 그의 작품들이 세상에 널리 알려져 있다는 것, 이미 많은 번역서들이 출간되어 있다는 것, 비교적 쉬운 문체와 문장으로 쓰여져 있어 자칫 실수를 했다가는 된통 '실력'을 의심받게 될 거라는 것 등이 그런 이유일 터인데, 그래서였을까,

538

분량이 적지 않기도 했지만, 번역하는 데 생각보다 많은 시간이 걸렸다.

어니스트 헤밍웨이는 작가로서도 한 인간으로서도 보통의 작가나 인간의 그것을 상회하는 역동적 삶을 산 사람이다. 그의 역동성은 때로는 무모함이나 비열함까지 끌어안는 놀라운 포용력을 지닌다. 그는 자신의 시대 거의 모든 전장에 군인과 기자와 작가로 참여했고, 당대의 주요 예술가들과 끈끈하게 교류했으며, 불륜으로 비칠 수도 있는 수많은 여인들과의 사랑에 주저하지 않았다. 그리고 생의 마지막 순간을 스스로 결정함으로써, 자신의 삶이 지닌 역동성을 드라마틱하게 종결지었다. 단편소설로는 다소 긴 편에 속하는 「노인과 바다」와 저 유명한 「킬리만자로의 눈」, 그리고 『우리 시대*In our time*』 연작 등 이번 단편집에 옮겨진 32편의 단편들은, 헤밍웨이의 이러한 역동적 삶을 고스란히 담고 있다.

하지만 그의 단편소설들이 지니는 탁월한 가치는 오히려 역동성의 뒷면에 존재하는, 혹은 그것을 감싸 안는 그의 작가적·인간적 고뇌와 번민, 가슴 아픈 성찰, 순진성으로밖에 해석할 수 없는 태생적 인간미, 세계에 대한 연민 가득한 시선들에 있다. 대부분 오래전에 읽었던 헤밍웨이의 단편소설들을 우리말로 옮기며 내가 새삼스레 감탄하고 눈시울이 뜨거워지는 경험을 한 것도, 바로 그 때문이었다. 가령 「킬리만자로의 눈」에서 보여 준 글쟁이 난봉꾼 해리의 욕망과 허무, 「프랜시스 매컴버의 짧았던 행복」의 주인공이 보여 준 무모한 몰락, 「노인과 바다」의 산티아고 노인이 지닌 놀라운 생명력에 깃든 초월에의 의지와 달관은 물론이고 「다리에서 만난 노인」의 노인이 지닌 투명에 가까운 현실감이나 「청결하고 불빛 밝은 곳」의 나이 든 바텐더가 슬쩍 보여 주는 여유로움, 「세

상의 수도」 속 어린 소년의 순수한 열망과 어처구니없는 스러짐, 「미시간
으로」의 아름다운 아가씨 리즈가 지닌 순정, 「와이오밍 와인」의 프랑스
인 부부가 가진 애틋하고 후덕한 인정은, 내 가슴을 더없이 포근하고 따
뜻하게 보듬어 주었다. 헤밍웨이의 전매특허라 할 수 있는 거친 물굽이
와 황막한 야생의 들판을 배경으로 벌어지는 낚시와 사냥의 스펙터클
은, 그의 전기를 쓴 작가 제프리 메이어스의 표현처럼 '역경 속에서의 우
아함'에 다름 아니다. 이는 많은 단편들에 주인공으로 등장하는, 작가의
분신과도 같은 '닉 애덤스'의 섬세한 마음의 갈피 하나하나에서도 다시
금 확인할 수 있다.

　헤밍웨이의 소설들을 옮기며 내가 느꼈던 모든 것들 — 가슴 뛰는 열
정과 온화함과 따뜻함, 쾌락에 대한 집요한 열광과 관조, 생존에 대한
집착과 극기, 용기와 절제, 쓰라림과 눈물 등이 이 단편집을 읽는 이들
에게 고스란히 전해지기를 바란다. 끝으로, 각종 유럽어들(스페인어, 이
탈리아어, 프랑스어, 독일어)을 주석 하나 달지 않고 사용한 헤밍웨이의
'고약한' 작법에 무척이나 애를 먹었는데, 여기에 큰 도움을 준 허밝음
양에게 감사를 전한다.

1899	7월 21일, 시카고 서쪽으로 10여 킬로미터 떨어진 일리노이 주 오크 파크에서 의사인 아버지와 가정주부인 어머니 사이에서 6남매(2남 4녀) 중 둘째이자 장남으로 태어남.
1917~1918	〈캔자스시티 스타〉 지에서 기자로 일하다가 6개월 만에 그만두고 적십자사의 구급차 부대 소위로 입대해 제1차 세계대전에 참전. 오스트리아군이 쏜 박격포탄으로 다리에 중상을 입고 밀라노의 병원에 3개월간 입원. 입원 중 일곱 살 연상의 미국인 간호사(아그네스 폰 쿠로브스키)와 사랑에 빠짐. 다시 전선으로 돌아갔으나 황달로 밀라노 병원에 재입원.

1919~1920　　귀국 후 강연을 하며 휴식을 취했으나 참전의 여파로 불면증에 시
달림. 연상의 간호사와 절교. 캐나다 토론토의 한 가정에서 가정교
사로 지내며 《토론토 스타 위클리》 지에 간헐적으로 기고. 1920년
말, 미국 협동조합기관지 《협동공화국》에 부편집자로 근무.

1921　　첫 번째 아내인 여덟 살 연상의 해들리 리처드슨과 결혼. 시카고에
서 이탈리아 무공훈장을 받음. 《토론토 스타》 지의 특파원으로 아
내와 파리에 정착.

1922　　에즈라 파운드, 거트루드 스타인, 제임스 조이스 등 많은 문우들을
사귐. 파운드와 스타인에게서 많은 문학적 영향을 받음. 제노바 회
담, 그리스-터키 전쟁, 로잔 회담 등을 취재. 뉴올리언스의 《더블 딜
러》 지에 윌리엄 포크너와 함께 시가 실림. 12월, 파리에서 로잔으
로 가던 중 아내가 그의 원고가 든 가방을 잃어버림.

1923　　에즈라 파운드와 이탈리아 여행. 스페인 첫 여행. 첫 작품집 『세 편
의 단편소설과 열 편의 시』 출간. 장남 존 출생. 《토론토 스타》에 다
시 근무하다 곧 그만둠.

1924~1925　　존 도스 패소스, 아치볼드 매클리시, 스콧 피츠제럴드 등과 사귐. 단
편집 『우리 시대*In our time*』 출간. 스페인에서 투우를 구경하고 산페
르민 축제에 참가, 오스트리아에서 스키를 즐김.

1926　　작품집 『봄의 급류*The Torrents of Spring*』, 첫 장편소설 『해는 또다시 떠

오른다*The Sun Also Rises*』출간. 네 살 연상의 폴린 파이퍼와 혼외 연애를 시작하고, 아내 해들리와 별거에 들어감.

1927   해들리와 이혼, 파이퍼와 재혼. 이탈리아, 스페인 여행. 단편집『여자 없는 남자*Men without Women*』출간. 스위스 스키 여행.

1928   파리를 떠나 플로리다 주 키웨스트에 정착. 차남 패트릭 출생. 부친 권총 자살.

1929   스페인 여행 후 프랑스로 돌아감.『무기여 잘 있거라*A Farewell to Arms*』출간. 사타구니 근육 파열.

1930   1월에 미국으로 돌아와, 11월에 자동차 사고로 오른팔이 부러지는 부상.

1931   스페인 여행. 3남 그레고리 출생.

1932   제인 메이슨과 연애.『오후의 죽음*Death in the Afternoon*』출간.

1933   스페인, 프랑스 등지에서 지내다가 아프리카로 사냥 여행. 단편집『승자에게는 아무것도 주지 마라*Winner Take Nothing*』출간

1934   사냥 여행 중 이질에 걸려 비행기로 킬리만자로 산을 넘어 케냐 나이로비에 도착. 완쾌 후 다시 사냥을 계속함. 귀국 후 낚싯배 구입.

1935   『아프리카의 푸른 언덕*Green Hills of Africa*』 출간. 상어를 갈고리대로 찍
         다가 다리를 다침.

1936   제인 메이슨과 헤어짐. 스페인 내란이 발발하자 정부군 지원. 아프리
         카 사냥 여행을 바탕으로 쓴 단편 「킬리만자로의 눈」과 「프랜시스 매
         컴버의 짧았던 행복」 발표. 문을 걷어찼다가 엄지발가락이 부러짐.

1937   스페인 내란에 기자로 종군. 이후 정부군 지원을 위한 모금 활동. 네
         덜란드 영화감독 요리스 이벤스와 영화 〈스페인의 대지〉를 만들어
         백악관에서 상영. 앙드레 말로와 만남. 『가진 자와 가지지 못한 자
         Have and Have Not』 출간.

1938~1939 스페인 내란 취재. 희곡 『제5열*The Fifth Column*』 출간. 두 번째 아내와
         별거. 쿠바로 이주.

1940~1941 『제5열』이 연극으로 상연됨. 『누구를 위하여 종은 울리나*For Whom the
         Bell Tolls*』 출간. 아내와 이혼하고 마사 겔혼과 결혼. 중일전쟁 특파원
         으로 중국 여행. 쿠바의 아바나에 본격적으로 거주.

1942   사설 정보기관 '크룩 팩토리Crook Factory'의 일원이 되어 3년여에 걸
         쳐 미국 정부를 위해 정보를 수집하고 독일 잠수함 수색 활동을 펼
         침. 작품집 『싸우는 사람들*Men at War*』 출간.

1944   《콜리어스》지의 기자로 유럽 전장에 종군. 등화관제 상태에서 타고

가던 자동차가 물탱크와 충돌하여 뇌진탕을 입고, 오토바이 사고로 다시 뇌진탕을 일으켜 사물이 겹쳐 보이고 발기불능을 겪음.

1945~1946 쿠바로 돌아옴. 세 번째 아내와 이혼하고 메리 웰시와 네 번째 결혼. 자동차가 전복되어 머리와 무릎에 부상을 입음.

1948 이탈리아 여행 중 아드리아나 이반치치와 사랑에 빠짐.

1950~1951 『강 건너 숲 속으로*Across the River and Into the Trees*』 출간. 아드리아나가 쿠바로 찾아옴. 어머니 사망. 두 번째 아내 사망. 배에서 쓰러져 머리에 깊은 상처를 입으며 다시 한 번 뇌진탕을 일으킴.

1952~1953 《라이프》 지에 발표한 「노인과 바다The Old Man and the Sea」로 풀리처상 수상. 스페인, 프랑스 여행 후 아프리카로 사냥 여행. 자동차에서 떨어져 얼굴을 베고 어깨를 다침.

1954 아프리카 여행 중 두 번의 비행기 추락 사고로 두개골 골절, 괄약근 마비, 척추 골절, 간 신장 비장 파열, 팔과 어깨 탈골. 노벨문학상 수상. 베네치아에서 아드리아나와 재회.

1959~1960 《라이프》 지에 투우 관련 글을 연재하기로 하고 6개월여 스페인 전국을 순회하며 '위험한 여름'이란 제목으로 연재를 시작. 밸러리 댄비 스미스를 비서로 채용하고 사귐. 쿠바에서 미국으로 이주. 건강이 악화되어 입원.

1961 일시 퇴원했으나 기억력 쇠퇴와 심각한 우울증 등 병세가 악화되어 재입원. 다시 퇴원한 지 이틀 뒤, 생일을 20여 일 앞둔 7월 2일에 아이다호 주 케첨 인근 자신의 집에서 엽총으로 자살.

1964~1986 유작 『이동 축제일 *A Moveable Feast*』, 『해류 속의 섬들 *Islands in the Stream*』, 『에덴 동산 *The Garden of Eden*』, 투우 견문기 『위험한 여름 *The Dangerous Summer*』 출간.

세계문학 단편선을 펴내며

세상의 모든 이야기는 단편으로 시작되었다. 성서와 그리스 신화를 비롯해 인류의 많은 신화와 설화는 단편의 형식으로 사물의 기원, 제도와 금기의 탄생, 운명이라는 이름의 삶의 보편적 형식을 설명했다.

〈세계문학 단편선〉은 모든 산문의 형식 중 가장 응축적이고 예술성이 높은 단편소설에 포커스를 맞추어 세계문학을 바라보는 새로운 관점을 제시하고자 한다. 단편소설을 언급할 때 빼놓을 수 없는 작가들의 작품들은 물론이고, 한두 편의 장편소설로만 우리에게 알려진 세계적 작가들이 남긴 주옥같은 단편들을 통해 대가의 진면모를 총체적으로 바라볼 수 있게 할 것이다. 또한 우리에게 문학의 변방으로 여겨져 왔던 나라들의 대표적 단편 작가들도 활발히 소개할 것이며 이미 순문학과의 경계가 불분명해진 장르문학의 형성과 발전에 크게 기여한 작가들의 작품 역시 새롭게 조명해 나갈 것이다.

에드거 앨런 포는 문학작품은 독자가 앉은자리에서 다 읽을 수 있을 정도로 짧아야 한다고 했다. 바쁜 일상의 삶을 사는 현대인들에게 〈세계문학 단편선〉은 삶과 사회, 나아가 세계를 바라볼 수 있게 하는 더할 나위 없이 좋은 친구가 될 것이라 확신한다.

21세기인 현재에 이르기까지 단편소설은 그리스 신화가 그러했듯이 삶의 불변하는 조건들을 응축된 예술적 형식으로 꾸준히 생산해 왔다. 그리고 새로운 문학적 기법과 실험적 시도를 통해 단편소설은 현재도 계속 진화, 확장되고 있다. 작가의 치열한 예술적 열정이 가장 뜨겁게 반영된 다양한 개성으로 빛나는 정교한 단편들을 통해 문학의 진정한 존재 이유를 독자들이 느낄 수 있기를 소망하며 이번 〈세계문학 단편선〉을 펴낸다.

현대문학 편집부

⊞ 세계문학 단편선

01
단편소설이라는 장르에 새로운 바람을 불어넣은
20세기 문학계 최고의 스타
어니스트 헤밍웨이
킬리만자로의 눈 외 31편
하창수 옮김 | 548면

02
문학의 존재 이유, 그리고 문학의 숭고함을 역설하는
20세기 세계문학의 거인
윌리엄 포크너
에밀리에게 바치는 한 송이 장미 외 11편
하창수 옮김 | 460면

03
독일 문화가 제시할 수 있는 최고의 경지를 보여 준
세계문학의 대표자
토마스 만
베네치아에서의 죽음 외 11편
박종대 옮김 | 432면

04
탐정소설을 문학으로 승화시킨
하드보일드 학파의 창시자
대실 해밋
중국 여인들의 죽음 외 8편
변용란 옮김 | 620면

05
'광란의 20년대'를 배경으로 한
포복절도할 브로드웨이 단편들
데이먼 러니언
세라 브라운 양 이야기 외 24편
권영주 옮김 | 440면

06
SF의 창시자이자 SF 최고의 작가로 첫손에 꼽히는
낙관적 과학 정신의 대변자
허버트 조지 웰스
눈먼 자들의 나라 외 32편
최용준 옮김 | 656면

07
에드거 앨런 포를 계승한
20세기 공포문학의 제왕
하워드 필립스 러브크래프트
크툴루의 부름 외 12편
김지현 옮김 | 380면

08
현대 단편소설의 문법을 완성시킨
단편소설의 대명사
오 헨리
휘멘의 지침서 외 55편
고정아 옮김 | 652면

09
근대 단편소설의 창시자이자
세계 단편소설 역사에 우뚝 솟은 거대한 봉우리
기 드 모파상
비곗덩어리 외 62편
최정수 옮김 | 808면

10
앨프리드 히치콕의 영원한 뮤즈,
20세기 서스펜스의 여제
대프니 듀 모리에
지금 쳐다보지 마 외 8편
이상원 옮김 | 380면

11
터키 현대 단편소설사에 전환점을 찍은
스스로가 새로운 문학의 뿌리가 된 선구자
사이트 파이크 아바스야느크
세상을 사고 싶은 남자 외 38편
이난아 옮김 | 424면

12
영원불멸의 역설가, 그로테스크의 천재
20세기 문학사의 가장 독창적이고 예언적인 목소리
플래너리 오코너
오르는 것은 모두 한데 모인다 외 30편
고정아 옮김 | 756면

13
현대 공포소설의 방법론을 확립한
20세기 최초의 공포소설가

몬터규 로즈 제임스
호각을 불면 내가 찾아가겠네, 그대여 외 32편
조호근 옮김 | 676면

14
영국 단편소설의 전통을 세운
최고의 이야기꾼, 언어의 창조자

로버트 루이스 스티븐슨
지킬 박사와 하이드 씨의 기이한 사례 외 7편
이종인 옮김 | 504면

15
현대 단편소설의 계보를 잇는 이야기의 대가
인간 생활의 가장 기민한 관찰자

윌리엄 트레버
그 시절의 연인들 외 22편
이선혜 옮김 | 616면

16
인간의 무의식을 날카롭게 통찰한
미국 문학사상 가장 대중적인 작가

잭 런던
들길을 가는 사내에게 건배 외 24편
고정아 옮김 | 552면

17
문명의 아이러니를 신화적 상상력으로 풍자한
고독한 상징주의자

허먼 멜빌
선원, 빌리 버드 외 6편
김훈 옮김 | 476면

18
지구의 한 작은 점에서 영원한 우주를 꿈꾼
환상문학계의 음유시인

레이 브래드버리
태양의 황금 사과 외 31편
조호근 옮김 | 556면

19
우울한 대공황 시절 '월터 미티 신드롬'을 일으킨
20세기 미국 최고의 유머 작가

제임스 서버
윈십 부부의 결별 외 35편
오세원 옮김 | 384면

20
차별과 억압에 블루스로 저항하며
흑인 문학의 새로운 전통을 수립한 민중의 작가

랭스턴 휴스
내가 연주하는 블루스 외 40편
오세원 옮김 | 440면

21
개인적인 체험을 바탕으로
인류 구원과 공생을 역설하는 세계적 작가

오에 겐자부로
사육 외 22편
박승애 옮김 | 776면

22
탐정소설을 오락물에서 문학의 자리로 끌어올린
하드보일드 문체의 마스터

레이먼드 챈들러
밀고자 외 8편
승영조 옮김 | 600면

23
부조리와 위선으로 가득 찬 인간에 대한 풍자와 위트로
반전을 선사하는 단편의 거장

사키
스레드니 바슈타르 외 70편
김석희 옮김 | 608면

24
'20세기'라는 장르의 거장,
실존의 역설과 변이에 대한 최고의 기록자

그레이엄 그린
정원 아래서 외 52편
서창렬 옮김 | 964면

25
병리학적인 현대 문명의 예언자,
문체와 형식의 우아한 선지자

제임스 그레이엄 밸러드
시간의 목소리 외 24편
조호근 옮김 | 724면

26
원시적 상상력으로 힘차게 박동 치는 삶을
독창적인 언어로 창조해 낸 천재 이야기꾼

조지프 러디어드 키플링
왕이 되려 한 남자 외 24편
이종인 옮김 | 704면

27
미국 재즈 시대의 유능한 이야기꾼,
영원한 젊음의 표상

프랜시스 스콧 피츠제럴드 1
벤저민 버튼에게 일어난 기이한 현상 외 13편
하창수 옮김 | 640면

28
20세기 초 미국 '잃어버린 세대'의 대변자,
사랑과 상실, 인생의 허무를 노래한 낭만적 이상주의자

프랜시스 스콧 피츠제럴드 2
바빌론에 다시 갔다 외 15편
하창수 옮김 | 576면

29
풍자와 유머, 인간미 넘치는 서정으로
야생적인 자연 풍광과 정감 어린 인물을 그린 인상주의자

알퐁스 도데
아를의 여인 외 24편
임희근 옮김 | 356면

30
아름답게 직조된 이야기에 시대의 어둠과
개인의 불행을 담아낸 미국 단편소설의 여왕

캐서린 앤 포터
오랜 죽음의 운명 외 19편
김지현 옮김 | 864면

31
무한한 의식의 세계를 언어로 형상화한
모더니즘 문학의 선구

헨리 제임스
나사의 회전 외 7편
이종인 옮김 | 660면

32
백인 남성이 지배하는 시대에 펜으로 맞선
탈식민주의와 페미니즘 문학의 선구자

진 리스
한잠 자고 나면 괜찮을 거예요, 부인 외 50편
정소영 옮김 | 600면

33
상류사회의 허식을 우아하게 비트는
영국 유머의 표상

펠럼 그렌빌 우드하우스
편집자는 후회한다 외 38편
김승욱 옮김 | 1,172면

34
미국 남부 사회의 풍경에 유머와 신화적 상상력을 더해
비극적 서사로 승화시킨 탁월한 이야기꾼

유도라 웰티
내가 우체국에서 사는 이유 외 31편
정소영 옮김 | 844면

35
경이로운 상상의 세계를 발명한
라틴아메리카 환상문학의 심장

아돌포 비오이 카사레스
눈의 위증 외 13편
송병선 옮김 | 492면

36
일상의 공포를 엔터테인먼트 영역으로 확장시킨
20세기 호러 문학의 위대한 선구자

리처드 매시슨
2만 피트 상공의 악몽 외 32편
최필원 옮김 | 644면

37
끝나지 않은 불안의 꿈을 극도의 예민함으로 현실에 투영한,
시대를 앞선 실존주의 문학의 선구자

프란츠 카프카

변신 외 77편

박병덕 옮김 | 844면

38
광활한 우주의 끝, 고독과 슬픔의 별에서도
인류의 잠재력과 선한 의지를 믿었던 위대한 낙관주의자

시어도어 스터전

황금 나선 외 12편

박중서 옮김 | 792면

39
독보적인 스토리텔링으로 빅토리아 시대를
사로잡은 영국적 미스터리의 시초

윌키 콜린스

꿈속의 여인 외 9편

박산호 옮김 | 564면

40
현존하는 거의 모든 SF 장르의 도서관
우주의 불가해 속 인간 존재를 탐험했던 미래의 철학자

스타니스와프 렘

미래학 학회 외 14편

이지원·정보라 옮김 | 660면

※ 〈현대문학 세계문학 단편선〉은 계속 출간됩니다.

어니스트 헤밍웨이

초판 1쇄 펴낸날 2013년 11월 8일
초판 7쇄 펴낸날 2025년 5월 21일

지은이 어니스트 헤밍웨이
옮긴이 하창수
펴낸이 김영정

펴낸곳 (주)현대문학
등록번호 제1-452호
주소 06532 서울시 서초구 신반포로 321(잠원동, 미래엔)
전화 02-2017-0280
팩스 02-516-5433
홈페이지 www.hdmh.co.kr

ⓒ 2013, 현대문학

ISBN 978-89-7275-662-0 04840
세트 978-89-7275-672-9

* 책값은 뒤표지에 있습니다.